2016 年度浙江省社会科学界联合会研究课题成果（2016N27Z）

陈樵诗歌研究

吕国喜 著

郑州大学出版社

图书在版编目（CIP）数据

陈樵诗歌研究／吕国喜著.—郑州：郑州大学

出版社，2017.4

ISBN 978 - 7 - 5645 - 4218 - 4

Ⅰ.①陈… Ⅱ.①吕… Ⅲ.①陈樵（1278—1365）—
诗歌研究 Ⅳ.①I207.22

中国版本图书馆 CIP 数据核字（2017）第 086367 号

郑州大学出版社发行

郑州市大学路 40 号   邮政编码：450052

出版人：张功员   发行部电话：0371 - 66966070

全国新华书店经销

北京市金星印务有限公司印刷

开本：787mm × 1092mm 1/16

印张：27.75

字数：479 千字

版次：2017 年 7 月第 1 版 2017 年 7 月第 1 次印刷

ISBN 978 - 7 - 5645 - 4218 - 4 定价：88.00 元

本书如有印装质量问题，由本社负责调换

目　　录

绪　论 ……………………………………………………… 1

一、选题 …………………………………………………… 2

二、研究现状 ……………………………………………… 3

三、内容与方法 …………………………………………… 5

四、创新与不足 …………………………………………… 5

第一章　陈樵生平与诗歌创作 …………………………… 7

一、宋元时期东阳的教育与学术 ………………………… 7

二、陈樵学脉 ……………………………………………… 9

三、陈樵家世 ……………………………………………… 16

四、陈樵生平与诗歌创作 ………………………………… 19

第二章　诗学思想 ………………………………………… 26

一、尚清 …………………………………………………… 26

二、苦吟 …………………………………………………… 29

三、实与景遇 ……………………………………………… 30

四、尚天趣 ………………………………………………… 34

五、性情论 ………………………………………………… 37

六、师心尚己，反对模拟 ………………………………… 39

七、宗唐 …………………………………………………… 40

八、重经轻文 ……………………………………………… 42

第三章 诗中隐逸思想 ……………………………………… 43

一、缘何而隐 ………………………………………………… 43

二、诗中隐者 ………………………………………………… 44

三、避乱终老之隐 …………………………………………… 46

四、山水田园之隐 …………………………………………… 47

五、游仙之隐 ………………………………………………… 50

第四章 景物诗 …………………………………………… 54

一、内容 ……………………………………………………… 54

二、艺术特色 ………………………………………………… 73

第五章 题画诗 …………………………………………… 76

一、概况 ……………………………………………………… 76

二、题材 ……………………………………………………… 78

三、思想内容 ………………………………………………… 80

四、风格 ……………………………………………………… 84

第六章 送别诗 …………………………………………… 86

一、送别亲友简介 …………………………………………… 88

二、思想情感 ………………………………………………… 90

三、送别诗的艺术特色 ……………………………………… 96

第七章 酬赠诗 …………………………………………… 99

一、酬赠概况 ………………………………………………… 100

二、酬赠诗的艺术特色 ……………………………………… 106

第八章 哀挽诗、咏史怀古诗、投献诗 ……………… 121

一、哀挽诗 …………………………………………………… 121

二、咏史怀古诗 ……………………………………………… 124

三、投献诗 …………………………………………………… 129

第九章 乐府诗 …………………………………………… 140

一、乐府诗的题材内容 ……………………………………… 140

二、陈樵乐府诗的艺术特点 ………………………………… 149

第十章　陈樵与浙东诗派 ··· 152

　一、成员简介 ··· 153

　二、诗派简况 ··· 153

　三、浙东诗派乐府诗特色 ··· 157

　四、评价与地位 ··· 167

第十一章　对仗艺术 ··· 170

　一、借对 ··· 171

　二、当句对 ··· 173

　三、人名对、地名对、药名对 ····································· 177

　四、赋体对 ··· 178

　五、参伍错综的变化 ··· 180

第十二章　用典艺术 ··· 188

　一、典源考察 ··· 188

　二、类型考察 ··· 192

　三、用法考察 ··· 208

第十三章　叠字艺术 ··· 216

　一、陈樵诗叠字概况 ··· 216

　二、陈樵诗中叠音词的语法特性 ····································· 218

　三、陈樵诗中叠词的意义功能 ······································· 220

第十四章　颜色字 ··· 226

　一、颜色词在陈樵诗中的语法功能 ··································· 227

　二、颜色词的并置与对举 ··· 230

　三、陈樵诗中的主色调：青、白 ····································· 234

　四、其他颜色词在陈樵诗中的情感表达功能 ··························· 238

第十五章　道教意象 ··· 244

　一、亦真亦幻的仙境意象 ··· 245

　二、飞举长生的仙人意象 ··· 247

　三、可升天、通天的仙禽仙物等意象 ································· 248

　四、琳琅满目的仙药意象 ··· 249

　五、沟通天地的仙乐意象 ··· 251

第十六章　用韵 …………………………………………………… 253

　　一、元人用韵 …………………………………………… 253

　　二、陈樵古体诗用韵 …………………………………… 254

　　三、陈樵近体诗用韵 …………………………………… 255

　　四、评价 ………………………………………………… 258

第十七章　对李贺的接受 ………………………………………… 260

　　一、陈樵与铁崖诗派 …………………………………… 260

　　二、陈樵对李贺的接受 ………………………………… 261

第十八章　对许浑的接受 ………………………………………… 265

　　一、遣字与用句 ………………………………………… 268

　　二、意象与色彩 ………………………………………… 273

　　三、用词与对仗 ………………………………………… 280

　　四、风格 ………………………………………………… 285

第十九章　对温庭筠的接受 ……………………………………… 288

　　一、深著语，浅著情 …………………………………… 290

　　二、唯美意象与神仙幻境 ……………………………… 293

第二十章　对陆龟蒙的接受 ……………………………………… 298

　　一、自号"散人"及对《庄子》的接受 ……………… 298

　　二、七绝清丽自然 ……………………………………… 300

　　三、七律之变 …………………………………………… 303

第二十一章　对西昆体的接受 …………………………………… 312

　　一、用事深密 …………………………………………… 313

　　二、辞藻华美 …………………………………………… 315

　　三、对偶精工 …………………………………………… 321

　　四、道教底色 …………………………………………… 322

　　五、亦学李商隐 ………………………………………… 324

第二十二章　诗歌风格及其成因 ………………………………… 328

　　一、陈樵诗歌的风格特色 ……………………………… 328

　　二、陈樵诗歌风格形成的原因 ………………………… 333

第二十三章　评价与影响 ……………………………………………… 339

一、宗唐得古 ……………………………………………………… 339

二、对陈樵诗歌的评价 …………………………………………… 340

三、陈樵诗歌的影响 ……………………………………………… 345

第二十四章　胡助与陈樵集中二十五首重出五绝归属考 ……… 349

一、《劝兄弟十首》辨析 ………………………………………… 351

二、《越上宝林寺八咏》辨析 …………………………………… 355

三、《新凉二首》《除夕》辨析 ………………………………… 358

四、《芦雁四咏飞鸣宿食》推测 ………………………………… 361

附录　陈樵资料汇编 …………………………………………… 365

一、传记 …………………………………………………………… 365

二、赠答题咏 ……………………………………………………… 385

三、序跋著录 ……………………………………………………… 389

四、评论佚事 ……………………………………………………… 398

参考文献 ………………………………………………………… 417

后　记 …………………………………………………………… 430

绪　　论

陈樵（1278—1365），元代婺州东阳人。每衣鹿皮，自号鹿皮子。性至孝，幼承家教，继师事李直方，受《易》《诗》《书》《春秋》之学。历四十年恍然领悟，见解独到。终身不仕，遁居圁谷，专心著述。宋濂、杨维桢等对其学术造诣极为推崇。郑善夫《经世要言》中，推陈樵经学有独到之见。《婺志粹》载："自朱、吕倡学东南，学士承传之惟谨。迨元末，而精思力诣者，各以所造自成家，若蜀资州黄泽、金华陈樵最显名。"① 说明陈樵学术自可成名成家，与黄泽成就相埒。宋濂撰墓志铭，称其"君子所著书，曰《易象数新说》，曰《洪范传》，曰《经解经》，曰《四书本旨》，曰《孝经新说》，曰《太极图解》，曰《通书解》，曰《圣贤大意》，曰《性理大明》，曰《答客问》，曰《石室新语》，曰《淳熙纠缪》，曰《鹿皮子》，曰《飞花观小稿》，合数百卷"②。而这数百卷著作多毁于兵燹，今仅存《鹿皮子集》四卷，据四库本《鹿皮子集》统计，卷一为赋，计 15 篇。卷二至卷四为诗，其中卷二 137 首，卷三 70 首，卷四 74 首，总计 281 首。按体裁分，乐府诗 11 首，五言古诗 22 首，七言古诗 18 首，五言绝句 28 首，七言绝句 11 首，五言律诗 46 首，五言排律 1 首，七言律诗 144 首，但有 25 首五绝与胡助重出，据笔者考证，当为胡助作品。《鹿皮子集》外诗有，杨维桢编选的《西湖竹枝集》中陈樵竹枝词 3 首，顾嗣立《元诗选》中有陈樵乐府诗《长安有狭斜行》，金一初主编《东阳历代风景诗选》③

---

① （清）卢标编著：《婺志粹》卷三，赵一生主编《东阳丛书》21 册，浙江古籍出版社 2014 年版，第 187 页。

② （明）宋濂：《元隐君子东阳陈公先生鹿皮子墓志铭》，宋濂著，黄灵庚编辑校点《宋濂全集》，人民文学出版社 2014 年版，第 1329 页。

③ 金一初主编：《东阳历代风景诗选》，中国文史出版社 2006 年版，第 138—140 页。

中有 8 首陈樵的七言律诗，乃陈建文、王昌喜采自《岘北陈氏宗谱》之《环城八咏（岘北八房）》。故而，陈樵诗歌今见 268 首。

一、选题

在历代诗史中，元诗通常被置于较低的地位，而且与同时代的杂剧、散曲相比，元诗也缺乏影响力，其文学价值也常被认为远不及宋诗。但近年来，学界对元诗的研究逐渐增多，对其评价也有提高的趋势。这一方面是由于元代文学研究渐趋深入和丰富，因而必然涉及包括诗文在内的各种体裁；另一方面则是元诗本身的特点开始受到重视，虽然其价值仍不能与宋诗比肩，但作为一个朝代最重要的传统文学体裁，元诗具有不可忽视的作用。杨镰于《元诗史》中说："作为一代之诗，元诗同样有其发生、发展的规律，有其时代赋予的亮点，有其引以为荣的诗人与诗作。就这一意义而言，元诗史与唐宋诗史并无不同之处，研究本身也并无高下之分。"[①] 尤其是 2013 年中华书局版《全元诗》完成，收入近五千位元代诗人流传至今约十四万首的诗篇，两千多万字，分装六十八册，这必将对今后元代历史、政治、经济、文学等领域的研究起到巨大的推动作用。

东阳素有教育之乡、建筑之乡、工艺美术之乡的美誉，元代东阳大理学家陈樵是江南隐逸诗人的代表，然其久居学林、仕林之外，难以吸引世俗的眼光。其理学造诣超拔有元一代诸多大儒，却又生不逢时，未能赶上理学鼎盛期。陈樵被埋没，可谓暴殄天物。笔者供职的单位广厦学院地处陈樵故里之亭塘，这种地缘关系压迫着我们，时刻拷问着我们的学术担当，我们理应对其诗歌进行深入研究，以挖掘古东阳乃至婺州地方特色文化。

站在历史的角度鸟瞰，概括陈樵诗歌的全貌，把握它的基本走向，找准它在元代文学史中的位置，这是文学史研究给我们提出的任务，一个不容推卸的任务。如果不是由我来承担，必定会有其他的人来完成它，因为它是历史所赋予的。要承担这个任务，既需要综合，又需要草创。虽然有一些研究成果可供借鉴，但整体架构、内容一无所傍。正如一头撞入满布荆棘的山野，勉力前行，纵使出浑身解数，略辟草莱，在所不辞。

---

① 杨镰：《元诗史》，人民文学出版社 2003 年版，第 28 页。

二、研究现状

目前所见陈樵研究不多，古人略有评点，杨维桢《鹿皮子文集序》①曰："予始读其（陈樵）诗，曰：'李长吉之流也。'又读其赋，曰：'刘禹锡之流也。'"杨氏以为有元一代，诗文必传于后者，有"姚公燧，虞公集，吴公澄，李公孝光，凡此十数君子"，而"虞、李之次，复有鹿皮子者焉"。可见尊之高。宋濂的《元隐君子东阳陈公先生鹿皮子墓志铭》评价陈樵："文辞于状物写情尤精……读之者以其新逸超丽，喻为挺立孤松，群葩俯仰下风而莫之敢抗。"②董肇勋于《鹿皮子诗赋集序》中言："顾先生诗实自成一家……其七言律新逸超丽，如玉树琪葩，天然自放，实有不可及者。"③胡凤丹于《鹿皮子集序》中有言："先生诗幽艳雕削，大率出入于温八叉、陆天随两家。"④顾嗣立《元诗选》选录陈樵诗八十七首，小传中有评："其诗于题咏为多，属对精巧，时有奇气……即此数语，可以步武西昆诸作。"⑤顾嗣立《寒厅诗话》又云："若夫揣炼六朝，以入唐律，化寻常之言为警策，则有晋陵宋子虚（无）、广陵成原常（廷珪）、东阳陈居采（樵），标奇竞秀，各自名家。"⑥将陈樵评为元诗之"名家"。吴霖在胡助《纯白斋类稿》跋中将陈樵与胡助相提并论："元季时，吾邑之隐居著书者，类多闻人。精工诗赋，则陈公樵、胡公助，其最著也。"⑦《四库全书·鹿皮子集提要》曰："诗则古体五言胜七言，近体七言胜五言。大抵七言古体学温庭筠，七言近体学陆龟蒙，俱能得其神髓。"⑧徐永明《元代至明初婺州作家群研究》⑨对陈樵的艳情诗、爱情诗及题咏诗做了简要的介绍；杨镰的《元诗史》、邓绍基主编的《元代文学史》、王嘉良主编的《浙江文学史》、徐志平的《浙江古代诗歌史》中对陈樵诗歌也有一些相关论述；柴

---

① （元）杨维桢：《鹿皮子文集序》，李修生主编《全元文》41 册，凤凰出版社 2004 年版，第223—224 页。

② （明）宋濂：《元隐君子东阳陈公先生鹿皮子墓志铭》，宋濂著，黄灵庚编辑校点《宋濂全集》，人民文学出版社 2014 年版，第 1329 页。

③ （清）董肇勋：《鹿皮子诗赋集序》，《亭塘陈氏宗谱》卷四（内部资料），2006 年重修，第 178 页。

④ （清）胡凤丹：《金华丛书》，同治退补斋本。

⑤ （清）顾嗣立：《元诗选初集》，中华书局 1987 版，第 1479 页。

⑥ （清）王夫之等：《清诗话》上册，上海古籍出版社 1978 年版，第 84 页。

⑦ （清）吴霖：《纯白斋类稿跋》，胡助撰《纯白斋类稿》，中华书局 1985 年版，卷首。

⑧ （元）陈樵：《鹿皮子集》，《文渊阁四库全书》，台湾商务印书馆影印版，第 643 页。

⑨ 徐永明：《元代至明初婺州作家群研究》，中国社会科学出版社 2005 年版，第 118—120 页。

研珂的《论陈樵及其诗歌》① 是当今第一篇研究陈樵的论文，主要论述了陈樵的生平、思想和诗歌的思想内容、艺术风格等，首创之功，值得肯定。

2011 年，顾旭明立项了浙江省哲学社会科学规划课题"陈樵及其思想研究"（11JCWH02YBM），其阶段性成果有铁晓娜《论陈樵赋的思想内容及艺术特色》②、顾旭明《陈樵理学思想摭鳞》③，结题成果专著《陈樵及其思想研究》④ 分别从社会史、哲学史、文学史三路进发，认为陈樵的理学思想据现存可考资料主要集中在"心之精神曰性""良知得之自然"和"理一分殊"命题上。认为陈樵的学术成就超越了同时代的婺学大家、元代北山学派理学大师、东阳乡贤许谦，堪称婺学岱宗。中国文史出版社和浙江大学的一些编辑学者认为此项研究填补了浙江史学界对陈樵研究的空白，也使元末浙中理学即婺学的研究有了新突破。浙大的专家们认为，陈樵以其超绝之资及不徇偏曲、不尚诡随的理论勇气，批判淳熙以来理学大家尤其是朱熹的理学观点，为朱学一统天下而导致理学日趋衰落的元末学术界带来新风，但终因当朝唯崇朱学，对陈樵这样的山林穷经之士不予重视，导致陈樵之学不显于世，使其成为被历史忽视的理学大家。该书第六章即陈樵诗歌的思想内容与艺术特色，由笔者执笔，用四万余字对陈樵诗歌的思想内容与艺术特色进行了粗略的探讨。以此为契机，笔者相继发表了《陈樵诗歌中的道教意象》⑤《陈樵诗歌中的隐逸思想》⑥《论陈樵乐府诗》⑦《试论元代浙东诗派》⑧《元代文人胡助与陈樵集中 25 首重出五绝归属考》⑨ 等论文，以尝试对陈樵的诗歌作多方解读。

---

① 柴研珂：《论陈樵及其诗歌》，《洛阳师范学院学报》2006 年第 6 期，第 76—80 页。

② 铁晓娜：《论陈樵赋的思想内容及艺术特色》，《绍兴文理学院学报》2012 年第 3 期，第 70—73 页。

③ 顾旭明：《陈樵理学思想摭鳞》《浙江大学学报》（人文社会科学版）2013 年第 4 期，第 196—199 页。

④ 顾旭明：《陈樵及其思想研究·代序》，中国文史出版社 2013 年版，第 2 页。

⑤ 吕国喜：《陈樵诗歌中的道教意象》，《湖北职业技术学院学报》2014 年第 3 期，第 38—42 页。

⑥ 吕国喜：《陈樵诗歌中的隐逸思想》，《兰州文理学院学报》（社会科学版）2015 年第 1 期，第 92—96 页。

⑦ 吕国喜：《论陈樵乐府诗》，《兰州文理学院学报》（社会科学版）2016 年第 2 期，第 77—81 页。

⑧ 吕国喜：《试论元代浙东诗派》《兰州文理学院学报》（社会科学版）2017 年第 2 期，第 83—88 页。

⑨ 吕国喜：《元代文人胡助与陈樵集中 25 首重出五绝归属考》，《金华职业技术学院》2017 年第 2 期，第 80—85 页。

余永腾《陈樵学术思想的生态取向及其现实意义》①认为，元末理学家陈樵的学术思想以"心之精神曰性"和"良知得之自然"的心性之学为核心，以"理一分殊"和"人道配天"为衍生形态，以"主客界限消融"的伦理意识、"万物出于一"的本源意识和"人道合于天道"的认识论为重要特征，显露了独到的生态取向。易淑华、顾旭明《元代东阳籍作家群研究》②认为许谦、陈樵、胡助、李序、李惠、李裕等元代东阳籍作家群的诗文创作风格和写作题材大体一致，远学汉魏近学唐，风格新逸清丽，是一个联系紧密、互动性强、影响大的文学群体。

综上所述，陈樵的生平、思想、文学成就等都有所触及，陈樵研究已迈出了可喜的第一步，但与陈樵的成就、贡献相比，显然研究还不够深入、全面，需要继续发掘、拓展。

三、内容与方法

本书以陈樵诗歌为研究对象，立足文本，对陈樵其人其诗作深入探讨，揭示陈诗的思想内容、表现手法（对仗、用典、用韵、叠字、颜色字）、艺术渊源、风格及成因。以孟子的"以意逆志""知人论世"的文学批评方法，采用比较的、历史文化的研究方法，也希望借鉴接受美学、传播学的研究角度与方法，注意横纵两条线索，既考察共时性，即与同时代文人的交游，又考察历时性，即探讨陈樵诗歌的艺术渊源，追寻其诗歌的后代影响。尝试将前人零星的评论以具体诗例落到实处，力争客观、公正地评价其文学成就，借以揭示陈樵诗歌创作在文学史上的意义和价值。

四、创新与不足

自认为本书作了如下有意义的工作：

第一，从占元代支配地位的"宗唐得古"理念切入，说明陈樵虽独处山林，却未能免俗，其诗歌也是"宗唐得古"的产物，又从题材和创作手法上对其七律做了系统、深入的研究，并借此论述了陈樵在诗史上的地位。

---

① 余永腾：《陈樵学术思想的生态取向及其现实意义》，《中北大学学报》（社会科学版）2014年第2期，第13—15、22页。

② 易淑华、顾旭明：《元代东阳籍作家群研究》，《楚雄师范学院学报》2013年第11期，第29—33页。

第二，充分利用方志、家谱等资料，从地域文化、家族文化的角度出发，考察了江南地域、亭塘陈氏对陈樵的隐逸思想、生活方式的影响，以及其诗歌表现出来的地域性。

第三，在占有大量原始文献资料的基础上，吸收借鉴了接受美学的研究方法，比较全面而又系统地分析了陈樵对李贺、许浑、温庭筠、陆龟蒙、西昆体等的接受情况，基本理清了陈樵诗歌的艺术渊源。

第四，对《劝兄弟十首》《宝林寺八咏》《新凉二首》《除夕》《芦雁四咏飞鸣宿食》等二十五首重出五绝的归属问题做了考证。一直以来，这二十五首五绝未引起学界的注意，2013 年，中华书局《全元诗》发现并提出了问题，却未加辩证，而是一仍其旧。本书对此做了考察，初步认定它们的作者当为胡助，而非陈樵。

第五，四库馆臣对陈樵诗的用韵提出了尖锐的批评，本书详细考察了其用韵特点，完善了对此的认识。

第六，邓绍基主编的《元代文学史》、周惠泉、杨佐义主编的《中国文学史话》（辽金元卷）、金普森、陈剩勇编的《浙江通史》（元代卷）都论到了浙东诗派，然皆非专就其乐府诗而论，本书就浙东诗派成员、形成原因、作品特色等作了系统的考察。

本书的不足之处是：首先，陈樵对前代的学习、接受纵跨度大，涉及面广，本书只是做了粗浅的论述，不够深刻和充分。尤其是由于材料匮乏，其接受背景和原因还需要进一步挖掘；其次，研究涉及传播学、社会学、地理学等诸多学科，而笔者学识浅薄，视野有限，也难以做到深入周全。这些问题都有待今后做进一步修改和完善。

另，本书所引陈樵诗，以《文渊阁四库全书·鹿皮子集》为底本，文中不再标注诗歌出现的页码。如有特殊情况，将在注释中说明。

第一章　陈樵生平与诗歌创作

一、宋元时期东阳的教育与学术

宋濂云："吾婺旧称礼义之郡，士生于其间，皆存气节、仗忠义，而东阳为尤盛。自宋中世以来以直道著称、朝列于国史者甚众，虽布衣下位之士不在谏净之职，而上封事者亦往往有之。岂其人皆善为言论哉？德泽之所渐濡，师友之所讲说，风俗成于下，而至于斯盛也。"① 宋元时期的东阳乃婺之望县，民风淳朴，尚忠孝节义，奉行直道。乡党之学前规后随，书院义塾风靡境内。由皇室后裔赵公藻创建的友成书院开东阳乃至婺州书院之先，随后，东阳的富庶士族一并致力于兴办书院、义塾。宋元间，东阳书院达十三所，其中宋有书院十二所，均在南宋，元一所，详见表1–1。著名的有友成书院、石洞书院、八华书院、白云书院、横城义塾等，一时间名师云集，人才迭出而翘首婺中。

表1–1　东阳宋元书院一览表

名　称	创办时间	创办人	山长及师席	学　生
友成书院	南宋建炎二年	赵公藻	吕祖谦主师席	名宦乔行简、葛洪、李诚之、乔梦符，学者陈黼、倪千里、赵彦稆等并出其门
南园书院	南宋初	蒋明叔	无考	无考

---

① （明）宋濂：《景定谏疏序》，宋濂著，黄灵庚编辑校点《宋濂全集》，人民文学出版社2014年版，第678页。

续表 1-1

名　称	创办时间	创办人	山长及师席	学　生
石洞书院	南宋绍兴十八年（1148）	郭钦止	叶适掌师席，朱熹、吕祖谦、魏了翁、陈傅良、陆游等先后往来其间	学子来自山东、江西、安徽、江苏、湖南及省内宁波、天台、金华、衢州各地
鹿山书院	南宋绍兴十八年（1148）前后	俞姓	无考	无考
淇阁书院	南宋绍兴十八年（1148）前后	赵文思	无考	无考
西园书院	南宋绍兴年间	郭良臣	无考	无考
南湖书院	南宋绍兴年间	郭溥	无考	无考
青溪书院	南宋绍兴年间	郭伯中	无考	无考
屏山书院	南宋端平年间	厉文翁	无考	无考
籯金书院	无考	无考	无考	无考
洛阳书院	无考	无考	无考	无考
高塘书院	南宋绍熙前后	吴崇福（女）	钱文子、叶味道主师席	各方儒生纷至，游学者接踵而至，年登记入册五百人
八华书院	元延祐初	许孚吉	许谦主师席	远而幽冀齐鲁，近而荆扬吴越，及门之士，著录者千余人。一方名医朱丹溪、南明兵部尚书许弘纲都曾就读于此

同时，义塾盛行，宋、元间可考者见表1-2。

表1-2　宋元间东阳义塾可考者一览表

名　称	创办时间	创办人
安田义塾	宋淳熙年间	吴文炳
横城义塾	宋景定二年	蒋　沐
胡氏义塾	宋咸淳年间	胡　祐
陈氏义塾	宋　代	陈德高
王氏义塾	元至顺年间	王庭槐

宋、元乃婺学形成与鼎盛期。东阳由于首开婺州书院之风，一度成为宋、元学术中心，迎来当时如朱熹、吕祖谦、陈亮、叶适等众多名硕讲学交流其间，本土又有葛洪、许谦、陈樵等若干大儒鼎力学问，为婺学之形成、传播、发展做出了重要贡献，乃至对当时浙学传播和发展之贡献也不可小觑。

二、陈樵学脉

《宋元学案》将陈樵系于"程子弟子最著者"刘绚、李吁学脉，是为刘、李六传，系于二程传人。又属"文清学派"。文清学派创始人徐侨，字崇甫，别字毅斋，谥文清，义乌人。登淳熙十四年进士，历官工部侍郎、宝谟阁待制。毅斋初学于金华叶邽，邽即东莱先生之高足弟子也。既仕后，复师事子朱子。其后，毅斋之学传于婺中者两派。一以授叶由庚，由庚授王炎泽，炎泽授黄潘，潘授宋濂，濂授叶伯恺。伯恺当靖难后，隐白沙书院，授卢睿、李棠、楼泽。一授王世杰，世杰授石一鳌，石一鳌授陈樵，陈樵授杨茆、王为。皆有端绪，历历可考。[①] 参之以《宋元学案》，制图如下：

_____

① 参见（清）卢标《婺诗补》卷二，赵一生主编《东阳丛书》21册，浙江古籍出版社2014年版，第61页。

图中文字（自上而下）：

朱熹　　吕祖谦

叶邽

徐侨

朱大中　朱应质　朱杓　楼年之　龚之庚　叶由世　王世杰　康元　朱元龙

朱向善　石一鳌　王炎泽

王龙泽　黄溍　陈取青　石定子

金涓　傅烁　高明　蒋允升　刘涓　陈基　戴良　王祎　宋濂　陈樵

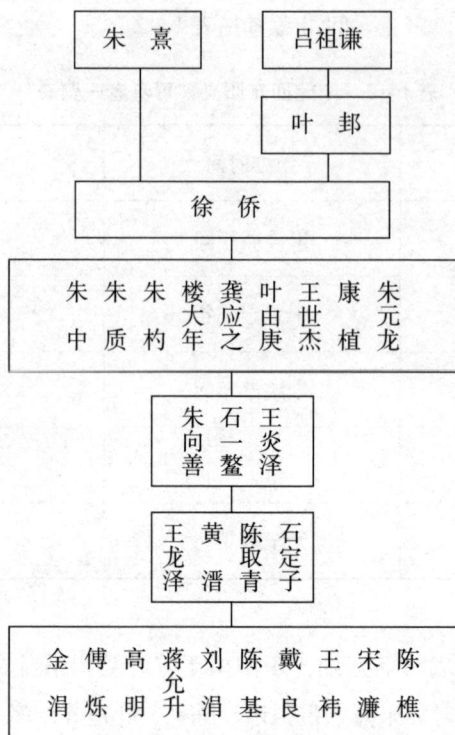

图 1-1　文清学派谱系图

陈樵老师李直方，字德方，治《尚书》，不第，修河洛之学。德祐初，会上求直言，抗疏阙下，不报。益潜心六籍百氏书，声实并著。宋亡，隐居不仕，教授生徒，时陈樵、胡濊、陈士允皆出其门。所著书有《易象数解》。学者称复庵先生。陈闾谷樵《复庵先生行述》云："先生之论《易》，曰：数以定象，象以明理，象数达而理在其中。程子之理，邵子之象、数，《易》之义于是始判矣。孰能一之？一则《易》之为道其犹视诸掌乎？"① 按《易象数解》书虽不存，《续文献通考》载其目。

《宋元学案补遗》卷七十载"鹿皮门人"有吴中、杨苐、朱濂。

吴中，字子善，宋濂为其撰墓志铭：

> 濂之友吴中子善，世家婺之东阳。自曾祖某，祖某，父某咸为儒，至子善益务读书，从里之大儒陈樵先生游。初，濂谒先生太霞洞中，先生曳

---

① （清）卢标：《婺诗补》卷二，赵一生主编《东阳丛书》21 册，浙江古籍出版社 2014 年版，第 97—98 页。

杖微笑出迎，坐濂于海红花下。俄呼酒酌濂，先生自歌古诗，奋袖起舞。子善侍先生侧，目濂引满，以成先生之乐。濂自是得以与子善交。后三年，再谒先生，复见子善时，先生年耄重听，或有所问，子善从旁书濂言以对。及濂辞先生还，子善送至山高水长处，坐石共语，依依弗忍去。自时厥后，久不见子善，闻子善独奉母某氏，居陋巷间，虽无儋石之储，曾不少戚戚动于中。每遇明月之夕，辄鼓琴以自娱，琴已，复把笔咏诗弗辍。濂窃悲世之人，往往穷则失守；有若子善之为，造物者必能昌之。今年秋复求子善而谒焉，则子善已死三年矣。呜呼，天者岂易知耶？子善之固穷如是，乃复使之早夭，是果何理耶？呜呼悲夫！

子善通《周易》诸家说，屡就试有司不中，家益贫，年过三十不能娶。有一妾，为生二子。长某，五岁；幼某，三岁。子善母死未几，而子善又死。二子盖惸然可念。子善之友张良、金韦编、蒋伟器，率诸好义者，既买棺以敛子善，复用羡财赡其诸孤。子善得年四十，生于皇庆壬子某月日，卒于至正辛卯某月日。以某月日同母葬于县南二里姜原。盖潘遂所指地也。葬一年，伟器来谓濂曰："子与子善颇交久，盍为铭？"呜呼，濂尚忍铭吾子善耶？昔孟郊殁，贫无以葬，其友樊宗师为告诸尝与往来者经营丧事，且以余资给其遗孀。昌黎韩文公与郊游甚洽，实为铭其墓。今观子善之事，固不能尽同，其交友之所尽心者，则蔑古今之异也。濂虽非昌黎之文，又可无一言慰子善于地下耶？呜呼悲夫！铭曰：孰使子材，孰使子穷，又孰使子年之不丰？彼苍者天，曷其梦梦？一气悴荣，或系其逢。我作铭诗，以吊其凶，以哀其衷，以揭其封。[1]

于中可知，吴中（1312—1351），祖、父世为儒，屡试不中，独奉母氏，居陋巷，贫不能娶，四十岁卒。贫无以葬，好友张良、金韦编、蒋伟器等买棺抚孤，正与唐代孟郊相似。通《周易》诸家说，明月之夕，喜鼓琴、吟诗。吴子善亲承謦欬，侍奉陈樵左右，当为入室弟子。可惜，天不假年，英年早逝，未能将陈樵之学术发扬光大。王袆有诗《春日过吴子善故居》："风雨分林夜，萧条十载前。故庐仍绿树，精魄已黄泉。妻子今难托，诗文后日传。不堪生死

---

① （明）宋濂：《吴子善墓铭》，宋濂著，黄灵庚编辑校点《宋濂全集》，人民文学出版社 2014年版，第 1491—1492 页。

意，为尔久凄然。"① 诗描述了吴中逝后十载的凄凉境况，妻子难托，绿树仍存，尤令人感叹不已。

杨荩，字仲章，一字质夫，自号鹤岩先生。其先居义乌，父德润始迁东阳。早从陈樵游，后登黄溍之门从学。性颖悟，刻志于学，文辞典雅，操笔立就，二公皆爱敬焉。洪武初，应荐上京，以疾辞归。后隐于东阳南溪之滨，闭门绝客，束书问农，文不留稿，诗不赠人，过着与世隔绝的生活。《千顷堂书目》有《百一稿》《无逸斋稿》《鹤岩集》二十二卷，辑《元诗正声类编》。尝与宋濂、戴良等人诗歌交往，金涓《青村遗稿》中有《用杨仲章兵字庐字韵》二首，杨荩之原诗不传，又有《秋暮会杨仲章》一首，另金涓之《送杨仲章归东阳诗卷序》中载有与杨荩同师黄溍等事。子璠、瑊俱能诗，瑊尝补《金华贤达传》。《金华贤达传》卷十一、《金华先民传》卷七、《万历金华府志》卷十六等有传。

朱廉，字伯清，义乌赤岸人。曾祖衬从徐侨游，精究理学，著《太极演说》《经世补遗》。祖叔麒，承家传之懿，见之为政，历官同知黄岩、浮梁二州，事以朝列大夫、婺州路总管府治中致仕，号遯山。父同善，字性与，幼承家学，复从许谦讲授研究奥旨，尝应辟为两淮府幕属，未数月，解职归隐，以所居曰"裕轩"，遂以为号。廉自少涵濡过庭之训，刻苦励志，淹贯经传，悉领要义，既而学文于黄溍，遂以文章知名，及婺归。送人序有云："东阳古称多名人巨儒，予所师事而接识者三君子焉：曰陈公君采、胡公景云、陈公时甫，皆以高年硕望领袖儒绅。"国朝之初，知府王宗显器其学材，辟为郡学师。及浙东行省右丞李曹公文忠开镇严州，尤加礼敬，遂移长钓台书院。未几，丁外艰。洪武三年，诏修《元史》《圣朝日历》，起为纂修官，史成，拜翰林编修。八年，乘舆巡幸中都，命廉扈驾，至滁州，上问："卿有纪胜之作？"比至中都，进纪行十首，上览而大喜曰："佳诗，朕为汝和。"有顷，召廉，赐示和六诗，当时以为荣。既而授经楚府，寻升长史。久之，两耳病聩，遂致仕而归。穷经讲诵，探研圣学，尝取朱熹语类，摘其精义，名曰《理学纂言》。其为文谨严精密，有文集一十七卷。子栋，字子建，强记过人，亦以文名。永乐初，荐授国子助教，以疾卒于官。孙晔，字文华，领乡荐，任无锡县学训导。《义乌人物记》卷下、宋濂《理学纂言》序有载。

---

① （明）王祎：《王忠文集》卷二，《文渊阁四库全书》1226 册，台湾商务印书馆影印版，第41 页。

据《宋元学案补遗》卷八十二，陈樵弟子还有李裕次子李贯道：

  李贯道，字师曾，东阳人。笃学厉行，随父裕仕陈州，师事张恭叔，甚器之。至正癸巳魁浙榜，甲午登进士，授鄱阳县丞。未第时，从兄怡堂研究性命之学。又与陈樵、陈及析疑问难，自经、史至卜律、算数无不渊通。至正戊子，游浙西时，杨廉夫、郑明德、蒋子中、高纳麟交荐，为和靖书院山长。黄侍讲溍赴召，道吴门，见而喜曰："师曾，我师友也。能继其家声，必有以光道州之业矣。"其见重如此。以荐辟詹事院掾，寻扈驾上京，以疾卒，门人私谥节孝先生。著有《敝帚集》。①

  另据《道光东阳县志》卷二十，陈樵尚有东阳一弟子郭霖者。郭霖，幼颖悟，博览百家，及与朱世濂②同候陈樵于太霞洞，因诵法程朱，潜心经传者十余年，当道闻其美，屡征之，谢病不就。储书千余卷，日与四方美士相砥砺，暇则钓于练溪滨，人皆呼为溪上翁，尝语廉曰："世变极矣，天必生圣人为之主，但予老不及见耳。"不数年，龙兴淮甸，而霖已前卒。

  还有就是陈樵心目中最佳弟子人选宋濂，可谓陈樵之私淑弟子。宋濂（1310—1381），金华潜溪人，字景濂，号潜溪，至濂乃迁金华浦江，谥文宪。宋濂曾先后师从于包廷藻、闻人梦吉、郑复初、吴莱、黄溍、柳贯等，39岁那年，以危素等史馆诸公举荐，被授国史院编修，但宋濂以亲老固辞，入龙门山著书，为道士。52岁，朱元璋遣使奉书币至潜溪征宋濂，宋濂与青田刘基、丽水叶琛、龙泉章溢同至应天为朱元璋政权服务。1360年7月，朱元璋设置儒学提举司，任命宋濂为提举，遣世子朱标受经学。56岁归金华养病，同年八月丁父忧。60岁诏回，修《元史》，与义乌王祎同任总裁官，同年八月《元史》成。61岁，诏续修《元史》，仍与王祎同任总裁官，同年七月成。62岁，宋濂迁国子司业、奉议大夫。八月，充京畿乡闱主考官，是月上《孔子庙堂议》忤旨，谪安远知县，约于年底召还。63岁，擢太子赞善、奉议大夫。64岁，升翰林侍讲学士、中顺大夫、知制诰、同修国史，仍兼太子赞善。67岁致仕。71岁，因长孙慎坐胡惟庸党案被籍其家，械至京师欲诛之，以马皇后谏免而迁流

  ①　（清）王梓材、冯云濠撰，张寿镛校补：《宋元学案补遗》82/301，《四明丛书》102513册，张氏约园刊本。
  ②　即朱廉。参见《宋元学案补遗》卷七十王梓材案语："本名世濂，后改为濂，而又为廉耳。"

置茂州，行至夔州而卒，时年 72 岁。

宋濂大约于元统元年（1333）至东阳太霞洞初谒陈樵，受其"理一分殊"说以归。据宋濂《吴子善墓铭》，后三年，即至元二年（1336），又谒陈樵，"先生年耄重听，或有所问，子善从旁书濂言以对"，此年，宋濂 27 岁，而陈樵 59 岁，年未至"耄"（八九十岁），也不至于"重听"吧。未知宋濂为何有意误记。有文字可查，二人至少有第三次会面，大概是在浦江的一个湖上邂逅，匆忙之间，陈樵来不及阐发他的经学大意，怏怏而别。陈樵《答宋景濂书》云：

> 四月四日陈樵顿首再拜，景濂殿元集贤左右：樵湖上不约而获见颜色，甚恨不能伸所欲言，至今怏怏。不肖濒死，欲以授人，苦无所遇，今以其大意刻于千岩禅师碑阴矣。盖本旨不过片言，若能贯串千经万论于片言之上，方为一贯尔。石刻之外又有经解，已刻在婺州，非久当以板本奉纳。樵偶留邑，下领手教，甚慰。辱惠《家范》，阅《家传》，知景濂看《史记》、《前汉》精熟，不止词赋赡丽而已，但未知散文为何如？他日见示未晚也。草草奉复，不宣。樵再拜。①

宋濂"殿元集贤"这个称谓所来有自。元至正九年（1349），因危素等荐，擢宋濂为将仕郎、翰林国史院编修官，宋却以亲老固辞。据《元史·百官志三》："集贤院，秩从二品。掌提调学校、征求隐逸、召集贤良，凡国子监、玄门道教、阴阳祭祀、占卜祭遁之事，悉隶焉。国初，集贤与翰林国史院同一官署。至元二十二年，分置两院，置大学士三员、学士一员、直学士二员、典簿一员，吏属七人。"② 元初，集贤与翰林国史院合并为同一官署。故而，陈樵称宋濂为"集贤"。殿元，乃状元的别称。其实宋濂并未中过状元，此为信中美称。戴良《九灵山房集》卷二十一《病中承宋编修见过》也以编修称宋濂，可以确定的是，宋濂此时尚未食明禄。元至正十九年（1359），正月二十七日，朱元璋聘宋濂为婺州郡学五经师，戴良为学正，吴沉、徐原为训导。元至正二十年（1360），三月一日，宋濂、刘基、章溢、叶琛至应天。闰五月，被任命为儒学提举司提举。七月，为江南等处儒学提举。十月，为皇太子朱标授经。

---

① （元）陈樵：《答宋景濂书》，宋濂著，黄灵庚编辑校点《宋濂全集》，人民文学出版社 2014 年版，第 2802 页。

② （明）宋濂等：《元史》卷八十七，中华书局 1976 年版，第 2192 页。

千岩禅师（1284—1357），俗姓董，名元长，字无明，号千岩，萧山人。泰定丁卯冬十月入主义乌伏龙山，士民皆礼拜、咨询心学。朝廷三遣重臣宠赐名香。圆寂于至正十七年（1357）六月十四日。千岩禅师师从智觉本公，智觉本公师从广济妙公，广济妙公师从惠朗钦公，惠朗钦公远师慧照大师。当时声动东南。泰定五年（1328），宋濂19岁，至伏龙山见千岩禅师，天历二年（1329），宋濂再次拜见千岩禅师。宋濂离开浙江去应天之前，曾就"出处"问题征询过千岩大师的意见，千岩大师不赞成他出山，他没有听从千岩大师的话，"公拂然就行，后卒遭遇高皇帝，果以文学侍从赞成大功，为一时儒臣之冠"①。陈樵"今以其大意刻于千岩禅师碑阴"，时间一定是千岩禅师圆寂之后，即1357年之后。而1359年，宋濂应朱元璋之聘。故而，初步推断陈樵此回信时间应为1358年的4月4日。

元至正十八年（1358）三月，朱元璋军队取睦州，宋濂遣家人入诸暨勾无山，己则独留未行。六月十八日，朱元璋攻取浦江，宋濂避兵诸暨勾无山吴宗元、陈堂家。1357年，宋濂则在浦江，具体"湖上"未知为何湖，"樵偶留邑"之"邑"也未可知。宋濂请陈樵过目的《家范》应是郑氏家范，"年二十五，授徒于义门郑氏。是时义门六世家长大和，方著《规范》示子孙，公为参定之"②。陈樵于《题郑氏义门》诗中道："名门人共慕，家范世应传。"约洪武元年（1368），宋濂作《千岩禅师语录序》，其中有云："禅师既入寂，兵燹方张，所谓《语录》者，皆为煨烬，经今十有余年矣。"③ 这里的"兵燹"，杨苐于陈樵行状中也有记载："至正十九年（1359）己亥，家被兵燹，避地来居子塔王为蒋坞精舍，乐其山林风物之胜，遂终老焉。"④ 估计千岩禅师之碑也一同被毁了，而陈樵刻于碑阴的"大意"也同样无存。

陈樵众学生中未有上佳人选，他急欲将衣钵传授给宋濂，不仅将大意刻石，而且刊印了著作《经解经》，欲将版本交给宋濂保存。其真挚、急切之情状，

---

① （明）姜良翰：《宋学士祠堂记》，宋濂著，黄灵庚编辑校点《宋濂全集》，人民文学出版社2014年版，第2613页。
② （明）郑楷：《翰林学士承旨宋公墓志》，宋濂著，黄灵庚编辑校点《宋濂全集》，人民文学出版社2014年版，第2638页。
③ （明）宋濂：《千岩禅师语录序》，宋濂著，黄灵庚编辑校点《宋濂全集》，人民文学出版社2014年版，第515页。
④ （明）杨苐：《元故鹿皮子陈先生行状》，《亭塘陈氏宗谱》卷四（内部资料），2006年重修，第52页。

宋濂在墓志铭中也有记："予濒死，吾道苦无所授，子聪明绝伦，何不一来，片言可尽也。"① 宋濂未能亲往，受其说，以完成陈樵遗愿。

吴中早夭，陈樵只好退而求其次，将遗书全部交给了另一个学生杨苻，可惜杨苻未能发扬光大。"苻幸获执弟子礼于先生之门人，所愧者，质性陋劣，于先生之学，莫能窥见其藩垣，而先生之垂没也，乃悉以遗书授苻，俾有传于方来，顾惟先生平日述作之已流播四方，人诵家传，若无憾矣。特其所著群书，未克大行于世，谨藏之名山，以待后世之知吾子云者。"② 为陈樵文集作序的杨维桢也大为叹赏，特意抄录其文而藏之于家，其文却不知所终。"金华文章家显而在上者，自延祐来，凡四三人，人皆知之。而在下，人少知而吾独知者，曰圆谷陈樵氏、潜溪宋濂氏也。圆谷，吾已录其文而藏于家。"③ 陈樵理学著述几无所存，实乃历史憾恨。

三、陈樵家世

陈樵故里东阳亭塘乃历史名村，亭塘陈氏为宋元时浙东巨族。亭塘陈氏自陈洪一世至十四世，共有三十六位出官，进士七位，可谓家世显赫。其中自宋中叶至元末的两百多年间兴盛不衰，宋朝为官人数达二十余人，如北宋时国子监助教陈元寿、紫政大夫礼部尚书陈沐、南宋理宗时有礼部侍中陈谟、礼部尚书兼兵部事陈镐、国学进士陈取青等。陈樵于《亭塘陈氏世系纪原》中云："五世祖自吴故儒家，宋初自富春来教授婺之东阳，因家甘泉乡，为太平里人。三传而子孙始衍。四传至助教，公家始裕。五传至居士公，而家始大穰。三百年间，名不越州郡，仕不过主簿尉，而闽徙瓯者，雄材硕学，累累相望，名藏天下。"

陈樵六世祖陈沐，与樵高祖同胞，早登进士，累官至资政大夫。高祖洪，幼业儒学，常与建安真德秀为友。曾祖居仁，议论慷慨。祖嘉为县簿，伯祖镐拜礼部尚书，其父陈取青"敬慎以自持，坚毅以自立，颖悟通敏。下帷发愤，沉潜反复，精彻《尚书》及《周易》、程氏。传有司嘉其才，补太学生"④。陈樵家族官系可见表1-3。

① （明）宋濂：《元隐君子东阳陈公先生鹿皮子墓志铭》，黄灵庚编辑校点《宋濂全集》，人民文学出版社2014年版，第1328页。
② （明）杨苻：《元故鹿皮子陈先生行状》，《亭塘陈氏宗谱》卷四（内部资料），2006年重修，第54页。
③ （元）杨维桢：《潜溪后集序》，李修生《全元文》42册，凤凰出版社2004年版，第495页。
④ （元）李直方：《清四府君行状》，《亭塘陈氏宗谱》卷四（内部资料），2006年重修，第40页。

表1-3　陈樵家族官系

姓　名	谱　序	职　位	备　注
陈　洪	第五世（亭塘始祖）	宋开宝六年进士，东阳儒学教授	
陈元寿	第五世	宋宣和间以明经荐授国子监助教	
陈　校	第六世	宋奉使出番	
陈　周	第七世	宋赐朝议郎	游学天台，遂家
陈　椿	第七世	宋赐朝议郎	
陈　炳	第七世	常州府教谕	
陈　沐	第七世	台州路仙居县学谕，后升资政大夫、礼部尚书	
陈　洪	第七世	以明经授翰林院学录	
陈　谟	第八世	以子推恩，敕封奉政大夫礼部郎中	
陈　梛	第八世	绍兴间初授运干，淳祐壬寅转升江淮转运使	
陈　谔	第八世	仕京谕	
陈　杞	第八世	咸淳四年赐分教全州，迁迪功郎，镇江府金坛县主簿	
陈　礼	第八世	翰林史检	
陈　滨	第八世	宋宝祐间授杨潨江龙湾提举	

续表 1 - 3

姓　名	谱　序	职　位	备　注
陈 镐	第九世	宋嘉熙已亥应举贤良之诏，初授枢密院主管文字，历官翰林三任，升礼部郎中，转兵部侍郎；咸淳十年升政奉大夫礼部尚书兼行兵部事	宋濂为墓志铭
陈 闻	第九世	宋登进士，官至登仕郎	
陈 钁	第九世	中浙江省元	
陈 誉	第九世	中浙省经元	
陈 同	第九世	仕京谕	
陈 镱	第九世	初授汀州司理，迁绍兴路萧山县尉	
陈 镇	第九世	本邑儒学斋长	外孙胡瑜墓铭
陈 毅	第九世	仕翰林检阅	
陈 铸	第九世	仕学谕	
陈应雷	第九世	授东阳县尉	
陈 炎	第九世	娶上淮阳王郡主，为郡马	
陈 清	第十世	宋进士，任国子监助教	
陈 称	第十世	至元间授将仕郎，绍兴路平淮库大使	自于长塘徙居邑之东门
陈 性	第十世	宋咸淳进士，尝抗章诋贾似道误国。及宋亡，元丞相伯颜见其章欲用之，辞不就。	陈樵之父。乌伤傅光龙铭其墓

续表 1−3

姓 名	谱 序	职 位	备 注
陈 儒	第十世	初授长山主薄，历官至河南廉访司副使	
陈 佳	第十世	元提领	
陈 恂	第十世	登进士，授绍兴路宣使	
陈 憬	第十世	任富春书院山长	
陈 森	第十一世	种粟赈济，授绍兴府钱青场管勾提举	
陈 醮	第十一世	授翰林院国史	
陈 相	第十二世	仕宣使	
陈大年	第十二世	至正庚寅乡闱一榜第一，进士，授国子监学录，命掌署徽州歙县教谕，甲午复迁翰林院学录	陈樵次子
陈应荣	第十三世	抱文武才，举义兵助国朝，累赠奉直大夫尚宝少卿	
陈应昌	第十三世	仕元中牟县主薄	
陈宗城	第十四世	大明恩授本县主薄，洪武庚辰升临洮宣抚使	陈应荣子
陈宗允	第十四世	由岁贡出，授陕西按察使司检校	

注：本表根据《亭塘陈氏宗谱·世传》卷二（内部资料）第 2—115 页的内容整理。

四、陈樵生平与诗歌创作

陈樵出生于至元十五年（1278）。同年，于东阳南部的南马东湖村还诞生了另一位名儒——胡助。值得关注的是，这两位同一年诞生的东阳元代名儒，其人生轨迹和价值理念截然不同。陈樵甘居寂寞，长期隐居而潜心学术；胡助却热衷仕途，终生为官，而地位不显。

1278 年，郡人胡长孺三十九岁，方凤三十九岁，柳贯九岁，许谦九岁，黄溍二岁。这些同郡名儒皆与陈樵友善，"诗人之选，若钱塘仇公远、白公廷粤、谢公翱，同郡方公凤、河东张丞旨翥，文章大家若四明戴教授表元、蜀郡虞侍书集、长沙欧阳丞旨元、蒲田陈监丞旅、永嘉李著作孝光，同郡胡司令长儒、柳待制贯、黄侍讲溍、吴礼部师道、张修撰枢，与先生为文字交，争相敬慕，以为不可企及。"① 而长陈樵八岁的许谦，后来则是元代"北山学派"干城，朱学大师，史称"白云先生"。

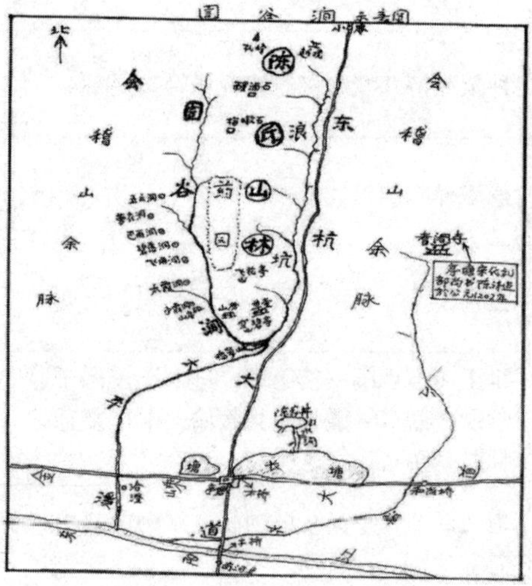

图 1 - 2　圖谷洞景点示意图②

陈樵宅在亭塘，亭塘现为浙江省历史名村。村前东阳江宛如晶莹玉带自东向西蜿蜒而过。流水、沙滩、青柳、翠竹为人们提供取之不尽的财富。十八塘居于村东，水域面积约 113 亩。宋、元时，此地建有飞雨亭、风香亭、翠花亭、诗林亭、玉雪亭、秋色观、山馆、琴堂、山庄、绝唱轩、小元畅楼等诸多建筑和庭园。塘中备有游漾之小舟。今存东阳旧志，录入多篇当时文人墨客情景交融的诗文。村后有马鞍山、圆谷山（也叫银谷山）等。陈樵当年采药圆谷，著书少霞洞，隐居于此。圆谷是亭塘陈氏一始祖陈元寿建设的园林景区，这里有

---

① （明）杨苄：《元故鹿皮子陈先生行状》，《亭塘陈氏宗谱》卷四（内部资料），2006 年重修，第 49—50 页。

② 陈寿南编：《亭塘村志》（内部资料），2011 年，第 179 页。

少霞洞、飞花亭等多处景点，楼台依水，洞幽岩奇，青霞烟雨，影树亭亭，风光绮丽，陈樵写有北山别业诗等多首。

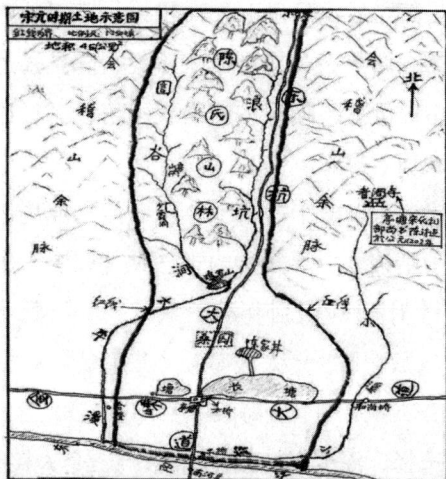

图1-3　亭塘宋元时期土地示意图①

陈樵幼承父学，过庭受业。其父陈取青为宋国学进士，曾抗章诋当时宰相贾似道欺君误国，可谓大义凛然。到了元朝时，丞相伯颜看见他所进奏章，十分赞赏，想征其为官，但被其拒绝。陈取青一心培养儿子，父子自相师友，朝夕讲贯而切磨之，终于把陈樵培养成为一代大儒。

陈樵性复至孝。其父亲陈取青晚年时病患风挛，行动不便，陈樵便常常扶着父亲出入；后来陈取青又被风痰所塞，咳不出痰来，陈樵便灵机一动，截取一支竹筒当吸管，帮助父亲把痰一口一口吸出来。母亲郭夫人去世后，陈樵把她生前所穿衣服藏起来，常常于饭后睡前捧着衣服睹物思人，暗自哭泣。陈樵对亲戚故旧十分友善，语气温和，态度诚恳，从来不对他们说长道短。遇见后生晚辈们，从不以长者和学者自居，总是谆谆教导他们做人要以孝悌忠信为本。陈樵对上门求写文章的人，从来不曾拒绝过。

陈樵操履清介，行止端方。亭塘陈氏自宋至元代，家世显赫，家境丰裕殷实，但陈樵一贯坚守克俭简朴之生活准则，恶衣菲食，漠然对待家庭的纷华盛丽，没有沾染上一丝膏粱纨绔之习气，而是认真践履儒家"修齐治平"的精神，关爱他人，热衷公益，救灾恤患，乐善好施。每遇家乡荒年，便拿出自家

---

① 陈寿南编：《亭塘村志》（内部资料），2011年，第52页。

的粮食以赈饥饿的乡亲，自己却"来牟以续其食"。这才是真正儒君子所为！陈樵"平生不妄取，非其义，纵千驷万钟弗为动"，他曾经把家里的银器误以为锡器，发给锡工，虽然之后觉察也不去计较，一笑而已。有一座通往邻县的东江桥坏了，给来往的人们看病和交易带来不便，陈樵知道后就积极捐资，与大家一起修复该桥。由此可见，陈樵不但满腹经纶，而且还是一个认真践履理学精神的品格高尚的大理学家。

少时的陈樵以赋出名。"少作古赋十余篇，传之成均，生徒竞相誊写，谓绝似魏晋人所撰。君子则讳之，不复肯为也。"①《鹿皮子集》收录陈樵古赋即《东阳县学晖映楼赋》《闲牺赋》《卧褥香炉赋》《瑃瑁赋》《迎华楼赋》《胡氏铁心亭赋》《月庭赋》《放萤赋》《太极赋》《蔗庵赋》《八咏楼赋》《节妇赋》《迎华观瑞莲赋》《李夫人赋》《垂丝海棠赋》等十五篇。

陈樵这样的人生选择，深受其家庭背景影响，令人羡慕而叹息。羡慕者，这样的选择显得清高和洒脱，是寻常人家不可企及的。如与陈樵同庚邑人胡助就没有这样的清高潇洒。胡助也是官宦出身，曾祖胡居仁在南宋时任学谕，父亲胡佑之为宋乡贡进士，史馆实录院主管文字，赠承事郎、秘书监秘书郎，但东阳胡家没有亭塘陈氏显赫。因此，胡助热衷于走"上层路线"，于至大元年（1308），胡助三十一岁，即因举茂才授建康路儒学学录，兼太学斋训导，但由于被举而不能参加后来的科考。延祐元年（1314），元朝开科选士，胡助却囿于省台章格，不得参加，但胡助于是年至京城，以自己的才学干谒名公大卿，结交了如王士熙、元明善、马祖常、袁桷等不少馆阁之臣，最后调任美化书院山长。后来，胡助又授温州路儒学教授，用荐为翰林国史院编修官。其仕途虽不甚畅顺，却也算是终身为官的了。

关于陈樵归隐的时间有不同的说法。《四库全书总目提要》云："至正中，遭乱不仕，遁居圁谷，每衣鹿皮，因自号鹿皮子。"②至正（1341—1370）是元顺帝第三个年号，也是元朝最后一个年号。即使按至正元年（1341）算起，那年陈樵已64岁了，而宋濂于《元隐君子东阳陈公先生鹿皮子墓志铭》中提及

---

① （明）宋濂：《元隐君子东阳陈公先生鹿皮子墓志铭》，宋濂著，黄灵庚编辑校点《宋濂全集》，人民文学出版社2014年版，第1329页。

② （清）永瑢、纪昀等：《四库全书总目提要》卷一六八，艺文印书馆1969年版，第3343页。

宋濂第一次拜访陈樵的时间："元统间，濂尝候君子洞中。"① 元顺帝元统年号一共两年，即 1333 年、1334 年，即陈樵 56 岁或 57 岁，明显早于四库馆臣之说，但由此也不能判定陈樵最初隐居的时间。杨芾《元故鹿皮子陈先生行状》中称陈樵"屏迹林邱垂七十载，直与世绝"②。至正十九年（1359），陈樵家遭兵燹，避乱于女婿王为家六年，这段时间也应包括在内。陈樵寿八十八岁，减去七十年，约略算出陈樵于二十岁左右入隐圁谷涧。当然，这也是一个大致时间点，"七十载"是个模糊的数字，可能恰好是七十年，也可能举整数而言，难以精确认定。

陈樵"足迹未尝出里门"③，《鹿皮子集》中写到东阳周边的如耆阇山、浦江县东明山与伏蟾山、金华通天洞、武义县明招山的蜡屐亭等。且自言："吾尝周旋于二百里之间，以为醉吟之地。晨出而暮入，倦游而返，登高远望，则二百里已在吾目中。"④

陈樵隐居圁谷的日子，应该十分悠闲畅快。守着祖先留下的田园别业，除了著述，就是游玩吟诗、交接朋友。时不时就有人上门讨教拜访。当春阳正殷之日，好学上进的宋潜溪来了。在太霞洞边的海红花下，宋濂等待着陈樵的接见。五十六岁的陈樵终于步屧款款而出，并与后生宋濂推杯斟斝，歌古词以为欢。

其间，陈樵还与出仕的黄溍交往甚密。留有《黄晋卿见过却归乌伤》六首，《送黄晋卿之任》一首，《次韵黄晋卿见寄之什》二首等。

在《答李齐贤言别》《分题送李齐贤（三首）》《送李仲积北上》《送孙仲明尉再到东阳省墓归太原（二首）》《送吉甫北上》《送沈教谕（二首）》《题郑氏义门》《送朱明德休宁典史（二首）》《送张仲举归晋阳举进士六首》《分题送李仲常江阴知事三首》《送卢经历归北》等诗中，还可以看到陈樵与外界的应酬和交往。在这些诗里，多少透露出隐居圁谷的陈樵还怀有不甘寂寞之心。

---

① （明）宋濂：《元隐君子东阳陈公先生鹿皮子墓志铭》，宋濂著，黄灵庚编辑校点《宋濂全集》，人民文学出版社 2014 年版，第 1327 页。

② （明）杨芾：《元故鹿皮子陈先生行状》，《亭塘陈氏宗谱》卷四（内部资料），2006 年重修，第51 页。

③ （明）宋濂：《元隐君子东阳陈公先生鹿皮子墓志铭》，宋濂著，黄灵庚编辑校点《宋濂全集》，人民文学出版社 2014 年版，第 1329 页。

④ （元）陈樵：《吟所记》，戚雄选《婺贤文轨·拾遗》，《四库全书存目丛书集》299 册，齐鲁书社 1997 年版，第 772 页。

此外，还有与杨维桢等唱和，如《和杨廉夫买妾歌》《代嘲旧人》《代答新人》《代玉山子答》等。

当然，在圆谷隐居期间，陈樵主要潜心学术，著述之余，方以诗歌遣性抒情。他留存下来的诗歌以写景咏物为最多，占诗歌总数将近 70%，唱和酬答诗次之，约占总数的 20% 强。

陈樵晚年家遭兵燹事，陈寿南编《亭塘村志》有考："公元 1359 年（元末至正十九年），亭塘村遭兵燹。被烧得片瓦不留，经典著作也全毁，满地废墟，惨不忍睹。村民无家可归，流离失所，只得逃避他乡（兵分十八路）。据祖辈传说当时有有家也难归，陈姓人要被朱元璋的兵抓去杀头。为什么？据考，1359 年，朱元璋的名将胡大海于正月间打下诸暨，九月间奉调到处州攻战，率兵经亭塘（是东杭大道沿线），而奉朱元璋之命，将这陈姓之村消灭干净。因朱元璋屡遭政敌陈友谅围歼之恨，趁此将怨恨嫁于我无辜的陈氏之家，真是城门失火殃及池鱼（其实陈友谅与我村的陈姓是同姓不同祖）。"[①]

陈樵在《鹿皮子墓》中有着盖棺论定式的自我评价：

> 土蚀苔侵古瓦棺，化台深锁万松关。
>
> 坐看天上楼成日，吟到人间诗尽年。
>
> 句漏无灵丹灶冷，孟郊未死白云闲。
>
> 江南春草年年绿，又向他生说郑玄。

"句漏无灵丹灶冷"是对他所信奉的道家炼丹养生说的一种怀疑。"孟郊未死白云闲"隐然是以苦吟诗人孟郊自命，肯定他自己的诗歌价值，必将不朽而流传广布。"又向他生说郑玄"对自己的理学成就颇为自负，敢与经学家郑玄相比肩。然而，岁月弄人，历史无情，谁也无法左右"生前身后名"，历史好像跟陈樵开了个残酷的玩笑，以至事与愿违，问题完全颠倒过来了，作为一个理学家的陈樵却被历史的风尘掩埋了，几百卷的理学著作毁于兵燹，只传下《鹿皮子集》诗赋四卷。要知道，陈樵生前耻于以文章家自居，拒绝别人向他学习，而是以发扬经学为使命。董肇勋《鹿皮子诗赋集序》中云："复窃念先生以旷世之才，其著书明理一分殊之义，若遂欲起洙泗伊洛，而师友于一堂，

---

① 陈寿南编：《亭塘村志》（内部资料），2011 年，第 14—15 页。

诅屑以离词韵语自见哉？而世之好先生，反在此不在彼。"① 其于《凡例》中又言："殁而文宪公为作墓志，今以冠篇首，使读是集者知先生之学为儒学，诗赋小道不足以尽先生也。"② 这是符合陈樵的原意的，可谓深为解颐者。

陈樵之诗文集编订于生前，遣其子征序于杨维桢，杨氏《鹿皮子文集序》有云："其子年持文集来，且将其命曰：'序吾文者，必会稽杨维桢也。'"③ 但似未刊印。此本明时已罕见④。清王士禛《香祖笔记》卷六载："近日金华刻元陈樵《鹿皮子集》，郡人卢联所编，刻于明正德戊寅，今郜阳县丞会稽董肇勋重刻于婺郡……甲申，董自秦中以卓异入京陛见，来谒，以是书为贽。"⑤ 所言一为明正德十三年（1518）刊本，一为甲申即清康熙四十三年（1704）据正德本重刻本。征之于胡助《纯白斋类稿》吴霖跋"时之称善诗者，胡与陈相为颉颃。陈之《鹿皮子集》前年汇编于董广文"。此跋写于康熙丙戌年（1706），则文中所谓"前年"即为康熙甲申年无疑⑥。而正德本今已不存。康熙本为会稽董肇勋据正德本重刻于寓楼书室。此本卷前有宋濂撰《元隐君子东阳陈公先生鹿皮子墓志铭》，董肇勋撰《凡例》及目录。

① （清）董肇勋：《鹿皮子诗赋集序》，《亭塘陈氏宗谱》卷四（内部资料），2006 年重修，第178 页。
② 《亭塘陈氏宗谱》卷四（内部资料），2006 年重修，第 180 页。
③ （元）杨维桢：《鹿皮子文集序》，李修生主编《全元文》41 册，凤凰出版社 2004 年版，第224 页。
④ 参见傅璇琮《中国古代诗文名著提要》（金元卷），河北教育出版社 2009 年版，第 206 页。
⑤ （清）王士禛撰，洪之点校：《香祖笔记》，上海古籍出版社 1982 年版，第 122 页。
⑥ 参见（元）胡助《纯白斋类稿》，中华书局 1985 年版，第 7 页。

第二章　诗学思想

杨苇《元故鹿皮子陈先生行状》中一段夫子自道可看作陈樵的文学追求：先生亦（未）尝自言："作文须拔出流俗，使自成一家言，当如孤松挺立，群葩众卉俯仰下风而莫之敢抗，苟徒取前人绪纶织组成章，夫人能言之，是犹嫫母效颦于西施也，何取于文哉！"① 可见，陈樵作文写诗反对寻章摘句的机械模仿，反对嫫母效颦，务要道他人所未言，主张创新，且"拔出流俗""自成一家言"。

一、尚清

陈樵对诗美学的核心范畴"清"有着深刻的理解与执着的追求。

胡应麟《诗薮》外编卷四云：

> 诗最可贵者清，然有格清，有调清，有思清，有才清。才清者，王、孟、储、韦之类是也。若格不清则凡，调不清则冗，思不清则俗。王、杨之流利，沈、宋之丰蔚，高、岑之悲壮，李、杜之雄大，其才不可概以清言，其格与调与思，则无不清者。②

笔者统计，陈樵诗中共出现"清"字四十一次，频率不低，可见陈樵对"清"的偏爱。

"隐君去已久，何人蹑清芬……不识翁玉润，不识翁冰清"（《竹涧亭》），"七贤清修诚足慕"（《题竹隐轩》），"膺门桃李阴，兰砌近清芬"（《投李息斋

---

① （明）杨苇：《元故鹿皮子陈先生行状》，《亭塘陈氏宗谱》卷四（内部资料），2006 年重修，第 50 页。

② （明）胡应麟：《诗薮》，上海古籍出版社 1979 年版，第 185 页。

父子》其二），这是气质禀赋之清；"长才操吏牍，清兴寄诗篇"（《送朱明德休宁典史》之二），这是情兴之清；"结亭林泉间，归来养清真"（《清隐亭》），"步屧得古寺，入室清心源"（《同陈子俊暮秋游耆阇山时九日后》），这是心态、心境之清，这种主体之清在于心性的修养，而心性修养的外界环境莫过于清幽的山水之间；"花竹穷清玩，山池属素情"（《黄晋卿见过却归乌伤》之六），"石泉幽树太清奇"（《策蹇冲寒图》），这是景物之清；"玉箫吹断暮云平，散发临风露气清"（《望月台》），"岩穴冬温夏气清"（《霜岩石室》其五），"仙人约我琼楼上，只恐月中秋更清"（《圆谷涧》），"广寒宫殿殊清绝，素娥婵娟皎如雪"（《待月坛》），"幽斋风月清无限"（《赠冯东丘》），"不用破瓜沉绿李，自从云后有余清"（《清凉台》），"涵碧亭头夏气清"（《涵碧亭》），"万里清和此晏温"（《寻春图》），这是气氛、环境之清。"正因为清是超脱世间庸俗氛围的胸襟和趣味，所以对具体情境的'清'的感受很大程度上就成了一种心境的玩味和投射。环境的清也就是心境的清。这种泯灭了世俗欲念、超脱于利害之心的心境正是审美观照的前提，也是诗意的开始。"[1] 正如仇福昌于《静修斋诗话》春卷中云：

> 人之心不可不清。不清则利欲熏心，了无佳趣；清则风云月露，皆可作诗词歌赋观，所谓无声之诗也。[2]

这与陈樵可谓同气相求，他在《香雪壁》中云："嗤彼尘俗人，两眼哪能清？"在他看来，清与俗是对立的。尘俗之人心不清，两眼固然不清。有清心之人，自然能够体察宇宙之清音、清境、清风、清影，并熔铸为意象，摄入诗中。宋濂称陈樵"清风与逸气兮，横绝宇宙中"[3]。在陈樵眼中，水是清的："清泉""泉清"（《题郑仲潜东明山凿池曰灵渊》）、"清洛水"（《送蒙古教授郭受益归洛阳》）、"双溪清若许"（《送乌经历归二十韵》）、"清流"（《麋谷涧》）、"石井澄清似醴泉"（《石井涵清》）。而水清正是清字的本义，与澄互训。另有"清月"（《太霞洞》一作）、"清霜"（《送沈教谕》其一）、"清露"（《次周刚善

---

① 蒋寅：《古典诗学的现代诠释》，中华书局 2003 年版，第 39 页。
② 只见抄本，转引自蒋寅《古典诗学的现代诠释》，中华书局 2003 年版，第 39 页。
③ （明）宋濂：《元隐君子东阳陈公先生鹿皮子墓志铭》，宋濂著，黄灵庚编辑校点《宋濂全集》，人民文学出版社 2014 年版，第 1331 页。

僧房牡丹韵》其一），甚至有"清任"（《送朱明德休宁典史》其一），"清切地"（《黄潜卿见过却归乌伤》其二），"清绩"（《黄潜卿见过却归乌伤》其五）、"清门"（《送张仲举归晋阳举进士》其四）、"清论"（《石楼草庐》其二）等。"身健都忘老，诗清不为秋。"（《投外宪列职》之二）"人从烟雨上头立，诗到莺花过后清。"（《北峰》）"眼前景物清如许，诗思还开锦绣胸。"（《楼氏云楼》）生动地阐释了景物、环境与心境、诗思乃至人格、风格相辅相成的辩证关系。翁方纲《石洲诗话》评曰："陈居采诗，学温、李而有清奇之气。"①

蒋寅认为，诗歌中的"清"给人最突出的印象是描写的景物、传达的感觉，还有表现的趣味，都有着清绝的韵致，当得起"超凡绝俗"四字，并分析"清"的内涵还包括：明晰省净，超脱尘俗而不委琐，新颖，凄冽，古雅。② 陈樵诗歌中的"清"同样也具有这些基本的内涵与质素，只不过更偏于"清丽""清苦"一路。

如果从深层次分析元代诗学尚清的原因，一是由于元代文人与政权的关系相对比较疏离，对政治的依附关系较弱，如此倒使他们拥有充分的空间去自由地享受自己的生活情趣，表达自己的审美追求，于是"清"便在他们的诗文和诗文理论中强有力地反映出来；二是元代文人在失去政治和经济上的优势后，富与贵已经不属于他们，为了抗衡富与贵，展示自己的个人价值，就要充分张扬自身的文化优势，突出其人格高致，于是不管是从情趣说，还是从人格说，抑或从为人气象说，高扬文人和文化之"清"，以区别并抗衡"东华尘土"所代表的富与贵之"尘"之"俗"之"浊"，就成为文人们获取人格自尊和心理平和的必然。③

若要追溯成因与源头，蒋寅认为，审美意义上的"清"，尤其是作为诗美概念的"清"，首先是与一种人生的终极理想和生活趣味相联系的，其源头可以追溯到道家的清净理想。老庄清静无为的人生态度、虚心应物（涤除玄览）的认知方式、超脱尘俗的生活情调，甚至道教神话中的天界模式（三清），无不围绕着"清"展开。④ 可以想见，道家思想作为传统观念的主要源头之一，

---

① （清）翁方纲撰，陈迩冬校点：《石洲诗话》卷五，人民文学出版社 1981 年版，第174页。
② 参见蒋寅《古典诗学的现代诠释》，中华书局 2003 年版，第 49—51 页。
③ 参见查洪德、徐姗《元人诗风追求"清和"论》，《文学与文化》2014 年第 4 期，第 62—74 页。
④ 参见蒋寅《古典诗学的现代诠释》，中华书局 2003 年版，第 35 页。

在深刻影响古代生活的同时，也将清的意识深深烙在文人的生活观念和趣味中。陈樵儒道兼修，其隐逸的人生选择，也与道家的清净理想更为契合。

二、苦吟

陈樵崇尚苦吟，他在《投宪幕上下》中自云："作吏真痴绝，吟诗得瘦生。"不禁让人联想起"借问别来太瘦生，总为从前作诗苦"的杜甫。《鹿皮子墓》中言："孟郊未死白云闲。"更是将自己比作唐代著名的苦吟诗人孟郊。另外，《分题送李仲常江阴知事·暨阳湖》："功曹吟苦多诗渴，拟借平湖作酒杯。"《绝唱轩》："洛下书生无苦思，我今饵药卧山阿。"借他人之事，申明自己的苦吟精神。

尤以《诗林亭》最为突出：

> 少日论文气似霓，看花觅句到花飞。
> 吟成思入月中去，语冷心从雨外归。
> 林下树寒和石瘦，云边莹湿度花迟。
> 眼中有句无人道，投老抛书衣鹿皮。

邓绍基主编的《元代文学史》对此诗有精彩的分析："陈樵是一位苦吟诗人，他写诗常常精心构思，锤炼辞句。他有一首叙述自己创作的艰辛过程的诗，叫作《诗林亭》，开头说他潜心觅句，花开花谢，日日夜夜不罢休。有时诗写成了，夜深月光没有了，雨把衣服都淋湿了，身上感到寒冷，才拖着瘦削而疲倦的身躯回家。但是结局是他写出了无人道过的诗境，却'投老抛书衣鹿皮'。"[1]

同时，陈樵也用这种理论指导了自己的写作实践，比如，他七律诗里多见异文，字词相异的如《巴雨洞》中"侵袂"一作"依洞"，《梅瞰石》中"暗水"一作"隔水"，《醒酒石》中"赋楚骚"一作"首屡搔"，《少霞洞山居》中"口"一作"里"，"南"一作"前"，"又"一作"却"等。单句相异的如《银谷涧空碧亭》中"有时弄月到亭前"一作"有时却挂绿窗前"，《石龥峰》中"北峰云出何曾断"一作"甗中云起长如湿"等。一联相异的也有很多，如

---

① 邓绍基主编：《元代文学史》，人民文学出版社 1991 年版，第 508 页。

《太霞洞》诗的首联、三联和尾联均有异文，而且是整句有异，《萝衣洞》《五云洞》三联就有两重异文，更有甚者，如，《碧落洞》《山园》《壶天》等竟然是整首有异，注中径自标出"又一首云""一本作"等字样，由此或可见作者推敲诗句的程度，琢磨砥砺的功夫。

陈樵这种孜孜矻矻的苦吟精神，一方面使得诗歌精巧华美，另一方面也付出了雕琢过甚，乃至纤巧的代价。

三、实与景遇

实与景遇是元代文人吴师道总结出来的诗学理论。"吴师道字正传，婺州兰溪人。自羁丱知学，即善记览。工词章，才思涌溢，发为歌诗，清丽俊逸。弱冠，因读宋儒真德秀遗书，乃幡然有志于为己之学，刮摩淬砺，日长月益，尝以持敬致知之说质于同郡许谦，谦复之以理一分殊之旨，由是心志益广，造履益深，大抵务在发挥义理，而以辟异端为先务。登至治元年进士第，授高邮县丞，明达文法，吏不敢欺。再调宁国路录事，会岁大旱，饥民仰食于官者三十三万口，师道劝大家得粟三万七千六百石，以赈饥民；又言于部使者，转闻于朝，得粟四万石、钞三万八千四百锭赈之，三十余万人赖以存活。迁池州建德县尹，郡学有田七百亩，为豪民所占，郡下其事建德，俾师道究治之，即为按其图籍，悉以归于学。建德素少茶，而榷税尤重，民以为病，即为极言于所司，榷税为减。中书左丞吕思诚、侍御史孔思立列荐之，召为国子助教，寻升博士。其为教，一本朱熹之旨，而遵许衡之成法，六馆诸生，人人自以为得师。丁内忧而归，以奉议大夫、礼部郎中致仕，终于家。所著有《易诗书杂说》、《春秋胡传附辨》、《战国策校注》、《敬乡录》，及文集二十卷。"[①]

《吴礼部诗话》是吴师道诗学观的集中体现。其书在《四库全书》中未见收录。明代司马泰《广说郛》卷六十六、清代黄虞稷《千倾堂书目》卷十五、卷三十一有著录。今传通行本是清代《知不足斋丛书》本。近人丁福保收入其所辑《历代诗话续编》。

吴师道主张诗歌应该描摹亲身经历，抒写真实感受，如此才能体贴入微，曲尽事情。从创作而言，这种真情实感的抒写，是立足于亲身经历及感同身受

---

① （明）宋濂等：《元史》卷一九零，中华书局1976年版，第4344页。

的体验的，吴氏对此亦作了理论上的概括：

> 作诗之妙，实与景遇，则语意自别。古人模写之真，往往后人耳目所未历，故未知其妙耳。甲寅秋，与黄晋卿夜宿杭佑圣观，房墙外有古柏一株，月光隔树，玲珑晃耀。晋卿曰："此可赋诗。"后阅默成潘公集，有一诗云："圆月隔高树，举问何以名。镜悬宝丝网，灯晃云母屏。"序称："因见日未出木表，光景清异，与诸弟约赋。"夜梦人告以何不用下二句，乃知此夕发兴，与潘公不殊。又壬戌四月，予过京口，遇谢君植，同登北固，临视大江，风起浪涌，往来帆千百，若凝立不动者，因忆古人"千帆来去风，帆远却如闲"之句，诚佳语也。①

吴师道强调："作诗之妙，实与景遇，则语意自别。"通过亲身经历的叙述，阐明诗人的经历与境遇对诗歌语意风格的影响。在这里，他将传统的"体物"与"缘情"结合在一起，说明没有无缘无故的情意，情皆因境遇而发，境遇不同则情感各异，进而形成诗人的个性。这无疑是比较进步的。《吴礼部诗话》中另一段对苏轼诗的体验可看作他"实与景遇"论的注脚：

> 东坡《送别子由》诗云："登高回首坡陇隔，时见乌帽出复没。"模写甚工。异时记灵虚台，谓见山之出于林木之上者，累累然如人之旅行于墙外而见其髻也，盖同一机轴。②

另，吴师道在《米元晖云山图》中云："往年过京口，登北固眺金、焦，俯临大江，时春雨初霁，江上诸山云气涨漫，冈岭出没，林树隐见，恨无老杜'荡胸'之句为之发挥。乃今倏见此图，知海岳庵中人笔力之妙，能尽得予当日所睹，掩卷追念，不觉惘然。"③亦是从实际的经历体验入手来分析绘画创作的。同样，对诗歌鉴赏而言，现实的生活经历、深切体味，颇有助于体察诗人的灵心妙手、高妙诗境，从而切入诗人的创作心理。

吴师道与陈樵为文字交。"同郡胡司令长儒（孺）、柳待制贯、黄侍讲溍、

---

① （元）吴师道：《吴礼部诗话》，丁福保辑《历代诗话续编》，中华书局1983年版，第593页。
② 同上书，第615页。
③ （元）吴师道：《吴师道集》，李修生主编《全元文》第34册，凤凰出版社2004年版，第193页。

吴礼部师道、张修撰枢，与先生为文字交，争相敬慕，以为不可企及。"① 吴师道曾师从许谦，与义乌黄溍为好友，而许谦与陈樵同乡，且有过从，黄溍与陈樵也是好友，因而，初步推断，许谦、黄溍可能起到了桥梁、中介的作用。其诗学观有相互激发之处。陈樵之《吟所记》传达了相似的观点：

> 吟所，远目楼中室也。鹿皮子尝被酒室中，倚阑极望，辄揽笔赋诗，投缥囊中，得数十篇，则又探囊焚去，故终岁十无二三。客固以请曰："古者闭门累日而成诗，子于风云花烁，应接日不暇给，而诗益工，未尝有吟咏之色，而下笔不自休，其故何也？"鹿皮子曰："山泽之间，徐驱闾视，所见无非诗者，是岂仆之诗哉？仆揽取之而已耳。昔者文与可为美人却扇之诗，欧阳少师见而识之曰：人间故有此句，与可偶拾得之。盖欧阳公见之弗取，而人取之也。陆龟蒙见向所谓文，不复谓自己出，则在我已无异于在人世之言，诗者皆曰'风落吴江'、'池生春草'，谢灵运、崔信明绝出之诗也。嗟乎！此诗出于汉魏之前，而二子得之。汉魏之后者也，二子能专有之乎？子能从我于莽苍之野外驱驰崔谢之间，彼不得，则子得之耳。闭门拥被，驰心天末，岂若徐驱阔视于天壤之间者哉？彼夜分觅句之，子犹曰'心归天外云者，非剜刻以为工，则秘之以自耀者也。'诗在莽苍之外，而身居帏幔之中，不几于采蘼芜乎？秋水驾琴，高于本末者乎？然作者欲秘之于前，而述者又觇之于后，彼李协律方平明策马荷囊以出，而贾参军已跨驴出没于长安落叶之中。自长杨五祚以东，昆吾御宿以西，汉武帝不能尽。鳌屋、鄠、杜之地以为苑囿、池台，词人墨客取之以为醉吟之地。二三子并驱掉鞅于其间，未知诗入谁手，而霸陵郑荣又徘徊风雪之交，此唐山人，所以诗思在三百里间。陈履常雨夜饥鸢之声，亦在出门盻睐之后者也。"②

文章采用赋之传统主客问答的方式，纵横捭阖，列举历史上诸多诗人的逸事，来阐明自己何以诗思泉涌，诗艺益工的道理。用文与可与欧阳修、陆龟蒙

---

① （明）杨苿：《元故鹿皮子陈先生行状》，《亭塘陈氏宗谱》卷四（内部资料），2006 年重修，第 50 页。
② （清）戚雄：《婺贤文轨·补遗》，《四库全书存目丛书》集部 299，齐鲁书社 1997 年版，第 772 页。

的例子说明诗材就在山泽之间，诗人写出自然清新之句，乃是偶然拾得。李贺策马荷囊以出最为知名，贾岛跨驴出没于长安落叶之中，方才写得出"秋风生（一作吹）渭水，落叶满长安"① 的佳句。《唐诗纪事》引《古今诗话》："或曰：'相国近为新诗否？'对曰：'诗思在灞桥风雪中驴子上，此处何以得之？'"② 郑棨也是强调诗思与景猝然相遇。陈师道一生安贫乐道，闭门苦吟，黄庭坚称"闭门觅句陈无己"③，元好问《论诗绝句》之二十九云："池塘春草谢家春，万古千秋五字新。传语闭门陈正字，可怜无补费精神。"④ 可陈樵却认为陈师道并非闭门造车，而是在出门观察过后有所思、有所感的基础上进行的。"有天趣者，犹洛花之丰艳，而有兰蕙之清夷。"诗人具有天趣，犹如花之清夷，诗不求工而自工。仍是强调诗人主体的标格、境界。不论是自然天成，还是苦吟锤炼，好诗都不是从心上生出，而一定要走出家门，走向广阔的自然、社会，去发现美，并真实地表现美。按说这并不是陈樵的独创，其实在前代已有相似的观点，比如陆游《示子遹》："汝果欲学诗，功夫在诗外。"⑤ 元好问《论诗绝句》之十一："眼处心生句自神，暗中摸索总非真。画图临出秦川景，亲到长安有几人？"⑥ 指出诗歌写作，贵在身临其境，亲自体验，方能传神写真。

戴表元《赵子昂诗文集序》中说：

> 就吾二人之今所历者，请以杭喻。浙东西之山水，莫美于杭，虽儿童妇女，未尝至杭者，知其美也。使之言杭，亦不敢不以为美也，而不如吾二人之能言。何者？吾二人身历而知之，而彼未尝至故也。他日试以其说问居杭之人，则言之不能以皆一，彼所取于杭者异也。今人之于诗之于文，未尝身历而知之，而欲言者皆是也。幸尝历而知之，而言之同者亦未之有也。⑦

---

① （唐）贾岛：《忆江上吴处士》，黄鹏笺注《贾岛诗集笺注》，巴蜀书社2002年版，第153页。

② （宋）计有功：《唐诗纪事》卷六十五，上海古籍出版社1987年版，第984页。

③ （宋）黄庭坚：《病起荆江亭即事十首》其八，黄庭坚撰，任渊等注，刘尚荣校点《黄庭坚诗集注》卷十四，中华书局2003年版，第520页。

④ （金）元好问：《元好问全集》，山西人民出版社1990年版，第339页。

⑤ （宋）陆游：《陆游集》，中华书局1976年版，第1834页。

⑥ （金）元好问：《元好问全集》上册，山西人民出版社1990年版，第338页。

⑦ （元）戴表元：《剡源文集》卷七，《文渊阁四库全书》1194册，台湾商务印书馆影印版，第96页。

　　杭州之美，人所共知，即便未尝亲至者，也都称其为美，但这只是一种间接知识，不过是人云亦云。而"居杭之人"情况便不一样了，因为在亲身体验中"所取于杭者异"，故谈起杭州来，则"不能以皆一"。只有在切身的体会中，为文才能不苟同。张晶说：戴氏在这里用了很浅显、生动的比喻，说明了很深刻的美学问题。没有亲身经历，只是通过传闻等间接知识，而得到的只能是一般性的判断，那么，在诗歌创作中所表现出的便为"皆是"而雷同；反之，从亲身的体验中所得到的感受，则是没有相同的，体现在创作中便形成艺术个性。戴氏在此处强调了主体的审美体验的重要性以及审美主客体之间价值关系。①

　　现代文艺理论认为，艺术来源于生活。文艺家只有深入生活，仔细观察和体验生活才能创作出真正能反映生活本质的作品。陈樵阐发的相似于吴师道"实与景遇"论涉及了作家的生活经历与其文学创作的关系问题，具有很强的前瞻性。

四、尚天趣

　　陈樵于《吟所记》中有云：

　　　　非有高明之具，乌足以品人之诗乎？吾尝周旋于二百里之间，以为醉吟之地。晨出而暮入，倦游而返，登高远望，则二百里已在吾目中。扫轨杜门，日益富，而不知者犹以为工也。且诗非我有工拙，竟谁归耶？诗之工拙，自雕虫者言之也。有天趣者，犹洛花之丰艳，而有兰蕙之清夷。工出于天，拙亦天耳，诗人竟何与焉？嗟乎！词之工拙，已不足言诗，亦何用于世？吾将焚弃笔砚，醉卧室中，以尽吾齿云耳。彼鸥之下滩，蝶之过幔，果何欲于杜拾遗也哉？虽然，诗自曹、刘、沈、谢以来，藏左符于丘林山泽，嗜土炭者，徍得之矣。今之慕贾生、李协律者，能揽辔出门，为高台延阁以临望，是知符矣乎？②

　　陈樵不以"工拙"论诗，唯尚天趣，天趣者，"丰艳""清夷"，兼而有之。无论工拙，皆出于天。

---

① 参见张晶《辽金元诗歌史论》，吉林教育出版社1995年版，第277页。
② （清）戚雄：《娄贤文轨·补遗》，《四库全书存目丛书》集299册，齐鲁书社1997年版，第772页。

所谓天趣，是指"自然之趣"，即"清水出芙蓉，天然去雕饰"之趣。它像水流云行，花开月出，不假功力，不着斧痕。是人感知自然形象、社会现象所体悟到的一种自然之趣、率真之趣。

用"天趣"一词品诗，出自北宋僧人惠洪的《冷斋夜话》卷四《五言四句诗得于天趣》：

> 吾弟超然喜论诗，其为人纯至有风味。尝曰：陈叔宝绝无肺肠，然诗语有警绝者，如曰："午醉醒来晚，无人梦自惊。夕阳如有意，偏傍小窗明。"王维摩诘《山中》诗曰："溪清白石出，天寒红叶稀。山路元无雨，空翠湿人衣。"舒王《百家夜休》曰："相看不忍发，惨淡暮潮平。欲别更携手，月明洲渚生。"此皆得于天趣。予问之曰："句法固佳，然何以识其天趣？"超然曰："能言萧何所以识韩信，则天趣可言。"予竟不能诘，叹曰："微超然，谁知之？"①

超然之所以拿萧何韩信的典故来类比，意思是说，萧何怎么在韩信不得意时，能够赏识他的才干，推荐给刘邦用他做大将，这道理不容易说清楚。同样如此，怎么认识上述诗中的天趣，也是很难说明的。超然所举的几首诗均妙在后两句，其天趣主要出于自然质朴，景中有情。陈叔宝的"夕阳如有意，偏傍小窗明"，将夕阳当作有情之物，并且一下子拉近了夕阳与小窗的透视距离，王维的"山路元无雨，空翠湿人衣"，写深山中绿树浓荫，一是翠色欲滴，有侵袭人衣的感觉，二是树叶上残留水珠，真的把人衣浸湿了。人与自然景物交融一体，充满画意；王安石的"欲别更携手，月明洲渚生"，借景物烘托友人分别时的深情，情与景谐。这里拎出来的句子都是超然所举诗的精华所在，就各首诗的整体而言，也都真切自然，没有藻饰装点，因而说它们皆得之于天趣。②

惠洪于《石门洪觉范天厨禁脔》中云："诗分三种趣：奇趣，天趣，胜趣。"并举杜牧《宫词》："白发宫娥不解悲，满头犹自插花枝。曾缘玉貌君王宠，准拟人看似旧时。"白居易《大林寺桃花》："人间四月芳菲尽，山寺桃花始盛开。长恨春归无觅处，不知转入此中来。"继而评曰："其词语如水流花

---

① （宋）释惠洪：《冷斋夜话》卷四，《文渊阁四库全书》863 册，台湾商务印书馆影印版，第 252—253 页。

② 参见张宏梁《论天趣——审美趣味探索之一》，《学术论坛》1991 年第 1 期，第 79—84 页。

开，不假功力，此所谓之天趣。天趣者，自然之趣耳。"①

北宋张耒提倡文章要自然从胸中流出。他在《贺方回乐府序》中说："文章之于人，有满心而发，肆口而成，不待思虑而工，不得雕琢而丽者，皆天理之自然而情性之道也。"② 就是说，按照自然规律创作，发抒真情，笔随意驱，无须思虑，无须雕琢，巧思妙文就会自然地从心中流淌出来。

陈樵其实强调的是一种"漫兴"思维，也可称为"随机论"。触处皆诗，"眼中有句无人道"，他自来道。正如"采菊东篱下，悠然见南山"，正如"忽见陌头杨柳色，悔教夫婿觅封侯"，忽然间，偶然间，不经意间，习惯动作间，自然流淌出来的，那种人人心中皆有，个个笔下俱无的天趣瞬间。杨维桢钟爱杜甫的《漫兴》诗，自作《漫兴七首》，其门人吴复云："漫兴者，老杜在浣花溪之所作也。漫兴之为言，盖即眼前之景，以为漫成之词。其情性盎然与物为春，其言语似村而未始不俊也，此杜体之最难学也。先生此作，情性、语言似矣，似矣！"③ "这种诗论认为，主体之意与客体之境的偶然遇合，是诗歌意境创造的最佳方式。"④ 如宋叶梦得评价谢灵运"池塘生春草，园柳变鸣禽"时云："此语之工，正在无所用意，猝然与景相遇，借以成章，不假绳削，故非常情所能到。诗家妙处，当须以此为根本，而思苦言难者，往往不悟。"⑤

艺术风格中的天趣、自然之趣，讲究的是天放而成，返璞归真。艺术作品的"天趣"应该是化工与人工的完美结合。人与自然之力相比，人，终究处于主宰地位。人自然，诗才自然。自然的人生，总是以本色的自我面对社会，面对他人，面对自己。不妄为，不矫饰，坦然淡然。陈樵极其重视"真"，《江水万里图》云："生憎李郭画山川，凿破鸿濛混沌圆。"强调真境，《双岘》云："好境直须真见得，莫将图画看山川。"《石》云："也知好事无真见，不可真山看假山。"强调真见，《清隐亭》云："结亭林泉间，归来养清真。"皆强调诗人之真。而陈樵的诗作的确得其真趣，《婺诗补》载："《赵志》云：先生（陈

---

① （宋）释惠洪：《石门洪觉范天厨禁脔》，《四库全书存目丛书》集 415 册，齐鲁书社 1997 年版，第 116 页。

② （宋）张耒著，李逸安等点校：《张耒集》卷四十八，中华书局 1990 年版，第755 页。

③ （元）杨维桢撰，吴复编：《铁崖先生古乐府》卷十，《四部丛刊初编》1501 册，上海商务印书馆 1929 年版。

④ 张晶：《辽金元诗歌史论》，吉林教育出版社 1995 年版，第 355 页。

⑤ （宋）叶梦得：《石林诗话》卷中，（清）何文焕辑《历代诗话》，中华书局 1980 年版，第426 页。

樵）买山而隐，自西岘涵碧诸题外，皆先生所尝游适心领神会，真趣独得，非各中人不能启其堂奥也，但有语妙而已。"①

五、性情论

诗歌"吟咏情性"之说由来已久，可以追溯到《诗大序》："诗者，志之所之也。在心为志，发言为诗，情动于中而形于言。"

黄溍论诗认为："凡有讬以见其志者，非身之所历，则耳目之所接，未尝侈大其说，而求以为奇。"② 强调"为诗者，必发乎情，人同此心，心同此理。"③ 这些理论实开杨维桢"诗者，人之情性也。人各有情性，则人各有诗也"④ 强调诗人个性理论的先声。

杨维桢的"情性说"见于《郯韶诗序》：

> 或问：诗可学乎？曰：诗不可以学为也。诗本情性，有性此有情，有情此有诗也。上而言之，雅诗情纯，风诗情杂；下而言之，屈诗情骚，陶诗情靖，李诗情逸，杜诗情厚。诗之状，未有不依情而出也。⑤

在杨维桢看来，诗是人的感情的自然流露，无论情纯或情杂都是诗，无论是幽怨激愤的屈原，还是平淡冲和的陶渊明；无论是飘逸旷达的李白，还是心忧黎民的杜甫，都是发自情性而写诗，因其情性的不同而显现出不同的风格，各具特色，各有各的美。由此我们可以看出，杨维桢在这里已经大大地扩展了传统的"性情"的范畴，传统的伦理观念淡薄了，更加注重人性，把人的七情六欲都纳入情性的范畴。例如，杨维桢在《两浙作者序》说："诗出情性，岂闽有情性，浙皆木石肺肝乎？"⑥ 显然，他在这里所说的"情性"指的是人的感情，认为诗应该表现人的各种感情。接下来，抛出他认可的两浙七家诗人："阅十有余年，仅仅得七家。其一永嘉李孝光季和，其二天台丁复仲容、项炯

---

① （清）卢标：《婺诗补》卷二，赵一生主编《东阳丛书》21 册，浙江古籍出版社 2014 年版，第 109 页。

② （元）黄溍著，王颋点校：《云蓬集序》，《黄溍全集》，天津古籍出版社 2008 年版，第 258 页。

③ 同上书，第276 页。

④ （元）杨维桢：《李仲虞诗序》，李修生《全元文》41 册，凤凰出版社 2004 年版，第240 页。

⑤ 同上书，第242 页。

⑥ 同上书，第243 页。

可立，其一东阳陈樵君采，其一元镇，其二老释氏，曰句曲张伯雨、云门恩断江也。"① 其中就包括陈樵，说明陈樵的作品符合他"诗本情性"理论的。"所谓'以情性为本原'，其实质就是要求文学以表现人情的丰富内涵不断发展为根本。"②

杨维桢《郭羲仲诗集序》中表达了相似的观点：

> 诗与声文始，而邪正本诸情。皇世之辞无所述，间见于帝世，而备于《三百篇》，变于楚《离骚》、汉乐歌，再变于琴操、五七言，大变于声律，驯至末唐季宋，而其弊极矣。君子于诗可观世变者类此。古之诗人类有道，故发诸咏歌，其声和以平，其思深以长。不幸为放臣逐子、出妇寡妻之辞，哀怨感伤，而变风变雅作矣。后之诗人一有婴拂，或饥寒之迫，疾病之楚，一切无聊之窘，则必大号疾呼，肆其情而后止。间有不然，则其人必有大过人者，而世变莫之能移者也。予在钱唐，阅诗人之作无虑数百家，有曰古骚辞者，曰古乐府者，曰古琴操者，谈何容易，习其句读，其果得为古风人之诗乎？不也。客有语予诗之学，则曰有《三百篇》、楚《离骚》、汉乐歌之辞。生年过五十，不敢出一语作末唐季宋语，惧其非诗也。以此自劾，而又以之训人，人且覆诽我，则有未尝不悲今世之无诗也。幸而合吾之论者，斤斤四三人焉，曰蜀郡虞公集、永嘉李公孝光、东阳陈公樵其人也；窃继其绪余者，亦斤斤得四三人焉，曰天台项炯、姑胥陈谦、永嘉郑东、昆山郭翼也。③

杨维桢认为："诗与声文始，而邪正本诸情。"追溯诗史，从《诗经》开始，都是本诸情的，一直到唐末和宋末，"其弊极矣"，变风变雅，后世无诗了。其中提及陈樵与他的这一理论是相合的。

杨维桢《玉笥集叙》仍强调这个理论：

> 《三百篇》后有《骚》，《骚》之流有古乐府。《三百篇》本情性，一

---

① （元）杨维桢：《李仲虞诗序》，李修生《全元文》41 册，凤凰出版社 2004 年版，第240 页。
② 黄仁生：《杨维桢与元末明初文学思潮》，东方出版中心 2005 年版，第62 页。
③ （元）杨维桢：《郭羲仲诗集序》，李修生《全元文》42 册，凤凰出版社 2004 年版，第246—247 页。

出于礼义。《骚》本情性，亦不离于忠。古乐府，雅之流、风之派也，情性近也。汉魏人本兴象，晋人本室度，情性尚未远也。南北人本体裁，本偶对声病，情性遂远矣。盛唐高者追汉魏，晚唐律之敝极。宋人或本事实，或本道学禅家，诸体兼备，独于古乐府犹缺。泰定、天历来，予与睦州夏溥、金华陈樵、永嘉李孝光、方外张天雨为古乐府，史官黄溍、陈绎曾遂选于禁林，以为有古情性，梓行于南北，以补本朝诗人之缺。一时学者过为推，名余以铁雅宗派。派之有其人曰昆山顾瑛、郭翼、吴兴郯韶、钱塘张暎、嘉禾叶广居、桐庐章木、余姚宋禧、天台陈基，继起者曰会稽张宪也。宪通《春秋》经学，尝以文墨议论从余断史，余推在木、禧之上，其乐府歌诗与夏、李、张、陈辈相颉颃，而顿挫警拔者过之。①

诗骚本于情性，古乐府亦近于情性。泰定、天历年间，即 1323—1330 年间，杨维桢与夏溥、陈樵、李孝光、张雨等作古乐府，黄溍、陈绎等大加赞赏，以为有古情性。后来发展壮大，是为铁雅诗派，陈樵乃杨维桢唱和友，是铁雅诗派的中坚力量。

陈樵于《题桂坡仲常诗集序》中言："诗者，辞也。始予自放于山水之间，攀花鞠草，悦光风之妍丽则歌焉，以陈其所悦。意不适则歌焉，以言其尤情动，而言意尽则止。吾不留于物，则砚席生尘蟾蜍已不顾矣，而况于人间诗尽者耶？"② 他认为诗歌不过是用来抒发情性的工具，外界万物不住于心，无妨其情性。

关于情性说，陈樵并未留下更多相关资料，只有侧面通过杨维桢的相关论述，以推想其大概，起码可以肯定，陈樵对于杨维桢的性情论是认同的，他们是站在同一阵营的。

六、师心尚己，反对模拟

陈樵于《题桂坡仲常诗集序》有言：

> 子能无我无固，超然万物之外，使风光物色不足以动人，情尽则言尽，言尽则诗尽，下视李杜，若在深渊，当此之际，李杜畏子乎？子畏李杜乎？

---

① （元）杨维桢：《玉笥集叙》，李修生《全元文》42 册，凤凰出版社 2004 年版，第308—309 页。
② 《亭塘陈氏宗谱》卷四（内部资料），2006 年重修本，第312 页。

犹曰学焉，则仰视李杜云汉之间矣。子于斯二者宜何操耶？诗言志，尔之著之录，勿更为可也。昔者，秦溃之歌声振林水盖三百日而后已，子参之以乐府，传海之上使著之徒日取而歌者日众，则吴越之间，丘林社树则飒然终夜有声，知音闻之，亦天之奇响也。虽李杜，亦何以加此乎？①

超然于物，忠于内心，用诗如实表达情感，自可达乎李杜之境界。所谓学李杜，并非是仰视他们，不过"诗言志"而已。李庸所作宫词，因其出于天趣，近于天籁，故而传播极广，知音日众。何必李杜之后邯郸学步？陈樵反对模拟，主张师心尚己。这种观点，与杨维桢相似，杨氏于《吴复诗录序》中云："古者人人有士君子之行，其学之成也，尚己，故其出言如山出云、水出文、草木之出华实也。后之人执笔呻吟，模朱拟白以为诗，尚为有诗也哉？故摹拟愈偪而去古愈远。"②

杨维桢《李庸宫词序》曰：

> 大历诗人后，评者取张籍、王建，而建之宫词非籍可能也。宫掖之事，岂外人所能道哉？建虽有春坊才，非其老珰宗氏出入禁闱，知史氏之所不知，则亦不能颛美于是。本朝宫词自石田公而次，亡虑数十家，词之风格不下建者多，而求其善言史氏之所不知，则寡矣。东阳李庸仲常为宫词四十首，流布缙绅间，不特风格似建，间有言史氏之所弗知，如金合草芽、胡僧扇鼓、汉记琵琶、兴隆巢笙、内苑籍田、室蚕缲事是已。盖仲常以能诗客于馆阁诸老者，且十有七年矣。其吏于徽政及长信，得闻见宫掖者，亦熟矣。然则代之善为宫词者，岂直慎怨兴象之似建为得哉？观是词者尚以是求之。③

李庸宫词今不存。杨维桢肯定了李庸宫词风格似王建，还有补史家之阙的诗史价值。于此稍可窥李庸宫词乐府的成就。

七、宗唐

总结唐宋诗论成果是元代诗论的重要内容。因而，在元代诗坛存在明显的

---

① 《亭塘陈氏宗谱》卷四（内部资料），2006 年重修，第 311—312 页。
② （元）杨维桢：《吴复诗录序》，李修生主编《全元文》41 册，凤凰出版社 2004 年版，第 238 页。
③ （元）同上书，第 307—308 页。

"宗唐"或"宗宋"的派别。成复旺等人编的《中国文学理论史》在谈到元代诗论时概括说："元代诗文理论，既承金代，又接南宋，故情况较为复杂。大体而言，可分为三条线索：一是道学家文学思想的发展，旨在调和儒学、道学与文学，可以说是南宋真德秀、魏了翁与金末元好问文学理论的合并延伸。郝经、刘将孙属之。二是复倡黄庭坚的诗歌理论，自与南宋之江西派、金代之李纯甫等一脉。方回属之。三是矫宋季文学之衰，欲振起正统封建文学，似与刘克庄之旨接近。戴表元、袁桷属之。但元末杨维桢出，既重个人情志，又本封建纲常，与上述三线索均有不同。"① 成复旺的前两条线索基本属"宗宋"一脉，而后一条线索及杨维桢则大致可归入"宗唐"范畴。表述不同而已。元中叶后，"宗唐"风气更盛。元祐间恢复科举以后，雅正诗风成了文坛主流。"宗唐"风气与雅正诗风是一致的。

"诗古体五言胜七言，近体七言胜五言，大抵七言古体学温庭筠，以幽艳为宗，七言近体学陆龟蒙，而雕削往往太甚。"②

顾嗣立说陈樵："即此数语，可以步武西昆诸作。"③ 西昆体学晚唐李商隐，说明陈樵宗唐的倾向。

杨镰《元诗史》说得更加明确："（陈樵）古体五言诗较长，近体七言诗较优，七言古诗学温庭筠，七言近体学陆龟蒙，总之，以晚唐为宗。"又言："陈樵诗流传至今的并不算多，又以七律为主，占诗集一半（两卷）篇幅。这也是他力学晚唐的特征之一。"④

陈樵有诗《哀江南效李义山》，明显是学李商隐的。另，《麈谷》中言："石甂峰南甀峰小，许浑诗里旧知名。"提及许浑，可知他对晚唐的许浑也有研究、学习。

陈樵主宗晚唐，对盛唐李杜则有微词，"玩物者，士之所忌，予无所以李杜为也，李杜丧志玩物，谬诸审矣"，"雕琢虚空，至死不变，二子（李杜）之凝滞也"。⑤

---

① 成复旺等：《中国文学理论史》（二），北京出版社 1987 年版，第 555 页。
② （清）永瑢、纪昀等：《四库全书总目》，艺文印书馆 1969 年版，第 3343 页。
③ （清）顾嗣立：《元诗选初集戊集》，中华书局 1987 年版，第 1479 页。
④ 杨镰：《元诗史》，人民文学出版社 2003 年版，第 434 页。
⑤ 《亭塘陈氏宗谱》卷四（内部资料），2006 年重修，第 312 页。

八、重经轻文

宋濂言："（陈樵）文辞于状物写情尤精，然亦自出机轴，不蹈袭古今遗辙。读之者以其新逸超丽，喻为挺立孤松，群葩俯仰下风而莫之敢抗。或就之学，则斥曰：'后世之辞章，乃士之脂泽，时之清玩耳，舍六经弗讲，而事浮辞绮语，何哉？'少作古赋十余篇，传至成均，生徒竞相誊写，谓绝似魏晋人所撰。君子则讳之，不复肯为也。"① 陈樵有着明显的重经轻文的倾向。这与元代取士的标准不谋而合，仁宗皇庆二年十一月诏书中言："若稽三代以来，取士各有科目，要其本末，举人宜以德行为首，试艺则以经术为先，词章次之。浮华过实，朕所不取。"②

陈樵当然也受到婺州文化传统的影响，元明之际的婺州文人往往不以"诗人"自居，绝大多数文人并不把诗歌创作放在第一位。胡应麟在《诗薮》中特别注意到这一点，他指出：

> 大概婺诸君子沿袭盛国二三遗老后，故体裁纯正，词气充硕，与小家尖巧全别。惟其意不欲以诗人自命，以故丰神意态，小减当行，而吴中独擅。今海内第知其文矣。③

虽然这一时期的婺州文人"体裁纯正，词气充硕"，具有优秀的诗歌创作条件，但他们更倾向于用文章的创作来确立自己在文坛的地位。清代朱彝尊在《静志居诗话》中也指出："而金华承黄文献溍、柳文肃贯、吴贞文莱诸公之后，多以古文辞鸣，顾诗非所好。"④ 这种观念势必影响诗歌的创作而导致"小减当行"，比如同样是写饮酒、作画、写字、烹茶、游园、赏花等题材，婺州地区文人的诗歌就明显缺乏吴中诗人的风丽文采与窈渺情致。

正如杨镰《元诗史》所说："陈樵的诗，只是一个潜心著述的理学家的一点调剂而已。"⑤

---

① （明）宋濂：《元隐君子东阳陈公先生鹿皮子墓志铭》，宋濂著，黄灵庚编辑校点《宋濂全集》，人民文学出版社 2014 年版，第 1239 页。

② （明）宋濂等：《元史·选举一》卷八十一，中华书局 1976 年版，第 2018 页。

③ （明）胡应麟：《诗薮》，上海古籍出版社 1979 年版，第 341 页。

④ （清）朱彝尊著，黄君坦校点：《静志居诗话》，人民文学出版社 1990 年版，第 46 页。

⑤ 杨镰：《元诗史》，人民文学出版社 2003 年版，第 434 页。

第三章　诗中隐逸思想

杨镰于《元诗史》中将陈樵列为元代江南隐逸诗人代表。陈樵的隐逸思想隐现于诸多隐逸诗的水光山色之中，斑驳陆离，粲然可观。

一、缘何而隐

陈樵选择独善的人生之路，原因复杂，主客观因素皆有，推究起来，大致包括以下几点：

一是受元代人隐逸风尚的影响。元代是隐逸思想与风气流行的时代。士大夫阶层遭到统治阶级的遗弃，许多人不得已选择了隐逸，作为对社会的整体性退避，说到底，是黑暗社会迫害的结果。

二是家庭的熏陶。其父陈取青"有志节，尝抗章诋权臣贾似道误国。及宋亡，元丞相伯颜见其章，欲用之，辞。"[1] 陈樵幼承家学，与父亲为师友，在人生出处方面自然受到其父的影响，一生不仕元朝。陈取青曾在《玉雪亭记》中云："始予以愚蒙固陋而不通当世之务，则厌为世俗交，若将浼我者，故常有出尘之思，冀得高蹈远举，谢势利之纷华，比玉雪以俱洁，此予之素志也。"[2] 这里的"素志"，即隐逸之志。李直方在其行状中还述及陈取青不以势利交的高洁品行："与乌伤王龙泽善，而君之学尤龙泽之所畏也。自龙泽遭际后，君未一与通，惟是布衣交，朝夕往来亲厚。呜呼！若希舜（陈取青字）者，是岂以势利动其心哉？"[3] 本来与义乌王龙泽友善，但当龙泽起家为行台监察御史后，陈取青主动与之断交。刘声木云："鹿皮子志洁行芳，眷念赵宋，至百年

---

[1]　（明）宋濂：《元隐君子东阳陈公先生鹿皮子墓志铭》，黄灵庚编辑校点《宋濂全集》，人民文学出版社 2014 年版，第 1239 页。

[2]　《亭塘陈氏宗谱》卷四（内部资料），2006 年重修，第 312 页。

[3]　同上书，第 40 页。

之久，必其祖若父忠于赵宋。鹿皮子慎终追远，念念不忘若此，可谓忠孝兼尽，洵宋代之完人。"① 这里指出了陈樵的隐逸明显受到父、祖的影响，忠于宋朝，自愿作宋之遗民。的确，陈樵终其一生，有着浓重的遗民心态。

三是受到老师李直方的影响。李直方在宋末举进士不第，"宋亡，遂隐居授徒"，"晚岁家益贫，躬耕自给，人以庞德公拟之，以高寿终"（《万历金华府志》）。陈樵有乃师之风，"学成而隐，邈然不与世接"②。

四是对传统儒家隐逸思想的服膺与践履。隐逸其实并不只是道家的专属，儒家也未尝不倡导"隐逸"，孔子曾多次阐述他对隐逸的态度，子谓颜渊曰："用之则行，舍之则藏，惟我与尔有是夫！"③ 子曰："邦有道，则仕；邦无道，则可卷而怀之。"④ "隐居以求其志，行义以达其道。吾闻其语矣，未见其人也。"⑤ 通过《论语》的这些记载可以看出，孔子是不反对隐逸的，或者说是有条件地赞成隐逸，即"天下有道则见，无道则隐"⑥。陈樵遭逢乱世，符合"无道则隐"的条件，且完全做到了"穷则独善其身"。

五是强烈的社会责任感与历史使命感。面对元代程朱学说定于一尊，而又众缄其口的状况，陈樵慨叹："秦汉而下，说经而善者不传，传者多不得其宗。淳熙以来，群儒之说尤与洙泗伊洛不类。"故而陈樵"期以孔子为师"，"悉屏去传注，独取遗经，精思至四十春秋"，终于在理学领域，颇多创见，自成一家。这体现了陈樵对儒家思想殚精竭虑、寻根溯源的可贵的学术探索精神，正本清源、旁搜远绍的学术怀疑精神，以及传承儒学、光大儒学的伟大的学术担当。

二、诗中隐者

陈樵的隐逸生活虽然单调，但他并不孤独，因为古往今来的高人隐士都是他的精神同盟。

---

① （清）刘声木撰，刘笃龄点校：《苌楚斋随笔续笔三笔四笔五笔》续笔卷九，中华书局1998年版，第431页。

② （明）宋濂：《元隐君子东阳陈公先生鹿皮子墓志铭》，黄灵庚编辑校点《宋濂全集》，人民文学出版社2014年版，第1239页。

③ 杨伯峻：《论语译注》，中华书局1980年版，第68页。

④ 同上书，第163页。

⑤ 同上书，第177页。

⑥ 同上书，第82页。

这些隐士的行为和精神曾给陈樵不小的影响，其中提及次数较多的有伯夷、叔齐、接舆、陶渊明等。

陈樵的隐逸也可以说是自身的道德原则与当时专制社会相背而产生的一种反抗，伯夷、叔齐是这种隐逸行为的鼻祖。《论语·微子》中，子曰："不降其志，不辱其身，伯夷、叔齐与！"① 又《论语·季氏》云："伯夷叔齐饿于首阳之下，民到于今称之。"② 后来历代史书中都对此类不畏权势、不甘屈服的逸民给予肯定，被视为人格尊严、人生价值的自觉与自醒。陈樵对二人情有独钟，其《山园》云："蕨薇自古犹长采，桃李于今竟不言。"《石甋峰》云："黄粱梦短风尘暗，不是山人好食薇。"《山馆》："石楠花落无人扫，谁卧水阴歌采薇？"采薇、食薇之典频繁出现，正表明了陈樵对伯夷叔齐的敬仰与效仿。

陈樵于《萝衣洞》中云："萝衣草带护烟蓑，楚国狂夫尚楚歌。"《吕氏樵隐图》中云："山蔼氤氲湿绿蓑，无人空谷伴狂歌。"从诗中看出，陈樵引接舆为同调，这自然与二人都生不逢时，身处乱世有关。接舆也是著名隐士，且与孔子的政治思想有分歧，《论语·微子》中记载，楚狂接舆歌而过孔子曰："凤兮凤兮！何德之衰？往者不可谏，来者犹可追。已而，已而！今之从政者殆而！"③

隐居，是陈樵主动选择的生活方式，固然与其政治态度不无关系，但更多的也许在于心态。被钟嵘赞为"古今隐逸诗人之宗"的陶渊明，自然也成了陈樵的精神楷模，他在《晚香径》中云：

> 秋菊有佳色，幽香知为谁？蔚为霜中杰，肯向露下衰？
> 独赏心悠然，酒至觞淋漓。永怀陶靖节，高风邈难追。

通过对"花之隐逸者"菊花的色、香、姿、性等的描绘，人与花冥然意会，作者顿兴"采菊东篱下，悠然见南山"之慨，又由菊花推及陶渊明，仰之弥高，心向往之，故发"高风邈难追"之叹。可见，陈樵倾慕的是陶渊明高尚的风操，看重的是这种隐逸方式，更注重陶渊明的隐逸风格，最终指向精神、思想层面。

---

① 杨伯峻：《论语译注》，中华书局1980年版，第197页。
② 同上书，第178页。
③ 同上书，第193页。

另外,《醒酒石》"平泉池馆吾无分,栗里征君或可招"中的"栗里征君"也暗指陶渊明,陈樵依然引陶为异代知己。"何须更觅桃源路?朝市山林处处宜。"(《心远庵》)"名山何事穷幽僻,临水登山已称情。"(《北峰》)关键还是保持一种超出尘俗的心态,诚如此诗诗题所示:心远庵。这也正应了陶渊明的理论:"问君何能尔?心远地自偏。"

"忆昔玄璜上钓钩,鹰扬曾起佐姬周。"(《钓台》)对吕望钓得文王而成就不世功业流露出了艳羡之意。《山房》中"冷云堆里散人家,鹿帻羊裘不衣麻"的"羊裘"隐指东汉的严光,"不衣麻"表示不同流俗,这让我们想起陈樵反穿鹿皮,而自号"鹿皮子"的用意了,正如宋濂所言"表隐趣也"。另外涉及渔钓的好多诗句也让我们很容易联想起这两个人,比如,"手里夫容浑忘却,蓑衣日日钓沧浪"(《五云洞》),"自晒蓑衣石上枫"(《巴雨洞》),"他年终拟忘名氏,碣石桐江理钓纶"(《陈氏山林春日杂兴》),"山色空蒙翠不如,平湖长绕野人居。湖堤好种垂杨柳,取次持竿索贯鱼"(《含晖亭》),"探芝过林麓,钓鱼游水滨"(《送吉甫北上》)等,不胜枚举。

陈樵对"五十富贵"的朱买臣颇有微词:"买臣昔采薪,颇似远名利。何事五十年,却复怀富贵?"批评朱买臣中年发迹,是个假隐士,并由此断定"古来樵牧间,多非隐沦地",最后奉劝隐君子以此为鉴,"无使心迹异"。陈樵反用"买臣采薪"的典故,超出了"寒士遭厄"或"世态炎凉"的一般喻义,批判朱买臣心怀富贵,中途变节。据此可知,陈樵强调的更是一颗淡泊名利的心,一种真正的隐士心态,而不仅仅是一种隐逸行为或隐逸姿态。

三、避乱终老之隐

元仁宗延祐二年(1315),黄溍中进士,授将士郎、台州路宁海县丞,访陈樵,陈樵作诗《黄晋卿见过却归乌伤》相赠,其一云:"不才岩石下,回首望光荣。"其六云:"已作归屠钓,终期变姓名。惟应一丘壑,垂白向昇平。"一方面对黄溍的授官感到由衷的欣喜;另一方面转视自身,不免相形见绌,判若云泥。毕竟他们选择了不同的人生道路,但陈樵始终不见一丝悔意,仍然坚持自己的方向,无疑这需要极大的勇气与决心。他的态度是理性的,甚或是超然的,用他自己的话说是"无心奔竞已才疏"(《拙斋》),"剩水残山瘴海滨,一丘一壑可全真"(《陈氏山林春日杂兴》),"风磴盘空冷逼人,林居穴处古遗民"（《石庐》）等，归根到底，这是一种避乱终老之隐，林居穴处那是他心目中理想的自然、人间的天堂。

陈樵对现实与人生有着清醒的认识，"人生苟知足，政复贵隐沦。万事等大梦，汨没徒艰辛。所以贤达士，不肯劳其神。结亭林泉间，归来养清真……终然远尘俗，不愧无怀民"（《清隐亭》）。这里有老子的"知足"，佛家的"四大皆空"等观念，还有对历史的检视，这诸多因素促成了陈樵的归隐。"我亦厌尘嚣，久焉慕岑寂。"（《题松涧图》）"入市不图利，入朝不图名。不如丘壑间，逍遥抗高情。"（《送李仲积北上》）"市朝富贵多忧患，山林旷荡聊盘桓。"（《题竹隐轩》）这中间明显贯穿着一种比较思维，尘嚣与山林，名利与逍遥，忧患与盘桓，厌恶与崇慕，泾渭分明，高下立判。而且这种思维模式继续延伸到他本身与尘俗人的对比，如："宴坐契元始，忘世兼忘形。嗤彼尘俗人，两眼那能清。"（《香雪壁》）"举世尘漠漠，朗咏山中篇。"（《同陈子俊暮秋游耆阇山时九日后》）由此，更加凸显了自己的洁身自好、高雅脱俗。

其实，陈樵的隐居生活也并非一片静穆，他的内心似乎藏着什么深悲剧痛，比如，"我为天穿来炼石"（《霜岩石室》之一），"却笑当年补天手，炼成五色竟无功"（《巴雨洞》），"不见屋头樗栎树，无材入用老犹存"（《散庵》），"黄粱梦短风尘暗，不是山人好食薇"（《石甋峰》），"无心奔竞已才疏，投笔抛书学佃渔"（《拙斋》）等，这都暗示着陈樵的隐居山林实在有不得已的苦衷。而且，陈樵诗中也隐约透露出独居的寂寞与苦闷，"自从西域神僧死，洞上无人识水香"（《圆谷洞》），"白云寒处人踪绝，不是山光说性情"（《山堂》）。可见，陈樵也不总是心如止水，一味清静，他也有烦恼，也有思想斗争，这样才更让我们感到他是一个有血有肉、立体的人，一个没有完全脱离人间的人，而不是一个神仙，一个天生的隐士。

四、山水田园之隐

陈樵世为衣冠巨族，家中殷富，这无疑为他的山水田园之隐提供了强大的物质基础。

《鹿皮子集》中大量的题咏诗生动地描绘了陈樵隐居的生活环境，范围大致不出他生长的亭塘村、所隐居的小东白山圆谷洞及东阳周边。其七律组诗

《北山别业三十八咏》："其栖隐之地，可以想见。"① 东阳周边如耆阇山、浦江县东明山与伏蟾山、绍兴宝林寺、金华通天洞、武义县明招山的蜡屐亭等，在陈樵的诗歌中都占有一席之地。

陈樵隐居山林，以天地万物为僚友，日月星辰、风云雨露、霜雪、动物、植物都是他的知己，都具有人的情感、精神，并能与他进行灵魂的审视与交流，所谓"山中水石皆吾党，竹兔松鸡不用惊"（《霜岩石室》六首其三）。诗中写的较多的动物有猿、鹤、鹿等，如猿有"山猿""惊猿""青猿""垂猿"等，鹤有"白鹤""孤鹤"等，鹿有"乳鹿""野鹿""游鹿"等。植物有梅、兰、竹、菊、松、柏、桃、梧桐、牡丹、桂、紫薇、海棠等，写得多且好的还是梅、竹、兰、菊、松，因为它们与他精神气质相通，象征着他高洁的人格。

陈樵还继承发扬了"比德"的传统。"比"意指象征或比拟，"德"指伦理道德或精神品德，即自然物象之所以美，在于它作为审美客体可以与审美主体"比德"，也就是从中可以感受到某种人格美。《论语》中就有多处，主题涉及以山、水、玉、松柏、土和芷兰比德等等诸多内容。陈樵"期以孔子为师"，"比德"亦然。比如：

古来青云士，论德不论年。及时扬意气，车服耀且鲜。
譬彼桃李花，逢春各争妍。胡能学兰菊，迟暮秋风前。

（《答李齐贤言别》）

幽兰生石间，随风播芳馨。埋没荆榛丛，独自全吾贞。
南坡有新竹，其叶何青青。居然得所托，乐尔君子名。

（《兰竹》）

风霜十二月，松竹凋独后。还与岭上梅，结为岁寒友。
草木本无情，犹能同岁寒。奈何市井交，轻薄不足观。

（《岁寒亭》）

桃李自开还自落，却疑兰菊未忘机。

（《菊庵》）

陈樵笑傲山林，交木石，友猿鹤，独享隐逸之乐：

---

① （清）顾嗣立：《鹿皮子集序言》，《元诗选》，中华书局1985年版，第1479页。

俯仰极万类，气机足生生。

哲人贵冥会，悠然竟何营。

此乐难具述，酒至且复倾。

（《悦心亭》）

清时多乐事，敢拟卜居篇。

（《春日》二首之一）

逍遥物外有余乐。

（《题竹隐轩》）

见说世间愁满地，谁知乐事在林坰。

（《忘忧阁》）

陈樵所谓的这种"乐"不是简单的欢乐的"乐"，而是"乐天知命"的"乐"，即一种自然无为、无欲无念的平和心境，甚至是宋儒所向往的"一种从容闲适，不以物欲累心的超然态度，是人的精神对功名利禄及肉欲的征服"①。陈樵在《背山楼记》中云："林下之乐，当于林下求之。"继而比较谢灵运与陶渊明之乐，肯定了陶渊明之真赏，并以陶之后继者为荣："彼伐山开径者，曰数百人，自始宁至临海，相与求之弗得，而曰在东轩之外，征君篱落之间，此好奇之士所以群聚相疑，而征君之所得，遂为千载不传之真赏也。君之背山而楼者，独有得于征君不传之意，而犹曰杀风景云。盖阳阻而阴祕之也。北窗之凉，天下之所共也，而犹相戒以勿言林下之乐，当为林下惜之耳。征君岂欺人者哉？盖征君之居楚也，庐山在其南，而征君日啸咏于东轩之下，褰衣采菊，则南山翛然于江水之上，而一见为之动色，非日见之而然也。悦而绎之，则征君之志亦已荒矣。谢公驱驰瓯越之间，自天台、鼎湖、青溪、天姥，皆为谢氏之前鱼矣，而又挈挈不得一日休，则朝爱而夕厌之也。彼谢公之扰扰焉，计其一生，山水之间未尝有征君此日之乐，而谢公至今未之知也。山水之乐，尽在陶氏，而征君未尝以语人，天下亦莫求其好乐之迹，使征君之言不一出于被酒之余，则背山而楼者，亦无从而得之，故世无此乐已八百年，而今见之也，以

---

① 李春青：《宋学与宋代文学观念》，北京师范大学出版社 2001 年版，第 26 页。

八百年而两见之，奈何悦而绎之，以卒败之邪?"① 陈樵就是在这种真实的自然中安顿身心，澡雪精神，淡泊名利，追求自己的经国之大业。

五、游仙之隐

游仙隐逸的思想与道教的盛行有密切关系。鲁迅在《中国小说史略》中曾言："元虽归佛，亦甚崇道，其幻惑故遍行于人间。"② 陈樵崇道，炼丹、服食，一丝不苟，同时也创作了一些游仙诗，比如：

题竹隐轩

绕轩修竹几百竿，潇洒迥若仙石坛。

黄金琐碎夜月冷，碧玉萧瑟秋风寒。

道人幽居坐其间，漠然尘纷不可干。

劲节携为手中杖，散箨裁作头上冠。

市朝富贵多忧患，山林旷荡聊盘桓。

七贤清修诚足慕，六逸可学夫何难。

有时梦见瀛洲仙，鞭答鸾凤游无端。

叩头再拜乞灵药，使我容貌无凋残。

仙翁赠以九转丹，服之两腋生羽翰。

逍遥物外有余乐，何因报我青琅玕。

秋月冷，秋风寒，修竹绕轩，幽坐其间。携竹杖，戴竹冠，山林自盘桓。慕七贤，学六逸，梦神仙，跨鸾凤，游无端，赐仙丹，得长年，逍遥有余乐，感谢竹百竿。与竹有关的高士先贤，比如竹林七贤、竹溪六逸、瀛洲仙等接踵而至，因环境清幽得梦而入三山，并乞得灵药，驻颜长生，腋生双翼，真是神游八极，想落天外。

宝树、仙草于《鹿皮子集》中俯拾即是，比如，"琪树移根来月里"（《玉雪亭》九首之九），"琪树交柯生"（《琼林台》），"天出异香薰宝树"（《临花亭》九首其六），"歌落吴云玉树长"（《玉雪亭》九首之二），"岂无瑶草弄朝

---

① （清）戚雄选：《婺贤文轨》，《四库全书存目丛书》集部 299，齐鲁书社 1997 年版，第 773 页。

② 鲁迅：《中国小说史略·明之神魔小说上》，人民文学出版社 1981 年版，第 154 页。

烟？亦有琼花迷夜月"（《香雪壁》），"玉树曾闻后庭曲，天葩别有寄生枝"（《雪观》），"瑶草碧花牛氏石"（《西岩紫霞洞》）等。描写天花乱坠的有，"天葩飞堕满中庭"（《玉雪亭》九首之八），"琼花无梦落人间"（《玉雪亭》九首之九）等。另，"俗尘无路到岩扃，琼作池台玉作亭"（《玉雪亭》九首之八），"玉作楼台银作阙"（《香雪壁》），"琼楼银阙知何限"（《雪观》）等，也是一派"琼楼玉宇"。

又如，"玄圃方壶君莫问"（《圜》），"蓬莱山顶玉为峰"（《玉雪亭》九首其一），"梦游蓬岛瑶台曙"（《玉雪亭》九首之二），"亦拟广寒亲学舞"（《玉雪亭》九首之二），"蓬莱之山仙子窟"（《香雪壁》），"天入三山不满壶"（《壶天》），"兜率宫中拂不开"（《游丝》），"约客瑶池未可期"（《雪观》），"今日蟾宫亲折取"（《桂》）等。亦津津乐道于玄圃、三山、瑶台、仙宫等神仙居处，"神游八极皆吾土，天入三山不满壶"（《壶天》），"却忆壶中天地阔，十洲烟雨正茫茫"（《云山不碍楼》），"谁信壶中天地阔"（《石碍楼》），"壶中别是一乾坤"（《玉雪亭》九首其六），"洞壑霞云护隐居，西岩洞下是华胥"（《西岩紫霞洞》）等，别见洞天，描述了壶天、华胥等仙境。

"殿前对策士如墙，我对山人说坐忘。"（《次韵黄晋卿见寄之什又》）陈樵对道家的"坐忘"身体力行，追求与大道冥合的境界。且在诗歌中反复申说，又如，"他年终拟忘名氏"（《陈氏山林春日杂兴》），"猿鸟久相狎，世事俱忘机"（《樵隐图》二首其一），"无喜亦无愁可解，山人投老竟忘形"（《忘忧阁》），"林居渐觉机心断，渴鹿逢人自不惊"《三泉》等。

全真教祖师王重阳糅合儒、释、道思想，主张三教平等、三教合一，以《道德经》《心经》《孝经》为全真道徒必修的经典。他认为修道的根本在于修心，除情去欲，达到心地清静，则身在凡尘而心已在圣境，即"人心常许依清静，便是修行真捷径"。由于资料匮乏，无法坐实陈樵信奉的究竟是当时的全真派，还是正一派，然而翻检《鹿皮子集》，发现有两处高妙的宏论正与王重阳的宗旨暗合，即"心闲便是神仙侣，莫对痴儿说烂柯"（《吕氏樵隐图》），"玄圃方壶君莫问，人间回首即神仙"（《圜》）。他也主张修心，强调清静，以为不必追求虚无缥缈的飞升，宁可修炼成一个潇洒自适的"地仙"，这也体现了浙东学派务实的特点。

总之，陈樵诗歌中臆想的自然，天风浩浩，仙境渺渺，光怪陆离，华美富丽，恍兮惚兮，似真如幻，直教人目动神摇。陈樵善于化实为虚，化幻为实，一方面将自己的隐逸环境"仙化""诗化"，另一方面又将仙界"世俗化""人间化"。陈樵无疑寄予了对道教彼岸世界及理想家园的无限神往，同时传达了他对隐居环境及生活的无比热爱。婺州位于浙东，宋元以来人才辈出，名儒云集，号称"小邹鲁"。"婺州作家大多是理学家吕祖谦和朱熹的徒子徒孙，浓厚的理学风气对婺州作家的人格、生活方式及创作都产生了重要的影响……积极的一面是，理学家大多有强烈的历史使命感和社会责任感，他们提出的'民胞物与''为天地立极，为生民立命，为往圣继绝学，为万世开太平'的理想，一直鼓舞和激励一代又一代的婺州作家为之奋斗不已。理学家强调一个人的道德修养，注重操行节守，所以婺州作家都以道德节操名世。"①

陈樵有着婺州理学家的一些共性，然天生异秉，又具自己鲜明的个性。毕竟他不在朝为官，不须仰人鼻息，用官方意识武装自己的头脑，他是一个纯然的隐士，思想自由，人格独立，况且又博览群书，融会贯通，精思几十春秋，故卓尔不群，所著书有《易象数新说》二卷，《洪范传》四卷，《经解经》四十卷，《四书本指》二十卷，《孝经新说》二卷，《太极图》二卷，《通书解》三卷，《圣贤大意》十二卷，《性理大明》十卷，《答客问》三卷，《石室新语》五卷，《淳熙纠谬》四卷等，煌煌数百卷学术著作，研究领域涉及四书五经、理学等，自成一家言。"有元混一寰区以明经取士焉，盛典非程朱之说者，弗录于有司，是以四海内外趋于一轨，不约而合。山林穷经之士，虽有意见发前人之所未言者，箝口结舌，孰敢出片词以动人之观听？同文之治可谓至矣。先生以高出之资，负绝人之学，乃奋然不顾人之是非，论道着书必欲畅其己说，自任斯文之重，屹为东南之望者数十年，不亦豪杰之士哉？"②

陈樵不顾流俗，不畏权威，不人云亦云，乃能独抒己见，多所创获。杨维桢应陈樵之请，为《鹿皮子文集》（四十卷）作序，对陈樵其文其人给予了极高的评价，然而这篇序颇遭时忌，以至招来骂声，为此，杨维桢又作《鹿皮子文集后辩》予以反驳："鹿皮子之道，《大易》之道也。鹿皮子之存心，老氏之心也。鹿皮子之望治，羲黄氏之治也。鹿皮子，有道人也。不能使之致君于羲

---

① 徐永明：《元代至明初婺州作家群研究》，中国社会科学出版社 2005 年版，第 191 页。
② （明）杨苺：《元故鹿皮子陈先生行状》，《亭塘陈氏宗谱》卷四（内部资料），2006 年重修，第 54 页。

黄，而使之自致其身于无怀、赫胥之域，此当代君子责也，于鹿皮子何病焉？"① 杨维桢可谓慧眼识英雄，对陈樵的儒家思想及儒道互补的人生范式有着深刻精到的理解，且力排众议、不遗余力。的确，陈樵思想有别于同时代的婺州文人黄溍、柳贯、胡助等，陈樵敢于写其他人绝少染指的艳情诗。明代"开国文章之首臣"宋濂二十四岁时至东阳拜谒陈樵于太霞洞，相谈甚欢。三年后，再拜陈樵。宋濂一度沉溺于黄老之学，四十一岁时入仙华山为道士，名元贞子，号仙华道士。陈樵临终前致书，欲宋濂去传承其学说，但因战乱，最终未果。除了宋濂淹贯古今、勤奋精思之外，也许二人都信奉道教学说也是个共同的思想基础。

陈樵诗歌中还留有多处与僧人交好的迹象，如，"宫树栖应熟，心经读未全"（《白鹦鹉》），"物色是空非是色，枉教蜂蝶一生忙"（《临花亭》），"涵碧池头夏气清，我从三昧起经行"（《涵碧亭》）等。这些都说明佛家学说也为陈樵所广泛深入地涉猎，并已渗入陈樵的日常生活与思维中。

总之，陈樵的诗歌毫无"方巾气"，他虽不在诗歌中卖弄性理之学，然而仔细寻绎，我们仍可窥其隐逸思想之一斑。由于受社会、时代、家庭、师承、人生目标等诸多因素的影响与制约，他主动选择了隐逸，认同并履行儒家的隐逸思想，完全做到了"穷则独善其身"，操履清介，人格高迈，人皆敬仰。他以儒立身，以经学家自任、自许，甚至自负，且专意著述，著作等身，又关注时事，忧国忧民，儒家讲究"立德、立功、立言"三不朽，陈樵可谓得其二。陈樵是个纯然的隐者，林居穴处，远离市朝，以高寿终，是为避乱终老之隐；在真实的自然中澡雪精神、优游岁月，尽享隐逸之乐，是为山水田园之隐；在臆想的自然中存思默想、上天入地，追求一种自由自在的人生，是为游仙之隐。陈樵思想复杂，兼容并蓄，但儒家思想占据主导地位，释、道终究是"治心"之术。

---

① 李修生主编：《全元文》42 册，凤凰出版社 2004 年版，第 209 页。

第四章　景物诗

陈樵景物诗数量众多，体裁多为七言律诗，也是他写得最好、最有特点与成就的一类。其咏写范围大致不出他生长的亭塘村、他所隐居的小东白山圆谷洞及东阳周边。亭塘村是陈樵的先人从宋初以来开发、建设的历史名村，长塘之滨建有柳堤，村中造有亭台楼阁等。陈樵隐居的后山，在他的组诗《北山别业三十八咏》中有精彩的描写。另外写到东阳的尚有耆阇山、双岘、西岘峰、石笋岩、紫霞洞、涵碧亭、水乐亭等，东阳周边的有浦江县东明山、伏蟾山、宝掌泉、金华通天洞、武义县蜡屐亭等。

一、内容

《鹿皮子集》中大量的景物诗描述了其隐居的生活环境，表达了他淡泊独善的追求。写景咏物的范围很广，山水、亭台、楼阁、花草、树木、寺庙、云霞、月色等自然景物和人文景观，陈樵均有吟咏。这些诗或客观描摹，或借景抒情，或渲染气氛，或营造意境，大多写得明丽清雅，诗意盎然。按照写景的对象，可以粗略分为三类：园林山居类、亭台楼阁类、山水类。

（一）园林山居类

这类诗主要以《北山别业三十八咏》为代表。徐永明谓"陈樵的《北山别业三十八咏》是描写金华北山一带的水光山色，其中秀健精巧之句也俯拾皆是。"[①] 其实，"北山"并非指金华北山，而是东阳北山，具体说是小东白山之圆（也作银、阄）谷洞。《道光东阳县志》载："银谷，一作阄谷。在县北十五

---

① 徐永明：《元代至明初婺州作家群研究》，中国社会科学出版社 2005 年版，第 119 页。

里太平里，元高士陈樵隐此。"①且"阎谷洞"条，自《鹿皮子集》中选入诗歌有：《银谷洞空碧亭》《太霞洞》《飞雨洞》《碧落洞》《萝衣洞》《五云洞》《巴雨洞》《少霞洞山居》《少霞洞》《越观》《札峰》《梅暾石》《醒酒石》《东白草堂》等。

　　细读文本，更可确定陈樵笔下所写确是东阳，而非金华。如，《飞雨洞》云，"蜀天万里入东州，冷翠侵扉翠欲流。"《石甗峰》云："北峰云出何曾断，东郡山凡不解飞。"其"东州""东郡"皆指东阳。另有《西岩紫霞洞》亦云："东州岁赋三千粟。"《山园》中有："春日花连小东白，暮年草创大还丹。"（《永日观》中亦有此句）《萝衣洞》有云："泉分少白山中雨，衣取云门寺顶荷。"还有《东白草堂》等，都写到了小东白山。《银谷洞空碧亭》："雨添银谷空中翠，云是蒨桃花上烟。"以及两首《阎谷洞》，都写阎谷洞。《醒酒石》题注："在少微岩下有洼樽。"《东白草堂》："如何庭下朝阳影，尽在少微岩上明。"《越观》题注："在岩顶。"《望月台》题注："在岩下。"都写及少微岩。《越观》："吴根越角两茫茫，石伞峰头俯大荒。"写"石伞峰"。《少霞洞山居》："太霞洞口采金芝，千岁山南听碧鸡。"写"千岁山"。《泰素坛》："陶山北望飞霞散，夜半有时孤鹤鸣。"写"陶山"。《少霞洞》："柏叶山前绿石扉，湿云堕地不能飞。"《招隐岩》："箬笠岩前今净社，不须更草北山移。"《石甗峰》："柏叶山前莺乱啼，小楼西望石离离。"则都提到"柏叶山"。通过题注可知，紫薇岩在兰池上，而《兰池》云："空翠亭前露草繁，自栽兰芷杂芳荪。"可知兰池在空翠亭附近。《紫薇岩》："手种岩花对北峰，花间无叶紫茸茸。"《北峰》："皂阁山前小水明，甗峰无影树亭亭。"《石甗峰》："柏叶山前莺乱啼，小楼西望石离离。北峰云出何曾断，东郡山凡不解飞。"由此可知，紫薇岩、北峰、柏叶山、石甗峰等都应是小东白山的组成部分。另，《麝谷》云："石甗峰南甑峰小。"亦知甑山与石甗峰（即小东白山）南北相望。

　　《四库全书总目·鹿皮子集》提要中认为陈樵"所做北山别业三十八首，备水石花竹之趣，则亦顾阿瑛、倪瓒之流，非穷乡苦寒之士也"。顾瑛、倪瓒是元末文人聚会的东道主，他们二人分别据有玉山草堂和清閟阁。顾瑛为昆山

---

① 《道光东阳县志·胜迹》卷二十三，《中国地方志集成·浙江府县志辑五十三》，上海书店1993年版，第313页。

富豪，家有亭馆三十六处。明人王世贞在《艺苑卮言》卷六中这样评价顾瑛和倪瓒："吾昆山顾瑛、无锡倪元镇，俱以猗卓之资，更挟才藻，风流豪赏，为东南之冠。"① 柴研珂指出："而陈樵显然和他们不一样，他不事奢华，甘于清贫寂寞的隐居生活，志在理学的振兴，和风流豪赏的倪瓒、顾瑛不同。"② 杨镰《元诗史》认为：《北山别业三十八咏》也许只是一种解嘲，并非玉山草堂、清閟阁可比，从诗中看，他冬夏所居的不同地点其实都在山洞之中，而那许多景点，也不是他的私产，只是他以一个逸民的身份，将自然与自己融为一体的体现。圆谷、招隐山等，恐怕只是他自己为其起的名字。③ 其实，小囿谷洞确为当时陈家所有，陈樵称之"别业"所言非虚。只是陈樵善于依山傍水、因势利导，并未大搞建设，破坏自然，而是林居穴处，过着一种真正的隐士生活。陈樵用诗歌对他居住环境做了诗意化的描摹。他优游于山间林下，融于优美的大自然中，石洞山洞等都成了他的亭台馆榭。陈樵自谓"石岩即是楼观"。他特意在诗题《太霞洞》后注明，"冬春居此洞"，在《飞雨洞》一诗后注明"盛夏居此，流沫成雨，中有小泓"，在《碧落洞》后注明"秋初入居此洞"，《少霞洞》诗题后标明"作室"。如此舒适的"别业"，在陈樵眼中自然充满诗意。恰如顾嗣立所言："鹿皮子北山诗咏多秀句。""其栖隐之地，可以想见。"④ 触目是山石花竹、流泉飞瀑，入诗便是极度的静寂和细腻的体验："青春着地十分绿，白日经天两度红。"（《石楼草庐》）"门外树身无岁月，山中人语带烟霞。"（《山房》）"菊老不随霜共落，云飞却与雁争先。"（《次王吉夫暮秋旅怀韵》）"人间甲子何需问，只忆山花几度荣。"（《霜严石室》）一个不问世事，忘却时间，陶醉于自然的隐士形象随诗出现。

诗中自我称谓与他的隐士形象也是统一的，如"投闲人"（《清隐亭》）、"木客"（《少霞洞》《少霞洞山居》）、"山人"（《少霞洞》《石巃峰》《忘忧阁》《飞花亭》之一、之二、《永日观》）、"散人"（《山房》《散庵》《石碍楼》）、"山翁"（《琴台》）、"古遗民"（《石庐》）、"野客"（《玉雪亭》之五）、"病叟"（《空碧亭》之一）、"山中白发翁"（《紫微岩》）等。

① （明）王世贞：《艺苑卮言》卷六，丁福保《历代诗话续编》，中华书局 1983 年版，第 1040 页。

② 柴研珂：《论陈樵及其诗歌》，《洛阳师范学院学报》2006 年第 6 期，第 76—80 页。

③ 参见杨镰《元诗史》，人民文学出版社 2003 年版，第 435 页。

④ （清）顾嗣立：《元诗选初集》，中华书局 1987 年版，第 1493 页。

典型的如《太霞洞》：

> 石林深处饭胡麻，几度登临送日车。
> 雪到峰头犹是雨，云生石上半成霞。
> 相看露下朝华草，不放春归冷艳花。
> 魏紫姚黄风卷尽，人间蜂蝶到山家。

将自己隐居的洞穴描写得好比仙境，俨然一个世外桃源。吃的是胡麻，悠然而平静地对待以至享受着时光，任由寒来暑往、风起云涌，闲看春来草青、花开花谢，"人间四月芳菲尽，山寺桃花始盛开"①。地冷花迟也无妨，蜂蝶自然转入此山来。这是一个隐士独特的生命体验，只有与天地往来的隐逸诗人在对自然事物观察后才有这样细腻的感受。

陈樵于《山房》中描述了自我隐士形象：

> 冷云堆里散人家，鹿帻羊裘不衣麻。
> 门外树身无岁月，山中人语带烟霞。
> 云侵坏衲长生菌，风断游丝半度花。
> 采蕺林深人不见，连筒引水自煎茶。

作者鹿帻羊裘，采药煎茶，悠游山水，不问流年，高情远韵，孤芳自赏，十足一个世外高人。《西岩紫霞洞》：

> 洞壑霞云护隐居，西岩洞下是华胥。
> 残红堕地五铢重，涨绿过楼一丈余。
> 瑶草碧花牛氏石，锦囊玉轴米家书。
> 东州岁赋三千粟，我亦依岩学佃渔。

紫霞洞，在西岩岭，元代俞仲才居此。② 黄溍《题紫霞集》云：

---

① （唐）白居易：《大林寺桃花》，朱金城笺校《白居易集笺校》，上海古籍出版社 1988 年版，第 1023 页。
② 参见《道光东阳县志·胜迹》卷二十三，《中国地方志集成·浙江府县志辑五十三》，上海书店 1993 年版，第 315 页。

西岩紫霞洞，俞氏世居其左。予曩岁佐治宁海，过其里，因得历览其胜。然而石室苍藤，茂林修竹，森秀岑郁，蒙密蔽亏，萧萧然有离尘远俗之意。信乎东阳佳山水，而西岩又佳山水之尤者。后二纪，忽阅此图，知其茂林修竹仍无恙。起予遐思，俾书以纪。①

前三联乃是惯用之手法，洞壑霞云，残红坠地，绿树过楼，碧草瑶花，锦囊玉轴，将这个隐居地描述得清幽、和谐、雅致。"东州岁赋三千粟，我亦依岩学佃渔。"尾联翻转出奇，看似仙境，究竟仍是人间，深山之中，岁赋亦无可回避，作为隐者，诗人也要勉力学习种地打鱼等劳作，以输贡赋。多少有点杜荀鹤《山中寡妇》中"任是深山更深处，也应无计避征徭"②的味道。

陈樵为胡伯玉隐趣园题咏达十首之多。隐趣园乃胡伯玉岳父蔡竹涧规划、胡为之营建的私家园林。《道光东阳县志》载："隐趣园，在十六都蔡宅，元蔡竹涧伟筑，以馆甥胡伯玉璋。璋，古愚助子。助与陈樵各有题咏。陈樵八咏诗：《君子池》《蜀锦屏》《晚香径》《岁寒亭》《竹涧亭》《待月坛》《天香台》《香雪壁》《竹隐轩》（诗从略）。"③ 其父胡助《隐趣园记》所述甚详：

隐趣园何为而筑也？吾儿璋所以承外舅之志也。始东白蔡隐君曰竹涧翁，爱女择婿，而璋也选在东床，于是创馆甥之室于别墅使居之，翁可杖履往来也。甥舍之东偏，壤地十数亩，坡阜联绵，松竹秀蔚，近可睡，远可憩，幽可规，以为园，中有方池半亩许，植莲其内，名之曰君子池。池上间植青李茉樆夭桃红杏芙蓉杨柳，粲然成行，表曰春色。池左右植安石榴为洞，曰夏意。中植丹桂，作待月坛。坛之后，列海棠如步障，曰蜀锦屏。坛之前植山栀子，曰簷蔔林。两傍夹以茶蘼棚，曰香雪壁。又植牡丹数本，甃石为台，曰天香台。结柏屏于后，回环砌石子为径，编竹为篱，种菊百数本，曰晚香径。东有松竹梅，结亭其间，曰岁寒。西有修竹涧泉，曰竹涧。余壤之沃者，杂树桑麻枣栗，芋区蔬畦，亦成行列，绰有隐居之趣，是皆竹涧翁平日之所规画，而俾璋营之。惜翁之不及见其成也。会余

————————————

① （元）黄溍著，王颋点校：《黄溍全集》，天津古籍出版社2008年版，第217页。
② 中华书局编辑部点校：《全唐诗》（增订本），中华书局1999年版，第8025页。
③ 《道光东阳县志·胜迹》卷二十三，《中国地方志集成·浙江府县志辑五十三》，上海书店1993年版，第330页。

自西掖请老归田，吾儿迎养，日游其间，于是总名之曰隐趣，而为之记，曰：信乎园日涉以成趣，千葩万草，生意无穷，积岁月而后若此，夫岂一朝一夕之工哉？矧不出户庭，不劳登涉，而望以见群山之相环，云烟之吞吐，朝晖夕阴，变态万状，娱人心目，其东南一峰，与岁寒相向，尤峭拔者白鹿峰也，晋孝子许公墓在焉。吾儿雅不欲仕，独慕古人之遗风余烈于山林间，故得园池之胜，与隐者之趣，固未必同也。诚能得夫隐居之趣，是与造物者游，逍遥乎尘埃之外，彷徨乎山水之滨，功名富贵，何曾足以动其心哉？呜呼，古之君子，真得隐居之趣者亦不多也。晋有陶渊明，唐有李愿而已，此其人何如哉？噫，东风花柳，禽鸟和鸣，佳木阴浓，池莲香远，水清石瘦，黄菊满篱，雪积冰坚，挺秀苍翠，四时之景可爱，而千载之心攸存，慨然飞云之想，而不忘太山之瞻，斯为无忝乎隐趣云尔。①

隐趣园占地数十亩，中有半亩许池塘，因地制宜，遍植花木，一步一景，表隐者之趣。其景有君子池、春色、夏意、待月坛、蜀锦屏、簝蓄林、香雪壁、天香台、晚香径、岁寒亭、竹涧亭等。胡助有《隐趣园八咏》② 诗：

君子池
池上藕花开，香从太极来。
亭亭清净观，君子日徘徊。

待月坛
天远云归早，山高月上迟。
夜坐发孤咏，秋风生桂枝。

蜀锦屏
濯锦为屏障，红妆拥万妃。
试看春睡足，何羡买臣归。

---

① （元）胡助：《隐趣园记》，《纯白斋类稿》卷十三，中华书局1985年版，第191—192页。
② 同上书，第118—119页。

天香台

三月韶华盛，名花倾国人。

何期真率会，同赏洛阳春。

香雪壁

荼蘼春意好，百尺走条枚。

壁立堆香雪，风流入酒杯。

晚香径

彭泽归来后，东篱菊正黄。

秋光无限兴，晚节有余香。

竹涧亭

竹绕茅亭外，泉流石涧中。

一天秋夜月，千载隐君风。

岁寒亭

松竹如佳士，梅花更典刑。

岁寒千古意，笑指鹿峰青。

《隐趣园八咏补遗》序云："东湖古愚胡先生长子璋，为鹿峰竹涧翁婿。筑隐趣园以馆之，先生偕鹿皮子来游，因作隐趣园记，及八景咏。先生之记与鹿皮子八咏，俱载旧谱，而先生八咏遗失不存，今于先生纯白斋稿中得之。因录梓续修牒中以补之。"①

陈樵写有五古《胡伯玉隐趣图四咏》，即《蜀锦屏》《晚香径》《岁寒亭》《竹涧亭》，七古《题竹隐轩》《待月坛》《天香台》《蜀锦屏》《香雪壁》《胡伯玉隐趣园君子池》，计十首。其中"蜀锦屏"凡两咏。

胡璋，字伯玉，胡助长子，其继母乃是陈樵族姑，二人本是表兄弟。胡璋

---

① 转引自金一初主编《东阳历代风景诗选》，中国文史出版社2006年版，第241页。这篇小序未标明出处，疑为出自胡氏宗谱，参见《东南湖胡氏宗谱》，却未见此序，推想可能是更早版次的宗谱。

弃官归隐，与终生隐逸的陈樵应该是志同道合的。陈樵《蜀锦屏》言："先生新辞白玉堂，晴昼衣锦还故乡。乡山草木被光耀，化作锦绣成文章。花神惊视不敢当，此花非我山中芳。初疑宠渥出秘阁，复道荣恩来奉常。云蒸雨湿春风重，至今犹自余天香。愿将归院金莲炬，移近围屏照艳妆。"诗中将胡璋弃辽阳儒学学正而归隐治田园说成是衣锦还乡，对他的幽情雅韵表示赞赏，惺惺相惜之感贯穿其间。海棠花似乎成了隐士的最好陪衬。

陈樵本色当行，的确写出了隐趣园之隐趣。既能扣住景物的特点，又能灵活运用典故，展开充分的想象，议论风生，自然流丽，跌宕生姿。比如，《蜀锦屏》由海棠朝开暮萎想及人生苦短，"何如链金液，返本得长年"，最后是走向道教炼丹服食求取长生不老。《晚香径》赞美菊花的色、香、质，过后"独赏心悠然，酒至觞淋漓。永怀陶靖节，高风邈难追"。

赏菊饮酒，由花中隐逸者自然联想到"千古隐逸之祖"陶渊明，步其后尘之意甚明。《岁寒亭》则由无情的草木、松、竹、梅尚能"结为岁寒友"，感叹"奈何市井交，轻薄不足观"。《竹涧亭》竹与"隐君"融合无间，通过环境、景物描写，突出了隐君的"清芬""玉润"与"冰清"。

其他几首七古，则多运用道教意象，天风海雨，超逸绝尘，动辄飞升，不似在人间。如，《题竹隐轩》云："有时梦见瀛洲仙，鞭笞鸾凤游无端。叩头再拜乞灵药，使我容貌无凋残。仙翁赠以九转丹，服之两腋生羽翰。"通过梦境，乘鸾跨凤，有幸向瀛洲仙乞求九转丹。《待月坛》中言："便欲因之遡寥廓，倒骑玉蟾飞广寒。广寒宫殿殊清绝，素娥婵娟皎如雪。笑指桂树对我言，留取高枝待君折。"由月中桂树、蟾蜍、广寒宫、嫦娥等传说而生发想象，倒骑玉蟾飞入广寒宫，遇见嫦娥，为我留取高枝待折。《香雪壁》："蓬莱之山仙子窟，玉作楼台银作阙。岂无瑶草弄朝烟？亦有琼花迷夜月。羽衣道士乘素鸾，引手招我青云端。翩然高举游八极，下视五岳烟雾何漫漫。"描述了蓬莱仙界的美好景象，羽衣道士引他到青云之上，回望人间。"我欲借君香雪之素壁，障予山中玉雪之空亭。亭空壁素了无物，惟见虚白一色洞杳冥。"荼蘼之色白，与他圃谷涧之玉雪亭正是天作之合，可悟"无物"之境。

再看《天香台》：

牡丹百本新栽培，累日为筑天香台。
春风三月花信足，深红艳紫参差开。

五色卿云色纷郁，九苞舞凤毛毷毹。

也知东皇爱妖媚，何须羯鼓声相催？

蔗浆初冻玛瑙碗，酒痕微污玻璃杯。

双成未逐阿母去，弄玉却伴箫仙回。

还忆开元天宝时，沉香亭北君王来。

霓旌翠节导雕辇，绣帷绮幄围香埃。

倚栏只许妃子并，微歌或诏词臣陪。

陈迹如今安在哉？风雨满地唯苍苔。

相传尚有清平乐，翰林供奉真仙才。

开头写牡丹的颜色、形态，以羯鼓相催之典沟通天人，转笔写仙界，再转至历史层面，回忆唐玄宗与杨贵妃赏牡丹之盛况，《太真外传》：开元中，禁中重木芍药，即今牡丹也，得数本红紫浅红通白者，上因移植于兴庆池东沉香阁前。会花方繁开，上乘照夜白，妃以步辇从。诏选梨园弟子中尤者，得乐一十六色。李龟年以歌擅一时之名，手捧檀板，押众乐前，将欲歌之。上曰："赏名花，对妃子，焉用旧乐词为？"遂命龟年持金花笺，宣赐翰林学士李白，立进《清平乐》词三章，承旨犹若宿醒，因援笔赋之。其一云："云想衣裳花想容，春风拂槛露华浓。若非群玉山头见，会向瑶台月下逢。"其二云："一枝红艳露凝香，云雨巫山枉断肠。借问汉宫谁得似，可怜飞燕倚新妆。"其三云："名花倾国两相欢，长得君王带笑看。解释春风无限恨，沉香亭北倚阑干。"[1]以夸赞李白真具仙才作结。全诗以牡丹为中心，笔墨跌宕，一转再转，境界层出，引人入胜。

而《胡伯玉隐趣园君子池》较特别，同样是写隐趣，风格却似民歌，内容则写艳情：

五月菡萏发，红妆明绿波。

君看池上水，何似若耶多？

若耶女儿歌艳歌，轻舟短棹相经过。

倾城颜色有人妒，日暮凉风知奈何？

---

① （唐）李白著，（清）王琦注：《李太白全集》，中华书局1977年版，第304—306页。

君子池之得名，乃源于周敦颐《爱莲说》。若耶溪出自浙江省绍兴市若耶山，北流入运河。相传为西施浣纱之所。诗用对比手法，将君子池与若耶溪进行对比，一静一动，一冷一热，形成鲜明对照。西施倾城之美貌遭人嫉妒，结果却是"日暮凉风知奈何"，红颜薄命，耐人寻味。

（二）亭台楼阁类

此类景物诗以陈樵生于斯长于斯的亭塘为大端。《道光东阳县志》载："亭塘，在县北六十八都，鹿皮子宅。"陈樵诗有飞雨亭、风香亭、翠花亭、诗林亭、玉雪亭、秋色观、寻春园、山馆、琴台、山庄、圃、绝唱轩，小元畅楼（李裕《过鹿皮子小元畅楼》）。何范《亭塘》："野塘烟雨近柴扉，不见遗亭见水湄。人事几经沧海变，至今犹说鹿皮衣。"① 遭兵燹后，亭塘被付之一炬，几乎夷为平地，诸多建筑也被毁了。

《临花亭》《玉雪亭》等七律组诗清丽雅致，是陈樵较好的作品，如宋濂的评价"新逸超丽"，《临花亭》（九首）其三是鹿皮子诗的范本：

> 芳草生烟药在房，鞓红衣紫共芬芳。
> 丘园风雨三家市，草木文章万丈光。
> 花正欲言还寂寞，春无自性不坚良。
> 晚来只有鹅红在，莫放香丝取次黄。

诗歌如他的生活一样闲逸疏淡，沉静清丽。

玉雪亭乃陈樵之父陈取青所建，并为之记，其《玉雪亭记》云：

> 玉雪亭者，予之所作且自命其名也。始，予以愚蒙固陋而不通当世之务，则厌为世俗交，若将浼我者，故常有出尘之思，冀得高蹈远举，谢势利之纷华，比玉雪以俱洁，此予之素志也，因以玉雪名予亭焉。既而思之曰："夫玉与雪，非不洁且白矣。然必磨之而不磷（疑为磦），涅之而不缁，然后见玉之为美也。不择地而处，而物不我污，由所积之厚，而物为我变，然后见雪之为贞也。士君子之处世，惟其离于俗，而不湎与俗，斯

---

① 《道光东阳县志·胜迹》卷二十三，《中国地方志集成·浙江府县志辑五十三》，上海书店1993年版，第314页。

善矣。岂必高蹈远举，然后足以遂吾之志哉？于是益取先人之书读之，以讲求先王之道，讨论当世之务，其遇事，虽不敢放旷以为达，而亦非狥利而忘义也；其接人，虽不敢矫洁以为高，而亦非与时浮沉，谀说以取容也。孔子称颜渊'用之则行，舍之则藏，惟我与尔有是夫？'而孟子亦云：'可以仕则仕，可以止则止。'吾窃取法于是焉。夫时行则行，不必于隐，彼有山枯槁长，往而不返者，非也；时止则止，不必于行，彼有奔走势利，溺焉而不知止者，亦非也。吾之出处，惟其中而已矣。世之情，或以为处富贵易，处贫贱难，其得富贵则喜，不得则戚戚以尤，亦非也。富贵贫贱等，外物也，何足以累吾心哉？守道而不回，知有命而安于义，则富贵福泽之来，天也，顺受之，斯可矣；贫贱尤戚之来，亦天也，庸可却而避之乎？吾之取舍，亦惟其中而已矣。出处用舍，不离乎中，然后能靡而不磷（疑为磲），涅而不缁，物不我污，而反变于我矣，斯非玉雪名亭之意哉？"书其说，以为记。朝夕观焉，以自励。因以玉雪自号，以见志也。元至正八年戊子（1348）仲秋八月嗣孙士元取青撰。①

玉与雪，俱为洁白之物，玉磨而不裂，处污而不染，此为玉之美；不择地而落，积之厚而变物，是为雪之贞。依据儒家传统的"比德"思维，比之君子处世，用舍行藏，运乎中庸之道，富贵贫贱，安于自然，因以玉雪名亭而自勉、见志。

沈福煦认为："建筑还表现人自身，这种表现不是人构筑建筑的目的，而是建筑物既成之后，以其形象反过来表述着人和社会，或者说'无意识'地表述着建造者和使用者的一切。这种为人的物质和精神需求所构成的建筑，同时又反过来表现人自身，正是建筑的文化性。"②

而陈樵《玉雪亭》九首则是另一种风格，试举几例：

其一

蓬莱山顶玉为峰，夜夜晴光吐白虹。

石髓多年化韶粉，冰华无意属东风。

---

① 《亭塘陈氏宗谱》卷四（内部资料），2006 年重修，第312—314 页。
② 沈福煦：《中国古代建筑文化史·绪论》，上海古籍出版社 2001 年版，第 1 页。

一天素月连云冷，万斛明玑堕地空。
只恐高寒禁不得，乘鸾飞度碧瑶宫。

其二

梨云柳絮共微茫，春入园林一色芳。
枸杞通灵空吠月，芙蕖到死不禁霜。
梦游蓬岛瑶台曙，歌落吴云玉树长。
亦拟广寒亲学舞，朝来新制白霓裳。

其三

冰夷游遍列仙家，片片临风散六花。
阴壑有光迷白月，乱山无处觅青霞。
台高渐见石棱长，枝重不禁梅影斜。
闻说银河都剪碎，津头几欲问星槎。

其八

俗尘无路到岩扃，琼作池台玉作亭。
海月寒通千顷白，楚山瘦减八分青。
回屏纹细裁龟甲，野褐年深补鹤翎。
应有才华夺天巧，天葩飞堕满中庭。

其九

羽仙飞步驾青鸾，仙袂临风响佩环。
琪树移根来月里，琼花无梦落人间。
春回陇首梅先觉，舟入山阴客未还。
我亦玉堂挥翰手，他年鹓鹭簉朝班。

    陈樵未拘泥于亭的外形、建筑特色，甚或命名的深义，仿佛超越了出入、天地、生死，这几首诗无尘俗气、烟火味，超逸清绝。善于刻画典型环境，且多以仙界拟之，兼善于活用典故，诗中"蓬岛""瑶台""广寒""冰夷""六丁"等仙境、仙人层出不穷，多方引喻，如将雪比作"韶粉""冰华""明玑"

"白霓裳""天葩""琼花"等。脱略外部实在的形态，似可更接近玉与雪的本质。

另有东阳著名的涵碧亭，陈樵写有《涵碧亭》三首：

涵碧池头夏气清，我从三昧起经行。
移樽近树传杯绿，向日看山入户青。
人似亭前花不语，诗如江上草无名。
山中水调知何限，不入熙宁水乐声。

入谷沿流曳杖行，亭亡白谷半为陵。
蝉惊两腋风初定，树少多年秋不生。
水急溜穿南洞石，云深黍没夕阳僧。
龟兹板上元和脚，犹有刘郎旧姓名。

池曲奔流下石渠，池头空翠湿烟芜。
夏禽反舌余声尽，薜荔连墙寸影无。
僧曝屋头猿挂树，鸟衔窗外雨生鱼。
长安才子看图画，疑是仇池隐士居。

涵碧亭，《乾隆通志》作寒碧。在县南五里，唐宝历三年（827）县令于兴宗建亭，题曰"涵碧"，下穿方池，刻石作双鱼，引水贯其中，以为流觞之胜，写图乞诗于刘禹锡，刘禹锡赋七言诗贻之。唐末，昭谏罗隐避地东游，尝取涵碧池石为砚。元祐中，即旧址建堂，知县宋勋年名曰"清虚堂"，今俱废。[1]

刘禹锡《答东阳于令寒碧图诗》[2]：

东阳令于兴宗，丞相燕国公之犹子。生绮襦纨绮间，所见皆贵盛，而挈然有心如山东书生。前年白有司，愿为亲民官以自效，遂补东阳。及莅官，以简易为治，故多暇日。一旦于县五里偶得奇境，埋没于翳荟中。于

---

① 参见《道光东阳县志·胜迹》卷二十三，《中国地方志集成·浙江府县志辑五十三》，上海书店1993年版，第321页。

② （唐）刘禹锡著，卞孝萱校订：《刘禹锡集》卷二十五，中华书局1990年版，第331页。

生自以有特操而生于公侯家，由覆阴入仕，常忽忽叹息。因移是心，开掘泉石，芟去萝葛，斧凡材，畲息壤，而清溪翠岩森立坌来。因构亭其端，题曰涵碧。碧流贯于庭中，如青龙蜿蜒，冰去潋射人。树石云霞列于前，昏旦万状。惜其居地不得有闻于时，故图之来乞词，既无负尤物。予亦久翳萝葛者，睹之慨然。遂赋七言，以贻后之文士。

> 东阳本是佳山水，何况曾经沈隐侯。
>
> 化得邦人解吟咏，如今县令亦风流。
>
> 新开潭洞疑仙境，远写丹青到雠州。
>
> 落在寻常画师手，犹能三伏凛生秋。

陈樵这三首诗总体上未脱去刘禹锡诗的笼罩，诗题下自注："刘禹锡《题涵碧亭》：犹能三伏凛生秋。"其二云："龟兹板上元和脚，犹有刘郎旧姓名。"其三云："长安才子看图画，疑是仇池隐士居。"不同的是，陈樵毕竟身临其境，目与景遇，有感而发，同样也是抓住了涵碧亭的特点，即恍如仙境，避暑胜地。

另写有武义县的蜡屐亭，记晋阮孚避乱婺州事。于《咏史怀古诗》一节有详细解析，请参看。

（三）山水类

西岘峰（寺傍皆官山）

> 听尽熙宁水乐声，断碑无字倚荒庭。
>
> 云归僧舍树皆湿，犬吠猎围山误应。
>
> 覆屋松阴遮日黑，隔林春色为官青。
>
> 故侯辙迹无寻处，丞相题诗拟岘亭。

> 雨后看山对酒歌，飞红骇绿满岩阿。
>
> 万重山外碧方寸，五色雨中青最多。
>
> 亭下日生霞映草，松根苓长叶成窝。
>
> 江源分付西流去，莫作门前东逝波。

《道光东阳县志》载，西岘，在勒马峰之西，其峰峭怪，逾数千仞，其巅砥平，广十余里，左则摘星尖，秀颖特出，为诸峰所不及。上有拟岘亭，又有龙湫碧涧，曰不老泉，饮之不竭，莫穷其源，中有法轮院。院北七里许有水乐亭。

水乐亭在县西南八里，岘山二峰对峙，西岘飞瀑数丈，下注于涧，淙淙如漱玉。宋熙宁中，县令王概作亭涧上，名水乐亭。

"取元结水乐之说为名。"① 元结《水乐说》云："元子于山中尤所耽爱者，有水乐。水乐是南磴之悬水，淙淙然，闻之多久，于耳尤便。不至南磴，即悬庭前之水，取敧曲窦缺之石，高下承之，水声少似，听之亦便。铭曰：烟才通，寒淙淙。隔山风，老鼓钟。"② 苏轼有《寄题水乐亭》诗，苏辙则有《前题和东坡韵》。"断碑"似指为纪念晋殷仲文去官后而立之碑。不可能是纪念戴叔伦之碑。唐代戴叔伦宰东阳，移官后，陆长源撰《去思颂》，勒碑纪念。然，宋淳化五年（994），移碑于夫子庙，碑阴刻鲍拯撰《移去思碑序》。戴叔伦，字次公，润州人。建中初，以监察御史里行来令是邑。先是，邑内寇扰民，瘥田率荒芜，叔伦以诚信抚辑，抑权豪，劝农桑，民赖富庶，政通讼简。贞元元年，奏课为浙东最拜殿中侍御史，有《去思碑》。宋鲍拯《移去思碑序》：皇唐戴叔伦贞元中出宰于浙右东阳，在任以仁惠洽于群生，循致其小康矣。秩满移官，绵历数祀，受赐之者，旦旦兴怀，由是命词于陆长源，假翰于李秋实，寻勒碑碣，民用《去思》列于郡斋，焕乎千古。洎唐季世，兵革乱离，是碑乃荒郊迥立，蔓草半侵，苦雨摧残，畏日销铄，其或人为之语曰：俟离否塞，必假磨礲，自复大化而终。未遇于其人。乃有太原王昌图，创夫子庙于县廨之前，功毕日，命贡籍士宋拯修词，知县事杨公洒翰。勒石之次，杨公有言：戴氏之碑，虑将湮没，我若不兴是，掩前贤之善，岂曰能仁？遂命致之于夫子庙之右，由是磨礲载加剪拂，亦犹滞剑冲星，遇雷生而望气；焦桐烈爨，逢蔡氏以知音者哉？时大宋淳化五年，岁次甲午三月二十五日，承奉郎守光禄寺丞知县事杨尹记，王府随计史宋拯记。按语云：此序镌在去思碑阴，尚未漫漶，然细玩文体字句，疑有错误，或后人再上石，亦未可知。鲍拯，字同时，元丰间，来宰是邑，刚

① 《明一统志·金华府志》卷四十二，《文渊阁四库全书》472 册，台湾商务印书馆影印版，第1024 页。

② （清）董浩：《全唐文》卷三八三，中华书局 1983 年影印版，第 3886 页。

明信果，民不敢欺，赋役均平，奸盗屏迹。①

　　"故侯"指沈约，沈曾被封为建昌县侯，后人因称为沈侯。齐建武三年（496），任东阳太守。"丞相题诗拟岘亭"，丞相大概指的是宋代马之纯。马之纯（1143—？）字师文，又字莹夫，号茂陵，晚年改号竹轩，别号野亭，学者称野亭先生，城西北人。南宋孝宗、宁宗时期著名学者、诗人、经学家，东阳茂陵马氏十二世祖。幼能日诵数千言，十岁能属文。入太学，弱冠登孝宗隆兴元年（1163）进士第，授福州司法参军，历知徽州（今安徽歙县），焕章阁待制，宁宗庆元间授承议郎、充江南东路转运司主管文字，秩满，授朝散郎，通判静江军府事，不赴。后为严州比较务，当时南轩张栻为严州太守，大蒙赏识。潜心研究六经，兼通诸子百家，学成行尊，声望蔼著，人称"茂陵先生"。从游者多有成就。尤善藻鉴，乔行简时在诸生中，独以大任期之，卒如所云。马之纯不喜欢做地方官员，因此宦途迂回。迁沅州倅（副职），卒于任上。既卒，封太师，赠越国公，葬于武义县二十四都宝岩寺（今武义县马府下村）。邑人慕其德，在今之西经泽巷口为之立坊曰"思贤"。其孙马光祖、马润祖登淳祐元年（1241）进士。生平事迹见《景定建康志》卷四九。《道光东阳县志》卷二十三《胜迹》记有马之纯《拟岘亭》②诗：

　　　　吾县西岘峰，亭以拟岘名。尝见父老说，寺中有碑铭。

　　　　昔晋殷仲文，作郡有政声。去而人思之，屐齿有余荣。

　　　　余闻诸老说，此事不可凭。竖子从弑逆，罪合五鼎烹。

　　　　桓元在荆州，世为晋公卿。一朝睨汉鼎，举兵向金陵。

　　　　是时殷仲文，实守新安城。弃郡以从元，惟欲事速成。

　　　　策命九锡文，未到先经营。桓楚既窃位，寝所地忽崩。

　　　　仲文忱不免，奉二后还京。叛晋复叛元，鼠雀同偷生。

　　　　寄奴后代晋，又欲居朝廷。出为东阳郡，怏怏无好情。

　　　　尝览镜自照，不见头颅形。岂非从逆者，未诛先受刑。

　　　　无忌牧荆州，仲文尝趋迎。便道不过府，无忌殊不平。

---

　　①　《道光东阳县志·政治志二》卷六，《中国地方志集成·浙江府县志辑五十三》，上海书店1993年版，第63—64页。

　　②　《道光东阳县志·胜迹》卷二十三，《中国地方志集成·浙江府县志辑五十三》，上海书店1993年版，第322页。

言于宋武帝，此辈谋举兵。宋武尽族诛，流血几成坑。

襄阳羊叔子，当世之豪英。不当拟其名，流传污吴宁。

疑别一牧守，偶与同名称。此名若果然，山鬼怒非轻。

缅思唐戴令，政声极铿鍧。曾有长源碑，在夫子庙庭。

曷易曰戴岘，庶以慰编氓。称之名义当，兼可怡山灵。

尝读晋宋书，抵掌气填膺。安得仍拟岘，千载愚民生。

诗对"拟岘"之名进行了辨析，亭与碑铭都是为了赞颂、纪念殷仲文的政声，然而作者考诸历史，"竖子从弑逆，罪合五鼎烹"。与东阳父老旧说明显不符，他怀疑乃另外一个同名同姓者。并建议不如将西岘改名为戴岘更好些，对戴叔伦的美政令名，极尽歆慕、誉扬。此诗颇合《晋书·殷仲文传》所载，诗如"桓元在荆州，世为晋公卿。一朝眄汉鼎，举兵向金陵。是时殷仲文，实守新安城。弃郡以从元，惟欲事速成。策命九锡文，未到先经营。"即"会桓玄与朝廷有隙，玄之姊，仲文之妻，疑而间之，左迁新安太守。仲文于玄虽为姻亲，而素不交密，及闻玄平京师，便弃郡投焉。玄甚悦之，以为谘议参军……玄将为乱，使总领诏命，以为侍中，领左卫将军。玄九锡，仲文之辞也。"诗"桓楚既窃位，寝所地忽崩。"《晋书》："初，玄篡位入宫，其床忽陷，群下失色，仲文曰：'将由圣德深厚，地不能载。'玄大悦。"诗："仲文忧不免，奉二后还京。"《晋书》："玄为刘裕所败，随玄西走……至巴陵，因奉二后投义军，而为镇军长史，转尚书。"诗："寄奴后代晋，又欲居朝廷。"即桓玄失败后，殷仲文上表请罪，得到晋安帝的谅解。诗："出为东阳郡，快快无好情。尝览镜自照，不见头颅形。"《晋书》："……常快快不得志。忽迁为东阳太守，意弥不平……仲文时照镜不见其面，数日而遇祸。"诗："无忌牧荆州，仲文尝趋迎。便道不过府，无忌殊不平。言于宋武帝，此辈谋举兵。宋武尽族诛，流血几成坑。"《晋书》："何无忌甚慕之。东阳，无忌所统，仲文许当便道修谒，无忌故益钦迟之，令府中命文人殷阐、孔甯子之徒撰义构文，以俟其至。仲文失志恍惚，遂不过府。无忌疑其薄己，大怒，思中伤之。时属慕容超南侵，无忌言于刘裕曰：'桓胤、殷仲文乃腹心之疾，北虏不足为忧。'义熙三年，又以仲文与骆球等谋反，及其弟南蛮校尉叔文并伏诛。"[1]

---

① （唐）房玄龄等：《晋书》，中华书局1974年版，第2604—2605页。

石笋

金茎半折尚亭亭，铜柱稀微见刻铭。

花日渐移连影动，石根不死有香生。

山前留眼通灵海，天上无人记摘星。

何处人间觅此竹，昔年曾出夜郎城。

据《道光东阳县志》载："石笋岩，在县北四十里，石马坑内，山阿周遭可三十余亩，有岩拔起十余丈，大数十围，石皮鳞鳞，绝肖，真奇石也。根下石四周绕之。"①

先用两个典故，从石笋的外形写起，像中间折断的金茎（汉武帝建章宫神明台铜仙人承露盘），尚亭亭玉立，又像古代标示国界而立的铜柱，属静态描写。颔联则写其动态，影子随着花日而渐移，石根下若有香气飘出。颈联展开联想，山有洞而通海，是说石笋的灵异，登石犹可摘星，乃言石笋之高。尾联点题，号为石笋，则人间难觅此竹。化静为动，想落天外。

陈樵还写了东阳的耆阇山与耆阇寺，《同陈子俊暮秋游耆阇山时九日后》：

节季日月浅，山川凋落繁。志士惜迟暮，触事念虑端。

同游得佳士，散怀逐跻攀。匆匆万夫内，乃有吾子贤。

英特奇伟姿，笔精语亦温。暂远欣已遇，当忧亦为欢。

步屦得古寺，入室清心源。草枯石色出，层构阴崖缘。

猛虎昔夜吼，发石存幽泉。至今连筒饮，颇厌井汲艰。

佳节去我久，黄花有余妍。愔愔夕钟罢，草草尊酒残。

客子已山际，落日犹树巅。举世尘漠漠，朗咏山中篇。

而耆阇寺为亭塘陈沐建，《亭塘陈氏宗谱》中收有《新建耆阇寺圹记》：

余沉身宦海凡十余年矣，不幸严君长逝，幸母王氏五十娘在堂，慨然曰：人生惟父母之恩最称罔极，我希历仕途，亦冀升斗，为荣养计耳。奈

---

① 《道光东阳县志·建置三》卷三，《中国地方府志集成·浙江府县志辑五十三》，上海书店1993年版，第42页。

天遽夺我先君之速，傥北堂复任其西景，而不及今早为之承欢，终天风木憾宁有究哉？因拂袖而归，退休于长塘，又慨然曰：予读淳于生传，而得其所论名实云云，既不能先名实而忠报朝庭，又不能后名实而孝严帷。何所官罪宇天地间哉？试与知己者筹，惟建刹一事聊可展其万一，乃胥宇绕龙山之原，见其地有崇山峻岭，茂树琼葩，北枕龙山，南带蟠渠，东引横山，势若虎踞，西呈双岘，形似旗扬。遂于嘉泰之元年，经之营之，鸠材聚工，越三岁，始就绪焉。前之则置莲台，宫宇之中则置云堂，云堂之后，又置藏经阁一座。两庑则为禅房，为僧舍，为香积厨。外又置山门，山门外凿一方池，置五浮屠缸于池之前，昭胜事焉。落成之日，则大会宾客僧行，匾其上曰：耆阇寺。

……

于宋开禧元年仲春之吉 赐进士第资政大夫礼部尚书长塘陈沐谨题①

据《街亭陈氏宗谱》载，耆阇寺自公元 1204 年建成，至公元 1909 年，历经 705 年，重修过三次，第一次是在元代至元二十六年（1289），第二次是在元代至治三年（1323），第三次是在清代宣统元年（1909）。

柳贯有诗《游耆阇山寺，因怀君采》②：

> 马影风吹度石梁，松云冉冉昼生凉。
>
> 俗尘不占清虚境，僧榻初投曲密房。
>
> 几道飞泉添涨水，半林残雨漏斜阳。
>
> 北山重忆栖霞侣，新种芝苗若许长。

陈樵《伏蟾山》：

> 山上飞云去不留，山中蟾兔又经秋。
>
> 斗临河曲侵鹑尾，露上莎根到草头。
>
> 绿桂花中歌白苧，碧梧影里饭青牛。
>
> 有时竹上蟾蜍下，满腹丹书湿欲流。

---

① 《亭塘陈氏宗谱》卷四（内部资料），2006 年重修，第 163—164 页。
② （元）柳贯撰，柳遵杰点校：《柳贯诗文集》，浙江古籍出版社 2004 年版，第 116 页。

伏蟾山，一名福全山，在县西一里，高十余丈，周一里，其脉自杭口山支分逶迤，县右乃县治，西之辅山也。①

利用月中有蟾兔的神话传说，沟通天地，山中有桂树、梧桐，歌声嘹亮，青牛健壮，最后落笔到蟾蜍上，《抱朴子》云："肉芝者，谓万岁蟾蜍，头上有角，颔下有丹书八字再重，以五月五日日中时取之，阴干百日，以其左足画地，即为流水，带其左手于身，辟五兵，若敌人射己者，弓弩矢皆反还自向也。"②

宝掌泉

屋上无端雨乱飘，雨留石罅碧寥寥。

浮光出穴藏丹浅，浣水为花到地消。

石发年深长满洞，玉鱼春冷未生苗。

泉中自是蛟龙窟，顷刻阴云满树腰。

宝掌泉，在县北十里，宝掌山岩窦出泉，极甘寒，虽盛夏漱之齿击。③

这首诗抓住了宝掌泉的诸多特点来写，凌空而下，就像屋上无缘无故飘起了一阵雨，这确实是雨，泉水就是留在石罅里的雨，年深日久，甘寒之极，甚而至于影响了当地的小气候。

二、艺术特色

陈樗的景物诗并非流连光景的清浅之作，也非愤世嫉俗的骂世之作，更非宣扬理学的语录之作。山光水色、亭台楼阁、园林洞穴，都彰显了他隐者的身份，他高洁的精神境界，他特有的韵味。蒋彤于《书鹿皮子集后》有一段案语：《元史·隐逸传》无鹿皮子姓名，乃史臣之失。若鹿皮子者，真隐逸也。观其《题建炎遗诏》云："银汉经天都是泪，杜鹃入洛不如归。黄衣传诏三军泣，不是班师诏岳飞。"《寒食词》云："绵火上攻山鬼哭，霜华夜入桃花粥。重湖烟柳高插天，犹是咸淳赐火烟。"距宋之亡几百年，其志犹拳拳赵氏，或

---

① 参见《光绪浦江县志稿》卷二，《中国地方志集成·浙江府县志辑五十四》，上海书店1993年版，第68页。

② 王明：《抱朴子内篇校释》（增订本），中华书局1986年版，第201页。

③ 《光绪浦江县志稿》卷二，《中国地方志集成·浙江府县志辑五十四》，上海书店1993年版，第92页。

谓其避乱不仕者，未为得之也。而其所长，盖尤在治经，其自题《鹿皮子墓》云："江南春草年年绿，又向他生说郑玄。"足知其命志所在。郑善夫《经世要言》称陈樵经学为独到，良非虚誉。惜其没不传耳。其古今体诗，聪明绝人，多寓玩世不恭之意，若"柏叶山人绿石扉，湿云堕地不能飞。青童卧护千年鹿，木客相传一派诗。""皂阁山前小水明，巅峰无影树亭亭。人从烟雨上头立，诗到莺花过后清。""越鸟啄残松下子，吴僧寄到水中云。莲红直到梅花发，何处人间不是春。""春日花连小东白，暮年草创大还丹。蕨薇自古犹长采，桃李于今竟不言。"类皆触物兴起，脱口而成，以适其趣。① 蒋彤赞陈樵为"真隐逸"，他不同意有人称陈樵为"避乱不仕"，而是对赵宋念念不忘，主动选择了隐逸。陈樵《石庐》"风磴盘空冷逼人，林居穴处古遗民"明显透露出了遗民的心态。尤为难能可贵的是，蒋彤于诗中读出了陈樵的"玩世不恭之意"，其所举之例多为题咏写景诗。然而又曲折隐晦，不可确指。正如邓绍基《元代文学史》中云："他的好些诗都似乎有所寄托，如《巴雨洞》：'却笑当年补天手，炼成五色竟无功。'《紫薇岩》：'紫薇莫入丝纶阁，且伴山中白发翁。'《石》：'也知好事无真见，不看真山看假山。'透过表面的字句，当有深藏着的真情实感。"② 虽为揣测之辞，但同样体味出了某种深意，都认为陈樵并不是泛泛写景。

也许，朱熹给陶渊明的评论，对我们理解陈樵有很大的参考价值，"陶却是有力，但语健而意闲。隐者多是带性负气之人为之，陶欲有为而不能者也，又好名"③。

他们的作品多以言志抒情为主，借以述说在自然中摆脱社会的乐趣。如，《庄子·知北游》曰："山林欤！皋壤欤！使我欣欣然而乐欤？"得江山之助，隐士们思想玄妙，风采脱俗。他们徜徉在自然之中，以无功利性的山水之姿来衬托自己的艺术人生，从而忘却世俗，抛弃执念，执着追求精神上的超越和解脱。④

今将陈樵题咏的对象简单分类，见表4-1。

---

① （清）蒋彤：《丹棱文钞》2/37—38，光绪中武进盛氏雕本。
② 邓绍基：《元代文学史》，人民文学出版社1991年版，第508页。
③ （宋）朱熹：《朱子全书》18册，《朱子语类·论文下》，上海古籍出版社，安徽教育出版社2002年版，第4325页。
④ 参见陈妮《论〈庄子〉的悲悯意识》，硕士论文，江南大学，2009年，第11页。

表 4 - 1　陈樵题咏对象

类　别	名　称
亭	飞花亭、清隐亭、雨香亭、悦心亭、岁寒亭、竹洞亭、含晖亭、溪亭、空碧亭、水亭、临花亭、蜡屐亭、飞雨亭、风香亭、翠光亭、诗林亭、玉雪亭、涵碧亭、绣衣亭
台	琼林台、天香台、翻经台、望月台、清凉台、雨望台、琴台、占星台、钓台、草易台
洞	太霞洞、飞雨洞、碧落洞、萝衣洞、五云洞、巴雨洞、少霞洞、席家洞、通天洞、紫霞洞
观	越观、秋色观、飞观、雪观、永日观
轩	竹隐轩、水轩、南轩、绝唱轩
坛	待月坛、泰素坛
堂	空翠堂、山堂
庵	菊庵、散庵、心远庵
石	望夫石、醒酒石、招隐岩、紫薇岩、霹雳石、少微岩
池	灵渊、君子池
溪	跳银溪
湖	半汤湖、暨阳湖
山	耆阇山、双岘、北峰、西岘峰、伏螭山

　　既有自然景观，也有人文景观。其中建筑物凝结着人的思想，体现了人的精神，是人格的外化。这些诗歌中，陈樵很少对建筑本身作局部精雕细刻的描写，而是本着"天人合一"的理念，更注重它周围的环境、动物、植物等是否生机勃勃、和谐共融。建筑其实成了他精神的栖息地，参禅悟道的场所与媒介物。

第五章　题画诗

一、概况

　　所谓题画诗，是因画而题的诗。它既指直接题写于画面上的配画诗，也包括题写于画面外的咏画诗。题画诗的作者有两类，一类是绘画的欣赏者或收藏者，另一类则是画家本人。在中国，诗与画同属于一个意识形态，各自经过漫长的发展，渐渐融合在一起，便产生了题画诗。题画诗萌芽于魏晋南北朝，成型于唐、五代，发展于宋、元，鼎盛于明、清，延续于近现代，前后有一千多年的历史。元以后，"文人画"占据画坛主导地位，画上题诗蔚然成风。元代的题画诗数量之多，题画诗人之广，均史无前例。清代陈邦彦《御定历代题画诗类》编收历代题画诗 8962 首，据统计，其中元代题画诗有 3798 首，占其历代题画诗总量的三分之一以上。顾嗣立《元诗选》收录题画诗两千多首。该书三百四十位诗人中有题画诗者达三分之二。查阅诗人别集，发现许多诗人的题画诗是其诗作的主要内容。仅王恽《秋涧先生大全集》中就有题画诗四百余首，另虞集、柯九思、贡性之等的题画诗皆在百首以上。题画诗近百首者如刘因、赵孟頫、贡师泰、陈旅、黄溍、杨维桢等多人。而画家的题画诗几近其诗歌创作的全部。如四大家吴镇、倪瓒、黄公望、王蒙，又郑思肖、王冕、钱选、朱德润等，构成了元代诗坛一道独特的风景。甚至接受汉文化时间不久的少数民族诗人，也创作了大量的题画诗，如马祖常、萨都剌、丁鹤年等，题画诗是其诗作的重要内容。元代书法家更是积极参与其中，如邓文原、鲜于枢、张雨、柯九思等，其诗歌的主要成就来自其题画诗。在《元诗选》癸集中，许多诗人仅存的几首诗中，或全部是题画诗，或大部分是题画诗。①

陈樵的题画诗基本属于他题，即他不是画的作者，是他为别人的画而作的诗，分画内画外两种。四库本《鹿皮子集》中存有题画诗二十三首，《元诗选》中选入他的题画诗六首，陈邦彦《御定历代题画诗类》中有十八首，即《江山万里图》（卷六地理类）、《山水》（卷七山水类）、《苏李泣别图》（卷三十五故实类）、《题骑牛读书图》（卷四十八闲适类）、《寒江渔乐图》（卷六十七渔樵类）、《樵隐图二首》《吕氏樵隐图》（卷六十八渔樵类）、《题松涧图》（卷七十一树石类）、《双柏图》（卷七十三树石类）、《落花图》（卷九十花卉类）、《题芦雁飞鸣宿食四首》（卷九十六禽类）、《题画丛竹幽禽》（卷九十九禽类）、《蛱蝶图》（卷一百一十二草虫类）、《上虞魏氏湖上精舍图》（卷一百十五宫室类）。②

陈樵世为衣冠巨族，家中殷富，他自小受到良好的教育，其文化修养极高，对书画有很高的鉴赏能力，同时也是个大收藏家，据许谦《跋陈君采家藏东坡墨迹》知，陈樵家藏有苏轼墨宝，许谦为其题跋，其云："伊尹元圣一德，身任天下，其就汤就桀，动皆至诚，固不可以后世常人之心议之也。子厚、东坡之论，亦各有所见尔。坡翁词翰绝古今，其片言只字皆可宝，此纸笔法精妙，凛有生气，观之使人兴起，陈君采其为天下宝之。"③许谦语气中不无艳羡之意。

陈樵终身隐居不仕，足不出里门，山林难免寂寞，赏画、作诗等这些文人常见的高雅行为便成了他日常生活的一部分，另一方面也用以排遣现实的伤痛，平衡心态。同时也是一种文人间重要的交流方式，求画、赠画、赏画、藏画、题画、咏画，围绕画作，会产生一系列的活动，画是维系文人间高尚友谊的一个媒介。"诗中有画，画中有诗。"画以诗传，诗因画显，诗画相得益彰。虽然他传世的题画诗不多，而且有的原画早已失传，但凭借着他的题画诗，我们依然可以推想画面。其中有些画作的作者也不可考，但这都不影响我们对他的题画诗的研究。

---

① 参见王韶华《元代题画诗研究》，博士后论文，浙江大学，2002 年，第 9 页。
② 参见《文渊阁四库全书》1435 册、1436 册，台湾商务印书馆影印版。
③ （元）许谦：《白云集》，中华书局 1985 年版，第 53 页。

二、题材

"以诗赏画，以诗阐画，以诗补画，以诗导画"是众多题画诗人的技巧，陈樵也不例外。陈樵的题画诗体裁广泛，包括五古、五绝、七古、七绝、七律等，尤以五古最多，计八首。题材上，山水、花鸟、人物都有。

山水类，如《山水》：

> 青山如髻树如麻，茅屋青帘认酒家。
>
> 侵晓一番飞雨过，满川流出碧桃花。

通过巧妙的比喻，再现画面上如髻的青山与密密层层的树木，青帘招展，茅屋酒家，掩映其中。接下来化静为动，溪水之上漂流许多桃花花瓣，是因为刚刚经历了一场风雨的摧残，想象合理，补足画意。

花鸟类的，如《题画丛竹幽禽》：

> 露节老愈苍，烟丛寒更碧。
>
> 野鸟何处来？点破九秋色。

前两句写竹，由少到多，运用通感，传达出观者的感受，写出了竹的苍老气节，以及寒碧之色。后两句写幽禽，用了一个问句，像一个特写镜头，突出了秋色中的一点温暖，其眼前一亮的惊异就在这个不经意的问句中透露出来了。情境相生，用笔精到。

蛱蝶图

> 禁籞名园信所之，深红腻紫共春晖。
>
> 人疑落叶有生色，我道飞花上故枝。
>
> 掌上艳姬垂袖舞，屋头故吏窃香归。
>
> 花中只许秦宫活，未必庄生入梦思。

层次分明，首联写画面蝴蝶之多，颜色之富。颔联以比喻之法，拟蝴蝶为落叶、飞花，空中、枝头，巧妙地点出了蝴蝶的位置。颈联拟人，以擅作掌上舞的赵飞燕与窃香之故吏，写出了蝴蝶翩翩飞舞的美好姿态，以及拈花惹草的生活习性。尾联则反用庄生梦蝶的典故以哲思作结。

落花图

红如肌血薄如鳞，李下桃根五色痕。

拂地暂随风絮转，绕亭不似雪花深。

人占碧玉名犹在，烟尽黄金矿尚存。

满地丹铅污草棘，何时凝绿遍丘林？

落花的颜色、质地，属实写；比为风絮、积雪，以动写静，属于虚写；最后展望，何时花落尽，重回遍地凝绿。

双柏

亭亭山上柏，柯干如青铜。苍古拔俗姿，肯作儿女容？

风霜日摇落，万木为之空。尔独不见摧，屹立如老翁。

乃知归根妙，生意恒内融。愿乘雷雨兴，化作双飞龙。

亭亭玉立的双柏，犹如青铜一样的枝干，苍古之姿，拔出流俗。岁寒后凋，方显松柏本性。为何摧而不倒，是因为深深扎根于山石之中。愿乘雷雨，化而为龙。形神兼备，虎虎有生气。超越画面，着重赞美柏树的精神品格，有画笔不易到处。

人物故事类的只有一首《苏李泣别图》：

祁连山下空卷折，啼鸟入梦头如雪。

胡越相看十九年，今日输心为君说。

穷兵未必来远人，居□谋□□可驯。

天骄万里来称臣，他年陛下知臣心。

开头通过写马、写鸟，渲染了苏武、李陵离别时悲壮、凄凉的气氛，暗寓双方难舍难分及回肠九转的心情。接下来互诉衷肠，模拟李陵的口吻，表达自己忍辱负重，忠心不改的内心。陈樵对李陵这个悲情英雄充满了崇敬，为之一洒同情之泪。其故国之思，真切感人，反映了陈樵某些遗民心态。

三、思想内容

　　元代题画诗在思想内容上较之前代跨出了一大步，不再紧紧围绕画面本身，而是从画面引申开去，表现自己的情感和理想，在思想内容上，元代题画诗已经成熟。陈樵的题画诗的思想内容最突出的乃是隐趣与理趣。

题松涧图

郁郁涧上松，磊磊涧中石。石泉有余韵，松枝有余色。
高人事幽讨，结庐此栖息。敧枕听潺湲，开轩盼溶碧。
俯仰欣有契，足以愒昕夕。我亦厌尘嚣，久焉慕岑寂。
他年倘相过，勿谓予生客。

樵隐图（二首）

清晨执柯出，负薪薄暮归。岂无登顿劳，独与忧患违。
山深云冉冉，树密芳菲菲。猿鸟久相狎，世事俱忘机。

买臣昔采薪，颇似远名利。何事五十年，却复怀富贵？
古来樵牧间，多非隐沦地。寄言谢君子，无使心迹异。

胡伯玉隐趣图四咏

岁锦屏

朝看花中仙，颜色媚且鲜。暮看花中仙，颜色忽已蔫。
红芳不足恃，青春政堪怜。人生宇宙中，寿无金石坚。
百岁等瞬息，业火徒熬煎。何如链金液，返本得长年。

晚香径

秋菊有佳色，幽香知为谁？蔚为霜中杰，肯向露下衰？
独赏心悠然，洒至觞淋漓。永怀陶靖节，高风邈难追。

岁寒亭

夕陨悲莽华，秋零悼蒲柳。急景不可留，高风邈难久。

风霜十二月，松竹凋独后。还与岭上梅，结为岁寒友。
草木本无情，犹能同岁寒。奈何市井交，轻薄不足观。

竹涧亭

修竹荫幽涧，筑亭留隐君。隐君去已久，何人蹑清芬？
抚弦变新声，感慨万古情。不识翁玉润，不识翁冰清。
烟林暮萧萧，风水秋泠泠。故交难再得，兀然空旧亭。

吕氏樵隐图

山蔼氤氲湿绿蓑，无人空谷伴狂歌。

千年甲子棋边老，两字功名世外多。

乳鹿穿云觅芝草，惊猿抱子度烟萝。

心闲便是神仙侣，莫对痴儿说烂柯。

上虞魏氏湖上精舍图

春

湖上兰舟水上亭，有时水涨与阶平。

亭前古柳经春弱，门外孤洲昨夜生。

海气遥连育王塔，蜃楼半入会稽城。

山阴道士携琴至，写尽风声到水声。

秋

停舟日日望东溟，蓼岸芦洲露未凝。

沙户得花联作絮，吴姬雪藕织为缯。

冯夷送月临轩落，海若令潮入岸生。

朝暮屯蒙丹自熟，披沙莫学赵台卿。

陈樵身为隐士，对自然山林格外亲切，对历代隐逸人物极为熟悉与热爱，比如，"千古隐逸之祖"陶渊明，"永怀陶靖节，高风邈难追"。相反，对于假隐士朱买臣则极尽挖苦、嘲讽之能事。诗中到处弥漫着老庄的道家思想，如，"忘机""返本"等，还有道教思想，如"长生""炼金液""丹"等。提出自己的理论："心闲便是神仙侣。"对于菊、松、竹等植物，本着儒家传统的"比德"思想。"元画的精神正是超尘绝俗的自然精神。自然精神在元代不仅是画家们的精神追求，也是元代文人的普遍精神追求。"① 无论是"岁寒三友""四君子"，还是普通的绘画创作题材，诗人们都能够在题画诗文中寄寓自己清高孤傲、贞洁高标的特殊内涵。如果说宋末元初的文人们孤傲清高、坚决不与政府合作，还多少怀有家国民族之恨的民族气节和爱国情操的话，那么元中期及以后的文人们，则更多回归到对个人的关注，通过自身清高孤傲的情绪来体现自身的存在价值。在整个元代，汉族士人们失去了进身的阶梯，自我价值唯有通过自尊自傲、坚韧不屈的人格精神得到体现，也正因此，表现清高孤傲的题画诗文在元代文人的创作中屡见不鲜。②

依照艺术形态学的理论，诗属于时间艺术，画属于空间艺术。宗白华说："中国人的宇宙概念本与庐舍有关。'宇'是屋宇，'宙'是由'宇'中出入往来。中国古代农人的农舍就是他的世界。他们从屋宇得到空间观念。从'日出而作，日入而息'（《击壤歌》），由宇中出入而得到时间观念。空间、时间合成他的宇宙而安顿着他的生活。他的生活是从容的，是有节奏的。对于他空间与时间是不能分割的。春夏秋冬配合着东南西北。这个意识表现在秦汉的哲学思想里。时间的节奏（一岁十二月二十四节）率领着空间方位（东南西北等）以构成我们的宇宙。所以我们的空间感觉随着我们的时间感觉而节奏化了、音乐化了！画家在画面所欲表现的不只是一个建筑意味的空间'宇'，而须同时具有音乐意味的时间节奏'宙'。一个充满音乐情趣的宇宙（时空合一体）是中国画家、诗人的艺术境界。"③ 诗画的融通，可以说，中国诗是空间化了的时间艺术，而中国画是时间化了的空间艺术。诗与画各有优长，又有不可避免的局限性。陈樵一方面赞叹画得好："画师胸中吞万有，吐出云梦常八九。"（《寒江渔乐图》）另一方面也认识到了画的局限性，比如，《江山万里图》云："生憎李郭画山川，凿破鸿蒙混沌圆。尺地寸天都剪碎，女娲炼石是何年？"

江山万里为绘画中常见的题材，早在唐代便已出现。据载，李思训曾穷三月时间绘嘉陵江三百里的景象于壁上，后来唐玄宗命吴道子在大同殿绘同一题

---

① 王韶华：《元代题画诗研究》，博士后论文，浙江大学，2002年，第13页。
② 参见华文玉《元代题画诗文研究》，硕士论文，上海大学，2005年，第27—28页。
③ 宗白华：《美学散步》，上海人民出版社2005年版，第178—179页。

材，一日即成，两者相较，各有千秋。北宋年青的画家王希孟则以青绿山水的形式创作了《千里江山图》卷（藏北京故宫博物院）。相传北宋郭熙也曾创作过《江山万里图》。

在中国美术史上，郭熙和李成、范宽被认为是北宋最重要的三位山水画家，他们的山水画也被认为代表了北宋山水画的最高成就。郭熙是北宋中期成就卓著的山水画大家和绘画理论家，熙宁年间为御画院艺学，官至翰林待制。擅长山水，初年多巧细工致，后学李成，锐意摹写，深入堂奥，融贯既久，自成一家，所画寒林，得渊深旨趣，画巨障高壁，长松巨木，善得云烟出没，峰峦隐现之态，无论是构图、笔法，都被称为独步一时。苏轼《郭熙画秋山平远》："玉堂昼掩春日闲，中有郭熙画春山。"① 黄庭坚《次韵子瞻题郭熙画山》云："玉堂卧对郭熙画，发兴已在青林间。"② 李成、郭熙都能用丹青水墨合成一体，当时画院众人争学他们的画法。郭熙常论山的画法说："春山澹冶而如笑，夏山苍翠而如滴，秋山明净而如妆，冬山惨淡而如睡。"③ 他常游名山大川，实地写生，善作鬼面石，乱云皴、鹰爪松针、杂叶相半。他主张绘画要与现实生活相联系，反对"不可居""不可游"的虚无缥缈的山水，反对"因袭守旧"，主张在"兼收众览"的同时师法自然。其所画山水构图渊深，千态万状，山岭多险峻，树木多蟹爪，翰墨淋漓，如书行草。老来落笔益壮，雄浑中露出灵秀，传世作品有元丰元年（1078）作《窠石平远图》轴，现藏故宫博物院；《幽谷图》轴藏上海博物馆；《溪山访友图》轴藏云南省博物馆；《树色平远图》卷藏美国大都会美术馆；《早春图》轴、《关山春雪图》轴均藏台北故宫博物院。郭熙所著画论《林泉高致》，对山水画"意境"说、取材的典型化、透视学上的"三远"（高远、深远、平远）论等，均有极精辟的概括和论述。郭熙和李成被后人连称"李郭"或者"熙成"，"李郭"画派对后世的山水画创作产生了深远的影响。而陈樵却另辟蹊径，振聋发聩："生憎李郭画山川！"为什么呢？"凿破鸿蒙混沌圆"、"尺地寸天都剪碎"，他对李郭的画院派画风提出了尖锐的批评，不论是"意境"也好，"三远"也罢，无疑都破坏了大自然活生生的淳朴，以及浑圆的本来的美，画得再好，毕竟是人造的自然，故而欲以"女娲补

---

① （宋）苏轼：《苏轼诗集》，中华书局1982年版，第1509页。
② （宋）黄庭坚：《黄庭坚诗集注》卷七，中华书局2003年版，第263页。
③ （宋）郭熙撰：《林泉高致集》，《文渊阁四库全书》812册，台湾商务印书馆影印版，第575页。

天"挽救之。

与之相似的，他认为画在表情达意方面不如诗歌："挥毫对客无情意，不似黔驴背上诗。"（《策蹇冲寒图》）"挥毫对客"无异于闭门造车，索画的"客"坐等在那里，创作起来就不从容，就缺乏真情实感，而只有亲历"水际行人绝往来，石泉幽树太清奇"之景，才可以情由景生，思与境谐，边走边吟。由此，他主张"真见"："好境直须真见得，莫将图画看山川。"（《双岘》）"也知好事无真见，不看真山看假山。"（《石》）

另有一首《题骑牛读书图》是强调耕读的：

> 朝看书，骑牛出去日上初。暮看书，骑牛归来日欲晡。朝朝暮暮看书卷，还虑牛饥无牧刍。家贫本分辛勤过，平时敢望闲工夫？人生衣食皆有余，弃之不学将何如？

陈樵的读书不带有任何功利色彩，衣食有余，就应该学习，天经地义，自然而然。

四、风格

陈樵题画诗的语言自然清新，风格新逸超丽，这与元代题画诗的主流不谋而合。王韶华在其《元代题画诗研究》中指出，题画诗为元诗注入了前所未有的清逸之气。其一，虽然元代社会隐逸之风盛行，隐逸之心已大众化，又世俗化，但作为雅文学的诗歌艺术仍然监守着它正统文学的雅正，尤其在"尊唐得古"的呼声下，元代诗歌文学始终没有为世俗的隐逸性情所熏染，而是独自承担起了山林隐逸的高逸情怀。因此，诗歌对隐逸之心的描写本身已属清逸一路。其二，中国绘画以山水花鸟等自然景物为主，画家在其中寄寓的往往都是与山水景物的内蕴相适应的高人逸情、自然精神。这是中国绘画的传统和中国文人的精神追求。题画诗人无不对此深有把握，也深有同感。表现于诗，自是高人逸士的野逸之趣。其三，绘画发展到元代，达到了中国文人写意画的一个完美境地。以倪瓒为代表的元四家以山水景物、花木竹石尽情展示了元代文人的理想追求。倪瓒的荒寒疏林、远山阔水、冥冥山色，缓坡平渚构建而成的是超俗绝世的世外清逸之境，为历代文人所向往。而盛于元代的梅、兰、竹、菊等四君子的画更是文人高逸情怀与劲节精神的比照。这些山水、花竹图进入诗人的笔下时，其清逸绝俗之气自然溢于诗表。何况，诗可补画之不足，诗家的语言较之画家的语言更清晰明了，甚至夸张地展现这种清逸之质。①

　　总之，陈樵的题画诗融合了诗、画，多角度、多侧面地展示画面，诠释画面，是对题画诗创作的很好探索和实践。在其题画诗中，我们不仅了解到元代绘画的大致内容和主体风格，也看到了作为知识分子的诗人，对于他所生活时代的深切感受和深刻思考。这对于帮助了解元代的绘画、社会现实，以及文人心态，进而了解元代总体的时代精神都有十分积极的作用。

---

①　参见王韶华《元代题画诗研究》，博士后论文，浙江大学，2002 年，第 181 页。

第六章　送别诗

送别诗这种题材最早滥觞于《诗经》，《国风》中的《燕燕》、《渭阳》，《大雅》中的《崧高》、《烝民》和《韩奕》，《周颂》中的《有客》，① 就是伤感离别的作品，为送别而作，对后世的影响很大。在秦汉魏晋六朝，送别在人们生活中越来越受到重视，并且越来越多地反映到诗歌创作中来，送别诗作为一种文学现象受到人们普遍的关注。江淹的《别赋》对各种类型的离别进行铺陈探讨，萧统在《文选》中首列"祖饯"一类。如秦嘉的《留郡赠妇诗》、鲍照的《赠傅都曹别》、沈约的《别范安成》、何逊的《临行与故游夜别》、庾信的《重别周尚书》等都是这一时期的佳作。到了唐代，送别诗更是大量涌现，如王勃的《别薛华》《送杜少府之任蜀州》、高适的《别董大》，王维的《送元二使安西》更是家喻户晓："渭城朝雨浥轻尘，客舍青青柳色新。劝君更尽一杯酒，西出阳关无故人。"②

送别诗是在离别之际即席作的，简而言之，在"送"的过程和路途中，作离"别"之言。而赠别诗则不限于此，只要相关离别，无论何时何地所做的"赠"诗都为赠别诗，因而创作条件从容得多。

《鹿皮子集》中计有三十四首送别诗，见表6-1。

表6-1　三十四首送别诗

送别者	诗　题	数量（首）	卷　次
李仲积	《送李仲积北上》（五古）、《送李仲积北上》（五绝）	二	二

---

① 秦丙坤：《中国早期的送别诗——〈诗经〉六首送别诗述论》，《重庆社会科学》2002年第6期，第35—38页。

② （唐）王维撰，陈铁民校注：《王维集校注》，中华书局1997年版，第408页。

续表 6 - 1

送别者	诗 题	数量（首）	卷 次
苏吉甫	《送苏吉甫馆于穆千户家归》	一	二
孙仲明	《送孙仲明尉再到东阳省墓归太原》二首	二	二
冯东丘	《赠冯东丘》	一	二
郭 受	《送蒙古教授郭受益归洛阳》	一	二
朱明德	《送朱明德休宁典史》二首	二	二
张 翥	《送张仲举归晋阳举进士》六首	六	二
黄 溍	《送黄晋卿之任》	一	二
厉 生	《送厉生之天台》	一	二
沈教谕	《送沈教谕》二首	二	二
乌经历	《送乌经历归二十韵》	一	二
吉 甫	《送吉甫北上》	一	二
兄	《送兄游姑苏》二首	二	二
人	《送人之乐平》	一	二
里 人	《送里人都下省觐》	一	二

送别者	诗　题	数量（首）	卷　次
李仲常	《分题送李仲常江阴知事》三首	三	四
蔡竹涧	《送蔡竹涧江山教谕》	一	四
余善之	《送余善之归浏阳》	一	四
李齐贤	《分题送李齐贤三首》	三	四
卢经历	《送卢经历归北》	一	四

一、送别亲友简介

朱文刚，字明德，天台人。至正二年任庆元路儒学教授，八月二十五日之任。《至正四明续志》卷二有载。陈樵有《送朱明德休宁典史》二首。

张翥（1287—1368），字仲举，晋宁（今山西临汾）人，世称蜕庵先生。其父为吏，从征江南，调饶州安仁县典史，又为杭州钞库副使。翥少时，负其才隽，豪放不羁，好蹴鞠，喜音乐，不以家业屑其意，其父以为忧。翥一旦幡然改曰："大人勿忧，今请易业矣。"乃谢客，闭门读书，昼夜不暂辍，因受业于李存先生。存家安仁，江东大儒也，其学传于陆九渊氏，翥从之游，道德性命之说多所研究。未几，留杭，又从仇远先生学。远于诗最高，翥学之，尽得其音律之奥，于是翥遂以诗文知名一时。已而薄游维扬，居久之，学者及门甚众。至元末，同郡傅岩起居中书，荐翥，隐逸。至正初，召为国子助教，分教上都生。寻退居淮东。会朝廷修辽、金、宋三史，起为翰林国史院编修官。史成，历应奉、修撰，迁太常博士，升礼仪院判官，又迁翰林，历直学士、侍讲学士，乃以侍读兼祭酒。翥勤于诱掖后进，绝去崖岸，不徒以师道自尊，用是学者乐亲炙之。有以经义请问者，必历举众说，为之折衷，论辩之际，杂以谈笑，无不厌其所得而后已。除集贤学士，俄以翰林学士承旨致仕，阶荣禄大夫。

矗长于诗，其近体、长短句尤工。文不如诗，而每以文自负。盖矗平日善谐谑，出谈吐语，辄令人失笑，一座尽倾，入其室，蔼然春风中也。所为诗文甚多。及死，国遂亡，以故其遗稿不传。今存《蜕庵诗集》四卷，词二卷。《元史》卷一八六本传言其生平之大略，《钦定续通志》卷四百九十六，《元儒考略》卷四，《元史新编》卷四十七《明一统志》卷二十、卷三十八，《大清一统志》卷一百，《畿辅通志》卷七十九，《浙江通志》卷一百九十四，《山西通志》卷一百三十六、卷二百三十均有其传，与《元史》本传所载大略相同。陈樵有诗《送张仲举归晋阳举进士六首》。

李庸，字仲常，婺之东阳人，李序之弟，故宋宝谟阁学士，工部尚书讳大同之六世孙，自幼好学，善属文，尤长于诗词，早岁游京师，馆阁诸老争辟为属吏令，至正初授江阴州知事，迁浙省掾。自号用中道人，有文集曰《用中道人集》。据杨维桢《东维子文集》中《李庸宫词序》知，李庸曾作宫词四十首。《元诗选》癸集己上、《元诗纪事》卷二十四、《西湖竹枝集》有传。陈樵有《送李仲常江阴知事三首》。

沈教谕，据《宋元学案补遗》卷八十二载"吴氏门人"之"教谕沈先生□"云："沈□，鄞人，久游金华，尝登许益之之门，而卒业于吴正传，其所受实朱子之学，部使者荐其材于宣闻，署慈溪县学教谕。"[1] 与之可互参的则是黄溍所作的《送慈溪沈教谕诗序》，中有云："鄞沈君久游金华，部使者荐其材于宣闻，署慈溪县学教谕。其行也，金华之乡先生士友咸为赋诗，而属予序之。……沈君在金华，尝登许先生益之之门，而卒业于吴君正传，其所受实朱子之学。今去而莅教事，又适在文元宗卿之乡邑。夫学术之分合，重事也，为师儒者，所宜尽心焉。故予于其行，举以告之，乃若山水游观之乐，交朋离别之思，已具于篇什。作者之意，不待序而可见也。"[2] 由此而知，沈曾就学于许谦，而转学于吴师道，得朱熹之学，赴任慈溪县教谕，金华乡先生士友为之赋诗送行，陈樵与焉，黄溍为之序。《光绪慈溪县志》卷十八记载："沈失名，按：《黄文献集·送慈溪沈教谕诗序》云：'鄞沈君，久游金华，部使者荐其材于宣闻，署慈溪县学教谕。'沈，年份无考，以其与黄溍同时，当是延祐、泰

---

① （清）王梓材、冯云濠撰，张寿镛校补：《宋元学案补遗》82/262，《四明丛书》102513 册，张氏约园刊本。

② （元）黄溍著，王颋点校：《黄溍全集》，天津古籍出版社 2008 年版，第 246 页。

定间人。"①

而李仲积、苏吉甫、孙仲明、冯东丘、郭受益、厉生、乌经历、卢经历、吉甫、蔡竹涧、余善之等失考。

二、思想情感

陈樵送别诗按体裁分，有五古、五绝、五律、五排、七古、七绝、七律等，可谓诸体皆备，灵动活泼；按送别对象分，有送朝廷官员的，如教授、教谕、县丞、经历、知事、典史等中下级官员。教谕是学官名，宋代除宗学、律学、医学、武学等置教授传授学业外，各路的州、县学均置教谕。元、明、清县学皆置教谕，掌文庙祭祀，教育所属生员。宋代中央和地方的学校开始设教授。元代各路州府儒学及明、清两代的府学都设教授。金于都元帅府、枢密院置经历。元枢密院、大都督府、御史台等衙署，皆有经历。有送无名氏的，如《送人之乐平》等，有送一般亲朋好友的，如兄、里人等。其中有赴任的、远游的、应举的、归乡的、归国的等，尤以送归诗居多，如，《送苏吉甫馆于穆千户家归》《送孙仲明尉再到东阳省墓归太原》二首、《送蒙古教授郭受益归洛阳》《送张仲举归晋阳举进士》六首、《送乌经历归二十韵》《送余善之归浏阳》《送卢经历归北》等。送友之任的，如，《送黄晋卿之任》《送朱明德休宁典史》二首、《送沈教谕》二首、《分题送李仲常江阴知事》三首、《送蔡竹涧江山教谕》等。按形式分，有送别诗、赠别诗、分题诗等。分题乃旧时作诗方式之一，若干人相聚，分找题目以赋诗，称分题，亦称探题。宋严羽《沧浪诗话·诗体》："有拟古，有连句，有集句，有分题。"自注："古人分题，或各赋一物，如云送某人分题得某物也。或曰探题。"②

（一）重视友道，依依惜别

陈樵为人真诚，珍重友情，其送别诗多传达了依依惜别的深情。

送兄游姑苏（其一）

浮云渺天末，随风恣悠扬。游子四方志，去去道路长。

---

① 冯可镛：《光绪慈溪县志·职官下》卷十八，《中国地方志集成·浙江府县志辑三十五》，上海书店1993年版，第384页。

② （宋）严羽著，郭绍虞校释：《沧浪诗话校释》，人民文学出版社1983年版，第74页。

手中三尺琴，朱丝泛宫商。但恐和者寡，使我心增伤。

以浮云比游子，暗用李白诗句"浮云游子意，落日故人情"①。"随风恣悠扬"则暗示无法挽留；"去去道路长"是设想对方前途漫漫，山高水长，道路艰辛。结尾推开来写，进一步设想兄长走后，手中有琴，琴声依旧，唯恐曲高和寡，表达了知音难觅，寂寞忧伤之感。

送张仲举归晋阳举进士（其三）

牵牛在南纪，游子上河梁。殿阁终前席，江湖且下方。
州闾无别业，文字有他肠。万里关西路，秋槐日夜黄。

同样也是以设想之辞，想象张翥踏上迢遥万里的归途，道阻且长，但为了功成名就，不得不离别，不得不归乡应举。惜别之意深曲、绵缈。

送卢经历归北

汝南不识有宗资，幕府惟闻赞画奇。
化笔几惊霜共肃，归舟只许月相随。
松花风老金华洞，桐树烟青婺女祠。
曾是旧时游适地，郡人终古结遗思。

"归舟只许月相随"有李白"我寄愁心与明月，随风直到夜郎西"② 之妙。由一己惜别之情推广开来，"曾是旧时游适地，郡人终古结遗思"，卢经历所到之地，文学、政绩卓著，被及郡人，卢经历走后，郡人永远怀思他。

（二）崇德尚学，不鄙功名

陈樵极为通达，并不以一己是非为是非，而能随俗俯仰，能够站在送别者的角度设身处地曲尽其情，展望未来。其诗都能切合送别者的身份、境遇、性格等，读来极亲切、感人。陈樵生活的清雅和其品性的高洁决定了朋友不可能是世俗之众。作为一个理学家、诗人，他特别推崇高尚的德行与好学的精神，在其送别诗中，他每每不失时机地赞颂朋友一番，如：

---

① （唐）李白：《送友人》，（清）王琦注《李太白全集》，中华书局1997年版，第837页。
② （唐）李白：《闻王昌龄左迁龙标，遥有此寄》，（清）王琦注《李太白全集》，中华书局1997年版，第661页。

送苏吉甫馆于穆千户家归

先生来东阳，已是一载余。深居谢宾客，闭户只读书。

青灯夜檠短，黄卷秋堂虚。咿哦不知倦，经传为菑畬。

玉阶未投足，侯门姑曳裾。枚乘终显达，马周岂迂疏。

愿言崇令德，努力无蹉跎。他年二三策，待诏当公车。

苏吉甫在穆千户家坐馆，一年多的时间谢客闭户，日夜用功苦读，吟哦不倦，贯通经传，且品德高尚。陈樵鼓励他继续努力，将来必如枚乘、马周一样显达于世。

送吉甫北上

之子冰雪姿，冥心学仙真。官卑且勿念，况复忧其贫。

迩来太白山，山势凌秋旻。云尽月照夜，花开鸟鸣晨。

闲居少公事，猿鹤为比邻。探芝过林麓，钓鱼游水滨。

七年不得调，幽兴如逸民。通塞任物理，聊用安此身。

忆昔始相识，交情日相亲。闻君炼药说，秘之不肯陈。

金液且莫采，何以制水银。岂伊蓬莱中，无分追后尘。

君今别我去，九阙朝帝宸。功名信可就，慎勿烦精神。

阆风青峨峨，海波白粼粼。他年重会面，笑盼桃华春。

首句便赞叹朋友禀赋冰雪之姿，一心求道，可谓与诗人志同道合。朋友官职卑微不以为念，真的是君子忧道不忧贫。接着以诗意的笔触描述了朋友亦官亦隐的生活。又追忆二人交谊友情，朋友七年不调，却安之若素，作者以"通塞任物理，聊用安此身"相慰勉。今朝奉诏入京升迁，必将大有作为。

陈樵虽为隐士，却并不抽身世外鄙薄功利，对友人求名求利并不以为非，送友人赴任更是踌躇满志，一腔忠义。

送李仲积北上

图名当入朝，图利当入市。丘壑多贱贫，胡为久留此。

入市不图利，入朝不图名。不如丘壑间，逍遥抗高情。

白日从东来，忽焉向西没。急景易蹉跎，红颜坐消歇。

鼎鼎百年内,已过四十春。借问百年老,能有几何人?
纵使创还丹,可以长不老。志士惜分阴,立身亦不早。
回首望堂上,慈亲双鬓皤。得禄奉荣养,其如迟暮何?
绝裾固无取,负米良足美。违离膝下去,岂比荡游子。
峨峨黄金台,凤诏求贤才。君行会有遇,名成早归来。

据本诗"鼎鼎百年内,已过四十春"这句自我慨叹可知,此诗大约作于陈樵四十多岁时。人之常情,人生的确要考虑出处、目的,图名、图利都无可厚非,如果两无所图,肯守贱贫,就不如学他隐逸山林,然而时光易蹉跎,美人迟暮,故而"志士惜分阴,立身亦不早"。从现实出发,为了生存,为了提高生活质量,为了奉养双亲,可以出去求取功名,虽然古云:"父母在,不远游"①,然而毕竟不同于无所事事、只图快活的"荡游子"。最后祝愿朋友此行风云际会,叮嘱他"名成早归来"。

延祐七年庚申(1320),张翥三十四岁。由钱塘赴太原举乡试,李存、陈樵等有诗送之。李存《俟庵集》卷十六《送张仲举明春秋经归就试太原序》谓:"国家以科举取士,士之选,必由于其乡。延祐七年春,张仲举将由钱塘归,就试太原。"② 李存(1281—1354),字明远,更字仲公,学者称侯庵先生,饶州安仁人(今江西余江)。建竹庄书院,讲授陆学。主张"本心说",认为格物穷理即穷格本身之心。有《侯庵集》二十卷。《宋元学案》卷九十三《静明宝峰学案》有记。陈樵《送张仲举归晋阳举进士》中赞道:"籍甚张公子,词华众所推。门间千里望,天地一编诗。""矫矫凌云赋,累累白雪歌。"张翥为翩翩公子,诗词歌赋,众人推重,知名当时。"世业今谁继?瑶编自讨论。"委婉地追述张翥年少时不学无术,裘马轻狂,不屑家业,后立志于学,终学有所成,欲参加科举,子承父业。"谁预文章观,君宜甲乙科。"预祝张翥牛刀小试,必定高中。

送黄晋卿之任

陇蜀衣冠尽,中都鲁一儒。明时用文事,荣秩映江湖。

① 杨伯峻译注:《论语译注》,中华书局1980年版,第40页。
② (元)李存:《侯庵集》卷十六,《文渊阁四库全书》1213册,台湾商务印书馆影印版,第686页。

为治须三尺，起家只五车。天台山水地，尚可曳长裾。

元仁宗延祐三年（1316），黄溍任宁海县丞，陈樵作此诗。适逢清明之世，正可以文事荣显江湖，曳裾王门，可钦可慕。赞黄溍为"中都鲁一儒"，用《庄子·田子方》之典：庄子见鲁哀公，哀公曰："鲁多儒士，少为先生方者。"庄子曰："鲁少儒。"哀公曰："举鲁国而儒服，何谓少乎？"庄子曰："周闻之：儒者冠圜冠者知天时，履句屦者知地形，缓佩玦者事至而断。君子有其道者，未必为其服也；为其服者，未必知其道也。公固以为不然，何不号于国中曰：'无此道而为此服者，其罪死！'"于是哀公号之五日，而鲁国无敢儒服者。独有一丈夫，儒服而立乎公门。公即召而问以国事，千转万变而不穷。庄子曰："以鲁国而儒者一人耳，可谓多乎？"①

庄子本义是揭露儒者的虚伪面孔。而陈樵这里是反用，恰恰将黄溍比作那个敢于儒服的鲁中一儒，可见对黄溍的推崇。

送沈教谕（其二）

学舍山云暗，城楼海气深。文章初近古，风俗遂如今。
冷署三年客，亨衢万里心。须君明教法，那得刺青衿？

送朱明德休宁典史（其一）

今日休宁县，犹驱吏鞅尘。直存吾道在，清任此生贫。
灯火千家夜，桑麻百里春。因君重参赞，民俗竟还淳。

陈樵对朋友为官一任提出了谆谆告诫，希望他们履行自己的职责，挽救世道人心，使民心重还淳朴。

这些诗歌一方面说明了陈樵有一颗博爱之心，另一方面也说明了陈樵的旷达性情。他虽然走上归隐的道路，但是他并不因此鄙夷那些在仕途上拼搏的人。这些关于科举的诗歌自然涉及了陈樵的思想，他的主导思想是儒家思想，他虽然走的是"内圣"之路，但并不反对别人走上"外王"之途，因为他知道每个人的性情不同，每个人的生活方式不同。在陈樵的内心深处，能科举成名，毕

---

① 曹础基：《庄子浅注》（修订本），中华书局2000年版，第309—310页。

竟是光宗耀祖的大事。陈樵对科举的态度也是他人生价值观的一个表现。

（三）怀才不遇，美人迟暮

元代实行不平等的种族政策，南方汉人地位低贱，当时有"九儒十丐"之说，士人多处于社会边缘，即使跻身官场，前途也非常艰辛，升迁很难。陈樵对于朋友的生不逢时、怀才不遇深感同情，有时借送别诗感慨，甚至代为呻吟、呐喊：

送朱明德休宁典史（其二）

吾子仍掩骥，诸公漫荐贤。长才操吏牍，清兴寄诗篇。

慷慨悲前事，蹉跎惜暮年。於公阴德在，千载尚能传。

诸公举荐贤人，却将朱明德忽略了。想起这些陈年往事，诗人不禁为之悲慨。最后劝慰朋友莫要悲切，不必后悔，其阴德尚能惠及子孙，虽然很唯心，很微弱，却很真诚，很动人。

送沈教谕（其一）

师友渊源正，公卿誉望扬。乡间仍未达，世事故堪伤。

汗竹秋檠短，羹芹午饭香。只愁双鬓发，容易染清霜。

对朋友有志难骋，才不尽用表示深切的同情，抒发了人生无常、美人迟暮之感。沈教谕初学于许谦，后卒业于吴师道，得朱熹正传，所以陈樵说其"师友渊源正"，名公贵卿也不遗余力地加以赞扬，竟然"乡间仍未达，世事故堪伤"。鬓发染霜，是说人生易老，年轻力壮之时不受朝廷重用。

（四）自明心志

陈樵写有一首《赠冯东丘》比较特别，无关离情别绪，却塑造了自我的隐士形象：

一曲鸣琴一局棋，一瓢新酒一编诗。

幽斋风月清无限，莫问流年有盛衰。

连用四个含"一"的数量短语，运用"琴""棋""酒""诗"四种密集的意象，既新鲜干净，悠然有味，又写尽了作者高雅情趣与诗酒生活，可谓"不著一字，尽得风流"，再加上居处环境之"幽"，风月无限之"清"，营造了一个可供诗人优游岁月，莫问流年，返璞归真，天人合一的意境。诗歌主要写幽居之乐，以淡雅自然的笔调书写自己隐逸山林的雅致诗意的生活，以及俯仰天地、无欲无求的隐士心态，一个淡泊名利、风流蕴藉、超然世外的隐者形象跃然纸上，同时也形象而含蓄地向友人传达了自己的心志。然而仔细品味，"莫问"正是一种强化与自嘲，实际上是"欲问"而不可得，他的隐逸实在有不可言状的隐衷，在他的心上，还是极关切世事的"盛衰"的。

三、送别诗的艺术特色

（一）意象继承传统

袁行霈指出："诗的意象带有强烈的个性特点，最能见出诗人的风格。"[①]大多数诗人的送别诗会选用比较传统的意象，比如，酒、折柳、离亭、流水、歧路等。陈樵的送别诗中也常常用到这些经典意象。

如《送张仲举归晋阳举进士》其五："挂帆谢公浦，把酒阖闾城。江柳不忍折，春风当别行。关云连楚暗，陇月向吴生。叶落长安道，思君北问程。"《送李仲积北上》："北上京华去，名成几日归？春风折杨柳，离思两依依。"《送乌经历归》："双溪清若许，明月送归船。"

（二）直抒胸臆和借景抒情结合，着力描写送别场景

送兄游姑苏（其二）

寒风变衰草，原野正萧条。马嘶人影乱，落月在树梢。

姑苏四百里，未惮跋涉劳。遥知黄鹄举，六翮凌云霄。

通过环境描写渲染离别的氛围，寒风、衰草、原野、马嘶、人影、落月、树梢等意象，营造了凄凉、萧条、忙乱的场景。黄鹄高举，展翅云天，则是对兄美好前程的祝愿。

（三）诗境明朗旷达，有超然之风

---

① 袁行霈：《李杜诗歌的风格与意象》，《中国诗歌艺术研究》（增订本），北京大学出版社 1996 年版，第 213 页。

送别诗从内容上看，大致可分为惜别和慰别两个大类。所谓惜别，多是儿女情长地在诗中回忆二人的交往和情谊，涕泪涟涟地表达彼此间的情深意长；所谓慰别，则是以豁达的胸怀展望未来。

陈樵送别诗大多蕴含着乐观向上的欣然相送之意，这使得他的送别诗少了许多阴沉消极之气，多了些他身上特有的自然潇洒与豪迈超脱，进而创造了明朗旷达的诗境。

送厉生之天台

刘郎洞前药草肥，年年送春春不归。

刘郎采药路不迷，路迷却是还家时。

人间药尽采者稀，医师采药归未迟。

终南捷径莫西去，正在刘郎路迷处。

从厉生的目的地天台山引发开来，借助刘晨入天台山采药遇仙的美好传说，意在对比厉生本是"医师采药"，欲觅终南捷径，陈樵代为指点。这首送别诗别具一格，不以离别为念，无一丝儿女姿态，灵活运用顶针，穿插神话传说，写得明净空灵，超然旷达。

（四）从反面落笔，体贴入微

陈樵善于联想与想象，能从送别对象的角度切入，对未来进行设想，不说自己如何思念朋友，而说朋友思念自己，如：

送孙仲明尉再到东阳省墓归太原（二首）

游子思亲日九回，首丘无计转堪哀。

故人相见休相问，不为东阳酒好来。

西风老泪断人肠，滴死坟前草树荒。

明日还家重回首，白云何处是东阳？

孙仲明本是东阳人氏，客游太原，思亲情切，九转回肠，首丘无计，岂不哀伤？归来省墓，故人相见，应知他的目的绝不是为了来喝东阳酒的。东阳酒是地道的浙江东阳老字号，原料和曲种都与其他酒不同。它的声誉在唐宋年间如日中天。东阳酒的酒质醇香，后劲势猛，被誉为酒类中的佼佼者。陆游有《东阳郭希吕吕子益送酒》诗："山崦寻香得早梅，园丁又报水仙开。独醒坐看儿孙醉，虚负东阳酒担来。"[①] 来也匆匆，去也匆匆，朋友明日将别，再回太原，回首白云处，已经迷失了东阳之处所。不说故人如何思念这个老朋友，而说朋友始终惦念家乡，频频回首，不忍离别。

送人之乐平

鄱湖千里趣行装，野水闲云路渺茫。

解旆旗亭春水薄，不堪回首忆东阳。

设想朋友半路上投宿小酌，酒味淡薄，相比之下，固然想念东阳好酒。这里以酒味厚暗写人情深厚，手法婉转。

送蔡竹涧江山教谕

仙霞岭与落霞齐，乘兴吟游日未西。

帘影到池元是水，縠纹浮雨却成溪。

烟青院竹鸾窥客，日暖官芹燕拾泥。

莫道广文官况冷，窗前生意草萋萋。

朋友到江山任教谕，未免人生地疏，门庭冷落，县学清冷，为了慰抚朋友，全篇都为虚写，描述想象中的景色，天上地下，院里、窗前，到处充满了勃勃生机，意思是要朋友亲近大自然，舒散身心。

综观陈樵的送别诗，没有落入俗套的呆板之作，也没有刻意的矫揉之作。艺术手法灵活多样，有细腻的景物描写，有巧妙的用典，有直抒胸臆的议论等。这些诗歌承载了陈樵对亲朋好友的关心和祝福，展示了陈樵广博的心胸和超然的气度。诗人以一颗火热、诚挚的心对待所有的朋友，对他的朋友而言，陈樵的确可以称得上良师益友。

---

① 陆游：《陆游集》，中华书局 1976 年版，第 1846 页。

第七章　酬赠诗

　　酬赠诗是古代文人用来交往应酬或者赠给亲友的诗歌。与今人靠酒肉交友不同，古人以诗交友，以诗言志，因此常常把诗歌作为结识朋友的手段，朋友之间常常互相唱和，此谓"酬唱"，而有所感受，有所表达，有所思念时，也常常赠诗给亲友，以明其情志，此所谓赠诗，二者并称"酬赠诗"。

　　酬赠诗产生于魏晋时期，但酬赠诗一向不受人重视，因为酬赠诗的针对性很强，所以人们认为，这类诗作是言不由衷的，尤其是酬赠的对象地位高于作诗者自己时更是如此，因而也就对这类诗颇以为然。但酬赠诗可以从不同的侧面反映诗人的生活经历、社会理想和内心情感，因而在漫长的文学史上占有一席之地且长盛不衰。

　　有人将酬赠诗大致划分为三类，一类是赠人之作，即主动写的赠诗，一类是和人之作，还有一类是答人之诗。和人之诗，不仅要注意原诗的内容，还要顾及原诗的韵脚和体裁等；答人之诗，一般系读过他人的赠诗后引发的感想，可以不受原诗韵脚的限制，但内容仍需与赠诗有关联。只有主动赠人之作品，形式和内容最为自由。酬赠诗到了唐代，盛极一时，如王维、孟浩然的酬赠诗语言流畅，内容充实。比如王维的七绝《送沈子福归江东》："杨柳渡头行客稀，罟师荡桨向临圻。惟有相思似春色，江南江北送君归。"① 到了大历时期的钱起、郎士元，就把大量的诗歌作为应酬投赠的工具，风格也只有王孟之神韵而无王孟之骨力，有王孟之清空而无王孟之沉实。到了韩愈，酬赠诗在形式结构和内容方面都有所突破，据说，韩愈诗歌的创作目的大致有三：自娱、娱人、

---

① （唐）王维撰，陈铁民校注：《王维集校注》，中华书局1997年版，第645页。

显示才学。① 用来考察酬赠诗，可以这样说，韩愈和人、答人之作品，依原诗内容限制而作，多是娱人，主动投寄别人的赠诗，抒发自己主观情感，是谓自娱，而相当一部分的险作，毋庸讳言，是为了显示其高人一等的才学。

酬赠诗、赠答诗相同的地方是都有主动赠给对方之意，人们之间的交往难免要产生互赠诗文的举动，尽管很多赠诗并非有真实的深厚感情。酬赠诗更是如此，相当多的只是敷衍应酬、逢场作戏，没有真正投入感情。赠答诗则比酬赠诗略高一筹，一般只限于亲戚、朋友、情人或夫妻，一赠一答。当然，他们能在表现主观感情的同时揭示社会现象。

杨苻在陈樵行状中云："诗人之选，若钱塘仇公远、白公廷粤、谢公翱、同郡方公凤、河东张丞旨翯，文章大家若四明戴教授表元、蜀郡虞侍书集、长沙欧阳丞旨元、蒲田陈监丞旅、永嘉李著作孝光、同郡胡司令长儒、柳待制贯、黄侍讲溍、吴礼部师道、张修撰枢，与先生为文字交，争相敬慕，以为不可企及。虞黄二公尤加推重，虞公尝曰：'蛹比诗赋，鹿皮子为当今第一。'又曰：'鹿皮子之文章，妙绝当世，使其居馆阁，吾侪敢与之并驾齐驱耶！'黄公则曰：'吾侪所为文，不过修成规、蹈故迹，无有杰然出人意表者，至如鹿皮子以无为有，以虚为实，人不能方而。鹿皮子能言之卓乎，其不可尚已。'"② 陈樵文字友众多，主要包括仇远、白珽、谢翱、方凤、张翯、戴表元、虞集、欧阳玄、陈旅、李孝光、胡长孺、柳贯、黄溍、吴师道、张枢等。然而，《鹿皮子集》散失严重，仅存四卷，约原本的十分之一，惜其往来唱酬的文字今存无多。

一、酬赠概况

笔者将《鹿皮子集》中有关酬赠诗做了整理，见表7-1。

表7-1 《鹿皮子集》中酬赠诗

交游者	诗 题	数量（首）	卷 次
李总管	《出塞曲》	一	二

---

① 韩炜哲：《韩愈诗歌创作目的浅探》，中国唐代文学学会韩愈研究会、广东省汕头市文化局编《韩愈研究》第二辑，广东高等教育出版社1998年版，第128页。

② （明）杨苻：《元故鹿皮子陈先生行状》，《亭塘陈氏宗谱》卷四（内部资料），2006年，第49—50页。

续表 7-1

交游者	诗　题	数量（首）	卷　次
蔡　生	《赠拆字蔡生》	一	二
李齐贤	《答李齐贤言别》	一	二
郑仲潜	《题郑仲潜东明山凿池曰灵渊》	一	二
薛玄曦	《琼林台》	一	二
胡伯玉	《胡伯玉隐趣图四咏》《题竹隐轩》（题注云：已下四题为胡伯玉赋，另外三首为《待月坛》《天香台》《蜀锦屏》）《胡伯玉隐趣园君子池》《香雪壁》	十	二
陈子俊	《同陈子俊暮秋游耆阇山时九日后》	一	二
杨维桢	《和杨廉夫买妾歌》《代嘲旧人》《代答新人》《代玉山子答》	四	二
石汉和尚	《石溪歌》题注：为石汉和尚作	一	二
徐文尉	《徐文尉》	一	二
周刚善	《次周刚善僧房牡丹韵》二首	二	二
黄　潜	《黄晋卿见过却归乌伤》六首、《次韵黄晋卿见寄之什》二首	八	二、四
王吉夫	《次王吉夫暮秋旅怀韵》二首	二	四
萧　浣	《赠萧浣平寇》	一	四

同时，笔者搜集所见友朋为陈樵所写之诗，见表 7-2。

表7-2　朋友为陈樵所写之诗

赠（和）诗者	诗　题	出　处	数　量
黄　溍	《寄陈君采》；《次韵答陈君采，兼简一二同志》七首；《喜赵继道至，有怀陈君采》	《金华黄先生文集》	九
柳　贯	《寄赠陈君采二首，时闻宴坐西岘山中》；《游耆阇山寺，因怀君采》	《柳待制文集》	三
胡　减	《寄陈君采昆山读书》《次陈君采水轩韵》	《元诗选癸集》	二
李　裕	《过鹿皮子小玄畅楼》	《元诗选三集》	一

　　李齐贤（1287—1367），初名之公，字仲思，号益斋，又号栎翁，高丽庆川人。有"三大诗人""四大文豪"之一的美誉，在朝鲜文学史中占有举足轻重的地位。他生活的年代正是高丽王朝的衰危时期，同时又是中国元朝的鼎盛时期。年二十八随忠宣王入元都，与诸名公游，学大进，尝奉使川蜀。历官门下侍中，封鸡林府院君。至正二十七年卒，年八十一。谥文忠。有《益斋集》（益斋乱稿）十卷，《栎翁稗说》四卷。李穑撰有《鸡林府院君谥文忠李公墓志铭》，《元诗选》癸集壬下，《元诗纪事》卷四十，《全元散曲》有传。

　　郑泳，字仲潜，浦江人。由柳贯《郑泳冠字祝辞》知，郑泳字仲潜，乃柳贯制。父铉，字彦贞，喜施与，每躬携簟食分饷饿殍。以仲潜贵，封江浙行省左右司都事。仲潜受业宋太史，以文章知名。从兄仲几游燕京，丞相脱脱延教胄子，参太傅府掾史，从征高邮平六合，转承务郎温州路总管府经历，决狱平反为多，后弃官养亲，重整礼法，革俚俗为文雅，义声益著。是郑氏家族中路标式人物。著有《半轩集》《家仪》《辍耕梦谈》等书。《金华贤达传》卷十有传。陈樵写有《题郑仲潜东明山凿池曰灵渊》诗。

　　薛玄曦（1289—1345），字玄卿，号上清外史，贵溪人。年十二辞家入道龙虎山，师事张留孙、吴全节。龙虎山为正一道的发源地，薛玄卿即属此派，正一道在元代发展兴盛，除北方的全真教外，正一道作为南方的第一教派，统领江南各地道教教观，张留孙、吴全节都被元代帝王授为玄教大宗师，管理全国道教事务，常年留于京师。延祐四年提举大都万寿宫，升提点上都万寿宫。泰定元年，奉诏徵嗣天师，既至，住镇江之乾元宫，未行，扈从滦阳，还至龙虎台，喟然叹曰：楚云江树，迢阻万里。引领亲舍，宁无惕然于中乎！即日辞归。辟清宁斋、见心亭、熙明轩，筑琼林台于龙虎山之西，日与学仙者相羊其间，而密修大洞回风混合之道。会杭州佑圣观孙真人仙去，法席久虚，省府奉书币以迎，辞不就。至正三年，制授弘文裕德崇仁真人佑圣观住持。兼领杭州诸宫观，玄曦不得辞，乃拜命遣弟子摄其事。五年卒，年五十七。所著有《上清集》《樵者问》，荟萃群贤诗文为《琼林集》。玄卿负才气，倜傥不羁，善为文，而尤长于诗。《书画题跋记》卷四曰："上清外史薛公玄卿素与吴兴赵松雪评论书画，尤为精到。"①《书史会要》卷七称其"行书得体"②。黄溍撰有《弘文裕德崇仁真人薛公碑》。《书史会要》卷七，《元诗选》二集壬，《元诗纪事》卷三十三有传。《鹿皮子集》卷二有《琼林台》。

胡璋，字伯玉，东阳人，胡助长子，庶出。辽阳儒学学正，辄弃去治田园。璋三子，曰应文，应元，应申，二女。胡助之《纯白先生自传》，黄溍之《宜人陈氏墓志铭》有提及。陈樵写有《胡伯玉隐趣图四咏》《题竹隐轩》（题注云，已下四题为胡伯玉赋。另外三首为《待月坛》《天香台》《蜀锦屏》）《胡伯玉隐趣园君子池》等。

杨维桢（1296—1370），字廉夫，因筑楼铁崖山中，居楼读书五年不下，遂号铁崖，晚号东维子，因善吹铁笛又自称铁笛道人，又号铁心道人、铁冠道人、铁龙道人、梅花道人等，晚年自号老铁、抱遗老人、东维子等。绍兴诸暨（今属浙江省）人。泰定四年（1327）进士，授天台县尹，改绍兴钱清盐场司令，十年未调。会修辽、金、宋三史，杨作《正统辨》千言，总裁官欧阳玄读之，甚赏。至正初（1341）除杭州四务提举，历建德路推官，升江西儒学提举。值兵乱，遂浪迹浙西山水间。张士诚招之，不赴，徙居松江（今属上海市）。明初修篡礼乐，诏征遗逸之士，维桢被诏，谢曰："岂有老妇将就木而再

---

① （明）郁逢庆：《书画题跋记》卷四，《文渊阁四库全书》816 册，台湾商务印书馆影印版，第 641 页。

② （元）陶宗仪：《书史会要》卷七，《文渊阁四库全书》814 册，台湾商务印书馆影印版，第 764 页。

理嫁者耶?"赋《老客妇谣》以进。洪武三年(1370),明太祖赐安车诣阙,正月杨至京师,留百余日,所撰叙例略定,以疾请归,至家卒,年七十五。其诗名擅一时,号为"铁崖体",古乐府尤号名家。有《东维子文集》《铁崖古乐府》《春秋合题著说》《史逸拾遗》《复古诗集》《丽泽遗音》等著述。《明史》卷二八五有传。陈樵写有《和杨廉夫买妾歌》《代嘲旧人》《代答新人》《代玉山子答》等。

徐应虎,金华人,通诸经,长于诗,且善书,立碑碣者多求焉。鲜于枢极器重之。累应进士举不利,遂授徒以终其身,学者称为文蔚先生。子季泰,善读父书,以文学称。宋濂《跋徐氏谱图后》,《宋元学案补遗别附》卷三有传。陈樵有《徐文蔚》诗。

周自强字刚善,临江路新喻州人。好学能文,练于吏事,以文法推择为吏。泰定间,广西洞徭反,自强往见徭酋,说以祸福,中其要害,徭酋立为罢兵,贡方物,纳款请命。事闻于朝,特旨超授广西两江道宣慰司都事。转饶州路经历,至正间,迁婺州路义乌县尹。周知民情,而性度宽厚,不为刻深,民有以争讼诉于庭者,一见即能知其曲直,然未遽加以刑责,必取经典中语,反复开譬之,令其诵读讲解。若能悔悟首实,则原其罪;若迷谬怙恶不悛,然后绳之以法不少贷。民畏且爱,狱讼顿息。民间田税之籍多失实,以故差徭不平,自强出令履亩核之,民不能欺,文簿井井可考,于是赋役平均,贫富乐业。其听讼决狱,物无遁情。黠吏欲以片言欺惑之不可得。由是政治大行,声誉籍甚。部使者数以廉能举于朝,选授抚州路金溪县尹,升奉议大夫,政绩愈著。以亚中大夫、江州路总管致仕。王祎赞周自强任义乌县尹时为"循良",他说:"婺之属县,六十年以来为令而有循良之名者,吾得三人焉,于义乌得一人,曰临江周自强,字刚善。……周君治民,一以惠慈,务阜其财而绥安之,民之爱之,不啻如父母,生为立祠。既去且久,犹思之不忘。"[①]《元史》卷一百九十二、《大明一统志》,以及《元史新编》卷四十八、《元书》卷九十、《新元史》卷二百二十九有传。陈樵有《次周刚善僧房牡丹韵》二首。

黄溍(1277—1357),字晋卿,婺州义乌人。中延祐二年(1315)进士,授台州宁海丞。迁两浙都转运盐使司石堰西场监运,改诸暨州判官,入为应奉

---

①(明)王祎:《送金华尹徐君序》,《王忠文集》卷五,《文渊阁四库全书》1226册,台湾商务印书馆影印版,第95页。

翰林文字同知制诰兼国史院编修官，转国子博士，出为江浙等处儒学提举，至正三年辞归，以秘书少监致仕，七年起为翰林直学士，升侍讲，十年复归，十七年卒，年八十一。谥文献。著作丰硕，著有《金华黄先生文集》四十三卷、《日损斋稿》三十三卷、《义乌志》七卷等。黄溍、柳贯与虞集、揭傒斯并称"儒林四杰"，颇受时人推崇。《元史》卷一八一有传。陈樵有诗《黄晋卿见过却归乌伤》六首、《送黄晋卿之任》《次韵黄晋卿见寄之什》二首等。黄溍则有诗《寄陈君采》《次韵答陈君采，兼简一二同志七首》《喜赵继道至，有怀陈君采》等。

柳贯（1270—1342），字道传，横溪镇柳村（当时为浦江县通化乡乌蜀山）人。入元，历任国子监助教、太常博士、江西儒学提举、翰林院待制兼国史院编修。曾就学于金履祥，凡六经、兵刑、律历、数术、方技诸书无所不通，文学尤为世所称。所作散文长于议论，诗善写景物变化。至正二年（1342）卒。贯端庄凝重，廉正不阿。幼年即不苟取，某日随父逛庙，拾得价值万缗珠宝，候失主寻找，原物归还。做地方官治狱明察公平，为京官正直敢言。生平以奖进人才为己任，人有一善，谆谆称誉，唯恐不闻。品行文章皆为世所推崇。著有《柳待制文集》《近思录广辑》《字系》《乌蜀山房类稿》等书。事见《金华黄先生文集》卷二十《翰林待制柳公墓表》、《宋文宪公全集》卷四十一《故翰林待制柳先生行状》。柳贯有《寄赠陈君采二首，时闻宴坐西岘山中》《游耆阇山寺，因怀君采》。

胡澍、李裕，于《陈樵与浙东诗派》中有简介，此处从略。另外，李总管、蔡生、陈子俊、石汉和尚、王吉夫、萧浣等无考。

陈樵与胡澍为同乡、同学，皆是李直方的学生。胡有诗《寄陈君采昆山读书》：

幔亭山不到，息影坐禅林。早制黄金锁，休雕白玉心。
草香熏野服，石气润秋琴。千古无言意，相期乐处寻。

甄山在东阳县西南十里，上有石坛，《寰宇记》云："昆山顶上有孤石，高三十丈，其形类甄。"《东阳山水记》云："东晋陈安居学道之所，下有白云洞，深广可资游息，石壁有窍，泉从中出。天宫寺在焉。"①

陈樵《水轩记》中云："延祐五年春，予治晏居之室，东临池水上。初，池之广且十亩，波推澜倾，烂乎，其尤文章也。池上之室，春以环则水，日以蘷风光之交，不尽其伎，则无以为天下之至矣。……兹水之文，未之前见，请尽他水，水成，水云满室，不惟室为辟，池水亦加而辟焉。"②

次陈君采水轩韵③

胡 减

波光皱縠影潾潾，自剪芙蓉绣岛云。

荷屋琼茅香绕树，水烟瑶草碧生春。

剑寒越客苍梧气，囊结吴奴紫锦纹。

莫遣东风惊画舫，沧浪留与濯缨尘。

春日题水轩

陈 樵

黄金缕水细粼粼，菿合平池绿似云。

鹦鹉无言初病瘴，丁香不结又经春。

行稀蜡屐留前齿，坐久玉琴生断纹。

几度凭栏愁举袂，春花半作庾公尘。

二、酬赠诗的艺术特色

孔子曾曰："诗……可以群。"④ 诗歌是古代文人间诉心志、明心迹，相互慰勉、激励的常用工具与交游的重要纽带。陈樵酬赠诗的形式上有赠诗，如《出塞曲》《赠拆字蔡生》《徐文蔚》《同陈子俊暮秋游耆阇山时九日后》《赠萧浣平寇》等；有题咏诗，如《题郑仲潜东明山凿池曰灵渊》《胡伯玉隐趣图四咏》等；有答诗，如《答李齐贤言别》等；有和诗，如《和杨廉夫买妾歌》

---

① （明）王懋德等：《万历金华府志》卷三，台湾学生书局 1965 年版，第 194 页。
② 陈樵：《水轩记》，《亭塘陈氏宗谱》卷四（内部资料），2006 年重修，第 314 页。
③ （清）顾嗣立、席世臣编，吴申扬点校：《元诗选癸集》，中华书局 2001 年版，第 570 页。
④ 杨伯峻译注：《论语译注》，中华书局 1980 年版，第 185 页。

等；有次韵诗，如《次周刚善僧房牡丹韵》二首、《次王吉夫暮秋旅怀韵》二首、《次韵黄晋卿见寄之什》二首等；有代言体，如《代嘲旧人》《代答新人》《代玉山子答》等。形式活泼，异彩纷呈。

《鹿皮子集》中大约有三十五首酬赠诗，这些诗不全是唱和应酬的无聊空洞之作，内容上，有的是对朋友的推重、激励，试以《答李齐贤言别》为例：

> 古来青云士，论德不论年。及时扬意气，车服耀且鲜。
> 譬彼桃李花，逢春各争妍。胡能学兰菊，迟暮秋风前。
> 羡子富年华，文思如涌泉。词场早腾誉，海内推英贤。
> 而我竟何为，着鞭苦不先。赋命有迟速，行止任自然。
> 吾观鸿鹄飞，低回未须怜。会当振六翮，高举摩青天。

李齐贤与许谦交好。许谦（1270—1337），江浙行省婺州路金华（今浙江金华）人，字益之，号白云山人。从金履祥学，与何基、王柏及金履祥等一起被称为"金华四先生"，得朱熹道学之传，延祐初，居东阳八华山，讲授朱熹理学，"讨论讲贯，终日无倦"，"四方之士，无贤不肖，以不及门为耻，缙绅先生，至于是邦，之过其乡邦者，必即其家存问焉"。① 忠肃王六年（1319），李齐贤与权汉功、洪沦及奇长老等一起随忠宣王到江浙一带巡历、降香，至扬州、镇江及杭州一带，经过婺州路。李稿《鸡林府院君谥文忠李公墓志铭》中有言："己未，王降香江南，楼台风物，遇兴遣怀，每从容曰：此间不可无李生也。"② 忠宣王于三月份从大都出发，夏季到达杭州。八月份前后参拜庆元路定海县宝陀山的十二面观音，九月初到达西天山的幻住庵。江浙的山水风景令人陶醉，李齐贤每至一处，或酬唱作答，或对景命笔，写下了大量优美的篇章。《金山寺》《焦山》《吴江又陪一斋用东坡韵作》《高亭山》《宿临安海会寺》《冷泉亭》《游道场山陪一斋用东坡韵》《虎丘寺十月北上重游》《多景楼雪后》《淮阴漂母墓》二首、《西都留别邢通宪》，都以题目交代出诗歌创作地点，且与李齐贤的江南之行程一致。《舟中和一斋权宰相》有"兰舟小发白云楼，遥指江南第一洲"，《多景楼陪权一斋用古人韵同赋》中"扬子津南古润州"，

---

① （元）许谦：《白云集》，中华书局 1985 年版，卷首《墓志铭》。
② （元）李齐贤：《益斋集》，《丛书集成初编》，商务印书馆 1935 年版，第 160 页。

《姑苏台和权一斋用李太白韵》中"姑苏城头秋草多，姑苏城下江自波"① 也都证实了这些汉诗的确作于此次江南之行。许谦所居住的婺州路是处于杭州路和庆元路不远的西南方。大约在此时，李齐贤与许谦很可能有见面的机会。

许谦有《白云集》，其中卷三有《李齐贤真赞》诗，可以断定二人有过交往。在这首诗中，许谦对比他小十七岁的李齐贤之音容笑貌进行了描述："目秀眉扬，神舒气缓。妙手描摸，毫发无间。形色天性，所贵践形。人见其貌，莫知其心。我知若人，交养内外。和顺积中，晬面盎背。朝瞻夕视，如对大宾。力行所学，无负其身。"② 李齐贤的这幅画像，为人借观，遗失，三十二年后，即至正十二年（1352），李齐贤以宰相的身份"奉国表如京师"，再次来到京师，失而复得，有诗《延祐己未，予从于忠宣王降香江南之宝陁窟，王召古杭吴寿山，令写陋容，而北村汤先生为之赞。北归，为人借观，因失其所在。其后三十二年，余奉国表如京师，复得之。惊老壮之异貌，感离合之有时，题四十字为识》。这一年，高丽恭愍王由大都回国继位，李齐贤一度监国，所奉"国表"当是恭愍王登基后给元廷的上表。汤先生即汤炳龙，题于己未（1319）九月十五，时年七十九岁。许谦对性理学有很深的研究，李齐贤与许谦的交往也许对吸收性理学是有益处的。而陈樵与许谦同住在东阳，李齐贤这时期很可能也顺便拜访了陈樵。

"词场早腾誉，海内推英贤。"的确，李齐贤年未冠已有文名，为忠宣王所器重。十五岁（1301）参加成均馆考试，"公又中丙科，权公以其子妻之"；十七岁（1303年）走上仕途，任"权务奉先库判官，延庆宫录事"③；"戊申（1308年，二十二岁），选入艺文春秋馆，馆中人推让不敢论文。其冬，迁齐安府直讲。己酉（1309），擢司宪纠正。庚戌（1310），迁选部散郎。辛亥（1311），再转典校寺丞三司判官。所居称职。皇庆壬子（1312），选为西海道按廉使，有古持斧风。升成均乐正。冬，提举丰储仓事。癸丑（1313），副令内府，丰储监斗斛。内府校锱铢尺寸，公为之无难色。人曰：李公可谓不器君子矣"④。也就是说，李齐贤二十七岁之前已经声名远播、政绩累累。

---

① （元）李齐贤：《益斋集》，《丛书集成初编》，商务印书馆 1935 年版，第 10—11 页。

② （元）许谦：《白云集》，中华书局 1985 年版，第 51—52 页。

③ 李穑：《鸡林府院君谥文忠李公墓志铭》，李齐贤《益斋集》，《丛书集成初编》，商务印书馆 1935 年版，第 159 页。

④ 同上书，第 159—160 页。

"而我竟何为，着鞭苦不先。"1319 年，李齐贤三十三岁，而陈樵已经四十二岁了，比李大九岁，故而诗中对李的文名早播、年轻有为深表称许，不无羡慕之意，甚至有自惭形秽之慨，并以自我安慰与朋友共勉作结："会当振六翮，高举摩青天。"

诗题为《答李齐贤言别》，应是李齐贤先有赠别诗，陈樵而后赋答诗，但今存李齐贤《益斋集》中未见相关赠诗。

又如《黄晋卿见过却归乌伤》六首，元仁宗延祐二年（1315），黄溍至京师，拜谒程钜夫、赵孟頫。与周应极、周伯琦父子游。会试，元明善首充考试官，及廷试，又为读卷官。三月十三日，中进士，授将仕郎、台州路宁海县丞。黄溍回家途中访陈樵，陈樵作此六首诗：

> 日下新传诏，江南共濯缨。岁中升进士，海内右诸生。
> 经术谋王体，词章作世程。不才岩石下，回首望光荣。
>
> 古训畴咨日，文明阐化时。君为万家县，谁定一王仪？
> 名下看佳士，人间见旧诗。岂无清切地，州县有程期。
>
> 月里丹葩远，人间杏艳张。天官行故事，风雅蔼余芳。
> 左掖亲承诏，端门出缀行。眼明茅屋下，犹见赐衣黄。
>
> 江雨间行人，江干雨又新。今朝下垂榻，几日望行尘。
> 冰雪莺迁树，江湖雁得春。非君被轩鉴，怀抱欲何伸？
>
> 旧业推门地，声名出礼闱。平生着风则，长世有光辉。
> 官序须清绩，台衡起白衣。谈经无复日，为别更依依。
>
> 花竹穷清玩，山池属素情。荷衣随楚制，芹子入南烹。
> 已作归屠钓，终期变姓名。惟应一丘壑，垂白向昇平。

诗中有对朋友高中进士、入仕、升迁的祝贺，有对其为官一任、造福一方的展望与鼓励，有对他们过往谈经论道的美好回忆，也有依依不舍的深情，对比自己的老死林丘、怀才不遇而发出无尽的慨叹，如，"不才岩石下，回首望光荣""惟应一丘壑，垂白向升平"，隐然埋藏着一种艳羡的心理，有时竟然觉得是辜负了"明时""升平"世界，同时传达出他不鄙薄功利的通达态度。其实，儒家的"修齐治平"仍然是他的人生理想。这可以同时参看其他诗中类似的感慨，如，"我为天穿来炼石"（《霜岩石室》之一），"却笑当年补天手，炼成五色竟无功"（《巴雨洞》），"不见屋头樗栎树，无材入用老犹存"（《散庵》），"白云寒处人踪绝，不是山光说性情"（《山堂》），"黄粱梦短风尘暗，不是山人好食薇"（《石甗峰》），"无心奔竞已才疏，投笔抛书学佃渔"（《拙斋》），诸如此类。

附黄溍次韵诗于后，仅供参考，《次韵答陈君采，兼简一二同志》：

> 温诏欣初睹，峨冠盍共缨。如何沧海上，独看白云生。
> 灯火三千楱，冰霜五百程。谁须富车骑？终古陋恒荣。
>
> 忆昔双溪上，相逢暮雨时。交游倾意气，谈笑挹丰仪。
> 草草中年别，寥寥大雅诗。受材知有分，丰啬竟谁司？
>
> 不谓飘零日，求贤网四张。胡然卑小技，乃尔阕孤芳。
> 宝唾非无色，江鸿讵有行？散材何所以？徒愧节青黄。
>
> 十载西州客，论交著处新。时时谈述作，一一望光尘。
> 澹月银河晓，暄风玉树春。幸令窥髣髴，微薄尚何伸？
>
> 尚想南归始，簪花出禁围。尘沙迷故步，桃李借余辉。
> 有日酬天造，终身返布衣。风流成二老，巾屦觉相依。
>
> 亦有贞居子，难忘太古情。诗筒来绝响，茗碗出新烹。
> 磊落单传意，萧条异代名。无为念离别，惆怅不能平。

据考，四部丛刊本《金华黄先生文集》卷五之《次韵答陈君采，兼简一二同志》为七首，多一首"默守知存道，清言不废儒。身方同木石，名已在江湖。此士须前席，何人属后车？唯应耕钓者，缥缈识霞裾"。实为《鹿皮子集》中陈樵《送黄晋卿之任》的次韵之作。另"受材知有分，丰啬竟谁司"，其韵脚陈樵诗作"期"，而非"司"。丛书集成初编本《黄溍文献集》卷一之《次韵答陈君采，兼简一二同志六首》，题目中明确标为六首，然内容又有不同，少了四部丛刊中的第一首，其他次序同，"司"字亦同。

　　陈樵的酬赠诗有的关注时局、战争形势。如《出塞曲》《赠萧浣平寇》等。

出塞曲为戍潼关李总管赋

> 属镂夜啼光属地，将军一出槊枪死。
>
> 行尘不动人归市，带甲如云自天至。
>
> 取君甲马为君洗，分明袖有银河水。
>
> 手中遗下泥一丸，不封函谷封泰山。

赠萧浣平寇

> 人物江南第一流，将才儒术两无俦。
>
> 英雄门列三千士，功业家传万户侯。
>
> 金虎佩章光夺月，玉龙出匣气横秋。
>
> 奸回向化烟尘息，坐拥笙歌醉玉楼。

　　虽然李总管、萧浣等暂无考，"戍潼关""平寇"等战事也不清楚，但明显可以感知陈樵对拼杀疆场，建功立业的无限神往，对国家安稳、人民安居乐业的强烈渴望。《出塞曲》好像战前动员，预祝李总管马到成功，迅速拒敌，而封王拜相。《赠萧浣平寇》则是战后赞歌，萧浣"将才儒术两无俦"，一战成名，光宗耀祖，加官晋爵，平叛有功，上下同庆。

　　陈樵还有几首艳情诗，典型的如《和杨廉夫买妾歌》：

> 刘郎持玉笛，再入天台山。天台女儿不相见，采药直入桃花源。刘郎吹笛花能言，云离雨别三千年。青瞳横波发鲜碧，蓝红染作夭桃色。刘郎今姓杨，相逢便相识。金条脱，龙缩衣，飚车木凤凰飞下铁山西。蒨桃拂面丹如雨，红蝶黄莺解歌舞。桃源无路入人间，一身金翠来何许。玉山子，莫将迎，方平会麻姑，参语无蔡经。飞仙不入风沙地，无端夜过昆山市。

三涤肠，三洗髓，绿雪玄霜玉池水。

诗穿插汉刘晨、阮肇入天台山采药遇仙的传说，将杨维桢比作刘郎，买妾比作遇仙，杨从桃源抱得美人归。又有汉桓帝时王远（字方平）于蔡经家召仙女麻姑的传说，将为杨维桢买妾的顾瑛比作蔡经。对杨维桢的神采风流作了夸张而神化的描写。"诗句晓畅、明快，带着粗狂、疏荡、奔放的气势。"① 让我们来看杨维桢的原作《铁心子买妾歌》②：

> 铁心子，好吹箫，似萧史，自怜垂鸾之伴今老矣。笛声忽起蓝桥津，铁心一寸柔如水。明朝萼绿华，还过玉山家。羞涩簧初暖，韶嫩月新芽。玉台为我歌嘬酒，山香为我舞巾花。玉山人，铁心友。左芙蓉，右杨柳。绿华今年当十九，一笑千金呼不售。肯为杨家奉箕帚，为君不惜珠量斗。玉山人，下镜台，解木难。轻财如土，重义如丘山。娶妻遗牧犊子，夺妾向沙吒蛮。铁心子，结习缠，苦无官家敕赐钱。五云下覆韦郎笺，香兰一夜惊梦天，玉山种璧三千年。

杨维桢自比为萧史，弄玉已老，亟须纳妾，将买来之妾比作仙人萼绿华，年方十九，如嫩月新芽，甘愿跟随于他，他如获至宝，顾瑛重义轻财，玉成此事，他表示赞赏与感激。全诗跌宕、艳丽，气势流走。陈樵的诗有过之而无不及，形式上也是以七言为主，杂以三言、五言，畅快流丽。

徐永明在《元代至明初婺州作家群研究》中言："婺州作家群大多是些道貌岸然，洁身寡欲的文人，他们不反对人家沉迷声色，但自己却避而远之。"③ 陈樵却是个特例，他敢于、乐于和杨维桢的艳情诗，说明他的思想观念是相当开明的，这与他理学家的身份并不冲突。陈樵对杨维桢的"声色之好"没有表现出一点反感，相反，却是赞叹、艳羡的口吻。杨维祯在《续奁集序》中说："余赋韩偓《续奁》，亦作娟丽语，又何损吾铁石心也哉！"④ 铁石心指的是儒家礼仪规范下的"仁义礼智"之心，即道德伦理意识。在杨维祯看来，男女之

---

① 柴研珂：《论陈樵及其诗歌》，《洛阳师范学院学报》2006 年第 6 期，第 76—80 页。

② （元）杨维桢，邹志方点校：《杨维桢诗集》，浙江古籍出版社 2010 年版，第 424 页。

③ 徐永明：《元代至明初婺州作家群研究》，中国社会科学出版社 2005 年版，第 181 页。

④ （元）杨维祯：《续奁集序》，李修生主编《全元文》42 册，凤凰出版社 2004 年版，第 505 页。

情与仁义礼智是并存的，都是人的情性，从这个理论出发，杨维桢创作了许多香奁冶艳之作，其内容多是红香翠软，男女艳情，在当时颇负盛名。可能陈樵也受杨维桢的影响，持相似的观点。

《代嘲旧人》《代答新人》《代玉山子答》为代言体，可视为《和杨廉夫买妾歌》的续篇，《代嘲旧人》是新人的口吻，诗中极力描绘新人的穿着打扮，烘托其年轻貌美，对旧人的美不被丈夫所赏识而惋惜、伤悼。《代答新人》则是旧人的语气，以"前鱼""金屋藏娇""长门赋"的典故，告诫新人不必盲目乐观，预示终将难逃同样遭弃的命运。《代玉山子答》则是为杨维桢代言。

陈樵与浦江郑氏也有交往。郑氏义门位于浙江浦江县郑宅镇郑宅村。郑氏自南宋至明代，合食义居十五世计三百三十余年，历代屡受旌表，明太祖朱元璋赐称"江南第一家"。这是个号称"东方奇迹"的中国式大家庭，鼎盛时期家族人数达三千余口，它内部实行共财聚食，一切生产资料归全族集体所有，个人不得私置田产，私积货财，六十岁以上免去劳作，由宗族赡养。俨然一个儒家模式的理想小国。

《咏郑氏义门》曾是元代同题集咏的一个题目。黄溍有《郑氏义门诗序》：

> 浦阳郑氏，聚族而居者八世，有司为请于中书，而旌表之，号曰义门。且复其家力役之征，俾无有所与。今集贤直学士揭公，实为之记。一时闻人，往往赋诗以美之。谓予与郑氏居同郡，知郑氏者，宜莫予若，因属予以序。予家距郑氏不两舍而近，纳交郑氏父兄、子弟。间岁行，已再周，其知之固深矣。集贤公之所称述，岂有愧辞乎？抑予闻之：古有合族之道，非士庶人所得行，而亲亲之仁无贵贱，一也。合族莫重于立宗，立宗之法，或五世而迁，或百世而不迁。五世而迁，圣人不以为失于薄；百世而不迁，圣人不以为过于厚。迁以辨其异，不迁以统其同，二者盖并行而不相悖也。若夫数百千指聚居而食，虽古公侯之家，皆所无有，而后世士庶人之家，乃或有之，可不谓难矣哉？是宜史不绝书，而上之人所以褒嘉之者，遂著于令。逮至我朝，史臣序礼典，为目三十有二，而旌表居其一。然则凡可以劝亲亲者，又圣人之所不废也，兹非所谓礼以义起者耶？郑氏于古人合族之道，夫亦有取其义云尔。褒嘉所及，有司既奉著令从事，而未克上其状于太史氏。予辄弗辞，而次第其诗，本诸作者之意，系于末简，庸俟夫

陈诗以观民风者焉。①

从序中可知，咏郑氏义门是揭傒斯发起的，当时的文人名士纷纷效仿，最后结为诗集，黄溍与郑氏同郡，与郑家多有交往，故知之甚深，是作序的最佳人选。因未见此诗集全貌，无法确认陈樵的《题郑氏义门》有无入选。陈樵的《题郑氏义门》很有可能受到这次同题集咏的感召或启发，甚或是直接参与了。其诗赞美了其几世同堂、合族而居、文明淳朴、家范应传的理想生活模式：

> 二老连枝树，诸郎百子莲。同心无尔汝，合族到曾玄。
> 化洽文明日，淳还太古年。名门人共羡，家范世应传。

陈樵于《赠义门郑氏序并铭》中对郑义门也进行了高度评价，赞其礼义教化之功，不在唐宋文坛领袖韩愈、欧阳修之下：

> 浦阳郑君顺翁之齐其家也，远文词，绝论说，以同甘苦率其下，而众从之；以多助聚族，而人悦之；以一视遇其众，而人亲之；以均财共产复其役，而乡党信之。再世而大穰五世，而生聚日众。一家犹一身，累世犹翊日，好债者徒死交于前而家益饶，从役者日因而复者安，争夺而积不相能而礼乐兴，于私室、族属、里门，卒莫识其谓何，有识者却立而熟视之。盖仁义也，而君不谓然，至功成事已，然后按故实、崇先庙、敦宗法，男子夕不居外，昼不居内，笃爱敬而慎起居，冠婚丧祭必以礼，守成者觉之于虑始之余，仁义之名立于遂事之后，诬仁义者，虽欲诋诽笑侮可得乎？骛将击者不彰焉，仁义亦犹尔也，岂独兵哉？伊洛之学，天下传焉，而弗习，载之空言，君言不及学，而仁义礼乐兴于家，推之天下国家，而不悖仁义之诬，至此而后雪儒者之效，至此而复明其有功于仁义，不在欧、韩氏下，有司表其间，复其役，曾是以为宠乎？夫亦示之以义而已也。②

"陈樵与郑氏家族关系，与宋濂分不开，两次谒见陈樵，恰好在宋氏赴浦江前后。"③ 陈樵《跋仲舒字序》载《麟溪集》巳集，《赠义门郑氏序并铭》载

---

① （元）黄溍著，王颋点校：《黄溍全集》，天津古籍出版社 2008 年版，第 241—242 页。
② 《亭塘陈氏宗谱》卷四（内部资料），2006 年重修，第 13—14 页。
③ 毛策：《孝义传家——浦江郑氏家族研究》，浙江大学出版社 2009 年版，第 214 页。

《麟溪集》酉集。按《四库总目》载："《麟溪集》二十二卷、《别篇》二卷（编修励守谦家藏本）。明郑太和编。太和字顺卿，浦江人。世所称为义门郑氏者也。是集成于元至正十年。衰辑宋以来诸家题赠诗赋及碑志序记题跋之类，为表扬义门而作者，共为一编。前十卷以十干纪卷，后十二卷以十二支纪卷。末为别篇二卷，则续入者也。前有潘庭坚、程益二序，又有王祎后序。其曰《麟溪集》者，郑氏所居在婺州东二十八里，地名麟溪故也。"①

陈樵曾为《仲舒字序》作跋。郑涛（1315—1386），字仲舒，博学工文，从吴莱、柳贯游，文名播于浙东。为丞相脱脱所荐，提举为经筵检讨，迁翰林国史编修，升太常博士阶奉议大夫。后力主不当赐缢张士诚，触犯权贵，贬居乡里，以经传教子孙。

题郑仲潜东明山凿池曰灵渊

凿池得清泉，泉清乃见天。宁知天可见，有自未凿前。

池泉一何静，天体一何圆。仰视天广覆，俯察天在渊。

俯仰倏上下，孰得知其然？至人有真见，不滞方若圆。

百虑本一致，万殊同一原，渊渊与浩浩，信匪言可宣。

天运妙不息，君子贵乾乾。孔圣有明训，请子观逝川。

东明山与灵渊，宋濂于《东明山精舍壁记》中有记：

东明山在浦江县之东鄙。浦江倚山为县，自仙华峰斜迤而东，若万马长驱，不复回顾，二三十里之间，满望皆山也。东明下瞰大泽，中隐然突起，高不逾寻丈，而大林木左右蔽焉，似不与人世通。昔人因得附山为称。

故青田县尉郑君德璋尝厌家居之丛纷，若子若孙弗克专志于学，乃于是地创精舍一区，俾年十六者往读书其中。君之子大和，复斥而广之，前为荣而后为寝。寝之东西，分为四斋，斋又名其西曰："成性"、曰"四勿"，其东曰"继善"、曰"九思"。东与西户皆相向。其问难之所曰"敬轩"，其鼓琴之处曰"琴轩"，其退休之室曰"游泳轩"。游泳直九思之北，敬轩则又直继善之北，而西与琴轩对。琴轩之外，少南有水一泓，不亏不

---

① （清）永瑢等：《四库全书总目》卷一九一，艺文印书馆1969年版，第3986页。

盈，作栏楯护之，曰"灵渊"。渊之东北一百步，有泉泠然，而梅如龙，横蹲其上，曰"梅花泉"。泉之北又五十步，列石为坐，而苍松翠竹，葱蒨掩映，曰"吟坛"。凡为屋二十楹间，而围楼湢房与仓库之属不与焉。①

这首诗通篇说理，仰观俯察，穷究天理，体现了他对自然界和万物生生不息活力的认识，传达对程朱理学重要的哲学范畴"理一分殊"的认同。说理而不枯燥，运用形象思维，池、泉、天、方、圆、万殊、一原，层层推演，令人信服。"此为郑泳（仲潜）在东明山凿池而赋，是典型的隐逸诗作。诗中对朱熹'理一分殊'说，借凿山岩泉事作阐释。陈樵终生潜心于理学著述，而其百卷论著一字未传，可从诗中观其理学传承。"② 他的学脉是从程朱上溯孔子，"君子以超绝之资，旷视千古若一旦暮，期以孔子为师，而折衷群言之是非，不徇偏曲，不尚诡随，必欲畅其己说而后已，可谓特立独行而无畏慑者也。非人豪其能之乎？"③ 诗结尾透露了这方面的消息，《论语·子罕》：子在川上，曰："逝者如斯乎！不舍昼夜。"④ 面对自然，而作哲学层面的思考，这与孔子一脉相承。

琼林台

上清琼林台，似有千仞崇。琪树交柯生，瑶草亦成丛。

幻境类玄圃，凝辉接琳宫。天花或时堕，縈纡扬回风。

仙人薛玄卿，手持玉芙蓉。傲睨八极表，洞见万象空。

飞书约王子，弭节延赤松。步虚朗歌咏，流响入云中。

诗极写琼林台之高，环境之幽，薛玄卿仙风道骨，以王子乔、赤松子为仙侣，登台朗咏，超尘拔俗。

此诗最早作于泰定二年（1325），这是上限，因薛玄卿琼林台于是年始成。据陈旅《琼林台记》："泰定元年六月十五日，偶与客扪幽至龙虎西山颠，见有

---

① （明）宋濂：《东明山精舍壁记》，《宋濂全集》，人民文学出版社2014年版，第268—269页。

② 毛策：《孝义传家——浦江郑氏家族研究》，浙江大学出版社2009年版，第215页。

③ （明）宋濂：《元隐君子东阳陈公先生鹿皮子墓志铭》，宋濂著，黄灵庚编辑校点《宋濂全集》，人民文学出版社2014年版，第1330页。

④ 杨伯峻译注：《论语译注》，中华书局1980年版，第92页。

若坛然者，拔地数百丈，佳木皆入云，翳白日，根贯崖石，石液上行，枝叶华泽，如玗琪、文玉之植焉。二年三月之吉，始见治兹土，去恶草树，因其基以石巩之，设大盘石，荐琴册、棋碎、食饮之物，旁布方石以坐游者……客有咏神岳之章曰：'寥笼灵谷虚，琼林蔚萧森。'因以名吾台云。"① 当时名士多有题咏，如虞集《道园学古录》卷一中有《题薛外史琼林台》，吴师道《吴礼部集》卷三有《寄题上清薛玄卿琼林台》，顾瑛编《草堂雅集》卷四中有张翥《寄题薛玄卿琼林台》，杜本《清江碧嶂集》中有《题薛玄卿琼林台》等。

　　黄溍《弘文裕德崇仁真人薛公碑》中也有记："公既归，则辟清宁斋、见心亭、熙明轩，筑琼林台于龙虎山之西，高爽靓幽，各适其宜。日与学仙者相羊其间，而密修大洞回风混合之道，盖尝遇异人而有所授云……豫章揭公留琼林月余，斋三日，乃为作序，称其：老劲深稳，如霜松雪桧，百折莫能挠；清拔孤峻，如豪鹰俊鹘，千呼不肯下；萧条闲远，如空山流泉，深林孤芳，自形自色，不与物竞。人以为知言。"② 于此，可见琼林台概貌。又"钟粹姿兮，超世拔俗……飞佩珊珊，颉颃群仙。同宴娭兮，幡然高蹈……穹岩邃谷，崇台列屋。"③ 皆可帮助我们理解此诗。

　　另列几首同题之作，供参考：

虞集《题薛外史琼林台》：

> 高台积方石，琼林树交柯。晨光眩白雪，夕景缠紫萝。
>
> 每闻樵子唱，恐是仙人过。尘世在足下，岂能闻笑歌。
>
> 过海只骑鹤，开池还养鹅。外史政潇洒，太白乌足多。④

张翥《寄题薛玄卿琼林台》：

> 学道空山谢世缘，筑台先近蔚蓝天。

　　① （元）陈旅：《安雅堂集》卷七，《文渊阁四库全书》1213 册，台湾商务印书馆影印版，第93 页。

　　② （元）黄溍：《弘文裕德崇仁真人薛公碑》，王颋点校《黄溍全集》，天津古籍出版社 2008 年版，第634 页。

　　③ 同上书，第634—635 页。

　　④ （元）虞集：《道园学古录》卷一，《文渊阁四库全书》1207 册，台湾商务印书馆影印版，第13 页。

掌中露堕朝和药，鹤背笙来夜望仙。

漱齿下寻丹井水，存神对坐石炉烟。

知君自食琅花实，小阅人间五十年。①

杜本《题薛玄卿琼林台》：

上清山灵都，凡山无与俦。况兹琼林台，云气接神州。

岳祇扶地轴，鬼神动天球。珠树粲瑶城，玉衡悬清秋。

层冰积高寒，梯构靡其由。外史洞玄化，于焉采真游。

珊瑚紫霞佩，皎皎明月钩。手携千岁藤，足弄万里流。

远观玄圃运，俯视八极周。缅彼大瀛海，变灭多浮沤。

悠然发舒啸，永矣此夷犹。②

有的叙友情，以见殷殷之意。如，《同陈子俊暮秋游耆阇山时九日后》："同游得佳士，散怀逐跻攀。忽忽万夫内，乃有吾子贤。英特奇伟姿，笔精语亦温。蹔远欣已遇，当忧亦为欢。……佳节去我久，黄花有余妍。愔愔夕钟罢，草草尊酒残。客子已山际，落日犹树巅。举世尘漠漠，朗咏山中篇。"对陈子俊的文采风流作了概括的描写，称其为"佳士""贤"，于茫茫人海中得遇如此同游之友，可谓人生幸事。分别之后，惆怅落寞，思念甚矣。

另如《徐文蔚》：

梅华桥上别，见说尚临池。笔法承中绝，名家比盛时。

犹传徐浩体，自写郑虔诗。已并渔阳帖，休看陌上碑。

二人梅花桥上分别过后，作者一直在关注这个朋友，最近听说他在苦练书法，而且水平突飞猛进，俨然可与历史上的书法名家比肩。主学唐代书法家徐浩，徐浩（703—783），字季海，越州（今浙江省绍兴市）人。少举明经，肃宗时，授中书舍人，四方诏令，多由徐浩所书。后进国子祭酒，历任工部侍郎、吏部侍郎、集贤殿学士，封会稽郡公。著有《论书》（又称《法书论》）一篇。

---

① （元）顾瑛：《草堂雅集》卷四，《文渊阁四库全书》1369 册，台湾商务印书馆影印版，第257 页。

② （清）顾嗣立编：《元诗选初集》，中华书局 1987 年版，第 1646 页。

徐浩擅长八分、行、草书，尤精于楷书。他的书法曾得到父亲徐峤的传授，风格圆劲肥厚，自成一家。徐文蔚又长于诗，像唐代的郑虔三绝一样，自己题写自己所作之诗，更是潇洒至极。郑虔（691—759），字趋庭，又字若齐（一字弱齐、若斋），河南荥阳荥泽人，盛唐著名文学家、诗人、书画家，又是一位精通天文、地理、博物、兵法、医药近乎百科全书式的一代通儒，诗圣杜甫称赞他"荥阳冠众儒"[1]"文传天下口"[2]。《新唐书》本传中云："虔善图山水，好书，常苦无纸，于是慈恩寺贮柿叶数屋，遂往日取叶肄书，岁久殆遍。尝自写其诗并画以献，帝大署其尾曰：'郑虔三绝。'"[3] 最后是说徐的书法造诣很高，与当代大书法家鲜于枢之帖相提并论，时人可以观摩、学习，不必再去苦寻陌上之碑了。

次韵之作，除了应酬客套，驰骋才思外，由于看不到原作，似乎无甚特色，无甚内容，比如，《次周刚善僧房牡丹韵》二首、《次王吉夫暮秋旅怀韵》二首等，而《次韵黄晋卿见寄之什》则内容充实，情深意长：

> 几载林丘草木黄，故人霄汉独难忘。
> 官衣雨露犹沾湿，文律江湖共短长。
> 笔迹旧时倾褚薛，才名此日数鼌张。
> 他年明月中山寺，重与诗人话夜凉。

又：

> 殿前对策士如墙，我对山人说坐忘。
> 岁晚单衣只自短，愁来白发有时长。
> 山中蜡屐晴犹着，石上朱弦雨更张。
> 有客江边期不到，只今秋日转凄凉。

第一首主要从对方落笔，黄潜已然才名昭著，官运亨通，却并没有忘记他这个隐居林丘的老朋友，感念之情溢于言表，相约来日月下寺中，以诗人的身份共话夜凉。第二首着重写自己，隐含对比之意，黄潜的同僚众多，所言无非

---

① （唐）杜甫撰，（清）仇兆鳌注：《杜诗详注》，中华书局2015年版，第1161页。
② 同上书，第1162页。
③ （宋）欧阳修、宋祁撰：《新唐书》卷二百二《文艺列传中·郑虔》，中华书局1975年版，第5766页。

对策等事，而他所讲的乃是道家的"坐忘"。"岁晚单衣"大概是说经济堪忧，"愁来白发"是说心中有隐忧。颈联描写山中隐逸生活，每天跋山涉水倾听天籁，常在东阳江边翘首以待，一直待到如今秋日转凉，写思念之深，相会之望，以及失望之悲。

对照黄溍之原唱，当领会更深，《喜赵继道至，有怀陈君采》：

> 匆匆聚散定何常？耿耿心期故未忘。
> 草木关情人事异，云霄回首路岐长。
> 交游历落银河隔，制作纷纶瑞锦张。
> 为语何时共倾倒？秋床风露已生凉。①

聚散无常，老友难忘。草木有情，人事全非，人生回首，歧路阻长。交遍天下，知己无几；文字之交，友谊绵长。何时一见，一吐衷肠？连床夜雨，秋风已凉。

两厢比照，旗鼓相当，不光是诗艺难分伯仲，情感深度也是不相上下，的确是惺惺相惜。

陈樵"接物一于诚，言温气和，无几微及人过失长短"，以至于"方岳重臣，逮郡县之吏仁且贤者，仰慕声光，时遣使存问，或亲执馈食之礼，耄生畯士以得接见为幸，下及舆台氓隶，亦皆知所推敬，咸称之曰'陈先生'云"。②陈樵不愧于一个谦谦君子，善于与各种人打交道。黄彻谓林逋："与士大夫诗，未尝不及迁擢，与举子诗，未尝不言登第。视此为何等随缘迎接，不为苟难亢绝如此。"③移来以评陈樵，亦甚当。

---

① （元）黄溍撰，王颋点校：《黄溍全集》，天津古籍出版社2008年版，第67页。
② （明）杨苫：《元故鹿皮子陈先生行状》，《亭塘陈氏宗谱》卷四（内部资料），2006年重修，第52页。
③ （元）黄彻：《碧溪诗话》卷二，人民文学出版社1986年版，第27页。

第八章 哀挽诗、咏史怀古诗、投献诗

陈樵诸如哀挽诗、咏史怀古诗、投献诗等由于数量偏少，难以构成独立章节，故合并后于此分而述之。

一、哀挽诗

挽诗，即哀悼与祭奠死者的诗。以诗的形式哀悼死者，古已有之。挽诗一般与死者身份、生平相关，抒情为主，以情动人。

《鹿皮子集》中有《刘山南挽歌》二首：

> 时侪通贵后，六馆竟如何？不有东南事，终期甲乙科。
> 泮芹吴子邑，露薤汉人歌。白社双林里，西流泪作河。
>
> 汉阁文章旧，天台草木深。笑谈无复日，比兴有余音。
> 历历传新作，时时见古人。有怀只短气，何处识长身？

诗约作于 1307 年。刘山南（1244—1307），即刘应龟，字元益，义乌之青岩人。出身于耕读之家，自少意气恢宏，常落落多大志。咸淳间，游太学，马（骥）丞相高其材，将妻以女，应龟不可，由是名称籍甚，被称为"江南奇士"，又之以优陞解褐。德祐间，退隐南山之南，卖药自给，淡泊名利，洁身自好，自号山南隐逸，人称山南先生。会使者行部知应龟贤，元至元二十八年（1291）强起主教乡邑，为本县教谕，调月泉书院山长，改杭州路学正。寻以疾卒，年六十四。著有《梦稿》《痴稿》各六卷，《听雨留稿》八卷，共二十卷。事见黄溍《黄文献集》卷三《山南先生述》。《两浙名贤录》卷二、四，《金华先民传》《金华贤达传》卷十、《万历金华府志》卷十六、《嘉庆义乌县

志》等有载。

"时侪通贵后，六馆竟如何？"这是赞扬刘应龟淡泊名利，不汲汲于仕进。其事黄溍有记："于时同舍生掇其绪论，或取高第，而先生故为博士弟子员。"①刘的同学拾其牙慧，竟然高中，而他依然为博士弟子员的身份。"不有东南事，终期甲乙科。"是假设的口吻，如果不是因为战争，刘迟早要考取功名，即黄溍言"值德祐失国"，南宋德祐元年（1275）初，元军已顺流东下，沿江城邑纷纷败降。同年十一月，元军兵分三路直奔南宋首都临安。次年正月初八，元将伯颜进至皋亭山（今浙江杭州东北）。二月初五，南宋恭帝降。此时正值刘应龟大展才华之时，由于政局动荡，南宋京都沦陷，他目击时艰，不愿以身为殉，就挑着书卷回到故里。在南山的南面（石门山）筑了土屋，栽植花木，以采药卖药隐迹山林，长达十五年之久。"泮芹吴子邑，露薤汉人歌。"本为秀才，不料却生在南方，身份为低等的南人，大家为他唱起古老的挽歌《露薤》，言下大有为其鸣不平之意，生不逢时，有才不骋。尾联直接抒情，泪流作河，以极度夸张的手法表达对逝者深切的哀悼之情。

第二首则深情怀念与之相交相知的美好过往，诗文还在，自然永恒，二人却再也不能一起笑谈了，每念及此，不禁长吁短叹，痛不欲生。"先生伟貌美髯，谈辨绝人……至其为文，雄肆峻拔，飚驶水飞，一出于己，无少贬以追世、好世，亦未有能好之者。"② 黄溍在《绣川二妙集序》中说："吾里中前辈以诗名家者，推山南先生为巨擘。"③ 又在《山南先生集后记》中评论说："先生自少时为举子业，已能知非之。逮及年迈而气益定，支离之习刊落尽矣。故其为文逸出横厉，譬如风雨之所润动，杂葩异卉，不择地而辄发人见，其徜徉恣肆，惟意所之而止耳。"④

总之，二首挽诗情真意切，既有对逝者道德文章的崇敬，又有对其出处、人品的高度赞美，还有睹物思人的深情回忆，有至情至性的落泪，有思前想后的慨叹。时空交汇，声情并茂，点染了逝者的人生大略，也交代了诗人与逝者的关系。只可惜，陈樵与刘应龟交好的资料未见。

大文豪黄溍与刘应龟是表叔侄关系，刘为溍曾祖黄梦炎之外孙。他自小从

---

① （元）黄溍：《山南先生述》，王颋点校《黄溍全集》，天津古籍出版社 2008 年版，第 417 页。
② 同上。
③ 同上书，第 264 页。
④ 同上书，第 282 页。

师刘应龟，孜孜以求，凡十五寒暑。他在《山南先生集后记》中说："潜受学于先生最久。"他回忆自己小时候写的一篇短文被刘应龟看中，大加赞赏、鼓励，后来更热心批阅引导，从此黄潜文理渐通。

刘应龟教风别具一格，把学问与做人联系一体，重视学习态度和学习习惯的培养。讲授深入浅出，循循善诱，一扫"夫子论道"的古风。

至元二十三年（1286），原义乌县令吴谓退居浦江，创办月泉吟社，以《春日田园杂兴》为题，向远近各地征诗，得二千七百三十五卷。经评选，刘应龟名列第五。他的《田园杂兴》诗曰：

> 独犬寥寥昼护门，是间也自有桃源。
> 梅藏竹掩无多路，人语蛙声又一邨。
> 屋角枯藤粘树活，田头野水入溪浑。
> 我来拾得春风句，吩咐沙鸥莫浪言。

一派和谐、静谧、安乐的世外桃源之象，描来似画图，如在目前。刘应龟的诗作，在当时和后世都影响深广，见者无不心悦诚服。

他逝世后，门生黄潜十分悲痛，特为之作《行述》一篇，深表弟子之情，并写《山南先生挽诗》[①] 以示悼念：

> 仰惊乔岳失嶙峋，千载风流可复闻？
> 鼎有丹砂轻县令，囊无薏苡诧将军。
> 苧袍岁月孤青简，石室文章閟白云。
> 泪尽侯芭悲独立，短衣高马祇纷纷。

"仰惊"写出了惊闻噩耗的第一反应，犹如大山崩塌。千载风流就此湮灭，岂不哀哉？轻抛功名，归隐山林，两袖清风，教书作文，安之若素。泪尽悲号，短衣高马，难表悲恸之万一。与陈樵之挽诗有共通之处，更切于弟子之身份，尤见急切沉痛。

黄潜对刘应龟的道德文章极为推崇，说他是"闳材杰志，百不一施"[②]，

---

① （元）黄潜撰，王颋点校：《黄潜全集》，天津古籍出版社2008年版，第61页。
② 同上书，第282页。

"自卯岁侍先生杖履，而知爱先生之诗"①。把《山南遗稿》重加诠次，总为《山南先生集》若干卷，并为之作后记。

二、咏史怀古诗

《鹿皮子集》中有十来首咏史怀古诗，虽然数量不多，但写得都很有特色。其中乐府诗如《中秋月》《寒食词》《虞美人草词》等，在陈樵乐府诗一节有介绍，此处从略。让我们着重来看其他几首。

题建炎遗诏

解下涂金膝上衣，忽忽命将墨淋漓。

图中吴楚无端拆，月里山河一半亏。

银汉经天都是泪，杜鹃入洛不如归。

黄衣传诏三军泣，不是班师诏岳飞。

这首诗谴责了北宋君臣逃跑、投降主义，山河破碎，风雨飘摇，军民痛哭流涕，是惋惜抗金英雄岳飞，充满了国破家亡的深悲剧痛，"更是对元末战乱时局的深沉感慨"②。立意高远，手法高妙。邓绍基《元代文学史》评曰，"这首诗批评北宋君臣逃跑政策的错误，诗意明畅，手法却较含蓄"③。绍兴十年，金撕毁条约，率兵南下，占领开封、洛阳、归德三城，分兵进入陈州（今河南省淮阳县），并向河南、陕西进军。南宋朝廷此时连发诏令催促岳飞做好相应的军事准备，并派遣军队前去支援时在顺昌抗敌的刘锜。因此，岳飞算是有机会去实施他多年的"收复河朔"的计划。

绍兴十年六七月间，岳飞以其严密的战略部署和惊人的军事能力先后收复颍昌（今河南许昌）、淮宁府（今河南淮阳县）、郑州、洛阳等地。岳飞捷报频频传向南宋朝廷。这其实是违背了赵构及秦桧的议和之计的，于是，南宋朝廷一方面以十三道诏令催促岳飞班师，另一方面令张俊、王德率所部班师回庐州。张俊、王德的班师令岳飞处于孤军奋战、后备不济的窘境，无奈之下，他只得

---

① （元）黄溍撰，王颋点校：《黄溍全集》，天津古籍出版社 2008 年版，第 265 页。

② 周惠泉、杨佐义主编：《中国文学史话》（辽金元卷），吉林人民出版社 1998 年版，第 560 页。

③ 邓绍基：《元代文学史》，人民文学出版社 1991 年版，第 508 页。

选择从颍昌班师回朝。于是颍昌、淮宁、蔡、郑诸州皆复为金人所取，岳飞收复河朔的计划及努力自此也彻底地随之付诸东流。

其史实，《建炎以来系年要录》有载："湖北京西宣抚使岳飞自郾城班师。飞既得京西诸郡，会诏书不许深入，其下请还，飞亦以为不可留，然恐金人邀其后，乃宣言进兵深入，逮敌已远，始传令回军。军士应时皆南乡，旗靡辙乱，飞望之，口呿而不能合，良久曰：'岂非天乎？'金人闻飞弃颍昌，遣骑追之，时飞之将梁兴渡河趋绛州，统制官赵秉渊知淮宁府，飞还至蔡州，命统制官李山、史贵以兵援之。遂遣诸将还武昌，飞以亲兵二千，自顺昌渡淮赴行在。于是颍昌、淮宁、蔡、郑诸州，皆复为金人所取，议者惜之。《岳侯传》云：侯在郾城，闻乌珠并韩将军等人马，退走汴京，侯欲乘势追击，奏曰：臣闻汉有韩信，项羽投首；蜀有诸葛，二主复兴。臣虽不才，所望比此。乞与陛下深入敌境，复取旧疆，报前日之耻。伏望陛下察臣肝胆，表臣精忠。表到，秦桧大怒，忌侯功高，常用闲谋于上，又与张俊、杨沂中谋，乃遣台官罗振奏兵微将少，民困国乏，岳飞若深入，岂不危也？陛下降旨，且令班师，将来兵强将众，粮食得济，兴师北征，一举可定，雪耻未晚，此万全之计。时侯屯军于颍昌府、陈、蔡、汝州、西京、永安，前不能进，后不能退。忽一日诏书十三道令班师赴阙奏事。按罗汝楫此时为殿中侍御史，传所谓台官，乃汝楫也。"①

《宋史》中记云："方指日渡河，而桧欲画淮以北弃之，风台臣请班师。飞奏：'金人锐气沮丧，尽弃辎重，疾走渡河，豪杰向风，士卒用命，时不再来，机难轻失。'桧知飞志锐不可回，乃先请张俊、杨沂中等归，而后言飞孤军不可久留，乞令班师。一日奉十二金字牌，飞愤惋泣下，东向再拜曰：'十年之力，废于一旦。'飞班师，民遮马恸哭，诉曰：'我等戴香盆、运粮草以迎官军，金人悉知。相公去，我辈无噍类矣。'飞亦悲泣，取诏示之曰：'吾不得擅留。'哭声震野，飞留五日以待其徙，从而南者如市，亟奏以汉上六郡闲田处之。"② 岳飞"取诏示之"之"诏"疑即陈樵所题之遗诏。"黄衣传诏三军泣"形象地写出了接到诏书后包括岳飞本人在内的军民的悲泣、愤惋。

然而，这封遗诏历来认为不知所终，史书中无载。可以证明赵构有班师诏

---

① （宋）李心传：《建炎以来系年要录》卷一三七，《丛书集成初编》，商务印书馆 1935 年版，第 2203 页。

② （元）脱脱等：《宋史》卷三六五，中华书局 1977 年版，第 11391 页。

书的决定性的证据，也是赵构的诏书：

> 得卿十八日奏，言措置班师，机会诚为可惜。卿忠义许国，言词激切，朕心不忘。卿且少驻近便得地利处，报杨沂中、刘锜同共相度，如有机会可乘，约期并进。如且休止，以观敌衅，亦须声援相及。杨沂中已于今月二十五日起发，卿可照知。遣此亲札，谅宜体悉。①

从这封诏书中不难看出，岳飞在七月十八日回了一封言辞激切的奏折"言措置班师，机会诚为可惜"。另外，虽然岳飞有许多重要奏章都消失不见，但是十八日奏依然有部分存在，我们来看《乞止班师诏奏略》："契勘金人重兵尽聚东京，屡经败衄，锐气沮丧，内外震骇。闻之谍者，敌欲弃其辎重，疾走渡河。况今豪杰向风，士卒用命，天时人事，强弱已见，功及垂成，时不再来，机难轻失。臣日夜料之熟矣，惟陛下图之。"②

综上所述，岳飞在七月十八日的时候，绝对收到了一封赵构于八日左右发出的措置班师诏书。至于那封诏书的最终去向，相信秦相爷是绝对脱不了干系的。

《苌楚斋随笔》作者刘体信，字述之，后改名声木，字十枝。安徽庐江人，生于1878年（清光绪四年），清四川总督刘秉璋第三子。光绪末，分省补用知府，籤分山东，每遇实授，辄辞不就。入民国后，一意著述。1950年，任上海文史馆馆员，1959年病逝。他于《苌楚斋续笔》卷九中言："元陈樵撰《鹿皮子集》四卷，中有《题建炎遗诏》诗云：'银汉经天都是泪，杜鹃入洛不如归。黄衣传诏三军泣，不是班师诏岳飞。'《寒食》词云：'绵火上攻山鬼哭，霜华夜入桃花粥。重湖烟柳高插天，犹是咸淳赐火烟。'云云。时距宋之亡几至百年，其志犹拳拳赵氏。语见阳湖蒋彤《丹棱文钞》中《书鹿皮子集后》文中。声木谨案：鹿皮子志洁行芳，眷念赵宋，至百年之久，必其祖若父忠于赵宋。鹿皮子慎终追远，念念不忘若此，可谓忠孝兼尽，洵宋代之完人。"③

---

① （宋）岳珂编，王曾瑜校注：《鄂国金佗稡编续编校注》卷三，中华书局1989年版，第37—38页。

② （宋）岳珂编：《金佗稡编》卷十二，《文渊阁四库全书》446册，台湾商务印书馆影印版，第415页。

③ （清）刘声木：《苌楚斋随笔续笔三笔四笔五笔》续笔卷九，中华书局1998年版，第430—431页。

蒋彤《丹棱文钞》中《书鹿皮子集后》案："《元史·隐逸传》无鹿皮子姓名，乃史臣之失。若鹿皮子者，真隐逸也。观其《题建炎遗诏》云：'银汉经天都是泪，杜鹃入洛不如归。黄衣传诏三军泣，不是班师诏岳飞。'《寒食词》云：'绵火上攻山鬼哭，霜华夜入桃花粥。重湖烟柳高插天，犹是咸淳赐火烟。'距宋之亡几百年，其志犹拳拳赵氏，或谓其避世乱不仕者，未为得之也。"①

蒋彤与刘体信都从《题建炎遗诏》《寒食词》等咏史怀古诗中读出了陈樵忠于赵宋的遗民情结，刘甚至赞陈樵为"忠孝兼尽，洵宋代之完人"。

宣和滕奉使茂实

鸭绿少年骄不舞，大梁花石春无主。
天与辽人十四州，四海九州非汉土。
汉使相看堕节毛，乌鸟黑头羝不乳。
旧时别赠杨柳枝，插向云中今十围。

滕茂实，字秀颖。东阳东门外滕（陈）宅街人。宋靖康初奉命出使金国，被拘留在云中郡，并逼令换饰金国服装，茂实竭力抗拒，请从旧主俱行，金人不许，忧愤成疾而逝。临殁令以黄幡裹尸，刻书"宋使节东阳滕茂实墓"。金人念其忠贞，将遗体安葬在台山寺下，按时祭祀。朝廷追赠为龙图阁直学士。《宋史》卷四四九有传。

宋濂《滕奉使赞》中写道：

东阳滕茂实，当宋靖康初，以太学正与金书路允迪奉使于金，议割三镇、太原。寻奉密诏据城不下，金人怒，囚之云中。钦宗北迁，茂实谒见，涕泣请从行，主者不之许。其后允迪南归，茂实独留雁门，终身不再仕。②

接着用对比手法，同样以黄门侍郎出使金国的宇文虚中则"改节易行，反面事虏"，突出了滕茂实"不事二君"的忠义之举。最后赞曰：

① （清）蒋彤：《丹棱文钞》2/37，光绪中武进盛氏雕本。
② （明）宋濂：《滕奉使赞》，宋濂《宋濂全集》，人民文学出版社2014年版，第2089页。

汉有苏武，奉使不屈。滕公配之，有声烈烈。黄幡裹尸，以全臣节。如璧之白，弗缁弗缺。其人虽亡，而神不灭。上游帝所，凌厉日月。降臣见之，肝碎胆裂。敢述赞辞，勒在贞碣。①

陈樵的诗同样赞颂了滕茂实的忠贞节义，"天与辽人十四州"大概指的就是"议割三镇、太原"。"汉使相看堕节毛，乌鸟黑头羝不乳。"即宋濂所谓"汉有苏武，奉使不屈。滕公配之，有声烈烈"。同汉代苏武牧羊差可比肩。《汉书·李广苏建传》云："乃徙武北海上无人处，使牧羝，羝乳乃得归。……杖汉节牧羊，卧起操持，节旄尽落。"② 诗结尾虚写，赠别时的杨柳枝插地而活，今已十围，暗用桓温"木犹如此，人何以堪"之典，表达了崇敬与思念之情。

蜡屐亭

七贤老死独南奔，袖有江亭堕泪痕。

函夏尽为新土宇，醉乡不失旧乾坤。

金貂曾入丹阳市，蜡屐应归白下门。

惆怅黄门墓前柏，不禁三度见风尘。

蜡屐亭在武义县境内，在明招山前。晋阮孚隐此山后，人因其好屐，故以名亭。③ 阮孚，晋尉氏人，阮咸次子，咸为阮籍之侄。元帝时为黄门常侍，终日酣饮，将皇帝御赐的金貂换酒，被大臣弹劾，但皇帝总是原谅他。"迁黄门侍郎、散骑常侍。尝以金貂换酒，复为所司弹劾，帝宥之。转太子中庶子、左卫率，领屯骑校尉。"④ 东晋咸和初年（326—327）太后临朝，政权渐归舅氏，阮孚预见"将兆乱矣"⑤，因此请求外任，委为镇南将军，赴广州途中，果闻苏峻叛乱"遂至武义，居明招山"⑥。他在明招山以饮酒为乐，喜着木屐游山玩

---

① （明）宋濂：《滕奉使赞》，宋濂《宋濂全集》，人民文学出版社 2014 年版，第 2089 页。

② （汉）班固撰，颜师古注：《汉书》，中华书局 1962 年版，第 2463 页。

③ 参见《嘉庆武义县志》卷二，《中国地方志集成·浙江府县志辑五十一》，上海书店 1993 年版，第 818 页。

④ （唐）房玄龄等：《晋书》卷四十九，《阮籍传》，中华书局 1974 年版，第 1364—1365 页。

⑤ 同上书，第 1365 页。

⑥ 《嘉庆武义县志》卷八，《中国地方志集成·浙江府县志辑五十一》，上海书店 1993 年版，第 882 页。

水，怡然自适。死后葬于明招山。后人为纪念他，把其中一山取名为蜡屐山，筑有蜡屐亭、金貂亭、换酒亭，遗迹仍在。武义人巩丰有《蜡屐亭》诗云："千古高风挽不回，故山花落又花开。莫欺亭畔苍苍藓，曾印高人屐齿来。"①倾慕之情，溢于言表。

《蜡屐亭》诗写阮孚避乱的缘由与景况，称扬阮孚"金貂换酒"的旷达傲世与"未知一生当著几量屐"的闲畅风流，最后暗示了不见古人的怅惘之情。阮孚好屐的故事《晋书》本传有记："初，祖约性好财，孚性好屐，同是累而未判其得失。有诣约，见正料财物，客至，屏当不尽，余两小簏，以著背后，倾身障之，意未能平。或有诣阮，正见自蜡屐，因自叹曰：'未知一生当著几量屐！'神色甚闲畅。于是胜负始分。"②

三、投献诗

在中国古代社会，文人士大夫的生存命运总是与仕途穷通紧密相连。在儒家关注现世的主流传统思想影响下，积极入仕、追求功名成为绝大多数文士普遍具有的人生观和价值观。儒者、文官、诗人三位一体，构成了中国古代士人的典型品格。纵观中国古代选官制度，"三代以上出于学，战国至秦出于客，汉以后出于郡县吏，魏、晋以来出于九品中正，隋、唐至今出于科举，虽不尽然，取其多者论之"③。宋代以来，由于科举取士的扩大、官私学教育和印刷业的发展，士人阶层得到了空前的扩大。蒙元灭宋后，仍然保持延续态势，这从元代书院的数量和规模上便可见一斑，但元初并未开科取士，科举之制废止达三十余年之久，即使恢复后其录取名额也非常有限。

据黄仁生考证，元代的科举制度，滥觞于太宗十年（1328）的"戊戌选试"。但由于种种原因，正式的科举考试方案竟然长期在朝廷议而不决，直到仁宗皇庆二年（1313）十一月才正式颁布施行，其后又自顺帝元统三年（1335）末废止五年，再于至元六年（1340）底下诏复科，最后延续到元代灭亡为止。严格地说，元前期（1234—1313）只在地方一级举行过类似于科举的考试，元后期（1314—1368）在中央一级举行的科举考试也仅有十六科，总共

---

① 《嘉庆武义县志》卷十一，《中国地方志集成·浙江府县志辑五十一》，上海书店1993年版，第947页。

② （唐）房玄龄等：《晋书》卷四十九，《阮籍传》，中华书局1974年版，第1365页。

③ （宋）苏轼：《东坡志林》，中华书局1981年版，第111页。

录取进士一千二百余人，在地方一级举行的科举考试有十七科，乡试中选而未成进士者估计不超过三千人。① 元代的科举，就仕途的开辟而言，对于汉人儒生尤其是江南文士的仕进几乎是无足称道的。干谒是我国古代的文人士子为寻求入仕之门径而向当朝的达官显贵或者有名望者呈送书信、敬献诗文赋作以求得到他们的援引、擢拔的行为。是特定的社会背景下的产物。葛晓音认为："在中国封建社会中，无论统治阶层取士的制度有多少变化，干谒始终与文人的求仕相伴随。然而哪一个时代都不如初盛唐干谒兴盛，也没有哪一个时代的文人像初盛唐文人那样将干谒视为人生的必由之路，并理直气壮地形之于诗，发而为文，在高唱着'不屈己，不干人'的同时，又不屈不挠地到处上书献诗，曳裾权门。"②

元朝四等人的划分，使得江南文士的处境和社会地位远不如汉人文士，求仕之路更为艰辛。科举之路既被堵塞，而元代"仕进有多岐，铨衡无定制"③的人才选用制度又在客观上为江南文士提供了一定的活动空间和入仕机会，其谋生方式和职业选择呈现出较为宽容的多样化状态。在这种环境下，不少有意仕进的江南文士，便投入游历干谒的大军，"自宋科废而游士多，自延祐科复而游士少，数年科暂废，而游士复起矣。盖士负其才气，必欲见用于世，不用于科，则欲用于游，此人情之所同"④。游历与干谒随着科举的废兴而此消彼长。

元初科举既废，江南文士乃肆力于诗，如，戴表元《陈晦父诗序》所云："科举场屋之弊俱革，诗始大出。"⑤ 亦如何梦桂《王石涧临清诗稿跋》所云："近世学者废举子业，好尚为诗。"⑥ 对于元初的江南文士来讲，诗歌除了抒情言志外，一方面是交游的工具；另一方面便是获取名声，借以干谒的工具。从传播学的视野来看，干谒本身是一种主动的信息传播方式，具有很强的自觉性

---

① 参见黄仁生《元代科举文献三种发覆》，《文献》2003 年第 1 期，第 95—177 页。

② 葛晓音：《论初盛唐文人的干谒方式》，《诗国高潮与盛唐文化》，北京大学出版社1998 年版，第 211 页。

③ （明）宋濂：《元史》卷八一，中华书局 1976 年版，第 2016 页。

④ （元）刘诜：《送欧阳可玉序》，李修生《全元文》22 册，江苏古籍出版社 1999 年版，第58 页。

⑤ （元）戴表元：《陈晦父诗序》，《剡源文集》卷九，《文渊阁四库全书》1194 册，台湾商务印书馆影印版，第 115 页。

⑥ 李修生：《全元文》8 册，江苏古籍出版社 1999 年版，第 134 页。

和功利性。而文人之游，以诗文为谒具无疑成为最现实最主要的干谒方式。"近世士多失故常，拔出流俗，用文辞致声誉。"① 不难看出，元代江南文士以诗文干谒之风的盛行和对以文求仕的主动和重视。

在封建等级社会中，上层的高官贵族具有意见领袖倾向，但其大多很难接近。刘诜《送欧阳可玉序》中的一段话颇能代表文士的普遍心理："今之王公大人，居则高堂重阶，狴犴守阍；出则崇牙大纛，武夫千群，介马填拥数十里，吾固未易见也。而以道德文章重海内者，其人差易见也……庶几所欲见者咸得见焉，其足有以翊予之进、而策予之不逮也。"② 江南文士干谒对象一般为东南文坛大家或是在江南长期做官的北方文士。

延祐元年（1314），江浙乡试考题为《太极赋》，黄溍至杭州参加考试，以《太极赋》折服考官贡奎、李洧孙、徐照磨。而陈樵《鹿皮子集》卷一中也有一篇《太极赋》，陈樵从"宇宙本源论"出发，阐述太极"怀道体""命元气"之实质，而由此成乎天人之性，标万物之形。陈樵的太极观论域是《易经》之"天人合一"的有机整体论。天人合一是一种世界观，更是中国儒家对待人与自然关系的最高境界。比较二人之《太极赋》，陈樵赋之思想境界、格调气势远高于黄溍赋，如果陈樵也参加了考试，未详他为什么会名落孙山；如果是事后补作，作于何时也无法确考。无论如何，从中可看出陈樵对科举的重视与兴趣。

陈樵《投外宪列职》三首、《投宪幕上下》六首等，"投"是"寄"或"递送"的意思。

"宪幕"是个尊称，宪是元、明、清对知府以上官员的尊称，幕就是幕客，西席（私人请的秘书）。元人经常这样称呼，如《送谷（一作郭）经历之淮西宪幕》（元代丁复）、《送萨天锡照磨赴燕南宪幕》（元代大訢）、《送何彦敬赴山东宪幕》（元代大訢）、《湖南宪幕牡丹》（元代卢挚）、《送李唐臣调山南宪幕》（元代成廷圭）、《赋得春雁送司执中江西宪幕》（元代余阙）、《次大同房寿卿教授与路幕宾董德基河东宪幕富子羣等酬和诗韵》（元代曹伯启）、《送宪幕陈时中分题得平章河》（元代黄镇成）、《送卢茂实之广南宪幕》（元代傅若

① （宋）牟巘：《张仲实诗稿序》，《牟氏陵阳集》卷一二，《文渊阁四库全书》1188 册，台湾商务印书馆影印版，第 106 页。
② 李修生：《全元文》22 册，江苏古籍出版社 1999 年版，第 58 页。

金)、《送束申甫任江陵教因寄书台时录荆之广西宪幕》（元代龚璛）等。这里的"外宪""宪幕"大概指的是当时包括婺州之浙东肃政廉访使等在内的一应官员。

元世祖至元二十八年（1291）二月丙戌的一道诏书云："改提刑按察司为肃政廉访司，每道仍设官八员，除二使留司以总制一道，余六人分临所部，如民事、钱谷、官吏奸弊，一切委之。俟岁终，省、台遣官考其功效。"① 廉访使与按察司的基本职能是相同的，"提刑之职，一官吏，二风俗，三狱讼，四农桑，五学校，六文案，七人才"②。文廷式于《大元官制杂记》"肃政廉访司"条记载："初立提刑按察司四道，曰山东东西道，曰河东陕西道，曰山北东西道，曰河北河南道。……（真定）十四年正月十三日复置。是岁，立江南行御史台，置按察八道，曰江北淮东，曰淮西江北，曰山南湖北，曰浙东海右，曰浙西江南，曰江东建康，曰江西湖东，曰岭北湖南八道提刑按察司……二十八年六月改立肃政廉访司……浙东海右婺州路置司……每道今定置司官：使二员、副使二员、佥事四员，两广海南边远等处例省二员以农桑劝课之事简于内郡也。首领官、经历一员，知事一员，照磨兼管勾一员，吏属书吏一十六人，译史一人，通事一人，奏差五人，典吏二人"③。廉访使的职能将监察纠劾奸弊放在首位。廉访使正官编制，即"每道廉访使二员，正三品；副使二员，正四品；佥事四员，两广、海南止二员，正五品；经历一员，从七品；知事一员，正八品；照磨兼管勾一员，正九品；书吏十六人，译史、通事各一人，奏差五人，典吏二人。"④ 袁桷《浙东廉访司重建澄清堂记》："国家肇置肃政廉访司，浙之东以婺女为总治。而行部使者凡六人，谳审殿黜，循历于六郡。总治之使二人，坐镇于婺。六郡岁终，必以其成牍，归于总治，定其可否，以上于御史台，持综核之实，执与夺之柄，厥任实不轻矣。"⑤ 根据规定，廉访使除两人留守外，

① （明）宋濂等：《元史》卷十六《世祖本纪十三》，中华书局 1976 年版，第 345 页。

② （元）胡祇遹：《政事》，李修生主编《全元文》5 册，江苏古籍出版社 1999 年版，第 538 页。

③ （清）文廷式辑：《大元官制杂记》，《续修四库全书》748 册，上海古籍出版社 2002 年版，第 417—418 页。

④ （明）宋濂等：《元史》卷八十六《百官志二·肃政廉访司》，中华书局 1976 年版，第 2180—2181 页。

⑤ （元）袁桷：《浙东廉访司重建澄清堂记》，《清容居士集》卷十八，《文渊阁四库全书》1203 册，台湾商务印书馆影印版，第 245—246 页。

其他人员一年的主要工作就是巡视各地，"副使以下每岁二月分莅按治，十月还司"①，负责对所属地区路、府、州、县经常性的巡察任务。

陈樵诗里的"列职""上下"当包括以上的这些人。具体是谁，难以确考。元武宗至大二年（1309），赵宏伟为浙东廉访副使。赵宏伟（1244—1326），字子英，号松涧，许州襄城人。至元十七年（1280）累迁横州路治中，二十四年（1287）解官，寓真州。大德五年（1301）荐授浙西宪佥，十年（1306）迁南台都事。至大二年（1309）召为内台都事，除浙东廉访副使，皇庆元年（1312）擢南台治书，明年致仕。延祐二年（1315）起为福建廉访使，寻以疾辞。泰定三年（1326）卒，年八十三。谥贞献。许谦《白云集》卷一有其行述。元仁宗皇庆元年（1312），敬俨继任浙东廉访使。敬俨，字威卿，易州人，至大二年累迁南台治书，历户部尚书。皇庆元年，除浙东廉访使，延祐二年拜江西行省参政，延祐四年除南台侍御史，改中书参政。告老归。天历元年起为中书平章，寻伤足告归，至正初卒。谥文忠。《元史》卷一七五有传。很可能与这两个人有关，但目前尚未发现确凿资料，故不可坐实。

投外宪列职

浙右饶名宦，天潢异众流。星华婺女界，印藓越城秋。
长吏多佳政，流人反故丘。诸郎复为郡，外宪此优游。

为政歌谣起，论文鬼魅愁。风霜临外宪，星宿绕东州。
身健都忘老，诗清不为秋。邦人好吟咏，异代见风流。

山县绣衣新，前驺此望尘。霜威重风宪，秋夜候星辰。
帷幄多贤士，舠筹托下陈。空怀望外宪，惆怅曲江春。

这三首基本上是歌功颂德，"长吏多佳政，流人反故丘""为政歌谣起，论文鬼魅愁""帷幄多贤士"等，是对所投权要功业、道德文章的赞美及对他们优游外宪、文采风流的期羡。"邦人好吟咏，异代见风流。"化用唐刘禹锡《答东阳于令寒碧图诗》句："东阳本是佳山水，何况曾经沈隐侯。化得邦人解吟

---

① （明）宋濂等：《元史》卷十四，中华书局1976年版，第286页。

咏，如今县令亦风流。"① 沈约曾任东阳太守，于隆昌元年春（494）到任，建武三年（496）春或夏离任，首尾长达两年或两年稍长。卒章显志，"空怀望外宠，惆怅曲江春"。委婉、曲折地表达了自己临渊羡鱼、渴望汲引的目的。曲江是唐代十分重要的游赏圣地，上到天子赐宴群臣，下到春季百姓赏春踏青，莫不以此处为观景妙处。同时，闻喜宴、关宴——唐代中第士子宴集中两大宴会，也大多在此举行。闻喜宴是士子听闻中举的喜讯后所举办的庆贺宴会；关宴是新科进士进行关试后所参加的宴会，它是举子们能享受及第宴的最后狂欢。关宴惯常在杏园进行。"惆怅曲江春"是说自己无缘科第，只能旁观他人高中，故而惆怅。可参考贾岛《寄钱庶子》诗云："曲江春水满，北岸掩柴关。"② 中国人历来不喜张扬，崇尚韬晦。婉曲含蓄是古人典型、普遍的干谒心态。干谒者与被干谒者之间的关系，就是求人者与被人求者之间的关系。对于被干谒者来说，要有鉴识人才的眼光和擢拔后进的胸怀，而对于干谒者来说，既然是求人，如何从容淡定，不卑不亢，收放有度，保持独立自由的尊严，真是难事！做一首投献诗，作者既要借此展现才华，稍露峥嵘，又要求于人，曲意讨好，分寸极难把握，干谒对象多为高官显贵、社会贤达，言词自然颇多忌讳，这样投献诗大多折射出婉转含蓄，患得患失的心态特征。③

《投宪幕上下》六首则屡屡毛遂自荐。"已知收俊彦，也复惜余人。"意思是朝廷网罗人才千万不要漏掉自己。"颜巷端居日，膺门属望初。芙蓉池不远，桃李地无余。霜雪归行幰，星辰近辅车。不才污盛府，吾子意何如？"陈樵虽然奉行颜回的"君子固穷"，但心里仍希望能报效国家。"不才污盛府，吾子意何如？""不才"乃谦称，"吾子"为敬称，"意何如"是弱弱地发问。"无才供几案，有术事虚玄。柱下非明习，吾知济世难。"自谦之词，言自己"无才"，相传老子曾为周柱下史，后以"柱下"为老子或老子《道德经》的代称。言自己对《道德经》未做深入研究，缺乏治国安邦之能。"声名沈书记，廉白杜参军。千里风期合，三才月旦尊。"自比沈约、杜甫，希望风云际会，获知遇之恩。"求学乡人久，为农岁序更。三秋收橡栗，千里足莼羹。作吏真痴绝，吟诗得瘦生。诸公能指画，经训尚纵横。"陈樵青少年时求学于乡人李直方，学

---

① （唐）刘禹锡著，卞孝萱校订：《刘禹锡集》卷二十五，中华书局 1990 年版，第 331 页。
② （唐）贾岛著，黄鹏笺注：《贾岛诗集笺注》，巴蜀书社 2002 年版，第 126 页。
③ 参见霍建波、宋雁超《从盛唐投献诗看士子的干谒心态》，《绍兴文理学院学报》2006 年第 2 期，第 85—88 页。

成而隐，躬耕自给，痴心妄想欲做官，像杜甫那样为了苦吟作诗而消瘦，如果诸位赏识、举荐他的话，起码讲论经学他是能够胜任的。回顾、总结了自己的生存状态，态度极为谦卑。其实，他对经学有着非凡的自信，甚或是一种自负。《四库总目提要》云："郑善夫《经世要言》称其经学为独到，然所称'神所知者谓之智'实慈湖之绪余，而姚江之先导。"他在《鹿皮子墓》中言："江南春草年年绿，又向他生说郑玄。"陈樵的用世之心甚为急切，语气甚至带着恳求。重心是"人才"方面，落脚点是乞求仕进。还就"官吏""民事"方面进谏，"盛府芙蓉幕，诸曹雁鹜行。宾僚严分限，官事奉维纲。千里无青草，饥民正可伤。"官员中雁鹜同列，鱼目混珠，应该职责分明，整顿吏治，维护朝纲；辖区内大旱，寸草不生，饥民遍野，流离失所。据《东阳市志》[1] 记载东阳元代旱情有如下若干起：

> 至元十三年（1276）旱。
>
> 至元十五年（1278）秋旱，弥月不雨，豆、黍不结实。
>
> 天历二年（1329）六月旱，民饥。
>
> 元统元年（1333）旱。
>
> 元统二年（1334）旱，民饥。
>
> 元统三年（1335）大旱。
>
> （后）至元二年（1336）自春至七月元雨，民大饥。
>
> 至正元年（1341）大旱。
>
> 至正十二年（1352）四至七月大旱。
>
> 至正十三年（1353）秋特旱，颗粒无收，民摘橡子、猎鸟兽充食。
>
> 至正十六年（1356）大旱。

综合考虑，1329 年、1334 年、1336 年这几起最有可能。

肃清吏治，关心民瘼，这都体现了陈樵对现实的高度关注与清醒认识。其父陈取青"尝抗章诋权臣贾似道误国"，铮铮铁骨，一身正气，具有极强的社会责任感，父子可谓一脉相承。

元仁宗皇庆二年（1313）十一月下诏中有云："若稽三代以来，取士各有

---

[1] 东阳市地方志编纂委员会编纂：《东阳市志》，汉语大词典出版社 1993 年版，第 93 页。

科目，要其本末，举人宜以德行为首，试艺则以经术为先，词章次之。浮华过实，朕所不取。"① 陈樵虽语气谦卑，但含蓄、巧妙地抓住了"德行""经术"这两个关键点，可以说较准确地把握了官场鉴别士人的真正标准。

投李息斋父子三首

盛府声名独，龙门地望雄。怀文思凭几，漫刺适为容。
翰墨千年事，风流一世宗。只今天下士，犹幸识元公。

腐门桃李阴，兰砌近清芬。不惜阶前地，只惭俗下文。
笔怀萧协律，才慕沈参军。鸿雁东南急，饥鸣属府君。

籍甚佳公子，风流绝代无。山中书扇帖，江左折枝图。
名世元晖画，传家大令书。登坛如肯授，端欲曳长裾。

李衍（1245—1320），字仲宾，号息斋，宛平人。至元十九年累迁浙省员外郎，改江淮省，入为都功德使司经历。成宗即位，以礼部侍郎奉使安南，还授嘉兴路同知，迁婺州路，升常州路总管。皇庆元年入为吏部尚书，超拜集贤大学士，致仕居扬州。延祐七年卒，年七十六。追谥文简。衍善画竹石窠木，驰名当世，有《竹谱详录》七卷。少时见人画竹，从旁窥其笔法，始若可喜，旋觉不类，辄叹息舍弃，后从黄华子澹游学，已观华所画墨迹，又迥然不同，乃复弃去，至元初来钱塘得文同一幅，欣然愿慰，自后一意师之，兼善画竹法加青绿设色，尝曰："墨竹画竹皆起于唐，自吴道子以来名家才数人，王右丞妙迹世罕其传，萧协律虽传，昏腐莫辨，黄氏神而不似，崔吴似而不神，唯李颇形神兼足，法度该备，然文湖州最后出不异杲日升空，爝火俱息，黄钟一振，瓦釜失声矣。"后使交趾，深入竹乡，于竹之形色情状辨析精到，作《画竹》《墨竹》二谱，凡粘帧矾绢之法悉备。子士行，官至黄岩知州，竹石得家学，尤善山水。《大明一统志》卷一、《万历顺天府志》卷五、《元史类编》卷三十六、《元诗选》癸集丙、《元书》卷八十九、《新元史》卷一百八十八等有传。

---

① （明）宋濂等：《元史·选举志》卷八十一，中华书局1976年版，第2018页。

据《万历金华府志》载，李衍曾为金华府判官。① 苏天爵撰有《故集贤大学士光禄大夫李文简公神道碑》（《滋溪文稿》卷十）。

李白曾作《与韩荆州书》，我们引其前三段：

> 白闻天下谈士相聚而言曰："生不用封万户侯，但愿一识韩荆州。"何令人之景慕一至于此耶！岂不以有周公之风，躬吐握之事，使海内豪俊，奔走而归之，一登龙门，则声誉十倍。所以龙蟠凤逸之士，皆欲收名定价于君侯。愿君侯不以富贵而骄之，寒贱而忽之，则三千宾中有毛遂，使白得脱颖而出，即其人焉。
>
> 白陇西布衣，流落楚、汉。十五好剑术，遍干诸侯。三十成文章，历抵卿相。虽长不满七尺，而心雄万夫。王公大人许与气义。此畴曩心迹，安敢不尽于君侯哉！
>
> 君侯制作侔神明，德行动天地，笔参造化，学究天人。幸愿开张心颜，不以长揖见拒。必若接之以高宴，纵之以清谈，请日试万言，倚马可待。今天下以君侯为文章之司命，人物之权衡，一经品题，便作佳士。而君侯何惜阶前盈尺之地，不使白扬眉吐气、激昂青云耶？②

李白抱负宏大，人生理想是"奋其智能，愿为辅弼，使寰区大定，海县清一"③，但他以奇才自负，不欲由常规考试进入仕途，而企图通过盛名蒙受帝王赏识立抵卿相。李白有时也不得不放下清高，去拜谒和吹捧权贵。这是李白写给韩荆州的一封自荐信，韩荆州即韩朝宗，官居刺史。文章中，李白除了自负地介绍自己的才华，表白心迹外，还大置赞词，吹捧韩荆州。他先借旁人之口说"生不用封万户侯，但愿一识韩荆州"，表明自己急切求谒韩朝宗的心意，又夸他如周公吐哺，使得海内豪俊、龙蟠凤逸之士皆奔走而归之，把他吹捧到圣君贤侯的位置上。又将韩朝宗夸作天下"文章之司命"，"一经品题，便作佳士"。李白希望通过他的"品题"而名扬四海。其求闻达于天下，入仕经用的迫切心情及对韩朝宗寄予的厚望跃然纸上。

---

① 参见吴组缃主编《中国史学丛书》，（明）王懋德等《万历金华府志·官师》卷十一，台湾学生书局 1965 年版，第 701 页。

② （唐）李白：《李太白全集》卷二十六，中华书局 1977 年版，第 1239—1241 页。

③ 同上书，第 1225 页。

　　陈樵这组诗第一首与李白《与韩荆州书》第一段用意极其相似，也是对李息斋的恭维与赞美，"翰墨千年事，风流一世宗"。其"只今天下士，犹幸识元公"与"生不用封万户侯，但愿一识韩荆州"同一机杼。

　　"不惜阶前地"典源便是李白"而今君侯何惜阶前盈尺之地，不使白扬眉吐气、激昂青云耶？"其下半句正是陈樵之潜台词。"笔怀萧协律，才慕沈参军。"协律是协律都尉、协律校尉、协律郎等乐官的省称。萧协律指唐代萧悦，朱金城于《白居易集笺校》中有考：萧悦，兰陵人，唐代名画家。居易为杭州刺史时之僚属。《历代名画记》卷十："萧悦，协律郎，工竹，一色有雅趣。"《宣和画谱》卷十五著录其作品有《乌节照碧》《梅竹鹁鹁》《风竹》《笋竹》等图，并云："萧悦，不知何许人也。时官为协律郎，人皆以官称其名，谓之萧协律。唯喜画竹，深得竹之生意，名擅当世。白居易诗名擅当世，一经题品者，价增数倍，题悦画竹诗云'举头忽见不似画，低头静听疑有声。'其被推称如此。悦之画可想见矣。今御府所藏五。"又《唐朝名画录能品》中载有萧悦云："萧悦画竹又偏妙也。"[1] 参军，官名，东汉末始有"参某某军事"的名义，谓参谋军事。简称"参军"。晋以后军府和王国始置为官员。沿至隋唐，兼为郡官。明、清称经略为参军。沈约在宋仕记室参军，故而此处指沈约。结句"鸿雁东南急，饥鸣属府君"，点明自己急切之情，依附仰仗之义。府君乃汉代对郡相、太守的尊称，后仍沿用。

　　第三首则是写给李衎之子士行的，"名世元晖画，传家大令书"，是对其书画成就的高度肯定与誉扬，并暗含父子相承之意。"元晖"指北宋书画家米友仁（1074—1153），米芾的长子，一名尹仁，字元晖，小名寅哥、鳌儿，黄庭坚戏称他为"虎儿"，并赠古印和诗，《戏赠米元章二首》其二云："我有元晖古印章，印刓不忍与诸郎，虎儿笔力能扛鼎，教字元晖继阿章。"[2] 晚号懒拙老人，祖籍山西太原，迁襄阳（今属湖北），定居润州（今江苏镇江），深得宋高宗的赏识，他承继并发展米芾的山水技法，奠定"米氏云山"的特殊表现方式，就是以表现雨后山水的烟雨蒙蒙、变幻空灵而见称。书法绘画皆承家学，其父子二人有大、小米之称。早年以书画知名，北宋宣和四年（1122）应选入

---

① （唐）白居易：《白居易集笺校》卷十二，上海古籍出版社 1988 年版，第 652—653 页。
② （宋）黄庭坚撰，（宋）任渊等注，刘尚荣校点：《黄庭坚诗集注》，中华书局 2003 年版，第 564 页。

掌书学，南渡后备受高宗优遇，官至兵部侍郎、敷文阁直学士，高宗赵构曾命他鉴定法书。工书法，虽不逮其父，然如王、谢家子弟，却自有一种风格。米芾（1051—1107），字元章，号鹿门居士，又称海岳外史、襄阳漫士等。山西太原人，后迁居湖北襄阳。他因借母亲曾经侍奉宣仁皇后的光而出仕做官，曾任礼部员外郎，知淮阳军，世亦称米南宫。在绘画方面，米芾远宗王洽的泼墨法，掺和董源的落茄点，而创造了"米氏山水"，别出新意，自成一家。"大令"指晋王献之，其父乃书圣王羲之，二人在书法史上合称"二王"。结尾"登坛如肯授，端欲曳长裾"运用典故，表明渴求援引之意。《汉书·邹阳传》："饰固陋之心，则何王之门不可曳长裾乎？"① 后以"曳裾王门"比喻在王侯权贵门下作食客。

　　干谒诗的功利思想与非功利的审美形式之间的完美统一很难实现。其实，干谒诗的模式化问题早在唐代便已出现了。唐代干谒诗中，面目雷同、缺乏新意、艺术平庸、构思模式化的作品占绝大多数。这些作品的造句谋篇、遣词立意等表达技巧方面，多限于一种相似的格局，即先以恭维之词开端，接着感叹自己沉沦窘困或才高命薄的不幸境遇，最后婉言托出意图。当然也并非全然套用这三个层次，有的顺序不同，有的只取其任意二者搭配。② 陈樵的投献诗未能免俗，也未能脱出唐代干谒诗的窠臼，虽然用典巧妙，关注时事，谏言献策，不失清高谦卑，含蓄柔婉。

---

① （汉）班固：《汉书·贾邹枚陆传》卷五十一，中华书局 1962 年版，第 2340 页。
② 参见王佺《唐代干谒与文学》，中华书局 2011 年版，第 106 页。

第九章　乐府诗

董肇勋《鹿皮子诗赋集·凡例》中有云："旧版既毁于火，藏书之家，罕有存者，二卷脱去乐府一简，殊为可惜。"① 丛书集成本《鹿皮子集》卷二乐府有六首，即《中秋月》《寒食词》《行路难》《虞美人草词》《七夕宫词》《雁来红》。《四库全书》据两淮马裕家藏本收入，卷二收乐府诗十一首，包括上述六首，另有《出塞曲》《夜阑曲》《海人谣》《望夫石》《东飞伯劳西飞燕题飞花亭》等五首。顾嗣立《元诗选》中有陈樵《长安有狭斜行》一首，《竹枝词二首》②，元赖良编《大雅集》中亦选有陈樵这首《长安有狭斜行》。杨维桢选编的《西湖竹枝集》，以及《杨维桢诗集》之附录四③录有陈樵和杨维桢西湖竹枝词三首，前二首与《元诗选》所选同，第三首为："吴越相望瘴海深，一十二驿到山阴。朱麟日走一千里，不为传书寄阿心。"合在一起，计有十三题十五首乐府诗。

一、乐府诗的题材内容

乐府诗的主要构成因素有二：歌词和音乐。宋代郑樵对乐府诗进行了分类，他把无法按声乐归类的诗篇归为"遗声"类，"遗声者逸诗之流也"④。可以说许多乐府古辞到了宋代早已是声谱散佚无所依傍了，那么宋人创作的乐府诗歌几乎是不可歌的，仅仅是对古乐府辞的摹写与再创造，属于"遗声"类⑤。到

---

① 《亭塘陈氏宗谱》卷四（内部资料），2006 年重修，第 180 页。
② （清）顾嗣立编：《元诗选初集》，中华书局 1987 年版，第 1498、1499 页。
③ （元）杨维桢著，邹志方点校：《杨维桢诗集》，浙江古籍出版社 2010 年版，第 579 页。
④ （宋）郑樵：《通志·乐略》卷四九，《文渊阁四库全书》374 册，台湾商务印书馆影印版，第 18 页。
⑤ 杨娟：《曹勋乐府诗研究》，硕士论文，广西师范大学，2007 年，第 24 页。

了元代更是如此。郑樵采用以义类相从的方法，将这些乐府诗在题材上分为二十五正门，它们分别是：古调、征戍、游侠、行乐、佳丽、别离、怨思、歌舞、丝竹、觞酌、宫苑、都邑、道路、时景、人生、人物、神仙、梵竺、蕃音、山水、草木、车马、龙鱼、鸟兽、杂体，皆是雅言作幽思。参照郑樵的分类法，可以将陈樵的十五首乐府诗分为七类。

（一）征戍类

此类乐府诗涉及将帅、战争、征人思妇等，作品有《出塞曲》《望夫石》《雁来红》等。陈樵"是一个经历了元代几乎整个历史过程的人"[1]，元代是个动荡的时代，战争频仍，元初江南地区各民族反元斗争风起云涌，北部诸王叛乱，北部边境地区烽火不断，自忽必烈起，连年对西南夷用兵，元朝政府数次对高丽、日本、安南、占城用兵，宫廷内部权力角逐与地方军阀混战长期存在，而在元末，农民起义全面爆发等，而战争不论胜负，其对社会的破坏与一切经济负担都无一例外地转嫁到劳动人民的身上，正如张养浩所言："兴，百姓苦；亡，百姓苦。"[2] 这种时代的影子自然反映在诗人的创作之中。

《出塞曲》题注："为戍潼关李总管赋。"《出塞曲》为汉乐府横吹曲名，属军中之乐。据说是汉武帝时李延年据西域乐曲改制，声调雄壮。以往的边塞之作，多言边地苦寒，从军维艰。这里借用乐府旧题以写时事。诗曰："属镂夜啼光属地，将军一出欃枪死。行尘不动人归市，带甲如云自天至。取君甲马为君洗，分明袖有银河水。手中遗下泥一丸，不封函谷封泰山。"诗说李总管仗剑出兵，"行尘不动"已收兵凯旋。他带领的好比是天兵天将，息兵后，用银河之水洗兵洗马。手里随意遗落一丸泥，便可守住函谷关或是泰山。极言李总管神武，定会不辱使命、克敌制胜、消灭叛军。运用比喻、夸张、典故，善以神仙世界入诗，想象奇特，真幻难分。

《望夫石》云："征人执戟天西北，十载功成归不得。何不忍死待我君，我君化石只化心。"望夫石系古迹名，各地多有，均属民间传说，谓妇人伫立望夫日久化而为石。此诗所望之夫为"征人"，漫长的十年过去了，他虽"功成"仍旧"归不得"，说明战争旷日持久，西北边陲战事不断。后两句视角新颖，

① 杨镰：《元诗史》，人民文学出版社 2003 年版，第 433 页。
② （元）张养浩：《山坡羊·潼关怀古》，《云庄张文忠公休居自适小乐府》，《续修四库全书》1738 册，上海古籍出版社 2002 年版，第 101 页。

对化石女子的坚贞不是一味地赞颂，而是一种劝慰、一种遗憾、一种表白、一种企盼，征人愿妻子隐忍、坚守，像他一样关闭心门，等待团圆。对战争的宽容与对爱情的忠贞是并行不悖、水乳交融的。

《雁来红》传达的则是反战、厌战情绪。通过追溯雁书的典故，说明大雁无端背负了人类太多的责任，进而为大雁鸣不平，反诘我们人类为什么要像战国七雄那样相互争夺，为什么就不能同生共荣、和平共处呢？"愿燕在北秦在西，雁去雁来无是非。"最后呼吁，还大雁自由，其向往和平的愿望得到了极为强烈的彰显。

（二）怨思类

这类乐府诗所写的并非平民女子，而是宫中女子，主题是失宠女人的凄凉和寂寞。作品有《夜阑曲》《七夕宫词》等。

《七夕宫词》于《大雅集》中诗题为《七夕词》。宫词类乐府是以反映宫廷生活见长的一类新题乐府。其诗云："内人拜月金铺户，凤宿梧枝秋叶下。露华入袂玉阶寒，织署锦工催祭杼。月下金钿照骨明，同心丝鲙红生缕。素爪碧宝上华楼，夜阑飚驭下银州。"诗之主人公为"内人"，即宫女，写的是她在皇宫里于七夕节拜月、祭杼、登楼等情事，通过景物描写，营造了萧条、凄寒、落寞的意境，其怨思潜气内转，含而不露。

另一首《夜阑曲》表现的是相似的题旨，"碧宇星回夜漫漫，灵芜烟煖重薰荐。冷翠香销青桂枝，冰荷盖光光绕帷。花楼艳舞金萋蕤，吴羹蜀酒精琼糜。酒阑半解龙绡衣，春朝曲渚问鹍鸡"。独守空房，难消永夜，对比通宵达旦、热闹非凡的舞席歌筵，情何以堪？

（三）人物类

作品有一首《海人谣》：

> 海南蛮奴发垂耳，朝朝采宝丹涯里。
>
> 夜光盈尺出飞鱼，柏叶双珠寒蕊蕊。
>
> 幽箔连钱生绿花，切玉蛮刀如切水。
>
> 九译来朝万里天，北风不动琅玕死。

陈樵一生未出里门，海南蛮奴"采宝"的生活可能是他间接获得的信息。他大胆想象，绘声绘色地描写，使采宝人形象鲜明。意象怪奇，用词刺激狠透。

对采宝人的同情，与李贺《老夫采玉歌》意境相通。唐代王建有《海人谣》："海人无家海里住，采珠役象为岁赋。恶波横天山塞路，未央宫中常满库。"[①]以写实的笔法再现了中唐时期"海人"的生活状况与工作环境，陈樵此诗有异曲同工之妙。

（四）题为鸟兽类

实为时景类，这是借用乐府古题以写时事，即《东飞伯劳西飞燕题飞花亭》：

> 东飞伯劳西飞燕，花光絮影从风转。
> 蜂黄蝶粉照灵葩，不散明珠只散花。
> 沾衣堕袂花如雨，羽人化蝶随花去。
> 与人下顾笑春红，春闺一昔生秋容。
> 骨齐熊耳君知否，花艳春晖不经久。
> 羽衣一拂千万春，春花堕蕊齐昆仑。

《东飞伯劳歌》是南朝梁武帝萧衍根据民歌改的一首七言古诗，被郭茂倩收入《乐府诗集》，该诗被归为古辞，但后来王夫之《古诗评选》、陈祚明《采菽堂古诗选》、胡应麟《诗薮·内篇》及陆时雍《诗镜总论》等选诗和评诗诸家都认为是萧衍所作。诗歌描写一个男子恋慕一个少女的心曲。而陈樵借用这个鸟兽类乐府古题来咏时景，即题咏飞花亭。诗反复描述飞花的情状，运用比喻、拟人、夸张的修辞手法，用蜂蝶、羽人作为陪衬，委婉抒发惜春、惜时的感喟。

（五）道路类

行路难

襄帷取流苏，流苏不解连环解。离情别思出君怀，教人枉结流苏带。作书报天孙，河翻浪动七香车。折伊兰兮捐艾萧，伊兰化作榛中草。美盼何须比目鱼，六翮安用频伽鸟。文鸳宛颈桼枝连，不如见月生羽翰。

行路难，乐府《杂曲歌辞》调名，古乐府道路六曲之一。《乐府解题》曰：

---

① 中华书局编辑部点校：《全唐诗》（增订本）卷二九八，中华书局 1999 年版，第3376 页。

"《行路难》，备言世路艰难及离别悲伤之意，多以君不见为首。"按《陈武别传》曰："武常牧羊，诸家牧竖有知歌谣者，武遂学《行路难》。"则所起亦远矣。唐王昌龄又有《变行路难》①。

此诗正用此古调之本意，写世路艰难及离情别思。七香车犹嫌其不迅疾，长六个翅膀的鸟尚嫌不足，主人公盼望的是月亮能生出巨大的羽翼来。意象奇妙，想落天外。

（六）咏史类

中秋月

银汉西流乌接翼，回首人间化为碧。

瑶台月里可避胡，三郎错路归鱼凫。

霓裳月里亲偷得，却怪李謩偷擘笛。

《大雅集》中此诗题为《瑶台月》，可能是取自诗中字眼。诗似乎是批评、嘲讽唐明皇安史之乱中逃蜀的做法，从他到月宫里偷得《霓裳羽衣曲》的传说生发开来，既然能够登月，那为什么还要仓皇逃亡蜀地呢？既然他能从月中偷来仙曲，为什么还怪罪李謩偷他的曲子呢？这不是五十步笑百步吗？对皇家垄断、专享音乐提出质疑。李謩是当时民间的吹笛高手，元稹的《连昌宫词》在"李謩擫笛傍宫墙，偷得新翻数般曲"句下有自注："玄宗尝于上阳宫夜后按新翻一曲，属明夕正月十五日，潜游灯下。忽闻酒楼上有笛奏前夕新曲，大骇之。明日密遣捕捉笛者，诘验之。自云：'其夕窃于天津桥玩月，闻宫中度曲，遂于桥柱上插谱记之。臣即长安少年善笛者李謩也。'玄宗异而遣之。"②

寒食词

绵上火攻山鬼哭，霜华夜入桃花粥。

重湖烟柳高插天，犹是咸淳赐火烟。

"寒食节"源于纪念春秋时晋国介之推。当时介之推与晋文公重耳流亡列国，割股肉供文公充饥。文公复国后，之推不求利禄，与母归隐绵山。文公焚

---

① （宋）郭茂倩编：《乐府诗集》，中华书局1979年版，第997页。

② （唐）元稹撰，冀勤点校：《元稹集》，中华书局1982年版，第271页。

山以求之，子推坚决不出山，抱树而死。文公葬其尸于绵山，修祠立庙，并下令之推焚死之日禁火寒食，以寄哀思，后相沿成俗。

中国过去的春祭都在寒食节，直到后来改为清明节。介子推的行为，后世儒家评价为"忠君之典范"，而成为中国儒家传统观念中大丈夫精神的渊源，其实，他并非忠君，而是爱国。诗的前两句追述绵山遭火的情景，山鬼为之哭，可见其惨烈。这是本事。后两句一转，洞庭湖畔烟柳插天，好像是咸淳年间皇帝赐给皇亲贵戚的烟火。柳与火的联系，可能是受韩翃《寒食》的启发："春城无处不飞花，寒食东风御柳斜。日暮汉宫传蜡烛，轻烟散入五侯家。"[1] 咸淳是宋度宗赵禥的年号，共十年，即从公元1265—1274年。1265年，即相当于蒙古至元二年。咸淳七年（1271）十一月，蒙古主用刘秉忠议，取《易经》"大哉乾元"之意，改国号为大元，忽必烈称帝，建立元朝。1274年6月，元世祖下诏攻宋，1276年，南宋亡。陈樵生于1278年，当是元初，写此诗时，毫无疑问，应该是元朝的天下，而他竟然还用前朝的年号，隐然表达了缅怀前朝的遗民心态，以及对当政者不合作的态度，并以介子推的事迹坚定自己的隐居之志，极其婉转地透露了"麦秀黍离之痛"[2]。

《长安有狭斜行》名为游侠类，实为咏史类。

> 长安出狭斜，方驾秦中客。云是牛丞相，来自薄家宅。薄家万户侯，朱门映椒壁。长秋车马来，宾客御瑶席。金屋贮尹邢，阿娇泪沾臆。燕燕慵来妆，繁华照春色。转蕙光风翻赵带，徘徊月到班姬床。班姬辍芳翰，纨扇从风扬。明姬斗百草，玉环御云装。向来温柔地，尽入白云乡。何以慰王孙，琵琶随骈骈。何以奉燕燕，罢舞歌慨慷。何以奉明妃，绿珠奏清商。嫫母挟无盐，搔头爱宫妆。

相逢行，一曰《相逢狭路间行》，一曰《长安有狭斜行》。《乐府解题》曰："古词文意与《鸡鸣曲》同。晋陆机《长安狭斜行》云：'伊、洛有歧路，歧路交朱轮。'则言世路险狭邪僻，正直之士无所措手足矣。"[3] 唐李贺有《难忘

---

[1] 中华书局编辑部点校：《全唐诗》（增订本）卷二四五，中华书局1999年版，第2749页。
[2] （清）王士禛：《居易录》卷一，《文渊阁四库全书》869册，台湾商务印书馆影印版，第361页。
[3] （宋）郭茂倩编：《乐府诗集》，中华书局1979年版，第508页。

曲》，亦出于此。

《长安有狭斜行》，乐府《清调曲》名，汉乐府古辞，基本主题是描写豪门生活风貌，夸耀家族天伦之乐。南朝文人对此题多有模仿与改造，逐渐演变成男女各尽欢娱的享乐之作。陈樵对此则进行了改造。诗开头交代出身，描写豪门之富、宾客之盛，接着笔锋一转，尹夫人和邢夫人同时受到汉武帝的宠幸，而阿娇失宠；赵飞燕慵妆揽镜，得宠于汉成帝，班婕妤只有孤月相伴，形同秋扇。"纨扇从风扬"用班婕妤《怨歌行》（也叫《团扇歌》）诗意："新裂齐纨素，鲜洁如霜雪。裁为合欢扇，团团似明月。出入君怀袖，动摇微风发。常恐秋节至，凉飚夺炎热。弃捐箧笥中，恩情中道绝。"① 再想到王昭君、杨玉环，一个个绝色佳丽都香消玉殒了。能替代美人安慰王孙的，还有那琵琶、宝马；可以供奉给赵飞燕的，也许是停下掌上舞，而听诗人来慷慨歌一曲吧；可以供奉给王昭君的，有那石崇所宠爱的绿珠吹笛、舞《明妃》，唱起自制新歌："我本名家女，将适单于庭。辞别未及终，前驱已抗旌。仆御涕流离，猿马悲且鸣。哀郁伤五内，涕泣沾珠缨。行行日已远，遂造匈奴城。延我于穹庐，加我阏氏名。殊类非所安，虽贵非所荣。父子见凌辱，对之惭且惊。杀身良不易，默默以苟生。苟生亦何聊，积思常愤盈。愿假飞鸟翼，弃之以遐征。飞鸿不我顾，伫立以屏营。昔为匣中玉，今为粪土尘。朝华不足欢，甘与秋草屏。传语后世人，远嫁难为情。"② 然而可悲的是，就连嫫母无盐那样的丑女，依然在东施效颦，搔首弄姿，喜爱宫妆。诗歌发出了对女子命运的慨叹，在男权社会里，女子的命运不能自主，完全是男人的附属物、私有财产，就连贵为皇后、宠妃这样备受荣宠、才艺双全的女子也概莫能外。可谓是匠心独运，寓意深远。

《大雅集》中杨维桢评曰："《雁来红》、《狭斜行》匠意尤远。"③ 与之相似的是《虞美人草词》，名为草木类，实以咏虞美人草为引子而咏史，全诗只有"愿为霜草逢春华"句与虞美人草相涉，其他均无关联。

> 美人不愿颜如花，愿为霜草逢春华。
>
> 汉壁楚歌连夜起，骓不逝兮奈尔何？

---

① 逯钦立辑校：《先秦汉魏晋南北朝诗》，中华书局1988年版，第117页。
② （明）王世贞编：《艳异编》卷十六，上海古籍出版社1993年版，第577页。
③ （元）赖良编：《大雅集》，《文渊阁四库全书》1369册，台湾商务印书馆影印版，第516页。

> 鸿门剑戟帐下舞，美人忍泪听楚歌。
> 楚歌入汉美人死，不见宫中有人彘？

虞美人草相传为虞姬魂魄所化，会随《虞美人曲》摇摆起舞。此诗通过"霸王别姬"的历史故事歌颂虞美人，最后提及因被宠而遭吕后残害为"人彘"的戚夫人，慨叹"红颜薄命"，说明人不如草，揭示出女子共同的命运悲剧，表现出更为深沉的无可逃脱的悲剧感，进而抒发人生的迷茫和沧桑之感，内涵颇深。邓绍基主编的《元代文学史》有精彩的分析：这里诗思是跳跃式的，"汉壁楚歌"和"鸿门剑戟"时序是颠倒的，鸿门舞剑和美人听歌，"美人死"和"有人彘"人既不相干，事又不衔接，在时空上也没有连续性。形象与形象之间需要填补许多浮想，才能成为一个整体。[1]

可参看杨维桢《虞美人行》[2]：

> 拔山将军气如虎，神骓如龙踏天下。
> 将军战败歌楚歌，美人一死能自许。
> 仓皇伏剑答危主，不为野雉随仇虎。
> 江边碧血吹春雨，化作春芳悲汉土。

（七）竹枝类

作为乐府诗品类之一的竹枝类乐府，始于中唐时期的刘禹锡、白居易等人，而真正为诗人所雅好并形成第一个创作高峰的则是在元末，杨维桢是杰出代表，他是元代以"西湖"为题创作《竹枝词》的第一人，《师友诗传录》云："（刘禹锡）嗣后擅其长者有杨廉夫焉，后人一切谱风土者皆沿其体。"[3]《池北偶谈》亦云："梦得后工此体者，无如杨廉夫、虞伯生。"[4]

杨维桢自己交代了集咏"西湖"的缘起：

> 余闲居西湖者七八年，与茅山外史张贞居（张雨）、苕溪郏九成（郏

---

① 参见邓绍基主编《元代文学史》，人民文学出版社1991年版，第507页。
② （元）杨维桢著，邹志方点校：《杨维桢诗集》，浙江古籍出版社2010年版，第17—18页。
③ （清）张茂贤等编：《诗源撮要及其他二种》，《丛书集成初编》2614册，商务印书馆1936年版，第30页。
④ （清）王士禛：《池北偶谈》，中华书局1982年版，第352页。

韶）辈为唱和交。水光山色，浸沈胸次，洗一时尊俎粉黛之习，于是乎有《竹枝》之声。好事者流布南北，名人韵士属和者，无虑百家。道扬讽谕，古人之教广矣。是风一变，贤妃贞妇，兴国显家，而《列女传》作矣。采风谣者，其可忽诸？至正八年秋七月会稽杨维桢书于玉山草堂。①

杨维桢发起的"西湖竹枝酬唱"规模空前，"一时从而和者数百家，无论名流布衣、妇人女子，一时尉为大观，作品由杨维桢结集，《西湖竹枝集》收录了120多位作家184首作品"②。杨维桢为诗人写小传，评述他们的成就，介绍他们的作品。就中包括陈樵的三首竹枝词，全为爱情题材。本来，爱情是西湖竹枝词的重要主题。"望夫石上望夫时，杜宇朝朝劝妾归。未必望夫身化石，且向征夫屋上啼。"第一首构思奇特，思妇望归与征夫不归之间，用杜宇贯穿起来，且一为实写，一为虚写，"朝朝"说明思妇望夫风雨无阻，"未必"又表明思妇的坚定与倔强，寄语杜宇向征夫屋上啼"不如归去"，这就有别于传统"望夫石"传说一味地"痴情"，被动地"傻等"。"僻亭女儿坐可怜，今年同上采莲船。妾心恰是荷心苦，只食么荷不食莲。"第二首写采莲女，通过比喻明其"心苦"，通过谐音双关，写其渴望被爱。"吴越相望瘴海深，一十二驿到山阴。朱麟日走一千里，不为传书寄阿心。"第三首写女子与情人分处吴越，望眼欲穿，愿快马如飞，寄去自己的思念及浓情蜜意。

明人和维言："（钱塘西湖）山水之胜，人物之庶，风俗之富，时代之殊，一寓于词，各见其意。……'竹枝'之音过于瞿塘、东吴远矣！"明人冯梦祯又言："吴越音妖冶浮艳，故其歌皆饶清浅之味，而于情独深。如俗所传嘉兴歌出于妇人、儿子、船家、贩竖之口，而正使学士大夫深思苦索或不能就，乃知情之所肖即为诗。西湖竹枝词，所谓肖之者也。"《元诗史》评曰：这是独具只眼的行家之言。冯梦祯特措意于民歌，所以他的话具有极强的针对性。确实，杨维桢和他的"竹枝词"就是将诗从士大夫的书斋斗方拉回民间。说到底，这虽然仍是"仿帖"，是文人学着用妇女、儿子、船家、贩竖之口吟唱，但它的影响至巨，这场将诗拉向下层的同题集咏，实际起到了扩大诗的影响的作用。③

---

① （元）杨维桢：《西湖竹枝集序》，李修生主编《全元文》42册，凤凰出版社2004年版，第497页。

② 章微微：《西湖竹枝词之研究》，硕士论文，浙江工业大学，2009年，第8页。

③ 参见杨镰《元诗史》，人民文学出版社2003年版，第643页。

二、陈樵乐府诗的艺术特点

陈樵乐府诗学李贺，和当时以杨维桢为代表的"铁崖体"相呼应。据黄仁生考证，铁崖派成员大约有九十一人，其中铁崖唱和友有李孝光、张雨、陈樵、倪瓒等十九人。其中陈樵亦为铁崖诗派的代表人物与中坚力量。①"铁崖体"在体裁形式上以"古乐府"为主，力求打破古典主义的诗学规范，走出元代中期模拟盛唐、圆熟平缓、缺少个性的模式，而追求构思的奇特、意象的奇崛、语言藻绘而狠重，在诗的整体审美效应上具有"陌生化"的特征与力度美。

陈樵乐府诗的特点简述如下：

（一）乐府诗题的因革

陈樵的乐府诗称得上寓复古、新变于一体，兼容了不同的处理方式：沿用乐府旧题的，如《行路难》等；用乐府旧题写时事时景的，如《塞下曲》《东飞伯劳西飞燕》等；借用乐府旧题而改为咏史的，如《长安有狭斜行》《咏虞美人草词》等；参承旧题而稍加变化的，如《七夕宫词》，诗题前加上了表"节令"的"七夕"二字，这算是陈樵的新创。体式上的特点是在原有七绝体宫词的基础上变为七言八句的七古体，大概是受杨维桢《宫词十二首并序》《香奁八咏》等的影响；自撰新题的如《海人谣》《寒食词》《雁来红》等。

（二）用古韵

《四部丛刊》本《铁崖先生古乐府》卷首所附张伯雨《铁崖先生古乐府叙》云："《三百篇》而下，不失比兴之旨，惟古乐府为近。今代善用吴才老韵书，以古语驾御之，李季和、杨廉夫遂称作者。"② 吴才老，名棫，北宋宣和六年（1124）进士，在南宋初曾任太常丞等职，著《韵补》一书，据《四库全书》本《韵补》卷首所附陈凤梧《韵补序》一文可知，《韵补》乃是"采辑古经传子史协韵，分为四声，各释其音义"而成，即其皆为古韵。《韵补》凡五卷，以上平声、下平声、上声、去声、入声各为一卷。所谓"古语"，指的就是《韵补》中的古韵，而杨维桢（与李孝光）的乐府诗，主要就是依此韵书而进行创作的，所以张伯雨乃有"以古语驾驭之"云云。这也是杨维桢"宗唐复古"文学思想的一个重要内容。陈樵当然也受其影响，胡凤丹《鹿皮子集序》

---

① 参见黄仁生《试论元末"古乐府运动"》，《文学评论》2002 年第 6 期，第 148—159 页。
② （元）杨维桢撰，吴复编：《铁崖先生古乐府》卷二，商务印书馆 1937 年。

中言："而古体用韵，多以真谆臻侵同用，近体用韵，多以支脂微齐通押，盖踵吴才老之误说，而不免于复古之僻。"①

（三）用字与设色

钱锺书指出，李贺诗中屡用"凝""骨""死""寒""冷"等字，"皆变轻清者为凝重，使流易者具锋芒"②。陈樵乐府诗中也多用这类字眼，如《出塞曲》之"将军一出橐枪死"，《夜阑曲》之"冷翠香销青桂枝"，《海人谣》之"北风不动琅玕死"，《望夫石》之"何不忍死待我君"，《虞美人草词》"楚歌入汉美人死"等。《海人谣》运用的色彩也是李贺喜欢用的冷艳色调，如，"夜光""寒蕊蕊""绿花"等，营造了一种幽冷凄迷的意境。另，诸如"碧""冷翠""冰""寒""银""素"等冷色调的词语也较常见，这是与李贺乐府诗的特色相一致的。《长安有狭斜行》铺排扬厉，设色艳丽，以丽写哀，这些都受到李贺乐府诗的影响。

（四）注重咏史

注重咏史，尤其关注女子的命运。杨维桢是元季明初的咏史大家，而乐府体是杨维桢最喜欢使用的体式之一。杨维桢的乐府体咏诗中专门描写历史女性的诗歌……表现出杨维桢对女性的特别关怀和重视，足可见其进步的妇女观。杨维桢歌咏的妇女有上层贵族，也有平民女子；有忠节烈女，也有无德之妇。更有博学多才之女，品德高尚之女。……从艺术上来看，杨维桢对所歌咏女性的选择上绝不以貌取人，而是以德取人，注重妇女的才干与胆识，聪慧与贤德。③ 陈樵也喜欢用乐府咏史，手法委婉深曲，往往借古伤今。他很少对单个女性发表议论，而是善于从"类"的角度形象而深刻地总结女子共同的悲剧命运。

（五）竹枝词饶有风味

元代竹枝词描写爱情所达到的艺术高度，在竹枝词发展史上绝无仅有。其基本特色体现在坚贞、细腻、炽烈的情感，流畅活泼、清新自然、通俗直白的语言，赋、比、兴艺术手法的熟练运用——颇有汉代诗歌尤其是《古诗十九

---

① （清）胡凤丹：《金华丛书》，同治退补斋本。
② 钱锺书：《谈艺录》，生活·读书·新知三联书店 2007 年版，第 130 页。
③ 参见赵望秦、王彪《论杨维桢乐府体咏史》，《商洛学院学报》2011 年第 2 期，第 73—78 页。

首》的韵味。① 陈樵的竹枝词在形象、音调和表现手法上都有民歌特点，天然自放，柔媚旖旎，尖利清新，与杨维桢才务驰骋、意务新异的艺术追求同气连枝。

杨维桢曾言："故袭贺者贵袭势，不袭词也，袭势者，虽蹴贺可也；袭词者，其去贺日远矣。今诗人袭贺者多矣，类袭词耳。"（《大数谣》，吴复注语）《大雅集》卷一中杨维桢评陈樵乐府诗曰："袭格不袭语，善学小李者。"② 杨维桢认为陈樵是善学李贺者，是袭势不袭词、得其精髓的为数不多的诗人之一。陈樵也是杨维桢认可的两浙七家诗人中的一家，《两浙作者序》中曰："而君采得元和鬼仙之变。"③ "鬼仙之变"乃肯綮之论。宋初文坛大家宋祁称"太白仙才，长吉鬼才"④。元代仍之。张戒于《岁寒堂诗话》中更言："贺诗乃李白乐府中出，瑰奇谲怪则似之，秀逸天拔则不及也。贺有太白之语，而无太白之韵。元白张籍以意为主，而失于少文，贺以词为主，而失于少理，各得其一偏。故曰：'文质彬彬，然后君子。'"⑤ 钱锺书也曾言："长吉穿幽入仄，惨淡经营，都在修辞设色，举凡谋篇命意，均落第二义。"⑥ 由此观之，杨维桢之意似乎是陈樵乐府兼得李白、李贺之优长，而少二人之弊病，即韵、意、理兼美。杨维桢为宋濂《潜溪后集》作序又言："二子（陈樵、宋濂）之文夺于众者势，而取于吾者理，有可得而征者。"⑦ 反复申论，可为的评。

杨维桢在《鹿皮子文集序》中称陈樵"著书凡二百余卷"⑧，董肇勋则在《鹿皮子诗赋集序》中言："而一生精力已付秦灰，此詹詹者犹得于残编断简之中，存什一于千百，是亦先生之幸也。"⑨ 可见，陈樵诗文散佚严重，其中乐府诗亦复如是，故而对其乐府诗只能透过一斑以窥全豹了。

① 参见孙杰《竹枝词发展史》，博士论文，复旦大学，2012 年，第 87—88 页。
② 《大雅集》，《文渊阁四库全书》1369 册，台湾商务印书馆影印版，第 516 页。
③ 李修生主编：《全元文》41 册，凤凰出版社 2004 年版，第 243 页。
④ 《朝野遗事》，《永乐人典》卷八二三，中华书局 1986 年版，第 270 页。
⑤ （宋）张戒：《岁寒堂诗话》，丁福保辑《历代诗话续编》，中华书局 1983 年版，第 462 页。
⑥ 钱锺书：《谈艺录》，生活·读书·新知三联书店 2007 年版，第 116 页。
⑦ 李修生主编：《全元文》42 册，凤凰出版社 2004 年版，第 495 页。
⑧ 李修生主编：《全元文》41 册，凤凰出版社 2004 年版，第 223 页。
⑨ 《亭塘陈氏宗谱》卷四（内部资料），2006 年重修，第 179 页。

第十章　陈樵与浙东诗派

　　"浙东诗派"的提法，首见邓绍基主编的《元代文学史》："上述朱彝尊的说法虽误，但'浙东''诗派'云云，确有一定根据，因略加引申和归纳，称为浙东诗派。"① 其认为东阳人陈樵、李裕、李序和临海人项诇（一为炯）都学李贺，与以"贺体"为号召的杨维桢相互呼应。周惠泉、杨佐义主编《中国文学史话》（辽金元卷）② 论述浙东诗派大体相类。《浙江通史》③ 沿用此说法，而标其主要代表为陈樵、李裕、李序、项诇、金涓、戴良等。

　　金涓，字德原，浙江义乌人。受经于许谦，为入室高弟，学文于黄溍，与吴莱、宋濂、王祎、朱廉辈为友，隐居青村，授徒著述自娱，虞集、柳贯上章交荐，不出，学者称为青村先生。著有《湖西稿》《青村稿》四十卷，散佚无存，仅传遗稿一卷，多为山水诗、题画诗、酬赠诗，未见乐府诗。

　　戴良（1317—1383），字叔能，号云林，浙江浦江人。早年学文于柳贯、黄溍，学诗于色目人余阙。起为月泉书院山长，后避地吴中，欲携家渡海抵山东登州，未果，侨寓昌乐数年。明洪武六年（1373）南还，改姓名隐居于四明山中。洪武十五年（1382），朱元璋征戴良至南京，而戴良坚辞为官，次年，戴自杀。杨镰《元诗史》将其归入赴难诗人、遗民诗人之列。

　　故而，依据浙东诗派最基本的条件：出生且主要活动地点为浙东，进行乐府诗创作，并学习李贺，金涓、戴良二人不应列入浙东诗派。综合考察，其主要代表应为东阳的陈樵、李惠、李序、李裕、胡澻与临海的项炯。

---

　　① 邓绍基主编：《元代文学史》，人民文学出版社 1991 年版，第 506—507 页。
　　② 周惠泉、杨佐义主编：《中国文学史话》（辽金元卷），吉林人民出版社 1998 年版，第 558—565 页。
　　③ 金普森、陈剩勇：《浙江通史》（元代卷），浙江人民出版社 2005 年版，第 259 页。

一、成员简介

陈樵，从略。

李惠，字公泽，东阳人。志行高洁，博涉经史，大臣以才荐为归德州同知，力辞不赴。隐居石门，筑圃种花，扁其室为"适庵"。日与时之俊流论文鼓琴，优游自乐。又傍览其胜概，题为《六观》。白云许谦、圆谷陈樵皆相属和。寿七十二而终，所著有《适庵集》，已佚。

李序，字仲伦，东阳人。李惠之侄。善诗文，年十七，追和李贺乐府。游京师，学士宋褧、左丞危素辈，见其所著《四书新说》，理优才赡，引为莫逆交。左丞许有壬言于中书，牒江浙行省，俾为学校官。未用而省遇火，牒亦随毁，序叹曰："命也夫！"遂绝意仕进，归隐东白山中，与友人陈樵日相吟咏以自乐。著有《絪缊集》，失传。

李裕（1294—1338），字公饶，从许谦游。至治间，尝诣阙上《圣德颂》，英宗召见玉德殿，补国子生。至顺元年庚午登进士第，授陈州同知。惇尚礼教，吏民化之。转道州推官，未上卒，时后至元四年，年四十五。著有《中行斋稿》，可惜全集失传，所存仅十之一二。宋濂为作墓铭。

胡㵑，字景云，号蔗庵，东阳人。与陈樵、陈士允从李直方游。耽嗜六经，通百家子史，学问深邃，文章典雅，长于诗赋。尤善表启，隐居授徒，弟子李思齐、徐黻、胡太和，皆有建树。生平笃于实行，动必以礼，言论风采，师表一时。朱编修廉称为隐君子。洪武初，以荐授史馆，命已下，卒。所著有《伧鸣集》，已散佚。

项炯（1278—1338），字可立，台州临海人，鼎子，晚唐诗人项斯的第十三世孙。少颖悟好学，通群经大义，晦迹不仕。从陈孚、翁森、陈天瑞游，端行积学，为时名儒。绝意进取，唯与金华黄溍、晋宁张翥作文字交。游迹所至，未尝一定。尝主吴中甫里书院，与顾瑛、杨维桢等唱和。晚筑斋，曰"幢幢"，黄溍为之记。后至元四年卒，年六十一。黄溍为作墓铭。所著《可立集》，今不存。

二、诗派简况

诗派成员中，陈樵的乐府诗成就最高，并受到当时铁崖诗派宗主杨维桢的大力誉扬，是为实际领袖、核心。浙东诗派是个非自觉的诗派，没有明确的诗学主张，相对松散，无集会、结社，而相同的活动地域、相似的社会地位、共同的思想心态是其坚实的基础。

（一）身份与社会地位

除李裕走上仕途以外，诗派其他人都是隐士，投身自然，淡泊名利，超然世外，且多有屡荐不出的经历，比如，李惠"大臣知其才，荐为归德州同知，力辞不起"①；李序"绝意仕进，归隐东白山中"②；胡潋隐居授徒；陈樵学成而隐，绝类其父师，付光龙言："余尝于集贤荐举其人，樵不愿仕。"③ 樵"被荐征，不起其时"④。项炯"自以累代受宋恩，绝意进取"⑤。

（二）密切的交往联系

戴良《祭方寿父先生文》中的一段话概括了元代婺州文学集团的内部关系："某等之于先生，或以姻亲而讬交，或以乡纷而叨契，或以弟子而从游，或以友朋而密迩。"⑥ 这里提到了四种关系：亲缘、乡缘、师缘、友缘，加上戴氏未提及的政缘，乃是维系古代文人群体的五种最重要的关系。浙东诗派亦以亲缘、乡缘、师缘与友缘联系在一起。三李（李惠、李序、李裕）皆为东阳东李人，桂坡李氏，李惠、李裕的高祖乃宋嘉定进士、吏部尚书、宝谟阁直学士李大同，而李序是他们的侄子，此为亲缘。杨苕，字仲章，一字质夫，自号鹤岩先生。其先居义乌，父德润始迁东阳。早从陈樵、李序游，后登黄潋之门。陈樵谢世后，杨苕为其撰写行状。李裕有《过鹿皮子小玄畅楼》诗，次子李贯道"未第时，从兄怡堂研究性命之学。又与陈樵、陈及析疑问难，自经史至卜律、算数无不渊通"⑦。"怡堂"指李序，即李序、陈樵与陈及都是李贯道的老师。陈樵与胡潋为同门，皆为李直方弟子。现有材料中未见陈樵与项炯直接交好的证据，但同时与二人都有交往的黄潋、张翥、张雨、杨维桢等完全有可能、

---

① （清）顾嗣立、席世臣，编，吴申扬点校：《元诗选癸集》，中华书局2001年版，第567页。

② 同上书，第240页。

③ （元）付光龙：《宋故太学生行清四墓志铭》，《亭塘陈氏宗谱》卷四（内部资料），2006年重修，第137页。

④ （清）曾廉撰：《元书》91/15，宣统三年层漪堂刊本。

⑤ 何奏簧纂，丁汲点校：《民国临海县志》，中国文史出版社2006年版，第107页。

⑥ （元）戴良：《祭方寿父先生文》，《九灵山房集》卷七，《文渊阁四库全书》1219册，台湾商务印书馆影印版，第336页。

⑦ （清）王梓材、冯云濠撰，张寿镛校补：《宋元学案补遗》82/301，《四明丛书》102513册，张氏约园刊本。

有条件作为中介、桥梁，以使二人相交、相知。

（三）创作方式

诗派成员之间经常酬和赠答，方式包括寄诗、题诗、次韵等。"六观图，白云先生、鹿皮子皆有和作。"① 陈樵属和李惠之《石门六观》诗于今《鹿皮子集》中无存。李序则留有《敬次叔父适庵先生六观图韵六首》，还有《和胡景云白玉心黄金泪二歌》等。胡㵑有《寄陈君采昆山读书》《次陈君采水轩韵》等。胡曾作《蔗庵述梦记》，柳贯为之作辞，宋濂为之作文，陈樵为之作赋，即《蔗庵赋》。李序"卧东白山中，与鹿皮子陈樵相唱和。"② 李裕"与宋显夫、杨仲礼、陈居采诸公唱和。"③ 留有《过鹿皮子小玄畅楼》诗。诗歌是他们自娱自乐的工具，因而摆脱了外在的功利目的，进而更具有审美价值。

（四）创作环境

唐代刘禹锡于《答东阳于令题寒碧图》中称"东阳本是佳山水"④，宋代梅尧臣《祝熙载赴任东阳》也称"东阳美山水"⑤，元黄㵑于《石门六观诗序》中言："东阳多佳山水"⑥。元代许谦曾云："东阳婺望县，东南山水佳处。自天台赤城，蜿蜒盘礴，绵延数百里，亘为玉山，又数十百里，峙为双岘。经野建邑，于焉是依。"⑦ 李惠隐居东阳石门"在县南七十里。当春夏时，藤木交阴，葱郁亏蔽，水流淙淙，游者几不知有人世。"⑧ 李序、胡㵑隐于东阳东白山，胡㵑自号东白山人，曾作《东白山赋》，陈樵隐于东阳小东白山阆谷涧。他们怡情山水，醉心自然，作品中表现出幽雅的山水园林意趣，这有利于形成共同的审美情趣。

---

① （清）朱琰等辑：《金华诗录》卷十六，黄灵庚主编《重修金华丛书三编》178 册，上海古籍出版社 2014 年版，第 408 页。

② （清）黄宗羲著，全祖望补修，陈金生、梁运华点校：《宋元学案》卷八十二《北山四先生学案》，中华书局 1960 年版，第 2792 页。

③ （清）顾嗣立编：《元诗选三集》，中华书局 1987 年版，第 248 页。

④ （唐）刘禹锡著，瞿蜕园笺证：《刘禹锡集笺证》，上海古籍出版社 1989 年版，第 777 页。

⑤ 北京大学古文献研究所编：《全宋诗》卷二三五，北京大学出版社 1995 年版，第 2739 页。

⑥ （元）黄㵑：《石门六石观诗序》，王颋点校《黄㵑全集》，天津古籍出版社 2008 年版，第 265 页。

⑦ （元）许谦：《白云集》，中华书局 1985 年版，第 3 页。

⑧ 《道光东阳县志·胜迹》卷二十三，《中国地方志集成·浙江府县志辑五十三》，上海书店 1993 年版，第 319 页。

（五）理学背景

宋、元以来，婺州逐渐成为学术区域化发展的一个重镇。名儒接踵，人文荟萃，号为"小邹鲁""东南文献之邦"。朱熹与吕祖谦往来密切，他经常到婺州讲学，接引弟子，他的大弟子黄榦传下的何基、王柏、金履祥、许谦（史称"金华四先生"）等均为婺州人，故而婺州所传朱子之学被认为是朱熹嫡传。《宋元学案补遗》卷七十将李惠、李序归为陈樵讲友。李序"弱冠从白云，推为上第"①，李裕"从白云学"②，皆为许谦弟子。李裕高祖李大同乃故宋工部尚书、宝谟阁直学士，学于吕祖谦、朱熹之门。陈樵幼承家学，其父陈取青从石一鳌游，石一鳌则受学于王世杰，而王师从徐侨，徐侨先从吕祖谦弟子叶邽，后登朱熹之门。故其为文清学派传人，直肇婺学创始人吕祖谦，以及朱熹。《宋元学案》将陈樵系于"程子弟子最著者"刘绚、李吁学脉，是为刘、李六传。陈樵与胡减的老师李直方乃陈樵父亲陈取青同调。《婺志粹》载："正节仲弟曰厚之，从吕成公学。季弟曰季益，冲之，从大愚吕忠公学。文庄兄曰大有，亦从成公学。子曰自立，从叶水心学。正节、文庄为从昆弟，时又有李观者，亦从昆弟，从成公学。曰直方、曰序，为正节、文庄从孙。而直方抱道不仕，为陈樵、陈士允诸先生师。正节、文庄，今其说亦不可得闻矣。然正节与真西山同在藩幕，文庄与真西山同在经筵。笃信好学之箴，正心诚意之解，西山一世大儒，倾倒二公如此。吁！是亦可以得其崖略矣。"③ 李直方、李序为同辈，皆为桂坡李氏。他们先辈多从吕祖谦、吕祖俭兄弟学习，有着深厚的婺学背景。项炯的老师陈天瑞乃王柏门人。"陈天瑞，字德修，号南村，临海人。咸淳进士，知金华县。宋末，隐遁林壑。诗文高古，效渊明书甲子，有《甲子集》五十卷。"④《宋元学案》中黄百家按语："金华之学，自白云一辈而下，多流而为文人。夫文与道不相离，文显而道薄耳，虽然，道之不亡也，犹幸有斯。"⑤ 指出元代金华自许谦后"流而为文"的现象，反过来，所幸道以文存。

---

① （清）黄宗羲著，全祖望补修，陈金生、梁运华点校：《宋元学案》卷八十二《北山四先生学案》，中华书局 1982 年版，第 2792 页。

② 同上书，第 2791 页。

③ （清）卢标编著：《婺志粹》卷三下，赵一生主编《东阳丛书》21 册，浙江古籍出版社 2014 年版，第 175 页。

④ （清）黄宗羲著，全祖望补修，陈金生、梁运华点校：《宋元学案》卷八十二《北山四先生学案》，中华书局 1982 年版，第 2752 页。

⑤ 同上书，第 2801 页。

（六）诗学观

杨维桢主张师法古人。他在《郯韶诗序》中认为诗不可学，主张"诗本情性"，认为"诗之状，未有不依情而出也"。虽然诗不可学，但是诗的"情性神气"却是来自诗人的学问之功，是"学之至"的结果。① 而杨维桢于《西湖竹枝集》陈樵小传中言其："未尝学为言语文字，其效词人之作，盖不学而能者也。"项炯"尝为诗，持以谒天游陈先生乎，一见，称其善学李长吉。君盖未之学，特暗与之合耳。"② 陈樵、项炯不学而能诗，正是本乎情性，与杨维桢不谋而合。杨维桢于《郭羲仲诗集序》论到："诗与声文始，而邪正本诸情。""幸而合吾之论者，斤斤四三人焉，曰蜀郡虞公集、永嘉李公孝光、东阳陈公樵其人也；窃继其绪余者，亦斤斤得四三人焉，曰天台项炯、姑胥陈谦、永嘉郑东、昆山郭翼也。"③ 陈樵与项炯是杨维桢志同道合者，是他诗学理论的有力支持者。

综上，相同的地域与活动年代，相近的社会地位与性格特征，相似的文学主张，密切的交往联系，是浙东诗派得以形成的重要条件。正应了杨义所言："中国古代文学流派的发展，以地理生根，以师友为干，以文体为脉络，也是一种特异的现象。"④

三、浙东诗派乐府诗特色

陈樵存诗二六八首，其中乐府诗十五首。李惠诗《元诗选》中录六首，即《自题石门六观图卷》，皆为七律。另，清卢标编《婺诗补》卷三辑有李惠诗一首《题樵隐图》⑤。中无乐府诗。胡濙于《元诗选》中存诗七首，《金华诗录》存十首，清卢标编《婺诗补》卷三辑其《奉和宅仁先生山园八景》八首五律，去掉重复，得诗十八首，惜无乐府诗。《元诗选》录李序诗二十七首，其中

---

① 参见杨维桢《剡韶诗序》，李修生《全元文》42 册，凤凰出版社 2004 年版，第242 页。

② （元）黄溍：《项可立墓志铭》，王颋点校《黄溍全集》，天津古籍出版社 2008 年版，第487 页。

③ （元）杨维桢：《郭羲仲诗集序》，李修生《全元文》42 册，凤凰出版社 2004 年版，第246—247 页。

④ 杨义：《重绘中国文学地图与中国文学的民族学、地理学问题》，《重绘中国文学地图通释》，当代中国出版社 2007 年版，第86 页。

⑤ （清）卢标：《婺诗补》，赵一生主编《东阳丛书》21 册，浙江古籍出版社 2014 年版，第99—100 页。

《嗷金鸟行》《次韵纳斋铜雀台砖砚歌》两首《金华诗录》依当时存世的《李氏桂坡集》判为李裕所作，故实为二十五首，《金华诗录》又录李序诗十三首，剔去重复，得诗三十首，其中乐府诗二十一首。李裕于《元诗选三集》中存诗三十五首，《金华诗录》中存诗三十五首，剔去重复，得诗五十四首，其中乐府诗二十三首。项炯《元诗选三集》中录其诗二十二首，《草堂雅集》十七首，《元诗纪事》四首，《大雅集》两首，合并后得诗二十四首，其中乐府诗五首。今见浙东诗派乐府诗合计六十四首。以下从内容、艺术、风格等方面总论其特色。

（一）即事类乐府诗：关注友情与现实

浙东诗派继承了乐府诗"即事名篇"的传统，有的自创新题，如，陈樵《海人谣》、李裕《张家小妇》、李序《暮行大堤上》《青云两黄鹄》《槐虫吟》等；有的借用旧题以写时事，如，陈樵《出塞曲为戍潼关李总管赋》、李序《绸缪曲送都彦良》《独漉篇有所赠》《山鬼篇赠姜历山》《云松巢歌赠陈国宾》《云庄歌赠云庄左丞》等。题材主要集中在酬赠与现实上，表现出对友情及社会问题的强烈关注。

陈樵《出塞曲为戍潼关李总管赋》："属镂夜啼光属地，将军一出櫪枪死。行尘不动人归市，带甲如云自天至。取君甲马为君洗，分明袖有银河水。手中遗下泥一丸，不封函谷封泰山。"《出塞曲》为汉乐府横吹曲名，属军中之乐，多为边塞诗，言边地苦寒，从军维艰。陈樵却一反过往，写李总管仗剑出兵，一扫敌氛，顷刻凯旋。风格俊爽、雄壮。善用比喻、夸张、典故。李序《绸缪曲送都彦良》："绮屏桂烛开洞房，暖红霏霏明月香。三星绰约正当户，流辉照见双鸾凰。鸾凰不惜双飞翼，天上神仙远相忆。"① 想象朋友与妻子团聚后的美好情景。《和胡景云白玉心黄金泪二歌》："我有坚白心，凝作方寸璧。与君交结终不移，都邑连城不能易……光辉照子丹元府，昆山石烂无相忘。忆君更有和氏目，千载推之置君腹。""古来结交须黄金，眼中流出交更深。斑斑痕迹明镜小，镜中照我相思心。明珠只买蛾眉女，空使□人泪如雨。"② 讴歌了友情的纯真、坚定与珍贵。

---

① （清）顾嗣立、席世臣编，吴申扬点校：《元诗达癸集》，中华书局 2001 年版，第 242 页。
② 同上书，第 243 页。

李裕《张家小妇》①：

张家小妇好肌骨，头上银钗如雪白。

儿啼捣衣不得乳，见客入门忙拜客。

问客远道多苦辛，狐裘有雪衣有尘。

青毡横铺劝客坐，我家暖炕泥土新。

今年夏秋蔬菜熟，齑瓮累累如茧簇。

县官禁酒生业贫，赖有场中聚禾粟。

低头执爨愁无语，依依似怨逢迎苦。

岂知青楼妖媚娘，斜抱琵琶向人舞。

从诗意推测，张家小妇可能是一家小酒店的女老板，她美丽、勤劳，待客殷勤、周到，却生意惨淡，难以为继，原因就是县官颁布的禁酒令。最后运用对比手法，用青楼女子锦衣玉食、歌舞升平来反衬张家小妇的辛苦、无奈。诗关注下层妇女的命运与生活，现实性强。

陈樵《海人谣》："海南蛮奴发垂耳，朝朝采宝丹涯里。夜光盈尺出飞鱼，柏叶双珠寒蕊蕊。幽箱连钱生绿花，切玉蛮刀如切水。"写采玉人的艰苦劳动，关注下层劳动人民生活。可与李贺《老夫采玉歌》相参看。

李裕《嗽金鸟行》②：

昆明使者南方来，洛阳宫阙如云开。

玉阶奉进嗽金鸟，水晶镂刻辟寒台。

错金为屑玉为饵，神刀取脑白龟死。

美人自捣明月珠，赤玉盘中光靡靡。

云高夜启月当户，展翼垂吭为君吐。

白鸾之尾扫成堆，瑟瑟轻黄如粉蠹。

冶烟五色何氤氲，后宫独赐承恩人。

雕成宛转合欢钿，一尺春风袖中软。

①　（清）朱琰等辑：《金华诗录》卷十六，黄灵庚主编《重修金华丛书三编》178 册，上海古籍出版社 2014 年版，第 404 页。

②　同上。

> 不知南国江水深，铁箕已尽愁人心。
>
> 岸傍沙陇高十丈，卖儿买得云南金。
>
> 安得群飞万千羽，不食珠玑食禾黍。
>
> 呕出肝肠奉明主，天下黄金贱如土。

诗的矛头直指朝廷。写进贡之鸟备受荣宠，食以金玉、龟脑等，朝廷为了供养它，不惜竭力搜刮民脂民膏，揭露了统治阶级只为自己享乐、骄奢淫逸，而不管百姓死活的腐朽本质。"诗歌通过对外国贡入的一只嗽金鸟的描写，暴露出元代统治阶级豪华奢侈、挥金如土的生活方式，下层民众为了向官府缴纳黄金而不得不卖儿卖女。这种阶级对立的生活画面的描写，有着积极的意义。"①

陈樵《雁来红》："愿燕在北秦在西，雁去雁来无是非。"传达的是厌战、渴望和平的时代呼声。李序《青云两黄鹄》："青云两黄鹄，双飞起南极。翱翔阊阖风，直上太行北。和鸣忽弃背，中路不相得。长言生死同，胡为自持击。天风高四方，毋乃伤羽翼。丹穴有凤凰，为君变颜色。"② 抨击现实中朋友的背信弃义。又《槐虫吟》："槐虫复槐虫，高槐郁郁如青龙。枝枝叶叶被尔食，青云萧瑟生秋风。槐虫肥，枝上垂。一枝摇曳势欲绝，欲堕不堕风凄凄。下有车辙交马蹄，不可堕地身为泥。闺中女儿莫近之，令尔肌肉生疮痍。"③ 则抨击、讽刺社会上的寄生虫。又《暮行大堤上》："谁家少年子？大宅高楼台。凉风管弦发，夜饮携金罍。宁知饭牛客，郁郁心如灰。欢娱岂终极，屈辱俱雄才。徘徊望明月，惆怅何由裁。"④ 抒发了怀才不遇的感慨。《出门行寄王叔善》："都城日晏起，出门无所之。黄尘拥车马，扰扰知为谁。相逢岂无人，匪我心所期。奈何同心子，蹭蹬复参差……踟蹰歧路间，行道独迟迟。"⑤ 则是渴望朋友汲引。

（二）咏史类乐府诗：角度新颖，想象丰富

浙东诗派颇多咏史之作，其角度新颖，想象丰富，手法委婉深曲，往往借

---

① 周惠泉、杨佐义主编：《中国文学史话》（辽金元卷），吉林人民出版社 1998 年版，第 564 页。

② （清）顾嗣立、席世臣编，吴申扬点校：《元诗选癸集》，中华书局 2001 年版，第 240 页。

③ 同上书，第 246 页。

④ 同上书，第 240 页。

⑤ （清）朱琰等辑：《金华诗录》卷十六，黄灵庚主编《重修金华丛书三编》178 册，上海古籍出版社 2014 年版，第 407 页。

古伤今。陈樵《虞美人草词》《长安有狭斜行》，同是慨叹女子命运，善于从"类"的角度形象而深刻地总结女子共同的悲剧命运。

李裕《阳台引》①：

> 阳台张燕日将夕，长风吹秋欲无色。
>
> 燕丹奉酒荆卿歌，于期感激动毛发。
>
> 酒阑拂剑凭凌起，当筵直立相睥睨。
>
> 髑髅青血凝冷光，西入咸阳五千里。
>
> 白虹贯日日不死，祖龙犹是秦天子。
>
> 人间遗恨独荒凉，嫣嫣哀声流易水。

诗咏荆轲刺秦王事，重点写临别饯行的激越与刺杀失败的遗恨。题材悲壮、格调高古。徐永明有评："此诗如同电影的蒙太奇，一下子将悲壮的历史画面拉到了我们的眼前，这一画面中有场景、有光线、有氛围、有人物、有声音、有动作、有神态、有情节、有结局、有画外音，凝练的语句，生动的画面，显示了作者丰富的想象力和高超的语言技巧。说李裕的诗受到了李贺诗风的影响，此诗可见一斑。"②"从诗歌意象和色彩方面看，都有李诗的特征。"③

李序《武皇仙露曲》④：

> 甘泉照月如钩天，千门万户生碧烟。碧天无云露盘出，明河夜拂金童仙。栖鸦起啼曲城晓，大官步进青龙道。昆山玉尽武皇老，茂陵春风吹绿草。魏人车马东方来，一朝秋磷飞空台。天荒地老骨亦摧，三川白日闻春雷。蕙花兰叶参差起，微月斜明光泥泥，仙人之泪犹泚泚。

环境的渲染，时空的转换，意境的营造，时光的感叹，情感的打并，都有独到之处，值得肯定。诚然，它比不上李贺的名作《金铜仙人辞汉歌》，毕竟这个参照物太熠熠闪光、高高在上了。邓绍基主编《元代文学史》对此诗评价

---

① （清）顾嗣立编：《元诗选三集》，中华书局 1987 年版，第 249 页。

② 徐永明：《元代至明初婺州作家群研究》，中国社会科学出版社 2005 年版，第 131—132 页。

③ 周惠泉、杨佐义主编：《中国文学史话》（辽金元卷），吉林人民出版社 1998 年版，第 562 页。

④ （清）顾嗣立，席世臣编，吴申扬点校：《元诗选癸集》，中华书局 2001 年版，第 241 页。

不高："把这首诗与李贺的《金铜仙人辞汉歌》相对照，不仅模拟痕迹十分明显，且有剽窃之嫌。这样的诗歌的出现，倒是昭示着元人学李贺已走入穷途。"① 徐永明则为其鸣不平："此诗很可能为李序十七岁时所作，虽然诗的意象与李贺的《金铜仙人辞汉歌》有相近之处，但语句并非相同，一部文学史用如此苛责的语言评述李序的这首诗，似乎有欠公允。"②

李序《乌伤行》③：

> 头白乌，毕逋尾。尔焉知作坟送人死，天公遣尔役孝子。头白乌，天上来。口中流血不自惜，却怜孝子心肝摧。鸦鸦夜宿坟边树，飞向山头啄泥土。新坟磊磊三尺高，衔得黄泥如反哺。秦人涧水筑山灵，飞乌为作颜氏茔。颜氏子，国有祀。乌作坟，秦无人。

据载："颜乌，当秦始皇时以淳孝闻。亲没，乌欲为大塚，有群乌数千衔土来助之，喙为之伤。故始皇闻之，为特置乌伤县以旌其异。东阳郡之开治榛莽，自乌始。"④ 颜孝子得到国祀的殊荣，而白头乌不过得到了以此地为名的空名，其实，人不如乌，进而作者得出秦国无人的结论。"诗咏乌伤，结在秦无人，义独正大。"⑤ 冷峻、刻峭，发人深省，角度独到。

项炯《吴宫怨》⑥：

> 绣楣洒黄粉，椒壁涨红青。
> 倚檐树如鬼，深草蛇夜鸣。
> 髑髅已无泪，古恨埋石扃。

传统的题材，不一样的效果。用"黄""红青"等鲜艳的颜色字描绘吴宫的残垣断壁，具有极其强烈的视觉冲击力。树如鬼，蛇夜鸣，写尽了荒凉、败

---

① 邓绍基主编：《元代文学史》，人民文学出版社1991年版，第510页。
② 徐永明：《元代至明初婺州作家群研究》，中国社会科学出版社2005年版，第132页。
③ （清）顾嗣立、席世臣编，吴申扬点校：《元诗选癸集》，中华书局2001年版，第244页。
④ （清）楼上层编著：《金华耆旧补》卷一，赵一生主编《东阳丛书》19册，浙江古籍出版社2014年版，第1页。
⑤ （清）朱琰等辑：《金华诗录》卷十六，黄灵庚主编《重修金华丛书三编》178册，上海古籍出版社2014年版，第408页。
⑥ （清）顾嗣立编：《元诗选三集》，中华书局1987年版，第236页。

落。结尾两句想象尤为奇特，杨维桢评曰："十字憯过牛鬼，髑髅无泪犹胜无语。"①　果然是"诗意凄凉，诗风怪诞。"②

（三）爱情类乐府诗：自然清新，富有民歌风味

浙东诗派创作了不少爱情类乐府诗，大多写得明丽自然，语浅情深，富于生活气息，极具民歌风味。邓绍基《元代文学史》认为李裕的一些短诗如《古意》《定情篇》《青青洪（淇）园竹》《采莲曲》和《相逢曲》等，富有生活气息和情趣。称其《采莲曲》"文笔活脱，有民歌情调"③。徐永明称誉李裕的《洛阳路》《定情篇》《相逢曲》《竹枝词》《采莲曲》等为"含蓄蕴藉、清新自然、健康活泼的爱情诗"④，与此相似的还有陈樵的《竹枝词》《七夕宫词》《夜阑曲》《望夫石》等，李序的《大堤曲》《明月》等。试看诗例：

青青淇园竹⑤

李　裕

青青淇园竹，莫作乐中笛。

吹出长相思，愁人头发白。

定情篇⑥

李　裕

愿作云台镜，团圆誓不亏。

朝朝绮窗里，相对画蛾眉。

古意⑦

李　裕

美人汲深井，夜久井泉冷。

独向明月中，徘徊顾秋影。

---

① （清）顾嗣立编：《元诗选三集》，中华书局 1987 年版，第 237 页。
② 邓绍基主编：《元代文学史》，人民文学出版社 1991 年版，第 509 页。
③ 同上。
④ 徐永明：《元代至明初婺州作家群研究》，中国社会科学出版社 2005 年版，第 130 页。
⑤ （清）顾嗣立编：《元诗选三集》，中华书局 1987 年版，第 255 页。
⑥ 同上。
⑦ 同上。

采莲曲①

李 裕

长歌短櫂满前溪，溪上鸳鸯对对飞。

莫问中流荡双桨，水波容易湿人衣。

相逢曲②

李 裕

郎骑白马妾驾车，妾车辘辘郎马嘶。

相逢且莫相怜爱，妾家只在五门西。

竹枝词③

李 裕

妾身自比黄河水，长愿入淮同一处。

郎心亦似黄河水，险曲长年留不住。

竹枝词

陈 樵

望夫石上望夫时，杜宇朝朝劝妾归。

未必望夫身化石，且向征夫屋上啼。

僻亭女儿坐可怜，今年同上采莲船。

妾心恰是荷心苦，只食么荷不食莲。

吴越相望瘴海深，一十二驿到山阴。

朱麟日走一千里，不为传书寄阿心。

---

① （清）顾嗣立编：《元诗选三集》，中华书局 1987 年版，第 256 页。

② 同上。

③ （清）朱琰等辑：《金华诗录》卷十六，黄灵庚主编《重修金华丛书三编》178 册，上海古籍出版社 2014 年版，第 406 页。

大堤曲①

李　序

野塘鸡鹊暖，水荚生桂叶。

暮上大堤行，拂人飞蛱蝶。

门前弱柳长纷纷，水花漠漠飞暖云。

柔条自有烟露色，不如愁死堤上人。

刘郎肉薄愁心重，天上离鸾思别凤。

春风摇荡本无根，种得桃花绕新梦。

明月②

李　序

明月入高楼，流光何辗转。

佳人一寸心，千里如素练。

浮光玉露起，华渚浮云散。

光辉长若斯，君心不相见。

　　形制多短小精炼，生动活泼。内容或写传统的春愁、相思、闺怨，或模拟女子口吻代言，大胆表达对爱情的向往、忠贞，或者谴责男子多变、寡情，声吻毕肖，直率、泼辣。他们注意向民歌学习，使诗歌从士大夫阶层重返民间，扩大了诗歌的影响。尤其是陈樵参与了杨维桢发起的"西湖竹枝词"唱和，即元代后期规模空前的一次"同题集咏"活动。杨维桢后来汇编成《西湖竹枝词》，集中算上他本人，共有一百二十人，陈樵凭借上述《竹枝词》三首列位其中。

　　李裕《秋千词》描写一个美丽的年轻女子"卫娘"在春和日丽中无忧无虑荡秋千的情景，结尾"整衣重起为君寿，海阔河清镇相守"则发出了海枯石烂、不离不弃的爱情誓言。语言极其纤秾婉丽。李序《远愁曲》《曲江芙蓉歌》皆写春愁，具有同样的语言风格。

---

① （清）顾嗣立，席世臣编，吴申扬点校：《元诗选癸集》，中华书局 2001 年版，第 244 页。

② （清）朱琰等辑：《金华诗录》卷十六，黄灵庚主编《重修金华丛书三编》178 册，上海古籍出版社 2014 年版，第 407 页。

（四）乐府诗向其他诗体渗透

浙东诗派不单纯写乐府诗，还兼创作其他体裁诗歌，如五古、七古、五律、七律等。陈樵他们有一种倾向，即乐府诗的一些艺术手法、创作体验等自觉向其他诗体渗透，以相互促进，共同提高。

李序《题翠峰刘与德怀画竹》："萧萧壁间竹，婉婉淇上枝。翩翩动生意，耿耿擢秀姿。灼灼君子心，郁郁如见之。凉风一披拂，清影欲参差。"《金华诗录》评曰："仲伦五古从乐府出，饶有古意。"① 独具只眼，堪为的评。

李裕五言排律《次宋编修显夫南陌诗四十韵》，"描绘男女艳情，语言绮丽，极具铺排特色，以女性为主体，描写了古代女子在情爱场合的种种装饰、行为和情思"②，借鉴乐府表现手法也十分显豁。

陈樵七言古诗《和杨廉夫买妾歌》：

> 刘郎持玉笛，再入天台山。天台女儿不相见，采药直入桃花源。刘郎吹笛花能言，云离雨别三千年。青瞳横波发鲜碧，蓝红染作夭桃色。刘郎今姓杨，相逢便相识。金条脱，龙缟衣。飚车木凤凰，飞下铁山西。蒨桃拂面丹如雨，红蝶黄莺解歌舞。桃源无路入人间，一身金翠来何许？玉山子，莫将迎，方平会麻姑，参语无蔡经。飞仙不入风沙地，无端夜过昆山市。三涤肠，三洗髓，缲雪玄霜玉池水。

形式上以七言为主，杂以三言、五言，畅快流丽，颇有乐府诗的情味。与杨维桢原作《铁心子买妾歌》情貌略相似：

> 铁心子，好吹箫，似萧史，自怜垂鸾之伴今老矣。笛声忽起蓝桥津，铁心一寸柔如水。明朝萼绿华，还过玉山家。羞涩簧初暖，韶嫩月新芽。玉台为我歌唯酒，山香为我舞巾花。玉山人，铁心友。左芙蓉，右杨柳。绿华今年当十九，一笑千金呼不售。肯为杨家奉箕帚，为君不惜珠量斗。玉山人，下镜台，解木难。轻财如粪土，重义如丘山。娶妻遗牧犊子，夺

---

① （清）朱琰等辑：《金华诗录》卷十六，黄灵庚主编《重修金华丛书三编》178册，上海古籍出版社2014年版，第407页。

② 周惠泉、杨佐义主编：《中国文学史话》（辽金元卷），吉林人民出版社1998年版，第563页。

妾向沙叱蛮。铁心子，结习缠，苦无官家敕赐钱，五云下覆韦郎笺，香兰一夜惊梦天，玉山种璧三千年。①

《代嘲旧人》《代答新人》《代玉山子答》皆为代言体，可视为《和杨廉夫买妾歌》的续篇。陈樵其他一些五古、七古诸作皆与乐府诗有着千丝万缕的联系。

这与杨维桢的诗体观念相吻合，杨维桢现存诗歌 1443 首，其中古乐府多达 1227 首，律诗仅 216 首，基本上体现了杨维桢终生致力于古乐府复兴的艺术追求。② 在体裁形式上大致以长短句、五古、七古、五绝和七绝为主，而将律诗（包括排律）排除在外。③

四、评价与地位

浙东诗派诗学李贺，尤其是其乐府诗，这在时人与后人的评价中几成共识，如胡应麟《诗薮》云："东阳陈樵君采，浦江陈森茂卿，俱学李长吉，歌行间或近之。"④《宋元学案》评胡涣："其诗似李长吉，有元一代作者，鹿皮子外，惟景云氏。"⑤ 王崇炳亦云："吾东元时诗家，鹿皮子外，推胡景云矣。"⑥ 顾嗣立评李裕"公饶诗篇秀丽，尤工七言乐府，出入二李之间。"⑦ 顾嗣立评李序："今读其《武皇仙露曲》、《嗷金乌行》、《铜雀台砖砚歌》诸作，气韵词调，杂诸《昌谷集》中，亦咄咄逼真也。"⑧《金华诗录》云："仲伦（李序）、公饶（李裕）披文相质，落纸斐然，大略相似，真桂坡一门之秀。"⑨ "三李（李惠

---

① 杨维桢著，邹志方点校：《杨维桢诗集》，浙江古籍出版社 2010 年版，第 424 页。

② 参见黄仁生《杨维祯与元末明初文学思潮》，东方出版中心 2005 年版，第 229 页。

③ 同上书，第 228 页。

④ （明）胡应麟：《诗薮》外编卷六，上海古籍出版社 1979 年版，第 245 页。

⑤ （清）黄宗羲著，全祖望补修，陈金生、梁运华点校：《宋元学案》卷七十《沧洲诸儒学案下》，中华书局 1982 年版，第 2358 页。

⑥ （清）王崇炳：《金华征献略》卷十一，赵一生主编《东阳丛书》15 册，浙江古籍出版社 2014 年版，第 300 页。

⑦ （清）顾嗣立编：《元诗选三集》，中华书局 1987 年版，第 248 页。

⑧ 同上书，第 240 页。

⑨ （清）朱琰等辑：《金华诗录》卷十六，黄灵庚主编《重修金华丛书三编》178 册，上海古籍出版社 2014 年版，第 406 页。

李序李裕）丽质秀文，兴辞斐然。"① 民国《临海县志》称项炯："诗好作奇崛语，往往类李长吉。"② 顾嗣立评项炯："其古乐府如《吴宫怨》、《公莫舞》、《空井辞》、《江南弄》等篇，酷似李长吉。惜其诗不多传云。"③

《大雅集》中杨维桢评陈樵云："袭格不袭语，善学小李者。《雁来红》《狭斜行》匠意尤远。"④ 杨维桢激赏项炯的《公莫舞》《吴宫怨》诗，其评《公莫舞》曰："锦囊子有奇语，无此奇气。"⑤ 认为项炯此诗比李贺《公莫舞歌》更多"奇气"，即充沛的激情。陈樵与项炯是杨维桢所认可的两浙七家诗人之二，论曰："可立有李骑鲸之气，而君采得元和鬼仙之变。"⑥ 杨维桢注意到陈樵与项炯不仅乐府诗学李贺，还上参李白，转益多师。李裕亦能出入二李之间。其实，杨维桢乐府也具此种特点，"大抵奇矫始于鲍照，变化极于李白，幽艳奇诡，别出蹊径，岐于李贺……维桢以横绝一世之才，乘其弊而力矫之，根柢于青莲、昌谷，纵横排奡，自辟町畦，其高者或突过古人"⑦。

浙东诗派和当时以杨维桢为代表的"铁崖体"相呼应，是杨维桢古乐府运动的有机组成部分。杨维桢于《玉笥集叙》中言："泰定、天历来，予与睦州夏溥、金华陈樵、永嘉李孝光、方外张天雨为古乐府，史官黄溍、陈绎曾遂选于禁林，以为有古情性，梓行于南北，以补本朝诗人之缺。一时学者过为推，名余以铁雅宗派。"⑧ "铁崖乐府诗派"是元代诗歌史上诗人最多、影响最大的一个诗派，其创作活动由元末到明初。前后持续了数十年之久。据《唐后乐府诗史》第五章第一节的考察，这一诗派的"成员至少有250人之多"⑨，其主要由杨唱和友与铁门弟子两部分组成，其中，又以杨维桢、李孝光、萨都剌、顾瑛、张雨、郯韶、张映、叶广居、陈樵、陈基、高启、郭翼等人最具代表性，其影响则一直延续到明代的初、中期之际。陈樵为其发起人之一，也是中坚力

① （清）王崇炳：《金华征献略》卷十一，赵一生主编《东阳丛书》15 册，浙江古籍出版社 2014 年版，第 300 页。

② 何奏簧纂，丁汲点校：《民国临海县志》，中国文史出版社 2006 年版，第 107 页。

③ （清）顾嗣立编：《元诗选三集》，中华书局 1987 年版，第 235 页。

④ 赖良编：《大雅集》卷一，《文渊阁四库全书》1369 册，台湾商务印书馆影印版，第 516 页。

⑤ （清）顾嗣立编：《元诗选三集》，中华书局 1987 年版，第 237 页。

⑥ （元）杨维桢：《两浙作者序》，李修生《全元文》41 册，凤凰出版社 2004 年版，第 243 页。

⑦ （清）永瑢、纪昀等：《四库全书总目·铁崖古乐府》，艺文印书馆 1969 年版，第 3362 页。

⑧ （元）杨维桢：《玉笥集叙》，李修生《全元文》42 册，凤凰出版社 2004 年版，第 309 页。

⑨ 王辉斌：《唐后乐府诗史》，黄山书社 2010 年版，第 227 页。

量与代表人物。"陈樵作为铁崖唱和友而与浙东诗派相联系。"① 以陈樵为代表的浙东诗派用乐府诗创作实绩有力声援了这场以"复古"为革新的运动，在元代文学史上自应占有一席之地。

① 黄仁生：《杨维桢与元末明初文学思潮》，东方出版中心 2005 年版，第 203 页。

第十一章　对仗艺术

对仗，是把同类或对立概念的词语放在相对应的位置上使之出现相互映衬的状态，使语句更具韵味，增加词语表现力。这"韵味"主要是指它渗透着汉民族在长期积淀的过程中所形成的"重对称，讲均齐"的审美心理。"造化赋形，支体必双。神理为用，事不孤立。夫心生文辞，运裁百虑，高下相须，自然成对。"① 并且，充满弹性与张力的汉语言文字也为对仗的形成与巧妙运用提供了物质条件。郭绍虞曾说过，"中国语词因有伸缩分合之弹性，故能形成匀整的句调，而同时亦便于对偶"②。对仗最能体现汉语重意合，重神摄的人文性特征，可以说，它是近体诗尤其是律诗中的华彩乐章。

清代顾嗣立《元诗选》陈樵小传中赞曰："属对精巧，时有奇气。"③ "元初陈樵好衣鹿皮，自号鹿皮子。有诗一卷，如'扫叶僧将猿共爨，卖花人与蝶俱还'，殊有巧思。"④

邓绍基主编的《元代文学史》认为："陈樵的诗，属对工巧，想象奇特。如'野鹿避人悬树宿，溪鱼乘水上山来。''近从月里种花去，遥见鼎湖飞叶来。'"⑤ 杨镰《元诗史》也说："陈樵的诗属对精巧。"⑥ 看来，古今对陈樵诗歌的对仗艺术都高度赞扬，对仗中有"奇气"，有"巧思"，有"想象奇特"，几成共识。现特摘选几类，分列如下。

---

① （南朝）刘勰著，周振甫注：《文心雕龙注释》，人民文学出版社 1981 年版，第384 页。

② 郭绍虞：《照隅室语言文字论集》，上海古籍出版社 1985 年版，第 103 页。

③ （清）顾嗣立：《元诗选初集戊集》，中华书局 1987 年版，第 1479 页。

④ （明）徐𤋮：《徐氏笔精》卷四，《文渊阁四库全书》856 册，台湾商务印书馆影印版，第501 页。

⑤ 邓绍基主编：《元代文学史》，人民文学出版社 1991 年版，第 507 页。

⑥ 杨镰：《元诗史》，人民文学出版社 2003 年版，第434 页。

一、借对

《天厨禁脔》卷上"四种琢句法"条曰:"近体诗以声律为标准,每锱铢而较之,盖其法严甚。然妙意欲达,而为诗语所碍则奈何,曰:有假借之法。"①为申妙意,诗人乃妙用汉字一字多义、音同字异的特性,以此来构成对仗,是为"借对""假对"或"假借格"。"一个词有两个意义,诗人在诗中用的是甲义,但是同时借用它的乙义来与另一词相为对仗,这叫借对。"② 然"借对"又可分借声、借意与借字三类:

(一)借声者

亦可称"声对",且多"借色为对"者。严羽《沧浪诗话·诗体》:"有借对,孟浩然'厨人具鸡黍,稚子摘杨梅',太白'水春云母碓,风扫石楠花',少陵'竹叶于人既无分,菊花从此不须开'是也。"③ 即以"杨"借"羊",以"楠"借"男","竹叶"乃美酒名,以对"菊花"。《诗人玉屑》卷七引"卷帘黄叶落,开户子规啼",崔峒"因寻樵子径,偶到葛洪家","以为假对胜的对,谓之高手"④。此以"子"借"紫"、以"洪"借"红",即借色为对,亦属借声之类。陈樵诗例有:

雨夜无人共清月,水扉几度种丹鱼。

(《壶天》)

欲分清露涓,故近白云栽。

(《次周刚善僧房牡丹韵》之一)

官序须清绩,台衡起白衣。

(《黄晋卿见过却归乌伤》之五)

枝重有时来白鸟,雨残无处著晴虹。

(《翻经台》)

---

① (宋)释惠洪:《石门洪觉范天厨禁脔》,《四库全书存目丛书》415 册,齐鲁书社 1997 年版,第 111 页。

② 王力:《诗词格律》,中华书局 2000 年版,第 52 页。

③ (南宋)严羽著,郭绍虞校释:《沧浪诗话校释》,人民文学出版社 1961 年版,第 74 页。

④ (宋)魏庆之著,王仲闻点校:《诗人玉屑》卷七,中华书局 2007 年版,第 237 页。

其中，"清""晴"谐音为表颜色的"青"，以与"丹""白"相对。

(二) 借意者

如《诗人玉屑》卷七"陵阳谓对偶不必拘绳墨"条：尝与公论对偶，如"刚肠欺竹叶，衰鬓怯菱花"，以镜名对酒名，虽为亲切，至如杜子美云："竹叶于人既无分，菊花从此不须开。"直以菊花对竹叶，便萧散不为绳墨所窘。公曰："枸杞因吾有，鸡栖奈汝何？"盖借枸杞以对鸡栖。"冬温蚊蚋在，人远凫鸭乱。"人远如凫鸭然，又直以字对不对意；此皆例子，不可不知。子瞻岐亭诗云："洗盏酌鹅黄，磨刀切熊白。"是用例者也。①

陈樵诗例有：

> 阴云满地晴飞白，雨蝶依林暗贴黄。
>
> (《五云洞》)
>
> 碧落不随河显晦，白榆却种洞中央。
>
> (《空碧亭》五首其二)
>
> 赤松有约吾将老，白发无愁不解长。
>
> (《石磴》)
>
> 夜久月方临石上，云低雨不到山椒。
>
> (《醒酒石》)

飞白对贴黄，书法术语对妇女面饰。碧落对白榆，碧落，道家称第一层天，泛指天空。赤松对白发，赤松，即上古仙人赤松子。石上对山椒，山椒，即山顶。

(三) "借字面"之法

除此而外，尚有"借字面"之法，《文镜秘府论》之"二十九种对"谓之"字对"，"字对者，若桂楫、荷戈，'荷'是负之义，以其字草名，故与'桂'为对；不用对，但取字为对也。""字对者，谓义别字对是。诗曰：'山椒架寒雾，池篠韵凉飙。''山椒'即山顶也；'池篠'傍池竹也：此义别字对"②。"字对"只借其字面，而不取其字义，这无疑是利用了汉字一字多义

---

① (宋) 魏庆之著，王仲闻点校：《诗人玉屑》卷七，中华书局 2007 年版，第 230 页。

② [日] 遍照金刚：《文镜秘府论》，人民文学出版社 1975 年版，第 114 页。

的特质。

陈樵诗例有：

> 千寻看壁立，百炼识金坚。

（《送乌经历归》）

> 蔚蓝天近池深碧，乌桕叶销泥转青。

（《空碧亭》五首其五）

寻，古代长度单位，一寻为八尺，这里借为动词，与"炼"相对。蔚，菊科，一种多年生草本。乌，乌鸦。"蔚蓝天"与"乌桕叶"相对。

可见，陈樵诗中这些借对无论是借音还是借义，都可以使本已成对的句子锦上添花，由宽对变为工对，达到工巧自然之妙，并须通过仔细鉴赏方能领会，从而耐人寻味，妙趣横生。

二、当句对

《文镜秘府论》东卷"二十九种对"其五"互成对"："两字若上下句安，名的名对；若两字一处用之，是名互成对，言互相成也。"① 如，"天地心间静，日月眼中明。麟凤千年贵，金银一代荣"，"天地""日月""麟凤""金银"句内同类成对，与"当句对"殆同一理，而"麟凤"与"金银"又可异类成对。严羽《沧浪诗话》云："有就句对。又曰当句有对。如少陵'小院回廊春寂寂，浴凫飞鹭晚悠悠'，李嘉祐'孤云独鸟川光暮，万里千山海气秋'是也。前辈于文亦多此体，如王勃'龙光射斗牛之墟，徐孺下陈蕃之榻'，乃就对也。"②

陈樵诗例有：

> 繁花无处分南北，明月何时厌死生。

（《梅墩石》）

> 魏紫姚黄风卷尽，人间蜂蝶到山家。

（《太霞洞》）

① ［日］遍照金刚：《文镜秘府论》，人民文学出版社 1975 年版，第 105—106 页。
② （南宋）严羽著，郭绍虞校释：《沧浪诗话校释》，人民文学出版社 1961 年版，第74 页。

梦渴醒来赋楚骚，纷红骇绿未全销。

（《醒酒石》）

恶雨愁风易结阴，夜游秉烛昼传殡。

（《临花亭》其二）

碧瓦朱甍尝宿凤，白衣苍狗不从龙。

（《楼氏云楼》）

瑶草碧花牛氏石，锦囊玉轴米家书。

（《西岩紫霞洞》）

琼楼银阙知何限，约客瑶池未可期。

（《雪观》）

山人晏坐青霞外，饮露餐霞度岁时。

（《少霞洞》）

漱流枕石傍寒林，散发酣歌称散人。

（《散庵》）

天梯石栈落霞边，月地云阶且醉眠。

（《席家洞》）

洪迈《容斋续笔》卷三亦有"诗文当句对"之条目，但持论不甚相同。洪氏引李商隐《当句有对》云："密迩平阳接上兰，秦楼鸳瓦汉宫盘。池光不定花光乱，日气初涵露气乾。但觉游蜂饶舞蝶，岂知孤凤忆离鸾。三星自转三山远，紫府程遥碧落宽。"① 这首诗中除了句内"互成"、句际"异类"的"当句对"之外，如"秦楼"与"鸳瓦"，"游蜂"与"舞蝶"，"孤凤"与"离鸾"，"紫府"与"碧落"。还包含另一种"当句对"形式，即句中两词结构相同，且这两个词中有一字重复，如，"池光"与"花光"，"日气"与"露气"，"三星"与"三山"。钱锺书《谈艺录》亦主此说，例证翔实丰赡，对"当句对"的限定条件更趋严密。同时，他还指出："此体（即当句对）创于少陵，而名定于义山。"② 但韩成武《杜诗"当句对"艺术研究》引何逊"可闻不可见，能重复能轻"、沈佺期"喜气迎冤气，青衣报白衣"，以及武则天"高人叶高

---

① （宋）洪迈撰，孔凡礼点校：《容斋随笔》，中华书局2015年版，第195—196页。
② 钱锺书：《谈艺录》，生活·读书·新知三联书店2007年版，第16页。

志，山服往山家"等诗例证明在杜甫之前已有"当句对"。① 清代冒春荣《葚园诗说》则谓之"掉字句法"，并以杜甫"桃花细逐杨花落，黄鸟时兼白鸟飞"，李商隐"座中醉客延醒客，江上晴云杂雨云"为例。②

陈樵诗例有：

> 涧中日与山中日，同上晴窗各自行。
>
> （《水亭》）
>
> 浪逐白杨凝白雪，波浮红杏蔚红霞。
>
> （《绿涧春烟》）
>
> 歌声欲罢钟声续，树影犹疑月影临。
>
> （《虎口樵歌》）
>
> 闲云起作飞云去，今雨还随旧雨生。
>
> （《霜岩石室》六首其五）

王力《汉语诗律学》："句中自对……如系五言，往往是上两字和下三字相对；如系七言，往往是上四字和下三字相对。这样虽然在字数上不相等，在意义上却是颇工整的对仗。"③ 又举"细草绿汀洲""青山簇簇水茫茫""山吐晴岚水放光，辛夷花白柳梢黄"数例。而《木天禁语》有"当对"，所引"白狐跳梁黄狐立""妇女行泣夫走藏"④ 两例，前例与钱锺书所定义"当句对"相合，后例则符合王力的二三、四三"当句对"。

陈樵此类诗例有：

> 东飞伯劳西飞燕。
>
> （《东飞伯劳西飞燕题飞花亭》）
>
> 马嘶人影乱。
>
> （《送兄游姑苏》二首其二）

---

① 参见韩成武《杜诗"当句对"艺术研究》，《兰州大学学报》（社会科学版）2001 年第 6 期，第 28—31 页。

② 参见冒春荣《葚园诗说》，郭绍虞编选，富寿荪校点《清诗话续编》，上海古籍出版社 1983 年版，第 1593 页。

③ 王力：《汉语诗律学》，上海教育出版社 2005 年版，第 185 页。

④ 参见范梈《木天禁语》，（清）何文焕辑《历代诗话》，中华书局 1981 年版，第 749 页。

黄金琐碎夜月冷，碧玉萧瑟秋风寒。

(《题竹隐轩》)

霓旌翠节导雕辇，绣帷绮幄围香埃。

(《天香台》)

玉作楼台银作阙。

(《香雪壁》)

一曲鸣琴一局棋，一瓢新酒一编诗。

(《赠冯东丘》)

青山如髻树如麻。

(《山水》)

云在阑干叶在庭。

(《圄谷洞》)

文生绿砚砚生苔。

(《少霞洞》)

竹外青松竹下梅。

(《临花亭》九首其九)

庐舍似蜗人似豆。

(《远目楼》)

湖上兰舟水上亭。

(《上虞魏氏湖上精舍图》二首其一)

山为栋宇石为楹。

(《霜岩石室》六首其三)

红如肌血薄如鳞。

(《落花图》)

河汉纵横北斗翻……无边空处无边地。

(《空碧亭》五首其三)

醉则枕流眠枕石。

(《石磴》)

红映飞花绿映葵。

(《飞花亭》三首其三)

花绕亭台水绕门。

(《玉雪亭》九首其六)

右挟长镵左带经。

(《临花亭》九首其五)

琼作池台玉作亭。

(《玉雪亭》九首其八)

三、人名对、地名对、药名对

表示人名、地名的专有名词，自成一类。陈樵诗中地名对如，"花落山公宅，云寒杵臼祠"(《送张仲举归晋阳举进士》六首其一)，"挂帆谢公浦，把酒阖闾城"(《送张仲举归晋阳举进士》六首其五)，"金貂曾入丹阳市，蜡屐应归白下门"(《蜡屐亭》)，"百里周回玄鹤洞，群仙出没白云乡"(《慧力寺断崖》)，"华阳洞古亭犹在，句曲山深鹤未归"(《绣衣亭》)，"松花风老金华洞，桐树烟青婺女祠"(《送卢经历归北》)等，属对工整。

顾嗣立于《寒厅诗话》中有云："诗家点染法，有以物色衬地名者，如郑都官'雨昏青草湖边过，花落黄陵庙里啼'是也。有以地名衬物色者，如韦端己'落星楼上吹残角，偃月营中挂夕晖'是也。"[①] 比照陈樵诗句，"松花风老金华洞，桐树烟青婺女祠"是为以物色衬地名，"华阳洞古亭犹在，句曲山深鹤未归"则是以地名衬物色。

陈樵诗中的人物对，有的是直接用人名，如"枚乘终显达，马周岂迂疏"(《送苏吉甫馆于穆千户家归》)，"犹传徐浩体，自写郑虔诗"(《徐文尉》)，"殷浩名无忝，崔群美可专"(《送乌经历归》)等；有的则用姓氏加上官职，如，"声名沈书记，廉白杜参军"(《投宪幕上下》)，"笔怀萧协律，才慕沈参军"(《投李息斋父子》之二)等；有的只出现姓氏，而且多用并称，如，"王谢金貂系，班扬翰墨林"(《送里人都下省觐》)。王谢，六朝望族琅琊王氏与陈郡谢氏之合称，后成为显赫世家大族的代名词。晋永嘉之乱后，琅琊王氏和陈郡谢氏族人，从北方南迁至金陵，后因王谢两家之王导、谢安及其后继者们于江左五朝的权倾朝野、文采风流、功业显著，而彪炳于史册，成就了后世家族

---

① (清)顾嗣立：《寒厅诗话》，丁福保辑《清诗话》，上海古籍出版社1978年版，第86页。

无法企及的荣耀，为后人所嫉羡，故有"王谢"之合称。"班扬"指班固、扬雄，都是汉代赋的代表作家。"笔迹旧诗倾褚薛，才名此日数晁张。"（《次韵黄晋卿见寄之什》之一）"褚薛"乃初唐书法家褚遂良、薛稷的并称。杜甫《寄刘峡州伯华使君四十韵》："学并卢王敏，书偕褚薛能。"① "晁张"指晁补之与张耒，二人同列"苏门四学士"，并称"晁张"。"书在终难招李杜，灰寒无处觅阴何。"（《书房》）"李杜"指唐代诗坛双子星座李白、杜甫，"阴何"指阴铿、何逊，是南北朝梁陈时代两位有名的诗人。他们都善于写新体诗，在斟字酌句用韵方面下过苦功，诗风也较相近。杜甫曾有"孰知二谢将能事，颇学阴何苦用心"（《解闷》）的诗句，对他们锤炼诗句的精神表示钦佩。还有一种是运用与人物相关的典故，如，"可能羞哙伍，岂复愧卢前"（《送乌经历归》），"耻与哙伍"指不愿与粗鄙庸碌之人为伍。汉初，韩信由楚王降封为淮阴侯，日夜怨望。有一次，他顺便去看望樊哙，樊哙跪拜送迎。出来后，韩信笑着说："生乃与哙等为伍。"典出《史记·淮阴侯列传》。"愧卢前"乃初唐四杰之杨炯语，对海内所称"王、杨、卢、骆"，杨炯自谓"愧在卢前，耻居王后"，当时议者亦以为然。

陈樵终生不仕，隐居家乡小东白山圁谷涧，以种药、著述为业，诗中出现诸多药名，更有药名成对者，如，"芍药成丛当户出，茯苓分种傍松栽"（《临花亭》九首其八），"丹砂伏火有光景，石斛依空无死生"（《霜岩石室》六首其三），"小草自怜无远志，茯苓终不近孤松"（《石楼草庐》二首其一），"寄远岂无萱草带，勒铭自写茯苓芝"（《心远庵》）等。

四、赋体对

《文镜秘府论》云："赋体对者，或句首重字；或句首叠韵，或句腹叠韵，或句首双声，或句腹双声：如此之类，名为赋体对。似赋之形体，故名赋体对。"②

《蓝园诗说》云："有双声对者，如'流连千里宾，独待一年春'，此头双声也。'我出崎岖岭，君行磛蹋山'，此腹双声也。'野外风萧索，云里月朦

---

① （唐）杜甫：《寄刘峡州伯华使君四十韵》，（清）仇兆鳌注《杜诗详注》，中华书局2015年版，第1417页。

② ［日］遍照金刚：《文镜秘府论》，人民文学出版社1975年版，第108—109页。

胧。'此尾双声也。"①

陈樵诗句首重字的如:

> 郁郁涧上松,磊磊涧中石。
>
> (《题松涧图》)
>
> 惜惜夕钟罢,草草尊酒残。
>
> (《同陈子俊暮秋游耆阇山时九日后》)
>
> 历历传新作,时时见古人。
>
> (《刘山南挽歌》二首其二)
>
> 矫矫凌云赋,累累白雪歌。
>
> (《送张仲举归晋阳举进士》六首其六)
>
> 依依雨气侵萤火,一一水纹生鹤毛。
>
> (《飞雨亭》)

陈樵诗中头双声对仗如,"繁华三月景,牢落一分残"(《雨》四首其三),"慷慨悲前事,蹉跎惜暮年"(《送朱明德休宁典史》二首其二)等;尾双声如,"山瘦霜肥染晚枫,光明月色映玲珑"(《丹山秋月》)等。

《葚园诗说》云:"又有叠韵对者,如'徘徊四顾望,怅怏独心愁','平明披黼帐,窈窕步花庭',此头叠韵也。'疏云雨滴沥,薄雾树朦胧。''磴危攀薜荔,石滑践莓苔。'此尾叠韵也。"②

陈樵诗中头叠韵有,"芍药成丛当户出,茯苓分种傍松栽"(《临花亭》九首其八),"团圞白玉秋容淡,烂漫丹霞霁色蒙"(《丹山秋月》),"慷慨悲前事,蹉跎惜暮年"(《送朱明德休宁典史》二首其二),"夏禽反舌余声尽,薜荔连墙片影无"(《拙斋》)等;尾叠韵如,"欹枕听潺湲,开轩盼溶碧"(《题松涧图》),"灵药易荒常检校,繁花无赖枉丁宁"(《临花亭》九首其五),"急景易蹉跎,红颜坐消歇"(《送李仲积北上》)等;另外还有腹叠韵的,如,"云从薜荔衣中起,雨向玕琪树上生"(《水亭》),"醉倚合昏惊叶暗,愁寻荳蔻妬花肥"(《春日闺思》)等。

---

① (清)冒春荣:《葚园诗说》,郭绍虞编选,富寿荪校点《清诗话续编》,上海古籍出版社1983年版,第1575页。

② 同上。

五、参伍错综的变化

王力曾说过："关于对偶，我们不光要看古人求同的方面（字数相等是同，词性相等也是同），同时也要看到古人求异的方面。后者比前者更加重要。"[1] 通过对陈樵律诗全面考察，我们可以清楚地看到，其对仗句往往是同中有异，整中求变，这种参伍错综的变化主要体现于以下方面。

（一）时空变化

对仗联的上下句一句表时间，另一句则表空间。时空两个维度相互映照，构成一个立体的审美境界，如：

　　三秋收橡栗，千里足莼羹。

（《投宪幕山下》六首其六）

　　莼羹千里地，菰米九秋余。

（《送蒙古教授郭受益归洛阳》）

　　冷暑三年客，亨衢万里心。

（《送沈教谕》二首其二）

　　灯火千家夜，桑麻百里春。

（《送朱明德休宁典史》二首其一）

　　十年春信随风度，半亩崖阴逼树斜。

（《空碧亭·老梅》）

（二）感觉变化

人有视觉、听觉、嗅觉、味觉、触觉等。这些都是人对外部世界的感觉方式。陈樵诗的对仗句中，往往在上下句有意表现出不同的感觉，以丰富诗句的语义蕴含，如：

　　汗竹秋檠短，羹芹午饭香。

（《送沈教谕》二首其一）

　　色夺人间艳，香从天上来。

（《次周刚善僧房牡丹韵》二首其一）

---

[1]　王力：《王力诗论》，广西人民出版社 1988 年版，第 43 页。

白水暖浮日，碧山晴吐烟。

（《春日》二首其一）

花落山公宅，云寒杵白祠。

（《送张仲举归晋阳举进士》六首其一）

叶落世间多月色，瓢亡林下欠秋声。

（《霜岩石室》六首其三）

花日渐移连影动，石根不死有香生。

（《石笋》）

东山云杳家千里，南国秋深雁一声。

（《次王吉夫暮秋旅怀韵》二首其二）

满袖天香和梦冷，半村雨色傍林青。

（《圉谷涧》）

春来天上元无色，雨到人间方有声。

（《泰素坛》）

重重柳绕香风度，两两松排薄雾遮。

（《绿涧春烟》）

歌声欲罢钟声续，树影犹疑月影临。

（《虎口樵歌》）

（三）动静变化

一联之中，一句进行动态描写，另一句则侧重于静态描写，如：

野鹿避人悬树宿，溪鱼乘水上山来。

（《麞谷涧》）

台虚人在空中立，云静天从水面浮。

（《钓台》）

林下树寒和石瘦，云边萤湿度花迟。

（《诗林亭》）

菊老不随霜共落，云飞却与雁争先。

（《次王吉夫暮秋旅怀韵》二首其一）

（四）人（物）我变化

对仗的上一句侧重于自我，另一句则侧重于外物或他人，如：

> 人疑落叶有生色，我道飞花上故枝。
>
> （《蛱蝶图》）

> 使我加餐有黄独，为人题榜是青苔。
>
> （《碧落洞》）

> 月华虽死犹随我，春色为尘亦污人。
>
> （《陈氏山林春日杂兴》）

> 我为天穿来炼石，僧从雨下度流年。
>
> （《霜岩石室》六首其一）

> 人道月从亭下出，我疑空入土中来。
>
> （《空碧亭》五首其四）

> 春日花连小东白，暮年草创大还丹。
>
> （《永日观》）

（五）虚实变化

对仗句中一句着眼于现实中的情景，另一句则描写想象中的画面，如：

> 平生着风则，长世有光辉。
>
> （《黄晋卿见过却归乌伤》六首其五）

> 已作归屠钓，终期变姓名。
>
> （《黄晋卿见过却归乌伤》六首其六）

> 海月长来飞雨下，仙家半入漏天中。
>
> （《巴雨洞》）

> 萝茑相扶枝着树，蟾蜍不死肉成芝。
>
> （《石甑峰》）

> 树印蚪枝翻画谱，僧调獭髓补诗痕。
>
> （《玉雪亭》九首其六）

（六）多少变化

两句中一句表现人或物之"多"之"大"，另一句则表现人或物之"少"之"小"，如：

繁华三月景，牢落一分残。

（《雨》四首其三）

门闾千里望，天地一编诗。

（《送张仲举归晋阳举进士》六首其一）

君为万家县，谁定一王仪？

（《黄晋卿见过却归乌伤》六首其二）

千年甲子棋边老，两字功名世外多。

（《吕氏樵隐图》）

山中十暑寒犹在，潭上千年雨未收。

（《飞雨洞》）

云随白鹤翔千仞，月与青猿共一枝。

（《溪亭》）

青童卧护千年鹿，木客相传一派诗。

（《少霞洞》）

悬崖种菊红千叶，开户见山青一方。

（《山斋》）

春归一尺人间泪，云暖万重烟际花。

（《书房》）

东山云杳家千里，南国秋深雁一声。

（《次王吉夫暮秋旅怀韵》二首其二）

一天素月连云冷，万斛明玑堕地空。

（《玉雪亭》九首其一）

海月寒通千顷白，楚山瘦减八分青。

（《玉雪亭》九首其八）

（七）今昔变化

对仗一句着眼于昔时的回顾，另一句则着眼现实的感受，如：

文章初近古，风俗遂如今。

（《送沈教谕》二首其二）

慷慨悲前事，蹉跎惜暮年。

（《送朱明德休宁典史》二首其二）

书屋昔年惊远别，锦衣晴昼喜初还。

（《送余善之归浏阳》）

化笔几惊霜共肃，归舟只许月相随。

（《送卢经历归北》）

（八）信疑变化

信疑变化是一种表达语气的变化，对仗联中一句用肯定或否定的语气进行陈述或判断，另一句则用疑问句来进行设问或反诘，如：

世人只漫与，吾子视如何？

（《送张仲举归晋阳举进士》六首其六）

今朝下垂榻，几日望行尘？

（《黄晋卿见过却归乌伤》六首其四）

人行凫雁不到处，家在莺花第几重？

（《紫薇岩》）

松高猿见古时月，花晚莺添几日春？

（《飞花亭》）

何事高梧遽如荠？只消寸草已凌烟。

（《远目楼》）

风传花信归何处？日卷松阴展向东。

（《霜岩石室》六首其六）

碧海如杯谁缩地？青冥着水误忧天。

（《空碧亭》五首其一）

莲红直到梅花发，何处人间不是春？

（《临花亭》九首其七）

诗无獭髓痕犹在，梦有鸾胶断若何？

（《绝唱轩》）

（九）正反变化

一句从正面表述，另一句则从反面表述，如：

广平新职业，荆楚旧文章。

（《投宪幕上下》六首其二）

法曹新政绩，宪府旧才贤。

（《投宪幕上下》六首其四）

日出雨无影，春浓花有烟。

（《春日题水轩》）

州间无别业，文字有他肠。

（《送张仲举归晋阳举进士》六首其三）

鸟道北来通禹会，雁程南不尽衡阳。

（《越观》）

春来天上元无色，雨到人间方有声。

（《泰素坛》）

春水有声通北涧，晚花无信误东风。

（《南轩》）

人道峡中无落月，我疑肘后有垂杨。

（《云山不碍楼》）

天生国艳春无价，日绕游丝风有光。

（《临花亭》九首其一）

函夏尽为新土宇，醉乡不失旧乾坤。

（《蜡屐亭》）

鸟衔堕蕊春无色，日转游丝风有光。

（《飞花亭》三首其一）

有客持云坐盘石，无人伴月出萝烟。

（《圃》）

野屋有篱编白荻，渔矶无席藉苍苔。

（《暨阳湖》）

阴壑有光迷白月，乱山无处觅青霞。

（《玉雪亭》九首其三）

岁晚单衣只自短，愁来白发有时长。

（《次韵黄晋卿见寄之什》又）

从对仗的形式上看，"理殊趣合"的反对比"事异义同"的正对在意义表达上有更大的腾挪余地。这也能体现出诗人的艺术匠心。

（十）句法变法

对仗的上下句字面虽相对，但其深层的句法关系则不相同，如：

江柳不忍折，春风当别行。

（《送张仲举归晋阳举进士》六首其五）

上句为动宾结构，宾语前置。下句为主谓结构。

绿水值阴还又碧，青春着树却成红。

（《紫薇岩》）

上句为联动结构，下句为述宾结构。

猿窥涧底风枝动，莺踏花间水影翻。

（《兰池》）

上句为主述宾结构，下句为主述补结构。

芳草无名多是药，云藤着紫不须花。

（《野芳园》）

两句均由紧缩句构成，但是其中蕴涵的逻辑关系不同。

上句为转折关系：芳草（虽）无名／（但）多是药。下句为因果关系：云藤（因）着紫／（故）不须花。

　　　　树头生雨时时湿，春色如花日日销。

（《临花亭》九首其四）

上句为因果关系：树头（因）生雨／（故）时时湿。下句为转折关系：春色（虽）如花／（但）日日销。

从以上的例析中可以看出，陈樵的律诗对仗纵横变化，这些变化有的表现在内容方面，如时空之变、物我之变等，有的则表现在形式方面，为信疑之变、句法之变等。这些变化充分体现出诗人艺术功力与创造精神。它能化呆滞为灵动，不仅达到形式与内容的辩证统一，而且又有效地拓展了诗句的审美空间，使诗歌的情感得到多层次、多角度的表达，从而大大增强了近体诗尤其是律诗语言的审美功能。

第十二章　用典艺术

　　用典是一种传统的艺术表现手法，适当运用典故可以增大诗词表现力，在有限的篇幅中展现更为丰富的内涵，可以增加韵味和情趣，也可以使诗词委婉含蓄，避免平直。刘永济在《文心雕龙校释·丽辞篇》中对用典的艺术效果概括为："故用典所贵，在于切意。切意之典，约有三美：一则意婉而尽，二则藻丽而富，三则气畅而凝。"① 诗词史上，用典故多的尤以李商隐、苏东坡、辛弃疾等为甚。事实上，似乎用典与作诗是相伴而来的，诗与典故是密不可分的。《一瓢诗话》云："作诗用事，要如释语：水中著盐，饮水乃知。"② 使事用典的基本要求是自然、巧妙，不着痕迹。陈樵诗歌用典繁复、精到，真正做到了"能令事如己出，天然浑厚"③。

　　陈樵现存诗 268 首，经笔者统计，共用 346 典，454 处，平均每首诗用典将近 1.7（处）个，诚然，有的诗用典密集，有的则通篇无典。

一、典源考察

　　通过考察陈樵诗歌中典故的出处，按照传统的经、史、子、集分类，分布情况见表 12 – 1。

表 12 – 1　陈樵诗歌典故出处

	数　量	举　要
经	35	诗 12、书 2、礼记 4、易 2、左传 6、论语 5、孟子 2

---

① （南朝梁）刘勰著，刘永济校释：《文心雕龙校释》，中华书局 1962 年版，第 140 页。
② （清）薛雪著，杜维沫校注：《一瓢诗话》，人民文学出版社 1979 年版，第 135 页。
③ （宋）魏庆之著，王仲闻点校：《诗人玉屑》，中华书局 2007 年版，第 205 页。

续表 12 - 1

	数　量	举　要
史	158	战国策 6、史记 37、汉书 20、后汉书 23、三国志 2、晋书 22、南史 9、梁书 2、旧唐书 7、新唐书 7、宋史 1
子	169	庄子 27、列子 15、淮南子 5、山海经 11、世说新语 24、海内十洲记 4、抱朴子 11、神仙传 4、列仙传 9、拾遗记 7、博物志 4、西京杂记 2、太平御览 4、太平广记 2
集	92	楚辞 15、文选 26、陶渊明 3、李白 3、杜甫 6、白居易 2、韩愈 4

　　陈樵用典范围极广，但凡经、史、子、集都有涉猎，尤其偏爱子、史。用经最少，其中较多者为《诗经》《论语》。陈樵尊六经，而视诗赋辞章为"浮辞绮语"，自然也反对援经入诗了。集部中，《楚辞》《文选》为其大端。由此，正可征之于宋濂为其撰写的《墓志铭》中言："其于天下之书无不读，读无不解。"[①] 杨维桢亦言："其考览博大，足以通乎典故。"[②]

　　再按照历史上朝代分布，见表 12 - 2。

表 12 - 2　陈樵诗歌用典朝代

朝　代	数　量	举　要
远古或朝代不明者	47	东飞伯劳西飞燕、瑶台 2、天孙、日车 3、飞仙、巨灵、扶桑、首丘、凿窍、女娲炼石 3、广寒宫 2、羲和、煮石、杜宇 4、冯夷、海若、一亩宫、金华洞 3、白云乡 2、忧天、白榆、鸾胶、胎仙、五十弦、九重天、钓璜、冰夷、金堂、瑶池、醴泉、望夫石 2、餐霞、琅玕、羽人

---

① （明）宋濂：《元隐君子东阳陈公先生鹿皮子墓志铭》，宋濂著，黄灵庚编辑校点《宋濂全集》，人民文学出版社 2014 年版，第 1329 页。

② （元）杨维桢：《鹿皮子文集序》，李修生主编《全元文》41 册，凤凰出版社 2004 年版，第 224 页。

续表 12 - 2

朝　代	数　量	举　要
三皇五帝	25	无怀民、蓬莱7、琪树4、赤松子2、忘机3、素娥、贯月查、华胥、嫫母、春皇、王子乔、息壤2
夏商周	15	舜华、青衿、屠钓、血碧、骑赤鲤、采薇3、云从龙、石髓、裂缯笑、鹰扬、洗甲马、蠖屈、南纪
春　秋	47	绵上、美盼、游鯈、迁莺3、负米、逝川、四方志、黄鹄举、瑶草2、松柏后凋、西施颦、忘形2、杨柳依依、颜巷、柱下、白衣、鲁一儒、五车、遗直、狂歌2、庄生梦3、朝菌、独往2、国香、韦编、樗栎、葛藟、触石、坐忘、宜男草（萱草）、虚白、属镂、归根、八极2、泮芹、卫生经、鹑尾、浮生
战　国	45	黄金台、青云、朝市3、玄圃2、前鱼泣、东皇3、箫仙3、倾盖、天下士、越人吟、原隰、门闾望、出无车、白雪、沧浪2、荷衣、修门、临水登山、薜荔衣、灌园、招魂、遏云3、青皇、兰台、河鼓、振衣、三千士、万户侯2、无盐、摇落、露葮、青冥、反舌
秦	4	楚歌、封泥、三山、薰风
西　汉	56	欃枪、人彘、上林书2、骄子2、仙掌2、阆风、步虚、买臣、闭户、曳长裾3、枚乘、汉使、空拳、胡越、金屋藏娇2、白头吟、司马相如、卿云4、双成、阿母、倾城色、化工、前席、凌云赋、变姓名、一编书、哈伍、麒麟殿、金芝、掌上舞、十洲、桃李无言3、支机石、折柳2、带经、兔园、慵来妆、班姬扇、九陌、明妃、绛雪玄霜、唾花
东　汉	40	泥一丸、磊磊涧中石、寿无金石坚、公车、刘郎2、横波、麻姑2、膺门2、月旦2、龙门、漫刺、班扬、临池、下榻、加餐、衡阳雁、鹦鹉杯、散发2、壶中天地2、百炼、飞白、夜游秉烛、羊裘、投笔2、蟾兔、铜柱、六丁、勒铭、郑玄、振六翮、太守钱、函夏、碧鸡
三　国	12	很石、曹刘、碛门、沉李浮瓜、金陵王气、缩地、獭髓2、物情、金虎、拾翠

190

续表 12 - 2

朝　代	数　量	举　要
西　晋	30	郁郁松、凤诏 2、玉润冰清、金谷园、七贤 2、九转丹、折桂 2、莼羹 2、白社、日下、台衡、殷浩、烂柯、京洛尘、枕流漱石 3、灵槎 4、绿珠、窃香、步兵、九译、霜威
东　晋	38	还丹 4、惜分阴、陶靖节、桃花源 2、兰砌、洛下咏、一丘一壑 2、丹书 4、来禽青李、新亭堕泪、金貂、蜡屐 3、小草远志、据胡床、庾公尘、痴绝、无心出岫、肉芝、句漏、山阴舟 2、色空、少微星 3、尘嚣、绝裾、书扇、大令
南北朝	31	蒲柳、莲幕 3、沈参军、王谢 2、贴黄、北山移、丹灶、登山屐 2、歌玉树 2、赵带、宫妆、衣锦还乡 2、阴何、木客 2、持云、花信风 6、丹鱼
隋	2	金乌、鸂鶒
唐	55	李謩攘笛、后尘、业火、天浆、马周、终南捷径、银笔、六逸、鞭笞鸾凤、邦人解吟、瘦生、萧协律、徐浩、郑虔、卜居篇、花奴、羯鼓催花、崔群、愧卢前、紫薇莫入丝纶阁、黄粱梦、元白、光万丈、元和脚、空王、散人 3、贪结子、杜曲诗人、月地云阶、白发三千丈、丁香结、白衣苍狗、广文 2、玉笋班、翰林诗句、玉环、许浑诗、推敲、孟郊、褚薛、化作光明烛、玄宗游月宫 2、金莲炬、参军纸、吴根越角、承露囊 2、八砖、哦松
宋	7	青灯黄卷、滕茂实、银烛、魏紫姚黄、龙听法、欧苏、天香第一枝

从表中看出，先秦、两汉、魏晋南北朝、唐代，陈樵用典数大致平衡，不可偏废，唯独宋代用典 7 处，差距悬殊，尤其与唐代 55 处相比，多寡明显，这也从侧面反映出陈樵诗歌"主唐"，而非"宗宋"，与当时元代的主流风尚相一致。

二、类型考察

我们通常把典故分为事典和语典，事典是指被引用的前代典籍中的古代神话传说故事、历史故事、寓言故事、宗教故事等，语典指被引用的从典籍文句中摘取的语词。"典故作为携带着文化涵量和生命体验的遗传信息单位，被诗人常常用来沟通历史精神与现实生活……典故的选择，实际上是携带着现实的感触，寻找历史的相似性。"[①] 如杨义所言，典故不只是人物故事，它包含一个时代的文化涵量，一个人的特殊生命体验。这样独一无二的内涵赋予典故沟通古今的作用，诗人在典故运用的过程中会发现自己与历史上某些人和事的相似或相反之处，从而获得情感、思想上的共鸣或反思。因此，透过诗人的用典，我们就可以清晰地看出诗人的生活情趣、思想感情、人格理想。

（一）隐逸类

陈樵终生未仕，是个纯然的隐逸诗人，历代的高人隐士自然奔赴笔端，并引他们为同调，诗中提及较多的有伯夷、叔齐、接舆、陶渊明等。

伯夷、叔齐在《史记·伯夷列传》中："武王已平殷乱，天下宗周，而伯夷、叔齐耻之，义不食周粟，隐于首阳山，采薇而食之。及饿且死，作歌。其辞曰：'登彼西山兮，采其薇矣。以暴易暴兮，不知其非矣。神农、虞、夏忽焉没兮，我安适归矣？于嗟徂兮，命之衰矣！'遂饿死于首阳山。"[②] 伯夷、叔齐是商代末年孤竹君之二子，因为互相谦让国君的位子，一起投奔周伯，后来周灭商后，义不食周粟，隐居在首阳山，采食山上的薇菜，最终饥饿而死。后世以采薇首阳山的伯夷、叔齐作为仁德、忠义的典范，千古传颂。陈樵诗中采薇、食薇之典频繁出现，如，《山园》云："蕨薇自古犹长采，桃李于今竟不言。"《石甋峰》云："黄粱梦短风尘暗，不是山人好食薇。"《山馆》："石楠花落无人扫，谁卧水阴歌采薇。"

接舆是春秋时代楚国著名隐士，《论语·微子》中记载："楚狂接舆歌而过孔子，曰：'凤兮凤兮，何德之衰？往者不可谏，来者犹可追。已而，已而，今之从政者殆而！'孔子下，欲与之言。趋而辟之，不得与之言。"正义曰：

---

① 杨义：《李杜诗学》，北京出版社 2001 年版，第 456—457 页。
② （汉）司马迁著，裴骃集解，司马贞索隐，张守节正义《史记》，中华书局 1963 年版，第2123 页。

"接舆，楚人，姓陆名通，字接舆也。昭王时，政令无常，乃被发佯狂，不仕，时人谓之楚狂也。时孔子适楚，与接舆相遇，而接舆行歌从孔子边过，欲感切孔子也。"① 这就是"接舆歌凤"典故的由来。陈樵于《萝衣洞》中云："萝衣草带护烟蓑，楚国狂夫尚楚歌。"《吕氏樵隐图》中云："山蔼氤氲湿绿蓑，无人空谷伴狂歌。"陈樵空谷无俦，引接舆为异代知己，这与二人都生于乱世且怀才不遇有关。

陶渊明，字元亮，浔阳柴桑人，少年时便有清高的志趣，曾做过江州祭酒、建威参军、镇军参军、彭泽县令等小官，后弃官归隐田园，创作大量田园诗歌。关于陶渊明的典故有很多，陈樵诗歌中用到的有陶靖节、桃花源、无心出岫等。陶渊明任职彭泽县令期间，因不愿为五斗米折腰而辞官归隐，因此，他的身上既有隐士的影子，也有名士的品格。

陈樵在《胡伯玉隐趣图四首》其二《晚香径》云：

> 秋菊有佳色，幽香知为谁？蔚为霜中杰，肯向露下衰？
> 独赏心悠然，酒至觞淋漓。永怀陶靖节，高风邈难追。

菊花色佳、香幽，不畏霜露，作者将之誉为"霜中杰"，对之独赏、独酌，自然由花及人，缅怀起陶渊明来了。

《醒酒石》中"平泉池馆吾无分，栗里征君或可招"之"栗里征君"也暗指陶渊明。"何须更觅桃源路？朝市山林处处宜。"（《心远庵》）"名山何事穷幽僻，临水登山已称情。"（《北峰》）这些分明是陶渊明"问君何能尔？心远地自偏"② 的最好注脚，诗名"心远庵"更是显豁无隐。

姜太公姓姜或吕氏，名望、尚，字子牙，号飞熊，炎帝神农氏五十一世孙，伯夷三十六世孙。为周文王、武王、成王、康王四代太师。齐文化的创始人，亦是中国古代杰出的韬略家、军事家与政治家。《钓台》："忆昔玄璜上钓钩，鹰扬曾起佐姬周。"钓璜，垂钓而得玉璜。喻臣遇明主，君得贤相。典出《尚书大传》卷二："周文王至磻溪，见吕望，文王拜之。尚父望钓得玉璜，刻曰：

---

① （魏）何晏注，（宋）邢昺疏，朱汉民整理，张岂之审定：《论语注疏》，北京大学出版社1999年版，第249页。

② （东晋）陶渊明：《饮酒》其五，袁行霈《陶渊明集笺注》，中华书局2003年版，第247页。

'周受命，吕佐检德合，于令昌来提。'①鹰扬，《诗·大雅·大明》："维师尚父，时维鹰扬。"毛传："鹰扬，如鹰之飞扬也。"②诗对吕望钓得文王而成就不世功业流露出了艳羡之意。

用严光典则是《山房》："冷云堆里散人家，鹿帻羊裘不衣麻。""羊裘"指东汉"披羊裘钓泽中"的严光。"不衣麻"表示不同流俗，陈樵反穿鹿皮而自号"鹿皮子"乃同一用意。《后汉书》卷八十三《逸民传·严光传》载：

> 严光字子陵，一名遵，会稽馀姚人也。少有高名，与光武同游学。及光武即位，乃变名姓，隐身不见。帝思其贤，乃令以物色访之。后齐国上言："有一男子，披羊裘钓泽中。"帝疑其光，乃备安车玄纁，遣使聘之。三反而后至。舍于北军，给床褥，太官朝夕进膳。

> ……除为谏议大夫，不屈，乃耕于富春山，后人名其钓处为严陵濑焉。建武十七年，复特征，不至。年八十，终于家。帝伤惜之，诏下郡县赐钱百万、谷千斛。③

对朱买臣的批评则是反面的例子。《汉书》卷六十四上《朱买臣传》："朱买臣字翁子，吴人也。家贫，好读书，不治产业，常艾薪樵，卖以给食，担束薪，行且诵书。其妻亦负戴相随，数止买臣毋歌呕道中。买臣愈益疾歌，妻羞之，求去。买臣笑曰：'我年五十当富贵，今已四十余矣。女苦日久，待我富贵报女功。'妻恚怒曰：'如公等，终饿死沟中耳，何能富贵？'买臣不能留，即听去。其后，买臣独行歌道中，负薪墓间。故妻与夫家俱上冢，见买臣饥寒，呼饭饮之。后数岁，买臣随上计吏为卒，将重车至长安，诣阙上书，书久不报。待诏公车，粮用乏，上计吏卒更乞丐之。会邑子严助贵幸，荐买臣。召见，说《春秋》，言《楚辞》，帝甚说之，拜买臣为中大夫，与严助俱侍中。"④陈樵《樵隐图》二首其二云："买臣昔采薪，颇似远名利。何事五十年，却复怀富

---

① 旧题（汉）伏胜撰，郑玄注，（清）孙之骠辑：《尚书大传》卷二，《文渊阁四库全书》68册，台湾商务印书馆影印版，第398页。

② （汉）毛亨传，（汉）郑玄笺，（唐）孔颖达疏，龚抗云等整理，肖永明等审定：《毛诗正义》，北京大学出版社1999年版，第976页。

③ （宋）范晔著，（唐）李贤等注：《后汉书》卷八十三，中华书局1965年版，第2763—2764页。

④ （汉）班固撰，（唐）颜师古注：《汉书》卷六十四上，中华书局1962年版，第2791页。

贵？古来樵牧间，多非隐沦地。寄言谢君子，无使心迹异。"朱买臣早年迫于生计，采薪为业，看样子好像是淡泊名利，其妻求去时，他大言不惭，吐露真言，心怀富贵。陈樵批评朱买臣中年发迹，中途变节。由此，得出结论，判断一个隐士的真假，不仅要看"行迹"，更要看其"心迹"。

介子推不言禄的行为是知识分子独立精神的体现，正因为如此，黄庭坚赞叹道"士甘焚死不公侯"（《清明》）。相传春秋时晋文公负其功臣介之推，介愤而隐于绵山。文公悔悟，烧山逼令出仕，之推抱树焚死。人民同情介之推的遭遇，相约于其忌日禁火冷食，以为悼念。以后相沿成俗，谓之寒食。按，《周礼·秋官·司烜氏》："中春以木铎修火禁于国中。"① 则禁火为周之旧制。汉刘向《别录》有"寒食蹋蹴"的记述，与介之推死事无关；晋代陆翙《邺中记》《后汉书·周举传》等始附会为介之推事。陈樵乐府诗《寒食词》："绵上火攻山鬼哭，霜华夜入桃花粥。重湖烟柳高插天，犹是咸淳赐火烟。"想象火烧绵山时的惨烈场景，是晋文公破坏了介之推平静的隐居生活，对介之推的敬仰、惋惜之情含而不露。

小草远志。从谢安起，谢氏家族在东晋至南朝这一段相当长的历史时期之中扮演着非常重要的角色，谢氏家族不仅出现了许多优秀的政治家、军事家，更产生了一大批才学高深、文采风流的人物，谢安受命于乱世之中，利用自己出众的政治才华勉力保住江东半壁江山，功业卓著，时有"关中良相惟王猛，天下苍生望谢安"的说法。《世说新语·排调》："谢公始有东山之志，后严命屡臻，势不获已，始就桓公司马。于时人有饷桓公药草，中有'远志'。公取以问谢：'此药又名"小草"，何一物而有二称？'谢未即答。时郝隆在坐，应声答曰：'此甚易解：处则为远志，出则为小草。'谢甚有愧色。桓公目谢而笑曰：'郝参军此过乃不恶，亦极有会。'"余嘉锡案："据此，则远志之与小草，虽一物而有根与叶之不同。叶名小草，根不可名小草也。郝隆之答，谓出与处异名，亦是分根与叶言之。根埋土中为处，叶生地上为出。既协物情，又因以讥谢公，语意双关，故为妙对也。"② 后以小草喻平庸。亦含虽怀远志而遭际不遇之慨。宋代陆游《涧松》诗："药出山来为小草，楸成树后困长藤。"金

---

① （汉）郑玄注，（唐）贾公彦疏，赵伯雄整理，王文锦审定：《周礼注疏》，北京大学出版社1999年版，第977页。

② （南朝宋）刘义庆著，（梁）刘孝标注，余嘉锡笺疏：《世说新语笺疏》，中华书局2007年版，第944页。

代元好问《洞仙歌》词："似山中远志，漫出山来，成个甚？只是人间小草！"①

而陈樵在《石楼草庐》其一中却言："小草自怜无远志，茯苓终不近孤松。"他这里完全颠倒过来了，他本来是个隐士，是"远志"，而没有出山入仕，作"小草"，他却自称"小草"，是为自谦之词，"自怜无远志"隐然将高官厚禄比作"远志"了。怜，是爱的意思。这恰恰写出了他自甘淡泊、不慕名利的精神诉求，超越了原来的意思，而赋以更深刻的内涵。从中或可窥见陈樵活用典故、化用典故的功夫。

漱石枕流。《世说新语·排调》："孙子荆（孙楚）年少时欲隐，语王武子（王济），当'枕石漱流'，误曰'漱石枕流'。王曰：'流可枕，石可漱乎？'孙曰：'所以枕流，欲洗其耳；所以漱石，欲砺其齿。'"② 孙楚认为归隐一定要做到枕流洗耳，一去俗尘；漱石砺齿，远离人间烟火。后用"枕流漱石、枕流、漱石、枕石、枕石漱流"等借写隐居或闲逸生活，或称品质的高洁无尘。陈樵运用这一典故的情形，真可谓一片神行，浑然天成，如，《石磴》："醉则枕流眠枕石，看云不复据胡床。"《散庵》："漱流枕石傍寒林，散发酣歌称散人。"《跳银溪》："枕石听泉伏草莱。"

一丘一壑。《世说新语·品藻》："明帝问谢鲲：'君自谓何如庾亮？'答曰：'端委庙堂，使百僚准则，臣不如亮。一丘一壑，自谓过之。'"③《汉书·叙传上》班嗣论庄周曰："渔钓于一壑，则万物不奸其志；栖迟于一丘，则天下不易其乐。"④ 一丘一壑，原指隐者所居之地，后多用以指寄情山水。陈樵《黄晋卿见过却归乌伤六首》其六："唯应一丘壑，垂白向昇平。"《陈氏山林春日杂兴》："剩水残山瘴海滨，一丘一壑可全真。"

灌园。《史记》卷八十三《鲁仲连邹阳列传》："邹阳者，齐人也。游于梁，与故吴人庄忌夫子、淮阴枚生之徒交。上书而介于羊胜、公孙诡之间。胜等嫉邹阳，恶之梁孝王。孝王怒，下之吏，将欲杀之。邹阳客游，以谗见禽，恐死而负累，乃从狱中上书曰：'……至夫秦用商鞅之法，东弱韩、魏，兵强天下，

① （金）元好问：《元好问全集》下册，山西人民出版社 1990 年，第 134 页。
② （南朝宋）刘义庆著，（梁）刘孝标注，余嘉锡笺疏：《世说新语笺疏》，中华书局 2007 年版，第 918 页。
③ 同上书，第 608 页。
④ （汉）班固撰，（唐）颜师古注：《汉书》卷一百上，中华书局 1962 年版，第 4205 页。

而卒车裂之；越用大夫种之谋，禽劲吴，霸中国，而卒诛其身。是以孙叔敖三去相而不悔，於陵子仲辞三公为人灌园。'"裴骃《史记集解》引《列士传》曰："楚於陵子仲，楚王欲以为相，而不许，为人灌园。"唐代司马贞《史记索隐》："《孟子》云陈仲子，齐陈氏之族。兄为齐卿，仲子以为不义，乃适楚，居于於陵，自谓於陵子仲。楚王聘以为相，子仲遂夫妻相与逃，为人灌园。"①灌园本指为禾苗或蔬菜浇水的田间劳作，后用为隐居不仕之典。

山园

洛阳池馆半桑田，断竹操觚日灌园。

春日花连小东白，暮年草创大还丹。

蕨薇自古犹长采，桃李于今竟不言。

一径桑榆随地暖，雨余苜蓿又阑干。

陈樵写来毫不费力，天然自放，如同己出，若不经意，看不出他是在用典，因为这本来就是他隐居生活的内容。

散发。《后汉书》卷四十五《袁安传》附《袁闳传》："延熹末，党事将作，闳遂散发绝世，欲投迹深林。"②"散发"喻指弃官隐居，逍遥自在。《望月台》："玉箫吹断暮云平，散发临风露气清。"《散庵》："漱流枕石傍寒林，散发酣歌称散人。"

六逸，指竹溪六逸。《新唐书·文艺传中·李白》："（李白）更客任城，与孔巢父、韩准、裴政、张叔明、陶沔居徂来山，日沈饮，号'竹溪六逸'。"③开元二十五年，李白移家东鲁，与山东名士孔巢父、韩准、裴政、张叔明、陶沔在泰安府徂徕山下的竹溪隐居，世人皆称他们为"竹溪六逸"。他们在此纵酒酣歌，啸傲泉石，举杯邀月，诗思驰荡，后来李白《送韩准裴政孔巢父还山》诗中曾有"昨宵梦里还，云弄竹溪月"④ 之句，便是对这段隐居生活的深情回忆。世人仰慕他们，尽管总是觉得有些狂妄而不可亲近。他们有着隐士与

---

① （汉）司马迁撰，裴骃集解，司马贞索隐，张守节正义：《史记》，中华书局1963年版，第2469—2475页。

② （宋）范晔撰，（唐）李贤等注：《后汉书》卷四十五，中华书局1965年版，第1526页。

③ （宋）欧阳修、宋祁撰：《新唐书》卷二百二，中华书局1975年版，第5762页。

④ （唐）李白著，（清）王琦注：《李太白全集》，中华书局1977年版，第775页。

逸民的心理特征，性之所至，高风绝尘。他们寄情于山水林泉，桀骜不驯，柴门蓬户，兰蕙参差，妙辩玄宗，尤精庄老，那是一种悠然自在的文化态度，更是一种理想而浪漫的生存方式。陈樵《题竹隐轩》云："七贤清修诚足慕，六逸可学夫何难。"表示竹溪六逸可以学习、效仿，而且并不难。

少微星。《晋书》卷九十四《隐逸列传·谢敷》载："谢敷字庆绪，会稽人也。性澄靖寡欲，入太平山十余年。镇军郗愔召为主簿，台征博士，皆不就。（隆和）初，月犯少微，少微一名处士星，占者以隐士当之。谯国戴逵有美才，人或忧之。俄而敷死，故会稽人士以嘲吴人云：'吴中高士，便是求死不得死。'"① 晋哀帝隆和元年（362），月亮犯少微星（处士星），算命者以隐士当死。谯国（安徽亳州）的隐士戴逵有美才，人或忧之。不久，谢敷死，故会稽人士以嘲吴人（当时吴地包括亳州）云："吴中高士，便是求死不得死。"意思是，谢敷才是名副其实的隐士，老天爷不承认戴逵是处士星下凡。《史记·天官书》云："廷藩西有隋星五，曰少微，士大夫。"② 少微四星在太微西士大夫之位也，南第一星为处士，第二星为议士，第三星为博士，第四星为星大夫。

> 玉女今为捣衣石，晋人犹觅少微星。
>
> （《霹雳石》）
>
> 灵槎有客侵河鼓，别墅何人觅少微。
>
> （《少微岩》）
>
> 南州处士星犹在，今岁中秋月未圆。
>
> （《占星台》）

振衣，即抖衣去尘，整衣。《楚辞·渔父》："新沐者必弹冠，新浴者必振衣。"王逸注："去尘秽也。"③ 《少微岩》："石丑松寒楸叶乾，振衣又在碧霞边。"

白社，在晋王隐《晋书》卷九《逸民传·董京》：

---

① （唐）房玄龄等撰：《晋书》卷九十四，中华书局 1974 年版，第 2456—2457 页。
② （汉）司马迁撰，裴骃集解，司马贞索隐，张守节正义：《史记》卷二十七，中华书局 1963 年版，第 1299 页。
③ （宋）洪兴祖撰，白化文等点校：《楚辞补注》，中华书局 1983 年版，第 180 页。

董京字威辇，不知何许人。太始初，值魏禅晋，遂被发佯狂，常宿白社中，时乞于市，得残碎缯絮结以自覆，全帛佳绵则不肯受。著作孙楚就社中与语，遂载与归。终不肯坐。后数年去，莫知其所，其寝处得一石子，其诗曰："末世流奔，以文代质。逝将抱此玄虚，归我寂寞之室。"①

白社后借指隐士或隐士所居之所，陈樵诗用例为《刘山南挽歌》二首其一："白社双林里，西流泪作河。"

（二）名士类

《世说新语·任诞》记载了王孝伯对名士的解读："名士不必须奇才，但使常得无事，痛饮酒，熟读《离骚》，便可称名士。"② 名士作风是在魏晋那个特殊时期形成的，上行下效，遂成风气。鲁迅说："居丧之际，饮酒食肉，由阔人名流倡之，万民皆从之，因为这个缘故，社会上遂尊称这样的人叫作名士派。"③ 名士一派任诞不拘、随性而为、纵酒自适、放达纵恣。其中"随性而为"这一点与陈樵的追求极其合拍，所以陈樵诗歌用典中有很多魏晋名士的身影，这些典故使得陈樵诗歌异彩纷呈。吟咏魏晋人洒脱的生活态度，也是陈樵常常借以自解乃至自我安慰的方式。

竹林七贤是魏末晋初的七位名士：阮籍、嵇康、山涛、刘伶、阮咸、向秀、王戎。《晋书·嵇康传》："所与神交者惟陈留阮籍、河内山涛，豫其流者河内向秀、沛国刘伶、籍兄子咸、琅邪王戎，遂为竹林之游，世所谓'竹林七贤'也。"④《世说新语·任诞》云："陈留阮籍，谯国嵇康，河内山涛，三人年皆相比，康年少亚之。预此契者：沛国刘伶，陈留阮咸，河内向秀，琅邪王戎。七人常集于竹林之下，肆意酣畅，故世谓'竹林七贤'。"⑤ 七人是当时玄学的代表人物，虽然他们的思想倾向不同。嵇康、阮籍、刘伶、阮咸始终主张老庄之学，"越名教而任自然"，山涛、王戎则好老庄而杂以儒术，向秀则主张名教与自然合一。他们在生活上不拘礼法，清静无为，聚众在竹林喝酒、纵歌。作品

---

① 辛夷、成志伟主编：《中国典故大辞典》（第一卷），北京燕山出版社2009年版，第33页。

② （南宋）刘义庆著，（梁）刘孝标注，余嘉锡笺疏：《世说新语笺疏》，中华书局2007年版，第897页。

③ 鲁迅：《鲁迅全集·而已集》，人民文学出版社2005年版，第531页。

④ （唐）房玄龄等撰：《晋书》卷四十九，中华书局1974年版，第1370页。

⑤ （南朝宋）刘义庆著，（梁）刘孝标注，余嘉锡笺疏：《世说新语笺疏》，中华书局2007年版，第853—854页。

揭露和讽刺司马朝廷的虚伪。嵇康等七人相与友善，常一起游于竹林之下，肆意欢宴。后遂用"竹林宴、竹林欢、竹林游、竹林会、竹林兴、竹林狂、竹林笑傲"等指放任不羁的饮宴游乐，或借指莫逆的友情；以"七贤"比喻不同流俗的文人。陈樵《题竹隐轩》："七贤清修诚足慕。"其敬慕之情溢于言表。

阮籍是西晋名士，"竹林七贤"之一，本来胸怀大志，但身当魏晋之际，局势险恶，天下名士凋零过半，阮籍不得不以酗饮为常，不与世事，"大醉六十日""穷途而哭"和"时无英雄，使竖子成名"的典故是人们耳熟能详的。阮籍不拘礼法，狂放任诞，是魏晋风度的代表之一，陈樵对阮籍的这种风度应当说是仰慕的，《翠光亭》："怪得步兵迷望眼，诗成正值酒初醒。"诗运用阮籍"途穷而哭"的典故，陈樵给出的解释则是因为爱酒的缘故，阮籍曾因听闻步兵厨营善于酿酒，有美酒三百斛，因而求得步兵校尉之职。《世说新语·任诞》载："步兵校尉缺，厨中有贮酒数百斛，阮籍乃求为步兵校尉。"①

雪夜访戴，《世说新语·任诞》：

> 王子猷居山阴，夜大雪，眠觉，开室，命酌酒，四望皎然。因起彷徨，咏左思《招隐诗》。忽忆戴安道。时戴在剡，即便夜乘小船就之。经宿方至，造门不前而返。人问其故，王曰："吾本乘兴而行，兴尽而返，何必见戴？"②

王子猷这种不讲实务效果、但凭兴之所至的惊俗行为，十分鲜明地体现出当时士人所崇尚的"魏晋风度"的任诞放浪、不拘形迹，有窥一斑而见全豹之效。眠觉、开室、命酒、赏雪、咏诗、乘船、造门、突返、答问，王子猷一连串的动态细节均历历在目，言简文约，形神毕现，气韵生动。故事介绍了王子猷雪夜访戴安道，未至而返，显示了他作为名士的潇洒自适，性情豪放。陈樵《雪景》诗非常精彩地骤括、讲述了这个故事，而且诗意盎然：

> 小舟乘兴来，兴尽便回棹。夜深雪更深，何须见安道？

---

① （南朝宋）刘义庆著，（梁）刘孝标注，余嘉锡笺疏：《世说新语笺疏》，中华书局 2007 年版，第 858 页。
② 同上书，第 893 页。

莼羹。《世说新语·识鉴》："张季鹰辟齐王东曹掾，在洛见秋风起，因思吴中菰菜羹、鲈鱼脍，曰：'人生贵得适意尔，何能羁宦数千里以要名爵！'遂命驾便归。俄而齐王败，时人皆谓为见机。"① 政府因为张翰是私自离开职位就开除了他的公职，张翰却由着自己的性子来，不愿意为了名利去束缚自己，是谓真旷达。

三秋收橡栗，千里足莼羹。

（《投宪幕上下》六首其六）

莼羹千里地，菰米九秋余。

《送蒙古教授郭受益归洛阳》

兰砌，即芝兰玉树。《世说新语·言语》：谢太傅问诸子侄："子弟亦何预人事，而正欲使其佳?"诸人莫有言者。车骑答曰："譬如芝兰玉树，欲使其生于庭阶耳。"② 本比喻高尚的人，后亦用作对优秀子弟的美称。《投李息斋父子三首》其二："膺门桃李阴，兰砌近清芬。"这是投献诗，"膺门""兰砌"都是类比而赞誉之辞。

玉润冰清，即像玉一样润泽，像冰一样清纯。常喻人或物形神之美。《世说新语·言语》："卫洗马初欲渡江，形神惨顇，语左右云：'见此芒芒，不觉百端交集。苟未免有情，亦复谁能遣此！'南朝梁的刘孝标注引《晋诸公赞》曰：'卫玠字叔宝，河东安邑人。祖父瓘，太尉。父恒，黄门侍郎。'引《玠别传》曰：'玠颖识通达，天韵标令，陈郡谢幼舆敬以亚父之礼。论者以为出王眉子、平子、武子之右。'世咸谓'诸王三子，不如卫家一儿'。娶乐广女。裴叔道曰：'妻父有冰清之姿，婿有璧润之望，所谓秦晋之匹也。'"③ 陈樵《竹涧亭》："不识翁玉润，不识翁冰清。"

（三）仙道传说类

据笔者统计，绝大多数的道家术语、名物、人物和故事的典故都以一种十分密集的方式分布于陈樵有关道教和神话题材的诗歌中。这类典故意象的密集

---

① （南朝宋）刘义庆著，（梁）刘孝标注，余嘉锡笺疏：《世说新语笺疏》，中华书局 2007 年版，第 467 页。
② 同上书，第 173 页。
③ 同上书，第 111—112 页。

嵌入，使作品充满了仙风道骨，营造出独特的、神秘而又迷离的诗歌意境。现将陈樵诗中神话传说、道家道教类典故分类列示，见表12-3。

表12-3 陈樵诗歌仙道传说典故一览表

诗　题	用　典	出　处	意　义
《琼林台》	王子乔	刘向《列仙传·王子乔》	传说中的仙人名
《琼林台》《石磴》	赤松子	刘向《列仙传·赤松子》	相传为上古时神仙
《和杨廉夫买妾歌》	飞仙	东方朔《海内十洲记·方丈洲》	会飞的仙人
《天香台》《少霞洞》《玉雪亭》九首其一	弄玉、萧史	刘向《列仙传》	相传为春秋秦穆公女、女婿，后乘鸾成仙
《天香台》	双成	《汉武帝内传》	借指美女
《天香台》	阿母	《洞冥记》卷一	指西王母
《和杨廉夫买妾歌》《山园》	麻姑	葛洪《神仙传》	神话中仙女名
《待月坛》	素娥	谢庄《月赋》	嫦娥的别称
《行路难》	天孙	《史记·天官书》	指天上织女
《石溪歌》	巨灵	干宝《搜神记》	河神
《玉雪亭》九首其四	六丁	《后汉书·梁节王畅传》	道教认为六丁（丁卯、丁巳、丁未、丁酉、丁亥、丁丑）为阴神，为天帝所役使

续表 12 - 3

诗 题	用 典	出 处	意 义
《上虞魏氏湖上精舍图》二首其二	冯夷	《庄子·大宗师》	传说中的黄河之神，即河伯，泛指水神
《上虞魏氏湖上精舍图》二首其二	海若	《庄子·大宗师》	传说中的海神
《玉雪亭》九首其三	冰夷	《山海经·海内北经》	即冯夷，传说中的河神
《天香台》《春日》二首其一、《碧落洞》	东皇	《楚辞·九歌·东皇太一》	指天神东皇太一
《飞花亭》三首其二	青皇	《史记·封禅书》	即青帝。位于东方的司春之神，又称苍帝、木帝
《山斋》	春皇	王嘉《拾遗记·春皇庖牺》	传说中古帝庖牺（伏羲）的别号
《送厉生之天台》《和杨廉夫买妾歌》	刘阮天台	干宝《搜神记》	用为游仙或男女幽会的典故
《吕氏樵隐图》	烂柯	任昉《述异记》	喻指世事变迁
《鹿皮子墓》	句漏	《晋书·葛洪传》	葛洪为句漏令时炼丹
《占星台》《瀑布》《玉雪亭》之三、 《玉雪亭》之五	灵槎、星槎	张华《博物志》	喻指游仙之人
《壶天》《云山不碍楼》《石碍楼》《玉雪亭》之六、《圃》	壶天、壶中日月	《后汉书·方术列传·费长房传》	喻指道家所谓仙境

续表 12 - 3

诗　题	用　典	出　处	意　义
《题竹隐轩》《壶天》《玉雪亭》之一、《玉雪亭》之二、《送吉甫北上》《圜》《香雪壁》	蓬莱（三山）	《史记·封禅书》	喻仙地圣境
《半汤湖》《溪亭》	骑赤鲤	刘向《列仙传·琴高》	指成仙升天
《西岩紫霞洞》	华胥	《列子·黄帝》	指梦境、仙境
《霹雳石》《少微岩》《占星台》	少微星	《晋书·隐逸传·谢敷》	喻指处士、隐士
《楼氏云楼》	九重天	《淮南子·天文训》	古人认为天有九层，因泛言天为"九重天"
《送吉甫北上》	阆风	《海内十洲记》	传说中神仙居住的地方，在昆仑之巅
《空碧亭》之一	缩地	《神仙传·壶公》	咏仙术
《琼林台》	步虚	《汉武帝内传》	指道家传说中神仙的凌空步行
《少霞洞山居》	煮石	葛洪《神仙传·白石先生》	白石先生为神话传说中的仙人，常煮白石为粮饭
《玉雪亭》九首其一	石髓	刘向《列仙传·邛疏》	即石钟乳，古人用于服食，也可入药

续表 12-3

诗 题	用 典	出 处	意 义
《望月台》《霹雳石》《伏蟾山》《石颠峰》	肉芝（丹书）	葛洪《抱朴子·金丹》	道家称千岁蟾蜍、蝙蝠、灵龟、燕之属为肉芝，谓食者可长寿
《雨》之二、《把酒》《太霞洞》	（羲和）日车	《庄子·徐无鬼》	指日或时光
《桂》	蟾宫	《淮南子·精神训》《后汉书·天文志上》	指月亮
《题竹隐轩》	九转丹	葛洪《抱朴子·金丹》	道教谓经九次提炼、服之能成仙的丹药
《送李仲积北上》《山园》《次王吉夫暮秋旅怀韵》二首其二、《永日观》	还丹	葛洪《抱朴子·金丹》	道家合九转丹与朱砂再次提炼而成的仙丹，自称服后可以即刻成仙
《鹿皮子墓》	丹灶	江淹《别赋》	炼丹用的炉灶
《石楼草庐》《次王吉夫暮秋旅怀韵》二首其二、《金华通天洞》	金华洞	张君房《云笈七签·洞天福地·七十二小洞天》	道书称三十六洞天之一，在浙江省金华市北金华山下
《雨香亭》《石笋》	仙掌	《史记·封禅书》	汉武帝为求仙，在建章宫神明台上造铜仙人，舒掌捧铜盘玉杯，以承接天上的仙露，后称承露金人为仙掌

续表 12-3

诗 题	用 典	出 处	意 义
《江山万里图》《霜岩石室》之一、《巴雨洞》	女娲补天	刘安《淮南子·览冥训》	形容改造天地的雄伟气魄和大无畏的斗争精神
《游丝》	支机石	《太平御览》引南宋刘义庆《集林》	传说为天上织女用以支撑织布机的石头
《琼林台》《圃》	玄圃	《楚辞·离骚》	传说中昆仑山顶的神仙居处，中有奇花异石
《金华通天洞》	金堂	王嘉《拾遗记·洞庭山》	金饰的堂屋。指神仙居处
《琼林台》《醒酒石》《水亭》《玉雪亭》九首其九	琪树	《山海经·海内西经》	仙境中的玉树
《琼林台》《西岩紫霞洞》	瑶草	东方朔《与友人书》	传说中的香草
《雪观》	瑶池	《史记·大宛列传论》	古代传说中昆仑山上的池名，西王母所居
《中秋月》《玉雪亭》九首其二	瑶台	王嘉《拾遗记·昆仑山》	指传说中的神仙居处
《石溪歌》	扶桑	《山海经·海外东经》	神话中的树名
《石溪歌》	金乌	康孟《咏日应赵王教》	相传日中有三足乌，故以金乌为日之代词
《玉雪亭》九首其九	青鸾	《艺文类聚》	传说中的神鸟
《江山万里图》	凿窍	《庄子·应帝王》	指开通七窍
《少霞洞》	餐霞	葛洪《抱朴子·祛惑》	餐食日霞。指修仙学道

续表 12-3

诗 题	用 典	出 处	意 义
《玉雪亭》九首其七	贯月查	王嘉《拾遗记·唐尧》	传说尧时西海中的发光的浮木，借指舟楫
《投宪幕上下》六首其四	柱下	《后汉书·王充王符等传》	相传老子曾为周柱下史，后以"柱下"为老子或老子《道德经》的代称
《次韵黄晋卿见寄之什又》	坐忘	《庄子·大宗师》	道家谓物我两忘、与道合一的精神境界
《香雪壁》	忘形	《庄子·让王》	指超然物外，忘了自己的形体
《樵隐图》二首其一、《菊庵》《三泉》	忘机	《列子·黄帝》	忘却了计较，巧诈之心，自甘恬淡，与世无争
《香雪壁》	虚白	《庄子·人间世》	谓心中纯净无欲
《蛱蝶图》《散庵》《泽清宿雾》	庄生梦	《庄子·齐物论》	喻迷离惝恍的梦境，指超然物外的玄想心境
《海人谣》	琅玕	《山海经·海内西经》	仙树，其实似珠
《东飞伯劳西飞燕》	羽人	《山海经》	有羽人之国，不死之民。或曰：人得道，身生毛羽也
《和杨廉夫买妾歌》	绛雪玄霜	《汉武帝内传》	仙药
《壶天》	丹鱼	《水经注》	传说中丹水所出的赤色鱼

仙道传说之典，陈樵诗歌中多出现女性形象，如女娲、麻姑、弄玉、双成、嫦娥等，她们不仅美丽多情，还各有神通，有的是救世英雄，有的多才多艺，有的长生不老。这表达了陈樵的审美境界、理想境界，还有就是对于仙境、长生的艳羡。他善于化实为虚，化实为幻，将人间仙境化、诗意化，或反过来将仙界世俗化，虚虚实实，真真幻幻，天风浩浩，仙袂飘飘，恍惚迷离，炫人眼目。他诗歌中营造的神仙世界令人读之绝去尘俗气，真有飘然若仙之感。

然而，陈樵诗歌中的仙道典故也不全是这样华美绚烂，轻松快意，其用"女娲"典的《巴雨洞》诗颇具别调，感觉是一种沉重：

> 湿云侵袂细溅溅，自晒蓑衣石上枫。
>
> 海月长来飞雨下，仙家半入漏天中。
>
> 石棱近水依崖长，山柿着霜连叶红。
>
> 却笑当年补天手，炼成五色竟无功。

看月升月落，雨下雨收，自晒蓑衣，云里来，风里去，山柿无人采摘，与霜叶斗红，在这寂寞清苦的隐居生活当中，忽然发出了"却笑当年补天手，炼成五色竟无功"的浩叹，本有经天纬地之能，本有积极用世之心，却为何如此寂寞山中、老死山林？情感深沉厚重，撼人心魄。似有隐忧，读者无法指实。

黄彻《碧溪诗话》卷八有言："书史蓄胸中，而气味入于冠裾；山川历目前，而英灵助于文字。"[①] 陈樵诗歌中化用、引用最多的是隐逸典故、名士风流典故，化用语典最多的是《庄子》《世说新语》及道教用语等，通过对陈樵诗歌用典现象的仔细分析，我们可以更清楚地看到他的世界观、人生态度中的主要思想倾向，如隐逸修真、名士风流、俊逸高蹈等。

三、用法考察

典故的用法，元代陈绎曾《文说·用事法》作了较为系统的总结。从典故的意义来分，有正用（故事与题事正用者也）、反用（故事与题事反用者也）、借用（故事与题事绝不类，以一端相近而借用之者也）、暗用（用故事之语意，而不显其名迹）；从典故的类别来分，有对用（经题用经事，子题用子事，史

---

① 丁福保辑：《历代诗话续编》，中华书局1983年版，第383页。

题用史事，汉题用汉事，三国题用三国事，韩柳题用韩柳事，佛志题用佛志事。此正法也）、扳用（子史百家题用经事，三国题用周汉事。此扳前证后，亦正法也）、比用（庄子题用列子，柳文题用韩文，亦正用之变也）、倒用（经题用子史，汉题用三国，此有笔力者能之也）、泛用（于正题中乃用稗官小说、俗语戏谈、异端鄙事为证，非大笔力不敢用。变之又变也）。① 从典故在诗中的显与隐来看，有明用、暗用；从典故意义来看，有反用、借用、暗用；从用典类型来讲，有对用、扳用、倒用、泛用等。截取典故的某个侧面，捏合不同的典故，变换内容，增加细节，虚构杜撰，无所不至。

（一）明用和暗用

明用，即用典时直接说出典故的人物和事件的。这种用法是最一般的情况。兹不赘。

暗用，即不明说出典故中的人物、事件，但是读者在语言的暗示下，可以领略到作者所用的典故本体。文学批评家一向认为暗用优于明用。如，《少霞洞》："山人晏坐青霞外，饮露餐霞度岁时。"暗用了"餐流霞"之典，晋葛洪《抱朴子·祛惑》："又河东蒲坂有项曼都者，与一子入山学仙，十年而归家，家人问其故。曼都曰：'……仙人但以流霞一杯与我，饮之辄不饥渴。'"② "流霞"指神话传说中的仙酒名。后以"餐流霞"指称餐饮之事，常带有潇洒浪漫的感情色彩。陈樵"饮露餐霞"并列，更加烘托出自我形象——一个不食人间烟火的世外高人。又如《紫薇岩》："紫薇莫入丝纶阁，且伴山中白发翁。"暗用白居易《紫薇花》诗意："丝纶阁下文书静，钟鼓楼中刻漏长。独坐黄昏谁是伴？紫薇花下紫薇郎。"③ 而且是反其意而用之，意嘱咐紫薇花不要进入官府，沾染"官气"，要长留山中陪伴作者，"山中白发翁"乃自谓。

暗用典故一般需要读者和作者有相似的知识背景，仔细品味才能识别出来。不熟悉典故出处的人可能就会误解。因此，陈樵的诗是"有待"的，他所期待的读者是具有较高的文化水平和知识积累的人群。

---

① 参见（元）陈绎曾《文说》，《文渊阁四库全书》1482 册，台湾商务印书馆影印版，第247 页。

② 王明：《抱朴子内篇校释》（增订本），中华书局 1985 年版，第 350 页。

③ （唐）白居易著，朱金城笺注：《白居易集笺注》，上海古籍出版社 1988 年版，第 1240—1241 页。

（二）正用、反用、借用

正用，即典故与题事正合者。如，《送厉生之天台》："刘郎洞前药草肥，年年送春春不归。刘郎采药路不迷，路迷却是还家时。人间药尽采者稀，医师采药归未迟。终南捷径莫西去，正在刘郎路迷处。"诗描写刘阮入天台山的传说，祝愿往天台山的厉生有个美好的前程。

反用又称翻案，指对历史上同一件史实，做出与前人或大多数人不同的判断。有的是跳出人们对一事件通常的价值判断，《樵隐图》二首其二："买臣昔采薪，颇似远名利。何事五十年，却复怀富贵？古来樵牧间，多非隐沦地。寄言谢君子，无使心迹异。""买臣采樵"指未遇时劳力贫居的生活；用"五十功名、五十晚贵"等谓大器晚成。陈樵则不认同这幅图的题名"樵隐"，认为朱买臣是身似隐，而心未隐。他没有改变这个故事的事实，但是从另一个角度去看待，把大多数人对这一事件的价值判断推翻了。

有的是直接加以否定，熟典便有了陌生化的效果。如，《溪亭》："不信水深骑赤鲤，曾因梦里杀黄鹂。芳洲翠羽无人拾，自补山中白接篱。""骑赤鲤"典出汉刘向《列仙传·琴高》："琴高者，赵人也。以鼓琴为宋康王舍人。行涓、彭之术，浮游冀州、涿郡之间，二百余年后，辞入涿水中，取龙子，与诸弟子期曰：'皆洁斋待于水傍，设祠。'果乘赤鲤来出坐祠中。且有万人观之，留一月余，复入水去。"① 后因以"骑赤鲤"为咏仙术的典故。此典前加"不信"二字，代表了作者对此类传说中仙术的怀疑态度，充满警醒。"拾翠"出自曹植《洛神赋》："或采明珠，或拾翠羽。"② "芳洲翠羽无人拾。"不只是对翠羽的不被发现、赏识、利用而怅惜，其实是自伤，这从下一句"自补山中白接篱"中透露出了消息。又如《清凉台》："不用破瓜沉绿李，自从云后有余清。"《文选》卷四十二曹丕《与朝歌令吴质书》："浮甘瓜于清泉，沈朱李于寒水。"③ 谓天热把瓜果用冷水浸后食用。后以"沉李浮瓜"借指消夏乐事。亦泛指消夏果品。陈樵的诗描述临水傍山的清凉台自然条件得天独厚，是个避暑绝佳之地，好风时俱，片雨常淋，消夏不必如此麻烦。《春日题水轩》："鹦鹉

---

① 王叔岷：《列仙传校笺》，中华书局 2007 年版，第 60 页。
② （三国）曹植著，赵幼文校注：《曹植集校注》，人民文学出版社 1998 年版，第 284 页。
③ （三国）曹丕：《与朝歌令吴质书》，（梁）萧统编，（唐）李善等注《六臣注文选》，中华书局 1987 年版，第 786 页。

无言初病瘅，丁香不结又经春。""丁香结"出自李商隐《代赠二首》其一：
"楼上黄昏欲望休，玉梯横绝月如钩。芭蕉不展丁香结，同向春风各自愁。"①
芭蕉的蕉心尚未展开，丁香的花蕾丛生如结；同是春风吹拂，而二人异地同心，
都在为不得与对方相会而愁苦。这既是思妇眼前实景的真实描绘，同时又是借
物写人，以芭蕉喻情人，以丁香喻女子自己。陈樵诗中言即使丁香不结花蕾，
春天照样会匆匆过去。

有的则是把前人的语意反过来说，情境不同，况味有别，但是立意却是一
致的。如，《寒江渔乐图》："画师胸中吞万有，吐出云梦常八九。"用司马相如
《子虚赋》："秋田乎青丘，彷徨乎海外。吞若云梦者八九于其胸中，曾不蒂
芥。"②《子虚赋》为司马相如游梁时所作，以子虚和乌有先生设问设答的手法，
描述云梦泽的山川土石，珍禽异兽，奇花瑶草，天地间的诸多奇观，人事中的
各种盛举。这几句乃乌有先生吹嘘齐国地大物博，"吞云梦者八九于其胸中"，
陈樵改"吞"为"吐"，是夸画师胸有丘壑。又如，《圈》："有客持云坐盘石，
无人伴月出萝烟。"南北朝诗人陶弘景的《诏问山中何所有赋诗以答》："山中
何所有，岭上多白云。只可自怡悦，不堪持赠君。"③ 这是陶弘景隐居之后回答
齐高帝萧道成诏书所问而写的一首诗。在诗人心目中，白云是一种超尘出世的
生活境界的象征，然而"白云"的这种价值是名利场中人不能理解的，唯有品
格高洁、风神飘逸的高士才能领略"白云"奇韵真趣。所以诗人说："只可自
怡悦，不堪持赠君。"言外之意，我的志趣所在是白云青山林泉，可惜我无法
让您理解个中情趣，就像山中白云悠悠，难以持赠一样。而陈樵浓缩为"持
云"二字，意为白云可持可赠，包含了陶弘景全部诗义，且从反面落笔，妙趣
无穷。《诗人玉屑》言："直用其事，人皆能之，反其意而用之者，非学业高
人，超越寻常拘挛之见，不规规然蹈袭前人陈迹者，何以臻此！"④

借用指典故与题事本来不是一类，但因一方面相似而借来用。借用有借意、
借字、借事等。借意如《绝唱轩》："诗无獭髓痕犹在，梦有鸾胶断若何。"獭
髓，獭的骨髓。相传与玉屑、琥珀和合，可作灭疤痕的贵重药物。晋代王嘉

---

① 刘学锴、余恕诚：《李商隐诗歌集解》，中华书局 1988 年版，第 1807 页。

② （汉）司马相如：《子虚赋》，（梁）萧统编，（唐）李善等注《六臣注文选》，中华书局 1987
年版，第 156 页。

③ 逯钦立辑校：《先秦汉魏晋南北朝诗》，中华书局 1988 年版，第 1814 页。

④ （宋）魏庆之著，王仲闻点校：《诗人玉屑》，中华书局 2007 年版，第 203 页。

《拾遗记·吴》卷八：“和（孙和）于月下舞水精如意，误伤夫人（邓夫人）颊，血流污袴，娇姹弥苦，自舔其疮，命太医合药，医曰：‘得白獭髓，杂玉与琥珀屑，当灭此痕。’”① 后以此典喻美容药品。陈樵希望有一种獭髓一样的东西能补诗痕，使诗更加完美。据汉代东方朔《海内十洲记·凤麟洲》载，西海中有凤麟洲，多仙家，煮凤喙麟角合煎作膏，能续弓弩已断之弦，名续弦胶，亦称“鸾胶”。后多用以比喻续娶后妻，或以此泛指续事物，如续文续物，不一定专指续刀弓武器，但陈樵这里突发奇想，说即使有了鸾胶，其梦也不可续接了。

借事如《风香亭》：“香积界中天地阔，景差何用上兰台？”兰台，战国楚台名。故址传说在今湖北省钟祥县东。宋玉《风赋》序：“楚襄王游于兰台之宫，宋玉、景差侍。有风飒然而至，王乃披襟而当之，曰：‘快哉，此风！寡人所与庶人共者邪！’”② 陈樵谓风香亭爽气自来，与兰台风作对比。又如《东白草堂》：“屋后茌菌与水平，屋头很石列为屏。”《苕溪渔隐丛话》卷二十四引《蔡宽夫诗话》：润州甘露寺有块石，状如伏羊，形制略具，号很石。相传孙权尝据其上，与刘备论曹公。壁间旧有罗隐诗板云：“紫髯桑盖两沉吟，很石空存事莫寻。”③ 很石本在润州甘露寺，陈樵移来写东白草堂屋头之石。

（三）对用

对用，即陈绎曾《文说》：“对用：经题用经事，子题用子事，史题用史事，汉题用汉事，三国题用三国事，韩柳题用韩柳事，佛志题用佛志事。此正法也。”陈绎曾指出了对用的大致情形，划出了大类，而陈樵诗中的对用，则显得更为细致工巧。

有的诗用和诗题同类的故事，如，《送李仲积北上》：“绝裾固无取，负米良足美。”上句用温峤“绝裾”典，表否定，下句用子路“负米”典，喻为奉养父母而在外谋求禄米。言下之意是赞成朋友李仲积北上求取功名，但奉劝他勿忘初衷。这两个典故都如题中人物一样，离开家乡、父母而去求官。又如，《琼林台》：“飞书约王子，珥节延赤松。”王子乔、赤松子都是刘向《列仙传》中记述的仙人，陈樵寄写者乃是元代著名道士薛玄卿，琼林台建于龙虎山之西，

---

① （东晋）王嘉：《拾遗记》，《文渊阁四库全书》1042 册，台湾商务印书馆影印版，第 351 页。
② （梁）萧统编，（唐）李善等注：《六臣注文选》，中华书局 1987 年版，第 246 页。
③ （宋）胡仔纂集，廖德明校点：《苕溪渔隐丛话》（前集），人民文学出版社 1962 年版，第 163 页。

诗通过仙境、仙人的近乎夸张地描述，风格旖旎、迷离，更好地衬托出了台之高，环境之美，其间人物之拔俗高雅。再如，《题竹隐轩》："七贤清修诚足慕，六逸可学夫何难。"竹林七贤、竹溪六逸都是著名的隐士。

以人为题的诗，陈樵有时用题中人同姓故事，如，《徐文蔚》："犹传徐浩体，自写郑虔诗。"徐浩，唐代书法家，用同姓典。有时用自己同姓典故，如《黄晋卿见过却归乌伤》六首其四："今朝下垂榻，几日望行尘。"用了陈藩下榻之典。后汉陈蕃为乐安太守。郡人周璆，高洁之士。前后郡守招命莫肯至，唯蕃能致之。特为置一榻，去则悬之。后蕃为豫章太守，在郡不接宾客，唯徐穉来特设一榻，去则悬之。见《后汉书·陈蕃传》及《徐穉传》。后遂谓礼贤重才或礼遇宾客为"下榻"。

（四）合用、变用、虚构

1. 合用

即将两个典故捏合在一起用，不同的典故合为一个整体，往往使典故来源变得晦昧难识。如，《中秋月》："瑶台月里可避胡，三郎错路归鱼凫。"是将唐玄宗李隆基八月十五游月宫的典故与安史之乱中避乱四川的典故合在一起了。《太平广记》中，则记载了玄宗八月十五游月宫的传说，卷二十二《罗公远》条云：

> 开元中，中秋望夜，时玄宗于宫中玩月。公远奏曰："陛下莫要至月中看否？"乃取拄杖，向空掷之，化为大桥，其色如银。请玄宗同登，约行数十里，精光夺目，寒色侵人，遂至大城阙，公远曰："此月宫也。"见仙女数百，皆素练宽衣，舞于广庭。[1]

卷二十六《叶法善》条亦有中秋玄宗游月宫之传说：

> 又尝因八月望夜，师与玄宗游月宫，聆月中天乐。问其曲名，曰：紫云曲。玄宗素晓音律，默记其声，归传其音，名之曰霓裳羽衣。[2]

一个是传说，一个是史实，捏合起来，事实上却是无法实现的，体现了作

---

① （宋）李昉等编：《太平广记》，中华书局1963年版，第147页。

② 同上书，第172页。

者戏谑的创作态度以及睿智而温厚的嘲讽。

《虞美人草词》："鸿门剑戟帐下舞，美人忍泪听楚歌。楚歌入汉美人死，不见宫中有人彘。"《史记·项羽本纪》中"鸿门宴""项庄舞剑""四面楚歌"等典故与《史记·吕太后本纪》中"人彘"的典故不相连属，需要读者展开联想填补思维的空白，其实，共同指向了古代女子的悲剧命运。再如，《楼氏云楼》："白衣苍狗不从龙。"杜甫《可叹》："天上浮云似白衣，斯须改变如苍狗。"① 白衣苍狗是写云。《易·乾》："云从龙，风从虎，圣人作而万物睹。"② 原来陈樵诗意是反用"云从龙"，即云不从龙。

2. 变用

改造事实，或改变语典原文的固定表达，来为自己的诗歌创作服务。

有的是改变原语典的字面易以他字，如《蜀锦屏》："人生宇宙中，寿无金石坚。"用《古诗十九首》之十三："人生忽如寄，寿无金石固。"③ 原典为"金石固"，陈樵改为"金石坚"。

有的是改变原典当中的词句顺序，打乱错接。如，《史记·张仪列传》："臣闻争名者于朝，争利者于市。今三川、周室，天下之朝市也，而王不争焉，顾争于戎翟，去王业远矣。"④ "朝市"泛指名利之场；《题竹隐轩》"市朝富贵多忧患，山林旷荡聊盘桓"，此处则为"市朝"。

《丹山秋月》："几回悟想留诗咏，费尽敲推恐未工。"敲推，即推敲，用孟郊、韩愈事。《虎口樵歌》："曲径韵流黄叶远，空山响遏白云沉。"遏云典出《列子·汤问》："薛谭学讴于秦青，未穷青之技，自谓尽之；遂辞归。秦青弗止；饯于郊衢，抚节悲歌，声振林木，响遏行云。薛谭乃谢求反，终身不敢言归。"⑤ 原句作"响遏行云"，陈樵则错接为"响遏白云沉"。

有的语典，虽然用了典故的字面，却改变了它的含义，如，《五云洞》："阴云满地晴飞白，雨蝶依林暗贴黄。""飞白"是书法术语，出于唐张彦远《法书要录七·张怀瓘（书断）上·飞白》："汉灵帝熹平年，诏蔡邕作'圣皇

<hr />

① （唐）杜甫撰，（清）仇兆鳌注：《杜诗详注》，中华书局 2015 年版，第 1508 页。
② （魏）王弼注，（唐）孔颖达疏，李申、卢光明整理，吕绍纲审定：《周易正义》，北京大学出版社 1999 年版，第 17 页。
③ （梁）萧统编，（唐）李善等注：《六臣注文选》，中华书局 1987 年版，第 541 页。
④ （汉）司马迁撰，裴骃集解，司马贞索隐，张守节正义：《史记》，中华书局 1963 年版，第 2282 页。
⑤ 杨伯峻撰：《列子集释》，中华书局 1979 年版，第 177 页。

篇'，篇成，诣鸿都门，上时方修饰鸿都门，伯喈待诏门下见役人以垩帚成字，心有悦焉，归而为飞白之书。"① 陈诗是写景，阴云满天、露出晴空的地方，就像是书法里的"飞白"那样。贴黄，古时妇女的面饰。《木兰诗》："当窗理云鬓，对镜贴花黄。"② 陈诗还是写景，避雨的蝴蝶依着树林翩翩起舞，就像是妇女帖的面饰。这两句用比拟，形象、生动而新颖。又如"木客"是传说中的深山精怪，实则可能为久居深山的野人。因与世隔绝，故古人多有此附会。《太平御览》卷八八四引晋代邓德明《南康记》："木客，头面语声亦不全异人，但手脚爪如钩利，高岩绝峰然居之。能斫榜，牵著树上聚之。"③ 而《少霞洞山居》中"度关僧寄娑罗树，入市人传木客诗"之"木客"乃是作者谦称。

有的则是有意改变原典中的说法，以取得特别的效果，如《菊庵》："桃李自开还自落，却疑兰菊未忘机。""忘机"意为消除机巧之心，常用以指甘于淡泊，忘掉世俗，与世无争，见《列子·黄帝》。原典是"鸥鸟忘机"，指动物，陈樵这里写兰菊，是指植物了。

除此之外，陈樵还将语典用做事典，将语和事杂糅在一起，如，《圜》："晴曦白发三千丈。"用李白《秋浦歌》里的"白发三千丈"，李诗用夸张手法写愁，陈樵则将其当作一个故事，用作事典。

3. 虚构

虚构是在原典上增加虚构性细节，如，《霜岩石室》六首其四："梦骑鹤处天逾阔，歌遏云时花不飞。"响遏行云的典故，陈樵想象之后，补充了"花不飞"的情节。

总之，陈樵诗的用典，极尽翻转腾挪之能事。沈德潜说："实事贵用之使活，熟语贵用之使新，语如己出，无斧凿痕，斯不受古人束缚。"④ 陈樵近乎此境。

---

① （唐）张彦远：《法书要录》，《文渊阁四库全书》812 册，台湾商务印书馆影印版，第207 页。

② （宋）郭茂倩编：《乐府诗集》，中华书局 1979 年版，第 374 页。

③ （宋）李昉等：《太平御览》，《文渊阁四库全书》900 册，台湾商务印书馆影印版，第750 页。

④ （清）王夫之等：《清诗话》，上海古籍出版社 1978 年版，第 524 页。

第十三章　叠字艺术

一、陈樵诗叠字概况

诗歌是最精炼的文学体式，篇幅短小，故遣词下字的成败往往关系诗歌成败。刘勰《文心雕龙·练字》篇说："善为文者，富于万篇，贫于一字。"① 中国古代诗歌有重炼虚字者，有重炼字眼者，有重炼字法者，陈樵诗尤以叠字见长。

叠字又称叠音、叠词、叠言和重言，是由形、音、义均相同的同一字或者单音节词无间隔、重叠使用的一种修辞方式。一般而言，诗歌篇幅有限，字字如金，每一个字都尽可能包含最大限度的容量，叠字作为一个词组，两个音节共同表达同一内容。尽管如此，叠字还是受到诗人们的追捧。

那么叠字对于诗歌，到底有什么样的魅力呢？刘勰在《文心雕龙》中曾这样评价叠字："诗人感物，联类不穷。流连万象之际，沉吟视听之区；写气图貌，既随物以宛转；属采附声，亦与心而徘徊。故灼灼状桃花之鲜，依依尽杨柳之貌，杲杲为出日之容，瀌瀌拟雨雪之状，喈喈逐黄鸟之声，嘤嘤学草虫之韵；皎日嘒星，一言穷理，参差沃若，两字穷形；并以少总多，情貌无遗矣。"② 强调了叠字状物写景的妙处，可尽物之神态。叠字的回环复沓可以达到物"与心而徘徊"的效果，顾炎武在《日知录》中云："诗用叠字最难。《卫诗》'河水洋洋，北流活活。施罛濊濊，鳣鲔发发。葭菼揭揭，庶姜孽孽'。连用六叠字，可谓复而不厌赜而不乱矣。古诗'青青河畔草，郁郁园中柳。盈盈楼上女，皎皎当户牖。娥娥红粉妆，纤纤出素手'。连用六叠字，亦极自然，

---

① 周振甫：《文心雕龙注释》，人民文学出版社 1981 年版，第 421 页。
② 同上书，第 493 页。

下此即无人可继。"① 宋人叶梦得说："诗下双字极难，须使五言七言之间除去五字三字外，精神兴致，全见于两言，方为工妙。"② 当然，这是叠字运用的最佳境界，不是轻易能达到的。

在我国古代典籍中，叠字很早就运用在了诗歌的创作中，我国第一部诗歌总集《诗经》中已经开始大量使用叠字，在三百零五首诗篇中，运用叠字写人状物，表情达意的近两百篇，叠字多达六百一十余个，《诗经》第一首第一句："关关雎鸠"就用了叠字。继《诗经》之后的《古诗十九首》除五首外，十四首诗用了近三十个叠字，许多为后人传唱的名句如"青青河畔草""行行重行行"用了叠字。到了魏晋时期，诗人也常用叠字描绘景物，抒写情怀，著名的曹操三父子，都在诗中反复用过叠字，如曹操的"去去不可追""明明日月光"（《秋胡行二首》其二），曹丕的"遥遥山上亭，皎皎云间星"（《于明津作诗》），曹植的"柔条纷冉冉，落叶何翩翩"（《美女篇》）。陶渊明诗中也有很多地方使用了叠字，如"暧暧远人村，依依墟里烟"（《归园田居》）。至唐代，就有更多的诗人在诗中使用叠字。杜甫在此方面为一大家，博得明代杨慎称赞"诗中叠字最难下，唯少陵用之独工。"③ 这些诗人的创作都对陈樵在诗中使用叠字产生了深刻的影响。

陈樵诗中叠字俯拾皆是，多以同一字无间隔的相叠使用居多。粗略统计，他的二百六十八首诗歌中共出现叠字一百次七十词，涉及诗歌七十六首。按这些叠字在诗词中的作用，可将其分为状貌、拟声、表时、写情等叠字。

陈樵诗歌中叠字分类与统计情况详见表 13 - 1。

表 13 - 1　陈樵诗歌中叠字分类与统计

分　类	叠字及其使用次数④
拟　声	萧萧、潇潇、泠泠、珊珊

① （清）顾炎武著，（清）黄汝成集释，栾保群、吕宗力校点：《日知录集释》，上海古籍出版社 2006 年版，第 1214 页。

② （宋）叶梦得：《石林诗话》，（清）何文焕辑《历代诗话》，中华书局 1981 年版，第 411 页。

③ （唐）杜甫撰，（清）仇兆鳌注：《杜诗详注》，中华书局 2015 年版，第 619 页。

④ 括号内为出现次数，未标注的使用次数为一次。

续表 13 - 1

分 类	叠字及其使用次数①
状 貌	蕊蕊、草草、青青、漠漠、愔愔、浩浩（2）、纷纷、茫茫（2）、涓涓、郁郁、依依、翩翩、霏霏、萋萋、生生、磊磊、离离（3）、漫漫（4）、矫矫、鼎鼎、峨峨（2）、滚滚、累累、皡皡、平平、婉婉、渊渊、粼粼（2）、亭亭（3）、冉冉、菲菲、荧荧、汤汤、泯泯、奕奕、冥冥、茸茸、细细、重重（2）、鳞鳞、翩翩、煌煌、绵绵、盈盈、历历、乾乾、飞飞、沈沈、团团
写 情	脉脉（3）、落落、依依（2）、寥寥
表时（频度、处所）	朝朝（3）、暮暮、匆匆（2）、年年（2）、时时（2）、日日（5）、夜夜、往往、处处（3）、一一、纷纷（2）
其 他	字字、人人、片片（2）、去去

二、陈樵诗中叠音词的语法特性

（一）陈樵诗中叠音词的词类特征

形容词类叠音词数量最大，这是由于形容词本身具有描写修饰的特性，而副词的意义相对虚化，所以副词类的叠音词很少。叠音词有一个很重要的功能是拟声，所以拟声词类叠音词也较多。

陈樵诗叠字的特点，我们首先根据词性加以分类，然后再概括说明。

1. 动词

游子四方志，去去道路长。

（《送兄游姑苏》二首其一）

---

① 括号内为出现次数，未标注的使用次数为一次。

2. 名词

　　字字拆来方可煮，煮作吴中菰饭香。

（《赠拆字蔡生》）

　　花奴鼓急人人顾，矸光帽滑花难住。

（《代玉山子答》）

3. 形容词

　　阆风青峨峨，海波白粼粼。

（《送吉甫北上》）

　　春风折杨柳，离思两依依。

（《送李仲积北上》）

　　却忆壶中天地阔，十洲烟雨正茫茫。

（《云山不碍楼》）

4. 量词

　　水乐声中共夕凉，雪花片片洒衣裳。

（《圉谷涧》）

5. 象声词

　　烟林暮萧萧，风水秋泠泠。

（《竹涧亭》）

　　篁竹潇潇暗水鸣，朝暾奕奕耿残星。

（《梅墩石》）

6. 副词

　　依依雨气侵萤火，一一水纹生鹤毛。

（《飞雨亭》）

　　树头生雨时时湿，春色如花日日销。

（《临花亭》九首其四）

（二）陈樵诗中叠音词的语法功能

陈樵诗中的叠音词具有多种语法功能。可以做定语，如，"峨峨黄金台，凤诏求贤才"（《送李仲积北上》）；可以做状语，如，"冷云堆里散人家，叠嶂回峰往往遮"（《石碴楼》）；可以做谓语，如，"天运妙不息，君子贵乾乾"（《题郑仲潜东明山凿池曰灵渊》）；可以做主语，如，"字字拆来方可煮，煮作吴中菰饭香"（《赠拆字蔡生》）；也可以做补语，如，"远道故人成久别，每因景物思绵绵"（《次王吉夫暮秋旅怀韵》二首其一）。同一个叠音词可以出现在不同的位置，充当不同的句法成分。以"纷纷"为例，"俗下正纷纷"（《送张仲举归晋阳举进士》六首其二），"桂子纷纷入我怀，海棠芳桂雪生葩"（《野芳园》），"篱畔寻芳寻不见，楞梨绿李下纷纷"（《寻春园》二首其二）。

三、陈樵诗中叠词的意义功能

用叠字来描摹事物的状态，可以增强语言的生动性、形象性，增加艺术表现力。

陈樵长于真实而具体地写景状物，尤其善于传达物象的精神气韵，注重环境氛围的渲染和情感的抒发，而叠字恰好在这一方面有潜在的优势。陈樵诗的叠字除了少量动词和名词之外，大部分都是形容词。陈樵为什么不选用单音节的形容词或者一般的形容词呢？这在一定程度上与诗歌的节奏有关。五言诗的节奏是二二一或二一二，七言诗的节奏是二二二一或二二一二，当位于"二"的节奏部位，一个单音节词不能构成节奏单位，这就要求增加另一个字或者用一个双音节词来满足节奏的需要，而叠字可以轻易地满足这一点又不抵触声律的要求。单音节词或者一般的形容词往往只能表现事物的性质状态，而叠字在重叠之后可以增加情感因子，更能刻画出事物的神韵。

陈樵的诗叠字多出现在写景咏物的诗句中，多用来摹物状貌。这些叠字在不同的诗体中出现的位置也各有变化：五绝篇幅短小，惜字如金，只出现一例，《送李仲积北上》："春风折杨柳，离思两依依。"七绝未见用。在律诗中叠字一般出现于首联和尾联，计五十二首，六十一次，其中七律运用叠字四十四首，四十九次。《临花亭》九首其四颔联用叠字："树头生雨时时湿，春色如花日日销。"《飞雨亭》颈联用叠字："依依雨气侵萤火，一一水纹生鹤毛。"五律《刘山南挽歌》二首其二颈联用叠字："历历传新作，时时见古人。"在五言排律中，叠字则用于中间位置（四次），《送乌经历归二十韵》中第八韵用叠字："民风仍皥皥，王道故平平。"第十六韵用叠字："豫筹才婉婉，归思忽翩翩。"凡此，不胜枚举。

（一）妙用摹声叠字，增强音律美

运用叠字来描摹各种声音，以声音刻画形象，发挥摹声叠字在作品中的主要作用。汉语中的摹声词极为丰富，早在诗经时代就已广泛运用，陈樵在诗歌中，善于把自然界的声音直接记录下来传达给读者，给读者以具体真实的感觉。如：

> 烟林暮萧萧，风水秋泠泠。

（《竹涧亭》）

> 篁竹潇潇暗水鸣，朝暾奕奕耿残星。

（《梅暾石》）

> 闻道仙人曾控鹤，羽衣环佩玉珊珊。

（《席家洞》）

"萧萧"乃象声词叠用，状风吹落叶之声。"泠泠"述水声清亮。这两个叠字的运用，似简笔画一样，勾勒了一幅暮霭沉沉，落木萧萧，秋风萧瑟，寒水泠泠的秋意图。潇潇篁竹，配上暗水低鸣，初阳奕奕，耿耿残星，从听觉与视觉两方面烘托出了清幽、温馨、绚烂的隐居环境。"珊珊"为衣裙玉佩声，拟空中不时传来杂佩珊珊的悦耳声，让人仿佛置身于迷离的仙界。

从这些例子可以看出，以声叙事，如历其事；描绘场面，形象生动；以声写景，寓情于景，情景交融，感人至深。

诗歌是富于音乐性的艺术，因此诗语的选择除了考虑描状抒情的效果外，还得考虑音韵之美。清人李重华在《贞一斋诗说》中指出："叠韵如两玉相扣，取其铿锵；双声如贯珠相联，取其婉转。"① 叠字既有双声，又有叠韵，因此既有两玉相扣之铿锵，又有贯珠相连之婉转，具有优美的听觉效果。陈樵多用叠字正是为了追求这种音韵之美，特别是在律诗中，叠字具有语音的和谐悦耳、

---

① （清）李重华：《贞一斋诗说》，王夫之等撰《清诗话》，上海古籍出版社 1978 年版，第935 页。

节奏明朗、韵律协调的音乐性，使句式整齐有序，韵律铿锵悦耳，节奏鲜明，回环荡漾，富有音乐美。

（二）妙用摹状叠字，具有绘画美

叠字的一个重要功能是摹状。恰当地使用，有助于生动形象地描景状物，使语言具有生动性、形象性，从而增强语言的艺术表现力，达到情景交融、妙合无垠的境界。如：

（1）郁郁涧上松，磊磊涧中石。《题松涧图》

（2）南坡有新竹，其叶何青青。《兰竹》

（3）石甑寒来雪易凝，北峰良夜月盈盈。《山堂》

（4）桂子何年生石上，丹英零落树冥冥。《望月台》

（5）太平共喜兴文教，金璧煌煌夜吐辉。《占星台》

（6）江流方浩浩，云气转漫漫。《雨》四首其三

（7）悬流脉脉又涓涓，浣水为花到席前。《霜螭石室》其一

（8）烟雾霏霏湿麝煤，文生绿砚砚生苔《少霞洞》

（9）莫道广文官况冷，窗前生意草萋萋。《送蔡竹涧江山教谕》

（10）更着蓑衣看瀑布，天葩日暮正翻翻。《雨望台》

以上的例子具体细分，可分为两类：

1. 静态摹形

如：（1）中"郁郁"，状涧上松树之繁茂，可参看左思《咏史》："郁郁涧底松，离离山上苗。"[1] "磊磊"，石众多委积之状，屈原《九歌·山鬼》："采三秀兮于山间，石磊磊兮葛蔓蔓。"[2] 诗表现出一种古拙老苍的风味，洋溢出一种勃勃生机。此诗本身就是一首题画诗，画面感很强。（2）句中，"青青"，形容词叠用，绘竹叶鲜嫩之色，使人想见那一片一片新竹茂密的景象。（3）句"盈盈"，形容月光照雪，更加清澈、明亮。（4）句"冥冥"是状树之幽暗、晦暗。（5）句"煌煌"形容金碧辉煌的样子。

2. 动态摹状

---

① （梁）萧统编，（唐）李善等注：《六臣注文选》，中华书局1987年版，第387页。

② 金开诚等校注：《屈原集校注》，中华书局1996年版，第277页。

如（6）句的"浩浩"状水盛大貌，"漫漫"写云气无边无际。控诉恶雨伤农："稚麦应伤涝，娇花不耐寒。"（7）句中"脉脉"形容水无声音、深含感情的样子，"涓涓"则写细慢流状。（8）句"霏霏"烟雾腾起飞扬，将纸上的墨迹都打湿了。（9）句"萋萋"写草茂盛的样子，用窗前旺盛的青草来慰安朋友新官上任的孤寂与无助。（10）句"飜飜"状雨从天而降之飘动貌。

总之，这些叠字都比单字更有表现力，给人更强的美感。在诗歌中用叠字描绘自然景色，丝毫不觉复沓，运用这种叠字来表现事物的特征和姿态，令读者历历在目，如身临其境。

　　　　山深云冉冉，树密芳菲菲。

　　　　　　　　　　　　　　　　　　　　（《樵隐图》二首其一）

　　　　长河不是天上来，悬河滚滚生笔端。

　　　　　　　　　　　　　　　　　　　　　　（《寒江渔乐图》）

　　　　日高空翠拂帘旌，茅阁飞飞照日明。

　　　　　　　　　　　　　　　　　　　　　　　　（《飞观》）

"冉冉"状深山中云移动之缓，"菲菲"写香气之盛。《离骚》："佩缤纷其繁饰兮，芳菲菲其弥章。"[1]"滚滚"形容河水翻涌浮沉的样子。这两首诗都是题画诗，陈樵将静止的画面写活了。"飞飞"乃动词叠用，飘扬貌，茅阁作势欲飞，在阳光下熠熠生辉，紧扣"飞观"之命名。陈樵善于运用叠字以动写静。

另外，如《送吉甫北上》："阆风青峨峨，海波白粼粼。""峨峨"是形容阆风高耸的样子，阆风位于昆仑山的山巅，相传为仙人所居，以写山之静；"粼粼"水流清澈的样子，是写水之动。动静结合，山依水恋，以自然景物之含情，暗写作者送别朋友的难舍难分及美好的祝愿。这些叠字在句中具有点睛作用，所谓精神兴致全见于此。

运用叠词摹状，使景物描写有动有静，声色交融，声情并茂，从而使描写对象达到"情貌无遗""境界尽出矣"。这样的作品正如王国维在《人间词话》中所言："大家之作，其言情也必沁人心脾，其写景也必豁人耳目。其辞脱口

---

①　金开诚等校注：《屈原集校注》，中华书局 1996 年版，第 48 页。

而出，无矫揉妆束之态。"① 在陈樵笔下，所有的景物表现得富有层次感、立体感和色彩感，境界幽深，生动传神，富有绘画美。

（三）妙用叠字，表现人情美

有相当一部分叠字，其单字本身就含有一定的情感因素，使用叠字后情感的浓度大大增强，如脉脉、依依、落落、寥寥等。

美人脉脉金芙蕖，不泣前鱼伤后鱼。

（《代答新人》）

谈经无复日，为别更依依。

（《黄晋卿见过却归乌伤》其五）

眼中今落落，俗下正纷纷。

（《送张仲举归晋阳举进士》六首其二）

矫矫凌云赋，累累白雪歌。

（《送张仲举归晋阳举进士》六首其六）

屋上无端雨乱飘，雨留石罅碧寥寥。

（《宝掌泉》）

这些叠字除了用来描绘具体的物象外，还用来渲染氛围，突出情调。脉脉，眼神含情，相视不语貌；依依，留恋不舍貌；落落，孤单落寞貌；矫矫，卓然出众貌；累累，繁多、重积貌；寥寥，深邃貌。

艺术创作不是靠理性的判断，而是靠激情的迸发来完成，诗的创作，尤其如此。因此，诗人如何充分地抒发和深刻地表达自己的思想感情，从而感染读者，引发读者心灵的共鸣，是极为重要的。妙用叠字有助于更好地达到这一目的。运用叠字，更利于感情的抒发，可以取得言与意会，言随意遣之效，可以增强诗词的人情美。

诗人还常常用叠字来描绘那些巨大而变换不居的事物。叠词的概括性和朦胧性很适合表达这种有形而又无形的事物。写树："天垂平野树团团，雨过平芜绿更鲜。"（《远目楼》）写水："渊渊与浩浩，信匪言可宣。"（《题郑仲潜东

---

① 王国维著，徐调孚注：《人间词话》，《蕙风词话 人间词话》，人民文学出版社 1960 年版，第 219 页。

明山凿池曰灵渊》）

漫漫用例，"碧宇星回夜漫漫"《夜阑曲》；"闻道君家待月坛，坛空风露何漫漫"《待月坛》；"翩然高举游八极，下视五岳烟雾何漫漫"《香雪壁》。茫茫用例，"吴根越角两茫茫，石伞峰头俯大荒"《越观》；"却忆壶中天地阔，十洲烟雨正茫茫"《云山不碍楼》。

这些叠字，不取事物的细节，而从神态上、主观感觉上入手，表现阔大浩渺的气象。

陈樵的诗歌风格以清新见长，在诗中使用叠字则为诗歌平添生动流畅之美，清新而不失风华流美之韵。他诗中使用的叠字有对前人的继承，更有自己独特的发展，不论用叠字来描摹景物还是抒情达意，都不是简单的单字叠加和凑足音节，而是句句饱含深情的吟咏，是全句的精华所在，模拟声音，能够让读者如听其声，如见其景，增强诗歌的节奏感和音韵美；描摹事物，形象生动，通过传神细致而又富有感情的形象塑造，更好地营造意境，表达感情，能够感人至深，发挥出了叠字独特的艺术魅力。

第十四章　颜色字

"一切景语皆情语"是欣赏文学作品尤其是诗歌作品时一个人尽皆知的常识，但多数时候人们会忽略一个问题，即任何可见物象都具有色、形、质三属性，实验证明，人的视觉器官在感受物体最初的二十秒内，色彩感觉占百分之八十，形状感觉只占百分之二十，可见作为"景"而表"情"的其实首先是它的"色"。马克思曾说："色彩的感觉是一般美感中最大众化的形式。"①

颜色词为诗歌营造意境。南朝的文学理论家刘勰在《文心雕龙·情采》中写道："立文之道，其理有三：一曰行文，五色是也；二曰声文，五音是也；三曰情文，五性是也。"② 依据刘勰的说法，"立文"的首要条件便是运用五色，"色""声""性"是文章创作成功的关键所在，而"色"的运用又为首要，可见当时诗人在创作诗歌时已意识到色彩运用的重要性了，这样的创作主张被后来的诗人有意或无意地践行。"诗是无形画。"作诗就像绘画一样，强调形象思维的参与，营造色彩感便是创造意境美的重要手段。诗歌强调营造意境，意境的营造又离不开色彩的装点，色彩渗透在诗歌的意象和诗人的情感空间里，它通过客观世界进入诗人的认知，最后通过诗画的形式再传达给读者，这也就是为什么古代许多优秀的诗人都是丹青高手，如山水田园派诗人王维的诗画都十分有名，能创造出一种"诗中有画，画中有诗"的禅境。作诗类似作画，颜色词便是其中的丹青颜料，可涂可抹，为创作者的艺术思想服务。古代诗画一体，浑然天成的造境之术，使得颜色词也就成为诗歌研究的一个重要窗口。

《礼记·玉藻》孔颖达疏引皇氏云："正谓黄、赤、青、白、黑，五方正色

---

① 《马克思恩格斯全集》十四卷，人民出版社 1972 年版，第 145 页。
② （南朝）刘勰著，周振甫注：《文心雕龙注释》，人民文学出版社 1981 年版，第 346 页。

也。不正，谓五方间色也，绿、红、碧、紫、骝黄是也。"① 古人把颜色分为
"正色"和"间色"。黄、赤、青、白、黑在古代称作正色，又称五色，是纯一
的色彩。五色相配的二级产物为间色，间色为绿、红、碧、紫、骝黄，是掺杂
而成的色彩。黄青之间是绿，赤白之间是红，青白之间是碧，赤黑之间是紫，
黄黑之间是骝黄。可见古人已懂得运用两种以上的色彩混合产生新的色彩，这
与现代的三原色叠加的原理是一样的，运用色纯度最高的原色调出多种色彩。

　　陈樵大约有一百五十七首诗中运用了颜色字，比例是相当高的。

一、颜色词在陈樵诗中的语法功能

（一）用作形容词，在句中作定语

这种用法的颜色词主要起修饰和限定作用。由其作用所决定，它们多用于
句中，少量用于句首，如：

> 碧宇星回夜漫漫，灵芜烟煖重薰荐。
> 冷翠香销青桂枝，冰荷盖光光绕帷。
>
> （《夜阑曲》）
>
> 愿携白玉碗，掇英挹天浆。
> 灌沐紫金丹，卯酉滋芬芳。
>
> （《雨香亭》）
>
> 手中三尺琴，朱丝泛宫商。
>
> （《送兄游姑苏》二首其一）
>
> 佳节去我久，黄花有余妍。
>
> （《同陈子俊暮秋游耆阇山时九日后》）
>
> 雪中花老花未知，我起开帘纳红燕。
>
> （《代玉山子答》）
>
> 石甗峰前绿草肥，菟丝挟雨上梧枝。
>
> （《山馆》）

---

① （汉）郑玄注，（唐）孔颖达疏，龚抗云整理，王文锦审定：《礼记正义》，北京大学出版社
1999 年版，第 897 页。

上述例子中"碧""青""白""紫""朱""黄""红""绿"等颜色词的使用，一方面是对其后名词的修饰和限定，是名词所代表的事物本身所具有的性状，说明了事物是此种而非彼种；另一方面也增加了语言的生动性，使得"诗中有画"，同时，对感情的抒发也具有一定的作用。如，"碧宇"乃青天义，青天浩渺，月升星落，长夜漫漫，桂花凋零，空剩青青桂枝，绣房内熏香寂寂，灯光照帷，营造了凄清、寂静的环境，从而烘托出女主人公的孤寂、落寞；黄花，即菊花，作者与朋友同游山后，睹花而思人，朋友的流风余韵犹如菊花的妍丽与馨香，令作者久久难忘；一阵雨过后，山前的绿草变得鲜肥，惹人怜爱。

（二）用作形容词或活用作动词，在句中作谓语

这种用法的颜色词主要用于表示对事物色彩特征的判断和感受，多用于句尾，少量用于句中。用作形容词的用法较为普通，如：

> 露节老愈苍，烟丛寒更碧。
>
> （《题画丛竹幽禽》）

> 人来此地见山碧，月未冷时如日红。
>
> （《南轩》）

> 林断才通吴月白，雁飞不尽楚天青。
>
> （《翠光亭》）

> 客路风霜厌远行，芰荷犹映旧袍青。
>
> （《次王吉夫暮秋旅怀韵》二首其二）

陈樵诗里颜色词作谓语用得比较独特的还是将它们活用作动词的用法，如：

> 东方火发海影红，金乌飞上扶桑曙。
>
> （《石溪歌》）

> 江南春草年年绿，又向他生说郑玄。
>
> （《鹿皮子墓》）

> 石棱近水依崖长，山梯着霜连叶红。
>
> （《巴雨洞》）

> 血书贝叶三年碧，秋入萝衣半袂红。
>
> （《翻经台》）

天外唾如云样碧，江南春与草俱青。

(《忘忧阁》)

以上各例赋予了原本静止的无生命的事物以灵性和动感，"红""碧""青""绿"等颜色词的活用充分显示了这种灵性和动感。东方日出，海影变红，有蓬勃之意；"鹿皮子墓"乃生圹之意，是表明自己说经的志向终生不渝，甚至九死不悔，生生世世，灵魂不灭，就如江南年年返绿的春草一样。

（三）活用作名词，在句中作主语

这种用法的颜色词多用于句首。宋朝范晞文《对床夜语》说："老杜多欲以颜色字置第一字，却引实字来，如'红入桃花嫩，青归柳叶新'是也。不如此，则语既弱而气亦馁。他如：'青惜峰峦过，黄知橘柚来'，'碧知湖外草，红见海东云'，'绿垂风折笋，红绽雨肥梅'，'红浸珊瑚短，青悬薜荔长'，'翠深开断壁，红远结飞楼'，'翠干危栈竹，红腻小湖莲'，'紫收岷岭芋，白种陆池莲'，皆如前体。若'白摧朽骨龙虎死，黑入太阴雷雨垂'，益壮而险矣。"[①] 可见，将颜色词活用作名词置于句首，可有效地增强句子的语势。

陈樵诗中也有一例："绿暗有人来折柳，红飞剪纸为招魂。"（《临花亭》九首其二）

除用于句首外，还有少量例子是用于句中的，如：

万重山外碧方寸，五色雨中青最多。

(《西岘峰》二首其二)

水鸟临池青入羽，仙人唾地碧如天。

(《银谷涧空碧亭》)

石上菖蒲绿满丛，石根水竹傍梧桐。

(《南轩》)

悬崖种菊红千叶，开户见山青一方。

(《山斋》)

以上几例中，分别用在句中的"青""红""绿"等也都是形容词活用作

---

① 丁福保辑：《历代诗话续编》，中华书局1983年版，第423—424页。

名词，其作用虽不如用在句首明显，但同样可以增强句子的语势。

二、颜色词的并置与对举

陈樵在使用颜色词时经常采用并置与对举的方式，并置指的是两个颜色词在一句诗里连在一起使用；对举指的是两个颜色词在一句诗或两句诗里分开使用。两种不同的颜色同时出现在一两句诗里，可使颜色词显得更加突出鲜明，从而最大限度地强化色彩的表现效果。

（一）邻近色的对举

邻近色指的是在色相上有差异但又很接近的两种或多种颜色，如同为冷色调的白、青、绿、碧、翠；同为暖色调的红（朱、赤、丹）、黄、紫等。陈樵诗中有邻近色的并置，虽然很少，如：

关右牛酥贱如土，莫教红紫落成堆。

（《临花亭》九首其九）

秋深红紫满秋篱，蕙带兰英绿照扉。

（《菊庵》）

陈樵诗中运用了大量邻近色的对举，如：

阆风青峨峨，海波白粼粼。

（《送吉甫北上》）

蒨桃拂面丹如雨，红蝶黄莺解歌舞。

（《和杨廉夫买妾歌》）

两峰削玉倚青天，一水分流碧汉边。

（《双岘》）

白水暖浮日，碧山晴吐烟。

（《春日》二首其一）

弦管红楼酒，跤蹄紫陌尘。

（《春日》二首其二）

水添今日白，山没向来青。

（《雨》四首其四）

云随白鹤翔千仞，月与青猿共一枝。

不信水深骑赤鲤，曾因梦里杀黄鹂。

芳洲翠羽无人拾，自补山中白接䍦。

（《溪亭》）

白雨侵阶浑是绿，黄童食柏久成青。

（《东白草堂》）

柳絮散为萍梗紫，花根染作牡丹黄。

（《圁谷涧》）

云傍楼台低地碧，天将草树染春青。

（《北峰》）

天外唾如云样碧，江南春与草俱青。

（《忘忧阁》）

晚来只有鹅红在，莫放香丝取次黄。

（《临花亭》九首其三）

万重山外碧方寸，五色雨中青最多。

（《西岘峰》二首其二）

碧海如杯谁缩地，青冥着水误忧天。

（《空碧亭》五首其一）

碧落不随河显晦，白榆却种涧中央。

（《空碧亭》五首其二）

绿桂花中歌白苎，碧梧影里饭青牛。

（《伏蟾山》）

林断才通吴月白，雁飞不尽楚天青。

（《翠光亭》）

阴壑有光迷白月，乱山无处觅青霞。

（《玉雪亭》九首其三）

海月寒通千顷白，楚山瘦减八分青。

（《玉雪亭》九首其八）

魏紫姚黄风卷尽，人间蜂蝶到山家。

（《太霞洞》）

覆屋松阴遮日黑，隔林春色为官青。

（《西岘峰》二首其一）

邻近色的对举可以使两种颜色互相渗透融合，从而使气氛得到渲染，韵味也格外悠长。同为冷色调的"青"与"碧"、"青"与"翠"、"绿"与"青"对举使用就使原本或清新、幽雅、阔远的意境更加清新、幽雅、阔远；"紫"与"黄"的对举显示了诗人对隐居环境的由衷喜爱；"黄"与"赤"的对举或使山高水长，景色更加迷茫，或使月明山静，境界更加苍凉、寥远。

（二）互补色的并置与对举

互补色指的是在色相上有明显差异的两种或多种颜色，如黑与白及冷色调与暖色调等，互补的并置与对举可以使两种颜色形成鲜明的对比，在对比中两种颜色都相对达到饱和状态。颜色的饱和状态可以使表达的感情更加浓烈。相对于邻近色来说，互补色在陈樵诗中运用得更为普遍，也更有力度。

1. 并置

如：

青瞳横波发鲜碧，蓝红染作夭桃色。

《和杨廉夫买妾歌》

2. 对举

如：

青灯夜檠短，黄卷秋堂虚。

（《送苏吉甫馆于穆千户家归》）

黄金琐碎夜月冷，碧玉萧瑟秋风寒。

（《待月坛》）

黄金蕊密露华重，碧玉枝交烟影凉。

（《桂》）

宪台依翠柏，幕府拥红莲。

（《送乌经历归》）

朱鲤有灵时上穴，白狐生火几经秋。

（《飞雨洞》）

使我加餐有黄独，为人题榜是青苔。

（《碧落洞》）

血书贝叶三年碧，秋入萝衣半袂红。

（《翻经台》）

太霞洞口采金芝，千岁山南听碧鸡。
煮石鼎中饶绿蓪，封书函外有丹泥。

（《少霞洞山居》）

紫薇莫入丝纶阁，且伴山中白发翁。

（《紫微岩》）

曲水傍人流白羽，娇花无语答黄莺。

（《水亭》）

人来此地见山碧，月未冷时如日红。

（《南轩》）

句漏无灵丹灶冷，孟郊未死白云闲。

（《鹿皮子墓》）

满庭修竹下黄叶，千岁古松生绿烟。

（《霜岩石室》六首其二）

梅残直至落花飞，红映飞花绿映葵。

（《飞花亭》三首其三）

红日正酣那是雨，青皇临别更留衣。

（《飞花亭》三首其二）

雨余秋菌化为碧，石上霜枫不解丹。

（《席家洞》）

晴曦白发三千丈，寒折朱丝五十弦。

（《圃》）

白波咫尺分寒热，赤鲤东西异死生。

（《半汤湖》）

玉笋班头红日近，金华洞口白云扃。

（《次王吉夫暮秋旅怀韵》二首其二）

青与黄、青与红、黄与碧、翠与红、白与红、碧与红、红与绿等颜色的对比虽不如"黑"与"白"那样鲜明，但毕竟它们仍属于冷暖两种不同色调之间的对比，在一定程度上也可以达到颜色的饱和状态，从而也同样可以使所要表达的感情更加浓烈。

三、陈樵诗中的主色调：青、白

陈樵运用颜色并非一视同仁，而是有所偏爱，他所钟情者有二：青、白。据笔者粗略统计，青计出现五十七次，白五十一次，频度居诸颜色之冠。此二色为淡色，冷色，亦为雅色。此二色在诗歌中大量运用，令人生清净之意，往往形成一种庄严肃穆，悠远澄淡，苍苍茫茫的意境，使人的心境趋于宁静淡泊。青、白在陈樵诗中如此高的比重，让人对山水园林、自然外物产生明净澄澈之感，同时，也对作者远离尘嚣、宁静悠远的闲适心态有亲切感受。

青白二色的运用，首先是在同一联的对句中。我们知道，对仗中，颜色对属于工对之列。陈樵用此二色对，亦见精工，集中有十来篇用之：

闽风青峨峨，海波白粼粼。

（《送吉甫北上》）

水添今日白，山没向来青。

（《雨》四首其四）

云随白鹤翔千仞，月与青猿共一枝。

（《溪亭》）

青春着地十分绿，白日经天两度红。

（《石楼草庐》二首其一）

臂环寄远青芜合，琼字题乾白雁归。

（《春日闺思》）

林断才通吴月白，雁飞不尽楚天青。

（《翠光亭》）

阴壑有光迷白月，乱山无处觅青霞。

（《玉雪亭》九首其三）

海月寒通千顷白，楚山瘦减八分青。

（《玉雪亭》九首其八）

　　同一联中青、白二色相对的句子，在陈樵诗歌中，也是对仗工稳，写景状物精致的句子。青青仙山，倒映在粼粼白波之上，这不仅是一幅别致的风景画，也让人的心灵生明净清闲之感，山水有情，人更重别离。陈樵偏重青、白二色，多用多新，并无重复之嫌。其在有所偏重中亦时时变化，如青则可是青山，亦可为青猿、青春、青牛、青天、青霞等，白则白水、白鹤、白日、白苧、白雁、白月等，并不拘于一物。

　　青、白二色的运用，更多见于单句。先看青色，集中约有十余篇用之：

　　　　冷翠香销青桂枝，冰荷盖光光绕帷。

　　　　　　　　　　　　　　　　　　　　　　　　　　　　《夜阑曲》

　　　　古来青云士，论德不论年。……会当振六翮，高举摩青天。

　　　　　　　　　　　　　　　　　　　　　　　　　　《答李齐贤言别》

　　　　南坡有新竹，其叶何青青。

　　　　　　　　　　　　　　　　　　　　　　　　　　　（《兰竹》）

　　　　青山如髻树如麻，茅屋青帘认酒家。

　　　　　　　　　　　　　　　　　　　　　　　　　　　（《山水》）

　　　　千里无青草，饥民正可伤。

　　　　　　　　　　　　　　　　　　　　　　　（《投宪幕上下》六首其二）

　　　　须君明教法，那得刺青衿？

　　　　　　　　　　　　　　　　　　　　　　　（《送沈教谕》二首其二）

　　　　尾见欲当南纪出，月销半入楚天青。

　　　　　　　　　　　　　　　　　　　　　　　　　　　（《望月台》）

　　　　又抱瑶琴向阴洞，青禽啄碎碧梧枝。

　　　　　　　　　　　　　　　　　　　　　　　　　　（《少霞洞山居》）

　　　　满袖天香和梦冷，半村雨色傍林青。

　　　　　　　　　　　　　　　　　　　　　　　　　　　（《圁谷洞》）

　　　　山人晏坐青霞外，饮露餐霞度岁时。

　　　　　　　　　　　　　　　　　　　　　　　　　　　（《少霞洞》）

　　　　平分天上无边色，送尽江南未了青。

　　　　　　　　　　　　　　　　　　　　　　　　　　　（《空翠堂》）

来禽青李成阴后，更觅楞梨日给胜。

（《临花亭》九首其五）

几回木落听秋声，又被春风染树青。

（《麇谷》）

羽仙飞步驾青鸾，仙袂临风响佩环。

（《玉雪亭》九首其九）

烟青院竹鸾窥客，日暖宫芹燕拾泥。

（《送蔡竹涧江山教谕》）

客路风霜厌远行，芰荷犹映旧袍青。

（《次王吉夫暮秋旅怀韵》二首其二）

松花风老金华洞，桐树烟青婺女祠。

（《送卢经历归北》）

　　若说在对句中青色变化多，是与白色相较而言的。在单句中看青色，其变化更明显。青山外，有青帘、青草、青衿、青禽、青李、青鸾、青烟、桂枝、新竹等。青色的运用，除原本为青者外，还有一些须有实际体验方能明了。例如花草树木，近看或碧或绿，而一旦远离视野，其视觉感受不同，颜色随之变化。远山上的树木呈青。有细致观察力、敏锐感受性的作者最易捕捉到其变化。

　　再看单句中的白色，集中约有二十余篇用之：

　　白日照阳春，九陌扬远尘。

（《清隐亭》）

　　愿携白玉碗，掇英挹天浆。

（《雨香亭》）

　　白头曲成银笔书。

（《代答新人》）

　　先生新辞白玉堂，晴昼衣锦还故乡。

（《蜀锦屏》）

　　明日还家重回首，白云何处是东阳？

（《送孙仲明尉再到东阳省墓归太原》二首其二）

白社双林里，西流泪作河。

（《刘山南挽歌》二首其一）

开元白鹦鹉，长在玉墀边。

（《白鹦鹉》）

欲分清露浥，故近白云栽。

（《次周刚善僧房牡丹韵》二首其一）

矫矫凌云赋，累累白雪歌。

（《送张仲举归晋阳举进士》六首其六）

官序须清绩，台衡起白衣。

（《黄晋卿见过却归乌伤》六首其五）

惟应一丘壑，垂白向昇平。

（《黄晋卿见过却归乌伤》六首其六）

句漏无灵丹灶冷，孟郊未死白云闲。

（《鹿皮子墓》）

碧落不随河显晦，白榆却种涧中央。

（《空碧亭》五首其二）

星河水镜自徘徊，白石清泉是镜台。

（《空碧亭》五首其五）

蓬莱山顶玉为峰，夜夜晴光吐白虹。

（《玉雪亭》九首其一）

银蟾飞去秋无色，白石长来云有根。

（《玉雪亭》九首其六）

风吹白日下遥天，容易人间换岁年。

（《次王吉夫暮秋旅怀韵》二首其一）

只愁急雨随风度，结屋半间留白云。

（《石庐》）

白云寒处人踪绝，不是山光说性情。

（《山堂》）

岁晚单衣只自短，愁来白发有时长。

(《次韵黄晋卿见寄之什》二首其二)

句中运用白色以白云最多，大约白云这一意象为诗人所喜爱有关。白云既是纯洁的象征，它又悠然自得、无约束羁绊。如果说青山只是归隐之所，是身之所处，是隐士的所爱；那么，白云则是登仙之地，是心之所归，是仙人的钟情了。白云而外，诗人所用白鹭、白马、白鹤是心灵明净的象征物，而白日、白草、白烟其间就多少有些凄凉了。

青、白与邻近色、互补色的对举，上面已经举例，此不赘。

四、其他颜色词在陈樵诗中的情感表达功能

抒情性是诗歌最主要的特征，因而，诗歌中所运用的每一个字词归根结底都要为情感表达服务，颜色词当然也不例外。而陈樵诗中的颜色词在表达情感方面所起的作用尤为明显，而且不同的颜色往往表达出不同的情感。

(一) 红色

红色是一种艳丽鲜亮的颜色，在诗人们的笔下经常用于表花之盛开，象征生命之辉煌，表达人们的欣喜之情。如陈樵诗中的"春风三月花信足，深红艳紫参差开"(《天香台》)、"五月菡萏发，红妆明绿波"(《胡伯玉隐趣园君子池》)、"禁籞名园信所之，深红腻紫共朝晖"(《蛱蝶图》) 等。"红"字更多是指落花，用于表达一种感伤的情绪，如：

与人下顾笑春红，春闺一昔生秋容。

(《东飞伯劳西飞燕题飞花亭》)

红如肌血薄如鳞，李下桃根五色痕。

(《落花图》)

残虹堕地五铢重，涨绿过楼一丈余。

(《西岩紫霞洞》)

另外，"急景易蹉跎，红颜坐消歇"(《送李仲积北上》)，"红"则指青春，时光蹉跎，红颜易老，美人迟暮，辉煌不在，是人生中一种永恒的伤痛。

但也不见得都是感伤，由于作者是个理学家，他的思想境界高于常人，如：

238

"人间何用春长在，只爱飞红日日新。"（《飞花亭》）春天不常在，好花不常开，但没关系，在他眼中，飞红日日新，他喜爱得不得了。

（二）绿色

绿色是象征生命的颜色，它的存在是大自然生机勃勃的表现，因此，它总能引起人们美好的联想。如，"远山过雨绿崔嵬，竹外青松竹下梅"（《临花亭》九首其九），是雨后鲜绿的远山；"天垂平野树团团，雨过平芜绿更鲜"（《远目楼》），是雨后鲜绿的原野；"青春着地十分绿，向日看山两度红"（《石楼草庐》二首其一），是春回大地，贮满绿意；"清流拂石下岩隈，洞底菖蒲曳绿苔"（《麈谷洞》），是洞底摇曳的绿苔；"石上菖蒲绿满丛，石根水竹傍梧桐"（《南轩》），是石间丛生的绿蒲；"绿楚丹黄处处迷，东风吹下万玕琪"（《雪观》），楚，落叶灌木，鲜叶可入药，枝干坚劲，可以做杖，亦称"牡荆"，丹黄为草木初生的嫩芽。这是春雪中的绿色生机；"白雨侵阶浑是绿，黄童食柏久成青"（《东白草堂》），这是雨后生满绿草的台阶；"柏叶山前绿石屝，湿云堕地不能飞"（《少霞洞》），作者隐居的洞口前绿意盈盈。

陈樵通过感观能敏锐地感受到绿的变化，道他人所未道。"移樽近树传杯绿，向日看山入户青。"（《涵碧亭》三首其一）树之浓浓绿意仿佛将酒杯也染绿了，这是视觉、触觉、感觉的复杂作用所产生的一种似幻似真的感受，一种心灵上的快感。"绿水值阴还又碧，青春着树却成红。"（《紫薇岩》）绿水流过浓浓的绿荫，仿佛变得更加碧绿。

陈樵善于以绿打比方，以审美的视角描述了隐居的环境与生活，透露出欣喜之意。如，"涧中薏苡绿如蓝，枸杞黄精满屋山"（《山庄》），自己种植的薏苡长势喜人，绿如蓝草；"黄金缕水细粼粼，莳合平池绿似云"（《春日题水轩》），池水绿波粼粼，池边莳嫩绿、平整，合着望过去，像漂浮在上空的绿云。

然而，隐居生活不全是美妙，还有艰辛与苦涩。如，"石鼎有时然绿楚，水扉几度种丹鱼"（《拙斋》），作者"投笔抛书学佃渔"，毕竟生活技能不是很高超，隐居生活也很清苦，做饭竟然有时以绿楚当柴烧，效果可想而知。

陈樵还特意将落花与绿叶对比来写，比李清照之"绿肥红瘦"更加触目惊心：

残红堕地五铢重，涨绿过楼一丈余。

（《西岩紫霞洞》）

梦渴醒来赋楚骚，纷红骇绿未全销。

（《醒酒石》）

雨后看山对酒歌，飞红骇绿满岩阿。

（《西岘峰》二首其二）

绿字前用了"涨"与"骇"，注入了作者更强烈的主观色彩。

（三）黄色

陈樵诗中的"黄"字多用于表达对美好事物一去不复返的感伤，如：

满庭修竹下黄叶，千岁古松生绿烟。

（《霜岩石室》六首其二）

庭前丹叶映榆黄，水傍芙蓉晚桂芳。

（《秋色观》）

万里关西路，秋槐日夜黄。

（《送张仲举归晋阳举进士》六首其三）

几载林丘草木黄，故人霄汉独难忘。

（《次韵黄晋卿见寄之什》二首其一）

深秋时节，万物凋零，草木因之而"黄"，极易睹物伤情。念及回家的路万里迢迢，恰赶上秋风萧瑟，槐叶转黄，表达了作者对朋友张翥的不舍与关切；身隐林丘，草木几度青了又黄，然而老朋友黄溍无论官职多高，他们的友谊都能地久天长，表达了对朋友的深长思念。

另外，陈樵一句诗中有两色者如：

蜂黄蝶粉照灵葩。

（《东飞伯劳西飞燕题飞花亭》）

素爪碧宝上华楼。

（《七夕宫词》）

蓝红染作夭桃色。

（《和杨廉夫买妾歌》）

深红艳紫参差开。

（《天香台》）

深红腻紫共春晖。

（《蛱蝶图》）

魏紫姚黄风卷尽。

（《太霞洞》）

鞓红衣紫共芬芳。

（《临花亭》九首其三）

紫薇红药正纷纭。

（《临花亭》九首其七）

红映飞花绿映葵。

（《飞花亭》三首其三）

一首之中有数色者：

蜀天万里入东州，冷翠侵扉翠欲流。
朱鲤有灵时上穴，白狐生火几经秋。
……
昨日西林曦白发，湿云依旧满貂裘。

（《飞雨洞》）

百尺层崖接翠微，潭空石影晓离离。
云随白鹤翔千仞，月与青猿共一枝。
不信水深骑赤鲤，曾因梦里杀黄鹂。
芳洲翠羽无人拾，自补山中白接䍦。

（《溪亭》）

枝重有时来白鸟，雨残无处着晴虹。
血书贝叶三年碧，秋入萝衣半袂红。
几度山人同听法，翠微深处石池龙。

（《翻经台》）

241

尾见欲当南纪出，月销半入楚天青。

松高琥珀无苗苗，蟾老丹书满腹生。

桂子何年生石上，丹英零落树冥冥。

（《望月台》）

水光山绿满阑干，上有琉璃万顷田。

水鸟临池青入羽，仙人唾地碧如天。

雨添银谷空中翠，云是蒨桃花上烟。

（《银谷洞空碧亭》）

太霞洞口采金芝，千岁山南听碧鸡。

煮石鼎中饶绿薤，封书函外有丹泥。

……

又抱瑶琴向阴洞，青禽啄碎碧梧枝。

（《少霞洞山居》）

手种岩花对北峰，花间无叶紫茸茸。

……

绿水值阴还又碧，青春着树却成红。

紫薇莫入丝纶阁，且伴山中白发翁。

（《紫薇岩》）

石上菖蒲绿满丛，石根水竹傍梧桐。

人来此地见山碧，月未冷时如日红。

……

人间不是高寒地，那得春红入夏中。

（《南轩》）

远山过雨绿崔嵬，竹外青松竹下梅。

满树丹青随物换，平生富贵逐春来。

……

关右牛酥贱如土，莫教红紫落成堆。

（《临花亭》九首其九）

天垂平野树团团，雨过平芜绿更鲜。

……

242

庐舍似蜗人似豆，天开粉本夕阳边。

（《远目楼》）

金貂曾入丹阳市，蜡屐应归白下门。

……

惆怅黄门墓前柏，不禁三度见风尘。

（《蜡屐亭》）

红如肌血薄如鳞，李下桃根五色痕。

……

人占碧玉名犹在，烟尽黄金鑛尚存。

满地丹铅污草棘，何时凝绿遍丘林？

（《落花图》）

风舞翠绡浮略彴，月移黄素上轩楹。

蔚蓝天近池深碧，乌柏叶销泥转青。

床下一波添一月，青铜镜里一时生。

（《空碧亭》五首其五）

绿桂花中歌白苧，碧梧影里饭青牛。

有时竹上蟾蜍下，满腹丹书湿欲流。

（《伏蟾山》）

月楼花落水侵岑，紫石峰前绿又新。

……

篱畔寻芳寻不见，楞梨绿李下纷纷。

（《寻春园》二首其二）

　　陈樵诗歌中这么广泛地运用颜色，这么多的例子，给人的感觉仿佛是：色彩斑斓，眼花缭乱。然实非如此，就其现存诗歌而言，在运用颜色时，是层次分明的，这正如其思想，终生不仕，隐逸山林，然隐逸思想并非其思想的全部，他也有积极进取的人生态度。他在内心空寂的大背景下，也有喜悦，有欢快。这与其诗歌相一致。在其多数诗歌中，通过对山水的精工刻画，对园林、亭台楼阁的细致描写，形成了一种幽远淡泊、澄澈清明的意境。就如其对颜色的运用，青白二色的大背景下，如果少了那一抹绿，没有那一点红，便是不完整的画卷。

第十五章　道教意象

宋末元初，道教形成北有全真派、南有正一派的格局，前者主张炼丹飞仙，遵守戒律，不许结婚，不食荤腥；后者主张"祛魔""祈福"，可以结婚。元明至清中叶期间，道教在浙江各地保持不衰。

杨维桢《鹿皮子文集后辩》云：

> 予既为《鹿皮子文序》，客有骂者曰："鹿皮子，老氏流也。鹿皮子之言，漆园氏之绪余也。其文空青水碧之文，何尚乎？"予复与鹿皮子辩，且为老子辩曰："庄、列、申、韩皆老氏出也，而相去绝反，何也？庄、列游于天，申、韩游于人。游于天者过高，故为虚无。游于人者过卑，故为刑名。二者胥失也。盖学老氏者，期以大道治治民，不以显法乱乱世。鹿皮子之道，《大易》之道也。鹿皮子之存心，老氏之心也。鹿皮子之望治，羲黄氏之治也。鹿皮子，有道人也。不能使之致君于羲黄，而使之自致其身于无怀、赫胥之域，此当代君子责也，于鹿皮子何病焉？"[①]

有客骂陈樵之文出于老庄，空疏无用，杨维桢为之力辩，指出陈樵内老外儒、儒道互补的本质。

陈樵友人中有信奉道教的，如，"之子冰雪姿，冥心学仙真……忆昔始相识，交情日相亲。闻君炼药说，秘之不肯陈。金液且莫采，何以制水银？岂伊蓬莱中，无分追后尘"（《送吉甫北上》），陈樵与吉甫都信奉道家炼丹说，并积极付诸实践，但陈樵当时炼药的技术尚不如这位朋友，因之引以为憾，奋起

---

① （元）杨维桢：《鹿皮子文集后辩》，李修生《全元文》42 册，凤凰出版社 2004 年版，第 209 页。

直追。

陈樵于《题竹隐轩》诗中更是以"道人"自称："道人幽居坐其间，漠然尘纷不可干。"其他如，"出门如未可，试学卫生经"（《雨》四首其四），"无才供几案，有术事虚玄。柱下非明习，吾知济世难"（《投宪幕上下》六首之四），"七十九年残喘息，欲从李白上天台"（《石楼草庐》二首其二）等，都透露了他与道教千丝万缕的联系。

王昌龄《诗格》曰"久用精思，未契意象"，说明意象创造之不易；司空图《二十四诗品》十四格"缜密"曰"意象欲出，造化已奇"[①]，说明意象创造之效果。陈樵诗歌中的意象自有创意，自成格调，其中道教意象尤甚。

一、亦真亦幻的仙境意象

世界上许多著名的宗教都为信徒描绘了一个美好、永恒而快乐的"天堂"，而道教所谓的"天堂"即是道士们极尽幻想创造出来的——得道者和神仙居住的处所——仙境。

陈樵诗歌中的仙境意象，光怪陆离，华美富丽，林林总总，直教人目动神摇。比如《琼林台》：

> 上清琼林台，似有千仞崇。琪树交柯生，瑶草亦成丛。
> 幻境类玄圃，凝辉接琳宫。天花或时堕，萦纡扬回风。
> 仙人薛玄卿，手持玉芙蓉。傲睨八极表，洞见万象空。
> 飞书约王子，弭节延赤松。步虚朗歌咏，流响入云中。

劈首就将琼林台置于道家所谓的三清境（玉清、上清、太清）之一"上清"中。它高插云天，周围长满"琪树""瑶草"，就像传说中昆仑山顶的神仙居处，敛住光辉，上接仙宫。有时天花乱坠，萦绕纡徐，在风中飘来荡去。接着主人公薛玄卿出现了，他手持芙蓉，傲睨天地，洞悉所有，约王子乔，宴赤松子，于台上凭空来去，啸傲歌咏，流响入云。由此，台之高、环境之美、仙人之高雅脱俗、自由自在，都在这亦真亦幻的仙境中一一展现。

与此类似，写及宝树、仙草的还有，"琪树移根来月里"（《玉雪亭》九首

---

① 杜黎均：《二十四诗品译注评析》，北京出版社 1988 年版，第 130 页。

之九),"天出异香薰宝树"(《临花亭》九首其六),"歌落吴云玉树长"(《玉雪亭》九首之二),"岂无瑶草弄朝烟?亦有琼花迷夜月"(《香雪壁》),"玉树曾闻后庭曲,天葩别有寄生枝"(《雪观》),"瑶草碧花牛氏石"(《西岩紫霞洞》)等。描写天花乱坠的亦有,"天葩飞堕满中庭"(《玉雪亭》九首之八),"琼花无梦落人间"(《玉雪亭》九首之九)等。"俗尘无路到岩扃,琼作池台玉作亭"(《玉雪亭》九首之八),"玉作楼台银作阙"(《香雪壁》),"琼楼银阙知何限"(《雪观》)等也是一派"琼楼玉宇"。

又如,"玄圃方壶君莫问"(《闉》),"蓬莱山顶玉为峰"(《玉雪亭》九首其一),"梦游蓬岛瑶台曙……亦拟广寒亲学舞"(《玉雪亭》九首之二),"蓬莱之山仙子窟"(《香雪壁》),"天入三山不满壶"(《壶天》),"兜率宫中拂不开"(《游丝》),"约客瑶池未可期"(《雪观》),"今日蟾宫亲折取"(《桂》)等,亦津津乐道于玄圃、三山、瑶台、仙宫等神仙居处。"神游八极皆吾土,天入三山不满壶"(《壶天》),"却忆壶中天地阔,十洲烟雨正茫茫"(《云山不碍楼》),"谁信壶中天地阔"(《石碍楼》),"壶中别是一乾坤"(《玉雪亭》九首其六),"洞壑霞云护隐居,西岩洞下是华胥"(《西岩紫霞洞》)等,别有洞天,描述了壶天、华胥等仙境。

道教中的仙境分三个层次,首先最高层次是天上,有三十三天之说;其次是海上,有十洲三岛之说;最后是地上,称为十大洞天,三十六小洞天,七十二福地。五代杜光庭编录《洞天福地岳渎名山记》记三十六洞天之金华山金华洞元洞天:"五十里,在婺州金华县,有皇初平赤松观。"[①]《明一统志·金华府》"金华洞"云:"其洞有三:上曰朝真,中曰冰壶,下曰双龙,通四明、天台诸山。"[②] 陈樵在《金华通天洞》诗中云:"三洞周回五百里,金堂石室尽仙都。"《石楼草庐》二首其一云:"未须西忆金华洞,只在周回百里中。"《次王吉夫暮秋旅怀韵》二首其二云:"金华洞口白云扃",《送卢经历归北》云:"松花风老金华洞"等等,对金华山洞这个道教圣地不断形诸歌咏。

陈樵善于化实为虚,化幻为实,将自己的隐居生活"仙化",仙境渺渺,恍惚迷离,炫人眼目。这无疑寄予了陈樵对道教彼岸世界、理想家园的无限神

---

① 张继禹主编:《中华道藏》48 册,华夏出版社 2004 年版,第 83 页。
② (明)李贤等纂:《明一统志》卷四十二,《文渊阁四库全书》472 册,台湾商务印书馆影印版,第 1022 页。

往，同时也传达了他对隐居环境及隐居生活的无比热爱之情。

二、飞举长生的仙人意象

"有时梦见瀛洲仙，鞭笞鸾凤游无端。叩头再拜乞灵药，使我容貌无凋残。仙翁赠以九转丹，服之两腋生羽翰。逍遥物外有余乐，何因报我青琅玕。"（《题竹隐轩》）

这是一首典型的游仙诗，通过梦境，实现了仙与人的交接，作者向仙人叩头乞拜灵药，服药后生出翅膀，得道成仙。陈樵正是借助游仙的形式，虚幻地满足了祈求长生不死、获得永恒自由的愿望，并消释了对现实的不满意绪，赢得了绝对的逍遥与至乐。这位瀛洲仙跨鸾鞭凤，赐药驻颜，神通无比。

陈樵诗歌中有名有姓的仙人有：

王子乔："飞书约王子。"（《琼林台》）

赤松子："弭节延赤松。"（《琼林台》）"赤松有约吾将老。"（《石磴》）

素娥（嫦娥）："素娥婵娟皎如雪。"（《待月坛》）

双成、阿母（西王母）："双成未逐阿母去。"（《天香台》）

弄玉、萧仙（萧史）："弄玉却伴箫仙回。"（《天香台》）

六丁："六丁凿碎玉崚嶒。"（《玉雪亭》九首其四）

女娲："尺地寸天都剪碎，女娲炼石是何年？"（《江山万里图》）"却笑当年补天手，炼成五色竟无功。"（《巴雨洞》）"我为天穿来炼石，僧从雨下度流年。"（《霜岩石室》六首其一）

龙女："楚雨入吴龙女回。"（《少霞洞》）

太乙："风随太乙凌波起。"（《风香亭》）

胎仙："花为胎仙傍水开。"（《风香亭》）

王远（方平）、麻姑："方平会麻姑。"（《和杨廉夫买妾歌》）

巨灵："苍崖一息裂清泉，似是巨灵新擘破。"（《石溪歌》）

青童："青童卧护千年鹿，木客相传一派诗。"（《少霞洞》）

青皇："红日正醋那是雨，青皇临别更留衣。"（《飞花亭》三首其二）

东皇："杖头化作光明烛，愿逐东皇下九垓。"（《碧落洞》）"调水分符到西涧，惜花封泪寄东皇。"（《临花亭》九首其一）

春皇："春皇未画非无易，石室遗书不用藏。"（《山斋》）

冯夷："冯夷送月临轩落。"（《上虞魏氏湖上精舍图》二首其二）

海若："海若令潮入岸生。"（《上虞魏氏湖上精舍图》二首其二）

冰夷："冰夷游遍列仙家，片片临风散六花。"（《玉雪亭》九首其三）

另外还有泛指或不特指的仙人，比如："仙人唾地碧如天。"（《银谷洞空碧亭》）"仙人约我琼楼上，只恐月中秋更清。"（《圆谷洞》）"仙人倒影落人间。"（《空碧亭》五首其三）"海月长来飞雨下，仙家半入漏天中。"（《巴雨洞》）

还有群仙："却笑群仙余习在，随身宫殿逐人行。"（《飞观》）"百里周回玄鹤洞，群仙出没白云乡。"（《慧力寺断崖》）

陈樵诗歌中的神仙，有专指，有特指，有泛指，种类繁多；有的来自神话传说，有的来自道教经典，有的来自古代典籍，来源广泛，且信笔拈来，涉笔成趣，这说明他对道教乃至古代文化的熟悉。其中女性形象较多，如女娲、麻姑、弄玉、双成、嫦娥、龙女等，她们有的是救世英雄，有的多才多艺，有的长生不老，这暗寓了陈樵对长生久视的企羡，同时也透露出他本人的审美境界、理想境界。

三、可升天、通天的仙禽仙物等意象

鸾，古代传说中凤凰一类的神鸟，赤色多者为凤，青色多者为鸾，多为神仙坐骑，如，"羽衣道士乘素鸾"（《香雪壁》），"乘鸾飞度碧瑶宫"（《玉雪亭》九首其一），"羽仙飞步驾青鸾"（《玉雪亭》九首其九），"彩鸾衔诰傍花飞"（《绣衣亭》），"烟青院竹鸾窥客"（《送蔡竹涧江山教谕》）等。"素鸾""青鸾""彩鸾""鸾凤"令人目不暇接，与之搭配的动词有"乘""驾""鞭答"等。

与鸾相似的还有鹤，鹤的一个美称叫作"仙鹤"。《尔雅翼》称鹤为"仙禽"。明周履靖所辑《相鹤经》曰："鹤者，阳鸟也……与鸾凤同群，胎化而产，为仙人之骐骥矣。……行必依洲屿，止不集林木，盖羽族之清崇者也。"①"鹤"这一美好的意象在陈樵诗歌中频频亮相，如，"云随白鹤翔千仞"（《溪亭》），"梦骑鹤处天逾阔"（《霜岩石室》六首其四），"夜半有时孤鹤鸣"（《泰素坛》），"鹤衔琼蕊来仙苑"（《临花亭》九首其六），"句曲山深鹤未归"

---

① （明）周履靖辑：《相鹤经》，《元明善本丛书·夷门广牍二七》21/54，明刻本影印版。

（《绣衣亭》），"闻道仙人曾控鹤，羽衣环珮玉珊珊"（《席家洞》）等。

陈樵甚至想象可以骑蟾蜍飞上广寒宫："便欲因之遡寥廓，倒骑玉蟾飞广寒。"（《待月坛》）

灵槎，亦作"灵查"，典出晋张华《博物志》，指能乘往天河的船筏。陈樵诗歌中有几处写到"槎"，如，"蜀客槎星向天上，翰林诗句落风前"（《瀑布》），"灵槎有客侵河鼓，别墅何人觅少微"（《占星台》），"闻说银河都剪碎，津头几欲问星槎"（《玉雪亭》九首其三），"槎向银河与海通"（《玉雪亭》九首其五）等。

这些仙禽、仙物等十分灵异，有的供仙人驱遣助其飞升，有的可助凡人升入天界、仙界，它们相当于贯通天地的交通工具。正是因了它们，仙人、凡人才可以上天入地，自由变换时空，从有限走向无限。

四、琳琅满目的仙药意象

明代隆庆《东阳县志》载，唐末东阳境内已种植元胡，宋代东阳盛产白术、白芍、玄参等，有"药乡"之称。道地药材"浙八味"，东阳占五味（元胡、白术、白芍、玄参、贝母）。这说明，东阳的土壤、气候等自然条件适合药材生长，不论野生还是种植，古已有之。

陈樵隐居圊谷涧，以种药、著述为业，诗中的草药琳琅满目，有的是自己亲手所种，有的则是翻山越岭所采，其中有些笼统称为"药"，比如《圊谷涧》"瓢中无药事飞腾"，《野芳亭》"芳草无名多是药"，《空翠堂》"采药归来露满庭"，《临花亭》九首其三"芳草生烟药在房"，《临花亭》九首其五"蔬畦药圃照衣明"，《霜岩石室》六首其六"丹荑满地药生茸"，《山庄》"浇花采药送飞年"，《次王吉夫暮秋旅怀韵》其一"探囊野草皆为药"。有的叫作"灵药"，比如，《银谷涧山房》"洞口有灵药"，《临花亭》九首之五"灵药易荒常检校"。有的呼为"腾药"，如《飞花亭》"盛露囊中封腾药"，《寻春园》之二"承露囊中盛腾药"。具体的有"蕺"，如，《霜岩石室》其五"有时采蕺度峻嶒"，《山房》"采蕺林深人不见"，《越观》"明朝采蕺下山梁"。有"枸杞""黄精"，如，《山庄》"枸杞黄精满屋山"，《玉雪亭》之二"枸杞通灵空吠月"。有"茯苓"，如，《空翠堂》《山堂》"茯苓无种入庭生"，《临花亭》九首其五"茯苓分种傍松栽"，《石楼草庐》之一"茯苓终不近孤松"，《绝唱轩》《西岘峰》其二、《书房》一作"松根苓长叶成窝",《麇谷》"别树开椿种茯苓"。有"芍药",如,《临花亭》九首其七"紫薇红药正纷纭",《临花亭》九首其五"芍药成丛当户出"。有"当归",如,《临花亭》其四"当归叶长映芭蕉"。有"芝",如,《少霞洞山居》"太霞洞口采金芝",《心远庵》"勒铭自写茯苓芝",《萝衣洞》又作"僧披槲叶收芝菌"。有"菖蒲",如,《南轩》"石上菖蒲绿满丛",《麇谷涧》"洞底菖蒲曳绿苔"。有"胡麻",也叫"巨胜",如,《太霞洞》"石林深处饭胡麻",《古铁钵》"铁钵生古色,曾经饭胡麻"。有"石斛",如,《霜岩石室》六首其三"石斛依空无死生"等。

"丹砂""芝""茯苓""木巨胜"等,《抱朴子内篇》"仙药"中皆有记载:"神农四经曰:上药令人身安命延,昇为天神……中药养性,下药除病……仙药之上者丹砂,次则黄金,次则白银,次则诸芝……次则松柏脂、茯苓、地黄、麦门冬、木巨胜、重楼、黄连、石韦、楮实、象柴,一名托庐是也。"[1] 陈樵于《霜岩石室》六首其三中论及"丹砂":"丹砂伏火有光景。"另在几首诗中形象地描述了"肉芝",如,"蟾老丹书满腹生"(《望月台》《霹雳石》),"蟾蜍不死肉成芝"(《石巇峰》),"有时竹上蟾蜍下,满腹丹书湿欲流"(《伏蟾山》)等。《抱朴子》解释"肉芝"云:"肉芝者,谓万岁蟾蜍,头上有角,颔下有丹书八字再重……"[2] 两相比照,正相吻合。

陈樵精通道教的服食术,其在《绝唱轩》中云:"我今饵药卧山阿。"《花香亭》中云:"愿携白玉碗,掇英挹天浆。灌沐紫金丹,卯酉滋芬芳。服食养精魄,一息三千霜。绝胜仙掌露,灏气凝秋凉。"陈樵还热衷于炼丹、炼金液,如:

> 春日花连小东白,暮年草创大还丹。
>
> (《永日观》《山园》)

> 铠寒已喜松丹熟,烛尽只消华艳明。
>
> (《忘忧阁》)

> 朝暮屯蒙丹自熟,披沙莫学赵台卿。
>
> (《上虞魏氏湖上精舍图》二首其二)

---

① 王明:《抱朴子内篇校释》(增订本),中华书局1986年版,第196页。
② 同上书,第201页。

野客烧丹深洞里，自调火候似春融。

（《玉雪亭》九首其五）

求仙何似求名切，几误还丹炼未成。

（《次王吉夫暮秋旅怀韵》二首其二）

陈樵炼丹、服食的目的无非是追求长生不老，"人生宇宙中，寿无金石坚。百岁等瞬息，业火徒熬煎。何如炼金液，返本得长年"（《蜀锦屏》）。正是基于人与宇宙相比显得渺小、脆弱，而发出人生苦短、百岁一瞬的感叹，陈樵进而希望借助服食术以增加人生的长度。同时，种药、采药、炼药等也是他隐居生活的重要内容，或者毋宁说这原本就是他的一种生活方式。

五、沟通天地的仙乐意象

陈樵《少霞洞》诗云：

> 烟雾霏霏湿麝煤，文生绿砚砚生苔。
> 天风拂地凤笙下，楚雨入吴龙女回。
> 石壁水花泉涌出，海棠春色鸟衔来。
> 洞天只在风尘外，门外游尘拂不开。

少霞洞是陈樵的隐居之所，在他的眼中、笔下犹如世外桃源：烟雾霏霏，仙境渺渺，春雨过后，石壁出泉，好鸟嘤嘤，海棠锦绣，天风送笙，仙乐飘飘，远离风尘，不似人间。"天风拂地凤笙下。"这里的仙乐，是放在典型的环境与氛围中来塑造、表现的，漫天彻地，龙女轻舞，动静相生，余音袅袅，故而取得了神异而显著的效果。

另如，"玉箫吹断暮云平"（《望月台》），"曲吹铁笛惊云散"（《玉雪亭》九首其五）等，与"凤笙"一样，乐器前都有修饰语，是为"玉箫""铁笛"，其"暮云平""惊云散"渲染的都是音乐效果，这不禁让人联想到《列子·汤问》中"响遏行云"的典故。

仙乐可以上达天听，下通凡响，是沟通天地的一种特殊方式，是仙人与凡人共通的一种语言，具有无穷的魅力与法力。同时，仙乐对于烘托气氛、点染环境及塑造人物形象等都有不小的作用。

陈樵对道教的态度比较复杂，既有对长生的狂热追求、炼丹服食的自觉服膺，又表现出了一定程度的怀疑、否定，如，"借问百年老，能有几何人？纵使创还丹，可以长不老"（《送李仲积北上》），"句漏无灵丹灶冷"（《鹿皮子墓》）。人的生老病死乃是自然规律，谁也无法逃脱，妄想追求什么长生不老，实是荒诞不经。陈樵是个理性主义者，对道教的信仰远未达到迷狂的程度，他也许只将其作为一种理想的人生方式来追求、践履的，正如孙昌武所言："更有些士大夫之好道，与其说是信仰，不如说是在追求一种高蹈绝尘的、自由自在的人生方式，是实践一种解脱现世羁束的，不同于流俗的生活理想，寻求一种解脱现实矛盾的心理上的慰藉。"①

存思之术广泛运用于道士修炼的各个方面，具有驰骋想象的特点，是一种精神思维活动，与文学上"神思论"密不可分，陈樵大概深得其中三昧，并将之熟练运用到诗歌创作中，故而诗中出现了这些恍惚迷离、美轮美奂、似真如幻、奇异诡谲的道教意象。金玉世界，天上人间，诗中营造了一种超逸绝尘、华严富丽、缥缈生新的意境。这对于陈樵诗歌"以无为有，以虚为实"（黄潜语）的写景特点及"新逸超丽"② 诗风的形成都有相当大的影响与贡献。

---

① 孙昌武：《道教与唐代文学》，人民文学出版社 2001 年版，第 92 页。
② （明）宋濂：《元隐君子东阳陈公先皮子墓志铭》，宋濂著，黄灵庚编辑校点《宋濂全集》，人民文学出版社 2014 年版，第 1329 页。

第十六章　用韵

一、元人用韵

中国古老的韵书如《切韵》《广韵》等一直沿用，但是元朝是少数民族政权，在这近百年里，国家没有编纂新的韵书来规定用韵规则，一直沿用《礼部韵略》。"迨李唐声律设科，韵略下之礼部，进士词章非是不在选。而有司去取决焉。一部礼韵遂如金科玉条，不敢一字轻易出入中。"① 王国维有言："宋之《礼部韵略》自宝元讫于南渡之末，场屋用之者逾二百年。后世递有增字，然必经群臣疏请国子监看详，然后许之。惟毛晃增注本加字逾二千，而其书于绍兴三十二年表进，是亦不啻官书也。然历朝官私所修改，惟在增字、增注，至于部目之分合，则无敢妄议者。金韵亦然。"② 故皇庆二年（1313）开科之后，江南士子一直遵它为古赋押韵的范本。

《古今韵会举要·凡例》言："江南监本免解进士毛氏晃《增修礼部韵略》、江北平水刘氏渊《壬子新刊礼部韵略》互有增字，今逐韵随音附入。"③ 此处，"江南"与"江北"对举，说明这两部韵书分别为南宋旧地与金朝故土这两个对峙政权"官韵"增补本的代表。至少，《古今韵会举要》成书的大德元年（1297），江南、江北用韵标准仍未统一，江南沿用《增修礼部韵略》。

宋代初年，与审定《切韵》改撰《广韵》差不多同时，为适应科举应试的

---

① （元）熊忠：《古今韵会举要原序》，《文渊阁四库全书》238 册，台湾商务印书馆影印版，第 359 页。

② 王国维：《书金王文郁〈新刊韵略〉张天锡〈草书韵会〉后》，王国维著，彭林整理《观堂集林》卷八，河北教育出版社 2003 年版，第 202 页。

③ （元）熊忠：《古今韵会举要原序》，《文渊阁四库全书》238 册，台湾商务印书馆影印版，第 360 页。

需要，主持科举考试的礼部就颁行了比《广韵》较为简略的《韵略》，这部《韵略》由于撰于宋景德年间，一般称为《景德韵略》。它事实上是《广韵》的略本。到了景祐四年（1037），即在《集韵》成书当年，宋仁宗命《集韵》的作者丁度等人"刊定窄韵十三处"，对《景德韵略》再加刊定，改名为《礼部韵略》。可见它与《集韵》又是同时的作品。《礼部韵略》收字九千五百九十个，较《广韵》少了许多，是为了便于应试士人的记诵和掌握，但韵部方面，仍与《广韵》一样，分为二百零六部。此书行世以后，历代时有增补。宋绍兴三十二年（1162），毛晃向皇帝进献其所撰的《增修互注礼部韵略》，这部书在原书的基础上，增加了两千六百多字。到宋孝宗淳熙年间，又有所谓淳熙《礼部韵略》出现，通行的本子题名为《附释文互注礼部韵略》，中仍分二百零六个韵部。从北宋至南宋期间，士人作诗用韵，特别是科举考试，就是以《礼部韵略》作为依据的。

二、陈樵古体诗用韵

《四库全书·鹿皮子集》云："至古体，多见其醇、臻、侵同用，颇乖古法。近体多用《洪武正韵》，尤不可解。殆其入明以后所作，故不得不从当代功令欤？"[①]

《四库全书总目·洪武正韵》云："书成于洪武八年，濂奉敕为之序。大旨斥沈约为吴音，一以中原之韵更正其失。并平上去三声各为二十二部，入声为十部，于是古来相传之二百六部并为七十有六。其注释一以毛晃增韵为稿本，而稍以他书损益之。盖历代韵书自是而一大变。"[②]

《洪武正韵》编成于明洪武八年（1375），而陈樵于1365年去世，距成书尚有十年之久，四库馆臣却言："近体多用《洪武正韵》，尤不可解。"于时间先后颠倒，《洪武正韵》对陈樵来讲，算不上"当代功令"，"不得不从"之说无据，实误。

顾嗣立于陈樵《题建炎遗诏》后有注："鹿皮子律诗多出韵者，即吴才老通用之意。已为宋景濂《洪武正韵》发其端矣。"[③] 此论一语中的。宋濂等编订

---

① （元）陈樵：《鹿皮子集》，《文渊阁四库全书》1216 册，台湾商务印书馆影印版，第 643 页。
② （清）永瑢、纪昀等：《四库全书总目·洪武正韵》，艺文印书馆 1969 年版，第 884 页。
③ （清）顾嗣立编：《元诗选初集》，中华书局 1987 年版，第 1488 页。

《洪武正韵》很可能是受了陈樵之启发。宋濂《洪武正韵序》云：

> 自梁之沈约拘以四声、八病，始分为平上去入，号曰《类谱》，大抵多吴音也。及唐以诗赋设科，益严声律之禁，因礼部之所掌贡举，易名曰《礼部韵略》，遂至毫发弗敢违背。虽中经二三大儒，且谓承袭之久，不欲变更。纵有患其不通者，以不出于朝廷，学者亦未能尽信。唯武夷吴棫患之尤深，乃稽《易》、《诗》、《书》而下，逮于近世，凡五十家，以为《补韵》。新安朱熹据其说，以协《三百篇》之音。识者虽或信之，而韵之行世者犹自若也。呜呼！音韵之备，莫瑜于四《诗》。《诗》乃孔子所删，舍孔子而弗之从，而唯区区沈约之是信，不几于大惑欤？①

笔者遍检《鹿皮子集》，五言古诗二十二首，其中《清隐亭》韵字为"春、尘、人、沦、辛、神、真、驯、新、亲、民"，依照《广韵》韵目，"春、尘、人、辛、神、真、新、亲、民"属于臻摄上平声十七真，"沦、驯"属于臻摄上平声十八谆。《送吉甫北上》韵字为"真、贫、旻、晨、邻、滨、民、身、亲、陈、银、尘、宸、神、鄰、春"，依据《广韵》，"真、贫、旻、晨、邻、滨、民、身、亲、陈、银、尘、宸、神、鄰"皆为臻摄上平声十七真，"春"则为臻摄上平声十八谆。若依照平水韵，上述字则全都属于"真"韵。七言古诗十八首，无一首用"真""谆"等韵。

三、陈樵近体诗用韵

《四库全书总目·鹿皮子集提要》云："近体多以支脂之微齐通押，盖亦误信吴棫之说。夫诗各有体裁，韵亦各有界限，既僻于复古，自可竟作古诗，何必更作今体？既作今体而又不用今韵，则驴非驴马非马，龟兹王所谓嬴矣，是皆贤智之过，亦不必曲为樵讳也。"②

陈樵五律如《徐文蔚》支韵（池、碑）与之韵（时、诗）通押，《送张仲举归晋阳举进士》其一之韵（诗、祠、时）与脂韵（推）通押，《黄晋卿见过却归乌伤》其二之韵（时、诗、期）与支韵（仪）通押。七言近体中也确有

---

①　（明）宋濂：《洪武正韵序》，宋濂著，黄灵庚编辑校点《宋濂全集》，人民文学出版社 2014 年版，第 543 页。

②　（清）永瑢、纪昀等：《四库全书总目·鹿皮子集》，艺文印书馆 1969 年版，第3343 页。

支、脂、之、微、齐韵通押的，七绝如《赠冯东丘》之（棋、诗）与支（衰）通押，《策蹇冲寒图》支（奇）与之（诗）通押。七律如《题建炎遗诏》中微韵（衣、归、飞）与支韵的（漓、亏）通押，《蛱蝶图》中之韵（之、思）、微韵（晖、归）与支韵（枝）通押，《溪亭》中微韵（微）与支韵（离、枝、鹂）通押，《少霞洞山居》中之韵（芝、诗）、齐韵（鸡、泥）与支韵（枝）通押，《少霞洞》中微韵（扉、飞、衣）与之韵（诗、时）通押，《招隐岩》中齐韵（齐）、微韵（微、飞）、之韵（枝、移）通押，《石甗峰》中齐韵（啼）、支韵（离）、微韵（飞、徽）与之韵（芝）通押，《临花亭》其六中微韵（归）、支韵（知、枝）与之韵（丝、时）通押，《霜岩石室》其四中微韵（衣、扉、飞）与脂韵（迟）通押，《菊庵》支韵（篱）、微韵（扉、衣、飞）与脂韵（机）通押，《山馆》中微韵（肥、归、徽）与支韵（支、麋）通押，《飞花亭》其二中微韵（晖、衣）、脂韵（迟）、支韵（知）与齐韵（啼）通押，《飞花亭》其三中微韵（飞）、脂韵（葵）、之韵（丝）、咍韵（来）与灰韵（梅）通押，《春日闺思》微韵（飞、晖、归、肥）与脂韵（机）通押，《占星台》中支韵（仪）与微韵（玑、微、飞、辉）通押，《诗林亭》齐韵（霓）、微韵（飞、归）、脂韵（迟）与支韵（皮）通押，《送卢经历归北》脂韵（资）、支韵（奇、随）与之韵（祠、思）通押，《心远庵》脂韵（迟）、支韵（知、宜）与之韵（芝）通押，《雪观》中齐韵（迷）、之韵（琪、期）与支韵（知、枝）通押。

吴棫《韵补》中，的确注曰："（上平声）六脂，古通支。七之，古通支。八微，古通支。"[1] "十二齐古通支。十八谆古通真。十九臻古通真。（下平声）二十一侵古通真。"[2]

《四库全书》对《韵补》也颇多指摘："参错冗杂，漫无体例。""颠倒错乱，皆亘古所无之臆说。"[3] 比照《增修互注礼部韵略》，（上平声）五支与脂之通，八微独用，十二齐独用，十七真与谆臻通。（下平声）二十一侵独用。[4] 陈微、齐、侵独用外，其他与《韵补》同。

---

① （宋）吴棫：《韵补》卷一，《文渊阁四库全书》237 册，台湾商务印书馆影印版，第65页。
② 同上书，第68—91页。
③ 同上书，第56页。
④ 参见（宋）毛晃增注，毛居正重增《增修互注礼部韵略》，《文渊阁四库全书》237 册，台湾商务印书馆影印版，第337—385页。

　　另，陈樵七律多属正格，即第一句入韵，《鹿皮子集》七律计一百四十四首，加上《环城八咏》八首，共一百五十二首，其中有七十三首仄起入韵，有七十六首平起入韵，只有三首是首句为不入韵，仄起二、平起一。其中只有十七首七律用韵为同一韵部，是为标准的七律，它们是《太霞洞》《飞雨洞》《南轩》《临花亭》其五、《霜岩石室》其一、《石磴》《山房》《绣衣亭》《玉雪亭》其三、《玉雪亭》其五、《玉雪亭》其七、《送蔡竹涧江山教谕》《西岩紫霞洞》《次韵黄晋卿见寄之什又》《丹山秋月》《绿涧春烟》《虎口樵歌》。近体诗不允许出韵、通韵，却有一种例外——正体七律的首句入韵，韵脚却可借邻韵。初唐及中唐的诗人借韵的现象比较少见，但盛唐、晚唐，尤其是宋代的诗歌中，借韵的现象变得非常普遍。陈樵七律借韵者列举如下：

　　以戈衬歌：《吕氏樵隐图》（蓑）歌多萝柯

　　以皆衬咍：《碧落洞》（怀）猜来苔垓

　　以豪衬宵：《醒酒石》（骚）销摇椒招

　　以寒衬先：《银谷涧空碧亭》（干）田天烟前

　　以皆衬麻：《野芳园》（杯）葩斜花夸

　　以阳衬唐：《临花亭》其一（芳）荒皇光忙

　　以唐衬阳：《慧力寺断崖》（苍）强乡墙房；《玉雪亭》其二（茫）芳霜长裳

　　以灰衬咍：《空碧亭》其四（徊）台来开苔

　　以东衬钟：《楼氏云楼》（穷）踪重龙胸

　　以钟衬东：《玉雪亭》其一（峰）虹风空宫

　　以支衬微：《占星台》（仪）玑微飞辉

　　以侯衬尤：《钓台》（钩）周浮秋游

　　以清衬青：《翠光亭》（萦）屏青翎醒

　　以仙衬先：《寒潭飞瀑》（然）年天悬牵

　　然而，依据《韵补》，上平声三"钟"古通"东"，十"虞"古通"鱼"，十一"模"古通"鱼"，十四"皆"古转声通"支"，十五"灰"古通"支"，十六"咍"古转声通"支"，二十"文"古转声通"真"，二十二"元"古转声通"真"，二十三"魂"古转声通"真"，是二十四"痕"古通"真"，二十五"寒"古转声通"先"，二十六"桓"古转声通"先"，二十七"删"古转声通"先"，二十八"山"古转声通"先"，下平声二"仙"通"先"，四"宵"古通"萧"，六"豪"古通"萧"，八"戈"古通"歌"，九"麻"古转声通"歌"，十一"唐"古通"阳"，十二"庚"古通"真"或转入"阳"，十四"清"古通"真"或转入"阳"，十五"青"古通"真"，十六"蒸"古通"真"，十九"侯"古通"尤"，二十"幽"古通"尤"，二十一"侵"古通"真"，二十二"覃"古通"删"，二十三"谈"古通"覃"等。上列七律按照《广韵》应为借韵者，依《韵补》而言，却几乎全都是可以通押的了。

又如有两首重字重韵的，《石楼草庐》其二第二句与第八句都押了"台"字，《飞花亭》其一第一句与第八句都押了"芳"字。更有甚者，一首七律竟然用了五个韵部的韵字，比如，《寻春园》其一，"林"属侵韵，"温"属魂韵，"春"属谆韵，"痕"属痕韵，"人"属真韵；《山庄》"蓝"属谈韵，"山"属山韵，"还"属删韵，"砖"属桓韵，"年"属先韵；《飞花亭》其三"飞"属微韵，"葵"属脂韵，"丝"属之韵，"来"属咍韵，"梅"属灰韵等。而依吴棫所说，大多都能得到解释。然而，"近体诗即不得押古韵"[1]，如此看来，也无怪乎四库馆臣对陈樵诗歌用韵提出严厉批评了。

四、评价

可《韵补》毕竟保存了不少古音，恰如四库馆臣所言："然自宋以来，著一书以明古音者，实自棫始。……棫书虽抵牾百端，而后来言古音者皆从此而推阐加密，故辟其谬而仍存之，以不没筚路蓝缕之功焉。"[2] 《四部丛刊》本《铁崖先生古乐府》卷首张伯雨《铁崖先生古乐府叙》云："《三百篇》而下，不失比兴之旨，惟古乐府为近。今代善用吴才老韵书，以古语驾御之，李季和、杨廉夫遂称作者。"[3] 杨维桢用古韵是其复古的一个举措，恰如黄仁生所言："从总体趋势来看，元末古乐府运动是以多元化的复古取向来求得多样化的革新成果。"[4] 而陈樵本为铁崖诗派的代表人物，同时也是元末古乐府运动的中坚

---

① （明）胡震亨：《唐音癸签》卷四，上海古籍出版社 1981 年版，第 33 页。
② （宋）吴棫：《韵补》卷一，《文渊阁四库全书》237 册，台湾商务印书馆影印版，第 56 页。
③ （元）杨维桢撰，吴复编：《铁崖先生古乐府》，《四部丛刊初编》1500 册，上海商务印书馆 1901 年。
④ 黄仁生：《杨维祯与元末明初文学思潮》，东方出版中心 2005 年版，第 170 页。

力量，诗用古韵也受到杨维桢的影响，这也不难理解。

　　清代董肇勋于《鹿皮子诗赋集序》中却"曲为樵讳"曰："顾先生诗实自成一家，独取古韵，不就休文三尺。"① 休文，即沈约，南朝史学家、文学家，"永明体"重要诗人，与谢朓、王融、范云等创"四声八病"说，为后来产生近体诗奠定了基础。"不就休文三尺。"即说陈樵取古韵，不遵守近体诗的用韵规则。清代胡凤丹于《鹿皮子集序》中加以否定："而古体用韵多以真、谆、臻、侵同用。近体用韵多以支、脂、微、齐通押，盖踵吴才老之误说，而不免于复古之僻，董叙称其独取古韵，不就休文三尺，非笃论也。"② 而清代蒋彤对此却很宽容，他在《书鹿皮子集后》云："用韵非志意所尚，故不拘守，观者不必以常格律之也。"③

---

①　《亭塘陈氏宗谱》卷四（内部资料），2006 年重修，第 178—179 页。
②　（清）胡凤丹：《金华丛书》，同治退补斋本。
③　（清）蒋彤：《丹棱文钞》2/38，光绪中武进盛氏雕本。

第十七章　对李贺的接受

终元一代，诗人盛学李贺，非个体之行为，乃是群体性之趋向。恰如邓绍基《元代文学史》所言：至于学李贺之风，北方刘因开其端，南方的吾邱衍也有这种倾向。到了元末，杨维桢和他的"铁崖派"，还有一批浙东诗人，如陈樵、项衕和李序等，掀起一股"贺体"旋风。明代胡应麟说："元末诸人，竞学长吉。"一时间，秋坟燐火，此闪彼烁，仙人烛树，纷至沓来。如果说文学史上有"李贺时代"，那并不在中唐而在元末。①

一、陈樵与铁崖诗派

陈樵也学李贺，他与元代后期杨维桢所倡导的"铁崖体"不谋而合，且往来唱和，不亦乐乎。铁崖诗派说到底也是时代的产物。铁雅诗派是以杨维桢为中心，在他倡导古乐府运动的过程中逐渐形成，并伴随他的声名鹊起而得以发展壮大的诗派。② 据黄仁生考证，铁崖诗派大约有九十一人，其中具有代表性的作为铁雅诗派的主要诗人及中坚力量的大约有三十人，这些人在铁雅诗派前期与杨维桢相唱和的有李孝光、张雨、陈樵、倪瓒等。

杨维桢的创作与审美思想仍是元初以来逐渐形成的文学复古思潮的继续发展。在诗歌创作上，杨维桢与散文一样也主张复古，但风格变异，别于虞、揭、范、杨诸家，以乐府诗作为突破口，终成一派，取得超越前者的突出成就。杨维桢于至正十八年（1358）所作《玉笥集叙》曰：

> 我朝习古诗如虞、范、马、揭、宋、泰两状元，吴、黄正传、清老。

---

① 参见邓绍基主编《元代文学史》，人民文学出版社 1991 年版，第 370 页。
② 参见黄仁生《论铁雅诗派的形成》，《文学遗产》1998 年第 5 期，第 75—82 页。

而下，合数十家，诸体兼备，独于古乐府犹缺。泰定、天历来，予与睦州夏溥、金华陈樵、永嘉李孝光、方外张天雨为古乐府，史官黄溍、陈绎曾遂选于禁林，以为有古情性，梓行于南北，以补本朝诗人之缺。一时学者过为推，名余以铁雅宗派。派之有其人曰昆山顾瑛、郭翼、吴兴郯韶、钱塘张晪、嘉禾叶广居、桐庐章木、余姚宋禧、天台陈基，继起者曰会稽张宪也。①

从时间上来讲，此序一定晚于杨维桢为陈樵所作的《鹿皮子文集序》。"予与鹿皮子同乡湄之东，而未获识其人，其子年持文集来，且将其命曰：'序吾文者，必会稽杨维祯也。'于是乎序。"② 杨作序时与陈樵并未谋面，然而陈樵认定当时能序其文者，必杨无疑，可见，陈樵对杨神交已久，认定其为性相近者。果然，杨维桢对其诗文大加赞赏，"予殆读其诗，曰：'李长吉之流也'"③，并认为陈樵是善学李贺者，是袭势不袭词、得贺精髓的为数不多的诗人之一。后来，二人更是书信往还，切磋诗艺。见《大数谣》吴复注语："先生（杨维桢）书寄鹿皮子云：天仙快语为大李，鬼仙吃语为小李。故袭贺者贵袭势，不袭其词也，袭势者，虽蹴贺可也；袭词者，其去贺日远矣。今诗人袭贺者多矣，类袭词耳。惟金华鹿皮子之袭也，与余论合，故予有似贺者凡若干首，辄书以寄之。"④

二、陈樵对李贺的接受

李贺深受屈原、李白及汉乐府的影响，多以乐府体裁驰骋想象，自铸奇语，以怪奇著称。这一点在陈樵的乐府诗中表现得很明显。刻意驱遣想象，戛戛奇气，意象结构的古怪生新，都是陈樵乐府诗和李贺一致的地方。⑤

比如，《出塞曲》："属镂夜啼光属地，将军一出欂枪死。行尘不动人归市，带甲如云自天至。取君甲马为君洗，分明袖有银河水。手中遗下泥一丸，不封函谷封泰山。"对照李贺《雁门太守行》："黑云压城城欲摧，甲光向日金鳞开。

①　李修生主编：《全元文》42 册，凤凰出版社 2004 年版，第 309 页。

②　（元）杨维桢：《鹿皮子文集序》，李修生主编《全元文》41 册，凤凰出版社 2004 年版，第224 页。

③　同上书，第 223 页。

④　（元）杨维桢撰、吴复编：《铁崖先生古乐府》卷二，《四部丛刊初编》1500 册，上海商务印书馆 1901 年。

⑤　参见柴研珂《论陈樵及其诗歌》，《洛阳师范学院学报》2006 年第 6 期，第 76—80 页。

角声满天秋色里，塞上燕脂凝夜紫。半卷红旗临易水，霜重鼓寒声不起。报君黄金台上意，提携玉龙为君死。"① 都是歌咏边塞战争之事，李贺主要写将士们在重兵压境的危急情况下英勇作战的场景，以及不怕牺牲的英雄气概，"全诗意境苍凉、气氛肃杀、语句悲壮，而色彩又很浓烈，艺术感染力也很强"②，陈樵却略写战争场面，重在描述凯旋的欢快场景，但两首诗主旨相似，手法相近，都擅用夸张手法表现非凡的想象和幻想。

再如，《海人谣》："海南蛮奴发垂耳，朝朝采宝丹涯里。夜光盈尺出飞鱼，柏叶双珠寒蕊蕊。幽箔连钱生绿花，切玉蛮刀如切水。几译来朝万里天，北风不动琅玕死。"与李贺《老夫采玉歌》题旨相近："采玉采玉须水碧，琢作步摇徒好色。老夫饥寒龙为愁，蓝溪水气无清白。夜雨冈头食蓁子，杜鹃口血老夫泪。蓝溪之水厌生人，身死千年恨溪水。斜山柏风雨如啸，泉脚挂绳青袅袅。村寒白屋念娇婴，古台石磴悬肠草。"③ 都是"暴扬国政"，以现实生活为素材，又富有浪漫主义奇想，而李贺笔锋尖利，语含讥刺，陈樵用笔则温和得多，题旨也较隐晦。二诗皆意象怪僻，色调冷艳，遣词造句刺激狠透，"通过勾勒具体的画面、刻画鲜明的形象，来揭示生活的本质，十分生动感人"④。

《虞美人草词》《长安有狭斜行》等诗缺少完整的形象和连贯的情思脉络，诗歌意象跳跃，结构不拘常法，这都让人联想到李贺的《贵公子夜阑曲》《开愁歌》《听颖师弹琴歌》《苏小小墓》等名篇。

《七夕宫词》《夜阑曲》《望夫石》等描写女性世界，关注女性命运，也受到李贺一些乐府诗的影响。

陈樵乐府诗学李贺，其他诗体也有借鉴、渗透，比如七言古体《石溪歌》《香雪壁》《天香台》等遣词造句、意象意境等，都有"贺体"的影子。"野鹿避人悬树宿，溪鱼乘水上山来。"（《麈谷洞》）"朱鲤有灵时出穴，白狐生火几经秋。"（《飞雨洞》）"近从月里种花去，遥见鼎湖飞叶来。"（《碧落洞》）这些诗一定程度上带有李贺诗的特点。再对照李贺有代表性的形容词和动词，其渊源关系更为显豁。

陈樵诗"冷"字十九次，如"冷翠""冷艳""云冷""梦冷""语冷"

---

① 徐传武：《李贺诗集译注》，山东教育出版社1992年版，第34页。
② 同上书，第35页。
③ 同上书，第143—144页。
④ 同上书，第146页。

"秋光冷"等，都是很有特色的用法。跟李贺一样，不仅用"冷"来形容事物（连梦境和语言都是冷的），还用来形容颜色和光线，从而使"冷"带上了更多的主观色彩。

"寒"字四十三次，差不多七首就出现一次。"拳石当轩玉色寒。"（《石》）连颜色也是寒的。陈樵的想象世界仿佛是寒透了的，有"高处不胜寒"的境界。

"死"字十九次，如，"将军一出橇枪死""北风不动琅玕死""楚歌入汉美人死""月死枝头猿不知""竹死烟寒树不荣"等。下语狠重，反映出陈樵勘破生死，淡泊自守。

"老"字二十次，如，"菊老不随霜共落""松花风老金华洞""露节老愈苍""千年甲子棋边老""赤松有约吾将老"等。与李贺心情感伤不同，陈樵用"老"多传达一种老成深厚的境界，或者是美人迟暮之感。

另如"凝""咽""啼""垂""幽""泪"等字眼，陈樵诗歌中也有，但较少。"从以上所举这些词语的用例可以看出，长吉的想象世界是何等低回而感伤。他极力创造一个寒冷的、幽暗的、悲凉的、朦胧的、凝重的境界，表达一种无可奈何的、无所适从的意绪。"[1] 其实，陈樵诗歌的意境没有李贺这样的凄迷、幽暗与感伤，他还上溯李白，更多地借鉴李白乐府那种明丽、豪放的格调。陈樵在他的诗歌中，曾三次提到李白，一是《天香台》，其有云"陈迹如今安在哉？风雨满地唯苍苔。相传尚有《清平乐》，翰林供奉真仙才。"对李白的"仙才"表达了仰慕之情。一是《石楼草庐》，中有句"七十九年残喘息，欲从李白上天台"，《瀑布》中"翰林诗句落风前"指的自然是李白《望庐山瀑布》之"飞流直下三千尺，疑是银河落九天"这千古名句了。

对于一个诗人来说，所谓"学唐"当是指他在诗歌的体裁、格律和旨趣、风格上对唐代某个或某些作家乃或是某个流派的学习和继承，"学"的目的是为了自己的创作，为了表达自己的思想感情和表现自己的艺术风格。在这点上，"学唐"或"学宋"不是判断一位作家诗歌优劣的标准，也就是说，"学"的本身无可非议，但学的结果却各有不同：其一，学后有创造；其二，学后虽无创造，但能写出较好的作品；其三，只是停留于模仿乃至生吞活剥。就元代诗

---

① 袁行霈：《长吉歌诗与词的内在特质》，《中国诗歌艺术研究》（增订本），北京大学出版社1996年版，第291页。

人的基本情况而言，第一类是少数，第二类是大多数，第三类也属少数。①

的确，陈樵学李贺只是他"宗唐复古"的一个方面，虽无多创造，却能脱去皮相，学得气势、格调，留下了一些不错的作品。

---

① 参见邓绍基主编《元代文学史》，人民文学出版社 1991 年版，第 373 页。

第十八章 对许浑的接受

陈樵《麞谷》诗云：

> 几回木落听秋声，又被春风染树青。
> 疏竹荫中山影重，冷云叶上雨花生。
> 寒沙引水来游鹿，别树开椿种茯苓。
> 石甗峰南甑峰小，许浑诗里旧知名。

诗中"许浑诗"，即指许浑《送前东阳于明府由鄂渚归故林》：

> 结束征东换黑貂，灞西风雨正潇潇。
> 茂陵久病书千卷，彭泽初归酒一瓢。
> 帆背夕阳溢水阔，棹经沧海甑山遥。
> 殷勤为谢南溪客，白首萤窗未见招。①

这是一首送别诗，许浑送于明府由鄂返归故林，即东阳。从诗中看出，朋友走的是水路，出发点是溢水，目的地东阳则以甑山代指。

许浑，字用晦，生于贞元四年（788），卒于咸通初年（860）稍后，润州丹阳人。《新唐书·艺文志四》记载为"圉师之后"②。许圉师曾在高宗显庆、龙朔年间两度拜相，可谓家世显赫，后虽家道中落，但出身于书香门第的许浑善诗词，顷刻千言，出人意表。大和六年进士，为当涂、太平二令，以病免，

---

① 中华书局编辑部点校：《全唐诗》（增订本）卷五三四，中华书局1999年版，第6143—6144页。

② （宋）欧阳修、宋祁：《新唐书·艺文志四》卷六十，中华书局1975年版，第1612页。

起润州司马，大中三年为监察御史，历虞部员外，睦、郢二州刺史。后隐居润
州丁卯桥，有《丁卯集》传世，为晚唐时期较有影响的诗人，胡应麟《诗薮》
外篇卷四云："俊爽若牧之，藻绮若庭筠，精深若义山，整密若丁卯，皆晚唐
铮铮者。"① 胡应麟将许浑与杜牧、李商隐、温庭筠相提并论。清代编的《全唐
诗》收其诗作五百三十一首，皆近体，无一古体，而近体又以五、七言律居
多。此种现象，在许浑同代诗人中颇常见，而在许浑之前，仅李世民一人。

许浑作为格律派诗人，早在晚唐就享有盛名，韦庄《题许浑诗卷》曰：
"江南才子许浑诗，字字清新句句奇。十斛明珠量不尽，惠休虚作碧云词。"②
迄至宋元，他的影响一直不衰。宋代陆游在《读许浑诗》云："裴相功名冠四
朝，许浑身世落渔樵。若论风月江山主，丁卯桥应胜午桥。"③ 苏轼之名句"但
愿人长久，千里共婵娟"显然点化于许浑的"唯应洞庭月，万里共婵娟"。尤
其到了南宋，江湖诗派诗人们自觉地以学习许浑之工来矫正江西诗派之粗。其
代表诗人之一的周弼"以唐诗自鸣，亦惟以许集谆谆诲人"④。一时间江湖诗人
中形成了"言古文止于水心，言律诗止于四灵、许浑"⑤ 的局面。这种情况一
直延续到元朝，元代王瑹《丁卯诗集序》："晚唐诗人彬彬辈出名家，当时传
诵，来裔可谓甚盛。比年以来，学者惟多宗许郢州，其故何耶？岂非绝类离伦，
可以则而象之也。尝观杜牧之寄许浑诗曰：'蓟北雁初去，湘南春又归。水流
沧海急，人到白头稀。塞路尽何处，我愁当落晖。终须接鸳鹭，宵汉共高飞。'
玩味是诗，可以知郢州见推行辈，相期以远，非止于诗也审矣。何怪后学俙焉，
孳孳必欲追其隽轨哉？惟昔郢州自纪其篇目，多至五百，而今之书肆见于版行
者，才逾一半，同志之士恨莫窥其集之全也。信安祝得甫好学不倦，尤笃志于
诗。一日从容访旧，偶得《郢州类稿》若干卷，复旁搜远绍，几足五百之数。
吁！其勤挚矣。亟命录梓，以广其传，谓瑹曰：'牧之之作，所以期待郢州者，
实而不华，倘大书深刻，以信后世，仿佛一序矣。子其赞一辞，以载华编之岁
月，而不假乎其他也。'瑹谓郢州之精微，学诗者当自得之，若夫青黄牺尊，

① （明）胡应麟：《诗薮》，上海古籍出版社 1979 年版，第 187 页。
② （五代）韦庄著，聂安福笺注：《韦庄集笺注》，上海古籍出版社 2002 年版，第145 页。
③ （宋）陆游：《陆游集》，中华书局 1976 年版，第 1897 页。
④ （宋）范晞文：《对床夜语》卷二，丁福保辑《历代诗话续编》，中华书局 1983 年版，第
422 页。
⑤ （元）方回：《赠邵山甫学说》，《文渊阁四库全书》1193 册，台湾商务印书馆影印版，第
634 页。

或得以戕木之性，抑瑭非其人也，曷敢妄加藻绘，以来躐易之讥耶！得甫曰：'然。'遂书以识。"① 此序不仅交代了元成宗大德十一年（1307）祝得甫刊刻《郢州类稿》的情况，也表明了作序者王瑭对许浑诗歌的盛赏之意。元人辛文房在《唐才子传》卷七中更是高度评价道："浑乐林泉，亦慷慨悲歌之士。登高怀古，已见壮心，故为格调豪丽，犹强弩初发，牙浅弦急，俱无留意耳。至今慕者极多，家家自谓得骊龙之照夜也。"②

当然，因为时代气息和个人才华等原因，许浑不能与李杜、元白等盛唐、中唐第一流的大诗人并驾齐驱，但是他在晚唐诗人群体中的地位是不可忽视的，正如宋代萧立之《题剑江姚叔宏吟卷三首》二云："一编鼻祖晚唐诗，姚许齐名岱华低。天外凤凰须得髓，可嗔儿辈厌家鸡。"③ 许浑是可以和姚合、贾岛相提并论的。许学夷《诗源辩体》更准确地定位"许浑为晚唐正变之首"④。

就内容而言，许浑诗歌多模山范水、酬谢赠答、羁旅行役、咏古而不伤今的题材，而极少此前唐代诗人所常见的请谒、应制之作。就总体风格而言，许浑诗歌或清丽秀美，或感慨深沉，绝无浮夸之辞眩人耳目，亦无淫词媒语贻害后世。就对艺术技巧的追求来说，在诗歌排偶方面，许浑的作品则更为专注于推研词面，骈俪处几乎无不偶对工整，精致工丽，情辞俱佳；另外，诗人在对偶形式中用典、咏事、写景、状物、抒怀，大都熨帖匀稳，工而能化，别具匠心；尤为重要的是，在声调平仄方面，许浑诗更谐于音律，粘对得法，平仄合辙，并时作拗体，喜欢将律句三字尾的声调改为"仄平仄"对"平仄平"，以击撞波折克服用韵过于圆熟顺滑的弊病，形成别具一格的"丁卯句法"。这是许浑在晚唐文学创作的背景下对杜甫的继承和发展，有着不可忽视的诗学意义。⑤

陈樵存诗 268 首，其中五绝 3 首，七绝 11 首，五律 46 首，五排 1 首，七律 152 首，近体诗计 213 首，约占诗歌总数的 79.5%，虽然并非专攻近体，但对近体诗还是颇用力，尤其是七律，数量约占近体诗的 71.4%，这些都与许浑相近似。从前引陈樵诗例看，他对许浑诗十分熟悉，进而推测，他对许浑的诗

---

① （元）王瑭：《丁卯诗集序》，李修生主编《全元文》第 39 册，江苏古籍出版社 1999 年版，第 518—519 页。

② 傅璇琮：《唐才子传校笺》（第三册），中华书局 1990 年版，第 241 页。

③ 北京大学古文献研究所：《全宋诗》，北京大学出版社 1995 年版，第 39173 页。

④ （明）许学夷：《诗源辩体》，人民文学出版社 1987 年版，第 184 页。

⑤ 参见吕海龙《拂去明珠上的尘埃——试论许浑在晚唐诗人群体中的应有地位》，《现代语文》2007 年第 12 期，第 110—111 页。

艺必定有所研究，并进行模仿、学习，笔者主要从遣字、用句、意象、色彩、用词、对仗及风格等诸方面来探讨陈樵对许浑的接受。

一、遣字与用句

古人历来重视炼字炼句，薛雪于《一瓢诗话》中云："篇中炼句，句中炼字，炼得篇中之义工到，则气韵清高深渺，格律雅健雄豪，无所不有，诗文之能事毕矣。"①

（一）字法

一是学习许诗的字法。"字法"者，即"炼字"。南宋诗论家魏庆之《诗人玉屑》卷八中便明确指出："作诗在于炼字。"② 许浑在"炼字"方面，可谓颇具匠心，同时又有章法可循。细读许诗，即可发现最突出的一点是许浑诗爱用数字构成对偶。其中，尤其热衷于用"一"字和其他数字作对。许诗中，此类数字对中使用次数最多、艺术成就最高、影响最大的是以"一"对"千"，多有脍炙人口、流传千古的佳句。如，《和友人送僧归桂州灵岩寺》云："碧云千里暮愁合，白雪一声春思长。"又如《京口闲居寄京洛友人》云："一尊酒尽青山暮，千里书回碧树秋。"总的看来，许诗"一"字对的运用，形式多样，表现力强，读来气韵流动，饱含感情，大大深化了主题。

以"一"对"千"的字法，多为两宋名家所效仿。胡应麟《诗薮》云，"宋初诸人学晚唐者：寇平仲'江楼千里月，雪屋一龛灯'，许浑语也"③。确实一语中的，所言不虚。陈樵对此亦有学习，比如，《送张仲举归晋阳举进士》六首其一："门间千里望，天地一编诗。"《少霞洞》："青童卧护千年鹿，木客相传一派诗。"《山斋》："悬崖种菊红千叶，开户见山青一方。"《钓台》："裂犹疑千古雪，风吹不断一丝秋。"《溪亭》："云随白鹤翔千仞，月与青猿共一枝。"《次王吉夫暮秋旅怀韵》其二："东山云杳家千里，南国秋深雁一声。"表现力、情调等亦不弱。

陈樵学许浑，诗中还多用叠字，不同的只是许浑诗中的叠字如出现于一联，多上下两句皆用，如，"早霜鸡喔喔，残月马萧萧"（《秋日行次关西》），"凤

① （清）叶燮等：《原诗 一瓢诗话 说诗晬语》，人民文学出版社 1979 年版，第 134 页。
② （宋）魏庆之著，王仲闻点校：《诗人玉屑》，中华书局 2007 年版，第 240 页。
③ （明）胡应麟：《诗薮》，上海古籍出版社 1979 年版，第 222 页。

驾北归山寂寂，龙舆西幸水滔滔"（《骊山》），"帆势依依投极浦，钟声杳杳隔前林"（《凌歊台送韦秀才》），"独树高高风势急，平湖渺渺月明多"（《将度固城湖阻风夜泊永阳戍》））。而陈樵诗中的叠字多单用，即一联中只有一句用叠字，且多是首联或尾联，如，"烟雾霏霏湿麝煤，文生绿砚砚生苔"（《少霞洞》），"水乐声中共夕凉，雪花片片洒衣裳"（《圁谷涧》），"手种岩花对北峰，花间无叶紫茸茸"（《紫薇岩》），"人间何用春长在，只爱飞红日日新"（《飞花亭》）等。

（二）句法

胡应麟在《诗薮·内编》卷五论云：

> 唐七言律自杜审言、沈佺期首创工密，至崔颢、李白时出古意，一变也。高、岑、王、李，风格大备，又一变也。杜陵雄深浩荡，超忽纵横，又一变也。钱、刘稍为流畅，降而中唐，又一变也。大历十才子，中唐体备，又一变也。乐天才具泛澜，梦得骨力豪劲，在中、晚间自为一格，又一变也。张籍、王建略去葩藻，求取情实，渐入晚唐，又一变也。李商隐、杜牧之填塞故实，皮日休、陆龟蒙驰骛新奇，又一变也。许浑、刘沧，角猎俳偶，时作拗体，又一变也。至吴融、韩偓香奁脂粉，杜荀鹤、李山甫委巷丛谈，否道斯极，唐亦以亡矣。①

胡应麟这段话综论唐七律发展，从七律的正变与演进的角度，指出许浑、刘沧"角猎俳偶，时做拗体"，注意到他们对于律诗表达规范的坚守与突破，这也许算是许浑、刘沧的成绩，并代表晚唐李商隐之外一般诗人七律的共同特点：缺乏崇高的理想，思想平庸，心情灰暗，感情压抑，重视声律技巧——他们在充分掌握七律诗的创作规律和技巧后，力图在规则之外寻求变化，在工整之外追求拗峭，在熟悉之外探索陌生和清新。

许诗觅句有法，喜作拗变，这是许诗的鲜明艺术特征。清代王士禛《分甘余话》云："唐人拗体律诗有二种：其一，苍莽历落中自成音节，如老杜'城尖径仄旌旆愁，独立缥缈之飞楼'诸篇是也；其二，单句拗第几字，则偶句亦拗第几字，抑扬抗坠，读之如一片宫商，如许浑之'溪云初起日沉阁，山雨欲

---

① （明）胡应麟：《诗薮》，上海古籍出版社 1979 年版，第 84—85 页。

来风满楼',赵嘏之'湘潭云尽暮山出,巴蜀雪消春水来'是也。"① 此话极为切合实际。许浑在实践上对杜甫的拗体律诗加以继承和发展,将其不规则的拗律改变成规则的拗律,以击撞波折克服用韵过于圆熟顺滑的弊病。许诗拗变别具一格,清代李重华谓:"许丁卯最善此种,每首有一定章法,每句有一定字法,乃拗体中另自成律,不许凌乱下笔。"②

许浑诗歌拗体,读来音节和谐,抑扬顿挫极富音律感,同时具有程式化的特点,易于学习掌握,迎合了江湖诗人作诗刻意求工,且无意于苦吟的审美趣味。因此,江湖诗人对许诗尤为偏爱并尊之曰"丁卯句法"。方回《瀛奎律髓》卷二十五《拗字类序》中清楚地指出这一点:"今'江湖'学诗者,喜许浑诗'水声东去市朝变,山势北来宫殿高','湘潭云尽暮山出,巴蜀雪消春水来'以为丁卯句法。殊不知始于老杜,如'负盐出井此溪女,打鼓发船何郡郎'、'宠光蕙叶与多碧,点注桃花舒小红'之类是也。"③ 许诗对偶之精,声韵之熟,表明他对诗律的掌握已达到炉火纯青的地步。在平仄声律的运用上,许浑将杜甫的拗体律诗加以发展,创造出以七律的第三第五字平仄互易的诗体以求变化,以拗体改变律诗用韵圆熟顺滑之弊,从而形成别具一格的"丁卯句法"。赵翼《瓯北诗话》卷八论拗体七律云:"中唐以后,则李商隐、赵嘏辈,创为一种以第三第五字平仄互易,如'溪云初起日沉阁,山雨欲来风满楼'、'残星几点雁横塞,长笛一声人倚楼'之类,别有击撞波折之致。"④(按:"李商隐"系许浑之误)

方回所说的"丁卯句法"由其正格"平平仄仄平平仄,仄仄平平仄仄平"演变而来。杜甫一百一十三首严整七律中有此种拗救格式的用法,但很少,据统计,仅有三处:"映阶碧草自春色,隔叶黄鹂空好音。"(《蜀相》)"楚妃堂上色殊众,海鹤阶前鸣向人。"(《寄常征君》)"未闻细柳散金甲,肠断秦川流浊泾。"(《即事》)。而许浑则在严整的七律创作中大量使用此种句法,并进一

① (清)王士禛著,张宗柟纂集,夏闳校点:《带经堂诗话》卷一,人民文学出版社1963年版,第33页。
② (清)李重华:《贞一斋诗说》,王夫之等撰《清诗话》,上海古籍出版社1978年版,第929页。
③ (元)方回选评,李庆甲集平校点:《瀛奎律髓汇评》,上海古籍出版社1986年版,第1107页。
④ (清)赵翼:《瓯北诗话》卷八,人民文学出版社1963年版,第119页。

步向规则化、通俗化的方向发展，形成了自己独特的拗救方法。

按照方回对"丁卯句法"的说法，并通过对许浑七律平仄声调的综合归纳，"丁卯句法"本身是一种双句对救法，即在一联中，除少数变易二、四、六字外，着重拗在第三、第五字上，且拗处都要对救。"丁卯句法"主要体现在"(平)平(仄)仄平平仄，(仄)仄平平仄仄平"一联中，它有两种拗救方式：一是一字一救，即出句的第五字拗，对句的第五字救；二是一字两救，即出句的第五字和对句的第三字均拗，对句第五字救并身兼两职，既救本句的第三字，又救出句的第五字。一字一救的句式为：(平)平(仄)仄仄平仄，(仄)仄平平平仄平。这种拗救在许浑七律中有十一处，其中多用于颔联、尾联。如，"素娥冉冉拜瑶阙，皓鹤纷纷朝玉京"（《对雪》），这一颔联，出句第五字"拜"应平而仄，对句第五字"朝"应仄而平；再如，"岂知京洛旧亲友，梦绕潺湲江上亭"（《酬刑杜二员外》），这一尾联，出句第五字"旧"应平而仄，对句第五字"江"应仄而平，此两联均是一字一救。一字两救的句式为：(平)平(仄)仄仄平仄，(仄)仄仄平平仄平。这一种拗救法与上一种句式基本相同，不同处是对句第三字为仄声。

据马德生统计，许浑209首严整七律，除17首完全运用平仄正格外，另外192首中运用此种拗救法的达40首诗、47处，其中颔联33处，尾联13处，颈联1处。[1] 其用法不仅数量多，而且十分工巧别致，最能够体现"丁卯句法"的特色。如，颔联"一声山鸟曙云外，万点水萤秋草中"（《自楞伽寺晨起泛舟道中有怀》），出句第五字"曙"当平而仄，于是对句"秋"当仄而平，既救出句"曙"字，又兼救本句"水"字避免了孤平。又如，尾联"身闲静境日为乐，若问自馀非我能"（《南亭夜坐贻开元禅定二道者》），以"非"这个平声字救了"日"和"自"两个仄声字。"丁卯句法"除用于一诗一联外，还有的一诗两联或三联均用，如《夜归驿楼》中的颔联"孤舟移棹一江月，高阁卷帘千树风"和尾联"早炊香稻待鲈鲙，南诸未明寻钓翁"便是一诗两联同时运用此拗救法。

许浑的"丁卯句法"并不是为拗救而拗救，而是从内容表达、情感需要出发来认真使用的。如："溪云初起日沉阁，山雨欲来风满楼。"（《咸阳城东楼》）这一千古流传之诗句，出句第五字"日"和对句第三字"欲"均应平而

---

[1] 参见马德生《许浑七言律诗创作论》，硕士论文，河北大学，2000年，第28页。

仄，拗得恰到好处，而对句第五字"风"应仄而平，却救得更具匠心。因为当云起日沉、山雨欲来之时，唯有风是其先导，除此别无他物替代。这样，以"风"这个平声字救了"日""欲"两个仄声字，即使声调流动协调，写景传神，又使平仄跌宕有致，遂真实地表现了诗人黄昏登楼面对自然界变化而产生的"万里愁"。正因为如此，"丁卯句法"多运用于其七律诗的名句、佳句中。除这个例句外，还有"是非境里有闲日，荣辱尘中无了年"（《将赴京题陵阳王氏水居》），"一声溪鸟暗云散，万片野花流水香"（《沧浪峡》），"光阴难驻迹如客，寒暑不惊心似僧"（《南亭夜坐贻开元禅定二道者》），"碧云空断雁行处，红叶已凋人未来"（《寄远》），"岭猿群宿夜山静，沙鸟独飞秋水凉"（《韶州驿楼宴罢》）等。可见，这种句法在其七律创作中，不但不起破坏作用，相反却起到了辅助作用，有利于表达复杂跌宕的感情，增添无穷的艺术力量，"拗字声律极自然可爱"[①]。

总之，许浑的"丁卯句法"继承和发展了杜甫等前人的对句拗救法，对七律固定的四种声调进行了变动，增加了七律声调种类，所以，可以说，"丁卯句法"是对七律平仄声调正格的否定之否定，它在拗救的重新和谐中另自成律，从不凌乱下笔，形成了一种新的七律声调规则，既峭拔崛奇，又圆稳平顺，且更容易掌握和利用，从而使许浑的七律更能显出自身的独特风貌，这也是许浑对七律声调的贡献。

陈樵共存七律 152 首，运用"丁卯句法"者有 10 首，约占 6.6%。如，《碧落洞》："近从月里种花去，遥见鼎湖飞叶来。"《西岘峰》二首其一："云归僧舍树皆湿，犬吠猎围山误应。"《西岘峰》二首其二："万重山外碧方寸，五色雨中青最多。"《霜岩石室》六首其二："满庭修竹下黄叶，千岁古松生绿烟。"《霜岩石室》六首其三："丹砂伏火有光景，石斛依空无死生。"《空碧亭》五首其二："石泉飞落万沤发，松影淡时千丈强。"《玉雪亭》九首其三："台高渐见石棱长，枝重不禁梅影斜。"《心远庵》："书成袖里燕衔去，月死枝头猿不知。"《雪观》："月无寸影夜如曙，地有六花春不知。"《山堂》："人离雪外只方丈，月比城头低一程。"

---

① （清）田雯：《古欢堂集杂著》卷二，郭绍虞编选，富寿荪校点《清诗话续编》，上海古籍出版社 1983 年版，第 713 页。

二、意象与色彩

（一）水意象

"诗的意象带有强烈的个性特点，最能见出诗人的风格。诗人有没有独特的风格，在很大程度上取决于是否建立了他个人的意象群。"① 许浑建立了自己独特的水意象群。胡仔《苕溪渔隐丛话》前集卷二十四引《桐江诗话》曰："许浑集中佳句甚多，然多用水字，故国初士人云：'许浑千首湿'是也。"② 《全唐诗》所收五百三十一首许浑诗中，"用到'水'字的有两百首，用到'雨'、'露'等字的有二百五十一首，两者约占百分之八十五"③。周轶群列表统计了许浑诗中各种形态的"水"④，见表18－1。

表18－1　周轶群统计的许浑诗中的水

序　号	词　语	出现次数	所占比例
1	水	197	18.0%
2	雨	111	10.1%
3	江	90	8.2%
4	雪	69	6.3%
5	溪	68	6.2%
6	海	62	5.6%
7	露	60	5.5%
8	酒	57	5.2%

---

① 袁行霈：《李杜诗歌的风格与意象》，《中国诗歌艺术研究》（增订本），北京大学出版社1996年版，第213—214页。

② （南宋）胡仔纂集，廖德明校点：《苕溪渔隐丛话前集》，人民文学出版社1962年版，第164页。

③ 罗时进：《许浑千首湿与他的佛教思想》，《学术月刊》1983年第5期，第51—56页。

④ 周轶群：《试论"许浑千首湿"》，硕士论文，浙江工业大学，2011年，第2—3页。

续表 18－1

序　号	词　语	出现次数	所占比例
9	波	45	4.1%
10	池	41	3.7%
11	河	33	3.0%
12	霜	32	2.9%
13	潮	31	2.8%
14	潭	22	2.0%
15	湖	21	1.9%
16	浪	21	1.9%
17	泉	20	1.9%
18	泪	20	1.8%
19	浦	18	1.6%
20	塘	16	1.4%
21	渚	11	1.0%
22	雾	10	0.9%
23	津	9	0.8%
24	井	5	0.5%
25	渡	4	0.4%

续表 18-1

序　号	词语	出现次数	所占比例
26	涛	4	0.4
27	湾	3	0.3%
28	渠	2	0.2%
29	湿	13	1.2%
合　计		1095	

　　然后总结道，许浑诗作中有 28 种类型的水。其中以"水"字的出现次数最多，所占比例最高。其他水的各种形态，大到江河湖海、波涛浪潮，小至潮溪泉潭、塘池津渡、雨雪露霜，一直到水带来的突出特征——"湿"，在许浑诗中比比皆是。①

　　陈樵二百六十八首诗中，用到"水"字的有七十一首，算上用到"雨""泉"等字的共二百零四首，约占诗歌总数的百分之七十六，比例相当高。词语出现次数及比例统计见表 18-2。

表 18-2　陈樵诗中与"水"相关的词语统计

序　号	词　语	出现次数	所占比例
1	水	86	17.2%
2	雨	83	16.6%
3	霜	26	5.2%
4	泉	26	5.2%

---

① 参见周轶群《试论"许浑千首湿"》，硕士论文，浙江工业大学，2011 年，第 3 页。

续表18-2

序 号	词 语	出现次数	所占比例
5	池	26	5.2%
6	雪	25	5.0%
7	江	23	4.6%
8	露	22	4.4%
9	河	20	4.0%
10	酒	20	4.0%
11	涧	17	3.4%
12	湖	15	3.0%
13	海	14	2.8%
14	泪	11	2.2%
15	波	10	2.0%
16	溪	9	1.8%
17	冰	9	1.8%
18	雾	7	1.4%
19	流	6	1.2%
20	瀑	5	1.0%
21	浪	5	1.0%

续表 18 - 2

序　号	词　语	出现次数	所占比例
22	潭	4	0.8%
23	井	3	0.6%
24	泽	3	0.6%
25	涛	2	0.4%
26	潮	1	0.2%
27	浦	1	0.2%
28	渚	1	0.2%
29	津	1	0.2%
30	渠	1	0.2%
31	湿	19	3.8%
合　计		501	

以下再举一些诗例：

五云洞

飞梁压水石苔苍，洞口飞泉泻石梁。

屋上春霞常易散，雪中树影不曾长。

阴云满地晴飞白，雨蝶依林暗贴黄。

手里夫容浑忘却，蓑衣日日钓沧浪。

水亭

少凤穿花照水盟，水禽冲浪动轩楹。

云从薜荔衣中起，雨向玗琪树上生。

曲水傍人流白羽，娇花无语答黄莺。

涧中日与山中日，同上晴窗各自行。

霜岩石室（其一）

悬流脉脉又涓涓，浣水为花到席前。

我为天穿来炼石，僧从雨下度流年。

月中溜洒黄金泪，壁上云生火玉烟。

山下四邻皆雨外，天瓢枯槁蛰龙眠。

空碧亭（其一）

晴光潭影共澄鲜，雨外林阴色更妍。

碧海如杯谁缩地，青冥着水误忧天。

河垂涧底遥相属，斗入人间却右旋。

病叟年来倦登陟，朝朝玩水夜听泉。

暨阳湖

白浪浮天雪作堆，羞将俗客洗尘埃。

月从水底沈钩去，船似鸥边泛叶来。

野屋有篱编白荻，渔矶无席藉苍苔。

功曹吟苦多诗渴，拟借平湖作酒杯。

送蔡竹涧江山教谕

仙霞岭与落霞齐，乘兴吟游日未西。

帘影到池元是水，縠纹浮雨却成溪。

烟青院竹鸾窥客，日暖官芹燕拾泥。

莫道广文官况冷，窗前生意草萋萋。

绿涧春烟

春水平分叠嶂斜，轻烟隔岸锁桑麻。

重重柳绕香风度，两两松排薄雾遮。

浪逐白杨凝白雪，波浮红杏蔚红霞。

桃林三月铺佳景，流入前村卖酒家。

以上所举，水意象出现次数都在四次及以上，并且在同一首诗中，几乎无重复形式的"水"，比如，《绿涧春烟》联联涉水，依次出现了"水""雾""浪""雪""波""酒"，再加上诗题中的"涧"，计有七种之多，这些不同的水意象出现在一首诗里，足以说明陈诗之水频度之高，数量之多。

与许浑相似，陈樵诗歌中的"水"一般也是幽婉柔美的溪流泉池，造境清幽，圆融通脱，自如流转，氤氲着江南特有的湿润情调，而很少有那种惊涛骇浪、波澜壮阔、大气磅礴的风貌。

（二）色彩

"意象之所以能直接诉诸我们的感官，不但是因为展示了具体的物体本身，更由于呈现了物体所蕴含的抽象的物性。所谓的物性，就是根据诗人和读者的感官感觉，而能体会出来的一种素质。"① 这种素质通常由人所能直观感受到的物体的声音和色彩构成。许浑喜爱"白"及"青""绿""碧"等颜色，许浑七律中最多，如：

> 还挂一帆青海上，更开三径碧莲中。

> （《送岭南卢判官罢职归华阴山居》）

> 门枕碧溪冰皓耀，槛齐青嶂雪嵯峨。

> （《春日郊园戏赠杨嘏评事》）

陈樵也有类似的喜好，其诗中，"白"出现五十一次，"青"出现五十七次，"绿"出现三十三次，"碧"出现三十九次，由此可见一斑。

在绿色与其他颜色的搭配使用上，许浑喜以绿色搭配红色或者紫色，色彩比较华丽。陈樵类此，例如：

---

① 王国璎：《中国山水诗的形象摹拟》，《中国山水诗研究》，中华书局2007年版，第224页。

五月菡萏发，红妆明绿波。

（《胡伯玉隐趣园君子池》）

梦渴醒来赋楚骚，纷红骇绿未全销。

（《醒酒石》）

绿暗有人来折柳，红飞剪纸为招魂。

（《临花亭》九首其二）

雨后看山对酒歌，飞红骇绿满岩阿。

（《西岘峰》二首其二）

梅残直至落花飞，红映飞花绿映葵。

（《飞花亭》三首其三）

残红堕地五铢重，涨绿过楼一丈余。
瑶草碧花牛氏石，锦囊玉轴米家书。

（《西岩紫霞洞》）

红色为许浑所钟情，许浑七律中共出现二十五处，有对自然事物的描写，如，红花、红树、红叶、红虾等；也有对器物、衣饰等与人有关的事物的描绘，如专指女子使用的化妆用品"红粉""红铅"，也有"红桥""红壁""红楼"等宫室构件。陈樵诗中的"红"字，与人有关的如红颜、红妆，宫室如红楼等，大部分是描写自然事物的，如红叶、红花、红树、红药、红莲、春红、飞红、红芳、红日等，还有虫鸟如红蝶、红燕等。红色象征热情、欢快和生命力。

三、用词与对仗

（一）重复用词

葛立方在《韵语阳秋》卷一中言：

> 许浑《呈裴明府诗》云："江村夜涨浮天水，泽国秋生动地风。"《汉水伤稼》，亦全用此一联。《郊居春日诗》云："花前更谢依刘客，雪后空怀访戴人。"《和杜侍御》云："因过石城先访戴，欲朝金阙暂依刘。"又《送林处士》云："镜中非访戴，剑外欲依刘。"《寄三州守》云："花深稗榻迎何客，月在膺舟醉几人？"《陪崔公宴》又云："宾馆尽开徐稗榻，客帆空恋李膺舟。"《题王隐居》云："随蜂收野蜜，寻麝采生香。"《呈李明

府》云："洞花蜂聚蜜，岩柏麝留香。"《松江诗》云："晚色千帆落，林声一雁飞。"《深春诗》云："故里千帆外，深春一雁飞。"又《寄卢郎中》并《赠闲师》皆以庾楼对萧寺。见于其它篇咏，以杨柳对蒹葭，以杨子渡对越王台者甚多。盖其源不长，其流不远，则波澜不至于汪洋浩渺，宜哉。杜甫云："读书破万卷，下笔如有神。"欲下笔，当自读书始。①

葛立方此言，是批评许浑在诗文中喜重复用词。且批评尖锐，毫不客气："欲下笔，当自读书始。"讥讽许浑读书太少，因而导致"其源不长，其流不远"，在诗坛影响不可能深远，"则波澜不至于汪洋浩渺"。许浑诗中重复用词、重复用典之处甚多，葛氏看到了许诗的这种缺陷，有一定批判意义，但是讥嘲一代诗坛代表人物读书太少，不可谓不偏激。

贺裳《载酒园诗话》又编亦云：

> 许郢州诗，前后多互见，故人讥才短。如《寄题华阳韦秀才院》："晴攀翠竹题诗滑，秋摘黄花酿酒浓。山殿日斜喧鸟雀，石潭波动戏鱼龙。"与《常庆寺遇常州阮秀才》中联无异，但改"晚收红叶题诗遍，秋待黄花酿酒浓"，又改"殿"为"馆"之别耳。又《寄殷尧藩》："带月独归萧寺远，看花频醉庾楼深。"亦与《寄卢郎中》"醉别庾楼山色满，夜归萧寺月光斜"，语略相同。然诗家犯此甚多，太白已先不免。②

许浑作诗常常重复使用得意的句子，除此之外，如，"湘潭云尽暮山出，巴蜀雪消春水来"一联也分别见于《凌歊台》和《春日思旧游寄南徐从事刘三复》。又如，"一尊酒尽青山暮，千里书回碧树秋"一联在其七律诗中凡三见，分别用于《京口闲居寄两都亲友》《送元昼上人归苏州兼寄张厚二首》其一、《郊园秋日寄洛中友人》诗中。"碧云千里暮愁合，白雪一声春思长"一联同时见于《和友人送僧归桂州灵岩寺》与《和浙西从事刘三复送僧南归》二诗。"江村夜涨浮天水，泽国秋生动地风"一联同时见于《汉水伤稼》与《酬郭少府先奉使巡涝见寄兼呈裴明府》二诗。此外，有的诗中对仗虽不完全雷同，但

---

① （南宋）葛立方：《韵语阳秋》，何文焕辑《历代诗话》，中华书局 1981 年版，第 487 页。
② （清）贺裳：《载酒园诗话又编》，郭绍虞编选，富寿荪校点《清诗话续编》，上海古籍出版社 1983 年版，第 377 页。

词意一样，如，《寄题华严韦秀才院》中两联"晴攀翠竹题诗滑，秋摘黄花酿酒浓。山殿日斜喧鸟雀，石潭波动戏鱼龙"与《长庆寺遇常州阮秀才》中二联词意无异，只不过颔联改为"晚收红叶题诗遍，秋待黄花酿酒浓"，颈联改"殿"为"馆"。再如，《寄殷尧藩先辈》颔联"青山有雪谙松性，碧落无云称鹤心"与《送张厚浙东谒丁常侍》的颔联只是个别字有异，改"谙松性"为"松当洞"，改"称鹤心"为"鹤出笼。"这种对仗重复使用，在其五律中亦存在。这其实是诗人的一种创作习惯。当代学者们也已经注意到这个问题并有所研究，例如日本学者铃木修次的《许浑与杜牧》、李立朴的《许浑研究》都不约而同地指出：许浑习惯将自己喜欢的对句再用于别的作品。其实不单许浑，许多诗人都喜欢在自己的诗中重复用词，将自己认为得意的词句重复用于不同的诗作中。在许浑之前，岑参等人就使用过，其后同时代的方干、刘得仁也曾为之，南宋的陆游、金代的元好问更是写复句的能手，甚至大文豪苏轼也有此方面的诗例，足见这是古代文人的癖好、通病。苏轼有"欲把西湖比西子，浓妆淡抹总相宜"（《饮湖上初晴雨后》）的名句，但他逮住这个众人称颂的比喻反复使用："西湖真西子"（《次韵刘景文登介亭》），"只有西湖似西子"（《次韵答马中玉》），"西湖虽小亦西子"（《再次韵德麟新开西湖》），但因苏轼名气太大了，历代诗话不见贬斥，而许浑因未负盛名难免遭受指责、挑剔，被"人讥才短"，"以熟套为诗"。当然，重复就是懒惰，模拟也决不能代替创造。苏轼也好，许浑也好，均为诗歌创作的弊病，即使瑕不掩瑜，也是美玉之瑕。

陈樵由于幽居生活的单调，致使一些诗歌题材雷同，诗境狭窄，重复用词现象也大量存在，比如，《霜岩石室》（六首）其一"浣水为花到席前"与《宝掌泉》中"浣水为花到地消"相似；《西岘峰》其一"听尽熙宁水乐声"与《涵碧亭》"不入熙宁水乐声"相似；《飞花亭》"盛露囊中封腾药"与《寻春园》其二"承露囊中盛腾药"相似；《刘山南挽歌》其一"不有东南事，终期甲乙科"与《送张仲举归晋阳举进士》其六"谁预文章观，君宜甲乙科"相近；；《少霞洞山居》之"入市人传木客诗"与《少霞洞》之"木客相传一派诗"似曾相识；《越观》之"月暗不知松影长"与《云山不碍楼》之"水浅不妨松影长"相似；《涵碧亭》其三"夏禽反舌余声尽，薜荔连墙寸影无"与《拙斋》"夏禽反舌余声尽，薜荔连墙片影无"，"寸"与"片"只一字之差；《绝唱轩》"诗无獭髓痕犹在"与《玉雪亭》（九首）其六"僧调獭髓补诗痕"

相似；《银谷涧空碧亭》"仙人唾地碧如天"与《忘忧阁》"天外唾如云样碧"大类；《伏蟾山》"有时竹上蟾蜍下，满腹丹书湿欲流"与《霹雳石》"蟾老丹书满腹生"相仿佛；《临花亭》其一"天生国艳春无价，日绕游丝风有光"与《飞花亭》其一"鸟衔堕蕊春无色，日转游丝风有光"意境因袭；"千里风期合，三才月旦尊"一联凡两见，分别见于《投宪幕上下》（六首）其五与《送张仲举归晋阳举进士》（六首）其二；"春日花连小东白，暮年草创大还丹"一联两见，分别见于《山园》《永日观》二诗；"松根苓长叶成窝"同时见于《西岘峰》其二与《绝唱轩》，且《书房》中"书在终难招李杜，灰寒无处觅阴何"句下注曰，一作"门外雨生云没鹤，松根苓长叶成窝"；"松高猿见古时月"分别见于《飞花亭》与《寻春园》其二二诗；"冷云堆里散人家"同见于《山房》与《石碣楼》二诗；"茯苓无种入庭生"分别见于《空翠堂》与《山堂》等。

（二）对仗

偶对精切是许浑诗歌的一大特色，最为后人称道，田雯称："刘沧、许浑琢句之秀，拗字之工，亦称杰作。"① 许学夷曾指出"对皆工巧，语皆衬贴""七言律，许浑工于词"②，高棅在谈到晚唐四位诗人时说："降而开成以后，则有杜牧之之豪纵，温飞卿之绮靡，李义山之隐僻，许用晦之偶对。"③ 又言"许浑、李商隐对偶精密。"④

顾嗣立极其欣赏陈樵诗中对仗，赞道："其诗于题咏为多，属对精巧，时有奇气。"⑤"鹿皮子北山诗咏多秀健之句。"⑥ 并摘取对仗若干，津津乐道。

从对仗的内容上看，天文地理、人名地名、宫室器物、颜色数目、花木虫鸟、人伦礼仪、饮食菽粟、天干地支、文具文学等，在许浑、陈樵诗中无不成对。如，天文对，许浑之"溪云初起日沉阁，山雨欲来风满楼"（《咸阳西门城楼晚眺》），"星河半落岩前寺，云雾初开岭上关"（《早发天台中岩寺度关岭次

① （清）田雯：《古欢堂杂著》卷二，郭绍虞编选，富寿荪校点《清诗话续编》，上海古籍出版社 1983 年版，第 703 页。

② （明）许学夷著，杜维沫校点：《诗源辩体》卷三十，人民文学出版社 1987 年版，第 284、291 页。

③ （明）高棅：《唐诗品汇》，上海古籍出版社 1988 年版，第 9 页。

④ 同上书，第 508 页。

⑤ （清）顾嗣立：《元诗选初集戊集》，中华书局 1987 年版，第 1479 页。

⑥ 同上书，第 1493 页。

天姥岑》）；陈樵之"雪到峰头犹是雨，云生石上半成霞"（《太霞洞》），"好风入夏传芳信，片雨随龙度月明"（《清凉台》）。色彩对，许浑之"一尊酒尽青山暮，千里书回碧树秋"（《京口闲居寄两都亲友》），"高下绿苗千顷尽，新陈红粟万箱空"（《汉水伤稼》）；陈樵之"雨余秋菌化为碧，石上霜枫不解丹"（《席家洞》），"不信水深骑赤鲤，曾因梦里杀黄鹂"（《溪亭》）。数目对，许浑之"百二禁兵辞象阙，三千宫女下龙舟"（《汴河亭》），"一声溪鸟暗云散，万片野花流水香"（《沧浪峡》）；陈樵之"千年甲子棋边老，两字功名世外多"（《吕氏樵隐图》），"神游八极皆吾土，天入三山不满壶"（《壶天》）。花木对，许浑之"松叶正秋琴韵响，菱花初晓镜光寒"（《重游飞泉观题故梁道士宿龙池》），"藤蔓覆梨张谷暗，草花侵菊瘦园空"（《怀旧居》）；陈樵之"松高猿见古时月，花晚莺添几日春"（《飞花亭》），"轻笼柳絮莺声涩，暗锁桃林蝶梦愁"（《泽清宿雾》）。人名对，许浑之"刘伶台下稻花晚，韩信庙前枫叶秋"（《淮阴阻风寄楚州韦中丞》），"汉业未兴王霸在，秦军才散鲁连归"（《题卫将军庙》）；陈樵之"冯夷送月临轩落，海若令潮入岸生"（《上虞魏氏湖上精舍图》其二），"迹旧诗倾褚薛，才名此日数晁张"（《次韵黄晋卿见寄之什》之一）。

从上述例句中可以看出，许浑、陈樵七律之对仗是何其工巧，而且其工对以天文对、色彩对、花木对运用得最多，而这也往往与描绘自然景物密切联在一起，形成以景为对。

许浑七律的写景对偶，往往将几种或几组各自分散的自然景物排列在一起，构成一幅空间立体图画，以此来表现一种情感状态。如，晚唐众口相传的著名对句："碧云千里暮愁合，白雪一声春思长。"（《和友人送僧归桂州灵岩寺》）属于绘景送别。"碧云"对"白雪"，既是天文对，又是颜色对，同时又因"白雪"有歌曲之义，与"碧云"构成诗家称为上乘的借对；"千里"对"一声"乃数量词相对；"暮愁"对"春思"，"暮"与"春"皆时令，"愁"与"思"为情感；"合"对"长"，形容词为对。整联无一字不对，极尽工切，但诗人并不单纯描绘景物。出句由梁朝江淹《休上人怨别》中的"日暮碧云合"与"桂水日千里"熔铸而成，"碧云"保留了原诗中的黄昏景色，"千里"却极言愁思之悠远，暮景与别情"合"在一处，便生出了无穷之"愁"；对句以"白雪"之"曲高和寡"意喻相知，"一声"写尽友谊之深厚，春色与离恨融于一起，便牵出了无限之"思"。整个对句结构匀称自然，色彩映衬鲜明，对仗有声有色，景、意、事俱全，承接有度，在动静相生、情景交融的图画中，完美地表达了依依别离之情。陈樵《次王吉夫暮秋旅怀韵》其二："东山云杳家千里，南国秋深雁一声。""东山"对"南国"为地名对，一代表家乡，一代表他乡，"东"与"南"皆方位名词；"云杳"对"秋深"，"云"对"秋"乃天文对时令，异类对；"家"对"秋"乃名词为对；"千里"对"一声"乃数量词相对。整联字字皆对，也算工切。出句为遥望之景，想象之辞，言朋友离家极其遥远，对句则写眼前景，交代季节，从听觉写雁鸣，暗用鸿雁传书之典，朋友归心似箭，作者依依惜别之意，都暗寓其中。视听兼有、动静相生、虚实结合、情景交融。

在语意表达上，许浑、陈樵诗对仗或相互补充，扩大表现范围，开拓诗的意境；或形成对比，使单纯叙述成为突出的描绘，通过方位的上、下、东、西，颜色的黑、白、红、蓝，感情的悲、喜、憎、爱，时间的今、昔，数量的多、少，距离的远、近等，加强了艺术表现力度。而这样的对句确实体现了诗人的博学才情和深厚的艺术功底。

四、风格

（一）平淡

陈樵与许浑诗风平淡闲适，在艺术上相近却不相犯。除去习禅对平淡闲适的诗风影响之外，二人皆崇陶诗，诗中表现出的平淡悠然之气便不难理解了。许浑诗中多处写到对陶渊明其人其诗的倾慕，如，"重阳应一醉，栽菊助东篱"（《溪亭二首》其二），"更恋陶彭泽，无心议去官"（《晨至南亭呈裴明府》），"祢生狂善赋，陶令醉能诗"（《途经李翰林墓》），"陶诗尽写行过县，张赋初成卧到家"（《南海府罢归京口经大庾岭赠张明府》），"赋拟相如诗似陶，云阳烟月又同袍"（《寄当涂李远》）。

许浑、陈樵二人学陶诗，吸取的是陶诗中的平淡之趣，二人都讲究对偶与韵律，工细精巧，在一些描摹景物之作上，两人诗风颇为相类。如，陈樵之《麇谷涧》："清流拂石下岩隙，涧底菖蒲曳绿苔。野鹿避人悬树宿，溪鱼乘水上山来。翠连春草谁能拾，风触石崖强半回。自入夏来凉意足，更移修竹涧边栽。"许浑的《沧浪峡》："缨带流尘发半霜，独寻残月下沧浪。一声溪鸟暗云散，万片野花流水香。昔日未知方外乐，暮年初信梦中忙。红虾青鲫紫芹脆，归去不辞来路长。"① 相似的方外之情，相近的景色与氛围，其中"野鹿避人悬树宿，溪鱼乘水上山来"与"一声溪鸟暗云散，万片野花流水香"有着异曲同工之妙。许浑之闲适诗轻逸淡远，圆润精工，如，《夜归丁卯桥村舍》《村居二首》《村舍》等，寄情山水，表现出悠然自得之趣。《夜归丁卯桥村舍》："月凉风静夜，归客泊岩前。桥响犬遥吠，庭空人散眠。紫蒲低水槛，红叶半江船。自有还家计，南湖二顷田。"② 勾勒出一幅江南秋夜清新美妙的图画。再如，《村舍二首》其一："白蒨青莎织雨衣，南烽烟火是柴扉。莱妻早报蒸藜熟，童子遥迎种豆归。鱼下碧潭当镜跃，鸟还青嶂拂屏飞。花时未免人来往，欲买严光旧钓矶。"其二云："尚平多累自归难，一日身闲一日安。山径晓云收猎网，水门凉月挂鱼竿。花间酒气春风暖，竹里棋声暮雨寒。三顷水田秋更熟，北窗谁拂旧尘冠。"③ 此种境界如王维秋归辋川诗，即事写景，不加雕饰，极富生活情趣。诗人醉心于和平宁静、淳朴闲适的田园生活中，决心不荐"拂旧尘冠"。这是"万里高低门外路，百年荣辱梦中身"后的了然，是对那种恬然自适、无纷扰的本真生活的体验，是对陶渊明的"晨兴理荒秽，戴月荷锄归"的这种颇具兴味的农耕生活的感悟。

陈樵的《山房》："冷云堆里散人家，鹿帻羊裘不衣麻。门外树身无岁月，山中人语带烟霞。云侵坏衲长生菌，风断游丝半度花。采蕨林深人不见，连筒引水自煎茶。"全诗以白描手法描绘出寂静美好的隐居生活，冷云、烟霞、游丝等意象使此诗呈现出清雅、闲旷的意境，"鹿帻羊裘""采蕨""煎茶"通过服饰、动作等寥寥几笔勾画出了隐士的自我形象。陈樵选择的是真正的隐士生活，其诗歌描绘的是一个充满诗意的理想化的世界，也是理想与现实的完美结合。诗歌里的世界是陈樵现实生活的反映，因此陈樵诗歌体现的是一种平淡之美，没有欲念，了无心机。恰如周旋于《鹿皮子诗集序》中称陈樵律诗"自然平淡简远"，"求诸古人，殆靖节之流也"。④ 而许浑在隐读、朝隐与待时之隐的生活当中创作了大量的表现隐逸情趣的山水诗。诗人在山水田园中流连忘返、

① 中华书局编辑部点校：《全唐诗》（增订本）卷五三三，中华书局 1999 年版，第6134 页。
② 中华书局编辑部点校：《全唐诗》（增订本）卷五二九，中华书局 1999 年版，第6099 页。
③ 中华书局编辑部点校：《全唐诗》（增订本）卷五三四，中华书局 1999 年版，第6141 页。
④ 傅璇琮总主编：《中国古代诗文名著提要》（金元卷），河北教育出版社 2009 年版，第206 页。

陶然自适，平和淡泊的心境与大自然温润生动的机趣合二为一。他用平淡亲切的语言细致生动地描绘出自然界的声息交化，又委婉含蓄地透露出内心平静及暂时获得某种自由和解脱的情致。在这里，他可以尽情地舒展身心，享受那种不关事务、自然本真的生命情趣。然而，在一些诗歌中则不时流露出世事沧桑之感，仕途坎坷之叹，与陈樵诗歌相比，未脱尽世俗性。正是由于陈樵的这种将自身融入山水景色之中，心如止水的境界、恬淡高逸的性格，使其诗歌总体上呈现出恬静平淡的风格。

（二）清新

韦庄称赞许浑诗风"清新"，胜过南宋朝著名诗人汤惠休。惠休是以"辞采绮艳"① 著称的，故韦所谓的"清新"中当含有"绮艳"（这正是晚唐诗之共性）的成分，唯其艳不掩清，所以胜过惠休。韦庄之后，称赏许浑者，如宋代蔡居厚说他"诗格清丽"②，明代徐献忠说他"精密俊丽""天然秀出"（《唐诗品》），清代薛雪说他"思正气清，诗中君子"③，翁方纲说他"七律亦较温清迥矣"④，陈文述说他"神清骨秀""色韵尤胜"（《书许丁卯诗后》）等，也大都是从这个角度来肯定其风格特色的，历代评论几成共识。

陈樵诗也具有清新的特点。宋濂评其为"新逸超丽"，翁方纲赞其"学温、李而有清奇之气"⑤。

"文章之美，全由性情。……故模拟古人之文须先沟通其性情之相近者，若不可沟通，则无妨恝置。"⑥ 刘师培这几句话说的是写文章模拟前人之道，其实诗理则一。陈樵与许浑在思想性情某种程度上有着相近之处，其中最重要的一点便是两人皆深受佛道的影响。

---

① （南北朝）沈约撰：《宋书·徐湛之传》，中华书局 1974 年版，第 1847 页。
② （宋）蔡居厚：《诗史》，郭绍虞辑《宋诗话辑佚》，中华书局 1980 年版，第 443 页。
③ （清）叶燮等：《原诗 一瓢诗话 诗说晬语》，人民文学出版社 1979 年版，第 147 页。
④ （清）翁方纲著，陈迩冬校点：《石洲诗话》卷五，人民文学出版社 1981 年版，第 72 页。
⑤ 同上书，第 174 页。
⑥ 刘师培：《中国中古文学史讲义》，上海古籍出版社 2000 年版，第 146 页。

第十九章　对温庭筠的接受

《四库全书总目提要·鹿皮子集》认为陈樵"七言古体学温庭筠，以幽艳为宗"[1]。这里的"七言古诗"当是泛指：从它每句的字数来说，既指整体的七言，也包括杂言；就篇幅而言，有三两句的短小篇章，也有一二百句的鸿篇巨制；从诗体来讲，乐府、民歌、骚体等都包括在内。[2] 陈樵今存十五首乐府诗，十八首七言古诗，的确有温庭筠幽艳诗风的影响。

温庭筠，晚唐著名诗人、词人，与李商隐齐名并称"温李"，他是文学史上第一个大量填词的文人，创造了花间词风，被尊为"花间鼻祖"。温庭筠的诗、词在晚唐文学史上占有相当重要的历史地位，对唐以后的诗词发展产生了不容忽视的重要影响。《旧唐书·文苑传下·温庭筠传》对于飞卿的评价很有代表性：

> 温庭筠者，太原人，本名岐，字飞卿。大中初，应进士。苦心砚席，尤长于诗赋。初至京师，人士翕然推重。然士行尘杂，不修边幅，能逐弦吹之音，为侧艳之词，公卿家无赖子弟裴诚、令狐缟之徒，相与蒱饮，酣醉终日，由是累年不第。徐商镇襄阳，往依之，署为巡官。咸通中，失意归江东，路由广陵，心怨令狐绹在位时不为成名。既至，与新进少年狂游狭邪，久不刺谒。又乞索于杨子院，醉而犯夜，为虞候所击，败面折齿，方还扬州诉之。令狐绹捕虞候治之，极言庭筠狭邪丑迹，乃两释之。自是污行闻于京师。庭筠自至长安，致书公卿间雪冤。属徐商知政事，颇为言

---

① （清）永瑢、纪昀等：《四库全书总目》卷一百六十八，艺文印书馆 1969 年版，第 3343 页。
② 参见方辉《对温庭筠七言古诗文学价值的重新审视》，《中国科技创新导刊》2008 年第 24 期，第 110—111 页。

之。无何，商罢相出镇，杨收怒之，贬为方城尉。再迁隋县尉，卒。

子宪，以进士擢第。弟庭皓，咸通中为徐州从事，节度使崔彦鲁为庞勋所杀。庭皓亦被害。庭筠著述颇多，而诗赋韵格清拔，文士称之。①

"为侧艳之词""诗赋韵格清拔"等，指出了温庭筠作品有"艳""清"的特色。前人评温诗多予一"丽"字。如"才思艳丽"②，"才情绮丽"③，"丽而浮"④，"温飞卿与义山齐名，诗体丽密概同"⑤，等。清代余成教撰《石园诗话》云："愚谓飞卿才思艳丽，韵格清拔，随题措辞，无不工致，恰如其'有丝即弹，有孔即吹'之妙。"⑥"丽"的确是温庭筠努力追求的重要目标，他自己曾言：

> 应为临川多丽句，故持重艳向西风。
>
> （《和太常段少卿东都修行里有嘉莲》）
>
> 裁成艳思偏应巧，分得春光最数多。
>
> （《牡丹二首》其二）
>
> 俄生藻绣，便出泥沙。
>
> （《上学士舍人启二首》其二）
>
> 诚宜榜示众人，不敢独专华藻。
>
> （《榜国子监》）

这是作者自道对"丽句""艳思""藻绣""华藻"的由衷喜爱与不懈追求。

叶燮《原诗》对盛唐、晚唐诗有精彩的比喻：

> 又盛唐之诗，春花也：桃李之秾华，牡丹芍药之妍艳，其品华美贵重，

---

① （后晋）刘昫等撰：《旧唐书》卷一百九十下，中华书局1975年版，第5078—5079页。

② （五代）孙光宪撰，贾二强点校：《北梦琐言》卷四，中华书局2002年版，第89页。

③ 傅璇琮主编：《唐才子传校笺》（第三册）卷八，中华书局1987年版，第435页。

④ （明）陆时雍：《唐诗镜》卷五十一，《文渊阁四库全书》1411册，台湾商务印书馆影印版，第851页。

⑤ （明）胡震亨：《唐音癸签》卷八，上海古籍出版社1981年版，第75页。

⑥ （清）余成教：《石园诗话》卷二，郭绍虞编选，富寿荪校点《清诗话续编》，上海古籍出版社1983年版，第1772页。

略无寒瘦俭薄之态，固足美也。晚唐之诗，秋花也：江上之芙蓉，篱边之丛菊，极幽艳晚香之韵，可不为美乎？①

的确，盛唐以雄浑美见长，那么晚唐却是以纤秾美取胜。"幽艳"偏向于一种冷色，偏向于一种阴柔之美。李商隐被称为"沈博绝丽"②。温庭筠被称为"藻绮"③。

温庭筠近体较多，古体较少。今存诗 318 首，其中七古 48 首，按风格分，艳丽 20 首（41.7%），清丽 9 首（18.8%），壮丽 12 首（25%），华丽 1 首（2.1%）。④ 温庭筠乐府诗"华美秾丽，多写闺阁、宴游题材……既染有齐梁诗风，又在细密、隐约和遣辞造境上具有某些词的特征。"⑤

一、深著语，浅著情

明代陆时雍在《唐诗镜》中评《兰塘词》曰："深著语，浅著情，是温家本色。"⑥"深"可以理解为辞藻繁丽，色彩浓艳。也就是说，温庭筠惯于繁复浓丽的刻画描写，却很少露出主观情感。

温庭筠七古诗多选取华美物象，选词用语注重着色华美、富丽堂皇、炫人眼目的色泽和沁人心脾的芳香，给读者带去强烈感官印象。一定程度上借鉴了词"男子而作闺音"的代言手法，选择丽辞藻句，细致入微地刻画女子香艳娇媚的形态之美、服饰之丽、用具之精，以及"以艳为美""以富为美""以柔为美"的手法，朱、红、碧、绿、翠、黄、紫等鲜艳的形容词频频凸现，而表示芬芳气味及能引起美好联想的词语亦是屡见不鲜，在这些艳丽词语修饰下，一批精微细美的物象纷至沓来，如蕊粉、绣屏、油壁车、流苏帐等。

温诗中所运用的各类语词都具有强烈的装饰之美。温庭筠有意把诗歌中所出现的物品、庭院、场景都加以装饰，渲染出一种有异于一般情境的又富贵、

① （清）叶燮撰，霍松林校注：《原诗》外编下，《原诗 一瓢诗话 说诗晬语》，人民文学出版社 1979 年版，第 67 页。
② （清）朱鹤龄：《李义山诗集注序》，《四文渊阁库全书》1082 册，台湾商务印书馆影印版，第 81 页。
③ （明）胡震亨：《唐音癸签》卷八，上海古籍出版社 1981 年版，第 76 页。
④ 参见罗浩刚《温庭筠的诗歌艺术研究》，硕士论文，贵州大学，2005 年，第 40 页。
⑤ 袁行霈主编：《中国文学史》（第二卷），高等教育出版社 2003 年版，第 444—445 页。
⑥ （明）陆时雍：《唐诗镜》卷五十一，《文渊阁四库全书》1411 册，台湾商务印书馆影印版，第 854 页。

又缥缈、又神奇的氛围。从这点来看，庭筠得益于李贺甚多。出现较多的装饰性字眼包括"金""玉""香""兰""雕""绣""琼"等。当然，有时，这类装饰性字眼并不具有实际的指称意义，而是为了强调某器物的精致，或者渲染某种特定的氛围，同时也为了调动读者多方面的感官感受，以带来审美愉悦。同时他还使用大量朦胧浓艳而没有明确所指的词汇来设色和创造氛围，如"青琐""楚泽""楚舞""玉关""芳尊""湘烟""麟阁"等，这类语词往往典雅瑰丽而具有表现美，令人有美不胜收之感。

温庭筠七古境界含蓄蕴藉、隐晦深幽。为营造深隐之境、传达深静之意，诗人多作冷静而客观的描述，在铺陈罗列的华美物象背后，掩藏呼之欲出的情感，将客观物象与深沉情感融为一体，呈现出一种不动声色的静态美。

如《湘东宴曲》：

> 湘东夜宴金貂人，楚女含情娇翠嚬。
> 玉管将吹插钿带，锦囊斜拂双麒麟。
> 重城漏断孤帆去，唯恐琼签报天曙。
> 万户沉沉碧树圆，云飞雨散知何处。
> 欲上香车俱脉脉，清歌响断银屏隔。
> 堤外红尘蜡炬归，楼前澹月连江白。①

其中"金貂人""娇翠嚬""玉管""钿带""锦囊""双麒麟""琼签""碧树""香车""银屏""红尘""蜡炬""澹月"都是亮闪闪的，发着光芒，全诗似用金玉砌成。又如，《雉场歌》中"梨花露""彩仗""绣翎白颈""雕尾扇""金缕""骊驹""绿场红迹""铜牙""彩毛""六虬""青亩春芜"等色彩鲜明。大量使用"金""银""铜""玉""翠""锦""绣"等本身质地华贵或做工精美而色彩感较强的装饰性词汇作修饰语。故温诗虽艳丽，重藻饰，却并无大红大绿的世俗气，艳却能雅。

《兰塘词》浓墨重彩地描绘了兰塘和小姑之美，人物的思想情感，却隐藏在美丽意象的背后，并未露出。《照影曲》对女主人公的外貌、心理与行动均不作正面描绘，完全借助于环境气氛的烘托渲染和自然景物的映衬暗示。美人

---

① 刘学锴：《温庭筠全集校注》，中华书局2007年版，第133页。

含蘤欲语，却始终没有透露出有什么样的闺怨情思。咏史诗如《春江花月夜词》中只说"后主荒宫有晓莺，飞来只隔西江水"，《雉场歌》更含蓄，只说"城头却望几含情，青亩春芜连石苑"，《汉皇迎春词》但言"碧草含情杏花喜"，"恩光暗入帘栊里"，并无作者的评论。"深著语，浅著情"是与作者唯美的创作理念、审美趣味相关的。

温氏虽然对"丽"的追求一往情深，有时却并不为丽而写丽，而是以丽写悲、以丽写愤、以丽写怨。如，"抱月飘烟一尺腰，麝脐龙髓恋娇娆"的张静婉整日担心"一夜西风送雨来，粉痕零落愁红浅"，幽怨"郎心似月月未缺，十五十六清光圆"（《张静婉采莲歌》）。"吴宫女儿腰似束"，但"一自檀郎逐便风"，就只余"门前春水年年绿"的无尽期盼、孤独、幽怨了（《苏小小歌》）。还有"临邛美人连山眉，低抱琵琶含怨思"的幽怨琵琶女（《醉歌》），"高楼客散杏花多，脉脉新蟾如瞪目"的孤寂歌女（《夜宴谣》），《达摩支曲》则以艳词感叹史事，很隐晦地抒发了诗人面对现实无法言说的愁苦。作者有时在清词丽句中涂抹他志不获骋的苦闷与哀伤。

陈樵《和杨廉夫买妾歌》《代嘲旧人》《代答新人》《代玉山子答》等艳情诗华美艳丽自不待言，我们再来看《题海棠》：

> 东风吹堕缃云影，别院春迟宫漏永。
> 绣帏宝带绾流苏，梦入瑶台呼不醒。
> 荧荧银烛花蕊多，城头乌啼奈晓何？

此诗咏海棠。第一句写尽海棠的轻盈意态与浅黄颜色，用"缃云"作比，从天而降，可谓新巧，且化静为动，是为"东风吹堕"。接下来更妙，将海棠花比为宫中睡美人，梦入瑶台仙境，而呼唤不起。再以"银烛"比拟花蕊，烛光摇曳，长夜不明，乌啼城晓，也莫奈何。风格幽艳，光线暗淡，辞藻华丽，想象瑰丽，比喻奇巧，对闺阁陈设、饰物及器物的精细描写，都与温庭筠相仿佛。

又如《待月坛》：

> 忆昔待月钱唐秋，眼寒桂树枝相樛。
> 桂枝半蠹花不实，折之不得令人愁。

帝乡幽燕邈吴越，还向山中弄明月。

闻道君家待月坛，坛空风露何漫漫？

便欲因之溯寥廓，倒骑玉蟾飞广寒。

广寒宫殿殊清绝，素娥婵娟皎如雪。

笑指桂树对我言，留取高枝待君折。

待君折，须几时？

明年八月会相见，付与天香第一枝。

全诗围绕"折桂"的典故，由待月写及折桂不得之愁。再因待月坛而由想入幻，倒骑玉蟾飞入广寒宫，见到美丽的嫦娥，并与作者相约，明年的中秋节，最高最香的桂枝留与他折。这幻想的境界其实是陈樵心境的折射，现实中无法实现的理想在他自己臆想的神仙世界中实现了。陈樵自小接受儒家思想熏陶，"修齐治平"的理想他还是有的，只不过他最终选择并坚持了隐逸一途，"达则兼济天下"对他而言终究只是一个幻梦。此诗意境清丽，跟温庭筠的有些诗歌一样，并非为丽而丽，而是以丽写哀、写愁，艺术手法相类。

陈樵乐府及七古匠心独运，意象跳跃跌宕，诗意含蓄蕴藉。如，《虞美人草词》诗思跳跃，时空跨度大，意象互不连属，诗意隐晦。

正如吴调公言："真正幽艳的作品，艺术魅力是高明的。第一，因为诗人的多种感受围绕着一个美感中心而并用，意境就会更丰富，也能唤起读者更丰满、深微的想象。第二，因为感受的深刻丰富，诗人掌握了景物所蒙受的心灵颤动，筛去皮相的东西。这样，就可以发挥人们深广的共鸣，抉发古人所谓'万古之性情'的奥区。"[①] 此论，温庭筠与陈樵足可当之。

二、唯美意象与神仙幻境

温庭筠七古中的意象是一套染上个人审美色彩的意象系统。以《东峰歌》为例，可以看出在乐府诗中，自然的意象是如何变成唯美的意象，《太液池歌》："腥鲜龙气连清防，花风漾漾吹细光。叠澜不定照天井，倒影荡摇晴翠

---

① 吴调公：《"秋花"的"晚香"——晚唐的诗歌美》，《文艺理论研究》1981 年第 4 期，第 54—64 页。

长。平碧浅春生绿塘，云容雨态连青苍。夜深银汉通柏梁，二十八宿朝玉堂。"① 诗中山水已不是自然的山水，而是染上了想象的软媚温香的色彩。风是"花风"，即花信风，波光是"细光"，波澜是"叠澜"，终南山的影子是"晴翠"，湖面是"平碧"，春是"浅春"，池塘是"绿塘"，云雨是"云容雨态"，天色是"青苍"，天河是"银汉"，梁是"柏梁"，堂是"玉堂"；色彩有"翠""碧""绿""青""玉"等，缤纷艳丽。这里的山水五彩缤纷，仿佛是透过一个棱镜看到的山水。这个"棱镜"就是作者唯美的创作理念。

温诗凭借其丰富的想象力和杰出的艺术表现力，还把彩笔伸向天际仙境，《晓仙谣》描摹天客，《水仙谣》彩绘水府，《郭处士击瓯歌》全凭想象虚拟音乐所造成的仙境，其所构建的新奇瑰丽的神仙世界，呈现出一派浓艳奇丽的风致。金人元好问《黄金行》所谓："笔头仙语复鬼语，只有温李无他人。"② 应该就是指温诗中这些富有奇幻色彩的创作。他在诗歌王国创造的神仙幻境，是一个单纯的梦想世界，有奇景、仙人，还有人世间不可企及的美丽和清雅，其美好清绝显然与尘世喧嚣形成强烈对比，从而寄托了诗人对美的执着向往，试看《晓仙谣》：

> 玉妃唤月归海宫，月色澹白涵春空。
>
> 银河欲转星靥靥，碧浪叠山埋早红。
>
> 宫花有露如新泪，小苑丛丛入寒翠。
>
> 绮阁空传唱漏声，网轩未辨凌云字。
>
> 遥遥珠帐连湘烟，鹤扇如霜金骨仙。
>
> 碧箫曲尽彩霞动，下视九州皆悄然。
>
> 秦王女骑红尾凤，半空回首晨鸡弄。
>
> 雾盖狂尘亿兆家，世人犹作牵情梦。③

此诗全篇紧扣"晓"字，想象夜尽晓来时天宫的情景，描绘出一幅神仙世界拂晓图景，画面中有月中玉女、金骨仙人、秦女弄玉等仙人，形、音、色互相交织，简直是五色迷目，五音乱耳，构成了一个光怪陆离的神仙世界。刘学

---

① 刘学锴：《温庭筠全集校注》，中华书局 2007 年版，第 62 页。

② （金）元好问：《元好问全集》上册，山西人民出版社 1990 年版，第 156 页。

③ 刘学锴：《温庭筠全集校注》，中华书局 2007 年版，第 24 页。

锴认为："此诗构思造境显仿李贺《天上谣》之写天仙生活、《梦天》之从天上俯视尘世。"①

又如《水仙谣》：

> 水客夜骑红鲤鱼，赤鸾双鹤蓬瀛书。
>
> 轻尘不起雨新霁，万里孤光舍碧虚。
>
> 露魄冠轻见云发，寒丝七炷香泉咽。
>
> 夜深天碧乱山姿，光碎平波满船月。②

这首诗幻想了一个高远明净的神仙世界，写想象中雨后水神出行的场面。前四句写夜间清景。"水客"二句点明其"神仙"身份，"夜骑红鲤鱼"，即其乘船，下有"满船"字可证。三四句写雨霁月出，万里碧空，孤月高悬，清光普照，美景如画，境界明净高远。五六句写其焚香弹琴，琴声幽咽，情调清冷。七八句夜深明月满船，微风荡波，光影细碎，山影凌乱。动中见静，境尤幽绝。③ 其绚烂多姿的艺术语言把瑰丽奇幻的仙境描摹得栩栩如生，令人目眩神迷。

他想象天上的神仙世界，有借此来逃避满目疮痍的现实世界，以幻境作为自己的精神避难所的倾向。这种借幻想求得苦涩人世中一丝安慰的倾向，在晚唐游仙诗、游仙传奇中都有反映。

陈樵《天香台》也是依托史实，展开联想与想象，追求一系列的唯美意象：

> 牡丹百本新栽培，累日为筑天香台。
>
> 春风三月花信足，深红艳紫参差开。
>
> 五色卿云色纷郁，九苞舞凤毛毰毸。
>
> 也知东皇爱妩媚，何须羯鼓声相催？
>
> 蔗浆初冻玛瑙碗，酒痕微污玻璃杯。
>
> 双成未逐阿母去，弄玉却伴箫仙回。

---

① 刘学锴：《温庭筠全集校注》，中华书局 2007 年版，第 27 页
② 同上书，第 138 页。
③ 参见刘学锴《温庭筠全集校注》，中华书局 2007 年版，第 141 页。

还忆开元天宝时，沉香亭北君王来。

霓旌翠节导雕辇，绣帷绮幄围香埃。

倚栏只许妃子并，徵歌或诏词臣陪。

陈迹如今安在哉？风雨满地唯苍苔。

相传尚有清平乐，翰林供奉真仙才。

由天香台前百本牡丹而想及羯鼓催花的传说，又联及唐玄宗携杨贵妃赏牡丹，而命李白赋《清平调词》的文学佳话。"深红艳紫参差开。五色卿云色纷郁，九苞舞凤毛毵毶。"对牡丹的描绘可谓雍容华贵、浓艳庄丽。"玛瑙碗""玻璃杯""霓旌""翠节""雕辇""绣帷""绮幄""香埃""苍苔"等意象唯美，雕馈满眼，恰如其分地表现了帝、妃的尊贵、排场。

再如《香雪壁》：

我欲借君香雪之素壁，障予山中玉雪之空亭。亭空壁素了无物，惟见虚白一色洞杳冥。宴坐契元始，忘世兼忘形。嗤彼尘俗人，两眼那能清？蓬莱之山仙子窟，玉作楼台银作阙。岂无瑶草弄朝烟？亦有琼花迷夜月。羽衣道士乘素鸾，引手招我青云端。翩然高举游八极，下视五岳烟雾何漫漫。

明丽、飘逸，风格朗畅，典型的幽艳之作。以俯视凡尘作结，也是仿李贺的《梦天》。

陈樵一些表隐趣的七古也善于营造神仙幻境，比如《题竹隐轩》：

绕轩修竹几百竿，潇洒迥若仙石坛。

黄金琐碎夜月冷，碧玉萧瑟秋风寒。

道人幽居坐其间，漠然尘纷不可干。

劲节携为手中杖，散箨裁作头上冠。

市朝富贵多忧患，山林旷荡聊盘桓。

七贤清修诚足慕，六逸可学夫何难。

有时梦见瀛洲仙，鞭笞鸾凤游无端。

叩头再拜乞灵药，使我容貌无凋残。

仙翁赠以九转丹，服之两腋生羽翰。

逍遥物外有余乐，何因报我青琅玕？

正面描写竹隐轩还嫌不足，又写到了竹林七贤、竹溪六逸，更借助梦境得以遇仙，求乞长生不老之药，永驻青春。服药后飞升，达到了一种真正的逍遥。虚幻浩渺、秾丽幽艳，散发着神秘之美。仙幻世界如此美好，令人向往，表达了作者对污浊现实的厌弃，以及脱俗之高情、遄飞之逸气。

贺裳认为温庭筠，"七言古诗，句雕字琢，当其沾沾自喜之作，虽竭其伎俩，止于音响卓越，铺叙藻艳，态度生新"①。不错，温庭筠七古色彩艳丽、辞藻繁密、意象唯美，苦心创造美轮美奂的仙境幻界，其实都是一种自觉性的尝试与创新。《唐音癸签》言温庭筠"七言乐府，似学长吉"②，钱锺书也指出了温庭筠乐府诗的渊源与特色："按温飞卿乐府，出入太白、昌谷两家，诡丽悁悦。"③ 许学夷言："（庭筠）'石路荒凉'、'羡君东去'、'倚栏愁立'、'龙沙铁马'四篇，有似许浑；'穆满曾为'、'曲巷斜临'、'曾向金扉'、'积润初销'四篇，有似商隐。"④ 指出了温庭筠七律学习许浑、李商隐的倾向。温的创新与取法，都对陈樵有着深切的影响，反过来，陈樵也的确学到入骨处，且发扬光大。

---

① （清）贺裳：《载酒园诗话又编·温庭筠》，郭绍虞编选，富寿荪校点《清诗话续编》，上海古籍出版社 1983 年版，第 372 页。
② （明）胡震亨：《唐音癸签》卷八，上海古籍出版社 1981 年版，第 75 页。
③ 钱锺书：《谈艺录》，生活·读书·新知三联书店 2007 年版，第 120 页。
④ （明）许学夷著，杜维沫校点：《诗源辩体》，人民文学出版社 1987 年版，第 291 页。

第二十章　对陆龟蒙的接受

陆龟蒙（830？—881？），字鲁望，又号天随子、江湖散人、甫里先生，吴郡今江苏苏州人。陆氏自幼刻苦攻读，精六艺，工诗文，尤善谈笑，年轻时就"名振江左"①。懿宗咸通元年，陆龟蒙入长安应进士第，不中，于是往从湖州刺史张搏游。张搏历官湖州、苏州二州刺史都聘他为幕僚。此后陆龟蒙就到松江甫里隐居。他曾与皮日休、罗隐、吴融、聂夷中等人为友，其中与皮日休关系最为亲密。陆氏把他和皮日休的唱和诗编成集子，皮日休命名为《松陵集》，并写了序言。陆龟蒙的著作另有《笠泽丛书》《甫里集》。据刘泽海统计，陆龟蒙现存诗歌有六百一十首。②

陆龟蒙隐居太湖之滨，与诗书茶酒为伴，不受征召，布衣终身，被后人视作品行高尚、志趣高雅的隐士，并因此名垂千古。从晚唐至今，每一时代都不乏其接受者。元代，陆龟蒙接受者集中于江南太湖流域一带。初步统计，元代提到陆龟蒙及其诗文的作者达七十三人，包括张可久、张养浩、柳贯、倪瓒、戴良等文学史上的重要作家，他们或赞其高节，或慕其雅趣。③ 而陈樵是浙东地区陆龟蒙重要接受者之一，他对陆龟蒙的接受不仅仅是隐逸志趣，还有诗艺的学习与借鉴。

一、自号"散人"及对《庄子》的接受

"散人"出自《庄子·人间世》，匠石指那棵大栎社树为"散木"，訾议它"是不材之木也。无所可用"④。栎社树对此十分不满，在匠石的梦里，极力陈

---

① （五代）王定保：《唐摭言》卷十，中华书局1959年版，第117页。
② 参见刘泽海《陆龟蒙诗歌研究》，硕士论文，贵州大学，2007年，第4页。
③ 参见熊艳娥《陆龟蒙及其诗歌研究》，博士论文，南京师范大学，2008年，第123页。
④ 曹楚基：《庄子浅注》，中华书局2000年版，第63页。

言自己的大用，并斥责匠石是将要死的"散人"，即没用之人。陆龟蒙《甫里先生传》中交代了自号"江湖散人"的经过，于《江湖散人传》中说散人的散诞是"心散意散，形散神散"①。若把"意"和"神"归纳于"心"，则陆龟蒙的"形"与"心"散，就有了庄子提倡"离形去知"的"坐忘"精神生活。"忘形""忘知"才能"坐忘"，与大道融通为一。又论天、水、土之变化，比之《庄子·大宗师》，更能看清陆龟蒙对庄子思想撷取的痕迹。其《散人歌》言："所以头欲散，不散弁峨巍。所以腰欲散，不散珮陆离。行散任之适，坐散从倾欹。语散空谷应，笑散春云披；衣散单复便，食散酸咸宜；书散浑真草，酒散甘醇醨；屋散势斜直，树散行参差；客散忘簪履，禽散虚笼池；物外一以散，中心散何疑？"② 陆龟蒙企图从日常生活作息中臻至物我双泯，行乎人为之外，其心态根源于道家的"忘"，从而避免脱离生命自然的状况。陆龟蒙"想效仿庄子的两个方面，一是在天地宇宙间自由逍遥，二是遵循无为自然之道"③。徐复观认为"能忘始能化"④，化就是随变化而变化，自己变成了什么，便安于是什么，而不固执某一生活环境或某一目的，这即所谓物化。陆龟蒙安于"散人"这个"怪民"的身份和生活，实际上暗合了庄子的"物化"精神境界，变为随遇而安、与天地精神往来的道家。

陈樵追慕陆龟蒙，并上溯庄子。他也爱自称为"散人"，于《山房》《石碣楼》中皆云："冷云堆里散人家。"其《散庵》曰：

> 漱流枕石傍寒林，散发酣歌称散人。
> 蝴蝶枝头无昨梦，初蝉叶下见前身。
> 衣沾宝掌泉中雨，内有盘陀石上纹。
> 不见屋头樗栎树，无材入用老犹存。

"蝴蝶枝头无昨梦"暗用庄生梦蝶之典，尾联"不见屋头樗栎树，无材入用老犹存"用"散木"之典，加上"散庵"之命名，都可看出陈樵对《庄子》

---

① （唐）陆龟蒙著，宋景昌、王立群点校：《甫里先生文集》，河南大学出版社 1996 年版，第 234 页。

② 同上书，第 249 页。

③ 郭莲花：《"江湖散人"之道：论陆龟蒙对〈庄子〉的接受》，《江西师范大学学报》（哲学社会科学版）2011 年第 2 期，第 56—59 页。

④ 徐复观：《中国人性论史》（先秦篇），上海三联书店 2001 年版，第 349 页。

的熟悉与接受程度。"散发酣歌称散人"与陆龟蒙"以头欲散,不散弁峨巍"继承关系也十分明显。陈樵"散发"用例还有《望月台》:"玉箫吹断暮云平,散发临风露气清。"

陈樵《次韵黄晋卿见寄之什又》:"殿前对策士如墙,我对山人说坐忘。"说明他对庄子所提的"坐忘"也深有研究,与之相关的还有《雨香亭》之"此时鼻观通,百虑都已忘",《香雪壁》之"宴坐契元始,忘世兼忘形",《陈氏山林春日杂兴》之"他年终拟忘名氏,碣石桐江理钓纶",《忘忧阁》之"无喜亦无愁可解,山人投老竟忘形"等。

二、七绝清丽自然

晚唐殷文圭《览陆龟蒙旧集》指出陆诗具有奇峭、清逸两种显著风格:"峭如谢桧虬蟠活,清似猴山凤路孤。"① 《题吴中陆龟蒙山斋》:"庄叟静眠清梦永,客儿芳意小诗多。"② 指出陆诗与谢诗有相似之处,尤其是山水诗具有清丽的特点。后有多人提到陆诗的这种风格。如,韦庄《乞追赐李贺皇甫松等进士及第奏》中称陆龟蒙等人是"丽句清词,遍在词人之口"的"奇才"③,王定保《唐摭言》亦云其"诗篇清丽"④。

陆龟蒙本人的确崇尚清丽自然的诗风,他说:"吴兴郑太守,文律颇清壮。凤尾与鲸牙,纷披落新唱。"(《纪事》)"清词忽窈窕,雅韵何虚徐。"(《奉和袭美酬前进士崔潞盛制见寄因赠一百四十言》)"共是虚皇简上仙,清词如羽欲飘然。"(《和袭美醉中即席赠润卿博士次韵》)从他对别人诗作的赞美中反映出他自己的审美取向。他在《杂讽九首》其七中也表达了这种审美倾向:"天之发遐籁,大小随万窍。魁其炉冶姿,形质惟所召。"⑤

和其他诗体相比较,绝句强调精炼含蓄、自然畅达,要求读起来朗朗上口。钱锺书曾说,"而绝句又是五七言诗里最不宜'繁缛'的体裁,就像温、李、

---

① (唐)殷文圭:《览陆龟蒙旧集》,《全唐诗》卷七零七,中华书局1999年版,第8213页。

② (唐)殷文圭:《题吴中陆龟蒙山斋》,《全唐诗》卷七零七,中华书局1999年版,第8212页。

③ (五代)韦庄:《乞追赐李贺皇甫松等进士及第奏》,聂安福笺注《韦庄集笺注》,上海古籍出版社2002年版,第462页。

④ (五代)王定保:《唐摭言》卷十,中华书局1959年版,第117页。

⑤ (唐)陆龟蒙著,宋景昌、王立群点校:《甫里先生文集》,河南大学出版社1996年版,第32页。

皮、陆等人的绝句也比他们的古体律体来得清空"①，言下之意，陆龟蒙等人的其他诗体具有"繁缛"的特点，而绝句却少有此弊。的确，陆龟蒙七绝不乏含蓄蕴藉、清新婉畅之作，王锡九就认为"七言绝句是陆龟蒙的诗歌创作中'唐音'比较浓厚的部分"②。

贺裳在《载酒园诗话又编》中云："鲁望《自遣诗》曰：'数尺游丝坠碧空，年年长是惹春风。争知天上无人住，亦有春愁鹤发翁。'似呆似戏，语荒唐而意纤巧，与义山'莫惊五胜埋香骨，地下伤春亦白头'同意，而陆尤味长，以从'游丝'转下语有原委也。"③ 他更为人称道的是另外两首绝句，其一是《怀宛陵旧游》："陵阳佳地昔年游，谢朓青山李白楼。惟有日斜溪上思，酒旗风影落春流。"写景鲜明，融情于景，清人沈德潜说："佳句，诗中画本。"④ 其二是《白莲》："素蘤多蒙别艳欺，此花真和在瑶池。还应有恨无人觉，月晓风清欲堕时。"⑤ 此诗借花咏怀，含蓄蕴藉，是历代传诵的咏物名句，尤得清代神韵派推许。沈德潜评述它是"取神之作"⑥。《焦氏笔乘》卷三说："花鸟之诗，最嫌太著。余喜陆鲁望《白莲》诗：'无情有恨何人见，月晓风清欲堕时。'花之神韵宛然在掬，谓之写生手可也。"⑦ 清人潘德舆对这两首诗也称赞有加，他说："陆鲁望古风律体，不散漫则凑贴，佳句甚寥寥；每览其诗，仓卒惟恐不尽。然有三绝句可喜，皮袭美不能为也。"⑧ "三绝句"，即指以上二首及《有别二首》其一："且将丝绰系兰舟，醉下烟汀减去愁。江上有楼君莫上，落花随浪正东流。"此诗寓情于景，韵味悠长。他如《自遣诗》三十首描绘了诗人安适、随意、萧散的生活状态，抒发了隐逸情趣，感情虽淡，却耐人回味。

陈樵七绝明丽自然，风流蕴藉，颇有唐人之意境。比如，《山水》："青山如髻树如麻，茅屋青帘认酒家。侵晓一番飞雨过，满川流出碧桃花。"

---

① 钱锺书：《宋诗选注》，人民文学出版社 1989 年版，第 160 页。
② 王锡九：《皮陆诗歌研究》，安徽大学出版社 2004 年版，第 222 页。
③ （清）贺裳：《载酒园诗话又编》，郭绍虞编选，富寿荪校点《清诗话续编》，上海古籍出版社 1983 年版，第 385 页。
④ （清）沈德潜：《唐诗别裁集》，中华书局 1975 年版，第 276 页。
⑤ （唐）陆龟蒙著，宋景昌、王立群点校：《甫里先生文集》，河南大学出版社 1996 年版，第 152 页。
⑥ （清）沈德潜：《唐诗别裁集》，中华书局 1975 年版，第 276 页。
⑦ （明）焦竑：《焦氏笔乘》卷三，上海古籍出版社 1986 年版，第 106 页。
⑧ （清）潘德舆：《养一斋诗话》卷九，郭绍虞编选，富寿荪校点《清诗话续编》，上海古籍出版社 1983 年版，第 2149 页。

陈樵《含晖亭》："山色空濛翠不如，平湖长绕野人居。湖堤好种垂杨柳，取次持竿索贯鱼。"与陆龟蒙《自遣诗》其二十一："贤达垂竿小隐中，我来真作捕鱼翁。前溪一夜春流急，已学严滩下钓筒。"① 情貌相似，都写自己真正过起渔钓生活，于闲适中更好地亲近自然，诗风清新自然，幽雅醇厚。

陆龟蒙的《和春夕酒醒》是和皮日休的诗，清新自然，意味隽永：

> 几年无事傍江湖，醉倒黄公旧酒垆。
>
> 觉后不知明月上，满身花影倩人扶。②

这是一首闲适诗，写诗人酒醉月下花丛的闲适之情。起句诗人极力以自然闲散的笔调抒写自己无牵无挂、悠然自得的心情，在时间、空间上反映了"泛若不系之舟"（《庄子·列御寇》）的无限自在。第二句中的"黄公旧酒垆"，典出《世说新语·伤逝》，原指西晋时竹林七贤饮酒的地方，诗人借此表达自己放达纵饮的生活态度，从而标榜自我襟怀的高远。"觉后不知明月上"承上启下言"不知"，情态洒脱。"满身花影倩人扶"是全篇的传神之笔，写出了月光皎洁、花影错落迷人的景色。"满"字蕴含无限情趣，融"花"、融"月"、融"影"、融"醉人"于一体，化合成了春意、美景、诗情、高士的翩翩韵致。袁行霈主编的《中国文学史》说它"'无事傍江湖'的处境中，推出一副'满身花影倩人扶'的悠然醉态，把诗人那种带世俗色彩的'江湖散人'形象表现得很逼真。既有韵致，又具皮、陆一派写日常闲适生活的特有情调。"③

对照陈樵的《赠冯东丘》一读，颇值得玩味：

> 一曲鸣琴一局棋，一瓢新酒一编诗。
>
> 幽斋风月清无限，莫问流年有盛衰。

清幽的环境，高雅的情趣，诗意的生活，陈樵这里自我塑造的不正是一个"江湖散人"吗？然而仔细品味，"莫问"正是一种强化与自嘲，实际上，是"欲问"而不可得，他的隐逸实在有不可言状的隐衷，在他的心上，还是极为

---

① （唐）陆龟蒙著，宋景昌、王立群点校：《甫里先生文集》，河南大学出版社 1996 年版，第 144 页。

② 同上书，第 151 页。

③ 袁行霈主编：《中国文学史》（第二卷），高等教育出版社 2003 年版，第 448 页。

关切世事的"盛衰"的。这一点恰如陆龟蒙，陆以冠绝一时的才华，而终身沉沦，只得"无事傍江湖"，像阮籍、嵇康那样"醉倒黄公旧酒垆"，字里行间仍不免透露出内心深处的忧愤和怀才不遇、壮志难酬之情。这两首诗的风格与曲折笔法，极为神似。

三、七律之变

明代胡应麟认为，唐代七律自杜审言、沈佺期后历经数变，而陆龟蒙与皮日休"驰骛新奇，又一变也"①。胡震亨则提出陆龟蒙七律"填塞古事"②，在唐七律史上可堪一体。清叶燮称陆龟蒙为"宁甘作偏裨，自领一队"③。李重华更云："余谓七律法至于子美而备，笔力亦至子美而极。后此如杨巨源、刘梦得甚有工夫，义山学杜最佳，法亦至细，善学人可借作梯级。末后陆鲁望自出变态，觉苍翠逼人。"④ 将陆龟蒙置于杜甫等人之后，指出他是"自出变态"、有所创新的七律作家。

陆龟蒙七律之"变态"，在题材取向上表现出前所未有的日常化和生活化，且以僻典入诗，以口语、俗语入诗，采用倒装散句，以及押难韵、窄韵、险韵等手法，刻意追求一种不同寻常的新奇之美。这是对晚唐已经精纯圆熟的七律的有意反拨。从另一个角度来看，陆龟蒙的七律化俗为雅，以才学为诗，寓新奇于平淡，又与宋诗的审美追求相符。因此，皮陆真可称为唐、宋诗跑道上的"传棒人"。⑤

（一）题材取向的日常生活化

陆龟蒙今存七律 138 首，就题材而言，主要包括寄赠酬唱、咏物送行、咏史怀古等几类。其中，寄赠酬唱之作 98 首（酬唱 74 首，寄赠 13 首，惠谢 11 首），占了总量的 71.01%，比例着实不小。⑥ 其中松陵唱和又占其大端，皮陆

---

① （明）胡应麟：《诗薮》，上海古籍出版社 1979 年版，第 85 页。
② （明）胡震亨：《唐音癸签》卷十，上海古籍出版社 1981 年版，第 98 页。
③ （清）叶燮著，霍松林校注：《原诗》，《原诗　一瓢诗话　说诗晬语》，人民文学出版社 1979 年版，第 9 页。
④ （清）李重华：《贞一斋诗说》，（清）王夫之等《清诗话》，上海古籍出版社 1978 年版，第 925 页。
⑤ 参见申宝坤《由唐诗至宋诗跑道上的传棒人——皮陆》，《西南师大学报》1996 年第 4 期，第 52—55 页。
⑥ 参见熊艳娥《陆龟蒙及其诗歌研究》，博士论文，南京师范大学，2008 年，第 49 页。

二人在相似的人生遭际下相识相知，并将注意力转移到日常生活和身边琐屑上。"皮、陆唱和，在淡于世事的同时，特别关注个人生活，多摄取日常和身边的器具、景物、人事为诗料。"①

陆龟蒙那些写日常生活琐事的七律，表现出三个显著特点：一是多用典故，而且多为僻典，多通过作者自注或诗序中交代；二是采取清雅脱俗的意象入诗，营造高雅的氛围，常用的意象如鹤、鹿、竹、梅、琴、玉等，并且喜在名词前冠以"野"字，如野鸥、野人、野蔬、野桥、野岸、野鹤、野园、野饭、野泉等，流露出异于尘世的脱俗情趣。陆龟蒙爱用性"寒"质"坚"的物象入诗，比如，霜与雪，冷、寒、冰等字眼也常作为名词的修饰词，还常用魂、魄、骨等令人心生寒意的词语，因之，其七律就染上了不食人间烟火的气息；三是注入高逸的精神情趣，提高琐碎情事的"品位"。这样，"俗事"便脱略世俗，别具韵致。

与此相似，陈樵隐居乡村，看花开花谢，听风声鸟语。生活范围狭窄，视野缩小，交游更不广阔，因此在诗歌的取材上难免烦琐。诗中所写的景常常是某一处具体的山水、庄园、亭馆，或是某地名胜古迹；所写的事，常常是某朝、某夕、某季候、某节日的具体感受及采药、浇花、送人、遣怀等。无论是景，还是事，都是诗人周边的事物，但他能够以从容平静的心态在自己有限的小世界里精心打造日常生活，体味平凡琐屑之美，并凭借自身的博学多才化俗为雅，表现了诗人对生活的热爱，对精神的砥砺，对生命的关怀。

陈樵也善用典故，其典源涉及经、史、子、集，诗中清雅脱俗的意象也与陆龟蒙相仿。猿、鹤、鹿、鸟、莺、松、竹、莲、菊等意象，以及仙道意象等，名词前也爱冠以"野"字，如，野火、野客、野褐等，共同营造了超逸绝尘的意境。他又为寻常的事物注入高雅的艺术品位与清逸的隐逸情趣，追求一种诗意的栖居。

（二）"驰骛新奇"的创作手法

所谓"驰骛新奇"，是指陆龟蒙打破了前人七律的精纯圆熟之境，刻意制造一种新奇感、陌生感。在陆龟蒙看来，探幽择微、穷形尽相的执着的艺术精神是很重要的方面。其《书李贺小传后》，先叙述了李贺的作诗习惯，而后又写孟郊苦吟的情状，陆龟蒙对李贺、孟郊的这种执着精神是持赞赏态度的。在

---

① 袁行霈主编：《中国文学史》（第二卷），高等教育出版社 2003 年版，第 448 页。

他看来，苦思冥求、探幽择微对诗歌创作而言是非常必要的。文末写道：

> 吾闻淫畋渔者谓之暴天物。天物不可暴，又可抉摘刻削露其情状乎？使自萌卵至于槁死，不得隐伏，天能不致罚耶？长吉夭，东野穷，玉溪生官不挂朝籍而死，正坐是哉！正坐是哉！①

创作中的过分抉摘刻削会招致上天的惩罚，其真正用意是赞扬李贺、孟郊、李商隐之作穷形尽相、物无遁隐的特点，并对他们的不幸遭际表示深切的同情。所谓"抉摘刻削，露其情状"，即言精雕细刻，使笔下的事物毕露无遗。要做到这一点，非得呕心沥血、苦心思考、上下求索不可，孟郊、李贺都是这方面的典型，他们的诗歌也极尽斧凿之能事。观陆龟蒙之作，可以说也是无愧于"抉摘刻削"的，尤其是他那些咏物之作，皆能做到穷形尽相，如，《和古杉三十韵》《渔具》《和酒中十咏》《和茶具十咏》《四明山诗》等。

陆龟蒙还受了孟郊"苦吟"作风的影响。孟郊以"苦吟"著称于世，陆龟蒙也自称"苦吟生"，"只贪诗调苦，不计病容生"（《奉酬袭美早春病中书事》）的"苦吟"精神与孟郊不相上下。陆龟蒙自言其诗："道孤情易苦，语直诗还瘦。"（《读襄阳耆旧传因作五百言寄皮袭美》）这与孟郊追求瘦硬之美的诗学主张更是不谋而合。在"苦吟"的题材内容方面，陆诗与孟诗也有很明显的相似之处，张天健说："（孟郊）在题材上也反复围绕寒、贫、病等，写摧残的状况，达到惊人的地步。"② 陆龟蒙写这些题材的作品虽不如孟郊那么多，但其诗中寒、贫、病等字出现的频率也极高，根据《全唐诗》初步统计，寒 156次，病 94 次，愁 79 次，苦 52 次，贫 18 次。

陈樵也崇尚苦吟，他在《投宪幕上下》中自云："作吏真痴绝，吟诗得瘦生。"不禁让人联想起"借问别来太瘦生，总为从前作诗苦"的杜甫，《鹿皮子墓》中言"孟郊未死白云闲"，更是将自己直接比作孟郊转世。另外，《分题送李仲常江阴知事·暨阳湖》："功曹吟苦多诗渴，拟借平湖作酒杯。"《绝唱轩》："洛下书生无苦思，我今饵药卧山阿。"借他人之事，申明自己的苦吟精神。

---

① （唐）陆龟蒙著，宋景昌、王立群点校：《甫里先生文集》，河南大学出版社 1996 年版，第270 页。

② 张天健：《苦吟诗人孟郊及其诗歌艺术》，唐代文学学会等主编《唐代文学论丛》1982 年第 1期，第 113 页。

苦吟体现最著者为《诗林亭》：

> 少日论文气似霓，看花觅句到花飞。
>
> 吟成思入月中去，语冷心从雨外归。
>
> 林下树寒和石瘦，云边萤湿度花迟。
>
> 眼中有句无人道，投老抛书衣鹿皮。

据笔者统计，陈樵诗歌中上述用字出现的频率为：寒 43 次，病 3 次，愁 9 次，苦 4 次，贫 3 次。

钟德恒《唐末文人陆龟蒙及其作品》一文指出："陆龟蒙学过他（李贺）那种凄怨而壮，荒诞而丽的诗，主要得其奇。"① 可谓独具慧眼。李贺诗中好用的骨、死、冷、凝等字眼，在陆诗中出现的频率也不低，据《全唐诗》统计，陆龟蒙诗中"冷"出现 32 次，"凝" 50 次，"魂" 22 次，"骨" 27 次，"死" 16 次。如，"杉云清冷滴栖鹤"（《洞宫夕》）、"莫唱艳歌凝翠黛"（《和醉中袭美先起》）、"魂清雨急梦难到"（《眠》）、"移得龙泓潋滟寒，月轮初下白云端"（《移石盆》），往往造成凄怨幽冷的境界。陆龟蒙《白莲》诗"无情有恨何人见，月晓风清欲堕时"一句，更是来自李贺《咏竹》诗："无情有恨何人见，露压烟笼千万枝"，此亦为其学李贺之佐证。

陈樵不仅乐府诗学李贺，其他的诗体也有借鉴、渗透，比如七言古体《石溪歌》《香雪壁》《和杨廉夫买妾歌》《天香台》等遣词造句、意象意境等，都有"贺体"的风格。

陆龟蒙主要运用了以下几种创作手法，从而达到"新奇"的艺术境界：

第一，以僻典入诗。诗歌用典是再平常不过的事，它的好处也显而易见：一方面可以丰富作品的内涵，另一方面也能表现诗人的学问，可谓一石二鸟。因此，在中国古代诗歌发展史上，用典日趋普遍化，得到众多诗人的喜爱。到陆龟蒙这里，几乎是无典不成诗了，而且他使事用典的范围更宽泛，不但包括前人常用的经、史，而且拓展到子、集，甚至地方志和佛道典籍呈现出丰富多样、冷僻艰深的情况。用冷僻之典，当然会对旁人理解造成困难，为了弥补这个缺陷，陆龟蒙就常在诗中自注。据统计，陆氏仅自注典故的七律就有 25 首之

---

① 钟德恒：《唐末文人陆龟蒙及其作品》，《贵州民族学院学报》1996 年第 4 期，第 26—29 页。

多，约占七律总量的 18.12%。

比如陆龟蒙的一首《奉和袭美悼鹤》几乎句句用典："一夜圆吭绝不鸣，八公虚道得千龄。方添上客云眠思，忽伴中仙剑解形。但掩翛毛穿古堞，永留寒影在空屏。君才幸自清如水，更向芝田为刻铭。""一夜圆吭绝不鸣"引自宋鲍照《舞鹤赋》"引圆吭之纤婉，顿修趾之洪姱"。"八公虚道得千龄"引自汉淮南王宾客有八公之徒，采药于嵩山，于石室中得王子晋所传于李浮丘伯《相鹤经》曰："鹤，阳身也，而游于阳，因金气，依火精，以自养。金数九，火数七，故七年小变，十六年大变，百六十年变止，千六百年形定。"晋鲍明远《舞鹤赋》云"守驯养于千龄，结长悲于万里。""方添上客云眠思"引自杜诗"云卧衣裳冷"。"忽伴中仙剑解形"中"解"音"贾"。《东乡序》：葛洪曰："阴君受鲍靓尸解之法，后死埋于石子冈，有人发其棺，见一大刀，冢左右有人马之声，遂不敢取。"此"剑解"也。"但掩翛毛穿古堞"谓瘗鹤也。"更向芝田为刻铭"引自梁简文帝诗"来自芝田远，飞渡武溪深。"镇江府江中有焦山，后汉高士焦先隐于此山，因名焉。有陶隐居《瘗鹤铭》。①

董肇勋于《鹿皮子集》凡例中言："先生诗赋，旷绝千古，但命意选词，读者多苦其难晓，俟有余闲，再加笺注，便成善本。"② 其中当然包括陈樵七律用典生僻，学问深邃，读者难以理解，其用典艺术有专章论述，此不赘。

第二，以口语、俗语入诗。按常理，口语、俗语难登七律"大雅之堂"，因为这类体裁本身格律严谨、形式精美，似乎与世俗格格不入。到了白居易，他追求浅显易懂的诗风，他的七律也便有了通俗化的趋向。在一定程度上，陆龟蒙得以继承，使用口语、俗语入诗，以俗为雅，创造出一种新奇的感觉。兹举例如下：

倚杖遍吟春照午，一池冰段几多消。

（《和袭美访不遇》）

菰烟芦雪是侬乡，钓线随身好坐忘。

（《奉和袭美吴中言情见寄次韵》）

---

① 参见（清）钱牧斋、何义门评注，韩成武、贺严、孙微点校《唐诗鼓吹评注》，河北大学出版社 2000 年版，第 115 页。

② 《亭塘陈氏宗谱》卷四（内部资料），2006 年，第 181 页。

　　　　不然快作燕市饮，笑抚肉枡眠酒垆。

（《独夜有怀因作吴体寄袭美》）

　　这种以俗语和口语入诗的修辞手法后来受到宋人的普遍青睐，成为"以才学为诗"的重要表现之一。明人许学夷说："王建七言律，……如'借倩学生排药合……'等句，又极村陋，实为杜牧、皮、陆、唐末诸子先倡，沿至宋人，遂为常调矣。"① 谓"村陋"，就包含了使用俗语、口语的内容。

　　陈樵七律也惯以俗语、口语入诗，化俗为雅：

　　　　手里夫容浑忘却，蓑衣日日钓沧浪。

（《五云洞》）

　　　　白雨侵阶浑是绿，黄童食柏久成青。

（《东白草堂》）

　　　　人间不是高寒地，那得春红入夏中。

（《南轩)》

　　　　我向北峰高处下，如何倒卓柳阴傍。

（《空碧亭》其二）

　　　　只恐高寒禁不得，乘鸾飞度碧瑶宫。

（《玉雪亭》其一）

　　　　闻说银河都剪碎，津头几欲问星槎。

（《玉雪亭》其三）

　　第三，使用非正常的句式、句法。具体表现在以不符合七律音律节奏的句子入诗，以及设置倒装句。诗歌语言的音律节奏是有严格规范的，就七律而言，以四三句式为标准，但陆龟蒙却有意打破传统规范，以"非正常"句式入诗。如，三四句式："故城边有卖花翁。"（《阊阖城北有卖花翁讨春之士往往造焉因招袭美》）"望三峰拜七真堂。"（《和江南道中怀茅山广文南阳博士三首》其一）二五句式："祇为先生处乞铭。"（《和新罗弘惠上人请袭美为灵鹫山周禅师碑将还以诗送之》）"天台一万八千丈。"（《和寄题玉霄峰叶涵象尊师所居》）"虽然诗胆

---

　　① （明）许学夷著，杜维沫校点：《诗源辩体》卷二十七，人民文学出版社1987年版，第269—270页。

大如斗。"(《早秋吴体寄袭美》) 这些诗句具有散文化的特征，也就是宋诗"以文为诗"的象征。这样读起来比较拗口，但也会产生一种新奇感和陌生感。

除了散文化句式，陆龟蒙七律中还运用了不少倒装句。清人冒春荣《葚原诗说》云："唐人多以句法就声律，不以声律就句法，故语意多曲，耐人寻味。后人不知此法，顺笔写去，一见了然，无意味矣。如老杜'清旭楚宫南，霜空万里含'，顺之当云'万里楚宫南，霜空清旭含'也。……玩此可以类推。"[①] 冒氏以杜诗为例说明倒装的佳处，极为合适，因为杜甫以前，逻辑语序颠倒错综的诗句的确罕见。杜甫之后，个别诗人也开始关注这种艺术手法，成就较为显著的比如中唐的贾岛，陆龟蒙也喜用倒装，其七律中以下诗句皆是：

闲阶雨过苔花润，小簟风来薤叶凉。

(《闲书》)

栖野鹤笼宽使织，施山僧饭别教炊。

(《和袭美见寄韵》)

兼葭鹭起波摇笠，村落蚕眠树挂钩。

(《新夏东郊闲泛有怀袭美》)

这些句子的惯常语序或者当为："雨过闲阶苔花润，风来小簟薤叶凉。""使宽织栖野鹤笼，教别炊施山僧饭。""鹭起兼葭波摇笠，蚕眠村落树挂钩。"

童庆炳说："诗所用的抒情语体也是这样，某些异化了的、扭曲了的、偏离普通言语的话语，就易于引起读者的重视，而具有'惊人'的艺术力量。"[②] 倒装以其非规范化形态，使诗句变得陌生起来，从而产生一种新鲜感。这就是陆龟蒙驰骛新奇的策略之一。

陈樵也善用此法，比如，三四句式："度关僧寄婆罗树，入市人传木客诗。"(《少霞洞山居》)"天外唾如云样碧，江南春与草俱青。"(《忘忧阁》)"银色榜题章草字，乌丝阑写越花名。"(《飞观》)"解缨风从亭午定，如膏雨向昨宵行。"(《灵岳归云》)二五句式："人疑落叶有生色，我道飞花上故枝。"(《蛱蝶图》)"樽空鹦鹉杯犹在，歌罢玕琪树尚摇。"(《醒酒石》)"雨添银谷空

---

① (清)冒春荣：《葚原诗说》卷一，郭绍虞编选，富寿荪校点《清诗话续编》，上海古籍出版社1983年版，第1580页。

② 童庆炳：《文体与文体的创造》，云南人民出版社1997年版，第127页。

中翠，云是蒨桃花上烟。"（《银谷涧空碧亭》）"人行凫雁不到处，家在莺花第几重。"（《紫薇岩》）"不用破瓜沉绿李，自从云后有余清。"（《清凉台》）"日移深涧松阴上，风引前朝树势斜。"（《野芳园》）"猿窥涧底风枝动，莺踏花间水影翻。"（《兰池》）一六句式："人从烟雨上头立，诗到莺花过后清。"（《北峰》）"云从薜荔衣中起，雨向玗琪树上生。"（《水亭》）五二句式："无喜亦无愁可解，山人投老竟忘形。"（《忘忧阁》）"人似亭前花不语，诗如江上草无名。"（《涵碧亭》其一）"扫叶僧将猨共爨，卖花人与蝶俱还。"（《山庄》）

陈樵七律也爱用倒装句，比如：

北峰云出何曾断，东郡山凡不解飞。

（《石甋峰》）

曲误掀翻帘外朵，月移不动水中花。

（《空碧亭·老梅》）

庭虚只放溪云度，水浅不妨松影长。

（《云山不碍楼》）

芳草无名多是药，云藤着紫不须花。

（《野芳园》）

悬崖种菊红千叶，开户见山青一方。

（《山斋》）

芍药成丛当户出，茯苓分种傍松栽。

（《临花亭》其八）

歌珠一串莺流出，花影数重风揭开。

（《临花亭》其九）

这些诗句调整为正常语序似应为："云出北峰何曾断，月移水中花不动。""虚亭只放溪云度，浅水不妨松影长。""无名芳草多是药，着紫云藤不须花。""悬崖种菊千叶红，开户见山一方青。""成丛芍药当户出，分种茯苓傍松栽。""莺流出一串歌珠，风揭开数重花影。"

胡仔评陆龟蒙《自遣》其十三与《古意》曰："皆思新语奇，不袭前人也。"① 王夫之在《姜斋诗话》卷下第二十七条说："含情而能达，会景而生心，体物而得神，则自有灵通之句，参化工之妙。若但于句求巧，则性情先为外荡，生意索然矣。'松陵体'永堕小乘者，以无句不巧也。然皮、陆二子，差有兴会，犹堪顾咏。若韩退之以险韵、奇字、古句、方言矜其饾辏之巧，巧诚巧矣，而于心情兴会，一无所涉，适可为酒令而已。"② 王夫之把皮陆争奇斗胜、字句求巧的松陵唱和诗称为"松陵体"，称其"无句不巧"。王夫之又于《唐诗评选》卷四说："皮、陆松陵唱和诗，奕奕自别，巧心佳句，诚不可掩。"③ 陆时雍说其《奉和次韵江南书情》诗："语语新琢，其言皆筑笔而成。"④

清代顾嗣立《元诗选》陈樵小传中赞曰："属对精巧，时有奇气。"邓绍基主编《元代文学史》认为："陈樵的诗，属对工巧、想象奇特。如'野鹿避人悬树宿，溪鱼乘水上山来。''近从月里种花去，遥见鼎湖飞叶来。'"⑤ 杨镰《元诗史》也说，"陈樵的诗属对精巧"⑥。看来，古今对陈樵诗歌的对仗艺术都高度赞扬，对仗中有"奇气"，"想象奇特"，几成共识。

《四库全书总目》谓陈樵："七言近体学陆龟蒙，而雕削往往太甚，如'春在地中常不死，月行天尽又飞来'之类，则伤于粗俗，'诗无獭髓痕犹在，梦有鸾胶断若何'之类，则伤于纤巧。顾嗣立《元诗选》乃标为佳句，列于小传之内，殊失别裁。"⑦ 陈樵"精刻之思究"确与陆龟蒙更为接近。他们的身份相似，诗歌题材相近，艺术手法与呈现的诗歌意境颇为相通。陈樵与陆龟蒙的出处相类，七言近体诗内容都以写景咏物与唱和赠答为主，多围绕酒、茶、渔钓、赏花、玩石等琐物碎事及闲情逸致展开，特别注意将日常生活中的景物、人事作为诗歌创作的材料。其诗风格闲逸、清丽，在艺术技巧上往往追求险怪，纤巧冷僻；在写景咏物上，善于遗貌取神、以物寓人；在生活理想上，都追求闲、隐、雅三位一体。的确，陈樵不但学来了陆龟蒙的长处，连他的缺点也学来了，或者说，一体两面，一旦超过了度，事物可能转向反面，即过犹不及。

① （宋）胡仔纂集，廖德明校点：《苕溪渔隐丛话》（后集），人民文学出版社1962年版，第116页。

② （清）王夫之等：《清诗话》，上海古籍出版社1978年版，第14页。

③ （清）王夫之评选，王学太校点：《唐诗评选》，文化艺术出版社1997年版，第219页。

④ （明）陆时雍：《唐诗镜》，《文渊阁四库全书》1411册，台湾商务印书馆影印版，第874页。

⑤ 邓绍基主编：《元代文学史》，人民文学出版社1991年版，第507页。

⑥ 杨镰：《元诗史》，人民文学出版社2003年版，第434页。

⑦ （清）永瑢、纪昀等：《四库全书总目》卷一六八，艺文印书馆1969年版，第3343页。

第二十一章　对西昆体的接受

西昆体是宋初诗坛上的一个著名流派，因《西昆酬唱集》而得名。《西昆酬唱集》共收录了杨亿、刘筠、钱惟演、李宗谔、陈越、李维、刘骘、刁衎、任随、张咏、钱惟济、丁谓、舒雅、晁迥、崔遵度、薛映、刘秉等十七位诗人的二百五十首唱和诗，[①]《西昆酬唱集》中，杨亿、刘筠、钱惟演三人成就较高，是领导风气的盟主，其中杨诗七十五首，刘诗七十三首、钱诗五十四首，共占全书诗歌篇数的五分之四。又全书共七十题次，由杨、刘、钱首唱的分别为四十一次、十三次、九次，占总题次的十分之九。关于其特点，袁行霈主编《中国文学史》说：

> 西昆体最引人注目的是其艺术特征。杨亿等人最推崇唐代诗人李商隐，兼重唐彦谦。西昆集中的诗大多师法李商隐诗的雕润密丽、音调铿锵……西昆集中诗体多为近体，七律即占有十分之六，也体现出步趋李商隐、唐彦谦诗体的倾向。西昆诗人学习李商隐诗的艺术有得有失，其得益之处为对仗工稳，用事深密，文字华美，呈现出整饬、典丽的艺术特征……尽管西昆体的成就高于白体和晚唐体，但它们没有本质上的区别，都是晚唐五代诗风的沿续。[②]

元代对西昆体的接受，主要有方回，还有刘埙与袁桷。方回首次提出"宋初三体"之说，认为西昆体"别有一派"，并梳理出宋代西昆体诗史，对西昆体后世的接受起了很大作用；另外，他认为西昆体的特点是用事、对偶、藻丽，

---

①　参见（清）永瑢、纪昀等《四库全书总目·西昆酬唱集》，艺文印书馆 1969 年版，第 3882 页。

②　袁行霈主编：《中国文学史》（第三卷），高等教育出版社 2003 年版，第 30—32 页。

西昆体在这三方面的不自然，导致了西昆体味浅的缺点。刘埙说欧阳修受西昆体影响，此为前人所未发；袁桷认为欧阳修用自然来纠正西昆体之失，较叶梦得、魏了翁、刘克庄等人，更合实际。①《西昆体诗歌接受研究》则提及顾嗣立《元诗选》之《鹿皮子集》小传中"即此数语，可以步武西昆诸作"，却并未展开论述。②

陈樵对西昆体的接受与他"力追晚唐"是相统一的，主要表现在以下几方面：

一、用事深密

杨亿在《武夷新集自序》说："予亦励精为学，抗心希古，期漱先民之芳润，思觊作者之壶奥。"③ 在《西昆酬唱集序》中说："历览遗编，研味前作，挹其芳润。"在《送进士陈在中序》中说："博综文史，详练经术，词采奋发，学殖艰深。取片玉于昆岗之巅，飘华缨于文石之陛，可以俯拾，未足为难。"④《杨文公谈苑》在追述杨亿早年编定的《武夷新集》时更强调："学者当取三多：看读多、持论多、著述多。"⑤ 可见，坚持用典，彰显才学是杨亿的一贯主张。在杨亿的大力倡导下，《西昆酬唱集》的诗作也贯穿了这一精神，用典博赡，正如曾枣庄所说："《西昆酬唱集》的用典一是广博，经史子集、道书佛藏、志怪小说、类书笔记，几乎无不涉及。"⑥

使事用典是《西昆酬唱集》的重要艺术特征。主要表现为典故繁密，意蕴深刻，类型多样，形式自由。西昆诗歌几乎句句用典，如杨亿的《公子》：

> 夹道青楼拂彩霓，月轩宫袖按前溪。
>
> 锦鳞河伯供烹鲤，金距邻翁逐斗鸡。
>
> 细雨垫巾过柳市，轻风侧帽上铜隄。
>
> 珊瑚击碎牛心熟，香枣兰芳客自迷。

---

① 参见张龙高《西昆体宋金元接受史研究》，硕士论文，西南交通大学，2016 年，第 158 页。

② 参见管大龙《西昆体诗歌接受研究》，硕士论文，安徽大学，2009 年，第 31 页。

③ （宋）杨亿：《武夷新集》，《文渊阁四库全书》1086 册，台湾商务印书馆影印版，第 354 页。

④ 同上书，第 427 页。

⑤ （宋）杨亿口述，黄鉴笔录，宋庠整理：《杨文公谈苑》，上海古籍出版社 1993 年版，第 26 页。

⑥ 曾枣庄：《论西昆体》，丽文文化公司 1993 年版，第 147 页。

全诗的丰腴华美之词如青楼、彩霓、月轩、前溪、锦鳞、烹鲤、金距、垫巾、柳市、侧帽、铜堤、珊瑚、牛心、香枣、兰芳等均有出处，无一不取自典故。王仲荦为这首诗作注时，引用了《周礼》《左传》《史记》《汉书》《后汉书》《晋书》《宋书》《北史》《吕氏春秋》《世说新语》《楚辞》等书多种，此外还有曹植、李商隐、王勃、梁简文帝、江淹、杜甫、韩愈、孟郊（以注中出现的先后为序）等人的诗文，可见此诗用典之多。①

又如钱惟演的《泪》："鲛盘千点怨吞声，蜡炬风高翠箔轻。夜半商陵闻别鹤，酒阑安石对哀筝。银屏欲去连珠迸，金屋初来玉箸横。马上悲歌寄黄鹄，紫台回首暮云平。"② 作者一连用了"鲛人泣珠""商陵牧子悲啸""谢安听筝而泣"、焦仲卿妻"泪落连珠子""阿娇冷处长门宫""细君思乡而歌""昭君出塞"等七八个伤情典故，用来揭示人们流泪的原因。这种堆砌典故以炫广博的做法，使诗歌内容空洞，却非常适应当时讲究学识的文化思潮，就连反西昆甚力的石介也不得不说杨亿等西昆诗人"学问通博，笔力宏壮，文字所出，后生莫不爱之"③。

西昆体诗人学识广博，用典范围比较广泛，但有一些典故为西昆体诗人所乐用和常用，如人物有楚王、宋玉、潘岳、司马相如、谢灵运、沈约、莫愁、湘妃、洛神、牛郎织女、武帝、王母等，物品有警鹤、露盘、金屋、鸾镜、纨扇、蚁舫、蔗浆、冰壶、陶篱、楚风等。有时却不免有重复、累赘之嫌。

而陈樵也是阅读范围极广，学问淹贯古今，但诗中用典较稀疏，无堆砌之弊，不似西昆体这般密不透风，尤其注重典故的活用、化用和反用，不属于以学问为诗的宋诗路数。他作的咏物写景诗，大多注重其色彩、构图、光线等的画面感，富于立体感和层次感，贯注着他本人真切的生命体验，在某种意义上说，他已经成为大自然的化身。而《西昆酬唱集》诗歌为宋代以学问为诗的开端，其特点恰是无自然、无情、无人，却有典故、有色彩、有修饰，根本上也就是诗歌描写对象和表达感情的非自然化，或者说学问化。④

---

① 参见（宋）杨亿等著，王仲荦注《西昆酬唱集注》，中华书局 2007 年版，第 69—70 页。
② （宋）杨亿等著，王仲荦注：《西昆酬唱集注》，中华书局 2007 年版，第 141—142 页。
③ （宋）石介：《祥符诏书记》，《徂徕石先生文集》卷十九，中华书局 1984 年版，第 220 页。
④ 参见王小丽《〈西昆酬唱集〉研究》，硕士论文，上海大学，2004 年，第 32 页。

二、辞藻华美

词采华丽，语言优美，多富贵气象，是《西昆酬唱集》在语言运用上的一大特色，借此来扫荡宋初卑陋枯瘠的诗风。杨亿在《武夷新集自序》和《西昆酬唱集序》中明确提出要注重语言的雕琢，如在《武夷新集自序》中说："雕篆之文，窃怀敝帚之爱。"① 在《西昆酬唱集序》中也强调："雕章丽句，脍炙人口。"② 这都是对丽藻的认同和追求。《韵语阳秋》卷二说西昆体"丰富藻丽，不作枯瘠语"③，冯班也言"'昆体'多用富贵语"④。此外，他在《杨文公谈苑》中也多次称赞华丽的语句，并列举刘筠和钱惟演的诸多丽句。杨亿不仅在理论上主张语言华美，在实践中也贯彻，运用雍容华丽的语言来装点自己的诗句。例如：

灯夕寄内翰虢略公⑤

琼楼十二玉梯斜，干鹊南飞转斗车。

有客郢中歌白雪，几人天上醉流霞。

金吾缇骑章台陌，素女繁弦太帝家。

秦痔未瘥斋合掩，梦回宫树已啼鸦。

清风十韵⑥

素魄离箕舌，鸣鸢载锦绡。微凉生玉宇，余韵泛兰皋。

竿转相乌数，厨摇莲莆劳。渚蘋偏靃靡，苑树更萧骚。

五斗醒初折，三年翼自高。陶窗自拂衽，楚榭正挥毫。

尘箧悲鸾扇，云帆戒鹭涛。洞庭惊木叶，骑省叹霜毛。

势好抟羊角，心终忆蟹螯。冷然知有待，仙寇异吾曹。

---

① （宋）杨亿：《武夷新集》，《文渊阁四库全书》1086 册，台湾商务印书馆影印版，第 354 页。

② （宋）杨亿等著，王仲荦注：《西昆酬唱集注》，中华书局 2007 年版，第 2 页。

③ （南宋）葛立方：《韵语阳秋》卷二，《文渊阁四库全书》1479 册，台湾商务印书馆影印版，第 93 页。

④ 冯班评晏殊《寓意》诗语，方回选评，李庆甲辑评校点：《瀛奎律髓汇评》卷五，上海古籍出版社 1986 年版，第 228 页。

⑤ （宋）杨亿等著，王仲荦注：《西昆酬唱集注》，中华书局 2007 年版，第 226—227 页。

⑥ 同上书，第 277—279 页。

南朝①

五鼓端门漏滴稀，夜签声断翠华飞。

繁星晓埭闻鸡度，细雨春场射雉归。

步试金莲波溅袜，歌翻玉树涕沾衣。

龙盘王气终三百，犹得澄澜对敞扉。

无题二首（其一）②

铜盘蕙草起青烟，斗帐香囊四角悬。

沈约愁多徒自瘦，相如意密有谁传。

金塘雨过犹疑梦，翠袖风回衹恐仙。

日上秦楼休寄咏，东方千骑拥辎軿。

诗中"琼楼""玉梯""白雪""流霞""玉宇""金莲""金塘"等词语无不光彩照人，富丽堂皇。这些珠光宝气、富丽竞呈的意象，色彩斑斓、炫目华贵的词句共同编织了《西昆酬唱集》这幅美艳无比的画卷。除杨亿外，钱惟演、刘筠等人也运用了华美的语言进行创作，其中以"金""玉"打头组成的词语统计，有金堤、金钮、金铠、金波、金貂、金谷、金花、金简、金茎、金距、金莲、金露、金络、金盘、金人、金粟、金塘、金屋、金针、金芝、金椎、金匮、金瓶、金壶、金车；玉瓮、玉杯、玉牒、玉膏、玉钩、玉壶、玉户、玉虎、玉井、玉醴、玉露、玉辇、玉女、玉盘、玉载、玉书、玉树、玉腕、玉液、玉宇、玉枕、玉芝、玉除、玉管等。华美的辞藻加上典故的运用，构成了《西昆酬唱集》诗歌"词采精丽"③的特色。方回在《瀛奎律髓》卷十八中说："凡'昆体'，必于一物之上，入故事、人名、年代，及金、玉、锦、绣等以实之。"④

另外，西昆体诗人用字设色也比较富于情感性。如，诗句常见"冷""冰""凄""伤""恨""怨"及"愁""悲"等字，以表露诗人内心的情感。比如，

---

① （宋）杨亿等著，王仲荦注：《西昆酬唱集注》，中华书局2007年版，第14—15页。

② 同上书，第231—232页。

③ （清）永瑢等：《四库全书简明目录·西昆酬唱集提要》，上海古籍出版社1985年版，第833页。

④ （元）方回选评，李庆甲辑评校点：《瀛奎律髓汇评》，上海古籍出版社1986年版，第717页。

"弦急哀随指，歌长恨入眉"（钱惟演《宣曲二十二韵》），"嫦娥桂独成幽恨，素女弦多有剩悲"（杨亿《无题三首》其三），"桂孤香易散，蚌冷泪先汪""玉盘浮浩露，素绠冰寒浆"（钱惟演《秋夜对月》）等。

　　陈樵诗中也精心营造了一个金玉世界，试看以下诸例：

　　　　花楼艳舞金葳蕤，吴羹蜀酒精琼糜。

　　　　　　　　　　　　　　　　　　　　（《夜阑曲》）

　　　　内人拜月金铺户，凤宿梧枝秋叶下。
　　　　露华入袂玉阶寒，织署锦工催祭杼。
　　　　月下金钿照骨明，同心丝绘红生缕。
　　　　素瓜碧宝上华楼，夜阑飙驭下银州。

　　　　　　　　　　　　　　　　　　　　（《七夕宫词》）

　　　　先生新辞白玉堂。

　　　　　　　　　　　　　　　　　　　　（《蜀锦屏》）

　　　　蓬莱之山仙子窟，玉作楼台银作阙。

　　　　　　　　　　　　　　　　　　　　（《香雪壁》）

　　　　金虎佩章光夺月。玉龙出匣气横秋。
　　　　奸回向化烟尘息，坐拥笙歌醉玉楼。

　　　　　　　　　　　　　　　　　　　　（《赠萧浣平寇》）

　　　　琼楼银阙知何限，约客瑶池未可期。

　　　　　　　　　　　　　　　　　　　　（《雪观》）

　　　　愿携白玉碗，掇英挹天浆。

　　　　　　　　　　　　　　　　　　　　（《雨香亭》）

　　　　蔗浆初冻玛瑙碗，酒痕微污玻璃杯。

　　　　　　　　　　　　　　　　　　　　（《天香台》）

　　　　荧荧银烛花蕊多。

　　　　　　　　　　　　　　　　　　　　（《题海棠》）

　　　　珠船照耀明月冷。

　　　　　　　　　　　　　　　　　　　　（《石溪歌》）

　　　　黄金蕊密华露重，碧玉枝交烟影凉。

　　　　　　　　　　　　　　　　　　　　（《桂》）

愿将归院金莲炬，移近围屏照艳妆。

(《蜀锦屏》)

王谢金貂系，班扬翰墨林。

(《送里人都下省觐》)

雨后金沙入柳阴，紫薇红药正纷纭。

(《临花亭》之七)

月中溜洒黄金泪，壁上云生火玉烟。

(《霜岩石室》之一)

黄金缕水细粼粼，菂合平池绿似云。
鹦鹉无言初病瘴，丁香不结又经春。
行稀蜡屐留前齿，坐久玉琴生断纹。

(《春日题水轩》)

金茎半折尚亭亭。

(《石笋》)

开元白鹦鹉，长在玉墀边。

(《白鹦鹉》)

玉箫吹断慕云平。

(《望月台》)

又抱瑶琴向阴洞。

(《少霞洞山居》)

天出异香薰宝树。

(《临花亭》之六)

亭上君山玉作屏。

(《翠光亭》)

琼作池台玉作屏。

(《玉雪亭》之八)

两峰削玉倚青天。

(《双岘》)

飞瀑半凝苍玉佩。

（《玉雪亭》之七）

锦囊玉轴米家书。

（《西岩紫霞洞》）

住的是玉楼、银阙、金铺户、白玉堂，用"白玉碗"喝酒，"珠船"甚至比月亮还灿烂，烛是"银烛"，乐器有"玉箫""瑶琴""凤笙"，树是"宝树"，山是"玉屏"，桂花"黄金蕊"，月洒"黄金泪"，水流"黄金缕"，石笋比作承露的"金茎"……真是雕绘满眼。笔者粗略统计，其诗中"金"出现三十七次，"玉"出现三十九次。这种富贵华丽，并非炫富夸博，一味强调视觉刺激与享受，而是衬托、渲染一种氛围，说到底是人清高、不同流俗的表现。欧阳守道《赠福上人序》云："诗各从本色自佳，今使山林高人强说富贵，岂惟不能亦不愿；若纨绮子弟作穷淡语，纵使道得，亦料想也。"① 说到底，他诗中的金玉世界，是与他的洁美操行、高情雅韵和隐士风流相统一的。

另又统计了陈樵诗中颇具情感性的用字，寒 43 次，空 28 次，冷 16 次，断 11 次，愁 9 次，残 8 次，冰 4 次，苦 4 次。

经深入研读后发现，陈樵对西昆体用语的浓艳华美有所改造，使之更趋于淡雅清丽，这似与西昆后劲晏殊提倡的"富贵气象"更加相近。

欧阳修《归田录》卷二记载：

晏元献公喜评诗，尝曰："'老觉腰金重，慵便枕玉凉'未是富贵语，不如'笙歌归院落，灯火下楼台'，此善言富贵者也。"人皆以为知言。②

吴处厚《青箱杂记》卷五载："晏元献公虽起田里，而文章富贵，出于天然。尝览李庆孙《富贵曲》云：'轴装曲谱金书字，树记花名玉篆牌。'公曰：'此乃乞儿相，未尝谙富贵者。'故公每吟咏富贵，不言金玉锦绣，而唯说其气象，若'楼台侧畔杨花过，帘幕中间燕子飞'。'梨花院落溶溶月，柳絮池塘淡

---

① （宋）欧阳守道：《巽斋文集》卷七，《文渊阁四库全书》1183 册，台湾商务印书馆影印版，第 561 页。

② （宋）欧阳修：《归田录》卷二，中华书局 1981 年版，第 21 页。

淡风'之类是也。故公自以此句语人曰:'穷儿家有这景致也无?'"①

关于"唯说气象",赵齐平《宋诗臆说》有详细、精确的阐释:"从艺术表现的角度来看,所谓'唯说气象',就是略貌取神,不要停留于事物的表面,而要抓住事物的精神实质。再从诗歌风格的角度来看,所谓'唯说气象',就是作品的典雅赡丽的特色,不应是'厚粉浓朱','必于一物之上,入故事、人名、年代,及金、玉、锦、绣等以实之'那样的粘皮带骨,而应是从神采风韵情致气格中浑然不觉地体现出来。"② 可见,晏殊之诗清新雅丽。他的《寓意》诗,收在《瀛奎律髓》卷五"升平类",正是这种"富贵气象"的代表。诗曰:

> 油壁香车不再逢,峡云无迹任西东。
>
> 梨花院落溶溶月,柳絮池塘淡淡风。
>
> 几日寂寥中酒后,一番萧索禁烟中。
>
> 鱼书欲寄何由达? 水远山长处处同!

冯班评曰:"次联自然富贵,妙在无金玉气。腹联清怨,妙在无脂粉气。此艳体中之甲科也。"③ 全诗几乎不用典故,不写富贵之实景而写其意态,也无"金玉龙凤"等华艳字眼,流露出淡淡的哀思与惆怅,隐含着理性对情感的节制,这是宋代士大夫们由于优越的文化和经济环境而追求的新的人生体味。

陈樵诗中也颇多此类"富贵气象"者:

> 樽空鹦鹉杯犹在,歌罢玙琪树尚摇。
>
> （《醒酒石》）
>
> 青童卧护千年鹿,木客相传一派诗。
>
> （《少霞洞》）
>
> 梦入松风吹不断,诗如芳草剪还生。
>
> （《泰素坛》）

---

① (宋)吴处厚撰,李裕民点校:《青箱杂记》卷五,中华书局 1985 年版,第 46—47 页。

② 赵齐平:《宋诗臆说》,北京大学出版社 1993 年版,第 107 页。

③ 冯班评晏殊《寓意》诗语,方回选评,李庆甲辑评校点《瀛奎律髓汇评》卷五,上海古籍出版社 1986 年版,第 228 页。

铛寒已喜松丹熟，烛尽只消华艳明。

（《忘忧阁》）

悬崖种菊红千叶，开户见山青一方。

（《山斋》）

春日花连小东白，暮年草创大还丹。

（《山园》）

香添荔子能消日，粥费桃花怕减春。

（《临花亭》九首其二）

门外树身无岁月，山中人语带烟霞。

（《山房》）

陈樵"世为衣冠巨族"，"生平未尝言利，苟非其义，千驷万钟弗为动。家虽素饶于赀，痛惩膏粱之习，恶衣菲食以终其身"①。陈樵出生地亭塘风光旎旖，其先祖建有亭台楼阁多处，北山别业即他隐居之所小东白山圆谷涧为陈氏私家所有，家境殷实，只不过陈樵本人淡泊名利，不以为意。陈樵乃深谙富贵者，而非生于乞儿家，故而能云"富贵气象"。清人洪亮吉《北江诗话》云："作富贵语，不必金、玉、珠、宝也。"②

三、对偶精工

西昆诗人学习李商隐，也在对仗上花了不少工夫。杨亿"共瞻月树怜飞鹊，谁泛星槎见饮牛"（《七夕》）和李商隐《马嵬》诗相似："空闻虎旅传宵柝，无复鸡人报晓筹。此日六军同驻马，当时七夕笑牵牛。""鹊"与"牛"对类似李商隐诗的"马"与"牛"对。刘筠《馆中新蝉》"翼薄乍舒宫女鬓，蜕轻全解羽人尸。风来玉宇乌先转，露下金茎鹤未知"中"翼薄""蜕轻""风来""露下"构成语气一贯、一意相承的流水对。四句连用典故，作者巧于属对的功力不同凡响。杨亿"兰台密侍初成赋，河朔欢游正举觞"一联中对时间

---

① （明）宋濂：《元隐君子东阳陈公先生鹿皮子墓志铭》，宋濂著，黄灵庚编辑校点《宋濂全集》，人民文学出版社 2014 年版，第 1328—1329 页。

② （清）洪亮吉著，陈迩冬校：《北江诗话》卷三，人民文学出版社 1983 年版，第54页。

因素把握非常精当，就是通过"初"与"正"恰切的对仗。《西昆酬唱集》中对仗工巧的句子举不胜举，再比如，杨亿《汉武》中的句子："力通青海求龙种，死讳文成食马肝。待诏先生齿编贝，那教索米向长安。"还如，"鸣鸠春谷先畴废，寒蝶秋菘老圃荒"（杨亿《偶作》），"风和林籁披襟久，月射溪光击汰归"（杨亿《因人话建溪旧居》），"骚人已得江山助，赋客终陪霰雪游"（杨亿《许洞归吴中》）。或思隐退，或念故里，或慰诗友，对仗工整，韵律和谐，感情真挚，自然浑厚。钱惟演《句》："日上故陵烟漠漠，春归空苑水潺潺。"语言朴素，颇得天然之趣。李宗锷《馆中新蝉》："感时偏动骚人思，不问天涯与帝乡。"刘筠《送客不及》："曲岸马嘶风袅袅，短亭人散柳依依。"这些佳句构思精巧，文情并茂。故而清人评曰："词取妍华，而不乏兴象。""其取材博赡，练词精整，非学有根抵，亦不能熔铸变化，自名一家，固亦未可轻诋。"①

周裕锴认为在对仗问题上，宋人要与唐诗抗衡，只有两条路可走："一是变本加厉，在贴切精巧、工整严密方面超越唐人；二是改弦易辙，化切对为宽对，解构唐诗过分工整的对偶结构。"② 西昆体七律尤其注重对仗的精工，后西昆体也大量使用散文句式，特别是流水对，以追求诗意的顺畅流走。

陈樵诗歌尤其是七律注重对仗工整，多用工对，也时用流水对，顾嗣立对此评价甚高："其诗于题咏为多，属对精巧，时有奇气，如：'山遮春欲归时路，雁入鬼飞不尽天。''僧爨屋头猿挂树，鸟衔窗外雨生鱼。''春在地中长不死，月行天尽又飞来。''台虚人在空中立，云静天从水面浮。''诗无獭髓痕犹在，梦有鸾胶断若何。''野鹿避人悬树宿，溪鱼乘水上山来。''天出异香薰宝树，日将五色染游丝。''絮轻便欲排云去，花好多应换骨来。'即此数语，可以步武西昆诸作。"③

四、道教底色

"西昆"之得名，王仲荦《西昆酬唱集注》引《山海经》卷二之《西山经》和《穆天子传》卷二有关西王母居群玉山及穆天子西征事加以解释。再以《穆天子传汇校辑释》佐证之：

---

① （清）永瑢、纪昀等：《四库全书总目·西昆酬唱集》，艺文印书馆 1969 年版，第 3882 页。
② 周裕锴：《宋代诗学通论》，巴蜀书社 1997 年版，第 491 页。
③ （清）顾嗣立：《元诗选初集》，中华书局 1987 年版，第 1479 页。

辛卯，天子北征，东还，乃循黑水。癸巳，至于群玉之山（即《山海经》玉山，西王母所居者），容□氏之所守。曰：群玉田山，□知阿平无险（言边无险阻也），四彻中绳（言皆平直），先王之所谓策府（言往古帝王以为藏书册之府，所谓藏之名山者也）。①

括号内文字为郭璞所注。疑这是杨亿所谓"玉山策府之名"更准确的出处。以此，北宋初年，杨亿在《西昆酬唱集序》中提及的"取玉山册府之名"，所用《穆天子传》和《山海经》的西王母典故，已经超出神话范围，很大程度上，应是从道教信仰角度，或是顺应道教信仰的心态出发的。②

从诗集内容上看，直接吟咏神仙主题的诗歌，如，《南朝》《汉武》《明皇》《寄灵仙观舒职方学士》《宋玉》等不在少数；道教意象如蓬莱、仙、阿母、七夕、金掌露、羽众、羽车、仙洲等也频见；热衷道教或参与真宗崇道的酬唱诗人丁谓、陈鹏年、崔遵度、晁迥、舒雅、张咏、李宗谔、刘筠等，近十人左右。③

袁方更是将西昆诗作中主要涉及道家、道教的典故进行了统计，见表21－1④。

表21－1　西昆诗作中道家、道教典故统计

诗人 书名	杨亿	刘筠	钱惟演	李宗谔	李维	晁迥	钱惟济	刘骘	舒雅	丁谓	任随	张咏	刘秉	陈越	刁衎	薛映	崔遵度	总　计
《易》	8	9	2	1						1								21
《老子》	2	2				1	2			1								8
《庄子》	24	39	8	1	2	3	1	1	2			1	1	2			1	86
《列子》	5	3	5	1		1												15
《淮南子》	11	17	8						1		1						1	39

---

① 王贻樑、陈建敏：《穆天子传汇校集释》，华东师范大学出版社1994年版，第139页。据该书校释，"群玉田山"当作"群玉之山"。

② 参见罗争鸣《〈西昆酬唱集〉的道教底色》，《武汉大学学报》（人文科学版）2012年第1期，第76—80页。

③ 参见王仲荦《西昆酬唱集注·西昆酬唱诗人略传》附录一提供的传记资料统计，第303—339页。

④ 袁方：《道家道教视阈下的〈西昆酬唱集〉与西昆体》，硕士论文，华东师范大学，2014年，第36—37页。

续表 21 - 1

诗人\书名	杨亿	刘筠	钱惟演	李宗谔	李维	晁迥	钱惟济	刘隲	舒雅	丁谓	任随	张咏	刘秉	陈越	刁衎	薛映	崔遵度	总　计
山海经	7	9	1				1	1				1	1			2		23
《抱朴子内篇》	6	7	3							1								17
《十洲记》	4	1		2								1						8
《拾遗记》	4	10	9		1	2				4	1		1					32
《洞冥记》	3		3					1			1							8
《列仙传》	4	5	2							1								12
《神仙传》	2	2	3							1								8
《汉武帝内传》	2	5	11	1										3		2		24
其他	9	10	9		1		1	1	2	1	1	1		1				36
总　计	91	119	64	6	4	6	4	7	6	8	6	3	5	3	2	3	1	337
存诗	75	73	54	7	3	5	3	5	5	5	3	3	6	1	2	6	1	251
每诗平均	1.2	1.6	1.2	0.9	1.3	3	2	1.4	2	1.6	2	1	0.8	3	1	0.5	1	1.3

　　陈樵与道家、道教也有甚深的渊源，道教意象一章已论，兹不赘。仿上，也简单统计一下陈樵诗中涉及道家、道教的典故，见表 21 - 2。

表 21 - 2　陈樵诗中涉及道家、道教典故统计

书名\诗人	《易》	《老子》	《庄子》	《列子》	《淮南子》	《山海经》	《抱朴子内篇》	《十洲记》	《拾遗记》	《洞冥记》	《列仙传》	《神仙传》	《汉武帝内传》	其他	总　计
陈樵	2	1	27	15	5	11	11	4	7	3	9	4	3	13	115
存诗	268														
每诗平均	0.4														

五、亦学李商隐

　　李商隐是晚唐时期最为杰出的诗人之一，他的诗含蓄蕴藉、音调谐美、深情绵邈、沉博绝丽，且富有象征和暗示色彩，将唐代诗歌的抒情艺术推上了一个新的高峰。清初吴乔评价说，"于李、杜、韩后，能别开生路，自成一家者，

惟李义山一人"①。李商隐以其巨大的文学魅力和独特的艺术成就，成为中国文
学史上一个特殊的接受对象，散发着无限的光辉。正如刘学锴所说："在中国
文学史的大作家行列中，李商隐是非常特殊的存在。这不仅指举凡杰出作家都
具有的独特艺术内容、形式、风貌与个性，而且是指超越乎其上的更加特殊的
东西。例如他那种不以'不师孔氏为非'的思想，发乎至情而不大止乎礼义、
极端感伤缠绵而执着的感情，都带有明显偏离封建礼教、诗教的倾向；特别是
他那种既具古典诗的精纯又颇具现代色彩的象征诗风，和朦胧迷离、如梦似幻
的诗境，更明显逸出中国古典诗发展的常轨，成为前无古人、后乏来者的独特
诗国景观。这种超常的特质，导致了长期以来人们对他的诗感受、理解、把握、
评价的不一致、不确定，乃至相矛盾对立，形成了古典文学研究中少有的'李
商隐现象'。"②

《宋朝事实类苑》对杨亿学李商隐有详细的记载：

公尝言，至道中，偶得玉溪生诗百余篇，意甚爱之，而未得其深趣。
咸平、景德间，因演纶之暇，遍寻前代名公诗集，观富于才调，兼极雅丽，
包蕴密致，演绎平畅，味无穷而久愈出，钻弥坚而酌不竭，曲尽万态之变，
精索推言之要，使学者少窥其一斑，略得其余光，若涤肠而换骨矣。繇是
孜孜求访，凡得五七言长短韵歌行杂言共五百八十二首。唐末，浙右多得
其本，故钱邓师若水未尝留意捃拾，才得四百余首。钱君举贾谊两句云：
"可怜半夜虚前席，不问苍生问鬼神。"钱云："其措意如此，后人何以企
及？"余闻其所云，遂爱其诗弥笃，乃专缉缀。鹿门先生唐彦谦慕玉溪，
得其清峭感怆，盖圣人之一体也。然警之之句亦多，予数年类集，后求得
薛廷珪所作序，凡得百八十二首。世俗见予爱慕二君诗什，夸传于书林文
苑，浅拙之徒，相非者甚众。噫！大声不入于俚耳，岂足论哉？③

从这段文字中，我们可以看出杨亿学习李商隐诗的整个过程：早在至道年
间（995—997），杨亿已很喜欢李诗，但"未得其深趣"，咸平、景德间

　　① （清）吴乔：《围炉诗话》卷三，郭绍虞编选，富寿荪校点《清诗话续编》，上海古籍出版社
1983 年版，第 561 页。
　　② 刘学锴：《古典文学研究中的李商隐现象》，《社会科学辑刊》1998 年第 1 期，第 130—135 页。
　　③ （宋）江少虞：《宋朝事实类苑》卷三十四，上海古籍出版社 1981 年版，第 435 页。

（998—1004），悟其精髓："富于才调，兼极雅丽。"同时又因唐彦谦具有一种"清峭感怆"的美，而并爱之。最后道出自己在学李诗时与当时流行风气相悖，而坚守自己的美学追求。杨亿已得李诗深趣之后，于景德二年（1005）受诏编《册府元龟》时，在修书期间与刘筠、钱惟演唱和，有意引领新诗风。①

陈樵也自西昆体上溯李商隐，其七律《哀江南效李义山》可为明证：

> 几年王谢望升平，戎马临淮日绕营。
>
> 万里边尘暗京洛，五朝王气在金陵。
>
> 临春阁上华林近，玉树歌中璧月生。
>
> 独有绍兴经乱后，圣贤相遇颂中兴。

全诗主要总结六朝灭亡的历史教训，为传统的荒淫亡国论，最后一联写南宋高宗改元、改越州为绍兴、越州官绅上表乞赐府额，赵构题"绍祚中兴"诸事，运用对比，以暗戒元代统治者吸取教训，以免重蹈覆辙，并渴望中兴，天下太平。沉郁深婉，悲壮朦胧，细美幽约，以古鉴今，其选材、视角、对比、用典、细节、时空转换等手法，都得李商隐咏史诗之精髓。"表面咏史，实际上表达的是对元末长期战乱的思索。"② 读李商隐同类诗作如《南朝》《江东》《景阳井》《咏史》《览古》《吴宫》《隋宫》等，他们都是"杂错各种史实，非仅言一朝之兴衰，实则为前朝兴亡求一总规律也"③，即"诗人把不同时代、不同地点、不同人物拼凑在一起，着眼于历史得失之大局，以达到讽时刺今的目的"④。

杨维桢："所倡铁崖体雄畅怪丽，有李贺之奇诡、李白之酣畅、李商隐之诞幻，而又非三李所能包容。"⑤ 作为铁崖诗派的中坚力量，陈樵不仅仅乐府诗有这种特点，其他诗体也有相应渗透、体现，其"宗唐复古"的文学思想与杨维桢一致。

---

① 参见段莉萍《后期西昆派研究》，巴蜀书社 2009 年版，第 67 页。

② 柴研珂：《论陈樵及其诗歌》，《洛阳师范学院学报》2006 年第 6 期，第 76—80 页。

③ 方坚铭：《空间文化场域的转换与李商隐的咏史诗创作》，《求索》2008 年第 3 期，第 176—178 页。

④ 滕驰：《谈谈李商隐咏史诗独特的时空结构》，《内蒙古工业大学学报》（社会科学版）2005 年第 2 期，第 99—101 页。

⑤ 顾易生、蒋凡、刘明今：《中国文学批评通史》（宋金元卷），上海古籍出版社 1996 年版，第 1036 页。

　　《西昆酬唱集》中 250 首诗全为近体，其中七律最多，为 145 首，占总数约 60%，另有七绝 29 首，五律 24 首，五排 52 首。陈樵诗歌也以近体为主，存诗 268 首，其中七律 152 首，也约占诗歌总数的 60%，另有七绝 11 首，五律 46 首，五绝 3 首，五排 1 首。陈樵的诗歌与西昆体取材范围都狭窄，且远离现实。袁行霈主编的《中国文学史》认为《西昆酬唱集》中主要有三类题材：一是怀古咏史，二是咏物，三是描写流连光景的生活内容。① 而陈樵诗歌题材主要是写景、酬答，怀古咏史类较少。他们虽都崇尚李商隐，但西昆诗人在典故的使用时有黏滞性，很少能够灵活多角度把典故用活，不能把自身的感情、想法与典故本身所具有的意蕴融会。因而，西昆诗歌缺乏整体流动的意境美。陈樵锻炼、熔铸功夫胜过西昆体，诗歌显得更加灵动而自然有味；用词上，陈樵更近于西昆体后期领袖晏殊，以"富贵气象"改造"富贵语"，诗歌风格趋于淡雅清丽。《西昆酬唱集》诗歌很少有想象、幻想、类比、比喻、拟人化等创作手法，只有写实、议论和叙述。与之相反，陈樵的诗歌想象丰富，善学李贺，多用神仙道教意象，有诡谲奇幻之美。比喻、拟人、夸张等修辞手法更是随处可见。黄溍曾赞云："鹿皮子以无为有，以虚为实，人不能方，而鹿皮子能言之卓乎，其不可尚已。"② 总之，陈樵乃"自西昆入而不从西昆出"③ 的元代西昆体接受者，自成一家，而非亦步亦趋，泥古不化。

① 参见袁行霈主编《中国文学史》（第三卷），高等教育出版社 2003 年版，第 30 页。
② 《亭塘陈氏宗谱》卷四（内部资料），2006 年，第 50 页。
③ 吴小如：《"西昆体"平议》，《文学评论》1990 年第 5 期，第 76—78 页。

第二十二章　诗歌风格及其成因

　　陈樵诗歌的主导风格是"新逸超丽"，这奠定了他的自家面目。其乐府力追李贺、温庭筠，上参李白，震荡奇崛、明朗狂放，富有浪漫主义色彩。其七古学温庭筠，以"幽艳"为宗，风格艳丽、清丽，有时并非为丽而丽，而是以丽写哀。五古优于七古，高古淡雅，别具特色。这些风格的取得，与陈樵个人的性格气质、知识结构、诗歌题材、艺术追求及艺术表现手法等渊源甚深，并且与其地域的诗歌传统、优美的自然环境及时代风尚等因素也息息相关。

一、陈樵诗歌的风格特色

　　宋濂于陈樵的《元隐君子东阳陈公先生鹿皮子墓志铭》中称："文辞于状物写情尤精，然亦自出机轴，不蹈袭古今遗辙。读之者以其新逸超丽，喻为挺立孤松，群葩俯仰下风而莫之敢抗。"① 孤松挺立，即"文如其人"，陈樵的诗歌与他的人品一样，都是骨格清奇，超尘脱俗。

　　"新逸超丽"可分解为新奇、飘逸、超诣、绮丽（清丽）。新奇，即新颖奇特，新鲜奇妙。南朝梁刘勰《文心雕龙·体性》："新奇者，摈古竞今，危侧趣诡者也。"② 陈樵正是如此，不肯落古人窠臼，善于推陈出新。"新"主要指诗的立意、构思、意境等方面打破常规，出新出奇。《二十四诗品》对"飘逸"的描述为："落落欲往，矫矫不群。缑山之鹤，华顶之云。高人惠中，令色氤氲。御风蓬叶，泛彼无垠。如不可执，如将有闻。识者期之，欲得愈分。"③ 形容文学作品风格清新洒脱，意境高远，蕴含超脱世俗、向往高洁的思想感情。

---

① （明）宋濂：《元隐君子东阳陈公先生鹿皮子墓志铭》，宋濂著，黄灵庚编辑校点《宋濂全集》，人民文学出版社 2014 年版，第 1329 页。
② （南朝梁）刘勰著，周振甫注：《文心雕龙注释》，人民文学出版社 1981 年版，第308页。
③ 杜黎均：《二十四诗品译注评析》，北京出版社 1988 年版，第 172 页。

《二十四诗品》对"超诣"的描述是:"匪神之灵,匪机之微。如将白云,清风与归。远引若至,临之已非。少有道气,终与俗违。乱山乔木,碧苔芳晖。诵之思之,其声愈希。"① 超诣,即高深玄妙,高超脱俗。"作家胸怀超诣之心,始能创造超诣之境。"② 陈樵终生隐逸,正是"胸怀超诣之心"之人。孤松之喻,见《世说新语·容止》:"嵇康身长七尺八寸,风姿特秀。见者叹曰:'萧萧肃肃,爽朗清举。'或云:'肃肃如松下风,高而徐引。'山公曰:'嵇叔夜之为人也,岩岩若孤松之独立;其醉也,傀俄若玉山之将崩。'"③ 也就是说,嵇康高大魁梧,风采秀美,潇洒英俊,见过他的人都说他外表清朗挺拔,为人高峻绝伦,就连醉态也如玉山将倾。钟嵘《诗品》谓谢灵运诗:"譬犹青松之拔灌木,白玉之映尘沙,未足贬其高洁也。"④ 即以青松之于灌木、白玉之于尘沙来评价谢诗之超尘脱俗之处。"超轶绝尘"的内涵包括:一是格调高雅,脱离庸俗,有一种清远淡泊的情怀;二是超离现实,甚至是与现实抗衡的主体倾向,一种"孤云野鹤"般的形象⑤。这与李裕赠陈樵诗中"空山明月""野水闲云"等语相吻合。《二十四诗品》"绮丽"曰:"神存富贵,始轻黄金。浓尽必枯,浅者屡深。雾余水畔,红杏在林,月明华屋,画桥碧阴。金樽酒满,伴客弹琴,取之自足,良殚美襟。"⑥ 绮丽就是鲜艳美丽。作为文学风格来看,它指的是那些用艳丽华美的文辞与表现精巧内容的作品。……华美的艺术形式融合着高洁的情致。⑦ 陈樵的诗常常以质地华贵的意象负载华丽的辞藻,以内蕴高洁的意象承载清丽的辞藻。前者如金铺户、金茎、黄金蕊、黄金泪、黄金缕、黄金台、金钿、金葳蕤、金丹、金液、金莲炬、金貂、金沙、金堂、金虎、金翠、金芙蕖、翡翠、珊瑚枝、银烛、银笔、玉阶、玉墀、玉池、玉箫、玉琴、玉笛、玉屏、玉峰、玉轴、玉芙蓉、碧瓦、朱甍、霓旌、翠节、雕辇、绣帷、绮幄、玳瑁筵、玛瑙碗、玻璃杯、水晶帘、珠船、琼糜、明珠、绣帏、宝带、流苏等,金玉彩绣,令人眼花缭乱,目不暇接。后者如素月、秋菊、修竹、松竹、竹、

---

① 杜黎均:《二十四诗品译注评析》,北京出版社 1988 年版,第 167 页。

② 同上书,第 170 页。

③ (南朝宋)刘义庆著,(南朝梁)刘孝标注,余嘉锡笺疏:《世说新语笺疏》,中华书局 2007 年版,第 716 页。

④ (南朝梁)钟嵘著,曹旭笺注:《诗品笺注》,人民文学出版社 2009 年版,第 91 页。

⑤ 张晶:《禅与唐宋诗学》,人民文学出版社 2003 年版,第 134 页。

⑥ 杜黎均:《二十四诗品译注评析》,北京出版社 1988 年版,第 104 页。

⑦ 参见杜黎均《二十四诗品译注评析》,北京出版社 1988 年版,第 106—107 页。

蕨薇、芳桂、古树、玉树、白榆、烟林、芦花、稚麦、曲江、曲渚、曲水、幽泉、悬泉、石泉、秋篱、梅花桥、松风、茅屋、晴窗、翠羽、翠微、鹤、鸥鹭、乳鹿、归舟、归船、钓鱼、钓纶、药圃、玄圃等等，这是另一种美：清旷、飘逸、闲适。前者满足于直接的感官享受，后者洁净心胸、荡涤尘俗、追求精神的愉悦。胡应麟曰："诗最贵丽，而丽非金玉锦绣也。"又曰："丽语必格高气逸，韵远思深，乃为上乘。"① 陈樵诗中的后者即是如此。卢洪嵩《读陈居采传》："越有隐君子，宗侣麋鹿中。绣文被缟质，结响和松风。"② 说的也是陈樵诗歌华丽的外表下隐藏着诗人高洁的本性，其流风余韵，与松风和鸣，与日月永存。

陈樵诗歌以写景咏物为主，又以七律为最多，计 152 首，占全部诗歌 268 首的半数以上。七律想象丰富，造语新奇，属对精巧。这与对李商隐、许浑、陆龟蒙等七律艺术的深入学习有关。其七律的主导风格是"新逸超丽"，不妨随手举几例：

碧落洞

灏气翻衣露满怀，人言天上我惊猜。

近从月里种花去，遥见鼎湖飞叶来。

使我加餐有黄独，为人题榜是青苔。

杖头化作光明烛，愿逐东皇下九垓。

陈氏山林春日杂兴

剩水残山瘴海滨，一丘一壑可全真。

月华虽死犹随我，春色为尘亦污人。

石护生香成石乳，花连别树作花身。

他年终拟忘名氏，碣石桐江理钓纶。

① （明）胡应麟撰：《诗薮》卷五，上海古籍出版社 1979 年版，第 97 页。

② 《道光东阳县志·广闻志四》卷二十六，《中国地方志集成·浙江府县志辑五十三》，上海书店 1993 年版，第 391 页。

银谷涧空碧亭

水光山绿满阑干，上有琉璃万顷田。

水鸟临池青入羽，仙人唾地碧如天。

雨添银谷空中翠，云是茜桃花上烟。

只有垂猿无倒景，有时弄月到亭前。

泰素坛

竹死烟寒树不荣，石坛千仞与云平。

春来天上元无色，雨到人间方有声。

梦入松风吹不断，诗如芳草剪还生。

陶山北望飞霞散，夜半有时孤鹤鸣。

"诗歌描绘出幽静空寂的意境，自然景物的变化，都凝聚为时间上的一种永恒，展露了作者清空闲适的心情。"① 物象清新脱俗、明净温馨，意境朗净清丽，玄远飘逸。天人合一，纵浪大化，绝无尘埃。自然物的形象似乎都含蕴诗人超脱世俗的高洁正直之情。

陈樵的七绝明丽自然，风流蕴藉，颇有唐人之意境，如：

策蹇冲寒图

水际行人绝往来，石泉幽树太清奇。

挥毫对客无情意，不似黔驴背上诗。

送人之乐平

鄱湖千里趣行装，野水闲云路渺茫。

解旆旗亭春水薄，不堪回首忆东阳。

赠冯东丘

一曲鸣琴一局棋，一瓢新酒一编诗。

幽斋风月清无限，莫问流年有盛衰。

---

① 周惠泉、杨佐义主编：《中国文学史话》（辽金元卷），吉林人民出版社1998年版，第559页。

七言古诗学温庭筠，以幽艳为宗，如：

石溪歌

石溪一滴水，本自明河来。

明河倒泻箕尾湿，千里万里喧风雷。

小龙挟向云间过，水滑瓢敧误倾堕。

苍崖一息裂清泉，似是巨灵新擘破。

南州衲子天下奇，夜撑铁船欲渡之。

珠船照耀明月冷，赤手拾得珊瑚枝。

又复扬舲向东去，直到众流归一处。

东方火发海影红，金乌飞上扶桑曙。

胡伯玉隐趣园君子池

五月菡萏发，红妆明绿波。

君看池上水，何似若耶多？

若耶女儿歌艳歌，轻舟短棹相经过。

倾城颜色有人妒，日暮凉风知奈何？

陈樵为浙东诗派的领袖，乐府诗主要学李贺，并和当时以杨维桢为代表的"铁崖体"相呼应。

五古则语言淡雅简素，高古清丽，其清远冲淡，颇有陶渊明诗之风韵，比如：

题松涧图

郁郁涧上松，磊磊涧中石。

石泉有余韵，松枝有余色。

高人事幽讨，结庐此栖息。

敧枕听潺湲，开轩盼溶碧。

俯仰欣有契，足以惕昕夕。

我亦厌尘嚣，久焉慕岑寂。

他年倘相过，勿谓予生客。

双柏

亭亭山上柏，柯干如青铜。

苍古拔俗姿，肯作儿女容？

风霜日摇落，万木为之空。

尔独不见摧，屹立如老翁。

乃知归根妙，生意恒内融。

愿乘雷雨兴，化作双飞龙。

理学思想偶有体现，如《题郑仲潜东明山凿池曰灵渊》体现了对程朱理学重要的哲学范畴"理一分殊"的理解，巧于设喻：

凿池得清泉，泉清乃见天。

宁知天可见，有自未凿前。

池泉一何静，天体一何圆。

仰视天广覆，俯察天在渊。

俯仰倏上下，孰得知其然？

至人有真见，不滞方若圆。

百虑本一致，万殊同一原。

渊渊与浩浩，信匪言可宣。

天运妙不息，君子贵乾乾。

孔圣有明训，请子观逝川。

总之，陈樵诗歌因诗体不同而风格各异，七言近体最多，其主导风格是新逸超丽。七言古体学温庭筠，幽艳密丽，善于以丽写哀。五言古体高古清丽，古雅平实，受他理学思想影响，偶发议论。

二、陈樵诗歌风格形成的原因

陈樵诗歌之所以有如上这些风格，其形成原因应该是多方面的，笔者试从陈樵的个性特点、知识结构和诗歌体裁、文学思想和"苦吟"精神，以及南方人的气质与诗歌风格、东阳乃至婺州的诗歌传统、优美的自然山川等方面加以解说。

据刘勰《文心雕龙·体性》可知，在创作过程中，作者表现什么，尤其是怎么表现，往往因人而异，他们总是"各师成心"，依据自己的个性气质特征和审美要求来进行，因而在文学作品中打上自己个性的烙印，形成"其异如面"的个性风格。换句话说，就是风格取决于人格，所谓"风格即人"。

杨茷于《元故鹿皮子陈先生行状》中有言：

> 而又操履清介，行止端方。在父祖时，家业素丰裕，乃痛洗膏粱纨绮之习，恶衣菲食，人所弗堪，处之自适。视纷华盛丽事漠然不足累其心，屏迹林邱（垂）七十载，直与世绝，朋侪以文业显于朝者数贻书欲引至先生，先生俱不答，曰："士君子蕴道德抱材艺于其身，顾上之人用舍何如耳，爵禄宁可干耶？"先生平生不妄取，非其义，纵千驷万钟弗为动，然轻财好施与，尝发所藏锡为器，误以白金授工，锡工悉易之，虽觉不较。岁凶，减私家之粟，以赈闾里之乏食者，乃以来牟自给。邻县东江桥坏，人病涉，当其复作也，捐资焉助居多。其救灾恤患大率类此。性尤孝，父闲曦翁久患咳，不良于行，出入扶持，无少违者。翁病剧，户唾不能，先生截竹为筒，每吸取痰涎而出之。母夫人既殁，藏其遗衣服及寝疾时进膳余米，见辄呜咽流涕，终丧克尽礼制而哀过之。待族姻故旧皆有恩谊，接物一于诚，言温气和，无几微及人过失长短。遇后生晚出，谆谆诲诱，必以孝弟忠信为之本，闻者油然而自得。有求文者未尝拒却。年及耄期，有披阅著述，不厌倦。方岳重臣逮郡县之吏仁且贤者，仰慕声光，时遣使存问，或亲执肴食之礼，耆生畯士以得接见，为幸下及舆台陀隶亦皆知所推敬，咸称之曰"陈先生"云。①

陈樵因操履清介、轻财好施、孝诚勤勉、诲诱后辈等高尚的人格魅力为时人所推崇，被尊称为"陈先生"。他淡泊名利，本有锦衣玉食的条件，却偏偏"恶衣菲食"，信守孔子之言："不义而富且贵，于我如浮云。"②

还可参看宋濂的《元隐君子东阳陈公先生鹿皮子墓志铭》：

---

① （明）杨茷：《元故鹿皮子陈先生行状》，《亭塘陈氏宗谱》卷四（内部资料），2006年重修，第51—52页。

② 杨伯峻译注：《论语译注》，中华书局1980年版，第71页。

性复至孝，父患风挛，君子扶之以行，岁久益勤。后为风疾所侵，气弱不能吐，君子截竹为筒，时吸而出之。母郭夫人殁，君子不见，见其遗衣，辄奉之呜呜而泣。生平未尝言利，苟非其义，千驷万钟弗为动。家虽素饶于赀，痛惩膏粱之习，恶衣菲食以终其身。遇岁俭，辄竭粟赈里间，自取来牟以续其食。尝发所藏锡为器，工人持归，乃白金也，悉易之。或以告君子，君子一笑而已。呜呼，君子已矣，世岂复有斯人哉。①

宋濂在最后的铭文里又曰：

鹿皮剪为裘兮，峨冠剩垂缨。临流玩飞花兮，心与烟霞冥。清风与逸气兮，横绝宇宙中。②

对陈樵的隐逸生活进行了诗意的描绘，对陈樵的"清风""逸气"给予了高度的赞扬。

杨维桢在《鹿皮子文集序》中有言："其精神坚完，足以立事；其志虑纯一，足以穷物；其考览博大，足以通乎典故；而其超然所得者，又足以达乎鬼神天地之化。宜其文之所就，可必行于人，为传世之器无疑也。"③ 这段话非常精当与深刻，指出陈樵的个性气质造成了其诗歌的风格与境界，正因为陈樵"精神坚完""志虑纯一""考览博大""超然所得"，故而才能如孤松挺立，而写出"新逸超丽"的诗歌。

顾嗣立在《元诗选》陈樵小传中评其"介特自守"，介特，即孤高，不随流俗；自守，即自坚其操守。同样也肯定了陈樵的品格。董肇勋撰《鹿皮子诗赋集序》中也称许陈樵的"清风高节"。

被宋濂尊为"隐君子"的陈樵的这些个人性格气质自然对他的诗歌创作产生一定的影响。

刘师培《南北文学不同论》旁征博引、言简意赅、条分缕析地论述了上古至清代的南北文学差异。后经程千帆详加注解，多所发明，遂奠定了此作在地

---

① （明）宋濂：《元隐君子东阳陈公先生鹿皮子墓志铭》，宋濂著，黄灵庚编辑校点《宋濂全集》，人民文学出版社 2014 年版，第 1329 页。
② 同上书，第 1331 页。
③ （元）杨维桢：《鹿皮子文集序》，李修生主编《全元文》41 册，凤凰出版社 2004 年版，第 224 页。

域文学中的经典地位。概括言之：北人尚实际，著文记事、析理，平易简直、刚健深醇、雄浑慷慨。南人尚虚无，著文言志、抒情，纤巧弄思、玄虚骋辞、荒唐谲怪、雕采铺张、情艳词丽、哀而不壮。北人尚质重用，南人尚文重巧。而且他明确提出："中唐以降，诗分南北。少陵、昌黎，体峻词雄，有黄钟、大吕之音。若夫高、常、崔、李，诗带边音，粗厉猛起；张、孟、贾、卢，思苦语奇，绲幽凿险，皆北方之诗也。太白之诗，才思横溢，旨近苏、张；温、李之诗，缘情托兴，谊符楚《骚》；储、孟之诗，清言霏屑，源出道家，皆南方之诗也。晚唐以还，诗趋纤巧，拾六代之唾余，自郐以下，无足观矣。"① 从南北地域的差异、南方人与北方人的性格气质差异来解释南北诗歌的风格成因，新人耳目，具有重大的参考价值。诚然，"且地理区分，于文学之发展，固不失为重要之因素，然实非决定性之条件。"② 陈樵当然属于地道的南方人，他身上当然携带着相关的文化符码及集体无意识，这对他的诗歌风格的形成大有关系。

东阳乃至婺州，有着优良的诗歌传统。徐永明《元代至明初婺州作家群研究》指出："婺州作家主要以理学名世，其次在文章。诗歌方面，声名虽不及理学和文章，但承响接流，也代不乏人。从源流上讲，六朝的沈约（休文）、刘峻（孝标）'辞藻斐然，化成风俗'，为婺州开启了吟咏兴寄的诗风。唐朝时，义乌人骆宾王与王勃、杨炯、卢照邻并称为'初唐四杰'。宋代，吕祖谦、陈亮、何基、王柏虽以理学、事功出名，诗非所重，但'不废吟咏'，也有清秀之句传世。"③ 陈樵在《投外宪列职》之二中即言："邦人好吟咏，异代见风流。"这种优良的传统与氛围，对陈樵自然有潜移默化的影响。

婺州境内多佳山丽水，风景名胜。《万历金华府志》道："金华诸山蜿蜒起伏，势如游龙，腾空驾云，高为潜岳，雄压万峰；左右分支，回峦列巘；连屏排戟，拱卫四维。西南诸峰数重，近者横如几案，远者环如城郭。郭外双溪萦带，众水汇合，弯环流衍，注于瀫水，转浙江。"④ 东阳主要有双岘山（即东岘山与西岘山）、甑山、西岩山、隐趣园等，陈樵诗中都有精彩呈现。他出生的亭塘村是历史名村，相当于私家园林，建有飞雨亭、风香亭、翠花亭、玉雪亭、秋色观、寻春园、小元畅楼等，后山即陈樵隐居的小东白山，圆谷涧则建有山

---

① 刘师培：《南北文学不同论》，程千帆《文论十笺》，河北教育出版社2000年版，第106页。
② 程千帆：《文论十笺》，河北教育出版社2000年版，第121页。
③ 徐永明：《元代至明初婺州作家群研究》，中国社会科学出版社2005年版，第104页。
④ （明）王懋德等：《万历金华府志》，台湾学生书局1965年版，第80页。

馆、山庄、琴台、诗林亭、绝唱轩等诸多建筑和庭园。这些自然景观和人文景观的存在，为陈樵探奇览胜，寻幽访古，修身养性提供了极好的去处，为他大量的咏物写景诗准备了充足的诗料。

陈樵世为衣冠巨族，父亲陈取青为国学进士，从婺中理学家石一鳌游。陈樵幼承家学，后受《易》《书》《诗》《春秋》大义于李直方。"其于天下之书无不读，读无不解。"① "比弱冠博综群籍，自六经以下至诸子百家之言，靡不研究。"② 优良的耕读家风，良好的家教，优秀的师承衣钵，再加上自己勤奋聪颖，博览群书，淹贯古今，这样的知识结构，自然让陈樵自由出入经史，谈天说地，信手拈来。

再就陈樵 268 首诗歌按照题材简单分类，见表 22 - 1。

表 22 - 1　陈樵 268 首诗题材分类

题　材		数量（首）	占总量比例	
写景/咏物	亭台楼阁池酒	115	42.9%	67.5%
	山水石月	44	16.4%	
	题　图	19	7.1%	
	植　物	3	1.1%	
唱和赠答		55	20.5%	
征　戍		3	1.1%	
咏　史		8	3.0%	
投　献		12	4.5%	
怨　思		6	2.2%	
儒家孝悌		1	0.4%	
哀　挽		2	0.7%	

---

① （明）宋濂：《元隐君子东阳陈公先生鹿皮子墓志铭》，宋濂著，黄灵庚编辑校点《宋濂全集》，人民文学出版社 2014 年版，第 1329 页。

② （明）杨芾：《元故鹿皮子陈先生行状》，《亭塘陈氏宗谱》卷四（内部资料），2006 年重修，第 47 页。

松浦友久云："古典诗'题材'本身，实际上各有某种立意上的特色，有一种认识范型。"① 即是说，在取材上就能表现作者的创作倾向，事实上，很多诗歌的风格已由作者所选题材限定了。松浦友久认为："不仅山川风土，'月光'、'饮酒'、'羁旅'、'闺怨'作为古典诗歌的题材，各有其基本心象构造。"② 陈樵诗所选题材，与其风格有互相成全的作用。

诗学思想上，陈樵作文写诗反对寻章摘句的机械模仿，反对嫫母效颦，务要道他人所未言，主张创新，且"拔出流俗""自成一家言"。陈樵对"清"执着追求，且偏于"清丽""清苦"一路。对"天趣"，即自然、"真"等也有自觉的认识与实践。他崇尚孟郊式的苦吟，这使得他的诗歌精巧华美，别开生面，同时也让他付出了雕琢过甚，或粗俗或纤巧的代价。

元末对李贺"长吉体"的喜好与模仿并不全是杨维桢一个人提倡号召的结果，而是建立在元代以来诗人群体长期对李贺诗歌接受的基础上的突变。李贺"长吉体"对元中后期诗人的影响是群体性的。正是因为有这个基础，所以，待到杨维桢身体力行以文坛宗主的身份振臂一呼，而应者云集，在元末形成一股学习"长吉体"奇诡艳丽诗风的潮流，令"长吉体"的影响由群体性转变为集团性，最终成为铁雅诗派中的主导风格。③ 陈樵跟杨维桢一样"宗唐复古"，诗歌主要取法晚唐，李商隐、陆龟蒙、温庭筠、许浑等，都是他学习的对象，对李白、李贺的乐府诗也有借鉴。他认同杨维桢的"性情论"，并付诸诗歌实践，他是浙东诗派的领袖，与"铁崖诗派"相呼应。总之，陈樵不宗一家，而是转益多师，吸取诸多有益养分，最终形成自家面目。

---

① ［日］松浦友久：《一水中分白鹭洲——作为诗歌素材的山川风土》，《唐诗语汇意象论》，中华书局1992年版，第177页。

② 同上书，第185页。

③ 参见王岩《李贺诗歌宋元接受史研究》，硕士论文，广西师范大学，2007年，第55页。

第二十三章　评价与影响

一、宗唐得古

有元一代诗歌发生发展的过程，在某种意义上说，就是元诗"宗唐得古"诗风形成、成熟、新变的过程。

"宗唐得古"的提出，早期代表为戴表元，他《洪潜甫诗序》中云：

> 始时（按指北宋初年）汴梁诸公言诗，绝无唐风。其博赡者谓之义山，豁达者谓之乐天而已矣。宣城梅圣俞出，一变而为冲淡。冲淡之至者，可唐，而天下之诗，于是非圣俞不为。然及其久也，人知为圣俞，而不知为唐。豫章黄鲁直出，又一变而为雄厚。雄厚之至者，尤可唐，而天下之诗，于是非鲁直不为。然及其久也，人又知为鲁直而不知为唐。非圣俞、鲁直之不使人为唐也，人安于圣俞、鲁直而不自暇为唐也。迩来百年间，圣俞、鲁直之学皆厌。永嘉叶正则，倡四灵之目，一变而为清圆。清圆之至者，亦可唐，而凡桠中捷口之徒，皆能讬于四灵而益不暇为唐。唐且不暇为，尚安得古。①

博赡、豁达、冲淡、雄厚、清圆皆是唐风，但诗人往往关注宋人的贩卖，而无暇直追唐诗，又怎么能由唐上窥魏晋呢？

戴良在《皇元风雅序》中对元诗有如下评价："唐诗主性情，固于《风》、《雅》为犹近，宋诗主议论，则去《风》、《雅》远矣。然能得夫《风》、《雅》

---

① 李修生主编：《全元文》12 册，江苏古籍出版社 1999 年版，第 123 页。

之正声，以一扫宋人之积弊，其惟我朝乎！"① 戴良是由元入明的文人，他的评价可谓是对元诗的一次总结。

顾嗣立于《元诗选凡例》云："飙流所始，同祖风骚。骚人以还，作者递变。五言始于汉魏，而变极于唐。七言盛于唐，而变极于宋。迨于有元，其变已极。故由宋返乎唐而诸体备焉。百余年间，名人志士项背相望，才思所积，发为词华，蔚然自成一代文章之体。上接唐宋之渊源，而后启有明之文物，此元诗之选所以不可缓也。"② 指出元诗由宋返唐的特点，承前启后的价值。

邓绍基指出："在元诗的发展过程中，宗唐复古（即古体宗汉魏两晋、近体宗唐）成为潮流和风气，其间经历了对前朝诗风的反思和批判，经历了南北复古诗风的汇合，这是元诗的一个最显著的特点。"③

二、对陈樵诗歌的评价

陈樵隐居，不图仕进，"邈然不与世接"，因而时代风尚对他的影响或隐或显，很大程度上取决于他的自觉选择与个人的情性，但他终究未能超越他所生活的时代。陈樵诗歌也是由宋返唐，且力追晚唐，出入温李。不过，元代中期延祐前后开始，诗坛上提倡"雅正"，鸣"盛世之音"，这种风潮对陈樵影响却不大。

《四库全书·鹿皮子集提要》中论陈樵"诗则古体五言胜七言，近体七言胜五言。大抵七言古体学温庭筠，七言近体学陆龟蒙，俱能得其神髓。"④ "先生诗幽艳雕削，大率出入于温八叉、陆天随两家。"⑤

杨镰《元诗史》将陈樵作为元代江南隐逸诗人的代表，看重他的七律，并说："这也是他力学晚唐的特徵之一。"⑥ 邓绍基《元代文学史》将陈樵看为元代后期浙东诗派的代表，"东阳人陈樵、李裕、李序和临海人项炯倒是具有共同的特点，他们都学李贺，与以'贺体'为号召的杨维桢相互呼应……"⑦ 这又主要着眼于陈樵的"贺体"乐府诗。其意义在于：至于唐人李贺诗风，在元代更是大盛，前有刘因、吾邱衍扬其波，后有以杨维桢为首的"铁崖派"和一

---

① 李修生主编：《全元文》53 册，凤凰出版社 2004 年版，第 293 页。
② （清）顾嗣立编：《元诗选·初集上》，中华书局 1987 年版，第 7 页。
③ 邓绍基主编：《元代文学史》，人民文学出版社 1991 年版，第 365 页。
④ （元）陈樵：《鹿皮子集》，《文渊阁四库全书》1216 册，台湾商务印书馆影印版，第 643 页。
⑤ （清）胡凤丹：《金华丛书》，同治退补斋本。
⑥ 杨镰：《元诗史》，人民文学出版社 2003 年版，第 434 页。
⑦ 邓绍基主编：《元代文学史》，人民文学出版社 1991 年版，第 506—507 页。

批浙东诗人助其澜，从而在文学史上开辟了一个真正意义上的"李贺时代"。①

《四库全书·鹿皮子集提要》又言：顾嗣立《元诗选》摘其"山遮春欲归时路，雁入凫飞不尽天""野鹿避人悬树宿，溪鱼乘水上山来""絮轻便欲排云去，花好多应换骨来"诸句，以为步武西昆，然其精刻之思究，与松陵笠泽为近。这是很深刻的见解，实为的论。

由于作者幽居生活的单调，集中一些诗歌题材雷同，诗境狭窄，以至好多诗句相似甚至完全相同，具体诗例见陈樵对许浑的接受一章，此不赘。

其诗歌内容多吟咏身边景物，表现个人情性，以及酬和赠答，表现依依惜别之情与友情的深厚，有明显脱离现实的倾向，这与他隐士的身份、理学家的身份密切相关。张晶认为，元代理学的一个重要特点便是"和会朱陆"。而朱学、陆学的最终目的都在于心性的修养，只是途径不同。元代理学家在绍述朱学的同时，在很大程度上接受了陆学"反求本心"的思想方法……陆学对元代理学的影响是广泛的。这种情形给元代诗歌创作带来的影响是什么呢？那便是轻外间事物而重自我心态。元代诗歌大多数是写自己的内心体验，表现自己的内心世界，反映、干预社会生活的作品较少。很多诗作虽然多有物象刻画，但主要是内心世界的外化。真正在社会生活中激荡起的感受，以及对社会生活重大事件的反映、干预的比例是很小的。从整体来说，元诗离社会现实较远，这与理学思想是不无联系的。② 四库提要正指出了陈樵理学承上启下的地位，"和会朱陆"的特点："郑善夫《经世要言》称其经学为独到，然所称'神所知者谓之智'实慈湖之绪余，而姚江之先导。"③ 慈湖是杨简（陆九渊传人），姚江是王阳明，都是"心学"的代表人物。朱廉送人序有云："东阳古称多名人巨儒，予所师事而接识者三君子焉，曰陈公君采、胡公景云、陈公时甫，皆以高年硕望领袖儒绅。"④ 亦见重于陈樵之"言论风采，蔼然盛德"。

《四库全书总目提要·鹿皮子集》中对陈樵诗歌的用韵提出了批评。的确，诗歌古体、今体用韵各有其规格，唐时已完备，陈樵却打破常规，作今体而用

---

① 参见田耘《元代前期"宗唐得古"诗风之形成及其内涵的嬗变》，硕士论文，河南大学，2003年，第38页。

② 参见张晶《辽金元诗歌史论》，吉林教育出版社1995年版，第302页。

③ （清）永瑢、纪昀等：《四库全书总目》卷一六八，艺文印书馆1969年版，第3343页。

④ （清）王梓材、冯云豪撰，张寿镛校补：《宋元学案补遗》70/122，《四明丛书》102500册，张氏约园刊本。

古韵，按一般诗律来讲，属于出韵。

陈樵诗歌用字上也不免有九僧之讥。"国朝浮图，以诗名于世者九人，故时有集号《九僧诗》，今不复传矣……当时有进士许洞者，善为词章，俊逸之士也。因会诸诗僧分题，出一纸，约曰：'不得犯此一字'。其字乃山、水、风、云、竹、石、花、草、雪、霜、星、月、禽、鸟之类，于是诸僧皆阁笔。"① 笔者粗略统计，《鹿皮子集》卷二至卷四诗歌部分上述字出现频率为，山138次，水89次，风96次，云119次，竹30次，石124次，花136次，草55次，雪23次，霜25次，星17次，月100次，禽7次，鸟16次。另外拈出一些频度较高的字，如，松35次，柳19次，日54次，天85次，雨86次，露21次，亭51次，台41次，洞29次，酒21次，香36次，烟43次，影39次，光27次。

宋荦序顾嗣立《元诗选》云：

> 论者谓元诗不如宋，其实不然。宋诗多沈僿，近少陵；元诗多轻扬，近太白。以晚唐论，则宋人学韩、白为多，元人学温、李为多。要亦娣姒耳。间浏览是编，遗山、静修导其先，虞、杨、范、揭诸君鸣其盛，铁崖、云林持其乱，沨沨乎亦各一代之音，讵可阙哉！②

这里也指出了元诗由宋返唐，宗唐复古的特色。陈樵是"诗学温李"者，"陈居采诗，学温、李而有清奇之气"③。不只是温李，陈樵还向李白、李贺、许浑、西昆体学习，以晚唐为主。

杨维桢对陈樵的诗甚为推崇，认为陈樵是他认可的当时两浙七家诗人中的一家，还为陈樵的《鹿皮子文集》作序，对陈樵的诗文给予了很高的评价。杨维桢的序颇遭时忌，以至招来骂声，为此，杨维桢又作《鹿皮子文集后辩》予以反驳："鹿皮子之道，《大易》之道也。鹿皮子之存心，老氏之心也。鹿皮子之望治，羲黄氏之治也。鹿皮子，有道人也。不能使之致君于羲黄，而使之自致其身于无怀、赫胥之域，此当代君子责也，于鹿皮子何病焉？"④ 杨维桢可谓慧眼识英雄，并力排众议、不遗余力。元代被称为"儒林四杰"的黄溍曾在

---

① （宋）欧阳修：《六一诗话》，何文焕辑《历代诗话》，中华书局1981年版，第266页。
② （清）顾嗣立编：《元诗选·初集上》，中华书局1987年版，第5页。
③ （清）翁方纲著，陈迩冬校点：《石洲诗话》卷五，人民文学出版社1981年版，第174页。
④ 李修生主编：《全元文》42册，凤凰出版社2004年版，第209页。

《寄陈君采》一诗中言："江淹文采碧云消，潘岳才华玉树凋。后尔千年开捷钥，森然作者见风标。"① 黄溍认为，"江淹文采"和"潘岳才华"久已失传，而陈樵诗歌则再现华美绮丽诗风，是为异代继响，其评价相当高。江淹诗文遣词造句"爱奇尚异"，重视辞采的修饰与词语的锤炼，以及对仗之美和色彩搭配之美，讲究情采，追求"具美兼善"。潘岳《晋书·潘岳》云："辞藻绝丽。""岳藻如江，濯美锦而增绚。""岳实含章，藻思抑扬。"② 陆机、潘岳等西晋诗人多以才华自负，作品追求形式技巧，形成了太康诗风——繁缛。主要表现在：其一，语言由朴素古直趋向华丽藻饰；其二，描写由简单趋向繁复；其三，句式由散行趋向骈偶。③ 陈樵有些诗歌确有"繁缛"的特征，邓绍基曾言："如果按照传统的关于诗风'秾缛'的概念来衡量，元诗中诚有这种现象，那大抵是在天历以后，如萨都剌和杨维桢的一部分作品和一些浙东诗人的作品便有这种倾向。"④ 陈樵正是浙东诗人的领袖与代表。此又可征之于董肇勋言："其七言律新逸超丽，如玉树璚葩，天然自放，实有不可及者。"⑤ 再加上陈樵对陶渊明的推崇与效仿，其"宗唐得古"之迹甚明。

要之，陈樵诗歌艺术风格因诗体的不同而不同，诗歌艺术成就不一。七言近体"我手写我心"，表现他自己的生活，受到陆龟蒙的影响较大。七言古体受温庭筠的影响，倾向艳丽，狂放有气势。而乐府则力追李贺，但是并不流于简单的模仿。他的五言古体诗古雅平实，受到他理学思想的影响。作为一个理学家，他在艺术上表现出才气不足，力学晚唐而苦于雕琢，结果是有的诗句伤于纤巧，有的过于浅近。⑥

顾嗣立《寒厅诗话》中有一段完整的元诗史论：

　　元诗承宋、金之季，西北倡自元遗山（好问），而郝陵川（经）、刘静修（因）之徒继之，至中统、至元而大盛。然粗豪之习，时所不免。东南倡自赵松雪（孟頫），而袁清容（桷）、邓善之（文原）、贡云林（奎）辈从而和之，时际承平，尽洗宋、金余习，而诗学为之一变。延祐、天历之

① （元）黄溍著，王颋点校：《黄溍全集》，天津古籍出版社 2008 年版，第 59 页。
② （唐）房玄龄等撰：《晋书·潘岳传》，中华书局 1974 年版，第 1525 页。
③ 参见袁行霈主编《中国文学史》（第二卷），高等教育出版社 2003 年版，第 57—59 页。
④ 邓绍基主编：《元代文学史》，人民文学出版社 1991 年版，第 372 页。
⑤ 《亭塘陈氏宗谱》卷四（内部资料），2006 年重修，第 178 页。
⑥ 参见柴研珂《论陈樵及其诗歌》，《洛阳师范学院学报》2006 年第 6 期，第 76—80 页。

间，风气日开，赫然鸣其治平者，有虞、杨、范、揭（虞集，字伯生，号道园，蜀郡人。杨载，字仲宏，浦城人。范梈，字亨父，一字德机，清江人。揭傒斯，字曼硕，富州人。时称虞、杨、范、揭，又称范、虞、赵、杨、揭，赵谓孟頫），一以唐为宗，而趋于雅，推一代之极盛，诗又称虞、揭、马（祖常）、宋（本、褧）。继而起者，世惟称陈（旅）、李（孝光）、二张（翥、宪）。而新喻傅汝砺（若金）、宛陵贡泰甫（师泰）、庐陵张光弼（昱）皆其流派也。若夫揣炼六朝，以入唐律，化寻常之言为警策，则有晋陵宋子虚（无）、广陵成原常（廷珪）、东阳陈居采（樵），标奇竞秀，各自名家。间有奇才天授，开阖变怪，骇人视听，莫可测度者，则贯酸斋（小云石海涯）、冯海粟（子振）、陈刚中（孚），继则萨天锡（都剌），而后杨廉夫（维桢）。廉夫当元末兵戈扰攘，与吾家玉山主人（瑛）领袖文坛，振兴风雅于东南。柯敬仲（九思）、倪元镇（瓒）、郭羲仲（翼）、郯九成（照）辈，更唱迭和，淞、泖之间，流风余韵，至今未坠。廉夫《古乐府》上法汉、魏，而出入于少陵、二李。门下数百人，入其室者惟张思廉（宪）一人而已。明初袁海叟（凯）、杨眉庵（基）为开国词臣领袖，亦俱出自铁崖门。而议者谓"铁体"靡靡，妄肆讥弹，未可与论元诗也。①

顾嗣立对元诗史的宏观论述内容充实，价值判断鲜明，揭示了元诗史流变的关键，其列举的诗人都具有一定代表性，有的开风气之先，有的引领时代潮流，有的则是诗歌创作的中坚力量。在元诗发展嬗变的链条中，陈樵亦是不可或缺的一环，顾嗣立将陈樵列为一家，且是"标奇竞秀"的"名家"，其特点正是"揣炼六朝以入唐律，化寻常之言为警策"。就是说，陈樵将六朝重抒情、重华美，"结藻清英，流韵绮靡"的诗风熔铸进富澹精工、流转圆熟的唐律之中，从而取得了"奇""秀"，"警策"，化腐朽为神奇的艺术效果。这是对陈樵精准而合理的评价。而且，主要针对的也是陈樵数量较多的七言律诗。黄溍、宋濂等早就发现陈樵诗具有汉魏风采，宋濂于《鹿皮子传》中言："为文自成一家言，所著古诗赋若干首，莫辨汉魏。"② 郑柏云陈樵："为文务出警策，不

---

① 丁福保辑：《清诗话》上册，上海古籍出版社 1978 年版，第 83—84 页。
② （明）宋濂：《鹿皮子传》，宋濂著，黄灵庚编辑校点《宋濂全集》，人民文学出版社 2014 年版，第 417 页。

蹈袭古人遗辙。"①　翁方纲评陈樵《寒食词》："语浓意警。"②

正如董肇勋所言："顾先生诗实自成一家。"③

《中国文学史话》（辽金元卷）引四库馆臣的评价后云："尽管如此，陈樵在元末诗坛上，仍不失为一位颇有特色的诗人。"④

邓绍基认为，元诗宗唐的结果，不仅使它本身有一个相对繁荣的局面，同时也使它在中国诗歌史上占有一定的地位，这主要表现在两个方面：第一，它在整体上完成了自宋代就已出现的批判宋诗中存在的违反形象思维规律积弊的历史任务，并在实践上宣告和这种积弊决裂……第二，它在宗唐实践中所表现出来的成败得失也给后代诗家带来了经验和教训。而清代诗坛宗唐宗宋之风迭见，在各立门户相互驳难的过程中，对元诗的评价也不时成为命题之一，这恰又反过来说明，元诗在中国诗歌史上自有它不可忽视的地位。⑤　陈樵诗歌的成就亦当融入整个元代文学史中来考量。

三、陈樵诗歌的影响

作为一个隐逸诗人，陈樵在当代乃至后代的影响不巨。杨苗《元故鹿皮子陈先生行状》中有云："诗人之选，若钱塘仇公远、白公廷粤、谢公翱，同郡方公凤、河东张丞旨夤，文章大家若四明戴教授表元、蜀郡虞侍书集、长沙欧阳丞旨元、蒲田陈监丞旅、永嘉李著作孝光、同郡胡司令长儒、柳待制贯、黄侍讲潜、吴礼部师道、张修撰枢，与先生为文字交，争相敬慕，以为不可企及。虞、黄二公尤加推重，虞公尝曰：'蝻比诗赋，鹿皮子为当今第一。'又曰：'鹿皮子之文章妙绝当世，使其居馆阁，吾侪敢与之并驾齐驱耶？'黄公则曰：'吾侪所为文，不过修成规、蹠故迹，无有杰然出人意表者，至如鹿皮子以无为有，以虚为实，人不能方，而鹿皮子能言之卓乎，其不可尚已。'"⑥　是说陈樵诗歌生前便得到一些诗坛名流的认可与誉扬，然而，遍检这些人的集子，相关佐证却甚寥寥。他的同乡兼同学胡溅于《寄陈君采昆山读书》云："幔亭山

① （明）郑柏：《金华贤达传》10/5，续金华丛书。
② （清）翁方纲著，陈迁冬校点：《石洲诗话》卷五，人民文学出版社1987年版，第174页。
③ 《亭塘陈氏宗谱》卷四（内部资料），2006年重修，第178页。
④ 周惠泉、杨佐义主编：《中国文学史话》（辽金元卷），吉林人民出版社1998年版，第562页。
⑤ 参见邓绍基主编《元代文学史》，人民文学出版社1991年版，第374—375页。
⑥ 《亭塘陈氏宗谱》卷四（内部资料），2006年重修，第49—50页。

不到，息影坐禅林。"① 可窥陈樵思想中受佛教尤其是禅宗影响的消息。又《次陈君采水轩韵》："剑寒越客苍梧气，囊结奚奴紫锦纹。"② 可见陈樵侠客心性与李贺式的苦吟之风。陈樵另一个同乡兼浙东诗派成员李裕于《过鹿皮子小玄畅楼》中云："隐君昔向金华住，坐爱双溪八咏楼。别起危檐更萧爽，未应前哲独风流。空山明月定谁好，野水闲云亦自秋。他日相从问清静，便须乘兴到林丘。"③ 对陈樵的隐逸风流作了诗意的描述，并传达了自己的隐逸之志。柳贯《寄赠陈君采二首，时闻宴坐西岘山中》其一称颂了陈樵优游的隐逸之趣，其二表明了两人共同的"删述"之志，有共勉之意。黄溍《次韵答陈君采，兼简一二同志》七首诗主要叙友情、夸赞陈樵的文采风流，同时表达自己的归隐意向。其五："默守知存道，清言不废儒。身方同木石，名已在江湖。此士须前席，何人属后车？唯应耕钓者，缥缈识霞裾。"④ 有自叹弗如意。陈樵和杨维桢、宋濂交往较多。杨维桢性格狂放不羁，他推崇陈樵的豁达和豪气，赞赏陈樵的乐府诗能袭李贺之势，为陈樵之诗文集作序。宋濂是比陈樵辈分稍晚的乡人，他年轻时曾拜访陈樵，对陈樵的生平和思想了解颇多，陈樵死后，宋濂为之作墓志铭，对陈樵的学术思想等进行了比较详细的介绍。陈樵晚年欲召宋濂以传承其衣钵，可惜宋濂未往。在陈樵心里，早将宋濂视为私淑弟子。明人何范《亭塘》："野塘烟雨近柴扉，不见遗亭见水湄。人事几经沧海变，至今犹说鹿皮衣。"⑤ 描述了亭塘遭兵燹后的荒败情景，即便沧海巨变，陈樵的思想、人品、风流仍广播人口。《亭塘陈氏宗谱》中载有《祭处士鹿皮翁文》，不著撰人，其文曰："呜呼府君，生于前元。早承庭训，精究遗编。扶持正脉，折衷详言。太霞圆谷，石楼壶天。浮云富贵，逍遥盘旋。邦乡景慕，遐迩播传。启我后人，亦既有年。封茔所寄，奉守弗虔。他姓侵之，久抱沉冤。情吁贤宰，幸获见怜。乡评亦公，遂复旧焉。伐石崇土，俾仰后瞻。兹当仲春，拜扫墓阡。即事之初，敢谢谨告。"⑥ 写了陈樵的理学成就、隐逸生活。卢洪嵩《读陈居采

① （清）顾嗣立、席世臣编，吴申扬点校：《元诗选癸集》，中华书局 2001 年版，第570 页。
② 同上。
③ （清）顾嗣立编：《元诗选三集》，中华书局 1987 年版，第 254 页。
④ （元）黄溍著，王颋点校：《黄溍全集》，天津古籍出版社 2008 年版，第 48 页。
⑤ 《道光东阳县志·胜迹》卷二十三，《中国地方志集成·浙江府县志辑五十三》，上海书店 1993 年版，第 314 页。
⑥ 《亭塘陈氏宗谱》卷四（内部资料），2006 年重修，第 119 页。

传》："越有隐君子，宗侣麋鹿中。绣文被缟质，结响和松风。"① 其着眼点也是陈樵高洁脱俗的隐逸情趣，人品即诗品，其诗绚丽的外表下凸现诗人高洁的本性。清人赵衍《十八塘》："千顷横塘水，犹存十八名。昆明谁凿者，吴沼至今平。代隐君王迹，池为处士旌。古人贵不朽，山水忆前盟。"② 清人楼上层《斗潭山鹿皮子墓》："崛崛斗潭山，溪南一抔土。感绝后来者，天地此终古。"③ 缅怀的也是作为隐士的陈樵。清人郑性《又赠鹤潭》："鹿皮久没鹤潭兴，火尽吴宁另一灯。万载天空九日月，诸儒蚁竞穴邱陵。心如秋水还无底，身在悬崖第几层。当日潜溪唤不至，南溪不唤却来应。"④ 东阳理学火尽灯传，元代陈樵殁后，清代王崇炳继起，诗自注云："吴宁先儒陈樵号鹿皮子，尝欲传道于潜溪，易箦时呼之，而潜溪不至。"重提陈樵欲传宋濂衣钵事，大有惋惜之意。孙夏峰称陈樵为"守先待后之儒"，并云："樵之学大有宗统，濂何靳一再往，以毕其说耶？"⑤ 马平泉也云："吾独怪景濂，何不一往，以毕其说，乃为世俗之言所阻，厥后，幸际休明，学殖浅薄，无大建竖于世，有以哉？夫以君采之学，不获奋翮云衢，为世羽仪，欲寄一线于来者，亦卒不可得。天之不相道与，何斯人之多穷也？"⑥ 这些都着眼于陈樵的理学成就。清代董肇勋与胡凤丹都千方百计搜集陈樵的作品，并广为刊刻，以为播传。他们都在序中高度肯定了陈樵的诗赋作品。

另外，试统计影响较大的几部诗歌总集中录入陈樵诗数量也是一个视角。《乾坤清气》录陈樵乐府 5 首；《石仓历代诗选》录陈樵诗 60 首，其中五言古诗 6 首，七言古诗 5 首，五言绝句 1 首，七言绝句 2 首，五言律诗 10 首，七言律诗 30 首，乐府诗 6 首；《御选元诗》录陈樵诗 42 首，其中乐府歌行 7 首，五言古诗 4 首，七言古诗 4 首，五言律诗 3 首，七言律诗 16 首，五言长律 1 首，五言绝句 2 首，七言绝句 2 首，辘轳进退格诗 3 首；《元诗选》录陈樵诗 87 首，

① 《道光东阳县志·广闻志四》卷二十六，《中国地方志集成·浙江府县志辑五十三》，上海书店 1993 年版，第 391 页。

② 同上书，第 396 页。

③ 同上书，第 398 页。

④ （清）郑性撰：《南谿偶刊·南谿痟歌卷上》，《四库未收书辑刊》8 辑 27 册，北京出版社 1997 年版，第 498 页。

⑤ （清）孙夏峰：《理学宗传》，兼山堂编辑《孙夏峰全集·元儒考》19/37—38，夏峰藏版。

⑥ （清）王梓材、冯云濠撰，张寿镛校补：《宋元学案补遗》70/98，《四明丛书》102500，张氏约园刊本。

其中五言古诗 7 首，七言古诗 8 首，乐府诗 11 首，五言律诗 9 首，七言律诗 44 首，五言绝句 3 首，七言绝句 4 首，五言排律 1 首；《元诗纪事》录陈樵诗 19 首，其中乐府诗 7 首，七言律诗 12 首；《大雅集》录陈樵乐府诗 7 首；《西湖竹枝集》录陈樵竹枝词 3 首；《宋元诗会》录陈樵诗 53 首，其中五言古诗 7 首，七言古诗 5 首，乐府诗 6 首，五言律诗 7 首，七言律诗 26 首，五言绝句 1 首，七言绝句 1 首；《宋金元诗永》存陈樵七言律诗 3 首；《金华诗粹》录陈樵诗 24 首，其中乐府诗 1 首，五言古诗 1 首，七言古诗 5 首，五言律诗 1 首，七言律诗 12 首，五言绝句 2 首，七言绝句 2 首；《金华诗录》存陈樵诗 23 首，其中五言古诗 4 首，七言古诗 4 首，乐府诗 4 首，五言绝句 1 首，七言绝句 2 首，五言律诗 8 首；《东阳历代诗选》录陈樵诗 17 首，其中五言古诗 2 首，七言古诗 2 首，乐府诗 1 首，五言律诗 1 首，五言排律 1 首，七言律诗 10 首。而《元文类》《元风雅》《皇元风雅》《元音》《元艺圃集》《元诗别裁集》等则无陈樵诗。

第二十四章　胡助与陈樵集中二十五首重出五绝归属考

　　胡助（1278—1355），字履信，一字古愚，自号纯白道人，婺州东阳（今东阳市南马镇东湖村）人。性端方，好读书，受知馆阁诸老，始举茂才，为建康路儒学学录，历美化书院山长、温州路儒学教授。用荐再为翰林国史院编修官，为河南、山东、燕南乡试官。秩满授承信郎、太常博士，致仕归。有诗文集《纯白斋类稿》存世。

　　胡助与陈樵皆为元代东阳人，同年同乡，其诗赋可比肩，堪为当地一时之冠。清永康人胡凤丹序胡助《纯白斋类稿》云："其同以诗赋雄一时者，惟胡与陈，陈则鹿皮子，胡即先生也。"① 吴霖又跋曰："元季时，吾邑之隐居著书者，类多闻人。精工诗赋，则陈公樵、胡公助，其最著也。……时之称善诗者，胡与陈相为颉颃。"②

　　《纯白斋类稿》乃胡助自编，原本三十卷。历年既久，残阙失次。明正德中，其六世孙淮掇拾散佚，重编此本。仅存赋一卷、诗十六卷（七百八十四首）、杂文三卷。又《附录》当时投赠诗文二卷。仍以《纯白斋类稿》为名，而卷帙已减三分之一。本章凡胡助涉及之诗皆以四库本为底稿，参校《丛书集成·纯白斋类稿》。

　　陈樵之诗文集编订于生前，弟子杨荮称《鹿皮子集》四十卷。③ 今仅存四卷，恰为原著的十分之一。樵遣其子征序于杨维桢，但似未刊印。此本明时已罕见。清代王士禛《香祖笔记》卷六载，"近日金华刻元陈樵《鹿皮子集》，郡

---

① （清）胡凤丹：《纯白斋类稿·序》，胡助《纯白斋类稿》，中华书局1985年版，卷首。
② （清）吴霖：《纯白斋类稿·跋》，胡助《纯白斋类稿》，中华书局1985年版，卷首。
③ 参见杨荮《元故鹿皮子陈先生行状》，《亭塘陈氏宗谱》卷四（内部资料），2006年重修，第53页。

人卢联所编，刻于明正德戊寅，今部阳县丞会稽董肇勋重刻于婺郡……甲申，董自秦中以卓异入京陛见，来谒，以是书为贽"①。所言一为明正德十三年（1518）刊本，一为甲申即清康熙四十三年（1704）据正德本重刻本。而正德本今已不存。康熙本为会稽董肇勋据正德本重刻于寓楼书室。

《纯白斋类稿》《鹿皮子集》常见版本，有文渊阁四库全书本、金华丛书退补斋本、丛书集成初编本等。通过遍检、比勘，却发现有二十五首五绝重出，除了排列顺序与个别字句有出入外，大体相同。以文渊阁四库全书本为例，《纯白斋类稿》中的顺序是《芦雁四咏》《新凉二首》《劝兄弟十首》《越上宝林寺八咏》《除夕》；《鹿皮子集》中的顺序则是《劝兄弟十首》《新凉二首》《芦雁四咏》《越上宝林寺八咏》《除夕》，其中《越上宝林寺八咏》之八首诗顺序稍异。《纯白斋类稿》中顺序为《飞来峰》《应天塔》《灵鳗井》《大布衲》《罗汉井》《古铁钵》《深竹堂》《盘翠轩》；《鹿皮子集》则是《罗汉泉》在《大布衣》前，且异文较多，如《灵鳗井》，《纯白斋类稿》中第二句为"潜润通海脉"，而《鹿皮子集》则为"滋润通海脉"。《纯白斋类稿》中《大布衲》首二句"清凉大布衲，七帝思道德"，而《鹿皮子集》中则为"河凉大布衲，七帝师道德"。又如，《罗汉井》，在《纯白斋类稿》中后二句是"汲汲天人供，泓澄佛印心"，而《鹿皮子集》则为"汲取天人供，泓澄印佛心"。再如，《盘翠轩》在《纯白斋类稿》中首句作"独擅越中秀"，而《鹿皮子集》中则作"轩楹越中秀"，诸如此类，大同小异。杨镰编《全元诗》发现胡助与陈樵集中这二十五首重出五绝，然而一仍其旧，未加考辨。"《金华丛书》本与《文渊阁四库全书》本《鹿皮子集》，卷二《劝兄弟十首》、《新凉二首》、《芦雁四咏飞鸣宿食》、《越上宝林寺八首》、《除夕》等二十五首五言绝句，均又见胡助《纯白斋类稿》卷十三，暂未删以保存原状。"②

胡助在出入官场、来往京师的三十年间，与诸多文坛名流有交往，又曾多次出任乡试考官，吕思诚、刘沙剌班、廉惠山海牙、赵琏、余阙等人都出于他们的门下。陈樵文字友亦复不少，"君子足迹未尝出里门，而名闻远达朝著，知名之士若虞文靖公集、黄文献公潜、欧阳文公玄皆慕之，以为不可及。移书谘

---

① （清）王士禛撰，洪之点校：《香祖笔记》，上海古籍出版社1982年版，第122页。

② 杨镰主编：《全元诗》28册，中华书局2013年版，第325页。

访，如恐失之"①。"诗人之选，若钱塘仇公远、白公廷粤、谢公翱，同郡方公凤、河东张丞旨羲，文章大家若四明戴教授表元、蜀郡虞侍书集、长沙欧阳丞旨元、蒲田陈监丞旅、永嘉李著作孝光，同郡胡司令长儒、柳待制贯、黄侍讲潘、吴礼部师道、张修撰枢，与先生为文字交，争相敬慕，以为不可企及。"②钱塘仇远、白珽、谢翱，同郡方凤、胡长孺、柳贯、黄潘、吴师道、张枢，另有当时文坛名流如张羲、戴表元、虞集、欧阳玄、陈旅、李孝光等，皆向慕，与陈樵缔为文字交。原想于上述元人诗文集中探寻一些线索，比如偶有提及这二十五首诗的只言片语，或次韵、和韵等赠答之作，然一无所获。无奈，则主要靠内证。

这二十五首五绝的著作权只能属于其中一人，疑为胡助，而非陈樵，以下试分述之。

一、《劝兄弟十首》辨析

劝兄弟十首

田氏好兄弟，初焉念少差。一朝仍会合，荆树再开花。

邺下然其句，淮南布粟歌。相煎容不得，奈尔二人何？

何苦毫厘较？当思手足亲。丁鸿与刘恺，让国是何人？

鸿雁天边过，脊令原上飞。寻声还顾影，次序不相违。

父慈子必孝，兄友弟须恭。倘使诚心在，如何不感通？

连床听夜雨，长枕共姜衾。棣萼相辉映，何由外侮侵？

金昆如玉季，和乐奏埙篪。气象自然别，淳风复古时。

生来同一气，兄弟是天伦。只要长和睦，休论富与贫。

友爱言无间，从教耳属垣。怡愉从逊让，宽厚福之源。

古有难兄弟，今无好弟兄。何由风俗厚，凡百近人情。

一些作家在创作时，往往偏爱一些语词与意象，它们会不止一次地出现于作

---

① （明）宋濂：《元隐君子东阳陈公先生鹿皮子墓志铭》，宋濂著，黄灵庚编辑校点《宋濂全集》，人民文学出版社 2014 年版，第 1329 页。

② （明）杨荢：《元故鹿皮子陈先生行状》，《亭塘陈氏宗谱》卷四（内部资料），2006 年重修，第 49—50 页。

品中。《劝兄弟十首》之于胡助，即是如此。我们先来看胡助诗《辽西孝友行》①：

> 征东有士迁辽西，孝友之行如白圭。
>
> 北堂萱草春霏霏，堂下荆花昼晖晖。
>
> 伯兮抚季心独苦，教以诗书勿工贾。
>
> 季也成人感伯氏，至今言之涕如雨。
>
> 空中鸿雁原上鸰，嗟我安得无此情。
>
> 尺布之谣古或病，相煎正尔同根生。
>
> 艺文先生新作传，民俗可淳风丕变。
>
> 有弟有弟掾中书，天报孝友兴门闾。

此诗中"堂下荆花昼晖晖"与《劝兄弟》其一都用荆花比喻兄弟和睦：隋朝的田真、田广、田庆兄弟分家时，连堂前一株紫荆树都要分成三份，紫荆树突然枯死了，于是他们感到人不如树，决定不再分家，紫荆树又繁茂起来；"空中鸿雁原上鸰"与《劝兄弟》其四都用天上鸿雁与原上鹡鸰的有序飞翔比喻兄友弟恭；"尺布之谣古或病，相煎正尔同根生"与《劝兄弟》其二都是用曹植《七步诗》与淮南尺布谣列出兄弟不和乃至相残的反例。公元174年，汉文帝的弟弟淮南王刘长谋反，文帝将刘长从淮南迁入川蜀，刘长途中绝食自杀。后来民间产生了这首讥讽汉文帝的歌谣，班固《汉书·淮南衡山济北王传》有引："一尺布，尚可缝；一斗粟，尚可春；兄弟二人，不相容!"②"民俗可淳风丕变"与《劝兄弟》其七都表达了作者通过宣扬、实践孝友之道而致民风淳朴的美好愿望。

另，胡助《瑞柳歌》③中"田家荆树依稀似"与其一，"阴阴濯秀春风饶，有耳勿听淮南谣"与其二，"我愿家家躬孝友，无惜行人攀瑞柳"与其七亦是风旨相近。《过京口有怀先兄淮海山长》中"万里孤飞鸿雁渚，百年有感鹡鸰原"④亦是反用其四之意，感叹兄弟阴阳两隔、无法欢聚。

其六"连床听夜雨"，即"对床夜语""夜雨对床""风雨连床"，指亲友

---

① （元）胡助：《纯白斋类稿》，中华书局1985年版，第47—48页。
② （东汉）班固撰，颜师古注：《汉书》，中华书局1962年版，第2144页。
③ （元）胡助：《纯白斋类稿》，中华书局1985年版，第50页。
④ 同上书，第86页。

或兄弟久别重逢，倾心交谈。唐韦应物《示全真元常》："宁知风雪夜，复此对床眠。"① 唐白居易《雨中招张司业宿》："能来同宿否？听雨对床眠。"② 苏轼、苏辙兄弟诗中多有运用。胡助也爱用此典，他如《寄古学兄》："池塘有梦生春草，风雨何时对夜床。"③ 《春雪》："腊前赋瑞连床乐，此夕寒斋始寂寥。"④ 《春闱对读同赵子期黄子肃夜坐》："朝来喜色逢春雨，幞被连床二妙俱。"⑤ 《过京口有怀先兄淮海山长》："淮海向时曾对榻。"⑥ 《黄楼怀古三首》其二："中夜听风雨，对床如故乡。"⑦《春闱对读夜坐诸公》："连床对佳友。"⑧《宿贡泰甫书斋二首》其一："悬知二妙连床乐。"⑨ 《听雨》："风雨对床殊不恶，啜茗烧香闭高阁。"⑩

仔细寻找，我们发现这组诗的渊源即是《诗经·小雅》中的《常棣》：

常棣之华，鄂不韡韡。凡今之人，莫如兄弟。

死丧之威，兄弟孔怀。原隰裒矣，兄弟求矣。

脊令在原，兄弟急难。每有良朋，况也永叹。

兄弟阋于墙，外御其务。每有良朋，烝也无戎。

丧乱既平，既安且宁。虽有兄弟，不如友生。

傧尔笾豆，饮酒之饫。兄弟既具，和乐且孺。

妻子好合，如鼓瑟琴。兄弟既翕，和乐且湛。

宜尔室家，乐尔妻帑。是究是图，亶其然乎？⑪

"此诗歌唱兄弟之间的感情，首章以棠棣之花起兴，形象鲜明。'凡今之人，莫如兄弟'二句，直接点明主题。二、三、四章说明在危难关头惟兄弟最可信赖，以强烈的对比给人深刻的印象。第五章忽然反跌一层，感叹和平环境

---

① 孙望编著：《韦应物诗集系年校笺》，中华书局 2002 年版，第 373 页。
② 朱金城笺校：《白居易集笺校》，上海古籍出版社 1988 年版，第 1785 页。
③ （元）胡助：《纯白斋类稿》，中华书局 1985 年版，第 95 页。
④ 同上书，第 97 页。
⑤ 同上书，第 70 页。
⑥ 同上书，第 86 页。
⑦ 同上书，第 19 页。
⑧ 同上书，第 24 页。
⑨ 同上书，第 139 页。
⑩ 同上书，第 145 页。
⑪ 程俊英、蒋见元：《诗经注析》，中华书局 1991 年版，第 448—452 页。

中兄弟反不如朋友。末三章笔调又重新扬起，大写兄弟和睦的快乐。"①《劝兄弟十首》大致是个翻版，甚或是诠释，并未越出《常棣》的范围，而且结构也十分相似，皆以比兴开头，中间从正面发议论，反复申明兄弟友爱的道理，赞颂理想的兄弟之情，"外御其务""兄弟既具，和乐且孺""兄弟既翕，和乐且湛"等义皆寓于内，最后是反观现实，叹息"今无好弟兄"，渴望"风俗厚"，以恢复淳朴古风，其明理规劝之意甚明。

而陈樵《鹿皮子集》中未见其他类似诗歌，且主观上也不大可能创作，他虽有尊经轻文的倾向，但却是一个不折不扣的苦吟诗人，"文辞于状物写情尤精，然亦自出机轴，不蹈袭古今遗辙"②，他主张创新，反对模拟、因袭。

另，《纯白斋类稿》中孝友题材诗歌尚多，兹再举几例如下：

孝思堂③

纯孝心永慕，作堂以思亲。

莱衣在箧笥，手泽时自陈。

哀哉蓼莪篇，一诵一沾巾。

纂纂庭前枣，沈沈冰下鳞。

长号攀松柏，瞻彼原草春。

孝养歌示大儿④

夫养父，妇养母，夫妇孝养今稀有。

园池花竹娱老境，甘旨杯觞开笑口。

夫夫妇妇一家范，子子孙孙百世守。

木有根兮水有源，水流无尽木阴繁。

白鹿峰头飞白云，隐居读书思古人。

① 程俊英、蒋见元：《诗经注析》，中华书局1991年版，第448页。

② （明）宋濂：《元隐君子东阳陈公先生鹿皮子墓志铭》，宋濂著，黄灵庚编辑校点《宋濂全集》，人民文学出版社2014年版，第1329页。

③ （元）胡助：《纯白斋类稿》，中华书局1985年版，第21页。

④ 同上书，第53页。

送道士杨一可归儒养母①

剑门春老昼啼鹃，负米还家草太玄。

若识孔聃无异趣，人间孝子即神仙。

徐孝子②

刲股频频母疾瘳，徐生孝行与神谋。

圣人垂训虽殊此，叔世闻风实少俦。

二、《越上宝林寺八咏》辨析

飞来山

宝林从何来？飞空锡同住。

天风吹海涛，常恐复飞去。

应天塔

浮图成再世，巉岌高入云。

妙应人天果，铃音上界闻。

灵鳗井

岩穴如深井，潜润通海脉。

灵鳗久蜿蜒，岁事时有获。

大布衲

清凉大布衲，七帝思道德。

流传五百年，未灭针线迹。

罗汉泉

应真曾卓锡，百尺井泉深。

汲汲天人供，泓澄印佛心。

---

① （元）胡助：《纯白斋类稿》，中华书局1985年版，第123—124页。
② 同上书，第136页。

古铁钵

铁钵生古色，曾经饭胡麻。

黄龙此降伏，更长碧莲花。

深竹堂

禅宫庭宇静，深翠万竿竹。

忽悟瓦砾声，香严道机熟。

盘翠轩

轩楹越中秀，轩窗四面山。

红尘飞不到，长共白云闲。

宝林山在浙江绍兴市东南，山麓有宝林寺。李孝光有《宝林八咏》，所咏八景与此同。① 迺贤（四库全书作纳延）《金台集》有《宝林八咏为别峰同禅师赋》②，只是第六首诗题为《铁钵盂》，与《古铁钵》稍异，其他则同。且形式皆为五言绝句。彼此有无关联，尚不得知。

胡助于《南归舟中杂兴七首》其二中有言："十年不改旧官名，几度南归又北征。"③ 又《过陵州》云："御河漾漾木兰舟，春尽飞花送客愁。何事驱驰南又北，三年三度过陵州。"④ 可见，他频繁往来于京师与家乡东阳之间，据徐永明《胡助年谱》，已考者便有多次，如元仁宗延祐四年（1317），四十岁，自京师归东阳；元泰定帝泰定元年（1324），四十七岁，美化书院山长考满赴礼部选，再游京师；元泰定帝泰定五年（1328），五十一岁，六月，得官先归故里；元文宗天历二年（1329），五十二岁，回京，任翰林国史院编修官；元顺帝至正二年（1342），六十五岁，再授国史院编修，授官后先归故里；元顺帝至正三年（1343），六十六岁，初春，北上京师；元顺帝至正五年（1345），六十八岁，授承事郎、太常博士，致仕归。

---

① 参见李孝光《宝林八咏》，《五峰集》，《文渊阁四库全书》1215 册，台湾商务印书馆影印版，第 113—114 页。

② （元）迺贤：《宝林八咏为别峰同禅师赋》，《金台集》，《文渊阁四库全书》1215 册，台湾商务印书馆影印版，第 300 页。

③ （元）胡助：《纯白斋类稿》，中华书局 1985 年版，第 137 页。

④ 同上书，第 140 页。

　　江南水乡，河网密布，水路交通极为便捷，正如李清照《婺州八咏楼》言金华："水通南国三千里，气压江城十四州。"① 许谦称东阳："天雨时至，颎洞奔放，势可胜万斛之舟。"② 胡助自家乡出发的诗如《登舟口号》："举家送我上扁舟，一路溪山忆旧游。小桨如飞人渐远，无穷离恨懒回头。"③《发婺州》："扁舟发双溪，春流浩浩洿。转岸失孤城，欹枕兰江下。"④ 马祖常《送胡古愚归东阳》二首其二："沈约才清不耐秋，归艎南去漫夷犹。"⑤ 由"归艎南去"可知，胡助从大都回东阳，也走水路。《纯白斋类稿》中北上诗有《发建康二首》《过瓜州》《过淮安》等，南归诗有《桐江舟中》《沙河舟中》《过青州呈丁幼度御史》《南归舟中杂兴七首》等。元代杭州至绍兴、庆元间都有畅通的水路。《永乐大典·析津志》：杭州之正东水路"西兴——钱青——绍兴——曹娥——余姚——庆元"⑥。胡助诗《钱清道中》："斜风细雨过西兴，越上山光见未曾。夜宿钱清愁不寐，可怜春尽冷如冰。"⑦ 描述的正是这条水上路线，绍兴为必经之地。

　　胡助往来绍兴多次，具有写作《越上宝林寺八咏》的客观条件，虽然其具体写作时间暂时无法考。另如同卷《大能仁寺五咏》，大能仁寺寺址在今绍兴城南和畅堂。晋许询舍宅建，号只园寺。唐会昌废。吴越王钱镠时（907—978），观察使钱仪复建，号圆觉寺。宋咸平六年（1003），改赐承天寺。北宋政和七年（1117），改名能仁寺。同年，又敕改神霄玉清万寿宫（道观）。南宋建炎年间（1127—1130），迁长生太君像于天真观，复能仁寺。为别于能仁院，称大能仁寺。元初毁。元至正时（1341—1368）重建。又《禹庙》诗云："日落镜湖春水远，雨来秦望野云昏。"⑧ 据"镜湖""秦望山"，可确定该"禹庙"，即绍兴市东南之禹庙。这些都可证明胡助确曾到过绍兴。同时，胡助创作这组诗又具备主观条件，他曾以"遍参名胜走黄埃"（《赴美化书院别亲

---

　　①（宋）李清照：《婺州八咏楼》，北京大学古文献研究所编《全宋诗》卷一六零二，北京大学出版社 1998 年版，第 18005 页。

　　②（元）许谦：《白云集》，中华书局 1985 年版，第 3 页。

　　③（元）胡助：《纯白斋类稿》，中华书局 1985 年版，第 122 页。

　　④ 同上书，第 16 页。

　　⑤（元）马祖常：《送胡古愚归东阳》，《石田文集》，《文渊阁四库全书》1206 册，台湾商务印书馆影印版，第 505 页。

　　⑥《永乐大典》卷一九四二六，中华书局 1986 年版，第 7294 页。

　　⑦（元）胡助：《纯白斋类稿》，中华书局 1985 年版，第 123 页。

　　⑧ 同上书，第 93 页。

友》）安慰家人，说明他善于以苦为乐，借游宦而遍览名山大川，大量的写景诗可为明证。又言"越上山光见未曾"（《钱清道中》），说明他对越上风光心仪已久，当然要找机会游览绍兴了。

另外，《纯白斋类稿》中寺庙诗较多，如《清凉寺》《智者寺二老亭》《万安寺观习仪》《智者寺》《虎丘寺》《禹庙》《金山寺》《旧内白塔寺》《寿星寺》《祠山张庙》《涿州先主庙》《禅悦庵》等，所在多有。

《罗汉泉》中"卓锡"一词，卓，植立义；锡，锡杖，僧人外出所用。法师云游时皆随身执持锡杖。因此名僧挂单某处，便称为"住锡"或"卓锡"，即立锡杖于某处之意。胡助其他用例如《陪廉使游昭山亭》："唐僧卓锡涌泉水"①，《赠怀空上人》："卓锡为庵了上乘。"②《草堂归来图》："卓锡有声慈母喜，万回方向北山归。"③

而陈樵"足迹未尝出里门"④，《鹿皮子集》中写到东阳周边的如浦江县东明山与伏蟾山、金华通天洞、武义县明招山的蜡屐亭等。目前，还未发现他去过绍兴的资料，他也曾自言："吾尝周旋于二百里之间，以为醉吟之地。晨出而暮入，倦游而返，登高远望，则二百里已在吾目中。"⑤ 绍兴距东阳当在三百里开外了，虽然陈樵所言应为约数，并非确数。

三、《新凉二首》《除夕》辨析

新凉二首

夜来窗户凉，一枕听秋雨。

晓起绝飞埃，门前有流水。

雨将残暑去，风送新凉至。

安得归梦成，长夜愁不寐。

---

① （元）胡助：《纯白斋类稿》，中华书局 1985 年版，第 76 页。

② 同上书，第 122 页。

③ 同上。

④ （明）宋濂：《元隐君子东阳陈公先生鹿皮子墓志铭》，宋濂著，黄灵庚编辑校点《宋濂全集》，人民文学出版社 2014 年版，第 1329 页。

⑤ （元）陈樵：《吟所记》，戚雄选《婺贤文轨·拾遗》，《四库全书存目丛书》集 299，齐鲁书社 1997 年版，第 772 页。

除夕

今年尽今日，明日是明年。

客况萧条处，春寒雪后天。

胡助自称"来往京华三十载"，历尽辛酸，而名位不显，其诗中描写客况与思乡者比比皆是。如，同样用到"归梦"的诗句有：

归梦怜宵永，清愁又日长。

（《长至》）

壮日勤劳遍楚乡，于今归梦有荆扬。

（《和李息斋留别南归二首》其二）

放怀吞七泽，归梦绕三巴。

（《送史秉文助教祠西岳还家》）

五更归梦钱塘上，睡起不知春日高。

（《南归舟中杂兴七首》其四）

五更残月杏花枝，归梦惊回百舌啼。

（《都下春日即事十首》其八）

除了"归梦"，类似的还有"归航"（《和马伯庸送南归韵三首其三》）、"归舟"（《元旦即事二首》其二、《冬日书怀》《题泮东徐原明甫山水图》《桐江舟中》）、"归楫"（《送康里子渊右丞赴浙省三首》其三）、"归骑"（《过涿州》）、"归兴"（《闻进士唱名》《归来漫题》）、"归客"（《苦雨呈治书》《题治书所赠松柏石》）、"归路"（《营中述怀》）、"归心"（《端午漫题》《夜雨思归别赵敬叔韦拱之》《送史正翁嘉兴经历》《过青州呈丁幼度御史》《次韵书怀》）、"归田"（《示儿》《赠写真汪镜湖》）、"归计"（《告老》）、"归田计"（《再调编修》《和葛介轩对雨》）、"归田里"（《初度偶题》）、"归田赋"（《寓舍偶题二首》其二）、"归田园"（《同吕仲实宿城外早行》）、"归田兴"（《子昂秋岸牧牛图》）、"归云"（《春日言怀》）、"归鸿"（《送周伯温广东佥事二首》其一）、"归耕傭"（《分义田诗》）、"归期"（《再赋李陵台》）、"归日"（《南归舟中杂兴七首》其六）、"归旧隐"（《秦元之所藏墨梅》）、"归老"（《七十吟》《暮冬感怀又题》）等，胡助通过这么多"归"字的咏叹，有时表达的并非是隐逸之志有多么坚定，而是表现了他的一种清高、自嘲乃至无奈的心态。

"客况萧条"又一例见《春雨》："京城春雨似江南，客况萧条苦不堪。"①胡助在外，时时地地不忘自己"客"之身份，"寓"之状态，诗例俯拾即是：

寓客延岁月，区区计升迁。

（《京华杂兴诗二十首》其十三）

我来寓京邑，兴怀旧游遨。

（《京华杂兴诗二十首》其十八）

而我客京师，目击此胜美。

（《送胡允文杨廉夫赵彦直登第归越》）

京华寒食近，客思转凄迷。

（《春日即事》）

老吟苦处愁为客，春睡浓时梦到家。

（《沙河舟中》）

倦客出关仍畏暑，居庸回首暮云深。

（《榆林》）

九折盘纡过客愁，适当载笔扈宸游。

（《枪竿岭二首》其一）

秋风纱帽客京华，几度重阳不在家。

（《九日同晋卿携酒访士悦二首》其二）

月影横窗寒雁鸣，孤眠客子苦为情。

（《寒斋漫成二首》其二）

惭愧白头留滞客，又从东鲁试诸生。

（《题涿州驿》）

傥得幽居慰客情，槐阴满地暑风清。

（《寓舍偶题二首》其二）

御河漾漾本兰舟，春尽飞花送客愁。

（《过陵州》）

---

① （元）胡助：《纯白斋类稿》，中华书局1985年版，第132页。

几年初度京华客，今日西山特地游。

（《初度游西山》）

中台花木正阳艳，借与江南客子看。

（《都下春日即事十首》其五）

越是逢了元旦、寒食、端午、中秋、重阳、除夕等节令，胡助越是思家心切，恰如王维所言："独在异乡为异客，每逢佳节倍思亲。"[1] 作品如《元旦即事二首》《寒食西湖上分韵得声字》《寒食》《端午漫题》《中秋寓僧舍》《中秋月下小酌》《九日书寓居壁》《九日同晋卿携酒访士悦二首》《除夕》（五古）《除夕偶成》等，再加上胡助本是南方人，于北方水土不服，故而节候的变化于他最为敏感，皆能勾起他浓浓的乡思，并形诸诗咏，例如《春日言怀》《落叶吟》《苦寒》《苦雨呈治书》《客居冬怀十首》《苦热行》《秋夜长》《夜雨思归别赵敬叔韦拱之》《苦寒行》《秋夜旅怀》《春日言归》《春日即事》《冬日书怀》《秋月寒潭》《春雨》《都下春日即事十首》等，他的不适与新异如一支不变的咏叹调，贯穿于诗集中。

另外，《新凉二首》其一"夜来窗户凉"与《寄柳道传十首》其九"读书窗户凉"[2]，《喜雨》"新凉入窗户"[3]，意义相近。又"一枕听秋雨"之"一枕"用例还有"午窗一枕绿槐风"（《寓舍偶题二首》其一）。《除夕》之"今年尽今日，明日是明年"与《中秋月下小酌》之"今月即古月，今人非古人"[4] 表现手法亦同出一辙。

而陈樵隐居乡里，终生不仕，乃山水之主，自然无法领略"客况"的滋味，也无须"归"，《鹿皮子集》中几乎无此题材的作品。

四、《芦雁四咏飞鸣宿食》推测

咏芦雁宿

肃羽遵寒渚，渡江芦叶黄。谁云南去远，不敢过衡阳。

---

① （唐）王维撰，陈铁民校注：《王维集校注》，中华书局 1997 年版，第 3 页。
② （元）胡助：《纯白斋类稿》，中华书局 1985 年版，第 21 页。
③ 同上书，第 21 页。
④ 同上书，第 23 页。

万里西风急，送书时一声。从教惊客梦，可待主人烹。

沙汀栖处稳，夜漏有奴看。月暗芦花白，一身秋梦寒。

饮啄殊自得，水田粱稻秋。宁因谋一饱，去却网罗忧。

《鹿皮子集》中第四首稍异："去却"为"失却"。

清代几种总集都认定这几首诗为陈樵所作，如《宋元诗会》卷八十九收《咏芦雁宿》①诗，即其三。顾嗣立《元诗选》②录二，即其一、其三，陈邦彦等编的《御定历代题画诗类》③则全录四首，且同卷还收有元代类似诗歌如萨都剌《飞鸣宿食雁图》，戴需《题飞鸣宿食芦雁》："飞鸣宿食态争奇，一片潇湘笔底移。有翼不传千里信，无声难诉九秋悲。孤眠芦苇唤不醒，远觅稻粱常苦饥。野壁黄昏遥望处，伤弓几度惧胡儿。"陶宗仪《题飞鸣宿食百雁图》："碧汉斜书草草，清宵众语雕雕。莫向芦花深处，江南稻熟秋风。"可见，这种题材的题画诗比较常见。

而上选萨都剌《飞鸣宿食雁图》，其实应为行端诗。《尧山堂外纪》有载：

> 客有以《飞鸣宿食古雁图》求子昂跋者，时翰林诸公在焉。释端元叟亦与坐末。诸公咸命赋诗，元叟即援笔题云："年去年来年又年，帛书曾达茂陵前。影连蓟北月横塞，声断衡阳霜满天。雨暗荻花愁晚渚，露香菰米乐秋田。平生千里复万里，尘世网罗空自悬。"诸公称赏，即以诗授客去。④

其图之作者不知为谁，重点是赵孟頫亲历其事，共赏此图。胡助当与赵孟頫有过直接或间接的交往，《纯白斋类稿》中有《子昂秋岸牧牛图》："野岸秋风木叶稀，两三觳觫度荒陂。玉堂学士归田兴，写出山溪放牧时。"⑤《子昂画马》："松雪高人手自摸，百金市骨更收图。只愁伯乐不常有，天下何时良马

① 参见（清）陈焯《宋元诗会》，《文渊阁四库全书》1464册，台湾商务印书馆影印版，第597页。

② 参见（清）顾嗣立《元诗选初集》，中华书局1987年版，第1485页。

③（清）陈邦彦等：《御定历代题画诗类》卷九十六，《文渊阁四库全书》1436册，台湾商务印书馆影印版，第436页。

④（明）蒋一葵：《尧山堂外纪》70/4—5，明万历三十四年刊本。

⑤（元）胡助：《子昂秋岸牧牛图》，《纯白斋类稿》卷十四，中华书局1985年版，第124页。

无?"① 且《纯白先生自传》中云:"闻子昂赵公以书名世,故亦习晋唐人书,得其法。"② 即胡助学书法受到赵孟頫的启示,反追晋唐,得其法度、精髓,大有长进。《芦雁四咏飞鸣宿食》不知与赵孟頫有关联否。

许有壬《至正集》中有《飞鸣宿食雁》诗:"阵云清落数声寒,饮啄江湖梦亦安。莫到衡阳便回去,阴山春尽雪漫漫。"③ 许有壬与胡助有交往,元顺帝至正五年(1345),胡助以承事郎、太常博士致仕,作有《告老得请留别诸公》,张起岩、许有壬、冯思温、述律杰、苏天爵、汪泽民、冯福可、干文传、仇济、刘尚质、吕世元、吴当、张翥、方道壑、班惟志、王士点、陆宗亮、林奇等有赠别诗。许有壬《送胡古愚致仕归金华次其留别韵》:

> 天上故人罗祖道,梦中稚子候衡门。
> 君王深悯七旬苦,忠义难忘一饭恩。
> 白发朱衣相照映,青山华屋两生存。
> 便寻起石为羊处,却笑牛车困子孙。④

胡助之《芦雁四咏飞鸣宿食》与许有壬《飞鸣宿食雁》疑有关联,苦于未找见相关材料。

而陈樵似乎与赵孟頫、许有壬等并无交集。他若作《芦雁四咏飞鸣宿食》,其图画的来源便不得而知了。

《纯白斋类稿》五绝仅十三卷一卷,共 68 首。其中组诗除了《新凉二首》《芦雁四咏》《劝兄弟十首》《越上宝林寺八咏》之外,尚有《黄秋江耕钓山房十咏》《山水小画五首》《大能仁寺五咏》《画虎二首》《隐趣园八咏》,加在一起共 54 首,占全卷诗歌总数的 79% 强。由此可见,五绝连章体为胡助所喜用。

而陈樵《鹿皮子集》仅有五绝 28 首,若除去这 25 首,仅余 3 首,即《题画丛竹幽禽》《送李仲积北上》《雪景》,再无其他五绝组诗。诚然,陈樵创作的五绝很可能数量更多,不会只是这么可怜的三首。因难以睹全貌,故不可妄

---

① (元)胡助:《子昂画马》,《纯白斋类稿》卷十七,中华书局 1985 年版,第 153 页。

② (元)胡助:《纯白先生自传》,《纯白斋类稿》卷十八,中华书局 1985 年版,第 163 页。

③ (元)许有壬:《至正集》卷二十七,《文渊阁四库全书》1211 册,台湾商务印书馆影印版,第 196 页。

④ (元)许有壬:《至正集》卷二十一,《文渊阁四库全书》1211 册,台湾商务印书馆影印版,第 160 页。

言，历史使然。

故而，推测《芦雁四咏飞鸣宿食》也为胡助所作。其 25 首五绝很可能是整体掺入《鹿皮子集》之中。

其实，追溯起来，陈樵与胡助本为姻亲，胡助为陈樵的姑丈。胡助继室陈氏，乃同邑甘泉乡太平里人，37 岁时归胡助，助则 30 岁，以助贵，封为宜人。婚后两年生子名瑜，瑜字季珹，荫贺州通判，擢杭州路总管府照磨，后为静江路阳朔县主簿兼尉。根据《亭塘陈氏宗谱》卷四中胡瑜为其外公陈镇所撰《外大父陈镇府君行状》以及付光龙为陈樵父亲陈取青所撰《宋故太学生行清四墓志铭》，再参考黄溍为胡助继室所撰《宜人陈氏墓志铭》，可知，陈取青曾祖，即陈樵高祖为陈洪，而陈镇祖父同为陈洪，也就是说，胡助的夫人陈氏之曾祖为陈洪，陈氏为陈樵之堂姑无疑。又据张以宁《翠屏集》卷四之《学海陈君墓志铭》可知，墓主陈憬乃胡助次子胡瑜之岳父，再据《亭塘陈氏宗谱》知，陈憬乃陈矗第三子，而陈樵父亲陈性乃陈矗长子，即，陈憬是陈樵的亲叔叔，胡瑜乃陈樵堂妹之夫，陈樵与他们胡家父子乃亲上加亲。另外，胡璋，字伯玉，乃胡助长子，庶出，与陈樵交好，《鹿皮子集》中留有写给胡璋诗十首，即《胡伯玉隐趣图四咏》《题竹隐轩》《待月坛》《天香台》《蜀锦屏》《胡伯玉隐趣园君子池》《香雪壁》。

胡助父子三人与陈樵亦亲亦友，关系密切。胡助与陈樵一官一隐，一人一出，诗赋成就，正相匹敌。后人在整理二人作品时，难免发生误植，不足为怪。而错误一旦形成，便相沿成习，陈陈相因，贻害无穷。作品千古，孰对孰错，已无人关注，作为我辈学人，岂敢不敏？订正讹误，责无旁贷。作品归属，事关重大，文献工作乃一切学术研究之基础，鄙人不才，愿抛砖引玉，以还历史本来之面貌。

附录　陈樵资料汇编

一、传记

　　陈樵，字君采，东阳人，居闾谷间，衣鹿皮衣著书，自号鹿皮子。其说经前无古人，谓天地万物一体足以了经子千言万论，以金陵武夷之说不经，而未尝学为言语文字，其效词人之作，盖不学而能者也。①

元故鹿皮子陈先生行状②

杨　苧

　　先生讳樵，字君采，姓陈氏。其先当宋之初自杭之富春来徙，遂为婺东阳太平里人。曾祖讳居仁，妣朱氏。祖讳矗，宋登仕郎，妣郭氏。父讳取青，宋国学进士，慷慨有大节，尝抗章诋时宰贾似道欺君误国状，迨元朝取宋，丞相忠武王伯颜阅架阁得所进章，壮其言，征而欲用之，不为出，韬晦终身，晚自号曦闲翁，妣郭氏。初，乡先生盘松石公一鳌得徽国朱文公之学于徐文清公，侨之门人讲道绣川上，及门之士无虑数百人，翁实为高第弟子。先生幼警敏，过庭受业，父子自相师友，朝夕讲贯而切磨之间，又从里儒师复庵李先生直方游，以受《易》《书》《诗》《春秋》大义。比弱冠，博综群籍，自六经以下，至诸子百家之言，靡不研究，既而疑淳熙以来诸儒之说经者，似与洙、泗、伊、洛之旨有所未合，乃悉屏去传注，独取遗经，精探其理，如是者十数年。一旦神会心融，以为圣贤之大意断然而趣可识，片言可道可尽焉。于是隐居小东白山（儒）圈谷洞少霞洞

---

① （元）杨维桢编选：《西湖竹枝集》8，清光绪刻本。
② 《亭塘陈氏宗谱》卷四（内部资料），2006年重修本，第47—55页。

中，自号鹿皮子，著书十余种。其言宏博，而约之于至理，微词奥义，多有先人之所未经道者。若曰："心之精神，性，神者，性命之本，言动性之用，知觉性之知，喜、怒、哀、惧、爱、恶，性之情，饮食男女，性之欲，仁、义、礼、智，性之德。"又曰："神之所知之谓智，知天下殊分之谓礼，知分之宜之谓义，知天地万物一体之谓仁，礼复则和之谓乐。圣人之道在仁、义、礼、乐而邹鲁蔽之，曰仁，仁者与天地万物为一而天下和；求仁者尽分以复礼，合宜以徙义，使复归于一体之仁，而人已安，似则家齐国治而天下平矣。"其说《太极图》则谓："太极者，太始也，阴阳太始之一气，一气生于无始之真，而动静不穷；太始本无始者也，无始之真以为神气，以为质，而人物生焉。"其说《洪范》则为，书禹谟舜歌，九功称六府三事，至九畴，则六府为三，五为八，而国之建官史之立志事，悉本之河图洛书；易象之所自出于六府三事何有乎？其说《易》云云。至于《春秋》，则谓"有是非而无褒贬"。其言曰："《春秋》，鲁史之成书。曰修春秋，孔子修其词者，核其事而厘正之，曰寓王法则吾未之见也。寓王法之论，始于不识孟子者为之。孟子曰：诗亡，然后春秋作，言王泽未息是非善恶于诗。可见至公论泯灭寇乱公行见之美刺者，曰亡曰寡，孔子不得不定其是非，以传信天下云尔，褒贬进退以寓王法，则孔子不知也。"尝谓："自汉以下，说经而善者不传，传者或不得其意，以故说者不以六经，今当断来说于吾后矣。"时之巨儒若安阳韩先生性、余姚孙先生自强、吴兴陈编修绎曾、武昌冯待制振，见其所著书，莫不亟称焉。先生以说经之暇作为文章，韵沉气蔚，词调俊伟，而精神动荡，譬犹明月之珠，悬黎之璧，文采焕发，照耀白日，而视之者不觉目眩心骇，爱恋而弗厌，故一篇之出，人争传播，上至京都以及遐方僻坏（壤），无不知所宝惜。诗人之选，若钱塘仇公远、白公廷粤、谢公翱，同郡方公凤、河东张丞旨矗，文章大家若四明戴教授表元、蜀郡虞侍书集、长沙欧阳丞旨元、蒲田陈监丞旅、永嘉李著作考（孝）光，同郡胡司令长儒（孺）、柳待制贯、黄侍讲溍、吴礼部师道、张修撰枢，与先生为文字交，争相敬慕，以为不可企及。虞、黄二公尤加推重，虞公尝曰："蝴比诗赋，鹿皮子为当今第一。"又曰："鹿皮子之文章妙绝当世，使其居馆阁，吾侪敢与之并驾齐驱耶？"黄公则曰："吾侪所为文，不过修成规、蹑故迹，无有杰然出人意表者，至如鹿皮子以无为有，以虚为实，人不能方，而鹿皮子能言之卓乎，其不可尚已。"先生亦未尝自言："作文须拔出流俗，使自成一家言，当如孤松挺立，群葩众卉俯仰下风而莫之敢抗，苟徒取前人绪纶织组成章，夫人能言之，是犹嫫母效颦于西施也，何取于文哉！"先生论著虽富，然未尝专以是为名。学者以学文为请，辄曰："后世之辞章，乃士之脂泽，而时之清玩耳。汉魏以来，经术不明，圣人之道熄，士非文词内无以自见，外无以自附于翰墨之林，识者耻之。学者不事穷理明德，而惟修辞之为务，以辉聋瞽、袭声誉，不知其于道何如也。吾知服膺夫六经而已尔，浮词绮语何有哉？"先生之学，以诚笃为主，以沉静为宗，左图右史，一室萧然，敛容危坐至数月不越牟限。而又操履清介，行止端方。在父祖时，家业素丰裕，乃痛洗膏粱纨绮之习，恶衣菲食，人所弗堪，处之自适，视纷华盛丽事漠然不足累其心。屏迹林邱垂七十载，直与世绝。朋侪以文业显于朝者数贻书欲引至先生，先生俱不答，曰："士君子蕴道德、抱材艺于其身，顾上之人用舍何如耳，爵禄宁可干耶？"先生平生不妄取，非其义，纵千驷万钟弗为动，然轻财好施与，尝发所藏锡为器，误以白金授工，锡工悉易之，虽觉不较。岁凶，减私家之粟以赈闾里之乏食者，乃以来牟自给。邻县东江桥坏，人病涉，当其复作也，捐资为助居多。其救灾恤患，大率类此。性尤孝，父闲曦翁久患咳，不良于行，出入扶持，无少违者。翁病剧，户唾不能，先生截竹为筒，每吸取痰涎而出之。母夫人既殁，藏其遗衣服及寝疾时进膳余米，见辄呜噎流涕，终丧克尽礼制而哀戚过之。待族姻故旧皆有恩谊，接物一于诚，言温气和，无几微及人过失长短。遇后生晚出，谆谆诲诿，必以孝弟忠信为之本，闻者油然而自得。有求文者，未尝拒却。年及耄期，有披阅著述，不厌倦。方岳重臣，逮郡县之吏仁且贤者，仰慕声光，时遣使存问，或亲执馈食之礼，耄生畯士以得接见为幸，下及舆台皂隶，亦皆知所推敬，咸称之"陈先生"云。

至正十九年己亥，家被兵燹，避地来居子塈王为蒋坞精舍，乐其山林风物之胜，遂终老焉。越六载，乙巳九月一日，曳杖薄游山中归，少遘寒热，肢体觉疲倦，默坐一室，不饮食者逾月。县令遣医馈药，先生谢曰："吾年至此，得保首领以殁焉，幸已宏矣，尚何以药为哉？"病革，进子孙与其婿而谓之曰："畴昔之夜，梦我祖父母、父母，旦夕吾必省侍于地下。"越二日，遂卒。时十月十四日戌时也。先生之生以前元戊寅十月九日丑时，至此得年八十有八。娶朱氏，先二十二载卒。子男六人：延年、大年、耆年、乔年、昌年。大年以礼经中至正庚寅乡闱一榜第一，授国子学录命，兼署徽州路歙县教谕。五子皆朱氏出，惟逢年侧室范氏出也。先生没时，惟乔年在，余皆已先卒。女三人，适王为、俞忠、张绍。孙男九人：廷玉、廷珪、廷筠、廷鸾、廷凤、廷槐、廷海、廷俊、廷璿。女四人，徐信、俞本、虞庆、徐珍。曾孙男五人：起宗、绍宗、超宗、林宗、朝宗。女三人，在幼。以是年闰十月十有八日葬于县西南四十里怀德乡斗潭山之原。县令贰以下及学士大夫、宗姻、门弟子、方外之交咸来会，莫不悲悼掩泣，如失所依归。而经纪丧葬之事，则王为之力居多。

先生所著书有《易象数新说》二卷，《太极图》二卷，《洪范传》四卷，《四书本指》二十卷，《孝经新说》二卷，《通书解》三卷，《经解经》四十卷，《答客问》三卷，《石室新语》五卷，《圣贤大意》十二卷，《性理大明》十卷，《淳熙纠缪》四卷，《鹿皮子集》四十卷，《飞花观小稿》三卷。呜呼！六经之旨，自孔孟不作，众说纷挐，莫从辨定，濂洛诸儒者出，而圣贤之意始明，至朱子集厥大成，而圣贤之意益明，于是支离穿凿之论革，而学者有所宗师。有元混一寰区，以明经取士，为盛典非程朱之说者，弗录于有司，是以四海内外趋于一轨，不约而合，山林穷经之士，虽有意见发前人之所未言者，筘口结舌，孰敢出片词以动人之观听？同文之治，可谓至矣。先生以高出之资，负绝人之学，乃奋然不顾人之是非，论道著书，必欲畅其己说，自任斯文之重，屹为东南之望者数十年，不亦豪杰之士哉？况当朝廷文明之盛，野无遗贤，独高蹈深隐，终身不复出，逸气清风，横绝宇宙，真足以廉顽而立懦，又岂当世之所易及也？苌幸获执弟子礼于先生之门，人所愧者，质性陋劣，于先生之学，莫能窥见其藩垣，而先生之垂没也，乃悉以遗书授苌，俾有传于方来，顾惟先生平日述作之已流播四方，人诵家传，若无憾矣。特其所著群书，未克大行于世，谨藏之名山，以待后世之知吾子云者。复掇其粹行，上于宋太史氏，请为墓，随之铭，若夫传儒林，传隐逸，他日操笔，尚有望焉。

洪武元年岁次戊申冬长至日

门人乌伤杨苌谨状

元处士通七公樵像赞①

元廷御

鹿皮为衣，至孝于家。采药圃谷，著书少霞。文兮丰雄，德兮纯洁。挺立孤松，保贞全节。恩沐乡贤，史鉴登志。

元隐君子东阳陈公先生鹿皮子墓志铭②

宋 濂

婺之东阳有隐君子，戴华阳巾，裁鹿皮为衣，种药银谷涧中。当春阳正殷，玩落红于飞花亭上。亭下有流泉，花飞坠泉中，与其相回旋，良久而去。君子乐之，日往观弗厌。既而入太霞洞着书。其书纵横辩博，孟轲氏而下皆未免于论议。元统间，濂尝候君子洞中，君子步履出，速坐之海红花底，戒侍史治酒浆莅醢，亲执爵献酬，歌古词以为欢。酒已，君子慨然曰："秦汉而下，说经而善者不传，传者多不得其宗。淳熙以来，群儒之说尤与洙、泗、伊、洛不类。余悉屏去传注，独取遗经，精思至四十春秋，一旦神会心融，灼见圣贤之大指。譬犹明月之珠，失之二千年，上自王公，下至町隶，无不伥伥日索之终不可致，牧竖乃获于大泽之滨，岂可以人贱而并珠弗贵乎？吾今持此以解六经，决然自谓当断来说于吾后云。"濂乃避席而问曰："其意云何？"君子曰："吾以九畴为六府三事，而《图》《书》为《易象》者不可诬。以片言统万论，而天下古今无疑义。以庸言释经子，而野人君子无异辞。谓神所知之谓智，知天下殊分之谓礼，知分之宜之谓义，知天地万物一体之谓仁，礼复则和之谓乐。谓天地万物一体，经子之会要，一视万物，则万殊之分正，家齐国治而天下平矣。"濂未达，请复问其详。君子曰："国家天下，一枳也。枳一尔，而穰十焉，枳有穰而一视之，其于人则仁也。发而视之，穰有十，则等有十，其于人则君臣父子长幼之等夷，刑赏予夺之殊分，所谓礼也。视十为十者，礼之异；视十为一者，仁之同。分愈异则志愈同，礼愈严则仁愈笃者，先王之道也。分愈异者志愈同，故合枳之穰，反求其故地，枚举而铨次焉者，差之黍铢，

---

① 《亭塘陈氏宗谱》卷一（内部资料），2006 年重修，第 69 页。

② （明）宋濂著，黄灵庚编辑校点：《宋濂全集》，人民文学出版社 2014 年版，第 1327—1331 页。

则人己无别。犬牙错而不齐，敛之不合而一不可见。礼愈严者仁愈笃，故治国家天下者不以礼则彝伦斁，礼乐废而仁亡，是故洙、泗、伊、洛朝夕之所陈者，天下万殊之分，视听言行之宜，所操者，礼之柄耳，故学圣人者必始于礼焉。故一体万殊者，孔子之一贯，于洙、泗、伊、洛之言无不统者也。理一分殊之义废，则操其枝叶而舍其本根，洙、泗、伊、洛之会要不可见。章句析而附会兴，遗经不可识矣。"

濂受其说以归，间尝质之明经者，或者曰："近时学经者，如三尺之童观优于台下，但闻台上语笑声，而弗获见其形，所以不知妍媸，唯人言是信。"君子之论伟矣。或者曰：伊洛之学大明于淳熙，未易遽取舍之也。自时厥后，为贫游仕，奔走于四方，不及再候君子以毕其说。闻君子益以斯道为己任，汲汲焉唯恐不传，靡昼靡夜，操觚著所见于书，书成即刻梓示人。复贻书于濂曰："予濒死，吾道苦无所授，子聪明绝伦，何不一来，片言可尽也。"忧患相仍，亦未及往，而天下日趋于乱。君子之室庐亦毁于兵，寓子婿王为家，留六年之久。遘微疾，默坐于一室，不食饮者踰月。县令遣医来视疾，君子麾去曰："吾年八十又八，其死宜矣，何药之为?"未几，倏然而逝。实至正乙巳十月戊申也。

君子姓陈氏，讳樵，其字为君采。人因其衣鹿皮，故又号为"鹿皮子"，表隐趣也。其先居睦之富春，宋之中叶来徙东阳太平里，世为衣冠巨族。曾祖居仁。祖矗，登仕郎。父取青，国学进士，从乡先生石公一鳌与闻考亭之学，有志节，尝抗章诋权臣贾似道误国。及宋亡，元丞相巴延见其章，欲用之，辞。君子幼学于家庭，继受《易》《书》《诗》《春秋》大义于李公直方。其于天下之书无不读，读无不解，学成而隐，邈然不与世接。唯痛痒群经，思一洗支离穿凿之陋，形于谈辨，见于文辞，恒恳恳为人道之。文辞于状物写情尤精，然亦自出机轴，不蹈袭古今遗辙。读之者以其新逸超丽，喻为挺立孤松，群葩俯仰下风而莫之敢抗。或就之学，则斥曰："后世之辞章，乃士之脂泽，时之清玩耳，舍六经弗讲，而事浮辞绮语何哉?"

少作古赋十余篇，传至成均，生徒竞相誉写，谓绝似魏晋人所撰。君子则讳之，不复肯为也。君子足迹未尝出里门，而名闻远达朝著，知名之士若虞文靖公集、黄文献公溍、欧阳文公玄皆慕之，以为不可及。移书诒访，如恐失之。性复至孝，父患风挛，君子扶之以行，岁久益勤。后为风疾所侵，气弱不能吐，君子截竹为筒，时吸而出之。母郭夫人殁，君子不见，见其遗衣，辄奉之呜呜而泣。生平未尝言利，苟非其义，千驷万钟弗为动。家虽素饶于赀，痛惩膏粱之习，恶衣菲食以终其身。遇岁俭，辄竭粟赈里闾，自取来牟以续其食。尝发所藏锡为器，工人持归，乃白金也，悉易之。或以告君子，君子一笑而已。呜呼，君子已矣，世岂复有斯人哉。君子所著书，曰《易象数新说》，曰《洪范传》，曰《经解经》，曰《四书本旨》，曰《孝经新说》，曰《太极图解》，曰《通书解》，曰《圣贤大意》，曰《性理大明》，曰《答客问》，曰《石室新语》，曰《淳熙纠缪》，曰《鹿皮子》，曰《飞花观小稿》，合数百卷。

　　君子正配朱氏先若干年卒，生延年、大年、耆年、乔年、昌年。大年至正庚寅中乡闱乙榜第一，署徽州路歙县教谕。侧室某氏生逢年。君子没时，诸子唯乔年在，余皆先卒。女三人，其婿即王为，次则俞某、张绍先。孙男九人：庭玉、庭珪、庭筠、庭鸾、庭凤、庭坚、庭诲、庭某、庭某。女四人：适徐信、俞本、虞某、陆某。曾孙男五人：绍宗、超宗、林宗、某宗、某宗。女三人，在幼。乔年、庭坚等泊王为以是年十二月某甲子奉柩葬于县西南四十里怀德乡斗潭山之原。县长贰及学士大夫门弟子咸会，莫不洒泣。葬后五年，其高第弟子杨君荩乃为撰列行状一通，而乔年同王为持示金华宋濂，再拜请为铭。

　　呜呼！君子以超绝之资，旷视千古若一旦暮，期以孔子为师，而折衷群言之是非，不徇偏曲，不尚诡随，必欲畅其己说而后已，可谓特立独行而无畏慑者也。非人豪其能之乎？虽然，淳熙二三大儒，其志将以明道也，初亦何心于固？必使君子生于其时，与之上下其论，未必无起予之叹。而君子之众说，亦或藉其损益以就厥中，则所造诣者愈光辉混融，而卓冠于后先矣。天之生材，相违而不相值每如此，竟何如哉？然君子措虑之深，望道之切，其所传者确然自成一家言，殆无疑者。世之人弗察，伐异党同，常指君子为过高，是岂窥见其衡气机者哉？濂也不敏，窃窥慕洙、泗、伊、洛之学，有志弗强，日就卑近，不足以测君子所至之浅深，而君子则欲进而教之，今因请铭，故备著昔日问答之辞于其首，后之传儒林者尚有所稽焉。其称为君子者，君子盖有德之通称，尊之可谓至矣。铭曰：

洙泗传圣髓兮，伊洛发遗精。天人既混合兮，阳阴悉苞并。无闻不开阐兮，金石奏和平。自兹益演绎兮，白日中天行。如彼艺黍稷兮，薅去莠稂。春实成白粲兮，诏使来者尝。有夫起东海兮，吐言一如镛。噌吰达幽隐兮，务使声远扬。岂欲异涂辙兮，理致无终穷。著书动盈车兮，片言类括囊。中有万宝玉兮，包络无遗亡。解之溢众目兮，环异吁可惊。似兹海外珍兮，神光灿如虹。苟施琢刻工兮，定可献明廷。下可奉公侯兮，上可奠方明。胡为堕空山兮，枯槁埋光晶。鹿皮剪为裘兮，峨冠剩垂缨。临流玩飞花兮，心与烟霞冥。清风与逸气兮，横绝宇宙中。食道身自腴兮，畴计禄位丰。婆娑太霞洞兮，卒以上寿终。斗潭向东流兮，内有八尺茎。鬼神必诃卫兮，灵气结华英。永为文字祥兮，千祀乘休声。

鹿皮子传[①]

宋 濂

根溪陈先生樵，字君采。好衣鹿皮，自号鹿皮子。博综群书，无所不窥。隐居东白山太霞洞中，著书数千万言，若《经解》《易象新说》《洪范传》《四书本旨》。其微词奥义，多先儒所未经道。以其超绝之资，旷视千古若一旦。以孔子为师，而折衷群言之是非。可谓特立独行，而无畏慑者也。

尝执余手慨然太息曰："汉大师说经，善者不传，传者多不得其宗。淳熙来，群儒之说与洙、泗、伊、洛尤不类。曩予屏去群言，独取遗经，精思之四十年，一旦神会心融，灼见圣贤之大旨也。盖明月之珠，失之二千年，诸儒莫不索之，而终不可致。牧竖于大泽之滨偶获之。岂可以其贱忽之乎？"

余问之，乃语余曰："吾以'九畴'为'六府三事'，而图书为《易象》；以片言统万论，而天下古今无疑义；以庸言释经旨而野人君子无异辞。夫神所知之者，智也。知天地万物一体之谓礼，知分之宜之之谓义。礼复而和之谓乐。谓天地万物一体者，是经史之会委也。正能一视万物，则万殊之分，正家齐国，治而天下平矣。今夫天下国家一枳也，枳一而而穰十焉。枳有穰而一视之，其于人则仁也。发而视之，穰有十，则等有十。其于人则君臣父子长幼之等夷，刑赏予夺之殊分者也，所谓礼也。视十为

---

① （明）宋濂著，黄灵庚编辑校点：《宋濂全集》，人民文学出版社2014年版，第416—418页。

十者，礼之异；视十为一者，仁之同。分愈异者致愈同，礼愈严则仁愈笃。此先王之道也。治天下国家而不以礼，则彝伦斁、礼乐废而仁亡。是故洙、泗、濂、洛朝夕之所陈者，天下万殊之分，视听言行之宜；所操者，礼之柄焉耳。故一体万殊者，孔子之一贯，于言无不统者也。章句析而附会兴，操其枝叶而舍其本根，洙、泗、濂、洛之会，要不可见，而遗经不可识矣。"后遗余书曰："吾且死，吾道苦无所授。子旦暮来，片言可尽也。"

为文自成一家言，所著古诗赋若干首，莫辨汉魏。如虞集、揭傒斯诸公咸推鹿皮子诗赋当今第一。朝士数遗书欲引致之，俱不赴。

性极孝。父病疯痹，昼夜扶持，岁久不懈。又病痰气弱不能吐，则为筒吸而出之。母早殁，见遗衣辄捧之而泣。既髦，而方岳重臣及郡邑贤吏时遣使存问，或亲执馈食之礼，后生俊士以得见为幸，下至氓庶亦知推敬，称之曰陈先生。

至正乙巳，时年八十有八。忽一日默坐一室，不饮食。县令遣人以医来视，麾之去，曰："吾死可矣。"翛然而逝。

时明洪武十二年孟春前翰林学士承旨、嘉议大夫、兼修国史、兼太子赞善大夫后学潜溪宋濂拜书。

陈樵，字君采，金华人。樵好学，有邃悟，元末戴华阳巾，制鹿皮为衣，入太霞洞著书，以斯道为己任，语郡人宋濂曰：今夫家国天下，一枳也。枳一而穰十焉，枳有穰而一视之，其于人则仁也，发而视之，穰有十，则其等有十，于人则君臣父子长幼之等夷，刑赏予夺之殊分者也，所谓礼也。视十为十者，礼之异；视十为一者，仁之同。分愈异者致愈同，礼愈严者仁愈笃，此先王之道也。治天下国家而不以礼则彝伦斁，礼乐废而仁亡，是故洙、泗、濂、洛朝夕之所陈者，天下万殊之分，视、听、言、动之宜。所操者礼之柄焉耳，故一体万殊者，孔子之贯于言无不说者也。其立论如此。著书穷昼夜不息，会世乱，家毁于兵，寓子塈王为家留六年，年八十有八卒。[1]

---

[1] （明）冯从吾：《元儒考略》卷四，《文渊阁四库全书》453 册，台湾商务印书馆影印版，第802 页。

鹿皮子陈君采樵父取青附

　　陈樵，字君采，东阳人，父取青，慷慨负志节，从石一鳌与闻考亭之学。樵幼承家训，长受经于李直方，书无不读，因研覃遗经，思一洗支离穿凿之病，逾四十年，乃入东白山太霞洞中著书，其微词奥义，多前儒未经道者。宋濂称其"以超绝之资，旷视千古若一旦暮，期以孔子为师，而折衷群言之是非，可谓特立独行而无畏慑者也。"为文自出机轴，尝言："文章舍六籍弗讲，而事浮词绮语，何哉？"所著古赋十余篇，绝似魏晋。一时名士如虞集、黄溍、欧阳玄等，皆向慕，以为不可及。樵性至孝，父病痰，咯咯不能吐，樵亲以口吸之。母殁，樵不及识，见遗衣辄奉之而泣。生平未尝言利，家虽素饶，终其身恶衣菲食，澹如也。遇岁饥，竭廪粟以赈里闾，自取来牟续食。好衣鹿皮，因自号鹿皮子。有《鹿皮子集》《飞花观稿》，合数卷，年八十八卒。①

　　陈樵，字君采，东阳人。父取青，慷慨负志节，从石一鳌与闻考亭之学。樵幼承家训，长受经于李直方。书无不读，因研覃遗经，思一洗支离穿凿之陋，逾四十年，乃入东白山太霞洞中著书，其微词奥义，多前儒未经道者。宋濂称其以超绝之姿旷视千古若一旦暮，期以孔子为师，而折衷群言之是非，可谓特立独行而无畏慑者也。为文自出机轴，尝言："文章舍六经弗讲，而事浮辞绮语，何哉？"所著古赋十余篇，绝似魏晋。一时名士如虞集、黄溍、欧阳玄等皆向慕，以为不可及。性至孝，父病风挛，昼夜扶持，岁久益勤。后父患痰疾，气弱不能吐，樵为筒，吸而出之。母郭没，樵不及识，见遗衣辄奉之而泣。生平未尝言利，家虽素饶，终其身恶衣菲食，澹如也。遇岁歉，竭廪粟以赈里闾，自取来牟续食。好衣鹿皮，因自号鹿皮子。有《鹿皮子集》《飞花观稿》，合数卷，年八十八卒。②

---

① （明）徐象梅撰：《两浙名贤录》卷二，《续修四库全书》542 册，上海古籍出版社 2002 年版，第 60 页。

② （明）王懋德等：《万历金华府志》卷十六，台湾学生书局 1965 年版，第 1154—1155 页。

陈樵，字君采，东阳人。好以鹿皮为衣，自号曰"鹿皮子"。父取青，受学石一鳌，慷慨负志节，尝抗章诋权人贾似道误国。及宋亡，元丞相伯颜见其章，欲用之，辞而止。樵学于家庭，又从李直方受《易》《书》《诗》《春秋》大义。性沉敏，嗜学，所居一室，萧然敛容，危坐或数月不出户限。于世所有书无不读，读无不解。谓秦汉而下，说经而善者不传，传者多不得其宗。乾淳以来，群儒之说，尤与洙泗伊洛不类。因悉屏去传注，独取遗经，精思逾四十年。一旦心领神会，自以圣贤大指可识，乃入东山太霞洞中著书，其微词奥义，多前儒所未经道者。书成辄刊梓以传，且恳恳然为人言之，每自谓当断来说于其后云。尝语宋濂曰：吾以九畴为六府三事，而图书为易象者不可诬，以片言统万论，而天下古今无疑义，以庸言释经子，而野人君子无异词。谓神所知之谓知，天下殊分之谓礼，知分之宜之谓义，知天下万物一体之谓仁，礼复则和之谓乐，谓天下万物一体，经子之会要，一视万物，则万殊之分正，家齐国治而天下平矣。又为语其详曰：天下国家一枳也，枳一尔，而穰十焉，枳有穰而一视之，其于人则仁也，发而视之，穰有十，则其等有十，其于人，则君臣父子长幼之等夷，刑赏予夺之殊分，所谓礼也。视十为十者，礼之异；视十为一者，仁之同。分愈异则志愈同，礼愈严则仁愈笃者，先王之道也。分愈异者志愈同，故合枳之穰，反求其故地，枚举而诠次焉者，差之铢黍，则人已无别，犬牙错而不齐，敛之不合而一不可见。礼愈严者仁愈笃，故治天下国家者而不以礼则彝伦斁，礼乐废而仁亡，是故洙泗伊洛朝夕之所陈者，天下万殊之分，视听言行之宜，所操者礼之柄耳，故学圣人者必始于礼焉。故一体万殊者，孔子之一贯，于洙泗伊洛之言无不统者也。理一分殊之义废，则操其枝叶，舍其本根，洙泗伊洛之会要不可见。章句析而附会兴，遗经不可识矣。其诗文亦自出机轴，不盗袭前人遗辙，而于状物写情尤精，读之者以其新丽超逸，喻为挺立孤松，群葩俯仰下风而莫敢抗。或就之学，则曰："后世之词章，乃士之脂泽，时之清玩耳，舍六经弗讲，而事浮词绮语，何哉？"少作古赋十余，传至成均，生徒竞相誉写，谓绝似魏晋人作。然樵独讳之，不复肯为也。足迹未尝出里门，而名闻远达朝著，一时知名之士如虞集、黄溍、欧阳玄等皆向慕，以为不可及，移书咨访，如恐失之。每相与言曰：吾侪所为之文，不过循成规，无杰然出人意表者。至于鹿皮子"以无为有，以虚为实"，信可谓言人之所不能言者矣。性至孝，父患风挛，樵每扶之行，岁久益勤，后为风痰所侵，气弱不能吐，樵截竹为筒，时吸而出之。母郭没时，樵不及见，见其遗衣辄奉之而泣。生平未尝言利，苟非其义，虽万钟弗为动。家素饶裕，痛惩膏粱纨绮之习，恶衣菲食以终其身。遇俭岁，竭廪粟以赈闾里，自食或不给，则取来牟续之。尝发所藏锡为器，工人持归，乃白金也，悉易之，或以告，但一笑而已。所著书曰《易象数新说》，曰《洪范传》，曰《经解经》，曰《四书本旨》，曰《孝经新说》，曰《太极图解》，曰《通书解》，曰《圣贤大意》，曰《性理大明》，曰《答客问》，曰《石室新语》，曰《淳熙纠谬》，曰《鹿皮子》，曰《飞霞观小稿》，合数百卷。耄年犹披阅删修不倦，卒年八十八。宋濂志其墓，称为东阳隐君，下阙。[①]

元陈樵传[②]

陈樵，字君采，东阳人。祖嘉，仕元阶登仕郎。父取青，国学进士，从石一鳌与闻考亭之学。樵幼学于家庭，受经于李直方，于书无不读，痛瘝群经，思一洗支离穿凿之陋。为文务出警策，不蹈袭古人遗辙。尝言：为文舍六籍弗讲，而事文辞绮语，何哉？所著文有《鹿皮子集》《飞霞观稿》及他著书合数百卷。性至孝，父病风挛，昼夜扶持，岁久益勤。后患痰疾，气弱不能吐，樵截竹为筒，时吸而出之。母殁岁久，见其遗衣辄奉之而泣。生平未尝言利，苟非其义，千驷万钟弗为动。家虽素饶于赀，痛惩膏粱之习，恶衣菲食以终其身。遇岁歉，竭粟赈闾里，自取来牟续其食。年八十八翛然而逝。

赞曰：宋太史铭樵墓文云：樵以超绝之资，旷视千古若一旦暮，期以孔子为师，而折衷群言之是非，可谓特立独行而无畏慑者也，非人豪其能之乎？考其言行，表里不违，君子人哉！

---

① （明）应廷育：《金华先民传》2/16—17，续金华丛书。
② （明）郑柏：《金华贤达传》10/5—6，续金华丛书。

陈樵（宋濂《鹿皮子墓志》），东阳人，字君采，人因其衣鹿皮，故又号为鹿皮子。其先居睦之富春，宋之中叶徙东阳。幼学于家庭，继受《易》《书》《诗》《春秋》大义于李直方。文辞于状物写情尤精，自出机轴，不蹈袭古今遗辙。性至孝，父患风岚之疾，扶之以行，后为风痰所侵，气弱不能吐，截竹为筒，时吸而出之。母郭夫人没，见其遗衣，辄奉之呜呜而泣。生平未尝言利，家素饶，遇岁俭，辄竭粟赈里间。尝发所藏锡为器，工人持归，乃白金也，悉易之，或以告，一笑而已。[1]

陈樵[2]

陈樵，字君采，东阳人。生平好衣鹿皮，故自号鹿皮子。樵性英敏，博综群书，于学无所不窥。生当元世，隐居小东白山圁谷涧少霞洞中，著书十余种，曰《易象数解新说》、曰《洪范传》、曰《经解》、曰《四书本旨》。其微词奥义，多先贤所未经道。学士宋濂称其："超绝之资，旷视千古，若一旦暮，期以孔子为师；而折衷群言之是非，可谓特立独行，而无畏慑者也。"樵尝执濂手，慨然太息曰："汉太师释经，而善者不传，传者多不得其宗。淳熙来群儒之说，与洙、泗、伊、洛尤不类。曩予屏去传注，独取遗经精思之四十年，一旦神会心融，灼然有见于圣贤之大旨也。盖明月之珠，失之二千年，上自王公，下至皁隶，莫不伥伥然索之，而终不可致。牧竖于大泽之滨偶获之，岂可以其贱忽之乎？"濂避席而请曰："愿遂闻之。"乃言曰："吾以《九畴》为六府三事，而《图书》同为易象。以片言统万论，而天下古今无疑义；以庸言释经旨，而野人君子无异辞。夫神之所知者，智也。知天地万物一体之谓仁，知天下分殊之谓礼，知分之宜之谓义，礼复而和之谓乐。故天地万物一体者，是经史之会委也。能一视万物，则万殊之分正，家齐国治而天下平矣。今夫天下国家一枳也。枳一而穰十焉。枳有穰，而一视之，其于人则仁也。发而视之，穰有十，则其等有十，其于人，则君臣父子长幼之等夷，刑赏予夺之殊分者也，所谓礼

① （清）沈翼机等编纂：《浙江通志》卷一百九十三，《文渊阁四库全书》524册，商务印书馆影印版，第293页。
② （清）王崇炳：《金华征献略》卷五，赵一生主编《东阳丛书》15册，浙江古籍出版社2014年版，第127—130页。

也。视十为十者，礼之异；视十为一者，仁之同。分愈异者，致愈同；礼愈严者，仁愈笃：此先王之道也。治天下国家而不以礼，则彝伦斁，礼乐废，而仁亡。是故洙、泗、伊、洛，朝夕之所陈者，天下万殊之分，视听言行之宜，所操者，礼之柄焉耳。故一体万殊者，孔子之一贯，于言无不统者也。章句析而附会兴，操其枝叶，舍其本根，洙、泗、濂、洛之会要不可见，而遗经不可识矣。"又《遗濂书》曰："吾且死，吾道苦无所授。子聪明绝伦，胡不一来？来片言可尽也。"樵凡与人言文章必以六经为归，故其诗文皆自成一家。所著古赋十余篇，莫辨晋魏，一时名士如云，皆向慕之，如侍书虞集、侍讲黄溍，尤极推重，曰："鹿皮子诗赋，当今第一。"又曰："吾侪所为文，不过循成规无杰然出人意表者。如鹿皮子真不可及也。"诸朝士数遗书欲引致之，俱不答。性至孝，父病疯挛，昼夜扶持，岁久不懈。又病痰，气弱不能吐，则为箧吸而出之。母早殁，见遗衣辄捧之泣。生平未尝言利，家虽素封，终身恶衣菲食，澹如也。遇岁歉，则竭廪粟以赈亲故及闾里，不少靳。既耄，而方岳重臣及郡邑贤吏，时遣使存问，或亲执馈食之礼。后生俊士，以得接见为幸。下至舆台皂吏，亦知推敬，称之曰陈先生。年八十有八，且卒，趺坐一室，不饮食踰月，县令遣人以医来视，麾之去，曰："吾死可矣。"翛然而逝。

论曰：赵香砂《述史传》云："自朱吕倡学东南，学士承传之惟谨。迨元末，而精思力诣者各以所造自成学，若蜀资州黄泽、金华陈樵最显名。樵好学，有邃悟，著书穷昼夜不息。会世乱，家毁于兵，其书多不传。所传者，率皆诗赋之文。不知者因目为隐逸，而不知樵之学，固儒学也；其行，固儒行也。"窃窥君采风旨，盖似有心非淳熙之学者，顾其所云"仁统万善，理一分殊"，皆宋儒之绪言，而非必有独创之解。即"万物一体"之语，倘不能的然窥见其本体而真知所以用力之处，亦未必不涉于想象拟议。窃思得旁采其他说，以证其功力造诣之所到。去年于徐氏家谱见其《仁安堂记》，所言安仁之旨甚详："而以三月而违，颜子于仁尚未安，孔子不呵之者，观其进也。"夫道不足而妄议古人者，君子无是也。意者其存心纯密，实有自得之处，故不觉其言之大也！惜其他文不传，不能窥见其所学之备，以观其诣之所至也。

陈樵，字君采，东阳人。受经于李直方，研精遗经，一洗支离穿凿之陋，逾四十年，入东白山太霞洞中著书。其辞纵横辨博，一时知名士若虞集、黄溍、欧阳元等皆向慕，以为不可及。所著有《鹿皮子集》。①

陈樵，字君采，东阳人。父取青，从乡先生石一鳌游，与闻考亭之学（一鳌，字晋卿，宋乡贡士，晚年覃思于易。两目尽瞽，著《周易互言总论》十卷）。樵承家传，继受《易》《诗》《书》《春秋》于程直方。书无不读，读无不解，屏却传注，独取遗经，精思四十年，恍然有得，著《易象数解新说》《洪范传》《经解》《四书本旨》《孝经新说》。常制鹿皮为衣，种药圃谷中，自称《鹿皮子集》。②

陈樵字君采，东阳人。父取青，从乡先生石一鳌游，与闻考亭之学。樵承家传，继受《易》《诗》《书》《春秋》于程直方。书无不读，读无不解，屏却传注，独取遗经，精思四十年，恍然有得。著《易象数解新说》《洪范传经解》《四书本旨》《孝经新说》。常制鹿皮为衣，种药圃谷中，自称《鹿皮子集》。③

舣翁家学　刘、李六传
隐君陈鹿皮先生樵

陈樵，字君采，取青之子。好以鹿皮为衣，自号鹿皮子。先生学于家庭，又从李直方受《五经》大义。性沈敏嗜学，独取遗经精思，逾四十年，心领神会，自以圣贤大指可识，乃入东白山大霞洞中著书。其微词奥义，多前儒未经道。虞伯生、黄晋卿、欧阳圭斋辈皆向慕，以为不可及。宋潜溪志其墓，称为"东阳隐君子"。百家记。④

---

① 《大清一统志》卷三百，《续修四库全书》619册，上海古籍出版社2002年版，第238页。
② （清）邵远平撰：《元史类编》卷三十六，《续修四库全书》313册，上海古籍出版社2002年版，第528页。
③ （清）魏源：《元史新编》卷四十六，《魏源全集》第九册，岳麓书社2004年版，第1191页。
④ （清）黄宗羲原著，全祖望补修，陈金生、梁运华点校：《宋元学案》卷七十，中华书局1982年版，第2356页。

隐君陈鹿皮先生樵①

云濠谨案：先生所著书曰《易象数新说》《洪范传》《经解》《四书本旨》《孝经新说》《太极图解》《通书解》《圣贤大意》《性理大全》《答客问》《石室新语》《淳熙纠缪》《鹿皮子》《飞飞观小稿》，合数百卷。

鹿皮子说：

"后世之辞章，乃士之脂泽，时之清玩耳，舍六经弗讲，而事浮词绮语，何欤？"

"近时学经者，如三尺之童观优于台下，但闻台上语笑声，而弗获观其形，所以不知妍媸，惟人言是信。"

"盖明月之珠，失之二千年，上自王公，下至皂隶，莫不怅然索之而不可得，牧竖于大泽之滨偶获之，岂可以其贱而忽之乎？"

《鹿皮子集》：为天道之大原兮，有物混沦。大不知其外有兮，细又入于无伦。长上古以为生兮，阅方□而长存。怀道体之大全兮，命元气以为凭。天人于是乎成性兮，裂积气而标形。《太极赋》

父慈子必孝，兄友弟亦恭。倘使诚心在，如何不感通？

生来同一气，兄弟是天伦。只要长和合，休言富与贫。

古有难兄弟，今无好弟兄。何由风俗好，凡百近人情。以上《劝兄弟》。

附录：

入太虚洞著书，郡人宋濂往谒之。先生步出，戒侍子治酒醢，执罂觥为献酬，歌古诗以为欢。已，执濂手，慨然太息，濂归，复遗之书曰："吾且死，吾道苦无所授，子聪明绝伦，胡不一来，来片言可尽也。"而传经者颂言：濂洛之学大明于淳熙，何可少也？濂卒不往。

自题《鹿皮子墓》曰：石上苔侵古瓦棺，化□深锁万松关。坐看天上楼成日，吟到人间诗尽年。勾漏无灵丹灶冷，孟郊未死白云闲。江南春草年年绿，又向他生说郑玄。

宋文宪志其墓曰：元统间，尝候君子洞中，君子慨然曰："秦汉而下，说经而善者不传，传者多不得其宗。淳熙以来，群儒之说尤与洙、泗、伊、

---

① （清）王梓材、冯云濠撰，张寿镛校补：《宋元学案补遗》70/94—98，《四明丛书》102500册，张氏约园刊本。

洛不类。余悉屏去传注，独取遗经，精思至四十春秋，一旦神会心融，烛见圣贤之大旨。"又曰："吾以九畴为六府三事，而《图》《书》为《易象》者不可诬。以片言统万论，而天下古今无疑义。以庸言释经旨，而野人君子无异辞。谓神所知之谓智，知天下殊分之谓礼，知分之宜之谓义，知天地万物一体之谓仁，礼复则和，和谓乐。谓天地万物一体，经学之会要，一视万物，则万殊之分正，家齐国治而天下平矣。"又曰："家国天下，一枳也。枳一尔，而穰十焉，枳有穰而一视之，其于人则仁也。发而视之，穰有十，则等有十，其于人则君臣父子长幼之等夷，刑赏予夺之殊分，所谓礼也。视十为十者，礼之异；视十为一者，仁之同。分愈异则志愈同，礼愈严则仁愈笃者，先王之道也。分愈异者志愈同，故合枳之穰，反求其故地，枚举而铨次焉者，差之黍铢，则人已无别。犬牙错而不齐，敛之不合而一不可。分愈异者致愈同，礼愈严者仁愈笃，此先王之道也。故治家国天下者不以礼则彝伦斁，礼乐废而仁亡，是故洙、泗、伊、洛朝夕所陈者，天下万殊之分，视听言行之宜，所操者，礼之柄耳，故学圣人者必始于礼焉。故一体万殊者，孔子之一贯，于洙、泗、伊、洛之言无不统者也。理一分殊之义废，则操其枝叶而舍其本根，洙、泗、伊、洛之会要不可见。章句析而附会兴，遗经不可识矣。"

杨铁崖序其文集曰：鹿皮子著书凡二百卷。予始读其诗，曰："李长吉之流也。"又读其赋，曰："刘禹锡之流也。"至读其所著书，而后知其可附李孝光、虞集，以达乎欧、韩、王、董，以羽翼乎孔孟。盖公生于盛时，不习训诂文，而抱道大山长谷之间，其精神坚完，足以立事；其志虑纯一，足以穷物；其考览博大，足以通乎典故；而其超然所得者，又足以达乎鬼神天地之化。宜其文之所就，可必行于人，为传世之器无疑也。

梓材谨案：铁崖集又有《鹿皮子文集后辨》，称其为有道之人，并以老庄说辨之云。

梓材又案：阮亭《居易录》：《鹿皮子集》四卷，诗学温、李，《寒食词》一篇，有麦秀黍离之痛。又云：古赋颇工。

马平泉曰：陈君采生当元季，槁死穷岩，孙夏峰称为"守先待后之儒"。余观其生平绪论及其酒醲欢歌，所以惓惓于宋景濂者，悠然想见其为人。吾独怪景濂，何不一往，以毕其说，乃为世俗之言所阻，厥后，幸际休明，学殖浅薄，无大建竖于世，有以哉？夫以君采之学，不获奋翮云衢，为世羽仪，而欲寄一线于来者，亦卒不可得。天之不相道与，何斯人之多穷也？

鹿皮子陈樵①

樵字居采，婺州东阳人。负经济才，介特自守，隐居圆谷间，衣鹿皮，自号"鹿皮子"。以当事者荐，征之不起，专意著述。尤长于说经，与同郡黄晋卿辈友善。尝贻书宋景濂，谆谆以文章相勉励云。所著曰《鹿皮子集》。好为古赋，组织锦丽，有魏晋人遗风。其诗于题咏为多，属对精巧，时有奇气，如："山遮春欲归时路，雁入凫飞不尽天。""僧曝屋头猿挂树，鸟衔窗外雨生鱼。""春在地中长不死，月行天尽又飞来。""台虚人在空中立，云静天从水面浮。""诗无獭髓痕犹在，梦有鸾胶断若何。""野鹿避人悬树宿，溪鱼乘水上山来。""天出异香薰宝树，日将五色染游丝。""絮轻便欲排云去，花好多应换骨来。"即此数语，可以步武西昆诸作。

陈樵②

字君采，婺之东阳人，别号鹿皮子，世为渭东巨族，其父名取青，宋末进士，尝抗章诋贾似道误国，及宋亡，元丞相巴延见其章，欲用之，辞不就。樵幼承家学，又受《易》《诗》《书》《春秋》大义于李直方。凡古今之书无不读，读无不解。学成而隐，遯然不与世接。著书数十种，而《易象数新说》《洪范传》《经解》《左经新说》《太极图》《通书解》《圣贤大意》《性理大明》《石室新语》《淳熙纠缪》尤见称于学者，卒年八十有八，为至正乙巳年。详见宋景濂所撰墓志。

陈樵，字君采，东阳人。父取青，从乡先生石一鳌游，与闻朱子之学。樵承家传，继受《易》《诗》《书》《春秋》于程直方，精思四十年，恍然有得。著《易象数解新说》《洪范传》《经解》《四书本旨》《孝经新说》

---

① （清）顾嗣立：《元诗选初集》，中华书局1987年版，第1479页。
② （清）陈焯编：《宋元诗会》卷八十九，《文渊阁四库全书》1464册，台湾商务印书馆影印版，第591页。

《鹿皮子集》。樵常制鹿皮为衣，种药阆谷中，自称鹿皮子，故以名其集云。①

樵父取青，宝祐间，抗章诋贾似道误国，不报。归隐于家，自号闲敖翁。宋亡，丞相伯颜见其章，为之叹息。樵字君采，有经济才，至正中，遭乱不仕，种药圉谷中，有北山别业，备水石花竹之趣，好以鹿皮为衣，自称"鹿皮子"。被荐征，不起其时。②

陈樵

樵字居采，婺州东阳人。

西湖竹枝集：居阆谷间，衣鹿皮衣，著书自号《鹿皮子》。③

陈樵，字君采，金华人。好学，有邃悟，元末戴华阳巾，制鹿皮为衣，种药银谷涧中，入太霞洞著书。郡人宋濂景濂往谒之，樵步屐出，速戒侍子治酒醴，执竽觥为献酬，歌古诗为欢。已，执濂手，慨然太息曰："汉太师说经而善者不传，传者多不得其宗。淳熙来，群儒之说与洙、泗、伊、洛尤不类。曩余屏去传注，独取遗经，精思之四十年，一旦神会心融，灼然有见于圣贤之大指也。盖明月之珠，失之二千年，上自王公，下至吨隶，莫不怅怅然索之，而终不可致，牧竖于大泽之滨偶获之，岂可以其贱忽之乎？"濂避席而请曰："愿遂闻之。"乃言曰："吾以九畴为六府三事，而《图》《书》同为《易象》。以片言统万论，而天下古今无疑义；以庸言释经旨，而野人君子无异辞。夫神之所知者智也，知天地万物一体之谓仁，知天下分殊之谓礼，知分之宜之谓义，礼复而和之之谓乐。故天地万物一体者，是经史之会委也，能一视万物，则万殊之分正，家齐国治而天下平矣。今夫家国天下一枳也，枳一而穰十焉，枳有穰而一视之，其于人则仁

---

① 柯劭忞：《元史二种·新元史》卷二百三十六，上海古籍出版社，上海书店1989年版，第914页。

② （清）曾廉撰：《元书·隐逸传上》91/15，宣统三年层漪堂刊本。

③ （清）陈衍辑撰，李梦生校点：《元诗纪事》卷二十一，上海古籍出版社1987年版，第510页。

矣。发而视之，穰有十，则其等有十，其于人则君臣父子长幼之等夷，刑赏予夺之殊分者，之所谓礼也。视十为十者，礼之异；视十为一者，仁之同。分愈异者致愈同，礼愈严者仁愈笃，此先王之道也。治天下国家而不以礼则彝伦斁，礼乐废而仁亡，是故洙、泗、濂、洛朝夕之所陈者，天下万殊之分，视听言动之宜，所操者，礼之柄焉耳，故一体万殊者，孔子之一贯，于言无不统者也。章句析而附会兴，操其枝叶，舍其本根，洙、泗、濂、洛之会要不可见，而遗经不可识矣。"

濂受其说以归，而传经者颂言：伊洛之学大明于淳熙，何可少也？于是不复往毕其说。而樵益以斯道为己任，著书穷昼夜不息。遗濂书曰："吾且死，吾道苦无所授，子聪明绝伦，胡不一来，来片言可尽也。"会世乱，家毁于兵，寓子婿王为家，留六年卒且卒。默坐一室，不食饮踰月，县令遣人以医来视，麾之去，曰："吾年八十又八，死可矣。"翛然逝。

眉批云：樵之学大有宗统，濂何靳一再往，以毕其说耶？守先待后之儒。①

金华文略姓氏：陈樵

字君采，东阳人。识高学博，著书多微词奥义，皆前儒所未经道，凡百数十卷。性至孝，年八十八卒。生平好衣鹿皮，号鹿皮子，今所传有《鹿皮子集》。②

陈樵③

陈樵（1278—1365），字君采。亭塘人。元末，隐居小东白山间谷洞少霞洞。常着鹿皮衣，自号鹿皮子。性至孝，幼承家教，继师事李直方，受《易》《诗》《书》《春秋》之学。历40年恍然领悟，见解独到。樵不入仕途，专意著述。所作文辞，精于状物写情，清新超逸，自成风格，被

---

① （清）孙夏峰：《理学宗传》，兼山堂编辑《孙夏峰全集·元儒考》19/37—39，夏峰藏版。
② （清）王崇炳编著，李烈初点校：《金华文略》，赵一生主编《东阳丛书》16册，浙江古籍出版社2014年版，第17页。
③ 东阳市地方志编委会编纂：《东阳市志·人物》卷七，汉语大词典出版社1993年版，第181页。

人喻为"挺立孤松"。所撰古赋十余篇，为国子监生徒竞相誊抄传诵。生平足迹未尝越出家乡，而声誉远达朝廷，知名人士多有投书谘访。年八十八卒，著述甚丰。宋濂、杨铁崖等对其学术造诣极为推重。郑善世《经世要言》中，推陈樵经学有独到之见。今大部著作已佚，惟存《鹿皮子集》《太极图解》《洪范传》《孝经新说》《四书本旨》见于著录。《鹿皮子集》及《飞花小稿》收入《四库全书》。

二、赠答题咏

寄陈君采昆山读书①
胡　减

幔亭山不到，息影坐禅林。早制黄金锁，休雕白玉心。
草香熏野服，石气润秋琴。千古无言意，相期乐处寻。

次陈君采水轩韵②
胡　减

波光皱縠影漭漭，自剪芙蓉绣岛云。
荷屋琼茅香绕树，水烟瑶草碧生春。
剑寒越客苍梧气，囊结昊奴紫锦纹。
莫遣东风惊画舫，沧浪留与濯缨尘。

过鹿皮子小玄畅楼③
李　裕

隐君昔向金华住，坐爱双溪八咏楼。
别起危檐更萧爽，未应前哲独风流。
空山明月定谁好，野水闲云亦自秋。
他日相从问清静，便须乘兴到林丘。

---

① （清）顾嗣立、席世臣编，吴申扬点校：《元诗选癸集》，中华书局2001年版，第570页。
② 同上。
③ （清）顾嗣立编：《元诗选三集》，中华书局1987年版，第254页。

寄赠陈君采二首，时闻宴坐西岘山中①

柳 贯

翠岘峰千仞，峰蹊步步迷。令人通履屐，藉子立阶梯。

欲点青云破，须寻白石题。是中观万象，轩豁露端倪。

明明删述轨，本始数千年。龟玉初谁毁，麟胶合更煎。

如将求杪忽，自可制方圆。微子孤吾望，申歌意惘然。

游耆阇山寺，因怀君采②

柳 贯

马影风吹度石梁，松云冉冉昼生凉。

俗尘不占清虚境，僧榻初投曲密房。

几道飞泉添涨水，半林残雨漏斜阳。

北山重忆栖霞侣，新种芝苗若许长。

次韵答陈君采，兼简一二同志③

黄 溍

其一

温诏欣初睹，峨冠盍共缨？如何沧海上？独看白云生。

灯火三千楼，冰霜五百程。谁须富车骑？终古陋桓荣。

其二

忆昔双溪上，相逢暮雨时。交游倾意气，谈笑挹丰仪。

草草中年别，寥寥大雅诗。受材知有分，丰啬竟谁司？

其三

不谓飘零日，求贤网四张。胡然卑小技，乃尔阒孤芳。

宝唾非无色，江鸿讵有行？散材何所以？徒愧饰青黄。

---

① （元）柳贯著，柳遵杰点校：《柳贯诗文集》，浙江古籍出版社 2004 年版，第 67 页。
② 同上书，第 116 页。
③ （元）黄溍著，王颋点校：《黄溍全集》，天津古籍出版社 2008 年版，第 47—48 页。

其四

十载西州客，论交著处新。时时谈述作，一一望光尘。

澹月银河晓，暄风玉树春。幸令窥髣髴，微薄尚何伸？

其五

默守知存道，清言不废儒。身方同木石，名已在江湖。

此士须前席，何人属后车？唯应耕钓者，缥缈识霞裾。

其六

尚想南归始，簪花出禁围。尘沙迷故步，桃李借余辉。

有日酬天造，终身返布衣。风流成二老，巾屦傥相依。

其七

亦有贞居子，难忘太古情。诗筒来绝响，茗碗出新烹。

磊落单传意，萧条异代名。无为念离别，惆怅不能平。

寄陈君采[①]

黄　溍

江淹文采碧云消，潘岳才华玉树凋。

后尔千年开捷钥，森然作者见风标。

琪花夕日辉相并，金匮名山路未遥。

剩欲倾心数还往，高期无使竟萧条。

喜赵继道至，有怀陈君采[②]

黄　溍

匆匆聚散定何常？耿耿心期故未忘。

草木关情人事异，云霄回首路歧长。

交游历落银河隔，制作纷纶瑞锦张。

为语何时共倾倒？秋床风露已生凉。

---

① 黄溍著，王颋点校：《黄溍全集》，天津古籍出版社 2008 年版，第 59 页。
② 同上书，第 67 页。

祭处士鹿皮翁文①

呜呼府君，生于前元。早承庭训，精究遗编。扶持正脉，折衷详言。太霞圄谷，石楼壶天。浮云富贵，逍遥盘旋。邦乡景慕，遐迩播传。启我后人，亦既有年。封茔所寄，奉守弗虔。他姓侵之，久抱沉冤。情籲贤宰，幸获见怜。乡评亦公，遂复旧焉。伐石崇土，俾仰后瞻。兹当仲春，拜扫墓阡。即事之初，敢谢谨告。

读陈居采传②

卢洪嵩

越有隐君子，宗侣麇鹿中。绣文被缟质，结响和松风。

十八塘③

赵 衍

千顷横塘水，犹存十八名。昆明谁凿者，吴沼至今平。
代隐君王迹，池为处士旌。古人贵不朽，山水忆前盟。

亭塘④

何 范

野塘烟雨近柴扉，不见遗亭见水湄。
人事几经沧海变，至今犹说鹿皮衣。

又赠鹤潭⑤

郑 性

鹿皮久没鹤潭兴，火尽吴宁另一灯。
万载天空九日月，诸儒蚁竞穴邱陵。

---

① 《亭塘陈氏宗谱》卷四（内部资料），2006 年重修，第 119 页。
② 《道光东阳县志·广闻志四》卷二十六，《中国地方志集成·浙江府县志辑五十三》，上海书店 1993 年版，第 391 页。
③ 同上书，第 396 页。
④ 《道光东阳县志·胜迹》卷二十三，《中国地方志集成·浙江府县志辑五十三》，上海书店 1993 年版，第 314 页。
⑤ （清）郑性撰：《南谿偶刊·南谿寤歌》卷上，《四库未收书辑刊》8 辑 27 册，北京出版社 1997 年版，第 498 页。

心如秋水还无底，身在悬崖第几层。

当日潜溪唤不至，南谿不唤却来应。

（吴宁先儒陈樵号鹿皮子，尝欲传道于潜溪，易簀时呼之，而潜溪不至）

题鹤潭小照卷子①

郑　性

千载何人是见知，景濂于此也狐疑。

金蒙山下再来客，犹垫元时旧鹿皮。

（东阳鹿皮子临殁欲传道于景濂，呼之而不至）

斗潭山鹿皮子墓并序②

楼上层

鹿皮子不应征聘，隐居太霞洞著书，后以杨镇龙扰焚其屋，女夫人王为迎养于家六年卒，奉其柩，葬之斗潭山。山削立万仞，包有诸迹，岸碧研青，送古怀者，山水之间也。

崛崛斗潭山，溪南一抔土。

感绝后来者，天地此终古。

三、序跋著录

跋陈君采家藏东坡墨迹③

许　谦

伊尹元圣一德，身任天下，其就汤就桀，动皆至诚，固不可以后世常人之心议之也。子厚东坡之论，亦各有所见尔。坡翁词翰绝古今，其片言只字皆可宝。此纸笔法精妙，凛有生气，观之使人兴起，陈君采其为天下宝之。

---

① （清）郑性撰：《南谿偶刊·南谿瘖歌》卷上，《四库未收书辑刊》8 辑 27 册，北京出版社 1997 年版，第 543 页。

② 《道光东阳县志·广闻志四》卷二十六，《中国地方志集成·浙江府县志辑五十三》，上海书店 1993 年版，第 398 页。

③ （元）许谦：《白云集》卷三，中华书局 1985 年版，第 53 页。

鹿皮子文集序①

杨维桢

　　言有高而弗当，义有奥而弗通，若是者后世有传焉？无有也。又况言庬而弗律，义淫而无轨者乎？自孔氏后，立言传世者不知几人焉，其灭没不传、卒与齐民共腐者，亦不知几人焉。姑以唐人言之：卢殷之文凡千余篇，李础之诗凡八百篇，樊绍述著《樊子书》六十卷，杂诗文凡九百余篇，今皆安在哉？非其文不传也，言庬义淫，非传世之器也。自今观之，孔孟而下，人乐传其文者，屈原、荀况、董仲舒、司马迁，又其次王通、韩愈、欧阳修、周敦颐、苏洵父子。逮乎我朝，姚公燧、虞公集、吴公澄、李公孝光，凡此十数君子，其言皆高而当，其义皆奥而通也。虞、李之次，复有鹿皮子者焉，著书凡二百余卷。予殆读其诗，曰："李长吉之流也。"又读其赋，曰："刘禹锡之流也。"至读其所著书，而后知其可继李虞，以达乎欧、韩、王、董，以羽仪乎孔孟也。盖公生于盛时，不习训诂文，而抱道大山长谷之间，其精神坚完，足以立事；其志虑纯一，足以穷物；其考览博大，足以通乎典故；而其超然所得者，又足以达乎鬼神天地之化。宜其文之所就，可必行于人，为传世之器无疑也。予怪言庬而义淫者，往往家自摹刻以传布于世，富者怙资以为，而贵者又怙势以为，意将与十一经、历代诸子史并行而无斁，不知屈氏而次，彼虽欲不传，不得也。必藉贵富以传，则贵富灭而文亦灭矣。呜呼！贵富者不足怙以传，而后知文字之果足以传世也。文如鹿皮子而不传，吾不信也。予与鹿皮子同乡渊之东，而未获识其人，其子年持文集来，且将其命曰："序吾文者，必会稽杨维祯也。"于是乎序。鹿皮子，陈氏，名樵，字君采，金华人，居圁谷涧，常衣鹿皮，自号鹿皮子云。

鹿皮子文集后辩②

杨维桢

　　予既为《鹿皮子文序》，客有骂者曰："鹿皮子，老氏之流也。鹿皮子之言，漆园氏之绪余也。其文空青水碧之文，何尚乎？"予复与鹿皮子辩，

---

① 李修生主编：《全元文》41 册，凤凰出版社 2004 年版，第 223—224 页。
② 李修生主编：《全元文》42 册，凤凰出版社 2004 年版，第 209 页。

且为老子辩曰："庄、列、申、韩皆老氏出也，而相去绝反，何也？庄、列游于天，申、韩游于人。游于天者过高，故为虚无。游于人者过卑，故为刑名。二者胥失也。盖学老氏者，期以大道治治民，不以显法乱乱世。鹿皮子之道，《大易》之道也。鹿皮子之存心，老氏之心也。鹿皮子之望治，羲黄氏之治也。鹿皮子，有道人也。不能使之致君于羲黄，而使之自致其身于无怀、赫胥之域，此当代君子责也，于鹿皮子何病焉？"

鹿皮子集四卷①

元陈樵撰。樵字居采，婺州东阳人，至正中遭乱不仕，遁居圁谷，每衣鹿皮，因自号鹿皮子。考所作北山别业诗三十八首，备水石花竹之趣，则亦顾阿瑛、倪瓒之流，非穷乡苦寒之士也。郑善夫《经世要言》称其经学为独到，然所称"神所知者谓之智"实慈湖之绪余，而姚江之先导。论其所长当仍在文章。是集题曰卢联子友编。其古赋落落有奇气。诗古体五言胜七言，近体七言胜五言，大抵七言古体学温庭筠，以幽艳为宗。七言近体学陆龟蒙，而雕削往往太甚，如"春在地中常不死，月行天尽又飞来"之类，则伤于粗俗，"诗无獭髓痕犹在，梦有鸾胶断若何"之类，则伤于纤巧。顾嗣立《元诗选》乃标为佳句，列于小传之内，殊失别裁。又古诗用韵，多以真谆臻侵同用，沿吴棫《韵补》之谬注，殊乖古法。近体多以支脂之微齐通押，盖亦误信吴棫之说。夫诗各有体裁，韵亦各有界限，既僻于复古，自可竟作古诗，何必更作今体？既作今体而又不用今韵，则驴非驴马非马，龟兹王所谓嬴矣，是皆贤智之过，亦不必曲为樵讳也。

鹿皮子集四卷②

臣等谨案：《鹿皮子集》四卷，元陈樵撰，樵字居采，东阳人。介特自守，隐居圁谷，衣鹿皮，自号鹿皮子，屡荐不出，专意著述，是集题曰卢联子友编辑，不知联何人也。樵长于说经，与黄溍、宋濂等以文章相砥砺，故造诣颇深。所作古赋，落落有奇气。诗则古体五言胜七言，近体七言胜五言，大抵七言古体学温庭筠，七言近体学陆龟蒙，俱能得其神髓。

---

① （清）永瑢、纪昀等：《四库全书总目》卷一百六十八，艺文印书馆1969年版，第3343页。
② （元）陈樵：《鹿皮子集》，《文渊阁四库全书》1216册，台湾商务印书馆影印版，第642—643页。

顾嗣立《元诗选》摘其"山遮春欲归时路,雁入岛飞不尽天""野鹿避人悬树宿,溪鱼乘水上山来""絮轻便欲排云去,花好多应换骨来"诸句以为步武西昆,然其精刻之思究,与松陵笠泽为近。至于古体,多见其醇臻侵同用,颇乖古法。近体多用洪武正韵,尤不可解。殆其入明以后所作,故不得不从当代功令欤?乾隆四十五年五月恭校上。

总纂官纪昀、陆锡熊、孙士毅

总校官陆费墀

鹿皮子诗赋集序①

余选东阳历朝诗,于元得两先生焉,曰陈樵,李裕。陈先生诗见于元诗选本中尚十数首,李先生诗即邑乘艺文亦略之,窃念丰城剑气尚能光烛牛斗,两先生文章当日所称光焰万丈者,今乃不获与炬火争,是可叹也。既读宋文宪公濂所撰两先生墓志,深加推许,其称陈先生谓"先生入太霞洞著书,纵横辨博,一洗支离穿凿之陋;晚益以斯道为己任,操觚靡昼夜,书成合数百卷。"迄今三百余年,虽先生之名,犹在学士大夫之口,而问其遗书,仅有存者,惟《鹿皮子》数卷耳。复窃念先生以旷世之才,其著书明理一分殊之义,若遂欲起洙、泗、伊、洛,而师友于一堂,讵屑以离词韵语自见哉?而世之好先生,反在此不在彼。顾先生诗实自成一家,独取古韵,不就休文三尺。其七言律新逸超丽,如玉树璚葩,天然自放,实有不可及者。至古赋十余首,体备风骚,足以兄事骆丞、弟蓄元瑞。余尝购得旧本于许司马家,重加校订,付之剞劂氏,亦自知非先生所欲,而一生精力已付秦灰。此詹詹者犹得于残编断简之中,存什一于千百,是亦先生之幸也。先生当元季,隐居不仕,清风高节,庶几希夷,后尘出处之义较李先生为正,而所学亦过之。余既重刻是编,而于历朝诗选中载李先生诗独多,后有博雅者取两先生诗合刻之,譬诸雌雄双剑,不任孤飞,干将既来,莫邪自至。百年尘土一旦拂拭而出,风雨之夜定闻鬼唱。两先生之诗灵,其犹徘徊于山巅水涯间乎!

会稽董肇勋撰

---

① 《亭塘陈氏宗谱》卷四(内部资料),2006年重修,第178—179页。

凡例①

是集为卢君子友所编，子友讳联，都宪公睿之曾孙，解元楷之子也。好诗、古文辞，悯先生遗文散失，购得是编，刻之要，为有功于先生者，故不欲逸其名。

旧板刻于明正德戊寅，历一百七十八年，间多漫灭不可辨识。兹细加详绎，共得二百七十字，其余概从阙文。

旧版既毁于火，藏书之家，罕有存者，二卷脱去乐府一简，殊为可惜。

原序系慈溪周公旋所撰，因中多忌讳语，不及登载。

先生宜传儒林，明洪武二年诏宋文宪公濂、王忠文公袆，为鉴修元史总裁官，二公皆先生同乡。是时先生尚存，格于定例，报罢。殁而文宪公为作墓志，今以冠篇首，使读是集者，知先生之学为儒学，诗赋小道，不足以尽先生也。

先生诸体，七言诗律独多，旧本分三四二卷，列于绝句之后，今仍之。

先生诗赋，旷绝千古，但命意选词，读者多苦其难晓，俟有余闲，再加笺注，便成善本。

会稽后学董肇勋书

鹿皮子集序②

《鹿皮子集》者，元隐君子陈居采先生所著也。先生生当季世，遭乱不仕，遁居东阳之圁谷，水石花竹，妙绝尘寰，肆志撰述，雅不欲以词人自见。而历载数百，其他诸书，悉就湮灭，惟其诗仅存而已。先生诗幽艳雕削，大率出入于温八叉、陆天随两家。而古体用韵多以真、谆、臻、侵同用。近体用韵多以支、脂、微、齐通押，盖踵吴才老之误说，而不免于复古之僻，董叙称其独取古韵，不就休文三尺，非笃论也。诗前冠以古赋十余首，缛旨绮词中兼饶奇气，虽属先生少作，然以俪扬马无愧色矣。余慕先生久，搜求遗书盖有年，所适先生邑人以是编见饷，亟为校勘，寿诸梓氏，刊既竣，谨揭大旨，缀诸简末。光绪元年秋九月永康后学胡凤丹月樵甫序于鄂垣之紫藤仙馆。

---

① 《亭塘陈氏宗谱》卷四（内部资料），2006 年重修，第 180—181 页。
② （清）胡凤丹：《金华丛书》，同治退补斋本。

陈樵鹿皮子集四卷【金华人，常衣鹿皮，因以自号，元季不仕。】①

陈樵（1278—1365），字君采，号鹿皮子，东阳人。从学于李直方，隐居读书。至正二十五年卒，年八十八。有鹿皮子集四卷。

元隐君子东阳陈公先生鹿皮子墓志铭（宋文宪公全集5/13 下）

寄赠陈君采二首时闻宴坐西岘山中（柳待制文集4/4 下）

寄陈君采（金华黄先生文集2/12）

胡减·寄陈君采昆山读书（元诗选癸集戊上/51）

鹿皮子文集序（东维子文集6/1）

金华贤达传10/5 下

金华先民传2/16 下

万历金华府志16/57 下

两浙名贤录2/4 下

宋季忠义录13/2

宋元学案70/21 下

宋元学案补遗70/94 下

元诗选初集戊

元史类编36/11

元史新编46/35 下

元书91 上/15

新元史236/7

元诗纪事21/422②

鹿皮子集四卷（元）陈樵撰③

陈樵（1278—1365），字君采，自号鹿皮子，婺州东阳（今属浙江）人。幼承家学，喜读书，介特自守，受《易》《诗》《书》《春秋》于李直

① （清）黄虞稷撰：《千顷堂书目》卷二十九，《文渊阁四库全书》676 册，台湾商务印书馆影印版，第709 页。

② 王德毅、李荣村、潘柏澄编：《元人传记资料索引》，中华书局1987 年版，第1297 页。

③ 傅璇琮总主编：《中国古代诗文名著提要》（金元卷），河北教育出版社2009 年版，第205—207 页。

方，精研四十年，恍然有得。戴华阳巾，衣鹿皮，隐居圉谷，读书种药，屡荐不出，专意著述。友人李裕赠诗许为"野水闲云"。宋濂撰墓志铭，称其"所著书曰《易象数新说》，曰《洪范传》，曰《五经解》，曰《四书本旨》，曰《孝经新说》，曰《太极图解》，曰《通书解》，曰《圣贤大意》，曰《性理大明》，曰《答客问》，曰《石室新语》，曰《淳熙纠缪》，曰《鹿皮子》，曰《飞花观小稿》，合数百卷"。除本集外，他书皆不存。生平见宋濂撰《元隐君子东阳陈公先生鹿皮子墓志铭》（《鹿皮子集》卷首，又载《宋文宪公集》卷二二），明冯从吾《元儒考略》卷四，《新元史》卷二三六有传。

　　樵长于说经，与黄溍、宋濂等以文章相砥砺，故造诣颇深。杨维桢为其诗集作序，以为有元一代，诗文必传于后者，有"姚公燧，虞公集，吴公澄，李公孝光，凡此十数君子"，而"虞、李之次，复有鹿皮子者焉"。可见尊之之高。评其诗、赋与论学之作云："读其诗曰李长吉之流也，又读其赋曰刘禹锡之流也，至读其所著书，而后知其可继李、虞以达乎欧韩王董，而羽仪乎孔孟子"（《东维子集》卷六）。其所作古赋落落有奇气，诗则属对工巧，想象奇特，善于锤炼辞句，苦觅诗境。杨维桢即欣赏他之学李贺能学其势而不袭其词。清王士禛《居易录》卷一云："元陈樵《鹿皮子集》四卷，诗学温、李，《寒食词》一篇，有麦秀黍离之痛。"顾嗣立亦言其可"步武西昆"（《元诗选》小传）。樵诗中亦有不少以含蓄手法批评国事或委婉寄托深情之作，如《题建炎遗诏》《巴雨洞》《紫薇岩》等。《四库全书》提要认为其"诗则古体五言胜七言，近体七言胜五言。七言古体学温庭筠，七言近体学陆龟蒙，俱能得其神髓"；"古体多见其醇"，"然其精刻之思究与松陵笠泽为近"。樵长于七言，特别是律诗，其七律之作占全部存诗的半数以上，《鹿皮子墓》《临华亭》《哀江南效李义山》《落花图》《绝唱轩》等诗为其代表。不过樵诗亦有过于雕琢之病，有些诗句或粗俗或纤巧，不够精警雅致，题材亦较单一。

　　樵之诗文集编订于生前，遣其子征序于杨维桢，杨氏《鹿皮子文集序》有云："其子季持文集来，且将其命曰：序吾文者，必会稽杨维桢也。"但似未刊印。此本明时已罕见，《文渊阁书目》卷九称："陈氏《鹿皮子文集》一部一册（阙）。"清王士禛《香祖笔记》卷六载："近日金华刻元陈樵《鹿皮子集》，郡人卢联所编，刻于明正德戊寅，今合阳县丞会稽董肇勋重刻于婺郡。"所言一为明正德十三年（1518），刊本，一为清康熙三十三年（1694）据正德本重刻本。正德本为卢联辑，兵科左给事中慈溪周旋序。序称，陈樵所作古赋诸作"组织缛丽，铺叙整肃，信然楚汉间故物"，律诗则"自然平淡简远"，"求诸古人，殆靖节之流也"。正德本今已不存。康熙本为会稽董肇勋据正德本重刻于寓楼书室。此本卷前有宋濂撰《元隐君子东阳陈公先生鹿皮子墓志铭》，董肇勋撰《凡例》及目录。董氏《凡例》其一云，"第二卷脱去乐府一简"。正文按体裁编排，卷一赋十五篇，卷二乐府六首、五言古诗二十二首、七言古诗十八首、五言绝句二十八首、七言绝句十一首、五言律诗四十六首、五言排律一首，卷三七言律诗七十一首，卷四七言律诗七十三首，共收诗二百七十首，词六首，文十五篇。国家图书馆藏一康熙本为傅增湘藏书，前有乾隆十四年（1749）朱霞跋，目录后有傅氏跋。傅跋言其从徐森玉处借得京馆旧写本，此本也是据正德卢联刊本影写。傅氏据此本补入周旋《鹿皮子诗集序》，卷二前补抄乐府五首，当即董氏云"脱去一简"者。傅氏据此旧写本校康熙本，"各卷题目多所补正"，文中夹注亦较康熙本为详。

《四库全书》据明正德本收入。光绪元年（1875），永康胡凤丹辑刊《金华丛书》，所据为康熙本，正文前依次为胡凤丹《鹿皮子集序》、董肇勋《凡例》，宋濂撰《墓志铭》及目录。正文中排列次序及收诗词文数目均与康熙本同。民国间《丛书集成初编》据金华本收入，排印出版。（李军）

书鹿皮子集后[1]

蒋 彤

案：《元史·隐逸传》无鹿皮子姓名，乃史臣之失。若鹿皮子者，真隐逸也。观其《题建炎遗诏》云："银汉经天都是泪，杜鹃入洛不如归。黄衣传诏三军泣，不是班师诏岳飞。"《寒食词》云："绵火上攻山鬼哭，霜华夜入桃花粥。重湖烟柳高插天，犹是咸淳赐火烟。"距宋之亡几百年，其志犹拳拳赵氏，或谓其避世乱不仕者，未为得之也。而其所长，盖尤在

---

[1] （清）蒋彤：《丹棱文钞》2/27—28，光绪中武进盛氏雕本。

治经，其自题《鹿皮子墓》云："江南春草年年绿，又向他生说郑玄。"足知其命志所在。郑善夫《经世要言》称其经学为独到，良非虚誉。惜其没不传耳。其古今体诗，聪明绝人，多寓玩世不恭之意，若："柏叶山人绿石扉，湿云堕地不能飞。青童卧护千年鹿，木客相传一派诗。""皂阁山前小水明，巅峰无影树亭亭。人从烟雨上头立，诗到莺花过后清。""越鸟啄残松下子，吴僧寄到水中云。莲红直到梅花发，何处人间不是春。""春日花连小东白，暮年草创大还丹。蕨薇自古犹长采，桃李于今竟不言。"类皆触物兴起，脱口而成，以适其趣。用韵非志意所尚，故不拘守，观者不必以常格律之也。

易象数新说①

元，陈樵撰。载《元史·艺文志补》。又有《洪范传》《四书本旨》《孝经新说》《经解》《太极图解》《通书解》《圣贤大意》《性理大明》，皆见《经义考》及《元史·艺文志补》，均佚。又《飞花小稿》，《四库》提要；《贞暄野录》2卷，此书见陈樵所著《答客问》《石室新语》二书，并见《元史·艺文志补》。还有《郡医纂集》等。

紫霞洞②

陈　樵

万壑烟霞护隐居，西岩洞下是华胥。

残红坠地五铢重，涨绿过楼一丈余。

瑶草碧花牛氏石，锦囊玉轴米家书。

东州岁赋三千粟，我亦依岩学佃渔。

（陈樵元时隐居著书，号鹿皮子，紫霞洞在西岩岭）

---

①　东阳市地方志编委会编纂：《东阳市志·经籍　艺文》卷三十六，汉语大词典出版社1993年版，第752页。
②　同上书，第778页。

四、评论佚事

两浙作者序①

杨维桢

曩余在京师，时与同年黄子肃、俞原明、张志道论闽浙新诗，子肃数闽诗人凡若干辈，而深诋余两浙无诗。余愤曰："言何诞也！诗出情性，岂闽有情性，浙皆木石肺肝乎？"余后归浙，思雪子肃之言之冤。闻一名能诗者，未尝不躬候其门，采其精工，往往未能深起人意。阅十有余年，仅仅得七家。其一永嘉李孝光季和，其二天台丁复仲容、项炯可立，其一东阳陈樵君采，其一元镇，其二老释氏，曰句曲张伯雨、云门恩断江也。昔王、刘二子能重河朔，矧七家者不足以重两浙乎？惜不令子肃见之。尝论诗与文一技，而诗之工为尤难，不专其业，不造其家，冀传于世，妄也。盖仲容、季和，放乎六朝而归准老杜，可立有李骑鲸之气，而君采得元和鬼仙之变，元镇轩轾二陈而造乎晋汉。断江衣钵乎老谷，句曲风格凤宗大历，而痛厘去纤艳不逞之习。七人之作备见诸体，凡若干什，目曰《两浙作者集》，非徒务厌子肃之言，实以见大雅在浙方作而未已也。若其作者继起而未已也，又岂限以七人而止哉？

潜溪后集序②

杨维桢

文一也，达而在上者必信，穷而在下者必诎。势则然也。然今之信者，或后诎；诎于今者，或大信于后。何也？理也。势不胜乎理，文章之器斯定矣。孔子六经之言，塞于《春秋》之君相，而不能大行于万世之长。孟轲、荀况不能与一时谈辩之客争胜负于细席之上，而千禩之后，两家之书各数万言，有不得而郁也。诎信于势与理者固如此。金华文章家显而在上者，自延祐来，凡四三人，人皆知之。而在下，人少知而吾独知者，曰圆谷陈樵氏、潜溪宋濂氏也。圆谷，吾已录其文而藏于家。潜溪，又得其弟

① 李修生主编：《全元文》41 册，凤凰出版社 2004 年版，第 243—244 页。
② 李修生主编：《全元文》42 册，凤凰出版社 2004 年版，第 495 页。

子郑涣，传之于私稿。二子之文夺于众者势，而取于吾者理，有可得而征者。潜溪自弱龄日记书数万言，又工辨裁，尝以《春秋》经术就程试之文。试不售，则辄弃去，曰："吾文师古，则今不谐。吾宁不售进士第，毋宁以程试改吾文也。"此其学日古，文日老，非今场屋士之以声貌袭而为者比也。吾知潜溪诎于时者，不得如显显者四三人，而四三人之信于后者，吾固未知得潜溪如乎否也？涣以其《后集》来求余序，余既序圃谷，故又乐叙潜溪云。至正丁酉春二月望，登泰定丁卯进士第、丞务郎、建德路总管府推官会稽杨维桢序。

郭羲仲诗集序①

杨维桢

诗与声文始，而邪正本诸情。皇世之辞无所述，间见于帝世，而备于《三百篇》，变于楚《离骚》、汉乐歌，再变于琴操、五七言，大变于声律，驯至末唐季宋，而其弊极矣。君子于诗可观世变者类此。古之诗人类有道，故发诸咏歌，其声和以平，其思深以长。不幸为放臣逐子、出妇寡妻之辞，哀怨感伤，而变风变雅作矣。后之诗人一有婴拂，或饥寒之迫、疾病之楚，一切无聊之窘，则必大号疾呼，肆其情而后止。间有不然，则其人必有大过人者，而世变莫之能移者也。予在钱唐，阅诗人之作无虑数百家，有曰古骚辞者，曰古乐府者，曰古琴操者，谈何容易，习其句读，其果得为古风人之诗乎？不也。客有语予诗之学，则曰有《三百篇》、楚《离骚》、汉乐歌之辞。生年过五十，不敢出一语作末唐季宋语，惧其非诗也。以此自劾，而又以之训人，人且覆诽我，则有未尝不悲今世之无诗也。幸而合吾之论者，斤斤四三人焉，曰蜀郡虞公集、永嘉李公孝光、东阳陈公樵其人也；窃继其绪余者，亦斤斤得四三人焉，曰天台项炯、姑胥陈谦、永嘉郑东、昆山郭翼也。

---

① 李修生主编：《全元文》41 册，凤凰出版社 2004 年版，第 246—247 页。

玉笥集叙①

杨维桢

《三百篇》后有《骚》,《骚》之流有古乐府。《三百篇》本情性,一出于礼义。《骚》本情性,亦不离于忠。古乐府,雅之流、风之派也,情性近也。汉魏人本兴象,晋人本室度,情性尚未远也。南北人本体裁,本偶对声病,情性遂远矣。盛唐高者追汉魏,晚唐律之散极。宋人或本事实,或本道学禅唱,而性情亦远矣。我朝习古诗如虞、范、马、揭、宋、泰(两状元。)吴、黄(正传、清老。)而下,合数十家,诸体兼备,独于古乐府犹缺。泰定、天历来,予与睦州夏溥、金华陈樵、永嘉李孝光、方外张天雨为古乐府,史官黄溍、陈绎曾遂选于禁林,以为有古情性,梓行于南北,以补本朝诗人之缺。一时学者过为推,名余以铁雅宗派。派之有其人曰昆山顾瑛、郭翼、吴兴郯韶、钱塘张晛、嘉禾叶广居、桐庐章木、余姚宋禧、天台陈基,继起者曰会稽张宪也。宪通《春秋》经学,尝以文墨议论从余断史,余推在木、禧之上,其乐府歌诗与夏、李、张、陈辈相颉颃,而顿挫警拔者过之……

先生(杨维桢)书寄鹿皮子云:天仙快语为大李,鬼仙吃语为小李。故袭贺者贵袭势,不袭词也,袭势者,虽蹴贺可也;袭词者,其去贺日远矣。今诗人袭贺者多矣,类袭词耳。惟金华鹿皮子之袭也,与余论合,故予有似贺者凡若干首,辄书以寄之。②

吴子善墓铭③

宋 濂

濂之友吴中子善,世家婺之东阳。自曾祖某、祖某、父某咸为儒,至子善益务读书,从里之大儒陈樵先生游。初,濂谒先生太霞洞中,先生曳杖微笑出迎,坐濂于海红花下。俄呼酒酌濂,先生自歌古诗,奋袖起舞。

---

① 李修生主编:《全元文》42 册,凤凰出版社 2004 年版,第 308—309 页。
② 杨维桢《大数谣》吴复注语。(元) 杨维桢撰,吴复编:《铁崖先生古乐府》卷二,《四部丛刊初编》1500 册,上海商务印书馆 1929 年版。
③ (明) 宋濂著,黄灵庚编辑校点:《宋濂全集》,人民文学出版社 2014 年版,第 1491—1492 页。

子善侍先生侧，目濂引满，以成先生之乐。濂自是得以与子善交。后三年，再谒先生，复见子善时，先生年耄重听，或有所问，子善从旁书濂言以对。及濂辞先生还，子善送至山高水长处，坐石共语，依依弗忍去。自时厥后，久不见子善，闻子善独奉母某氏，居陋巷间，虽无儋石之储，曾不少戚戚动于中。每遇明月之夕，辄鼓琴以自娱，琴已，复把笔咏诗弗辍。濂窃悲世之人，往往穷则失守，有若子善之为，造物者必能昌之。今年秋复求子善而谒焉，则子善之死已三年矣。呜呼，天者岂易知耶？子善之固穷如是，乃复使之早夭，是果何理耶？呜呼悲夫！

子善通《周易》诸家说，屡就试有司不中，家益贫，年过三十不能娶。有一妾，为生二子：长某，五岁；幼某，三岁。子善母死未几，而子善又死。二子盖惸然可念。子善之友张良、金韦编、蒋伟器，率诸好义者，既买棺以敛子善，复用羡财赡其诸孤。子善得年四十，生于皇庆壬子某月日，卒于至正辛卯某月日。以某月日同母葬于县南二里姜原，盖潘逵所捐地也。葬一年，伟器来谓濂曰："子与子善交颇久，盍为铭？"呜呼，濂尚忍铭吾子善也耶？昔孟郊殁，贫无以葬，其友樊宗师为告诸尝与往来者经营丧事，且以余资给其遗孀。昌黎韩文公与郊游甚洽，实为铭其墓。今观子善之事，固不能尽同，其交友之所尽心者，则蔑古今之异也。濂虽无昌黎之文，又可无一言慰子善于地下耶？呜呼悲夫！铭曰：孰使子材，孰使子穷，又孰使子年之不丰？彼苍者天，曷其梦梦？一气悴荣，或系其逢。我作铭诗，以吊其凶，以哀其终，以揭其封。

明杨苪传[1]

郑　柏

杨苪，字仲彰，其先居义乌，父德润始迁东阳。苪力学颖悟，从陈樵游，文词典雅，自号鹤岩先生，所著有《百一》等稿。

---

[1]　（明）郑柏：《金华贤达传》11/4，续金华丛书本。

经世要谈[①]

元东阳鹿皮子谓：秦而下说经而善者，不传，传者多未善。淳熙以来，讲说尤与洙泗不类。尝自谓明月之珠，失之二千年，乃获之牧竖之手。其言曰：神所知之谓智，知天下殊分之谓礼，知分之宜之谓义，知天地万物一体之谓仁，礼复则和之谓乐。国家天下一枳也，枳一尔，而穰十焉，枳有十而一视之，其于人则仁也。发而视之，穰有十，其于人则君臣父子长幼之等，刑赏予夺之殊，所谓礼也。视十为十者，礼之异；视十为一者，仁之同。天下万殊之分，视所言动之宜，所操者礼之柄耳。鹿皮子却是独到之学。

寒厅诗话[②]

顾嗣立

元诗承宋、金之季，西北倡自元遗山（好问），而郝陵川（经）、刘静修（因）之徒继之，至中统、至元而大盛。然粗豪之习，时所不免。东南倡自赵松雪（孟頫），而袁清容（桷）、邓善之（文原）、贡云林（奎）辈从而和之，时际承平，尽洗宋、金余习，而诗学为之一变。延祐、天历之间，风气日开，赫然鸣其治平者，有虞、杨、范、揭（虞集，字伯生，号道园，蜀郡人。杨载，字仲宏，浦城人。范梈，字亨父，一字德机，清江人。揭傒斯，字曼硕，富州人。诗称虞、杨、范、揭，又称范、虞、赵、杨、揭，赵谓孟頫），一以唐为宗，而趋于雅，推一代之极盛，诗又称虞、揭、马（祖常）、宋（本裹）。继而起者，世惟称陈（旅）、李（孝光）、二张（翥、宪）。而新喻傅汝砺（若金）、宛陵贡泰甫（师泰）、庐陵张光弼（昱）皆其流派也。若夫揣炼六朝，以入唐律，化寻常之言为警策，则有晋陵宋子虚（无）、广陵成原常（廷珪）、东阳陈居采（樵），标奇竞秀，各自名家。间有奇才天授，开阖变怪，骇人视听，莫可测度者，则贯酸斋（小云石海涯）、冯海粟（子振）、陈刚中（孚），继则萨天锡（都剌），而后杨廉夫（维桢）。廉夫当元末兵戈扰攘，与吾家玉山主人（瑛）领袖文

① （明）郑善夫：《经世要谈》，《读书笔记及其他三种》，王云五主编《丛书集成初编》，商务印书馆1939年版，第2页。

② （清）王夫之等撰：《清诗话》上册，上海古籍出版社1978年版，第83—84页。

坛，振兴风雅于东南。柯敬仲（九思）、倪元镇（瓒）、郭羲仲（翼）、郯九成（照）辈，更倡迭和，淞、泖之间，流风余韵，至今未坠。廉夫《古乐府》上法汉、魏，而出入于少陵、二李。门下数百人，入其室者惟张思廉（宪）一人而已。明初袁海叟（凯）、杨眉庵（基）为开国词臣领袖，亦俱出自铁崖门。而议者谓"铁体"靡靡，妄肆讥弹，未可与论元诗也。

　　鹿皮子北山诗咏多秀健之句。如《五云洞》云："松花入酿传香碧，贝叶分题写硬黄。"《溪亭》云："云随白鹤翔千仞，月与青猿共一枝。"《翻经台》云："枝重有时来白鸟，雨残无处著晴虹。"《东白草堂》云："卷帘帐下云先去，步月庭前树欲行。"《望月台》云："松高琥珀无苗出，蟾老丹书满腹生。"《银谷洞空碧亭》云："水鸟临池青入羽，仙人唾地碧如天。"《少霞室》云："石壁水花泉涌出，海棠春色鸟衔来。"《少霞洞》云："龙带雨花临砚滴，僧添槲叶上秋衣。"《北峰》云："云傍楼台低地碧，天将草树染春青。"《水亭》云："曲水傍人流白羽，娇花无语答黄莺。"《清凉台》云："好风入夏传芳信，片雨随龙度月明。"《忘忧阁》云："天外唾如云样碧，江南春与草惧青。"《南轩》云："人来此地见山碧，月未冷时如日红。"《云山不碍楼》云："庭虚只放溪云度，水浅不妨松影长。"《兰池》云："猿窥洞底风枝动，莺踏花间水影翻。"《壶天》云："神游八极皆吾土，天入三山不满壶。"又有《萝衣洞》《醒酒石》《圊谷涧》《山斋》《山园》等题，共三十八咏。其栖隐之地，可以想见。后以鹿皮子墓终之，亦司空表圣王官谷生圹之意也。①

　　元陈樵《鹿皮子集》四卷，诗学温李，《寒食词》一篇，有麦秀、黍离之痛；古赋颇工。《居易录》②

　　元陈樵《鹿皮子集》四卷，诗学温李，《寒食词》一篇，有麦秀、黍

---

① （清）顾嗣立编：《元诗选初集》，中华书局 1987 年版，第 1493 页。
② （清）王士禛著，张宗柟纂集，戴鸿森校点：《带经堂诗话》（上），人民文学出版社 1998 年版，第 234 页。

离之痛；古赋颇工。①

近日金华刻元陈樵《鹿皮子集》，郡人卢联所编，刻于明正德戊寅，今郐阳县丞会稽董肇勋重刻于婺郡，凡古赋十五首为一卷，诗三卷。卷首载宋文宪公所撰墓铭，董有序，颇佳。又云原刻有慈溪周旋序，佚去不载。甲申（1704），董自秦中以卓异入京陛见，来谒，以是书为贽，惜未暇晤其人。②

元陈樵父患风，岁久为风痰所侵，气弱不能吐，樵截竹为筒，时吸而出之，事见宋景濂文集。明李西涯为其叔父墓志云：吾祖母陈宜人苦痰壅，叔父与吾父截苇筒吸之。二事皆人子爱亲忧亲之念，逼迫而出此，乃实情实理实事，且有实效，何必许愿祈神史巫纷若至于违道伤生以为孝乎？③

鹿皮子

元初，陈樵好衣鹿皮，自号鹿皮子，有诗一卷，如"扫叶僧将猿共曩，卖花人与蝶俱还"，殊有巧思。④

东阳陈樵君采，浦江陈森茂卿，俱学李长吉，歌行间或近之。⑤

胡仲申叙《王子充集》云："吾婺以学术称者，至元中则金公吉甫、胡公汲仲为之倡。汲仲之后，则许公益之、柳公道传、黄公晋卿、吴公正传、胡公古愚，卓立并起。而张公子长、陈公君采、王公叔善，又皆彬彬附和于下。言文献之绪者以婺为首称。"⑥

---

① （清）王士禛：《居易录》卷一，《文渊阁四库全书》869 册，台湾商务印书馆影印版，第122 页。
② （清）王士禛撰，洪之点校：《香祖笔记》卷六，上海古籍出版社1982 年版，第122 页。
③ （清）周召撰：《双桥随笔》卷三，《文渊阁四库全书》724 册，台湾商务印书馆影印版，第413 页。
④ （明）徐𤊹：《徐氏笔精》卷四，《文渊阁四库全书》856 册，台湾商务印书馆影印版，第501 页。
⑤ （明）胡应麟：《诗薮》外编卷六，上海古籍出版社1979 年版，第245 页。
⑥ （清）朱彝尊：《静志居诗话》，人民文学出版社1990 年版，第34 页。

九四

鹿皮子陈樵《寒食词》："绵上火攻山鬼哭，霜华夜入桃花粥。重湖烟柳高插天，犹是咸淳赐火烟。"语浓意警。阮亭谓其有"麦秀黍离之痛"。

九五

陈居采诗，学温、李而有清奇之气。①

李直方，字德方，婺州东阳人也。少以世业治《尚书》，宋末举进士不第，遂隐居教授，弟子陈樵、胡潊、陈士元皆以文学知名。晚岁家益贫，与弟子躬耕南山之麓，人皆曰"庞德公"也。②

复庵门人③

隐君陈鹿皮先生樵（见上舣翁家学）

征君胡蔗庵先生减附门人李思齐、徐黼、胡太和

胡减，字景云，号蔗庵，东阳人。与陈樵、陈士允从李直方游。耽嗜六经，兼通子史，学问深邃，文章典雅，长于诗赋，尤善表启。其诗似李长吉，有元一代作者，鹿皮子外，惟景云氏。家居授徒，李思齐、徐黼、胡太和皆从之游。生平笃于实行，动必以礼，言论风采，师表一时。朱编修廉称为隐君子。洪武初，以荐授史馆，命已下，卒。所著有《伧鸣集》。参《东阳县志》。

鹿皮讲友④

州同李适庵先生惠（别见北山四先生学案补遗）

李先生声

李声，字鸿远，东阳人。幼读书，有志操，以父珪不仕元，遂隐居著书，与陈樵、许谦游。所著《农桑图说》《司农苗好礼》采录成集进于朝，

---

①　（清）翁方纲著，陈迩冬校点：《石洲诗话》卷五，人民文学出版社 1981 年版，第 174 页。

②　（清）曾廉撰：《元书·隐逸传上》91/14—15，宣统三年层漪堂刊本。

③　（清）黄宗羲原著，全祖望补修，陈金生、梁运华点校：《宋元学案·沧洲诸儒学案下》卷七十，中华书局 1982 年版，第 2358—2359 页。

④　（清）王梓材、冯云濠撰，张寿镛校补：《宋元学案补遗》70/98，《四明丛书》102500 册，张氏约园刊本。

有旨刊布民间。承旨李孟因荐之，吴学士澄复招以书，卒不就。《东阳县志》

李先生序（详见北山四先生学案）。

鹿皮学侣
郭先生霖

郭霖，东阳人。幼颖悟，博览百家，及与朱世濂同候陈樵于太霞洞，因诵法程朱，潜心经传者十余年，当道闻其异，屡征之，谢病不就。储书千余卷，日与四方贤士相砥砺，暇则钓于练溪滨，人皆呼为溪上翁。尝语廉曰：世变极矣，天必生圣人为之主，但予老，不及见耳。不数年，龙兴淮甸，而先生已前卒。《朱伯清集》①

学官杨鹤岩先生芾②

杨芾，字仲章，义乌人。徙居东阳，早从鹿皮子陈樵游，复登黄文献潜之门。文词典雅，操笔立就。洪武初，膺荐上京，以疾辞归。著有《百一稿》《无逸斋稿》，辑元诗为《正声类编》，总若干卷。自号鹤岩先生。《金华先民传》。

梓材谨案：宋文宪公志鹿皮子墓，以先生为其高第弟子。《东阳县志》载：先生既从李序、陈樵游，晚登黄潜之门，一时咸推先登，潜亦自谓：不意晚年复得此友。其才气干局，出入宋濂、许存仁、王祎诸公之间云。

附录：洪武初，义乌令胡子实聘为儒学官，讲学授徒，士乐归之。

陈先生及③

陈及，字时甫，从黄晋卿学。学成而归，游者尝数十百人。朱编修廉送人序有云：东阳古称多名人巨儒，予所师事而接识者三君子焉：曰陈公君采、胡公景云、陈公时甫，皆以高年硕望领袖儒绅。其言论风采，蔼然盛德之仪型，其见推重如此。所著有诗文若干卷。《隆庆东阳志》

---

① （清）王梓材、冯云濠撰，张寿镛校补：《宋元学案补遗》，70/99，《四明丛书》102500 册，张氏约园刊本。

② 同上书，70/119—120。

③ 王梓材、冯云濠撰，张寿镛校补：《宋元学案补遗》70/122，《四明丛书》102500 册，张氏约园刊本。

李氏门人

补：征君胡蔗庵先生淑

云濠谨案：鹿皮子为作《蔗庵赋》。①

鹿皮门人

吴先生中

吴中，字子善，东阳人，少从鹿皮子陈樵游，樵卒，从其母居陋巷间。家贫，年三十不能娶，不介意，每鼓琴自娱，或把笔吟咏，宋学士濂与善，卒，为之铭，以固穷称之。《东阳县志》

杨鹤岩先生苃（详上黄氏门人）

朱先生廉（见上黄氏门人）。②

公饶家学③

院掾李节孝先生贯道　附师张恭叔兄怡堂

李贯道，字师曾，东阳人。笃学厉行，随父裕仕陈州，师事张恭叔，甚器之。至正癸巳魁浙榜，甲午登进士，授鄱阳县丞。未第时，从兄怡堂研究性命之学。又与陈樵、陈及析疑问难，自经史至卜律、算数无不渊通。至正戊子，游浙西时，杨廉夫、郑明德、蒋子中、高纳麟交荐，为和靖书院山长。黄侍讲潛赴召，道吴门，见而喜曰："师曾，我师友也。能继其家声，必有以光道州之业矣。"其见重如此。以荐辟詹事院掾，寻扈驾上京，以疾卒，门人私谥节孝先生。著有《敞帚集》。（桂坡集）

胡淑④

字景云，号蔗庵，观里人，与陈樵、李士允从李直方游，耽嗜六经，兼通子史，学问深邃，文章典雅，长于诗赋，尤善表启。其诗似李长吉，

①　王梓材、冯云濠撰，张寿镛校补：《宋元学案补遗》70/126，《四明丛书》102500 册，张氏约园刊本。

②　同上书，70/134—135。

③　王梓材、冯云濠撰，张寿镛校补：《宋元学案补遗》82/301，《四明丛书》102513 册，张氏约园刊本。

④　《道光东阳县志·文苑》卷十八，《中国地方志集成·浙江府县志辑五十三》，上海书店 1993 年版，第 222 页。

有元一代作者，鹿皮子外，惟景云氏。家居授徒，李思齐、徐鲲、胡太和皆从之游。尝著《蔗庵述梦记》，柳贯为作辞，宋濂为作文，陈樵为作赋，备极推许。生平笃于质，行动必以礼。言论风采，师表一时。朱编修廉称为隐君子，尝与杜荣祖、陈及、王奎、蒋元修《东阳志》。洪武初，以荐授史馆，命下，已卒。门人胡太和挽之曰：丹心报本崇祠宇，白发思亲结墓庐。所著有《伧鸣集》《东阳人物表》，其《东白山赋》《八愤诗》尤见推于时。子宗惠，乡贡进士。宗寿，崇德教谕。

陈及①

字时甫，从黄溍学，学成而归，从游者尝数十百人。朱编修廉送人序有曰：东阳古称多名人巨儒，予所师事二接识者三君子焉，曰陈公君彩、胡公景云、陈公时甫，皆以高年硕望，领袖儒绅。其言论风采，蔼然盛德之仪型，其见推重如此。所著有诗文若干卷。（隆庆志）

李贯道②

字师曾，东李人。笃学厉行，随父裕仕陈州，师事张恭叔，甚器之。至正癸巳，魁浙榜，甲午登进士，授鄱阳县丞。未第时，从兄怡堂研究性命之学，又与陈樵、陈及析疑问难，自经史至卜律、算数，无不渊邃。至正戊子，游浙西时，杨廉夫、郑明德、蒋子中、高纳麟交荐为和靖书院山长。黄侍讲溍赴召，道吴门，见而喜曰："师曾，我师友也。能继其家声，必有以光道州之业矣。"其见重如此，以荐辟詹事院掾，寻扈驾上京，以疾卒，门人私谥节孝先生。著有《散帠集》。（桂坡集）

吕默③

字审言，家居玉峰，自号白玉山人，隐居不仕，问学该深，诗律精妙，鹿皮子陈樵见其《泰素坛》诗有"秋光有白生虚室，春色无青到朽株"之句，深嘉叹赏。所著有《耕余野唱集》若干卷。弟昌言亦以能诗称于时。（隆庆志）

---

① 《道光东阳县志·文苑》卷十八，《中国地方志集成·浙江府县志辑五十三》，上海书店 1993 年版，第 223 页。
② 同上。
③ 同上。

吴中①

字子善，祖、父世为儒，中益务读书，从陈樵游，获交于潜溪宋濂，通周易诸家说。试有司不中，独奉母氏，居陋巷，虽无儋石之储，不少戚戚动于中，每遇明月之夕，辄鼓琴以自娱，琴已，咏诗弗辍。年过三十，不能娶，有妾，生二子，母死，中随卒，其友张良金、韦编、蒋伟器率诸好义者殓之，用羡财赡其孤。（节宋文宪集）

李惠②

字公泽，东李人。博涉经史，志行高洁，大臣以才荐为归德州同知，坚辞不赴。居石门，筑圃莳花木，与同人论文谈艺，鼓瑟为乐，作石门六观诗，许谦、陈樵皆相属和。著有《适庵集》。（征献略）（六观见胜迹）

李序③

字仲伦，东李人。善诗文，年十七，追和李长吉乐府，气韵词调，咄咄逼真。尝游京师，宋学士裴、危左丞素见其所著《四书新说》，理优才赡，皆为莫逆交。中书左丞许有壬于中书牒江浙行省，俾为学校官，未用，而省遇火，牒亦随毁，遂绝意仕进，归隐东白山，与友人陈樵吟咏自乐，所著有《绌缊集》。弟庸，字仲常，以明经荐仕，至杭州录事，著官词一卷，诗集五卷。（隆庆志）

杨苧④

字仲彰，一字质夫，其先义乌人，父德润始迁东阳鹤岩。苧以清竣修敏之资，好学不倦，穷讨六籍，既从李序、陈樵游，晚登黄溍之门，时咸推先登，溍亦自谓："不意晚年复得此友。"其才气幹局，出入宋濂、许存仁、王祎诸公之间。晦光潜德，迥出人表，辟书及门，先事适机以自潜。

---

① 《道光东阳县志·文苑》卷十八，《中国地方志集成·浙江府县志辑五十三》，上海书店 1993 年版，第 223 页。
② 同上书，第 247 页。
③ 同上。
④ 同上。

洪武初，义乌令胡子寁聘为儒学官，讲学授徒，士乐归之。癸亥，大臣荐荐，以母老辞，弗听。及至京上疏放还，赋《被征诗百韵》以见志。尝辑元乐府，名《正声类编》。所著有《百一稿》《无逸斋稿》《鹤岩稿》，合二十余卷。子璘、璈俱善诗文。璈尝补录《金华贤达传》一卷。（青村集参序）（隆庆志）

郭霖①

幼颖悟，博览百家，及与朱世濂同候陈樵于太霞洞，因诵法程朱，潜心经传者十余年，当道闻其美，屡征之，谢病不就。储书千余卷，日与四方美士相砥砺，暇则钓于练溪滨，人皆呼为溪上翁，尝语廉曰："世变极矣，天必生圣人为之主，但予老，不及见耳。"不数年，龙兴淮甸，而霖已前卒。（节朱世濂墓表）

李直方②

字德方，东阳人，为人沉毅方介，少以世业治尚书，举进士不第，退治河洛之学。德祐初，会求直言，抗疏阙下，不报。归益潜心六籍百氏之书，议论风生，声实兼著。宋亡，遂隐居授徒，陈樵、胡濊、陈士允皆以文学知名。晚岁家益贫，躬耕自给，人以庞德公拟之，以高寿终。学者称复庵先生。

至于范浚、潘墀、时澜、应镛、邵囦、吴师道，虽深于经学，皆有著述，然道德恐有所未及。盖亦汉儒之类，恐当以儒林目之。王炎泽、石一鳌、戚仲贤、吕浦，则又其下者也。此外，傅寅、马之纯、孙道子、胡长孺、柳贯、黄溍、张枢、胡助、陈樵、宋濂，皆不过文章之士，恐当以文学目之。如此分别，庶几游、夏文学不混于颜、闵之科，使后人无得而议焉。③

---

① 《道光东阳县志·介节》卷二十，《中国地方志集成·浙江府县志辑五十三》，上海书店 1993 年版，第 248 页。

② （明）王懋德等：《金华府志·人物二》卷十六，台湾学生书局 1965 年版，第 1136 页。

③ （明）章懋：《与韩知府》，《枫山集》卷二，《文渊阁四库全书》1254 册，台湾商务印书馆影印版，第 52 页。

杨苧①

杨苧，字仲彰，义乌人，徙居东阳。少颖悟，刻志于学，早从陈樵游，复登黄溍之门。文词典雅，操笔立就，二公皆爱重焉。洪武初，聘为义乌学官，膺荐上京，辞归。所著诗文有《百一稿》《无逸斋稿》，又辑元诗为《正声类编》，总若干卷，学者称"鹤岩先生"。子璥、璈俱能诗，璈尝补《金华贤达传》。

吾婺以学术称者，在至元中则金公吉甫、胡公汲仲为之倡。汲仲之后，则许公益之、柳公道传、黄公晋卿、吴公正传、胡公古愚，卓立并起。而张公子长、陈公君采、王公叔善，又皆彬彬附和于下。当南北混一，方地数万里，人物不可以亿计，而言文献之绪者，以婺为首称，则是数君子实表砺焉。②

鹿皮子集③

元陈樵撰《鹿皮子集》四卷，中有《题建炎遗诏》诗云："银汉经天都是泪，杜鹃入洛不如归。黄衣传诏三军泣，不是班师诏岳飞。"《寒食》词云："绵火上攻山鬼哭，霜华夜入桃花粥。重湖烟柳高插天，犹是咸淳赐火烟。"云云。时距宋之亡几至百年，其志犹拳拳赵氏。语见阳湖蒋彤《丹棱文钞》中《书鹿皮子集后》文中。声木谨案：鹿皮子志洁行芳，眷念赵宋，至百年之久，必其祖若父忠于赵宋。鹿皮子慎终追远，念念不忘若此，可谓忠孝兼尽，洵宋代之完人。

《赵志》云：先生（陈樵）买山而隐，自西岘涵碧诸题外，皆先生所尝游适心领神会，真趣独得，非各中人不能启其堂奥也，但有语妙而已。④

---

① （明）过庭训撰：《本朝分省人物考》52/37，明天启刻本。
② （明）胡翰：《王忠文前集原序》，《王忠文集》，《文渊阁四库全书》1226 册，台湾商务印书馆影印版，第 6 页。
③ （清）刘声木撰，刘笃龄点校：《苌楚斋随笔续笔三笔四笔五笔》续笔卷九，中华书局 1998 年版，第 430—431 页。
④ （清）卢标：《婺诗补》卷二，赵一生主编《东阳丛书》21 册，浙江古籍出版社 2014 年版，第 109 页。

徐侨①

侨，字崇甫，别字毅斋，义乌人。登淳熙十四年进士，历官工部侍郎、宝谟阁待制。前录诗一首，今据本集补如左。毅斋初学于金华叶邽，邽即东莱先生之高足弟子也。既仕后，复师事子朱子。其后，毅斋之学传于婺中者两派。一以授叶由庚，由庚授王炎泽，炎泽授黄溍，溍授宋濂，濂授叶伯恺。伯恺当靖难后，隐白沙书院，授卢睿、李棠、楼泽。一授王世杰，世杰授石一鳌，石一鳌授陈樵，陈樵授杨蒂、王为。皆有端绪，历历可考。

李直方②

直方，字德方，治《尚书》，不第，修河洛之学。德祐初，会上求直言，抗疏阙下，不报。益潜心六籍百氏书，声实并著。宋亡，隐居不仕，教授生徒，时陈樵、胡减、陈士允皆出其门。所著书有《易象数解》。学者称复庵先生。陈闻谷樵《复庵先生行述》云：先生之论《易》，曰：数以定象，象以明理，象数达而理在其中。程子之理，邵子之象、数，《易》之义于是始判矣。孰能一之。一则《易》之为道其犹视诸掌乎？按《易象数解》书虽不存，《续文献通考》载其目。

许文懿谦弟子

怡堂李序③

李序，字仲伦，东阳人。膺荐赴乡闱不利，北游都，受知宋学士褧、危左丞素、中书左丞许有壬，言于中书，移牒江浙行省，俾为学校官，未就，而省遇火牒毁。乃归隐东白山，与陈樵唱和。《四书新语》外，有《细缊集》。庐陵欧阳原功铭其墓。

李诚之、李大同至李直方、李裕、李序

正节仲弟曰厚之，从吕成公学。季弟曰季益，冲之，从大愚吕忠公学。

---

① （清）卢标：《婺诗补》卷二，赵一生主编《东阳丛书》21 册，浙江古籍出版社 2014 年版，第 61 页。
② 同上书，第 97—98 页。
③ （清）卢标编著：《婺志粹》卷三上，赵一生主编《东阳丛书》21 册，浙江古籍出版社 2014 年版，第 124 页。

文庄兄曰大有，亦从成公学。子曰自立，从叶水心学。正节、文庄为从昆弟，时又有李观者，亦从昆弟，从成公学。曰直方、曰序，为正节、文庄从孙。而直方抱道不仕，为陈樵、陈士允诸先生师。

正节、文庄，今其说亦不可得闻矣。然正节与真西山同在藩幕，文庄与真西山同在经筵。笃信好学之箴，正心诚意之解，西山一世大儒，倾倒二公如此。吁！是亦可以得其崖略矣。①

陈樵②

陈圎谷之父曰取青，国子进士，从石一鳌与闻考亭之学。曾抗章诋贾似道误国，不报，归隐于家，号闲舣翁。宋亡，元伯颜见其章，欲用之，辞不赴。圎谷之京，仕于元，成父志也。

按：圎谷师李复庵先生，时德祐初，诏求直言。复庵先生抗疏阙下，不报，归隐于家，亦为贾相也。圎谷可谓善承父师之学矣。

陈圎谷樵③

史传云："自朱、吕倡学东南，学士承传之惟谨。迨元末，而精思力诣者，各以所造自成家，若蜀资州黄泽、金华陈樵最显名。"

李惠李序李裕④

李惠，字公泽，东阳人。博涉经史，志行高洁。大臣以才荐为归德州同知，力辞不赴。居石门，筑圎莳花木，与同人论文谈艺，鼓琴为乐。作《石门六观》诗，许谦、陈樵皆相属和。著有《适庵集》。

李序，字仲伦，东阳人。工诗文，年十七，有《和李长吉乐府》，气韵格调，模仿逼真。所著《四书新说》，理优才赡，危素、宋濂皆与联契。尝游京师，左丞许有壬言于中书，移牒江浙行省，征为学校官，未及上，卒归隐东白山，与陈樵唱和。所著有《细缊集》。

---

① （清）卢标编著：《婺志粹》卷三下，赵一生主编《东阳丛书》21 册，浙江古籍出版社 2014年版，第 175 页。
② 同上书，第 178 页。
③ 同上书，第 187 页。
④ （清）王崇炳：《金华征献略》卷十一，赵一生主编《东阳丛书》15 册，浙江古籍出版社 2014年版，第 299 页。

李裕，字公饶，大同孙。从许谦游。至治间，尝诣阙上《圣德颂》，英宗召见玉德殿，补国子生。天历间举进士，授陈州同知。惇尚礼教，吏民化之，转道州推官。著有《中行斋稿》。宋濂为作墓铭。

胡㴕①

胡㴕，字景云，号蔗庵，东阳人。耽嗜六经，兼通子史，学问深邃，行文典雅，长于诗赋，尤善表启。所著有《伧鸣集》《八愤诗》，其《东白山赋》，尤为时所传诵。

论曰：吾东元时诗家，鹿皮子外，推胡景云矣。迄今读《八愤》诸诗，大抵皆穷愁不得志之作，而自附于《四愁》《五噫》之列。三李丽质秀文，兴辞斐然。公泽仲伦，邑志多录其作。公饶才望阒然，康熙年间，广文会稽董澹斋先生从李氏得其遗编，盛加称赏，登其作于列朝诗中独多。相去数百年，酱瓿渐灭中忽遇赏音，文章之臭味，岂以时代隔哉？

李征士惠②

惠字公泽，东阳人。志行高洁，博通经史。大臣知其才，荐为归德州同知，力辞不起，隐居石门，筑圃种花，扁其室为"适庵"。日与时之俊流论文鼓琴，优游自乐。又傍览其胜概，题为《六观》。白云许谦、圙谷陈樵皆相属和。寿七十二而终，所著有《适庵集》。

惠字公泽，东阳人，博学高行，大臣以才荐为归德州同知，辞不赴，居石门，筑圃莳花，与文人鼓琴谈艺为乐，有《适庵集》。（适庵诗，《桂坡集》中存之亦少，今录自题石门六观图诗，以备一斑。其隐居之乐亦可想见。六观图，白云先生、鹿皮子皆有和)③

① （清）王崇炳：《金华征献略》卷十一，赵一生主编《东阳丛书》15 册，浙江古籍出版社2014 年版，第 300 页。

② （清）顾嗣立、席世臣编，吴申扬点校《元诗选癸集》，中华书局 2001 年版，第 567 页。

③ （清）朱琰等辑：《金华诗录》卷十六，黄灵庚主编《重修金华丛书三编》178 册，上海古籍出版社 2014 年版，第 408 页。

李先生序①

李序，字仲伦，东阳人。弱冠从白云，推为上第。为文以左、国、史、汉为标格，唐、宋以下勿论也。宋褧按部，以先生自随。危太朴素在史馆时，歌其诗以为入格。卧东白山中，与鹿皮子陈樵相倡和，士类皆师表之。

李征士序②

序字仲伦，东阳人。适庵先生惠之侄也。善诗文，年十七，追和李贺乐府。尝游京师，学士宋褧、左丞危素辈见其所著《四书新说》，引为莫逆交。左丞许有壬言于中书，牒江浙行省，俾为学校官。未用而省遇火，牒亦随毁，序叹曰："命也夫！"遂绝意仕进，归隐东白山中，与友人陈樵日相吟咏以自乐。所著有《纟因缊集》。今读其《武皇仙露曲》《嗽金乌行》《铜雀台砖砚歌》诸作，气韵词调，杂诸《昌谷集》中，亦咄咄逼真也。

李序③

序字仲伦，东阳人，年十七，和李长吉乐府，模仿逼真，人咸称之。亦曾及许谦、黄溍之门。著《四书新说》，理优才赡，危素、宋濂辈俱与投契。尝游京师，左丞许有壬言于中书，移牒江浙行省，征为学校官，未用，而省遇火，牒毁，乃归隐东白山。与陈樵唱和，不复出。学者称怡堂先生，有《纟因缊集》。

按：仲伦、公饶披文相质，落纸斐然，大略相似。真桂坡一门之秀。公泽诗少见。《征献略》以三李并称，故附于后。

李推官裕④

裕字公饶，东阳人。尝从白云先生许谦游。至治间，诣阙上《圣德颂》，元英宗召见玉德殿，补国子生。至顺元年庚午，举进士，授陈州同

---

① （清）黄宗羲著，全祖望补修，陈金生、梁运华点校：《宋元学案》卷八十二，中华书局1982年版，第2792页。

② （清）顾嗣立，席世臣编，吴申扬点校：《元诗选三集》，中华书局2001年版，第240页。

③ （清）朱琰等辑：《金华诗录》卷十六，黄灵庚主编《重修金华丛书三编》178册，上海古籍出版社2014年版，第406页。

④ （清）顾嗣立编：《元诗选三集》，中华书局1987年版，第248页。

知，转道州推官。所著有《中行斋稿》。公饶诗篇秀丽，尤工七言乐府，出入二李之间。与宋显夫、杨仲礼、陈居采诸公唱和。惜全集失传，所存仅什之一二云。

舣翁同调
隐君李复庵先生直方①

李直方，字德方，东阳人。少以世业治《尚书》，举进士不第，退治伊洛之学。宋末，隐居教授。其受业弟子陈樵与胡、陈士允皆以文学知名。晚岁家益贫，与其弟子耦耕南山之麓，人皆以庞德公拟之。参《金华先民传》

云濠谨案：《隆庆东阳县志》载："先生一名幼直，字良佐。为人沈毅方介"。又言"其所著书百余篇，皆未竟，惟《易象数解》为全书。至元中，录故上书言宋丞相者，至其家，则焚且久矣。"《金华府志》云："学者称复庵先生。"

李先生序②

李序，字仲伦，东阳人。弱冠从白云，推为上第。为文以左、国、史、汉为标格，唐、宋以下勿论也。宋聚按部，以先生自随。危太朴素在史馆时，歌其诗以为入格。卧东白山中，与鹿皮子陈樵相倡和，士类皆师表之。

董肇勋③

字幼待，会稽人。任训导，博学，工诗文，刻《东阳历朝诗》，重刻《鹿皮子集》。其自为诗甚富。（征献略）

---

① （清）黄宗羲著，全祖望补修，陈金生、梁运华点校：《宋元学案》卷七十，中华书局1982年版，第2353页。

② （清）黄宗羲著，全祖望补修，陈金生、梁运华点校：《宋元学案》卷八十二，中华书局1982年版，第2792页。

③ 《道光东阳县志·政治志》卷六，《中国地方志集成·浙江府县志辑五十三》，上海书店1993年版，第75页。

参考文献

经

［1］（魏）王弼注，（唐）孔颖达疏，李申、卢光明整理，吕绍纲审定：《周易正义》，北京大学出版社 1999 年版。

［2］程俊英，蒋见元：《诗经注析》，中华书局 1991 年版。

［3］（汉）毛亨传，（汉）郑玄笺，（唐）孔颖达疏，龚抗云等整理，肖永明等审定：《毛诗正义》，北京大学出版社 1999 年版。

［4］（汉）郑玄注，（唐）贾公彦疏，赵伯雄整理，王文锦审定：《周礼注疏》，北京大学出版社 1999 年版。

［5］（汉）郑玄注，（唐）孔颖达疏，龚抗云整理，王文锦审定：《礼记正义》，北京大学出版社 1999 年版。

［6］（魏）何晏注，（宋）邢昺疏，朱汉民整理，张岂之审定：《论语注疏》，北京大学出版社 1999 年版。

［7］杨伯峻：《论语译注》，中华书局 1980 年版。

［8］（汉）伏胜撰，郑玄注，（清）孙之騄辑：《尚书大传》，《文渊阁四库全书》68 册，台湾商务印书馆影印版。

［9］（元）黄公绍、熊忠：《古今韵会举要》，《文渊阁四库全书》238 册，台湾商务印书馆影印版。

［10］（宋）吴棫：《韵补》，《文渊阁四库全书》237 册，台湾商务印书馆影印版。

［11］（宋）毛晃增注，毛居正重增：《增修互注礼部韵略》，《文渊阁四库全书》237 册，台湾商务印书馆影印版。

史

［12］（汉）司马迁撰，裴骃集解，司马贞索隐，张守节正义《史记》，中华书局 1963 年版。

［13］（东汉）班固撰，颜师古注：《汉书》，中华书局 1962 年版。

［14］（宋）范晔撰，（唐）李贤等注：《后汉书》，中华书局 1965 年版。

［15］（唐）房玄龄等：《晋书》，中华书局 1974 年版。

［16］（南朝）沈约撰：《宋书》，中华书局 1974 年版。

［17］（后晋）刘昫等撰：《旧唐书》，中华书局 1975 年版。

［18］（宋）欧阳修、宋祁撰：《新唐书》，中华书局 1975 年版。

［19］（元）脱脱等：《宋史》，中华书局 1977 年版。

［20］（明）宋濂等：《元史》，中华书局 1976 年版。

［21］（宋）郑樵：《通志》，《文渊阁四库全书》374 册，台湾商务印书馆影印版。

［22］（宋）岳珂编：《金佗粹编》，《文渊阁四库全书》446 册，台湾商务印书馆影印版。

［23］（宋）岳珂编，王曾瑜校注：《鄂国金佗粹编续编校注》，中华书局 1989 年版。

［24］（南宋）李心传：《建炎以来系年要录》，《丛书集成初编》，商务印书馆 1935 年版。

［25］傅璇琮主编：《唐才子传校笺》，中华书局 1987 年版。

［26］（明）冯从吾：《元儒考略》，《文渊阁四库全书》453 册，台湾商务印书馆影印版。

［27］（明）王懋德等：《万历金华府志》，台湾学生书局 1965 年版。

［28］（明）徐象梅：《两浙名贤录》，《续修四库全书》542 册，上海古籍出版社 2002 年版。

［29］（清）黄宗羲原著，全祖望补修，陈金生、梁运华点校：《宋元学案》，中华书局 1986 年版。

［30］（明）应廷育：《金华先民传》，续金华丛书。

［31］（明）郑柏：《金华贤达传》，续金华丛书。

［32］（明）王梓材、冯云濠撰，张寿镛校补：《宋元学案补遗》，《四明丛书》，张氏约园刊本。

［33］（清）楼上层编著：《金华耆旧补》，赵一生主编《东阳丛书》19 册，浙江古籍出版社 2014 年版。

［34］（清）王崇炳：《金华征献略》，赵一生主编《东阳丛书》15 册，浙江古籍出版社 2014 年版。

［35］（清）永瑢、纪昀等：《四库全书总目》，艺文印书馆 1969 年版。

［36］（清）文廷式辑：《大元官制杂记》，《续修四库全书》748 册，上海古籍出版社

2002 年版。

　　[37]（明）过庭训：《本朝分省人物考》，明天启刻本。

　　[38]（清）邵远平：《元史类编》，《续修四库全书》313 册，上海古籍出版社 2002
年版。

　　[39]（清）魏源：《元史新编》，《魏源全集》第 9 册，岳麓书社 2004 年版。

　　[40]（明）李贤等纂：《明一统志》《文渊阁四库全书》472 册，台湾商务印书馆影
印版。

　　[41]（清）沈翼机等编纂：《浙江通志》，《文渊阁四库全书》524 册，台湾商务印书
馆影印版。

　　[42]《大清一统志》，《续编四库全书》613—623 册，上海古籍出版社 2002 年版。

　　[43]（清）党金衡修：《道光东阳县志》，《中国地方志集成·浙江府县志辑五十
三》，上海书店 1993 年版。

　　[44]（清）冯可镛：《光绪慈溪县志》，《中国地方志集成·浙江府县志辑三十五》，
上海书店 1993 年版

　　[45]《嘉庆武义县志》，《中国地方志集成·浙江府县志辑五十一》，上海书店 1993
年版

　　[46]何奏簧纂，丁汲点校：《民国临海县志》，中国文史出版社 2006 年版。

　　[47]（清）曾廉：《元书》，宣统三年层漪堂刊本。

　　[48]柯劭忞：《元史二种·新元史》，上海古籍出版社，上海书店 1989 年版。

　　[49]（清）卢标编著：《婺志粹》，赵一生主编《东阳丛书》21 册，浙江古籍出版社
2014 年版。

　　[50]东阳市地方志编委会编纂：《东阳市志》，汉语大词典出版社 1993 年版。

子

　　[51]曹楚基：《庄子浅注》，中华书局 2000 年版。

　　[52]杨伯峻撰：《列子集释》，中华书局 1979 年版。

　　[53]王叔岷：《列仙传校笺》，中华书局 2007 年版。

　　[54]王明：《抱朴子内篇校释》（增订本），中华书局 1986 年版。

　　[55]（东晋）王嘉：《拾遗记》，《文渊阁四库全书》1042 册，台湾商务印书馆影
印版。

　　[56]（南朝宋）刘义庆著，（南朝）刘孝标注，余嘉锡笺疏：《世说新语笺疏》，中
华书局 2007 年版。

[57]（明）王世贞编：《艳异编》，上海古籍出版社 1993 年版。

[58]（唐）张彦远：《法书要录》，《文渊阁四库全书》812 册，台湾商务印书馆影印版。

[59]（宋）郭熙撰：《林泉高致集》，《文渊阁四库全书》812 册，台湾商务印书馆影印版。

[60]（元）陶宗仪：《书史会要》，《文渊阁四库全书》814 册，台湾商务印书馆影印版。

[61]（明）郁逢庆：《书画题跋记》，《文渊阁四库全书》816 册，台湾商务印书馆影印版。

[62]（宋）李昉等编：《太平广记》，中华书局 1963 年版。

[63]（宋）李昉等撰：《太平御览》，《文渊阁四库全书》900 册，台湾商务印书馆影印版。

[64]（明）解缙总纂修：《永乐大典》，中华书局 1986 年版。

[65]（明）周履靖辑：《相鹤经》，《元明善本丛书·夷门广牍》，明刻本影印版。

[66]（清）顾炎武著，（清）黄汝成集释，栾保群、吕宗力校点：《日知录集释》，上海古籍出版社 2006 年版。

[67]（五代）孙光宪撰，贾二强点校：《北梦琐言》，中华书局 2002 年版。

[68]（五代）王定保：《唐摭言》，中华书局 1959 年版。

[69]（宋）苏轼：《东坡志林》，中华书局 1981 年版。

[70]（宋）江少虞：《宋朝事实类苑》，上海古籍出版社 1981 年版。

[71]（宋）吴处厚撰，李裕民点校：《青箱杂记》，中华书局 1985 年版。

[72]（清）刘声木撰，刘笃龄点校：《苌楚斋随笔续笔三笔四笔五笔》，中华书局 1998 年版。

[73]（明）蒋一葵：《尧山堂外纪》，明万历三十四年刊本。

[74]（宋）杨亿口述，黄鉴笔录，宋庠整理：《杨文公谈苑》，上海古籍出版社 1993 年版。

[75]（宋）洪迈撰，孔凡礼点校：《容斋随笔》，中华书局 2015 年版。

[76]（清）王士禛撰，洪之点校：《香祖笔记》，上海古籍出版社 1982 年版。

[77]张继禹主编：《中华道藏》，华夏出版社 2004 年版。

集

[78]金开诚等校注：《屈原集校注》，中华书局 1996 年版。

［79］（宋）洪兴祖撰，白化文等点校：《楚辞补注》，中华书局1983年版。

［80］袁行霈撰：《陶渊明集笺注》，中华书局2003年版。

［81］（唐）王维撰，陈铁民校点：《王维集校注》，中华书局1997年版。

［82］（唐）李白著，（清）王琦注：《李太白全集》，中华书局1977年版。

［83］（唐）杜甫撰，（清）仇兆鳌注：《杜诗详注》，中华书局2015年版。

［84］（唐）刘禹锡著，卞孝萱校订：《刘禹锡集》，中华书局1990年版。

［85］（唐）白居易著，朱金城笺校：《白居易集笺校》，上海古籍出版社1988年版。

［86］（唐）元稹撰，冀勤点校：《元稹集》中华书局1982年版。

［87］徐传武：《李贺诗集译注》，山东教育出版社1992年版。

［88］（唐）贾岛著，黄鹏笺注：《贾岛诗集笺注》，巴蜀书社2002年版。

［89］孙望编著：《韦应物诗集系年校笺》，中华书局2002年版。

［90］（清）朱鹤龄：《李义山诗集注》，《文渊阁四库全书》1082册，台湾商务印书馆影印版。

［91］刘学锴、余恕诚：《李商隐诗歌集解》，中华书局1988年版。

［92］刘学锴：《温庭筠全集校注》，中华书局2007年版。

［93］（唐）陆龟蒙著，宋景昌、王立群点校：《甫里先生文集》，河南大学出版社1996年版。

［94］（五代）韦庄，聂安福笺注：《韦庄集笺注》，上海古籍出版社2002年版。

［95］（宋）杨亿：《武夷新集》，《文渊阁四库全书》1086册，台湾商务印书馆影印版。

［96］（宋）石介：《徂徕石先生文集》，中华书局1984年版。

［97］（宋）欧阳守道：《巽斋文集》，《文渊阁四库全书》1183册，台湾商务印书馆影印版。

［98］（宋）陆游：《陆游集》，中华书局1976年版。

［99］（宋）朱熹：《朱子全书》，上海古籍出版社，安徽教育出版社2002年版。

［100］（宋）黄庭坚撰，（宋）任渊等注，刘尚荣校点：《黄庭坚诗集注》，中华书局2003年版。

［101］（金）元好问：《元好问全集》，山西人民出版社1990年版。

［102］（元）戴表元：《剡源文集》，《文渊阁四库全书》1194册，台湾商务印书馆影印版。

［103］（元）张养浩：《云庄张文忠公休居自适小乐府》，《续修四库全书》1738册，上海古籍出版社2002年版。

[104]（元）许谦：《白云集》，中华书局 1985 年版。

[105]（元）陈樵、金涓：《鹿皮子集　青村遗稿》，中华书局 1985 年版。

[106]（元）陈樵：《鹿皮子集》，《文渊阁四库全书》1216 册，台湾商务印书馆影印版。

[107]（元）胡助撰：《纯白斋类稿》，中华书局 1985 年版。

[108]（元）黄溍著，王颋点校：《黄溍全集》，天津古籍出版社 2008 年版。

[109]（元）李齐贤：《益斋集》，《丛书集成初编》，商务印书馆 1935 年版，

[110]（元）柳贯撰，柳遵杰点校：《柳贯诗文集》，浙江古籍出版社 2004 年版。

[111]（元）杨维桢著，邹志方点校：《杨维桢诗集》，浙江古籍出版社 2010 年版。

[112]（元）陈旅：《安雅堂集》，《文渊阁四库全书》1213 册，台湾商务印书馆影印版。

[113]（元）虞集：《道园学古录》，《文渊阁四库全书》1207 册，台湾商务印书馆影印版。

[114]（元）顾瑛：《草堂雅集》，《文渊阁四库全书》1369 册，台湾商务印书馆影印版。

[115]（元）袁桷：《清容居士集》，《文渊阁四库全书》1203 册，台湾商务印书馆影印版。

[116]（元）杨维桢撰，吴复编：《铁崖先生古乐府》，《四部丛刊初编》1500 册、1501 册，上海商务印书馆 1929 年版。

[117]（元）赖良编：《大雅集》，《文渊阁四库全书》1369 册，台湾商务印书馆影印版。

[118]（元）戴良：《九灵山房集》，《文渊阁四库全书》1219 册，台湾商务印书馆影印版。

[119]（元）许有壬：《至正集》，《文渊阁四库全书》1211 册，台湾商务印书馆影印版。

[120]（元）李孝光：《五峰集》，《文渊阁四库全书》1215 册，台湾商务印书馆影印版。

[121]（元）迺贤：《金台集》，《文渊阁四库全书》1215 册，台湾商务印书馆影印版。

[122]（元）李存：《俟庵集》，《文渊阁四库全书》1213 册，台湾商务印书馆影印版。

[123]（元）马祖常：《石田文集》，《文渊阁四库全书》1206 册，台湾商务印书馆影

印版。

[124]（明）王祎：《王忠文集》，《文渊阁四库全书》1226 册，台湾商务印书馆影印版。

[125]（明）宋濂著，黄灵庚编辑校点，《宋濂全集》，人民文学出版社 2014 年版。

[126]（清）孙夏峰：《孙夏峰全集》，夏峰藏版。

[127]（清）蒋彤：《丹棱文钞》，光绪中武进盛氏雕本。

[128]（清）郑性撰：《南豀偶刊》，《四库未收书辑刊》8 辑 27 册，北京出版社 1997 年版。

[129]（梁）萧统编，（唐）李善等注：《六臣注文选》，中华书局 1987 年版。

[130] 逯钦立辑校：《先秦汉魏晋南北朝诗》，中华书局 1988 年版。

[131]（宋）郭茂倩编：《乐府诗集》，中华书局 1979 年版。

[132] 中华书局编辑部点校：《全唐诗》（增订本），中华书局 1999 年版。

[133]（元）顾瑛编：《玉山名胜外集》，《文渊阁四库全书》1369 册，台湾商务印书馆影印版。

[134]（元）杨维桢编选：《西湖竹枝集》，清光绪刻本。

[135]（清）陈焯：《宋元诗会》，《文渊阁四库全书》1464 册，台湾商务印书馆影印版。

[136] 北京大学古文献研究所编：《全宋诗》，北京大学出版社 1998 年版。

[137] 李修生主编：《全元文》，凤凰出版社 2004 年版。

[138]（清）沈德潜：《唐诗别裁集》，中华书局 1975 年版。

[139] 杨镰主编：《全元诗》，中华书局 2013 年版。

[140]（清）顾嗣立：《元诗选初集》，中华书局 1987 年版。

[141]（清）顾嗣立，席世臣编，吴申扬点校：《元诗选癸集》，中华书局 2001 年版。

[142]（清）顾嗣立编：《元诗选三集》，中华书局 1987 年版。

[143]（清）胡凤丹：《金华丛书》，同治退补斋本。

[144]（清）朱琰等辑：《金华诗录》，黄灵庚主编《重修金华丛书三编》178 册，上海古籍出版社 2014 年版。

[145]（清）戚雄选：《婺贤文轨》，《四库全书存目丛书》集 299，齐鲁书社 1997 年版。

[146]（清）卢标：《婺诗补》，赵一生主编《东阳丛书》21 册，浙江古籍出版社 2014 年版。

[147]（南朝梁）钟嵘著，曹旭笺注：《诗品笺注》，人民文学出版社 2009 年版。

［148］（南朝梁）刘勰著，刘永济校释：《文心雕龙校释》，中华书局 1962 年版。

［149］（南朝梁）刘勰著，周振甫注：《文心雕龙注释》，人民文学出版社 1981 年版。

［150］杜黎均：《二十四诗品译注评析》，北京出版社 1988 年版。

［151］（宋）杨亿等著，王仲荦注：《西昆酬唱集注》，中华书局 2007 年版。

［152］（宋）欧阳修：《归田录》，中华书局 1981 年版。

［153］（宋）释惠洪：《石门洪觉范天厨禁脔》，《四库全书存目丛书》415 册，齐鲁书社 1997 年版。

［154］（宋）黄彻著，汤新祥校注：《䂬溪诗话》，人民文学出版社 1986 年版。

［155］（宋）牟巘：《牟氏陵阳集》，《文渊阁四库全书》1188 册，台湾商务印书馆影印四库版。

［155］（宋）魏庆之著，王仲闻点校：《诗人玉屑》，中华书局 2007 年版。

［157］（宋）胡仔纂集，廖德明校点：《苕溪渔隐丛话（前集，后集）》，人民文学出版社 1962 年版。

［158］（宋）计有功：《唐诗纪事》，上海古籍出版社 1987 年版。

［159］（南宋）严羽著，郭绍虞校释：《沧浪诗话校释》，人民文学出版社 1961 年版。

［160］（南宋）葛立方：《韵语阳秋》，《文渊阁四库全书》1479 册，台湾商务印书馆影印版。

［161］（元）方回选评，李庆甲集评校点：《瀛奎律髓汇评》，上海古籍出版社 1986 年版。

［162］（元）陈绎曾撰：《文说》，《文渊阁四库全书》1482 册，台湾商务印书馆影印版。

［163］（明）胡应麟：《诗薮》，上海古籍出版社 1979 年版。

［164］（明）许学夷：《诗源辩体》，人民文学出版社 1987 年版。

［165］（明）高棅：《唐诗品汇》，上海古籍出版社 1988 年版。

［166］（明）焦竑：《焦氏笔乘》，上海古籍出版社 1986 年版。

［167］（明）胡震亨：《唐音癸签》，上海古籍出版社 1981 年版。

［168］（明）陆时雍：《唐诗镜》，《文渊阁四库全书》1411 册，台湾商务印书馆影印版。

［169］（清）陈衍辑撰，李梦生校点：《元诗纪事》，上海古籍出版社 1987 年版。

［170］（清）翁方纲著，陈迩冬校点：《石洲诗话》，人民文学出版社 1981 年版。

［171］（清）王士禛著，张宗柟纂集，戴鸿森校点：《带经堂诗话》，人民文学出版社 1998 年版。

[172]（清）王士禛：《居易录》，《文渊阁四库全书》869 册，台湾商务印书馆影印版。

[173]（清）王士禛：《池北偶谈》，中华书局l982 年版。

[174]（清）叶燮、薛雪、沈德潜：《原诗　一瓢诗话　说诗晬语》，人民文学出版社 1979 年版。

[175]（清）赵翼：《瓯北诗话》，人民文学出版社 1963 年版。

[176]（清）钱牧斋、何义门评注，韩成武、贺严、孙微点校：《唐诗鼓吹评注》，河北大学出版社 2000 年版。

[177]（清）朱彝尊著，黄君坦校点：《静志居诗话》，人民文学出版社 1990 年版。

[178]（清）王夫之评选，王学太校点：《唐诗评选》，文化艺术出版社 1997 年版。

[179]（清）洪亮吉著，陈迩冬校点：《北江诗话》，人民文学出版社 1983 年版。

[180]（清）张茂贤等编次：《诗源撮要及其他二种》，《丛书集成初编》2614 册，商务印书馆 1936 年版。

[181] 况周颐、王国维：《蕙风词话　人间词话》，人民文学出版社 1960 年版。

[182]（清）何文焕辑：《历代诗话》，中华书局 1981 年版。

[183]（清）丁福保辑：《历代诗话续编》，中华书局 1983 年版。

[184] 郭绍虞辑：《宋诗话辑佚》，中华书局 1980 年版。

[185]（清）王夫之等：《清诗话》，上海古籍出版社 1978 年版。

[186] 郭绍虞编选，富寿荪校点：《清诗话续编》，上海古籍出版社 1983 年版。

[187]［日］遍照金刚：《文镜秘府论》，人民文学出版社 1975 年版。

今人著作

[188]《马克思恩格斯全集》，人民出版社 1972 年版。

[189] 郭绍虞：《照隅室语言文字论集》，上海古籍出版社 1979 年版。

[190] 鲁迅：《中国小说史略》，人民文学出版社 1981 年版。

[191] 唐代文学学会等主编：《唐代文学论丛》，陕西人民出版社 1982 年版。

[192] 成复旺等：《中国文学理论史》，北京出版社 1987 年版。

[193] 王德毅、李荣村、潘柏澄编：《元人传记资料索引》，中华书局 1987 年版。

[194] 王力：《王力诗论》，广西人民出版社 1988 年版。

[195] 钱锺书：《宋诗选注》，人民文学出版社 1989 年版。

[196]［日］松浦友久：《唐诗语汇意象论》，中华书局 1992 年版。

[197] 曾枣庄：《论西昆体》，丽文文化公司 1993 年版。

[198] 赵齐平：《宋诗臆说》，北京大学出版社 1993 年版。

[199] 王贻樑、陈建敏：《穆天子传汇校集释》，华东师范大学出版社 1994 年版。

[200] 张晶：《辽金元诗歌史论》，吉林教育出版社 1995 年版。

[201] 袁行霈：《中国诗歌艺术研究》（增订本），北京大学出版社 1996 年版。

[202] 顾易生、蒋凡、刘明今：《中国文学批评通史·宋金元卷》，上海古籍出版社 1996 年版。

[203] 童庆炳：《文体与文体的创造》，云南人民出版社 1997 年版。

[204] 周裕锴：《宋代诗学通论》，巴蜀书社 1997 年版。

[205] 葛晓音：《诗国高潮与盛唐文化》，北京大学出版社 1998 年版。

[206] 章培恒等：《中国文学史》，高等教育出版社 1999 年版。

[207] 程千帆：《文论十笺》，河北教育出版社 2000 年版。

[208] 王力：《诗词格律》，中华书局 2000 年版。

[209] 杨义：《李杜诗学》，北京出版社 2001 年版。

[210] 孙昌武：《道教与唐代文学》，人民文学出版社 2001 年版。

[211] 李春青：《宋学与宋代文学观念》，北京师范大学出版社 2001 年版。

[212] 沈福煦：《中国古代建筑文化史》，上海古籍出版社 2001 年版。

[213] 徐复观：《中国人性论史》（先秦篇），上海三联书店 2001 年版。

[214] 蒋寅：《古典诗学的现代诠释》，中华书局 2003 年版。

[215] 杨镰：《元诗史》，人民文学出版社 2003 年版。

[216] 刘师培：《中国中古文学史讲义》，上海古籍出版社 2003 年版。

[217] 袁行霈主编：《中国文学史》，高等教育出版社 2003 年版。

[218] 王国维著，彭林整理：《观堂集林》，河北教育出版社 2003 年版。

[219] 张晶：《禅与唐宋诗学》，人民文学出版社 2003 年版。

[220] 王锡九：《皮陆诗歌研究》，安徽大学出版社 2004 年版。

[221] 徐永明：《元代至明初婺州作家群研究》，中国社会科学出版社 2005 年版。

[222] 黄仁生：《杨维桢与元末明初文学思潮》，东方出版中心 2005 年版。

[223] 王力：《汉语诗律学》，上海教育出版社 2005 年版。

[224] 鲁迅：《而已集》，人民文学出版社 2005 年版。

[225] 宗白华：《美学散步》，上海人民出版社 2005 年版。

[226] 金普森、陈剩勇：《浙江通史》（元代卷），浙江人民出版社 2005 年版。

[227] 金一初主编：《东阳历代风景诗选》，中国文史出版社 2006 年版。

[228]《亭塘陈氏宗谱》卷四（内部资料），2006 年重修。

[229] 杨义:《重绘中国文学地图通释》,当代中国出版社 2007 年版。

[230] 钱锺书:《谈艺录》,生活·读书·新知三联书店 2007 年版。

[231] 王国璎:《中国山水诗研究》,中华书局 2007 年版。

[232] 毛策:《孝义传家——浦江郑氏家族研究》,浙江大学出版社 2009 年版。

[233] 傅璇琮:《中国古代诗文名著提要》(金元卷),河北教育出版社 2009 年版。

[234] 段莉萍:《后期西昆派研究》,巴蜀书社 2009 年版。

[235] 王辉斌:《唐后乐府诗史》,黄山书社 2010 年版。

[236] 王佺:《唐代干谒与文学》,中华书局 2011 年版。

[237] 陈寿南编:《亭塘村志》(内部资料),2011 年。

[238] 顾旭明:《陈樵及其思想研究》,中国文史出版社 2013 年版。

学位论文

[239] 马德生:《许浑七言律诗创作论》,硕士论文,河北大学,2000 年。

[240] 王韶华:《元代题画诗研究》,博士后论文,浙江大学,2002 年。

[241] 田耘:《元代前期"宗唐得古"诗风之形成及其内涵的嬗变》,硕士论文,河南大学,2003 年。

[242] 王小丽:《〈西昆酬唱集〉研究》,硕士论文,上海大学,2004 年。

[243] 华文玉:《元代题画诗文研究》,硕士论文,上海大学,2005 年。

[244] 罗浩刚:《温庭筠的诗歌艺术研究》,硕士论文,贵州大学,2005 年。

[245] 刘泽海:《陆龟蒙诗歌研究》,硕士论文,贵州大学,2007 年。

[246] 王岩:《李贺诗歌宋元接受史研究》,硕士论文,广西师范大学,2007 年。

[247] 杨娟:《曹勋乐府诗研究》,硕士论文,广西师范大学,2007 年。

[248] 熊艳娥:《陆龟蒙及其诗歌研究》,博士论文,南京师范大学,2008 年。

[249] 陈妮:《论〈庄子〉的悲悯意识》,硕士论文,江南大学,2009 年。

[250] 章微微:《西湖竹枝词之研究》,硕士论文,浙江工业大学,2009 年。

[251] 管大龙:《西昆体诗歌接受研究》,硕士论文,安徽大学,2009 年。

[252] 周轶群:《试论"许浑千首湿"》,硕士论文,浙江工业大学,2011 年。

[253] 孙杰:《竹枝词发展史》,博士论文,复旦大学,2012 年。

[254] 袁方:《道家道教视阈下的〈西昆酬唱集〉与西昆体》,硕士论文,华东师范大学,2014 年。

[255] 张龙高:《西昆体宋金元接受史研究》,硕士论文,西南交通大学,2016 年。

期刊论文

[256] 吴调公：《"秋花"的"晚香"——晚唐的诗歌美》，《文艺理论研究》1981年第4期。

[257] 袁行霈：《论李杜诗歌的风格与意象》，《社会科学战线》1981年第4期。

[258] 罗时进：《许浑千首湿与他的佛教思想》，《学术月刊》1983年第5期。

[259] 吴小如：《"西昆体"平议》，《文学评论》1990年第5期。

[260] 申宝坤：《由唐诗至宋诗跑道上的传棒人——皮陆》，《西南师大学报》1996年第4期。

[261] 钟德恒：《唐末文人陆龟蒙及其作品》，《贵州民族学院学报》1996年第4期。

[262] 黄仁生：《论铁雅诗派的形成》，《文学遗产》1998年第5期。

[263] 韩成武：《杜诗"当句对"艺术研究》，《兰州大学学报（社会科学版）》2001年第6期。

[264] 秦丙坤：《中国早期的送别诗——〈诗经〉六首送别诗述论》，《重庆社会科学》2002年第6期。

[265] 黄仁生：《试论元末"古乐府运动"》，《文学评论》2002年第6期。

[266] 黄仁生：《元代科举文献三种发覆》，《文献》2003年第1期。

[267] 滕驰：《谈谈李商隐咏史诗独特的时空结构》，《内蒙古工业大学学报》（社会科学版）2005年第2期。

[268] 霍建波、宋雁超：《从盛唐投献诗看士子的干谒心态》，《绍兴文理学院学报》2006年第2期。

[269] 柴研珂《论陈樵及其诗歌》，《洛阳师范学院学报》2006年第6期。

[270] 吕海龙：《拂去明珠上的尘埃——试论许浑在晚唐诗人群体中的应有地位》，《现代语文》2007年第12期。

[271] 方坚铭：《空间文化场域的转换与李商隐的咏史诗创作》，《求索》2008年第3期。

[272] 方辉：《对温庭筠七言古诗文学价值的重新审视》，《中国科技创新导刊》2008年第24期。

[273] 赵望秦、王彪：《论杨维桢乐府体咏史》，《商洛学院学报》2011年第2期。

[274] 郭莲花：《"江湖散人"之道：论陆龟蒙对〈庄子〉的接受》，《江西师范大学学报》（哲学社会科学版）2011年第2期。

[275] 罗争鸣：《〈西昆酬唱集〉的道教底色》，《武汉大学学报》（人文科学版）

2012 年第 1 期。

　　［276］铁晓娜：《论陈樵赋的思想内容及艺术特色》，《绍兴文理学院学报》2012 年第 3 期。

　　［277］顾旭明：《陈樵理学思想撷鳞》，《浙江大学学报》（人文社会科学版）2013 年第 4 期。

　　［278］易淑华、顾旭明：《元代东阳籍作家群研究》，《楚雄师范学院学报》，2013 年第 11 期。

　　［279］余永腾：《陈樵学术思想的生态取向及其现实意义》，《中北大学学报》（社会科学版）2014 年第 2 期。

　　［280］吕国喜：《陈樵诗歌中的道教意象》，《湖北职业技术学院学报》2014 年第 3 期。

　　［281］查洪德、徐姗：《元人诗风追求"清和"论》，《文学与文化》2014 年第 4 期。

　　［282］吕国喜：《陈樵诗歌中的隐逸思想》，《兰州文理学院学报》（社会科学版）2015 年第 1 期。

　　［283］吕国喜：《论陈樵乐府诗》，《兰州文理学院学报》（社会科学版）2016 年第 2 期。

　　［284］吕国喜：《试论元代浙东诗派》，《兰州文理学院学报》（社会科学版）2017 年第 2 期。

　　［285］吕国喜：《元代文人胡助与陈樵集中 25 首重出五绝归属考》，《金华职业技术学院》2017 年第 2 期。

后　记

　　真正接触《鹿皮子集》，应该是 2012 年的寒假，顾旭明教授邀请我参与他主持的 2011 年度浙江省哲学社会科学规划课题（11JCWH02YBM），布置给我的寒假作业便是通读《鹿皮子集》，记得那本集子是依据四库全书电子版打印而成，全是白文，未加标点，更无注释。20 余天的寒假很快过完了，我囫囵吞枣般读了 200 多首诗，感觉是千头万绪，似懂非懂。返校后，顾老师检查作业，我很紧张。他正式通知我，要独立完成一章的内容，字数最少 3 万，越多越好，并提供了一些资料，如杨苧所撰行状、宋濂所撰墓志铭、柴研珂所撰论文等。我只好沉下心来，采用苏轼的"八面受敌"法，反复阅读、提炼、梳理，逐渐搭建起文章框架，利用 3 个多月的时间，以 4.2 万字的篇幅勉力完成了任务。接下来，便以此为契机，围绕陈樵诗歌申报课题，撰写论文。

　　以"陈樵诗歌研究"为题，申报 2016 年的浙江省社会科学界联合会课题，我热情有余，而底气不足，获批立项后，真的是又惊又喜。我清楚自己的学术资源、学术积累乃至学术修养都有限，要完成 20 万字的专著，的确是个不小的挑战。但我已然没有了退路，只能全力以赴。

　　参考资料太少，买了一点，如《宋濂全集》《杨维桢诗集》《黄溍全集》《柳贯诗文集》《白云集》《纯白斋类稿》等；主要借重网络下载电子书，如影印文渊阁《四库全书》《续修四库全书》、中华书局版古典文学基本丛书、人民文学出版社中国古典文学理论批评专著选辑、《全唐诗》《全唐文》《全宋诗》《全元文》等。衷心感谢几个网站，如爱如生论坛、国学大师、新浪爱问、新浪微盘等，如果没有它们，我将举步维艰，后果不堪设想。爱如生论坛倡导"学术乃公器，资源当共享"的理念，深得我心，受惠良多。

浙江广厦建设职业技术学院地处陈樵故里亭塘，学院也注意挖掘陈樵这一地方文化资源，比如校园内建有君采亭、五亭桥等，我分别为之赋七律一首：

君采亭

兜率宫中柳发初，孤松修竹事玄虚。
浇花采药烟霞灭，屏注钻经髓脉梳。
应惜脂泽成尺璧，可怜兵燹毁车书。
未承馨欬潜溪悔，衣鹿何如曳紫裾。

五亭桥

西湖奇景移来巧，十八亭塘具体微。
下视琉璃莲一朵，远收岚霭岘双扉。
拂堤杨柳输花媚，翔浅鱼虾食鹜肥。
春草江南今又绿，郑玄细说不须归。

并为君采亭拟题对联两副：

琪树琼花千圃药；茂林修竹百轴书。

君子衣鹿皮，片语解经横宇宙；
散人玩落蕊，空山堕玉掩光晶。

近两年来，几乎所有的业余时间都花在了对陈樵的研究上，我似乎越来越真切地触摸到一个孤独、高洁而博大的灵魂，踮起脚，努力与之平等地对话，唯恐辜负了这个洒脱而诗意的存在。张宏生言："开拓新领域不一定就必然做出大的成就，但至少比没有新意地一同炒旧问题好得多。"借此语，聊以自慰。

又是一年春来到，似乎未及欣赏，校园里的花纷纷开且落，好在本书的初稿于今年2月份完成，一校稿也于3月份完成了，遂赋《感春》云："春事阑珊何太急，花前未敢立多时。夏来室冷春红在，久沐春风读鹿皮。"感谢顾旭明教授的指导与统筹，其为本书的顺利出版出力最多；感谢课题组其他成员的辛勤付出；感谢东阳胡助后人胡永清先生慷慨借阅家谱、赠予资料；感谢钱得运、韩括两位师兄，还有王燕飞同学为我传递资料，解我燃眉之急；感谢导师杨晓霭先生于百忙中通读初稿，并提出一些指导性的意见与建议，利于本书的完善与提高；感谢爱人陈艳华的鼓励与支持，代我下载资料，分担家务，陪我熬"二手夜"；感谢浙江广厦建设职业技术学院和出版社领导的大力支持，以及编辑的辛劳。衷心谢谢大家，帮我完成了微小的心愿，结出了微末的成果，由此促进了我的学术成长。

吕国喜

2017 年 4 月 5 日于东阳